台灣の讀者の皆さんへのコメント

海を越えて旅したことのない私の書いた小説が、
海を越えて多くの讀者の皆樣のもとに届いていることを、
心から嬉しく思っています。
この作品も、どうぞお樂しみいただけますように！

致親愛的台灣讀者

從未出國旅行的我，
這次很高興自己寫的小說能跨海與許多讀者見面，
希望這部作品能帶給您無上的閱讀樂趣。

宮部みゆき

ソロモンの偽証

宮部美幸

王華懋——譯

第Ⅲ部 法庭

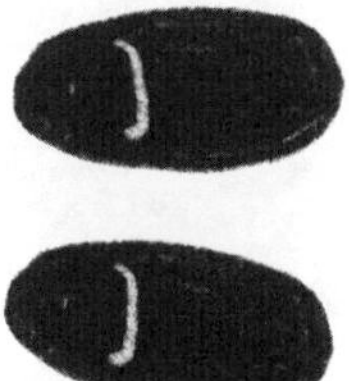

宮部美幸

作品集／47

MIYABE MIYUKI

所羅門的偽證

Contents

不論是這個夏天，或是未來的任何一個夏天，這些孩子永遠不會長大。這個夏天不會要求他們發揮潛藏的堅強與勇氣，因爲他們即將面對成人世界的複雜，變得更爲悲傷、世故，並締結畢生的友誼。

——塔娜・法蘭琪（Tana French）《神祕森林》（*In The Woods*）

第Ⅲ部　法庭

校內法庭相關人物關係圖

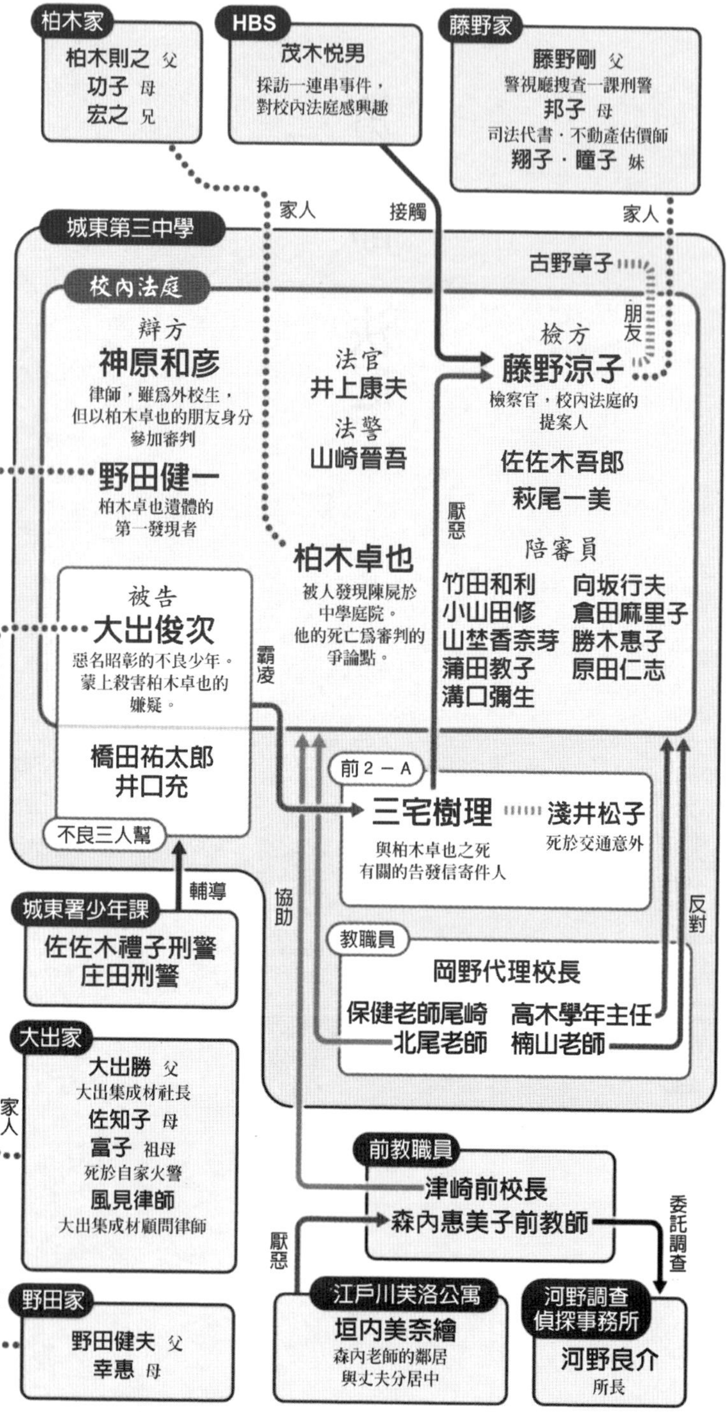
柏木家
柏木則之 父
功子 母
宏之 兄
HBS
茂木悅男
採訪一連串事件，
對校內法庭感興趣
藤野家
藤野剛 父
警視廳搜查一課刑警
邦子 母
司法代書．不動產估價師
翔子．瞳子 妹
家人
接觸
家人
城東第三中學
古野章子
朋友
校內法庭
辯方
神原和彥
律師，雖為外校生，
但以柏木卓也的朋友身分
參加審判
野田健一
柏木卓也遺體的
第一發現者
法官
井上康夫
法警
山崎晉吾
檢方
藤野涼子
檢察官，校內法庭的
提案人
佐佐木吾郎
萩尾一美
厭惡
陪審員
竹田和利
小山田修
山埜香奈芽
蒲田教子
溝口彌生
向坂行夫
倉田麻里子
勝木惠子
原田仁志
柏木卓也
被人發現陳屍於
中學庭院。
他的死亡為審判的
爭論點。
被告
大出俊次
惡名昭彰的不良少年。
蒙上殺害柏木卓也的
嫌疑。
霸凌
橋田祐太郎
井口充
不良三人幫
前2－A
三宅樹理
與柏木卓也之死
有關的告發信寄件人
淺井松子
死於交通意外
輔導
城東署少年課
佐佐木禮子刑警
庄田刑警
協助
反對
教職員
岡野代理校長
保健老師尾崎
高木學年主任
北尾老師
楠山老師
大出家
大出勝 父
大出集成材社長
佐知子 母
富子 祖母
死於自家火警
風見律師
大出集成材顧問律師
家人
前教職員
津崎前校長
森內惠美子前教師
委託調查
厭惡
野田家
野田健夫 父
幸惠 母
家人
江戶川芙洛公寓
垣內美奈繪
森內老師的鄰居
與丈夫分居中
河野調查
偵探事務所
河野良介
所長

1

八月十五日　校內法庭．開庭日

每年的終戰紀念日（註）總是晴空萬里。

或許這只是因爲昭和二十年（一九四五年）八月十五日的晴天過於令人印象深刻，實際上並非如此也說不定。但佐佐木禮子自幼就聽祖父母和外祖父母如此講述，因此適逢八月十五日的今天，她一早起床拉開窗簾便想：

——啊，果然是片萬里無雲的藍天。

開庭時間是上午九點。禮子提早做好準備，選擇了簡素的麻料套裝。

她向少年課的課長請了今天開始的六天有薪假，準備從頭到尾，好好地關注這場審判。

城東第三中學的體育館正面入口只開了一處拉門，其餘出入口全部關閉。這道門前擺放兩張長桌，一邊豎起立牌寫著「旁聽者報到處」，另一邊的立牌則是「相關人士報到處」。豔陽下，各有三名男學生負責報到手續，不過旁聽者報到處的學生都非常高，簡直就像踩著高蹺，而相關人士報到處的學生則都是矮個子。兩邊皮膚曬黑的程度也是兩個極端。

禮子走近相關人士報到的長桌，低聲問如小鳥般瘦小的男生說：

註：一九四五年八月十五日，日本昭和天皇透過全國人民廣播宣告日本戰敗投降，此後便以每年八月十五日紀念二次大戰結束，正式名稱爲「追悼戰死者並祈禱和平之日」。

「我預定要當證人，可是也想旁聽，來這邊報到可以嗎？」

「可以，沒問題。」

禮子在對方遞出的筆記本上簽了名，把聲音壓得更低問：

「欸，你們跟那邊的三個人都是二年級嗎？」

「是啊。」

男生說他們是將棋社的，對面的是籃球社的。

「我們的主將是陪審員，所以大家都來幫忙。」

辛苦了——禮子行禮致意後，男生伸手指示入口說：「請進。」

入口門邊有個穿制服的男生，頂著清爽的平頭，眼神清澈，像衛兵般站在那裡。

「早安。」

男生說著，遞來一張影印紙，上面橫印著粗體字「法庭遵守事項」。

「鞋子直接穿進來就行了。」

「到時候打掃會很辛苦吧？」

「大家會一起打掃。」

平頭男生的嘴角泛著笑意。仔細一看，他袖口露出來的手臂肌肉粗壯結實。禮子對這個學生沒有印象。應該是那種與當地警署少年課，甚至是這所學校的保健室、職員室和校長室都無緣的學生吧。

禮子抬頭掃視體育館內部。法庭設在前方靠舞台的一側。正面中央是法官席，擺了一張離地約五十公分高的大桌子，上面覆有白布，仔細一看，桌子底下墊了好幾張榻榻米。

緊臨法官席前方，共有九把學生課椅排成兩列，應該是從教室搬來的，這是陪審團席。從那裡再往下兩公尺左右的正面右方是檢方席，左邊是辯方席。這兩張桌子也很大，但沒有蓋白布。一眼就可看出那是什麼座位，是因爲都放上了立牌標示。然後檢方與辯方兩邊的座位後方，擺了附滾輪的移動式黑板。

現在是上午八點四十五分，這四區的座位都還沒有人。但乍看之下約有一百個座位的旁聽席，也就是整齊排放著折疊椅的區域，已坐滿了一半以上。雖然有零星幾個學生，但幾乎都是大人。

禮子大大地吸了一口氣。

第一天就有這麼多旁聽者，看來這場審判引起了相當大的關注。或者因爲是第一天？很多家長覺得最起碼第一天應該來看看情況嗎？

「大家都來得好早。」

平頭學生點點頭說：

「比想像中來得更早。」

因爲是自由座——他說。

「得搶座位，是嗎？」禮子微笑，「可是大家都從後面開始坐。」

前半部很空。咦？唯一大剌剌地端坐在最前排的人，不正是楠山老師嗎？

「我是城東警察署的人，預定出庭擔任證人，不過今天應該還不會輪到我，我該坐在哪裡才好？」

「哪裡都可以，沒有特別規定。」

禮子道了謝，順帶問道：「你是——」

「我叫山崎晉吾，是本法庭的法警。」

「你在練空手道之類的嗎？」

體格比正牌法警還要強壯。

山崎法警微笑，請禮子入內找位子。後面已有人在排隊了。

不能光說別人，禮子也在靠辯方那一側最角落的後方座位坐下，她覺得不好坐到前面去。她斜坐在椅子上，不著痕跡地掃視全場。除了楠山老師，沒有看到其他老師。有疑似親子的大人和小孩坐在一起悄聲交頭接耳。有五、六個女生，一樣坐在靠近辯方席的後方數來第二排，不停嘻笑著竊竊私語。她們興奮的模樣，簡直像在等待偶像的演唱會開演。

禮子感到心跳加速。宛如眞正的法庭，彷彿親手偵辦的案子終於要被送上司法程序，開始進行審判。

嗯？

禮子驚訝地睜大雙眼，不對，還有記者。雖然只有一個，但他一個人的麻煩就夠抵十個人了。

那是HBS電視台的茂木悅男。他坐在旁聽席正中央，法官的正對面。穿著淡黃綠色麻料西裝外套，搭配白色打褶長褲。鼻子上戴著粗框眼鏡，悠哉蹺著二郎腿。

禮子不假思索地站起來，大步走近茂木。注意到她，茂木抬起頭來。

「喲？」

茂木張開豐滿的嘴唇，看似要打招呼，禮子搶先尖聲說道：「你是怎麼溜進來的？這場審判不接受媒體採訪，請你離開。」

茂木沒有驚訝或受冒犯的樣子。他挑起眉，時尚的玳瑁框眼鏡從鼻梁滑落下來。

「我並不是媒體人士。」

「少胡說了。」

「妳才是，怎麼這麼沒禮貌？」

結果坐在茂木前方的福態男子，冷不防把頭伸到禮子前面。

禮子正要反駁，茂木先殷勤地向男子點點頭，然後介紹說：「這位是PTA會長石川先生。」

石川一手握著扇子，一手拿著法警在入口處分發的注意事項單。光禿的額頭汗涔涔地反射著光芒，白襯衫包裹的大肚腩垂掛在皮帶上。用不著茂木介紹，禮子知道男子的確是城東三中的PTA會長。

「怎麼，這不是佐佐木刑警嗎？」

石川會長搖著扇子說道。

「茂木先生是跟我一起來旁聽的。」

「我是會長的朋友。」茂木微微頷首，「我已得到岡野代理校長的許可，即使不是學生家長，只要有校方人士介紹，就可以旁聽。」

眞是大言不慚，他什麼時候搭上了這樣的關係？禮子咬牙切齒。

「法庭禁止採訪。」

禮子低吼似地警告，茂木又向她點點頭說：

「我當然明白。這張單子上也有提醒。」他甩甩法警分發的傳單，「刑警小姐快點坐下來比較好吧？再五分鐘就要開庭了。」

禮子轉身，以僵硬到幾乎要咯吱作響的動作回到自己的座位，前方的座位也逐漸坐滿了。又是一群女生。怎麼這麼多女生？是涼子的啦啦隊嗎？

——晚點得跟北尾老師說一聲。

明天開始，應該要在入口檢查私人物品才行。想想茂木的個性，他肯定偷帶了錄音機進來。

〈法庭遵守事項〉簡潔地條列出禁止拍照、攝影、錄音。禁止聊天交談。在法庭內請遵守法官指示，必要時請聽從法警指示。法官可依職權命令旁聽者離開，屆時請恭敬聽從。

——這樣一張紙，對狡猾的大人是行不通的。

禮子又咬牙切齒地瞪著茂木的側臉，這時有人從後方輕拍她的肩膀。

「早安。」

眼前出現津崎前校長渾圓的臉。禮子還沒打招呼，就先忍不住脫口告狀：

「HBS的人來了。」

校長看也不看茂木就點點頭，「跟石川會長一起來的。」

「不能趕走他嗎？」

「聽說岡野校長同意了，沒辦法吧。」

原來津崎知道？可是，不會放棄得太快嗎？

「可是——」

「哎，別激動。」津崎前校長微笑，「相信學生吧。」

舞台兩旁的擴音器傳出雜音，接著響起一名女生的聲音：

「法庭即將開庭，請各位盡速就座。」

聲音很高，有點緊張。

「好像校慶啊。」

津崎悠哉地說，離開了禮子的視野。不知不覺間，旁聽席已坐滿了八成。

體育館的側門打開，熱風吹了進來。禮子這才注意到設置在各處的冷氣機。體育館裡能夠維持雖不到涼快，但仍算舒適的氣溫，原來是因爲有那些冷氣機。

藤野涼子進來了。她抱著檔案夾，表情僵硬，略略低著臉。她身後跟著兩名事務官，三人都穿著制服。男事務官——佐佐木吾郎提著一個大紙袋，視線彷彿被紙袋的重量牽引，他也盯著腳下看。女事務官——萩尾一美雙手空空，只有她直到在檢察官席坐下之前，都高抬著頭，眨著眼環顧法庭。

旁聽席的視線聚集到他們身上。晚了一拍，神原和彥入場了，野田健一緊跟在後。這兩人也是穿制服，手中都提著裝得鼓鼓的書包。

禮子的疑問終於獲得解答了。那些女生集團一見到兩人入場，立刻吱吱喳喳起來，發出嬌喊聲。加油！她們尖叫。禮子目瞪口呆，原來她們是辯方的支持者。神原和野田的雙人搭檔似乎成了大明星。對那些女生來說，這場法庭不折不扣就是偶像大顯身手的舞台。

神原和彥快步走向辯護人席，把沉重的書包放到桌上。他隨即回頭，伸手接過野田健一的書包。雙手空下來的健一小跑步折回側門。兩人看都不看啦啦隊一眼。這群女生雖然被周圍的人投以責怪的眼神，縮起脖子，卻還是無法不低聲嘻鬧。

禮子屏息注視著健一在半開的門前和外頭的人說話。

大出俊次高聳的身影緩緩出現了。

他穿著夏季制服，而且穿得整整齊齊。熨過的襯衫扣到脖子處，腰上繫著皮帶，長褲的褶痕十分筆挺。白色運動鞋的鞋帶沒有鬆掉，沒有趿拉著鞋跟。

理得短短的頭髮漆黑，耳上有些飛翹，並不是抹了髮膠，而是理得太短了。俊次常去的理髮廳設計師聽到他的要求，肯定會懷疑自己聽錯，納悶他究竟有了何種心情轉折吧。

俊次垂著頭，大步走近辯護人席。那裡放了三把椅子。坐在正中央、剛要從書包裡拿出東西的和彥仰望俊次，簡短招呼了一聲。即使聽不到聲音，禮子也知道律師在跟被告說什麼。

——把頭抬起來。

頑固地低著頭的俊次，看著和彥，然後越過矮個子的律師及助手的頭頂掃視法庭。

現實的審判中，當被告望向旁聽席時，會引發各種反應。有時旁聽者會同時閃避被告的視線，宛如被強風掃過的稻穗；有時他們會像一堵高牆，將被告的視線反彈回去；有時，則是會吸收被告的視線。

然而，這次卻不是任何一種。除了楠山老師一人獨撐的最前排以外，幾乎坐滿的旁聽席上，沒人對大出俊次的視線有反應，彷彿根本沒發現他在那裡。或許理短頭髮，規矩地穿上制服，像個即將參加入學典禮的新生般的大出俊次，不再是「城東三中的大出」這個負面象徵，所以失去了他的屬性。

俊次坐了下來。即使坐著，還是比律師和助手高出一個頭。

一名高個子男生從後面輕快跑來，腋下夾著一張折疊椅。正納悶他要做什麼，只見他把折疊椅擺在面對法官及陪審團席，還有檢察官席及辯護人席的正中央處。

是證人席。

高個子的男生應該也是籃球隊的幫手吧。擺好椅子後，他先後向藤野涼子、神原和彥打招呼，接著小跑步離開。禮子以目光追著他的身影。體育館正面入口處，山崎法警與北尾老師交頭接耳。兩人比對著彼此的手表，約莫是在對時間吧。
北尾老師今天也不是穿運動服，而是短袖襯衫打領帶。領帶結歪了。搬來折疊椅的籃球社社員向老師行了個禮，離開體育館。
北尾老師點了一下頭，拍拍山崎法警的肩膀。法警向老師敬禮，身子一轉，朝辯方席走去。
擴音器傳出鈴聲。旁聽者漸漸停止交頭接耳了。
山崎法警站在辯護人席的角落，轉向旁聽席，雙腿併攏，做出稍息姿勢。別說是少年監獄，那姿勢完美到甚至可作爲一般監獄法警的範本。
「大家早。」
山崎法警的聲音清朗嘹亮。法庭內每個人都望向他，就連楠山老師及茂木悅男也不例外。
「早。」
旁聽席的一部分人也出聲回應，是幾名男性。法警向旁聽席深深一鞠躬。這次約有一半的旁聽者紛紛行禮回應。
「陪審團即將入庭。旁聽席應該有本校家長，但請各位不要聊天交談，也不要向審判相關人員搭話。」
彷彿正在等待這番話，檢方席後面的側門打開，由一個身材格外頎長的男生領頭，陪審團進場了。
禮子計算著人數。共九名。五名女生，四名男生。她看過某些臉孔，也有陌生的臉孔。
最令人驚訝的莫過於勝木惠子也在其中。對禮子來說，她對勝木惠子的熟悉度僅次於大出俊次。勝木惠子從剛入學的時候開始，就是個經常因素行不良及服裝儀容不整而引起注意的不良少女，也是圍繞著俊次打轉的衛星之一。不過她向俊次發射電波的時期很短，去年年底——沒錯，正好是柏木卓也過世的時候，她就脫離了俊次的軌道。不良少年之間都說他們是吵架分手的，也有人說是惠子甩了俊次，但曾在去年暑假深夜的「萊布拉大街」購物中心輔導過惠子兩次的禮子有不同的觀察。俊次只把異性當成和衣服鞋子一樣的裝飾品，是用來滿足願望的道具，所以喜新厭舊，不管擁有再多都不會滿足。不肯百依百順的對象，他很快就會甩掉，惠子也是被俊次甩了吧。其實以前的伙伴就瞧不起她，說她對俊次念念不忘，難看死了。

而不論是甩人還是被甩，即便脫離了大出俊次這顆黑暗的行星，重獲自由，惠子也不是個擁有自我管理能力，能夠反省自己生活並發憤圖強的少女。時代催促女生早熟，灌輸她們快點成熟才有更高的價值，這造成了愈來愈多女性從人生很早的階段，就透過依存異性來維持自我的重大弊害。惠子就是其中的典型。所以即使離開了俊次，她依然是個不良少女，感覺只是從「不良少女集團的一員」，變成「受排擠的不良少女」罷了。

勝木惠子不可能冷靜評斷大出俊次的罪與罰。她怎麼會加入陪審團？是誰指使的？北尾老師嗎？果眞如此，這會是爲了避免惠子鬧事的周全之計嗎？沒有人想看到她擔任辯方的品格證人，哭訴「我心愛的俊次才不會殺人」這種情景。就算她反過來擔任檢方證人，同樣哭訴大出俊次對她做了什麼、曾試圖逼她做什麼，也是校方無論如何都想避免的狀況。禮子知道其中一部分內容，而光是那一小部分，就令人不舒服到作嘔。

勝木惠子那種半吊子的立場也反映在她的服裝上。陪審團成員都穿著夏季制服，卻只有惠子一如往常，衣服穿得邋裡邋遢。陪審團行禮坐下時，她的耳環反光了。

旁聽席一角傳出輕笑聲。陪審團第九名成員、隊伍最後面身形渾圓的少年好像使了什麼眼色。領頭的高個子少年和這名少年，分別是籃球社和將棋社的主將嗎？

陪審團落坐後，山崎法警看看手表，再次朗聲宣告：

「法官入庭，請起立。」

雖是法官，但也是這所學校的學生，究竟會有多少旁聽者聽從呢？——禮子邊起立邊觀察周圍狀況，意外地並沒有人抗拒。眾人吵吵鬧鬧地站起來。茂木起立了，所以石川會長跟著起立——儘管露骨地表現出不愉快。

法官從陪審團入場的同一道門進入體育館。那是禮子也知道的學生，全學年名列前茅的秀才井上康夫。

他在制服外加穿法官在法庭上穿的那種黑色長袍，右手拿著木槌。

沒有人笑，也沒有人竊竊私語。井上康夫不苟言笑，筆直看著前方，動作俐落地步至中央。藤野檢察官咬著下唇，兩名事務官仰望法官。辯方席的兩人抬頭挺胸。俊次踉蹌了一下，神原和彥有點在意地看向他。

井上法官跳上用榻榻米墊高的法官席。

他把木槌擺到桌子右邊，轉向正面。

「各位早，我是在這場審判中擔任法官的三年A班井上康夫。」

請各位就座——他一股作氣說到這裡，聲音也非常嘹亮。

眾人坐下。這次沒有吵鬧。石川會長又一臉不愉快，而茂木悅男覺得有趣，滿臉帶笑，但大部分的旁聽者似乎都被法官這番開場白**掌握**住了。

有時候在校慶或成果發表會上，孩子會展現出精采至極的表演，讓大人發自內心感動。現在也是如此，並不是井上法官具備正牌法官的威嚴或權威。即使這麼想，禮子還是佩服不已。井上康夫是個相當出色的演員。

更令人敬佩的是，法官讓法庭內的眾人坐下以後，就這樣站著開始發言：

「開庭之前，我想先說明一下這場審判的基本規則。」

他這麼說道，掃視了場內眾人一圈。陪審團在法官腳下垂頭聆聽，只有高個子的籃球社隊長扭過上半身仰望法官。

「這次的校內法庭，是由我們三年級生組成的團體，作爲暑期自由研究的課題而發起的活動，目的是爲了釐清本案之眞相。」

「因此，即使本法庭做出有罪判決，被告也不會受到懲罰。我們根本沒有方法可以懲罰被告，也不想要懲罰被告。在場或許有人對於這一點深感憂慮，所以我想先說明這一點。」

茂木悅男抿著嘴，開心地笑著，好像童話裡登場的貓。那隻笑得太過頭，笑從身體滿溢而出的貓。

「而且本案是在現實的法庭中不會被起訴的案件，因爲沒有足夠的證據可供檢察官起訴被告，舉行審判。」

可以劈頭就這樣斷定嗎？禮子蹙起眉頭。

「我們爲什麼會決定要刻意安排一個『法庭』，共同議論，努力找出眞相？我們的動機與目的，將會在檢方與辯方接下來的辯論中逐漸明朗。」

此外——井上法官說著，雙手握拳抵在桌面，望向辯方。

「我要補充說明，本法庭的舉行，也是出於被告強烈的希望。」

旁聽席騷動起來。高出辯方兩人一個頭的大出俊次側臉沒有變化。

「九名陪審員有義務誠摯聆聽即將開始的審理內容，僅根據在本法庭開示的事實，屛除一切成見與偏見，做出合理且客觀的判斷。九位陪審員皆已對此進行宣誓。」

籃球社與將棋社的主將不約而同地用拳頭抹了抹人中。一名女陪審員閉起眼睛，肩膀用力拱起。倉田麻里子（禮子在告發信引起騷動的時候，見過這個豐滿白皙的女生）因太緊張而淚水盈眶，揩拭著眼頭。

「各位手中的傳單也提到，有幾點注意事項務必請旁聽者配合。此外，注意事項中有一句『法官可依職權云云』，不過我是這所城東第三中學的學生，也是未成年者……」

說到這裡，井上康夫忽然拉大嗓門吼道：

「什麼法官！乳臭未乾的小鬼少在那裡說大話！」

法庭中一片寂靜，只聽得到冷氣機的低吟。

「——或許會有人像這樣提出異議。」

井上康夫銀框眼鏡底下細長的眼睛微微流露笑意。茂木悅男緊盯著那張臉，笑容也沒有變化。

「但既然我受命擔任這次校內法庭的法官，我就被賦予了在這裡的職權。我有義務指揮這場審判，同時也有責任讓本法庭圓滿落幕。因此……」

他慢慢直起身子，拳頭從桌面離開，立正站好。

「請檢察官、辯護律師、陪審團、證人，以及各位旁聽者，在本法庭內的一切狀況，都要聽從法官的指示。若有違反，法警將採取適當的處置。」

即使受到眾旁聽者的注目，山崎法警依然雙手緊握垂落在腰間，腳打開的幅度與肩同寬，不動如山。

「只有我一個人的座位比各位高，也是因爲法官的角色所需。請各位理解並且配合。」

法官行了個九十度的禮，重新站直。

「此外，主持本法庭的是我們國三生，在審理時，我們會盡量避免艱澀的審判用語。我們會以淺白的日常用語，盡量淺顯、具體地發言。還有，就像一開始說明的，本案是現實中不會被起訴的案件，所以會有很多審理程序異於現實的審判。但我明白自己的職務是指揮訴訟，維持秩序，以避免審理流於輕浮草率、宛如小孩子扮家家酒，及有人故意扭曲事實以符合特定主張，或引起這類懷疑。」

禮子細細觀察法官，總算看出他的那身黑色長袍，是理髮店剪髮時給客人圍的東西，材質薄亮。即使如此，字正腔圓地陳述的井上法官，確實散發出一股近似威嚴的風範。

「審理從本日開始，爲期五天。」

井上法官再次環顧體育館，眼鏡反光。

「我期待檢、辯雙方在這段期間內全力以赴，找出眞相。」

仔細一瞧，藤野涼子正閉著眼睛。神原和彥看著旁聽席，然後與旁邊的野田健一對望，微微頷首。

突然間，陪審團席的勝木惠子的手迅速地動了。她往左、往右，扯下來似地摘下耳環，緊緊握在掌心。

法官伸出右手，抓住木槌柄。

咚！清亮的一聲響徹體育館。那聲音震動著法庭內每一個人的耳朵，直至回音消失，井上法官才開口：

「開庭！」

2

那麼——井上法官轉向藤野涼子，銀框眼鏡發出光芒。

「檢察官，請說明接下來將要在本法庭辯論何種事實，以及被告爲何遭到起訴。」

藤野涼子站起來，佐佐木吾郎和萩尾一美也跟著起立。

「我是在這次校內法庭中擔任檢察官的藤野涼子，這兩位是我的助手，佐佐木和萩尾。我們都是本校的三年級生。」

吾郎和一美分別自我介紹，然後坐下。藤野涼子繞過桌子，走上前去。

「各位陪審員。」

雖然只有一點點，但呼籲的聲音似乎比她平常的聲音高亢。

「首先，我要感謝各位接下如此艱鉅的任務。」

倉田麻里子的一雙大眼睛注視著行禮的涼子。

「我們試圖在法庭上釐清的，是一名男學生死亡的眞相。」

他名叫柏木卓也——

「去年十二月二十四日深夜，就在日期剛變成二十五日之際，柏木同學從本校屋頂摔落，全身遭受強烈撞擊死亡。遺體一直到隔天早上快八點才被發現。因爲被前晚下個不停的雪掩埋，發現的時候，遺體已凍結。」

涼子沒看稿，空著雙手，侃侃而談。

「柏木同學的死一開始被認爲是自殺。最重要的理由是，他在去世以前，已超過一個月沒來上學。」

沒錯，柏木同學不肯來上學──涼子強調似地緩緩重申：

「他一直請假。不來學校是有理由的，但他連對一起生活的父母也沒有詳細說明。柏木同學拒絕上學以後，當時的校長津崎和導師森內定期造訪柏木家，他也沒有對兩人說明理由。」

可是，他不上學是有理由的。說到這裡，涼子轉向旁聽席。

「十一月十四日午休時間，柏木同學與同年級的三名學生在自然科教具室起了衝突。不是單純的吵架，而是伴隨著暴力的激烈衝突。幸好無人受傷，但那是一場非常激烈的衝突。自從這場衝突以後，柏木同學就再也沒有來上學了。」

涼子轉過身子，回到檢察官席，瞥了一眼攤放在桌上的筆記本，很快又抬起頭來。

「柏木同學被發現陳屍校園後，不少本校的學生將這場自然科教具室的爭執──可以算是打群架吧──與後來他沒有到校上課，及他突如其來的死亡連結在一起。不過在這個階段，沒有任何證據支持這樣的想法。因為柏木同學並未留下遺書。」

旁聽席很安靜。佐佐木禮子對茂木悅男的表情感到噁心。茂木彷彿看著自己一手調教出來的寵物在選美會上順利過關斬將。

「柏木同學的死就要被認定是一起原因不明的自殺。由於去世的學生生前有不上學的『問題行為』，這樣的結論對校方而言是最理想的。這是面對一名學生喪命的沉痛打擊時，最能勉強接受的結論。沒錯，這是一起**原因不明的自殺**。」

津崎慢慢眨著眼，垂下頭去。石川ＰＴＡ會長不愉快地咳了幾聲，故意瞪了檢察官一眼，但沒有人理他。

「然而……」

涼子說著，喘了一口氣。

「十二月二十四日深夜，有人目擊柏木同學從屋頂墜樓死亡。那個人看到屋頂上發生的一切。誰在那裡、做了些什麼、柏木同學怎麼會從屋頂上掉下來，那個人從頭到尾都看見了。」

目擊者陷入恐懼，深為苦惱——

「即使如此，目擊者還是不能坐視不管，但同時也對自身安全感到極大的憂慮，因為那個場面就是如此駭人聽聞。沒錯，這是一起殺人命案，柏木同學是遭人殺害的。」

涼子掃視陪審團，全員都目不轉睛地看著她。

「目擊者將自己的所見所聞寫下來，寄到了三個地方。一封寄給當時的校長津崎正男，一封寄給導師森內惠美子，然後收到第三封信的是我——藤野涼子。」

大部分的旁聽者都不曉得這件事吧，現場騷動起來，陪審員們也都很驚訝。

「當時我和柏木同學同班，所以我認為告發者選擇了我作為班上的代表。」

「檢察官。」井上法官語氣尖銳。

「是。」

「請簡潔陳述事實，不需要說明妳的想法。」

「好的。」

法官接著對仍在吵鬧的陪審團及旁聽席說了聲：「肅靜。」

「這封由目擊者寫下、寄出的信件，因其內容和性質被稱為『告發信』。今後我們也會如此稱呼。」

藤野涼子首次轉向辯護人席，正面注視被告。

「告發信中指出了將柏木同學推下屋頂的人物姓名。那個人就是大出俊次——本法庭的被告。」

在律師旁邊的俊次，與佐佐木禮子認識的「大出俊次」完全判若兩人。他不僅沒有回瞪涼子，甚至繼續垂著頭。課桌底下的雙腳無力縮攏著。

——怎麼了？振作點呀！

禮子忍不住在內心斥喝。

「目擊柏木同學遇害現場的人物，非常熟悉大出俊次。因爲大出俊次在本校是個名人，是個出了名的壞胚子。不只是在校內，大出同學的惡行惡狀、脫序行爲，在當地也是無人不知，無人不曉。目擊者在下著雪的深夜屋頂上，因寒冷和恐懼而顫抖著，但仍看清了那張不可能認錯的臉孔——在本校中應是獨一無二的臉孔——大出俊次。」

把頭抬起來，一點都不像你！不曉得是不是禮子的心聲傳達出去了，俊次的下巴動了一下，吸吸鼻涕，視線也移動了。如果禮子沒有看錯，他是望向依然用力握著耳環，緊緊抿嘴瞪著體育館地板的勝木惠子。

「此外，大出俊次也是十一月十四日，與柏木卓也同學發生衝突的當事人之一。」

藤野涼子雙手放在桌上，對陪審團傾訴道：

「我們檢方已經準備好揭開這場自然科教具室的衝突詳情。我們同時也要證明，這場衝突導致柏木同學不來上學，而大出俊次失去在學校逮到柏木同學進行報復的機會，積鬱難平，一直在尋找洩憤的機會。」

沒錯，動機就是「憤怒」——

「大出俊次惡名昭彰，只要是本校的學生，沒有人不知道他。大家都畏懼著他的暴力，沒有人敢出面指責他、違抗他。連身爲教育者、經營管理本校的教師，也對他離經叛道的粗暴言行束手無策。大出俊次在本校所向無敵，本人非常清楚這一點，並且享受著這樣的立場。」

涼子揚聲說：

「可是，柏木卓也同學不一樣。柏木同學在自然科教具室，在其他學生看得到的地方，公然忤逆了大出俊次。即使遭到暴力相向也不畏懼，挺身對抗。這是大出俊次首次遭遇反擊，重創了他的自尊心。他無法原諒有人忤逆他。大出俊次怒不可遏，同時下定了某個決心，並付諸實行。我們已經準備好證明他這樣的心理活動，以及付諸實行的過程。」

涼子的語調恢復了。變回不僅是沉著，甚至令人感到冷酷的淡漠語調。

「目擊者的證詞十分詳細而且具體，雖然描述了令人難以置信的事件始末，卻仍符合我們的常識範圍。

目擊者——也就是告發者，的確目擊到了實際發生的事，並記得非常清楚。我們依據目擊者的證詞，成功挖掘到許多能夠證明其內容的事實。任何人都無法反駁這些事實。因此，我們以殺害柏木卓也的罪名起訴大出俊次。」

各位陪審員——涼子再一次呼籲：

「請各位好好正視我們即將在本法庭上揭露的事實，冷靜做出判斷。」

檢察官行了個禮，坐了下來。旁邊的佐佐木吾郎深深嘆了一口氣，掏出白手帕擦汗。萩尾一美推開吾郎，伸長脖子向涼子說了一、兩句話，涼子點頭回應。

旁聽席又吵鬧起來，到處都有手帕和扇子在搧著。

「被告請上前。」

井上法官對大出俊次說道。俊次不曉得在發什麼呆，沒有反應。在神原律師的催促下，他才像淋了一盆水似地眨著眼睛，發出刺耳的聲音拉開椅子。

「請到正面的證人席，面對這裡，不必理會旁聽席。」

俊次慢吞吞地走到證人席，正想坐下來卻被法官說：

「請站著。」

俊次十分不自在，毛毛躁躁動著手腳。那身制服很拘束吧，鞋子應該也很緊。

「把頭抬起來。那麼，請問你叫什麼名字？」

俊次搖晃著腦袋說：

「——大出俊次。」

聲音好小。

「請再大聲一點回答，讓法庭上的人都聽到。」

律師和助手都稍微探出身子，注視俊次，彷彿聽得見他們鼓勵地說「振作」。沒錯，抬頭挺胸啊。你有身爲不良少年的志氣吧？禮子也在內心大喊，別讓我失望了。

「大、大出俊次！」

像樣一點了。可是怎麼搞的？這聲音窩囊透了。

「你是本校城東第三中學三年級的大出俊次同學，對嗎？」

俊次搖搖晃晃地點頭，發現野田健一正拚命用嘴型指示「是，說是」，便說：

「是，沒錯。」

「你是本法庭的被告，你理解這一點嗎？」

「是。」

「剛才檢察官說明了起訴的理由，你聽到了嗎？」

「是。」

「關於起訴內容，你有什麼意見嗎？」

俊次的態度散漫，舉止也很散漫。他不曉得該怎麼應答才好，像水母似地搖來晃去。辯方看起來很精明，卻沒有幫俊次預演嗎？

井上法官握起雙手，微微探出身體說：

「對於檢察官剛才向陪審團說明的內容，你有什麼要反駁的嗎？」

以法官而言，這番發言過於親切詳盡，禮子心生感謝的同時，也爲俊次感到羞恥。眞是個傻瓜。

「我……」

俊次坐立不安，彷彿身體某處在癢，他轉頭看律師。神原和彥默默回視俊次，表情沒有變化。野田健一在一旁乾焦急。

「我沒有做那種事。」

俊次的聲音顫抖，神原律師深深點頭。俊次見狀似乎鬆了一口氣，仰望法官。

「我才沒有殺柏木。藤野在胡說八道，全是胡扯。」

俊次忽然急切地辯解起來，法官迅速制止：「請稱呼藤野檢察官，或是檢察官。」

旁聽席傳出笑聲。神原律師居然也在笑，然後他坐著，發出清亮的聲音：

「抱歉。庭上、藤野檢察官，我替被告致歉。」

旁聽席的吵鬧聲安靜下來了。

「之後我會好好提醒他。」

「很好。那麼，被告請回座。」

法官又親切地指著神原律師旁邊的座位說道。俊次瞄了旁聽席一眼，欲言又止，拖拖拉拉。野田健一以眼神向俊次示意，悄悄對他招手。

一直到大出俊次坐下來，法庭內每一個人的視線都集中在他身上。他的雙頰潮紅，反而更突顯出那糟糕的臉色。他粗魯地拉開椅子，一屁股坐下，嘔氣似地伸長了雙腳。雖然態度不值得嘉許，但禮子覺得那樣才像平常的俊次。

「辯護律師。」法官呼喚神原和彥，「請說明辯護要旨，陳述將如何辯護。」

神原和彥站了起來。他站起來之後，更顯現出體格的嬌小。他比大出俊次整整小了一號。

「庭上、各位陪審員。」

他掃視旁聽席，有些刺眼似地瞇起眼睛。

「旁聽席的各位，我是大出俊次同學的辯護律師神原和彥，律師助手是野田健一同學。」

健一站起來行了個禮。

「如同各位知道的，野田同學是城東第三中學的學生，但我是東都大附中的三年級生，也就是外校生。首先，我要感謝本法庭允許我這個外校生在如此重要的場合上擔任辯護律師。謝謝。」

雖然是淺白的口語，但與檢察官一板一眼的發言相比，他的語氣柔和多了，甚至可以形容爲悠閒。表情也很明朗，嘴角上揚。

「這是十分寬大而且明智的判斷。這場校內審判的各位關係者，在起步的階段就做出了極爲正確的判斷。」

噢？禮子不禁瞠目。

「因爲被告迫切地需要辯護人。然而遺憾的是，城東第三中學裡並沒有辯護人。不，請容我訂正，是沒有眞正的辯護人。」

哦？——有人發出鼓譟聲。是茂木悅男，禮子心想。記者交抱雙臂，整個身子靠在折疊椅的椅背上。

「剛才檢察官陳述了這起事件的梗概，並說明爲什麼大出俊次同學會以被告的身分站在這裡，及他做了些什麼。對於檢察官的這些指控，被告認爲那是胡說八道。」

抱歉——辯護人微微行禮說：

「我承認，這樣的措詞並不恰當。那不是胡說八道……」

而是**幻想**——他說。

禮子感覺到每個人都倒抽了一口氣。

「檢察官陳述被告的動機，說他們已經準備好要證明被告殺害柏木卓也同學的過程。這也是幻想，一切都只是幻想而已。」

這個案子本身，就是幻想之下的產物——辯護人清楚明白地如此一口咬定，嘴角依然帶著微笑。

「被告確實是本校的問題人物，但光是『問題人物』這個事實，就足以將殺人重罪安在一個人頭上嗎？不夠。不需要擁有多深奧的法律知識，每個人都能理解這一點。那個學生是不良少年，就算他殺死看不順眼的同學也不奇怪，是理所當然的，所以人會不會就是他殺的？一定是他殺的、就是他殺的——這並不是事實。根據常識，這叫幻想。如果檢方要強辯他們可以證明這一點，那番強辯也是幻想。」

爲什麼這樣的幻想能夠橫行無阻？

「檢察官剛才為我們說明理由了，因為被告是個惡名昭彰的問題學生。柏木卓也的死亡悲劇籠罩著種種謎團，為了消解這些謎團帶來的不舒服，被告是最好的代罪羔羊。對於今天來到本法庭的各位來說，這應該不是什麼難以理解的事。」

然而，從現實的角度來看卻很難理解，因為——

「整個城東第三中學都沉浸在檢察官所述說的幻想情節之中。在這種情況下，不可能眞正有人為被告辯護發聲。即使有，不是立刻遭到封殺，就是虎頭蛇尾，或是被迫變節吧。畢竟被告身為惡名昭彰的不良少年，是城東三中的燙手山芋。」

幾名陪審員不知不覺間張大了嘴巴。勝木惠子目不轉睛地瞪著神原律師。

「檢察官主張有人目擊命案，然後提出告發。檢方還說他們根據告發內容，挖掘出足以證明告發的事實，這也是幻想，根本沒有那樣的事實。因為目擊者的證詞、告發都是幻想。那只是這所學校的各位在某個特殊的時期，在特殊的心理狀態下，想要共享的一種幻想。這種期望能夠帶來的是幻想，而非事實。」

不知何時，旁聽席的扇子和手帕都停下動作了。

「被告便是這種期望之下的犧牲者。可是被告不甘心被犧牲，選擇了挺身對抗。各位，請好好記住，被告是主動參與這場審判的。他絕對不是被綁上繩子、銬上腳鐐，給人拖到這裡來的。」

而外校生的我——神原律師向陪審團訴說：

「加入他的抗戰，為了洗刷意圖陷被告於罪的幻想而來到這裡。所以我要感謝沒有驅逐我，而是寬容接納我的本法庭。最重要的是，各位的這種態度，顯示了各位距離所追求的眞相已經不遠、就在觸手可及之處。其實各位都明白這一點，只是暫時被幻想蒙蔽了雙眼而已。」

被告是清白的——

「被告沒有殺害柏木卓也同學，他是清白的、無辜的。檢察官說任何人都無法反駁事實，確實沒錯。對我們而言，獨一無二、不可顚覆的事實是，被告蒙上了殺人的不白之冤，而檢察官在本法庭提出的『命案』

這個重大事件，本身就是幻想之下的產物。」

發言結束後，律師很快地回座。法庭內一片沉默，隔了一秒後，才從底部沸騰起來似的一片喧鬧。

「肅靜！」

冷靜的法官敲打木槌。

「請肅靜！」

厲害，口氣眞不小，佐佐木禮子也目瞪口呆。主張當事人的冤枉與清白也就罷了，沒想到辯方的開庭陳述就一語斷定檢方的主張全是幻想，而眾人也都明白這是幻想。

茂木悅男忍俊不禁。檢方三人沒有反應。令人訝異的是，大出俊次本人似乎也大吃一驚。野田健一則頻頻拭汗。

「不好意思。」

一個旁聽席的中年女人尖聲開口，擅自站了起來。她穿著花俏的套裝，似乎是學生家長。

「我知道你們的目的了，所以這種審判可以結束了吧？國中生搞什麼檢察官、律師的遊戲，根本就──」

「請坐下，旁聽者不許發言。」

法官厲聲打斷她。女人眼角吊得老高，歇斯底里到破了音：

「你們到底自以爲是什麼人？不過就是群小孩子，在那裡自命不凡個什麼勁？學校老師也太不像話了！」

法警山晉慢慢地行動，走向女人。

「請停止發言，坐下來。」

「你憑什麼指揮我！」

坐在最前排的楠山老師冷不防站起來，向女人一喝：

「看不順眼的話，妳出去！」

女人頓時退縮，表情扭曲，一副快哭出來的樣子。結果井上法官把矛頭轉向了楠山老師：

「本席不允許未經許可的發言。老師也請坐下。肅靜！」

一下，兩下，三下，木槌高聲作響。疑似同伴的另一個女人拉扯那個女人的手臂，卻被甩開。她打亂坐得滿滿的旁聽者席，跌跌撞撞地逃到旁聽席後面，跑出體育館了。

井上法官按住銀框眼鏡，一臉肅穆地掃視法庭。

「再次提醒，法庭內請保持肅靜。旁聽者不可發言。請隨時聽從本席的指示。法官的命令是絕對的，明白了嗎？」

對於這番斥責，楠山老師發出了熊一般的悶吼，或許是禮子聽錯了。

山晉慢慢地走回原位。吵鬧聲退潮，只剩下零星竊笑聲，很快地也消失了。

「律師，過來一下。」

法官向神原和彥招手。和彥輕巧地走近，一開始墊著腳尖說話，但很快就跳到堆高的榻榻米上。

從兩人的表情來看，法官似乎在勸誡他什麼。和彥點了幾下頭說「我懂了」，只看得出這句話的嘴型。

——別一開始就踐個二五八萬的。

禮子猜想或許是這樣的內容。不，井上同學是個好學生，應該會說得更委婉些，像是「排場別那麼大」之類的。

藤野涼子看起來沒有生氣，她回應著熱切地向她低語的佐佐木吾郎。萩尾一美介意起頭髮的分岔，表情非常輕鬆自在。

注意到的時候，津崎正向周圍的人行禮告罪，穿過座位之間走近禮子。

「眞有一手。」

他身子微彎地呢喃，眼神很明亮。

「實在令人吃驚。」

感嘆之餘，禮子再次沉痛地感受到比起這些孩子的果決，自己有多麼半吊子。

「就是啊。接下來我會被傳喚當證人，得去休息室等候，先告辭了。」

禮子目送津崎離開。神原律師回到座位和野田助手說話。

審判程序中斷的時候，還有別人離開旁聽席，也有人進來。疑似家長的大人、結伴同行的學生，雖為現場的氣氛感到疑惑，不過他們仍尋找著座位。

「審理開始。」

別亂晃了，快點坐下。法官的眼鏡反光照亮全場。

「各位旁聽者請務必保持肅靜。檢察官，請傳喚第一位證人。」

「好的。」

藤野涼子站起來，望向最前排的楠山老師。

「楠山恭一老師，請上前。」

在一片騷動之中，楠山老師板著臉，慢吞吞地走上證人席。

就禮子從津崎那裡聽到的範圍內，楠山老師應該是這次校內法庭的強硬反對派。然而，今天他卻負責婉拒媒體，甚至擔任證人。

既然法庭審理開始了，可以理解學校這個「體制」會著手排除媒體，但擔任證人又是另一個次元的事了。是「體制」本身也有企圖嗎？還有，那個在不知不覺間收買了石川ＰＴＡ會長的茂木悅男，「大人」做的事，眞是半點疏忽不得。

告發信引起騷動的期間，禮子前來這所學校進行面談調查，無論何時碰面，楠山老師總是穿著運動服之類的休閒服裝。雖然北尾老師也一樣，但楠山老師的穿衣風格，看起來具有超出便於活動或方便之外的強烈主張。

那麼，他今天的主張是什麼？禮子仔細注視這個沒有打領帶，但穿著白襯衫以及熨出褶痕的長褲，威風凜凜地走向證人席的魁梧教師背影。

「你是楠山恭一老師，對吧？」法官問。

「沒錯。」

老師的嗓音就像平常那樣渾厚，有些偏高。

「應該順便說明一下我在本校教社會科吧。」

「請舉起右手，按在胸口。」

法官說著，自己也做出同樣的動作，手掌按在心臟上。楠山老師拱著肩膀照做。

「請跟著我複述。我，楠山恭一。」

「——我，楠山恭一。」

音量大得超乎必要。

「發誓在法庭上將秉持良心說實話——只說實話。」

光聽那故意拉大嗓門的聲音，也看得出他在搞笑，而且只有本人沒有發現那是一種落了空、很冷的無聊胡鬧。

「感謝老師在百忙之中願意出庭擔任證人，請坐下。」藤野涼子開口。

「我可以站著。」

涼子微笑回應：「請坐下，否則會讓陪審團感覺到壓力。」

「因爲我長得很可怕嗎？」

楠山老師又快活地說，陪審團沒有反應，但部分旁聽者總算捧場笑了。

「有些陪審員這麼認爲。」

藤野檢察官沒有多加理會，望向法官和陪審團。
「檢方要請楠山證人作證柏木同學遺體被發現時的狀況。」
「我就是被這麼拜託才會來的啊。」楠山老師對陪審團說。
檢察官搶在法官之前制止他：「證人請回答問題就好。」
證人拱起的肩膀沒有放鬆。
「去年十二月二十五日上午八點左右，老師在哪裡？」
「在大門旁邊鏟雪。」
接下來，藤野檢察官俐落地陸續提問。最先通知楠山老師的是誰？老師接到通知，怎麼反應？當時職員室裡有哪些人？
楠山老師也流暢地回應。
「老師在現場看到遺體了嗎？」
「妳是指有沒有看到遺體的臉嗎？」
「是的。」
「看到了。」
「老師馬上就認出那是誰了嗎？」
「對，我認出那是柏木。」
「然後老師怎麼處理？」
「我通知校長，請校長打一一九報案。」
「當時側門是開著，還是關著？」
「關著。因爲校規規定上學時要走正門。」
「老師請校長報案一一九，是爲了叫救護車嗎？」

「一般都是吧？」

「老師認爲柏木同學或許還活著嗎？」

證人第一次停頓了一會才回答：

「我不記得當時是怎麼想的。人的記憶本來就不太可靠吧。」

楠山老師的言外之意，是在對藤野檢察官主張「我是老師，妳是學生」，但檢察官完全不予理會。在這裡，兩人是檢察官與證人。

「老師當時就知道發現遺體的是誰嗎？」

「知道啊，本人就在那裡嘛。一臉蒼白地坐在地上。」

楠山老師說著，望向辯方律師席。

「是野田健一發現的，他當時是二年A班。」

旁聽席一陣吵鬧。健一表情不變，寫著筆記。

「我得知狀況後，立刻安置了野田。」

他特別在「安置」二字上加重語氣。

「他看起來嚇到快尿褲子，所以我讓他去校長室——」

「是老師帶他過去的嗎？」

「不，我留在原地。」

「是誰帶野田同學去校長室的？」

「應該是高木老師吧。」

「二年級的學年主任高木老師，對嗎？」

「是啊。不必一一說明，你們不都知道？」

「證人。」法官的眼鏡反光了，他出聲插話：「除了回答問題以外，請勿任意發言。」

楠山老師轉頭，旁聽席上的禮子也瞄到了他的側臉，他看起來很不滿。楠山那種豪放不羈的風格不適合這個法庭，但即使明白，他似乎還是打算貫徹自己的風格。

「帶野田去校長室的或許是森內老師。」他帶著鼻息回答，「當時太混亂，我記不清楚了。」

「老師記得救護車多久之後才來嗎？」

「——大概十分鐘吧？」

「警車來了嗎？」

「來了。」

「警車先來，還是救護車先來？」

「這個嘛……」

楠山老師大大扭轉上半身環顧旁聽席。他好像在找誰，但似乎沒找到，接著才說：

「不記得了。不是我報警的，我不曉得。」

「是誰報警的？」

「校長吧？當時的校長津崎老師。」

他剛才好像是在找津崎。

「楠山老師通知了校外的人嗎？」

「我通知了職員室的老師。」

「我是說**校外**的人。」

「沒有。當時我拚命設法避免讓上學的學生看到柏木。」

「知道過世的是柏木同學以後，老師跟校內的誰談過這件事嗎？」

又是一陣停頓。

「哦，我跟森內老師談過。」

「談了些什麼？」

「我問她知不知道柏木今天有沒有上學。」

「意思是，從十一月中旬就一直沒有到校的柏木同學倒在側門旁邊，所以老師以爲他今天到校，才會向森內老師確認，是嗎？」

「沒錯。」

「森內老師怎麼回答？」

「她說不知道，沒聽說。森內老師也很慌。」

「楠山老師認爲那天柏木同學可能會來學校，是嗎？」

「我？」楠山老師約莫是眞心感到驚訝，嗓音拔尖：「怎麼可能？我又不是柏木的導師，他不來學校以後，我就沒有看過他，怎麼曉得他那時候怎麼了？」

「但老師一時之間還是覺得他或許來學校了，對嗎？」

這是爲什麼？——檢察官追問。

「什麼爲什麼——因爲他就在那裡啊。」

「陳屍在那裡。」

「對，物理上人在那裡。」

藤野檢察官將重心從右腳換到左腳，望向手中的檔案資料繼續說：

「老師知道是誰打電話通知柏木家的嗎？」

「不是校長就是高木老師吧，要不然就是森內老師。」

「不是證人打的嗎？」

「就說我不是導師了啊。」

「證人當時摸過遺體嗎？」檢察官的聲音突然變得尖銳。

就連楠山老師都忍不住退縮了，「突然問這什麼啊？」

「請問證人是否摸了遺體。」

「問題也太跳躍了吧？不能按部就班問嗎？」

法官冷淡地瞪著證人，證人也反瞪回去，但法官沒有認輸，繼續瞪著。

楠山老師魁梧的肩膀拱到不能再高，「沒有啦。」

「爲什麼？」藤野檢察官問，筆直注視著楠山證人。

「當時遺體埋在雪裡，證人卻沒有把他抱出來，或是挖開積雪，採取任何行動嗎？」

「怎麼能亂碰呢？」

「爲什麼不能碰？」

「會破壞現場啊。」

「**破壞現場**。」檢察官慢慢地重複說：「也就是說，證人認爲可能會妨礙到即將趕來的警方進行調查行動。」

此時，一道近乎開朗的清亮聲音插了進來：

「異議。」

是神原律師。他坐著，仰望法官說：

「檢察官在誘導證人。」

「異議成立。」法官看著涼子，「檢察官，請說明這個問題的用意。」

「我是在確認遺體被發現時，證人是否認爲柏木同學的死亡可能是一樁案件。」

「那麼，請這樣詢問。」

禮子開心地想，太能幹了。

雖然令人同情，但楠山老師是個「範本」。既然站在證人席上，你就只是個證人，其他什麼也不是，我們絕不會有半分客氣——是要讓整個法庭明白這件事的材料。

「我換個問題。」藤野檢察官滿不在乎地繼續說：「證人對於柏木同學爲何陳屍在那裡，是否做出了某些推測？」

「推測……？」

與學生對峙，雖然感到氣憤，卻屈居下風。這在楠山老師的教育者生涯中，應該是罕見的經驗吧。

「不曉得。當時我的腦袋一團混亂。」

「證人當時認爲那是一起意外嗎？」

「意外？」

「你認爲那是自殺嗎？」

「自殺？」

「或是除此之外的其他可能？」

楠山老師瞬間沉默了下來，甚至不再反問。然後，他沉聲回答——帶著不少豁出去的成分。

「——我覺得他是故意跑到學校來自殺的。」

旁聽席傳出細語聲。

「那麼，證人預期警方會前來調查——不，前來勘驗現場嗎？」

「我覺得警察當然會來。從這個角度來說，我認爲這是一起案件沒錯。」

涼子點點頭，對法官說：「我問完了。」

「請辯方反詰問。」

法官催促，神原律師站起來。

「楠山老師，請重新回想一下當時的情況。」

不同於檢察官，辯護人的語氣很恭敬，但楠山老師神情僵硬。

「當天，那個時候老師眞的沒有碰柏木同學的遺體嗎？」

證人沒有回答。

「檢察官剛才也說，遺體大部分都被雪掩埋了。我認爲把雪挖開，或是把人從積雪中抱出來，或是確認脈搏，採取某些行動才是自然的。因爲實在太自然了，證人忘了自己曾經那樣做，是不是呢？」

旁聽席一片寂靜。

「——或許吧。」

「意思是，老師或許摸了遺體？」

「對。」

楠山老師的措詞變了。

「只是當時的記憶變淡了，所以老師無法確定？」

「沒錯。」

「也就是證人認爲在法庭上，不能依靠曖昧的記憶來作證？」

「對。」

「證人剛才說，不能破壞現場。」

教師看著律師，點了點頭。

「一般來說，」律師以平靜的語氣接著說：「人們在死者面前態度都會特別尊重。無論死因是什麼，或即使死因尚不明確，不管有無犯罪可能，都不會有冒犯死者的舉動。證人認爲不能破壞陳屍的現場，也是出於這種可謂一般常識的心理活動吧。」

這次檢察官提出異議：「辯方在徵求證人的意見。」

法官開口：「沒錯。不過這個意見沒關係。證人請回答。」

楠山老師背部的緊張感明顯緩和了。

「沒錯，我——我也這麼想。不，當時我應該是這麼想的。」

「因爲柏木同學雖然不是證人班上的學生，畢竟是城東三中的學生，對嗎？」

楠山老師抬起頭來，聲音恢復了力道：

「沒錯，因爲眼前過世的是我們學校的學生。」

神原律師點點頭，「謝謝。我問完了。」

檢察官的戰略是試圖從學校中屬於「聲音特別大」族群的教師楠山——這是眾所周知的事實——口中問出他一發現柏木卓也的遺體，就認定那是「自殺」的證詞。檢方也暗示楠山老師對於不上學的「問題學生」柏木卓也抱持冷漠的態度，甚至無法在情急之下抱起遺體，不近人情。

然後，律師阻撓了檢方的目的。

事實上，當城東警察署的人員趕到時，柏木卓也遺體周圍的積雪凌亂，到處都是腳印。禮子心想，晚點我一定會被追問這個問題吧。

就算是楠山老師，如果看到自己學校的學生凍得硬梆梆的遺體，一定也會不顧一切，把他抱起來。事實也是如此。然而，在剛才與藤野檢察官的問答中，檢方問「你摸了遺體嗎？」讓楠山老師陷入不能老實回答「摸了」的錯覺，就好像「摸了」等於「做了什麼不好的事」。涼子嚴厲的質問口氣也引起這樣的錯覺。

這不是縝密思考後設下的圈套，而是藤野涼子深知楠山恭一這個教師的個性、作風，才能如此問話吧。你們別小看老師啦——對於這種動不動就傲慢地擺出「我是老師，比你們了不起」嘴臉的人，這種奇襲非常有效。

很有一手。但從這樣的問答再引出「他是我們學校的學生」的意見，打消前述印象的神原律師相當臨危不亂。

有誰在背後指導這些孩子嗎？——禮子正在尋思時，法官叫喚了野田健一。他居然是接著被叫上證人席的第二號證人。

辯方助手被檢方傳喚爲證人，旁聽席的眾人一陣驚訝。

「請肅靜。」法官說。

野田健一並沒有驚慌失措的樣子。仔細想想，他是遺體的第一發現者，被要求作證也是理所當然。只是，他湊巧又是辯方助手，所以感情上變得有些複雜而已。

健一宣誓完，被法官要求說話音量再大一點。

「好的。」

健一沒有正對法官和陪審團，而是稍微面向檢察官站著。

「十二月二十五日早上的上學時間，證人爲什麼會想要走側門上學，而不是走正門？」

「那天積著雪，我想要抄近路。懶得繞到正門去。」

涼子露出帶著笑意的眼神，「側門是關著的吧？」

「是的。」

「翻過去不是比較麻煩嗎？」

「我不覺得麻煩。」

「男生穿褲子很方便嘛。」

旁聽席傳出笑聲。涼子也微笑。

「請告訴我們你是在什麼樣的情況下，在積雪中發現遺體的。」

「我從側門跳下去的時候，失足摔到積雪上面了。積雪塌下來，露出底下掩埋的一部分遺體。」

「你最先看到的是哪個部分？」

「手。」野田健一說著，稍微往下看。「手從積雪裡面伸了出來。」

「然後證人怎麼做？」

「我把雪挖開，用雙手像這樣扒開。」他以動作表示。「然後我看到遺體的臉。」

「你立刻就認出那是誰了嗎?」
「是的,那是柏木同學。」
「當時你們是同班同學,對吧?」
「是的。」
「遺體的臉上有外傷或破損嗎?」
「乍看之下沒有,臉部很完整。」
檢方席上,萩尾一美睜圓了雙眼。
「那時候有什麼特別令你印象深刻的地方嗎?」
健一幾乎沒有停頓,立即回答:
「柏木同學的眼睛是睜著的。」
睫毛凍結了——
「他穿著黑色高領衣,但衣服凍成了白色。」
「手也凍結了,從積雪中伸出,是嗎?」
「或許是吧。」
檢察官隔了一拍問:「你很害怕嗎?」
證人沉默了半晌,然後搖搖頭,抬頭看向檢察官:
「不曉得。我當時應該是腿軟了,因爲太驚嚇了。可是,我現在不明白當時我到底害不害怕。」
「你當時覺得柏木同學遭遇了什麼事?」
「當時我應該無暇想到那些。我立刻離開現場,想要去職員室通知老師。」
「是證人通知職員室的?」
「不是,我在途中遇到別人——記得是學生——我拜託那個人去通知。我的腳抖得太厲害,沒辦法好好走路。」

「然後你怎麼了？」

「我記得自己當場癱坐在那裡。可是，剛才楠山老師說我在現場，或許我又折回去了。」

「沒有必要配合其他證人的說詞，只要依你的記憶陳述就行了。」

檢察官的語氣和表情都十分溫和，與剛才大相逕庭。

「對不起，我記得不是很清楚。」野田證人低著頭說：「回過神時，我已經在校長室了。落在身上的雪完全融化，我冷得受不了。」

神原律師看著野田健一。大出被告收起散漫伸直的腳，稍微前屈，用一種幾乎要撲上去的表情凝視著證人。

「你和柏木同學是同班同學，」檢察官繼續說：「你們很要好嗎？」

「不。」

「你們不是朋友？」

「是的，也沒有機會親近。」

「什麼意思？」

「我是——怎麼說，不是朋友很多的類型，柏木同學也一樣。」

「可是，既然是同班，應該有交談的機會吧？」

「我不記得我們說過話，完全沒有親近的機會。」

「你覺得柏木同學這個人怎麼樣？」

「什麼意思？」

「你覺得他人不錯嗎？還是，他是那種不會想親近的人？」

站上證人席以後，野田健一第一次看向律師，律師眨了幾下眼睛。

「我跟柏木同學的關係非常疏遠，甚至不會去想到這些問題。」

該說他是孤立還是——

「或許該說他很孤傲吧。不只是我，他在班上應該沒有其他要好的朋友，也不像渴望朋友的樣子。」

「可是，你知道他後來不上學了吧？」

「知道。」

「你不擔心他嗎？」

「不太會。」

「爲什麼？」

「我覺得在乎那種事也沒用。」

「你覺得與自己無關？」

「眞要說的話，是與我無關沒錯。」

藤野第一次變換姿勢，交抱起了雙臂。

「你知道十一月十四日中午左右，發生在自然科教具室的騷動嗎？」

「當時不知道，我是後來聽別人說的。」

「你有什麼感想？」

「什麼感想……？」

「三個不良少年跟柏木同學發生衝突。孤傲、孤獨、對周圍漠不關心的柏木同學，以暴力的言行，頂撞了被告與他的同伴。你當時不覺得驚訝嗎？」

「我是很驚訝。」

「你沒有好奇爲什麼嗎？」

「我是想過，可是……」

證人欲言又止，檢察官追問：

「可是什麼？」

「我覺得反正一定是大出同學他們又為了無聊小事去鬧柏木同學。」

「但柏木同學不甘示弱，這一點你不覺得驚訝嗎？過去從來沒有人敢頂撞大出同學。」

「我是很驚訝，但也覺得這是有可能的事。」

「有可能的事？」

「不是常說平日愈老實的人，一生起氣來就特別可怕嗎？」

「你認為柏木同學也是那種人？」

「是的，雖然只是我私下這麼猜想。」

檢察官鬆開交抱的雙臂，一手插在腰上微笑：

「可是從此以後，柏木同學就不來上學了。你沒有想過，他果然還是害怕被告等人、害怕遭到報復嗎？」

律師差不多要提出異議了吧？——禮子這麼想，但神原和彥依舊雲淡風輕地沉默著。

「我想過。」野田健一坦白回答。

「當時你是否對柏木同學感到同情？」

「我是覺得同情。」回答以後，野田證人像要鼓勵自己似地點了一下頭，接著說：「我當時心想，我也要千萬小心，免得碰上一樣的事。」

被告狀似不服氣地噘起嘴巴。這傢伙實在太容易懂了，受不了。

藤野檢察官放下手站好，語氣也改變了：「證人在這場審判中擔任律師助手。」

「是的。」

「你是志願擔任助手的嗎？」

「是的。」野田健一答得毫不猶豫。

「你相信被告是清白的，沒有殺害柏木同學？」

「是的。」

「這番信念，與你是柏木卓也同學遺體的第一發現者之間有任何關聯嗎？」

大出俊次坐立難安地扭動著，用手肘去撞旁邊的律師。神原律師裝作沒發現。

「關聯？」野田健一反問。

「你發現了遺體。」檢察官強調，「你在近處看到了遺體。本校學生當中，大概只有你一個人在現場看到了柏木同學的遺體。你看到了他的死相，看到連睫毛都凍結、雙眼圓睜的遺體。」

證人纖瘦的背影緊張起來。「對，我看到了。」

「很震撼，對吧？」

不是質問，藤野檢察官是在對法庭內眾人說話。

「那一幕至今依然烙印在你的心中吧。畢竟柏木同學當時睜著眼睛，回視發現他的你。」

律師還沒開口，法官就先出聲：

「檢察官，問題意圖不明。」

檢察官無視法官，逕自問下去：「那具遺體、那雙眼睛向你傾訴著什麼？我不是被殺的，是自殺的。所以，萬一有人涉嫌殺害了我，那是冤枉的。證人可以懷著堅定的信念，爲被告辯護。」

「藤野檢察官！」

井上法官在生氣——或是假裝生氣。

「妳不是在質問，而是在演說。」

「對不起，我撤回發言。」

於是，法官說：「陪審團請忘掉檢察官剛才的發言。」

「也別忘了我的道歉。」檢察官補上一句。

陪審團笑了，旁聽席也傳出笑聲，但法官一抓起木槌柄，笑聲很快就停了。

「我換個問題。你是遺體的第一發現者，與你志願擔任律師助手之間有關係嗎？」

野田健一清楚地回答：「沒有關係。」

檢察官問完了，律師沒有反詰問。健一回座後，被告一臉凶惡地瞪了他一眼。健一聳聳肩，律師拍了一下他的背。

「津崎正男老師，請入庭。」

法官的聲音響起，津崎經過辯方席後面現身。前校長的登場讓法庭內一陣騷動。

宣誓完畢後，神原律師起立，向津崎點頭致意，然後望向法官說：

「庭上，請向陪審團說明證人在本法庭中的立場，以及證人詰問的規則。」

井上法官銀框眼鏡上方的眉毛動了一下，彷彿在說「對喔」。他先看了一下底下的陪審團，接著掃視旁聽席，推了推眼鏡框。

「證人是依檢方或辯方的申請傳喚至法庭。由申請的一方先對證人進行證人詰問，這叫『主詰問』。」

眾陪審員轉頭仰望法官席。

「接著向對方申請的證人進行的詰問叫『反詰問』。請好好記住這個詞。」

旁聽席的眾人專注地聆聽。

「不過，本法庭的證人不一定就是傳喚那一方的證人。檢方的證人不一定會作證對辯方不利的事，反之亦然。當然也有這種情形，但並不一定都是如此。」

津崎站在證人席，點了點頭。

「還有，證人不一定都是由同一方申請的。有些時候是第一次作爲檢方的證人回答問題，第二次作爲辯方的證人被傳喚。因爲這場審判規定，雙方都有權傳喚想要傳喚的證人。」

也就是說——法官隔了一拍，繼續道：

「請不要認爲檢方的證人就是站在檢方那一邊，辯方的證人就是對被告有利。更重要的是，仔細留意每一個證人的證詞內容。」

對於透過電視劇而對現實審判的複雜機制有了模糊既定印象的陪審團——還有旁聽席的大人來說，這是一番親切的說明。

「很抱歉。」法官突然道歉，因此包括禮子在內，每個人都吃了一驚。

「這應該是在一開始就說明清楚的基本事項。藤野檢察官、神原律師，其他還有沒有本席忘記交代的事？」

「沒有，庭上。」

「我想應該沒有。」

雖然對話十分嚴肅，禮子卻和旁聽席的眾人一起笑了。就算在此時笑，這些孩子也不會生氣吧。

神原律師等法庭內安靜下來，重新轉向津崎證人。

「接下來，由我向津崎老師進行主詰問。感謝老師出庭作證。」

「我才要感謝，多虧法官的說明，我容易開口多了。」

津崎的聲音沉穩，帶著笑意。禮子覺得他一定是感到驕傲吧。她暗暗想著：如果我是津崎老師，一定會覺得驕傲極了。只是，儘管自豪，卻也對自己以這種形式將追查眞相的工作丟給這些孩子感到羞恥。

「請津崎老師說明事發當時在本校擔任的職務。」

「當時我擔任校長。」

「也就是本校管理經營上的最高負責人，對嗎？」

「是的。」

「現在呢？」

「今年四月我辭職了，目前在家待業。」
「老師沒有到其他學校任職嗎？」
「是的，我不再當老師了。」
茂木悅男微微探出身體。
「首先，我要請教發現遺體時校內的狀況。報警的是津崎老師嗎？」
「是的。」
「老師爲什麼報警？」
「我判斷光是有學生在校內過世，就需要警方介入調查了。」
「老師是什麼時候得知，過世的學生是柏木卓也同學？」
「遺體被發現後，很快就知道了。」
「有人去通知老師嗎？」
「我記得第一個來通知的人是高木老師，但我很快就過去確認過世的是誰了。」
「前往現場嗎？」
「是的，在等待救護車和警車抵達的期間。」
這次換律師問：「老師摸過遺體嗎？」
「是。我把遺體從積雪中挖出來，撥掉臉和身上的雪。」
「老師是一個人嗎？」
「周圍還有其他老師，但有哪些人，我記得不是很清楚。」
正值盛夏，相當於津崎正字標記的手織背心不見蹤影。不過，可能是習慣使然，他把手放在腰部，像要拉扯外套底下的背心。
「老師認識生前的柏木卓也同學嗎？」

「認識。」

「和他說過話嗎？」

「有的。但他不來上學以後，就無法直接見到他本人，只有隔著門聽到他的聲音而已。」

「柏木同學不上學以後，老師訪問過柏木家，是嗎？」

「是的。」

「大概幾次？」

「我記得是四次。」

「就老師一個人嗎？」

「不，學年主任高木老師，還有導師森內也一起。」

原本以爲律師會詢問他們隔著門的對話內容，沒想到律師繼續問下去：「關於柏木同學在城東三中過世的消息，是誰通知他的父母呢？」

「是我。」

「是打電話聯絡嗎？」

「我先打了電話，隨即和導師森內兩個人前往拜訪。」

「當天是休業式，對吧？」

「是的，是第二學期的休業式。」

「但因爲出了這種事，沒有舉行休業式？」

「是的。我們請到校的學生留在教室，由我透過校內廣播說明狀況，然後宣布放學。」

「校內廣播公布了柏木同學的名字嗎？」

「沒有。」津崎用手掌抹了一下額頭，後頸也開始泛光了。

「我在校內廣播中只說明本校有一名二年級學生過世了。僅對與他同班的二年Ａ班學生公布過世的是柏木同學。」

「後來你有機會以校長的權限，向本校學生及家長公開柏木卓也同學過世的消息嗎？」

「隔天在緊急家長會議中正式宣布了。在此之前，雖然報紙和電視新聞都已經報導，卻沒有提到柏木同學的名字，所以我想大多數的家長都不清楚詳情。」

兩者的對話非常順暢，就像事前排演過一樣。

「柏木同學的死因是什麼時候查明的？」

「完全確定是在三天以後。經驗屍解剖的結果，得知他是從高處墜落而死。」

「在那之前完全不知道死因嗎？」

「不，城東警察署的警察一開始看到遺體的時候，就指出了墜樓死亡的可能性。」

神原律師維持淡漠的語氣問：「你們是什麼時候上去檢查屋頂？」

「因爲警方提出這樣的可能性……我想應該是中午過後。那時學生都放學回家了。」

津崎從外套口袋裡取出白手帕擦拭額頭。

「坦白說，在學生們平安放學回家以前，我們根本沒有餘裕去檢查。」

「爲什麼會檢查屋頂？」

「因爲那是這所學校最高的地方。」

律師微微張開一隻手說：「可是屋頂上被護欄包圍吧？」

「如果想要那麼做，也是翻得過去的。」

「警方提出這樣的可能性嗎？」

「是的。」

「警方具體上是怎麼說的？」

旁聽席上的禮子不禁屏息。看起來，津崎在回答之前也一樣屏住了呼吸。

「警方說，學生在學校跳樓自殺的時候，都會選擇從自己教室的窗戶，或是從屋頂跳下來。」

也難怪旁聽席會一片騷動，因爲津崎毫不猶豫地說出了「自殺」兩個字。

「當天剛過中午的時候，城東警察署的人員提出了『自殺』的可能性，是嗎？」

「是的。」

「老師怎麼想？」

「——我也這麼認爲。」

「請告訴我們理由。」

「最重要的理由是，」津崎又拿起手帕拭汗，「柏木同學一直沒有來上學。」

「沒有來上學是個問題？」

「或者說，他沒有上學，關在家裡——關在自己的房間裡，這樣的心理狀態令人擔憂。」

「什麼樣的心理狀態？」

「我們沒有好好談過。他不歡迎我們造訪。他似乎極度排斥跟老師及校方人員交談。」

津崎把手帕按在額頭上，字斟句酌地思考著。

律師等著，法庭內的眾人也等著。

「尤其是第四次家庭訪問——十二月二十日，應該可說是事發之前吧。那天我和森內老師隔著門向他說話，結果他說：『不管你們來多少次，我都不會去學校，請老師們放棄吧。』」

律師一字一句地慢慢複述：

「『不管你們來多少次，我都不會去學校，請老師們放棄吧』，他是這樣說的嗎？」

「是的。我大失所望，高木老師和森內老師也十分灰心。我記得很清楚。」

他的態度非常排斥——津崎接著說：

「當時我和柏木同學的母親談過，他的母親也很擔心。柏木同學嫌麻煩，連飯都不吃了。他總是晚上醒著，白天睡覺，有時候會忽然不說一聲就跑出去。生活不規則，跟父母也沒有對話。」

「異議。」藤野檢察官插嘴，「柏木同學的母親柏木功子女士所描述的柏木同學的狀況屬於傳聞，並非證人親自確認的事實。」

「這個問題是要確定津崎證人當時是什麼想法。」律師回應。

「異議駁回。」法官說：「不過，津崎證人的證詞中包括傳聞，請陪審團記住這一點。」

津崎總算收起了手帕。

「學生不上學的原因有很多。」他向陪審團點了點頭，接著說：「柏木同學並不是我碰到的第一個不上學的學生，而且我也會判斷對於某些學生來說，有時候離開學校這種團體生活，安心休息反而比較好。因此，對於學生不來上學的情況，我並非抱持否定的見解。只是，我很關心學生不上學以後，在家裡是什麼狀態，也有一些我覺得有問題的案例。」

「柏木同學的例子讓你這麼覺得？」

「是的，我非常擔心。我感覺他遠離外頭的世界，變得內向、內省、厭世。」

「柏木同學的父母也感受到相同的憂慮嗎？」

「是的。」

律師深入追問：「父母的哪一方，或者是雙方，在哪個階段提過自殺的可能性嗎？」

藤野檢察官的眼神瞬間變得尖銳。

津崎的左手輕輕握起，抵在嘴邊：「柏木同學的父親明確提到自殺，是在葬禮的時候。在那之前，我沒有聽過關於自殺的言論。不過……」

他想了幾秒鐘，接著說：

「當天我前往柏木家通知的時候，柏木同學的母親哭著說『我一直擔心遲早會變成這樣』。」

法庭內一片寂靜。沒有人吵鬧，而是聽得入神。

律師沒有再深入越過這條線。他拿起桌上的檔案資料說：「我想請教十二月二十四日深夜本校的狀況。當時工友岩崎先生住宿在校內，對嗎？」

「是的。」

「現在廢除了工友制度，晚間由保全公司派人巡邏。這是在證人的任內進行的變更嗎？」

「不，是在我辭職以後更改的，所以我不清楚詳情，不過我聽說是岡野代理校長向教育委員會提出要求的。」

「證人在擔任校長期間，對岩崎工友的工作態度有任何擔憂或不滿嗎？」

「沒有。」

「其他的老師或家長向證人反映過擔憂或不滿嗎？」

「沒有。」

「庭上。」律師仰望法官，舉起手中的檔案資料。「遺憾的是，我們無法請岩崎工友到本法庭擔任證人，也沒有陳述書。不過我們要提出事件發生後，城東警察署相關人員詢問岩崎工友的對話紀錄，作爲證據。」

那不是別的，正是禮子提供給這場審判的資料之一。原來是由辯方提出嗎？雖然那是由哪一方提出都無所謂的資料。

「作爲辯方第一號證物受理。檢方也確認過內容了吧？」

「是的，沒有異議。」檢察官回答，視線依然緊盯著津崎。

「警方詢問岩崎工友時，津崎老師也在場，對吧？」

「是的。」

禮子也記得。工友岩崎毫不掩飾他的恐懼，擔心學生在深夜溜進學校，而且死在校園這種醜事的責任會全部歸咎到他身上。

「根據辯方第一號證物，從二十四日晚上開始，直到二十五日學生上學的時間，岩崎工友在晚間九點及凌晨零時在校內巡邏，二十五日早上七點著手檢查各項設備，處理鏟雪等雜務。可是他並未察覺校內有任何異狀，也不知道柏木同學陳屍在側門旁邊，沒錯吧？」

「是的，我也是這麼聽說的。」

「這份紀錄中，提到本校一樓北側的男生廁所窗鎖損壞，修理也不見改善。廁所的這扇窗戶，實際上是無法上鎖的狀態。」

「是的，學生都叫它『遲到窗』，十分有名。」

「遲到窗？」

「是的，遲到的時候，可以從那裡溜進學校。因爲距離職員室很遠，不會被老師發現而挨罵吧。」

可能是想要緩和氣氛，津崎輕笑了一下，但笑得不怎麼巧妙。

「如果遲到被發現，不管從哪裡溜進學校都是一樣的，不過學生覺得有這扇窗戶很好玩吧。他們好像也會反過來利用它偷偷溜出學校。」

「溜出學校做什麼？」

「蹺課吧。」

旁聽席傳出些許笑聲。

「那麼，津崎老師早就知道有這樣一扇鎖不上的窗戶？」

「是的。」

「但沒有採取治本的方法加以解決，是嗎？」

「是的。」

「爲什麼？」

「本校的校舍相當老舊，除了遲到窗以外，還有很多有問題的窗戶。若要治本，只能重蓋校舍了。這光憑本校，是沒辦法執行的。」

「至少可以把窗框整個換掉吧？」

這次津崎笑得不錯，「是啊，可是我沒有這麼做。因爲我認爲學校需要遲到窗這類——算是出口的東西。」

「需要出口？」

「要不然學校對學生來說，就不是學校，而是監獄了。我認爲有一個老師不知道——就算知道也要裝作不知道——的出口，對學生是很重要的。」

「老師現在依然這麼想嗎？」

「基本上是。不過我也會想，如果那天晚上遲到窗打不開就好了。」

旁聽席後方傳出一道尖銳的叫聲「太不負責任了！」，是男性的聲音。

「請肅靜。」法官說。

「各位陪審員。」神原律師稍微提高音量，「根據岩崎工友的證詞，十二月二十五日當天，城東警察署的調查負責人就知道了這扇遲到窗的存在。」

然後，他望向津崎問：

「關於這扇窗戶，老師與城東警察署的負責人說過什麼嗎？」

「我們認爲學生要溜進上了鎖的校舍，只能利用這扇窗戶。」

「所以柏木同學也是這麼做的？」

「是的。」

「異議。」檢察官站起來，「我們也同意應該是從遲到窗進去的，問題在於進去的**是誰**。」

「對不起。」律師說，又有些慌張地改口：「抱歉，我撤回剛才的問題。」

旁聽席的眾人笑了。禮子也微笑，但看到茂木悅男也在笑，她覺得十分不快，立刻收起笑容重新坐好。

「那麼，我想請教一下，十二月二十五日中午過後，老師調查本校屋頂時的狀況。校內通往屋頂的門，共有幾處？」

「只有一處。」

「那道門平常是什麼狀態？」

「是鎖著的，用掛鎖鎖起來。屋頂禁止學生上去。」

「老師進行調查的時候，掛鎖是什麼狀態？」

「是開著的。」

開著的——律師慢慢地複述了一遍：「鎖是以什麼狀態下開著的？壞掉了嗎？」

「不，掛鎖本身沒有異狀，正常打開著，鉤子掛在門上。」

「掛鎖的鑰匙有幾把，平常都保管在哪裡？」

「鑰匙只有一把，保管在工友室的鑰匙箱裡。」

「發現屋頂的掛鎖打開的時候，老師檢查鑰匙箱的鑰匙了嗎？」

「檢查了，鑰匙仍在原處。」

神原律師掃視九名陪審員，像在確認他們是否能跟上對話。

「對於這件事，老師怎麼想？」

津崎輕咳了一聲，「那把掛鎖很舊了——鬆掉了，我想就算不用鑰匙也打得開。」

旁聽席微微騷動起來。

「不用工友室鑰匙箱裡的鑰匙也能打開？」

「是的。」

「這件事確認過了嗎？比方說，實際實驗過？」

津崎前校長第一次有些尷尬地動了動身體，「沒有特別試過。」

「但老師當時還是判斷即使不用鑰匙箱的鑰匙，也能用別的方法打開，而當時也是那樣打開的，是嗎？」

「——是的。」

「老師沒有想過，是二十四日深夜上去屋頂的人先偷了工友室的鑰匙，開完鎖再偷偷還回去嗎？」

「我不這麼認爲。」津崎看著律師回答，「工友岩崎先生也明確否定說不可能。」

「意思是，要在當晚的幾個小時之內，偷走工友室的鑰匙或還回去，一定會被岩崎先生發現，是嗎？」

「是的。因爲除了巡邏時間以外，岩崎先生一直待在工友室。」

律師對陪審團說：「關於這一點，文件中也記載了岩崎工友的證詞。」

幾名陪審員點點頭。

「這樣的話，當時掛鎖是怎麼被打開的問題，就被置之不理了嗎？」

津崎苦澀地點點頭，「因爲在二十五日當天，就愈來愈傾向柏木同學是跳樓自殺的推測了。」

「老師認爲應該是柏木同學用什麼方法打開掛鎖的，所以沒有更進一步深究，是嗎？」

「是的，就是這樣。」

律師瞥了手上的檔案資料一眼。「知道屋頂上的掛鎖是那種狀態的有哪些人？」

「我想岩崎工友知道掛鎖很老舊了……」

「學生知道嗎？」

「有可能知道。」

「老師不認爲比起總是規規矩矩用鑰匙開鎖的岩崎工友或老師們，學生們因爲想要瞞著老師們偷偷上去禁止進入的屋頂，更容易發現掛鎖老舊鬆脫的事嗎？」

「異議。」檢察官立刻說：「律師在詢問證人的意見。」

「我撤回剛才的問題。」律師馬上回應，「那麼……對了……過去一年以內，有沒有本校學生擅自上去屋頂的情形？」

津崎輕嘆了一口氣點點頭，「有。去年有幾名三年級學生上去屋頂，應該是第二學期剛開學的時候。」

「那些三年級生是怎麼打開掛鎖的？」

「我們嚴厲追問，他們說是碰巧沒鎖上。」

不可能——禮子心想。一定是用工具撬開的，他們只是沒有坦白回答罷了。

「發生這件事以後，老師沒有想過要更換掛鎖，或是換成更牢固的鎖嗎？」

「沒有。我只叮嚀岩崎工友要確實上鎖。」回答以後，津崎垂下頭去。「現在回想，我太輕忽大意了。」

就說你太不負責任了——叫罵聲響起，又是剛才那個人，但沒有任何旁聽者理會。

安靜——法官公式化地說，律師也沒有放在心上。

「掛鎖的問題我明白了。」律師說著，翻過檔案資料，按在貼了標籤的某一頁，停頓了一會後看向證人。

「接下來，我想請教有關森內老師的問題。津崎老師對於森內老師在職務上的表現有什麼評價？」

禮子有些吃驚。當晚入侵現場的路線這樣就問完了嗎？不用再進一步追問嗎？只要暗示陪審團，任何人都可以利用遲到窗入侵學校、打開屋頂上的掛鎖就行了嗎？

「有什麼評價……？」

「森內老師還很年輕，對吧？而且是去年初才開始帶班。」

「是的，但森內老師非常熱心，盡心盡力。」

「去年十一月十四日，柏木同學與被告等人發生衝突，之後柏木同學就不來上學，陸續發生了這些對森內老師來說，應該是相當棘手的問題。對於森內老師處理這些問題的方法，老師是否感到擔憂？」

「與其說我覺得擔憂，森內老師看起來對於該如何處理十分苦惱。她每次都會來找我商量，也會徵詢學年主任高木老師的建議，相當努力。」

「老師是否覺得森內老師不夠成熟、缺乏教育者的自覺、責任感不夠，對她有所不滿？」

津崎隔了約一秒才回答：「沒有。」

律師稍微探出身體，「可是，森內老師被懷疑犯下某個具體的重大過失。」

也就是告發信——律師加強語氣：

「一月七日，當時的校長津崎老師，還有本校二年級生的藤野涼子同學收到了告發信。都是用限時信送達的。」

「是的。」

「相同的告發信，在同一天也一樣用限時信寄給了森內老師。然而不知為何，這封信後來被別人寄到HBS的《前鋒新聞》這個新聞報導節目。」

儘管是這個法庭裡每個人都知道的事實，律師還是簡潔地說明了狀況。

「可是森內老師當時就主張她沒有收到告發信，也沒有把信撕破丟掉。津崎老師知道這件事，對吧？」

「是的。」

「老師是否懷疑過，其實是森內老師沒有把告發信當成一回事，撕破丟掉了，但事情鬧大，她拉不下臉，才謊稱沒有收到？」

「我沒有這麼想過。」

「森內老師後來是否設法證實自己的清白？」

說著說著，身體漸漸前屈的津崎這時挺直了背：「是的，她委託了專家調查。」

旁聽席騷動起來。

「什麼樣的調查？」

津崎回答律師的問題，開始說明。不愧是教師，他非常習於說明。他以「森內老師的鄰居」代替關鍵人物的眞實姓名，把她懷恨森內惠美子的理由用一句「一廂情願的誤解」帶過，簡要地陳述事實。

旁聽席愈來愈吵鬧了。禮子也大吃一驚，沒想到森內惠美子遭遇的橫禍會是這樣與這起事件產生關聯。這樣的內情，確實不能在事前透露出來。法官和陪審團都沒有驚訝的樣子，看來法庭相關人士都已知情。

「──因此，森內老師是眞的沒有收到告發信，也沒有撕毀那封信。」

津崎說著，稍微放低了音量。

「關於這件事，本來應該要森內老師出庭，親口向大家解釋、說明才對，她本人也非常希望這麼做，但她受了重傷，正在住院治療。」

「希望森內老師早日康復。」律師說。

「不過能夠透過我在這裡向大家說明，眞是太好了。能夠證明自身的清白，我想森內老師一定也會感到欣慰。」

律師說道：「辯方將這份調查報告書作爲書面證據提出。」

爲了森內惠美子，神原律師特地將這件事列爲證據嗎？──禮子暗想，眞是太好心了。

然而，她想得太天眞了。待津崎說明完畢，律師立刻接著說：「森內老師辭職以前，還是本校的教師時，她主張自己沒有收到告發信，也沒有把信撕毀，津崎老師或是其他老師，都沒有想到可以進行調查嗎？」

「──沒有。」

「爲什麼？」

津崎面露困惑，「什麼意思？」

「爲什麼那個時候，各位老師沒有想過應該要冷靜地查證事實？」

津崎想了一下，「該怎麼說，是當時這所學校的氛圍使然……」

「氛圍？」

「當時的氣氛。我們每個人都窮於應付。」

「窮於應付？」律師反問。

「是的。」

「在那種狀態下，與其耗費心力去查驗事實，認定森內老師就是在撒謊比較輕鬆？」

「也不是比較輕鬆……」

「那麼我換個說法，是那樣做比較實際？」

「——是的。」

「當時城東第三中學裡蔓延著這樣的想法。不光是森內老師的事，校內不管出現多麼糟糕的傳聞，即使傳聞中的當事人飽受煎熬，只要表面上風平浪靜，問題沒有浮上檯面，姑且就能放心，是這樣的想法嗎？」

津崎前校長深深垂下頭。「是的，我想可以這麼說。」

律師閉上嘴，點了一下頭。「謝謝。請檢方反詰問。」

一點都不好心，禮子冷汗直淌。

「謝謝。」

藤野涼子面對津崎，像個模範生般規規矩矩地行禮。

「接下來檢方要掛一張圖，請津崎老師先坐下。」

津崎在證人席坐下，兩名檢察事務官將附滾輪的黑板推過來，移動到陪審團能夠清楚看見的位置。接著，他們從檢察官席的大紙袋裡取出摺起來的白紙，合力攤開，用磁鐵一張張貼到黑板上。

總共有三張圖。左邊第一張是城東三中校舍一樓的平面圖，用紅色麥克筆在四個地方註記號碼。①緊鄰圖片邊緣處，是側門的位置。②是職員室，③是工友室，④是北側廁所的「遲到窗」。柏木卓也遺體所在的位置，畫了一個簡單的人形圖案。

位於中央的第二張圖是校舍四樓平面圖，右邊的第三張圖是屋頂平面圖，門的掛鎖位置畫了個紅色星號。雖然是手繪的簡單圖樣，不過上下樓階梯和窗戶的位置都明確畫了出來。那不是一整張大圖畫紙，而是用六張B4尺寸的紙拼貼而成，連接處的膠帶反射著天花板的日光燈。

「這張圖也附在辯方剛才提出的一號證物裡。」藤野檢察官向旁聽席說：「我將它放大，方便在法庭上看。此外，這張圖雖然是由我們製作，但也經過辯方的認可。」

旁聽席後排的人站起來，想要看清楚。法官並沒有特別制止。

「津崎老師，可以請你確認一下嗎？請上前看沒關係。」

在檢察官的催促下，津崎站起來靠近黑板，仔細地一張張查看。

「是的，非常正確，畫得很好。」不小心變成上課般的口氣，津崎有些難爲情。

「老師所在的校長室，是職員室的南邊第一間，對吧？」

「是的。」

「然後工友室的……」檢察官也走近圖片，舉起右手，把紅色磁鐵放在③的號碼旁。「這邊是鑰匙箱。」

平面圖確實畫得很好，製作得相當細緻，但至多只能用圖片確認剛才說明的內容而已。

「那麼，請回證人席。」檢察官自己也回到位置上，繼續道：「津崎老師，你在職的時候，這個鑰匙箱的鑰匙丟失過嗎？」

津崎思考了一下，「就我記得的範圍內沒有。」

「岩崎工友曾經在學生或家長的要求下，出借鑰匙箱裡的鑰匙嗎？」

「有的，主要是體育館用具室的鑰匙。家政教室和美勞教室的鑰匙，爲了社團活動或準備校慶也會借給學生。」

「但從來沒有丟失過？」
「沒有，岩崎工友一向嚴加管理。」
「我們可以認爲，鑰匙的管理都由岩崎工友一個人負責？」
「是的。」
「那麼，如果有門鎖鬆脫，需要更換的情形呢？」
「也是由岩崎工友判斷。」
「老師們不會知道？」
「我們會接到報告，或是岩崎工友事前通知要更換哪裡的門鎖。」
「學生也會知道這些消息嗎？」
津崎訝異地看著檢察官。「不會特別通知學生，而且也沒有必要吧。」
藤野檢察官把重心放到右腳，身體微微傾斜。
「那麼屋頂上的掛鎖，也有可能是岩崎工友某天發現老舊鬆脫，並且更換嘍？」
「是的。」
「如果更換，會通知老師，但學生不會知道。而且屋頂本來就禁止進入，是一般校園生活中不會接觸的地方。」
「沒錯。」
「那麼，就像剛才老師在辯方主詰問中提到的三年級生那樣，也可能是有學生想要瞞著老師蹺課，跑到屋頂卻發現門鎖換成新的，撲了個空？」
「是的，有這個可能。」
「那麼，如果有學生懷著明確的目的，想要上去屋頂做什麼，無論那是什麼樣的目的，都有必要在事前確認掛鎖是否換新了，是吧？」

津崎或許是對這個問題感到困惑，沒有回答。

檢察官繼續說：「如果是剛好經過、以半好玩的心態惡作劇、臨時起意上去屋頂，或是被人帶上屋頂，那就另當別論。上去一看，發現門鎖打不開，應該會轉移陣地，或是打消念頭吧。但如果有學生一直在計畫，或是決心要在屋頂做什麼重大的事，在執行之前，就有必要先勘查，確定屋頂門上的掛鎖是否老舊鬆脫，可以輕易打開，對嗎？」

律師及法官都平靜地出聲了。「檢方要求證人推測，所謂『重大的事』的意義也不明確。」

「異議成立。」

藤野檢察官滿不在乎。她只要讓法庭裡的人聽到「有必要先勘查」這句話就夠了吧。

「那麼老師，」檢察官盯著津崎說：「十一月十五日開始就一直不去上學的柏木卓也同學，一直到被發現陳屍校園的這段期間，是否曾以任何形式回到本校——無論是操場、職員室、教室或自然科教具室都算，總之是踏入三中校園？」

津崎也注視著檢察官回答：「沒有。」

「謝謝。我問完——」

津崎繼續發言：「不過是在我知道的範圍內沒有。」

這時神原律師迅速向野田助手低語，接著野田健一站了起來，小跑步離開法庭。

藤野檢察官笑也不笑地再次說「我問完了」，然後坐下。

法官問律師：「需要覆主詰問嗎？」

「不需要。津崎老師，謝謝你。」

津崎有些欲言又止，不過還是往旁聽席後方離開了。

被檢察官在反詰問中製造出「柏木卓也不可能偷偷潛入校內，勘查屋頂掛鎖的狀況」的印象。難得津崎語帶保留地說「在我知道的範圍內」，律師卻沒有加以利用。

律師呼喚法官：「庭上，我想變更傳喚證人的順序。」

井上法官用手指抵住眼鏡框，望向手中的資料。「要怎麼變更？」

「接下來，我想傳喚原本預定今天下午出庭的證人。」

「來得及嗎？」

「馬上就到了。」律師回應時，辯方席後方的出口打開，野田健一回來了。一個穿制服的女生跟著他進來。

占據前排的辯方粉絲俱樂部的一群女生呀呀亂喊。看到她們的反應，被野田助手帶來的女生跳了起來，也跟著興奮地叫：「哎喲，討厭啦！」粉絲俱樂部的那群女生向她揮手叫著「小雪加油——」，這時法官終於抓起了木槌。

「肅靜。」

噓、噓，安靜。粉絲俱樂部的所有女生互戳對看，雀躍地挨著身子，腦袋湊在一塊。

「已經到了。」律師微笑，「這位是辯方證人，土橋雪子同學。」

「證人請上證人席。」

法官嚴肅的語氣對土橋雪子一點都不管用。她的表情就像進入擺滿她喜愛的流行飾品店般，說著：

「咦，這是在幹麼？好厲害，眞的假的？來了這麼多人？」

野田健一應付女生的道行太淺，被吱喳吵鬧的證人搞得不知所措。

這時，法警山崎晋吾無聲無息地走過來。雖然態度溫和，但看起來如同押解，法警將土橋雪子引導到法官和陪審團前面。

「站在這裡就行了嗎？我嗎？要在這裡說？」

她轉向粉絲俱樂部的同伴，仍舊浮躁不安。

「土橋同學。」神原律師溫和地出聲。

「有！」土橋雪子幾乎要撲上去似地大喊，還試圖走近律師。

「不，請待在那裡。那裡是證人席。」律師伸手制止證人，更加笑吟吟地接著說：「抱歉，這樣催促妳。因爲比預定中更快就輪到妳了。」

前排的粉絲俱樂部女生吵鬧起來，有人說著「好羨慕小雪」。哎呀，眞是麻煩。

「不會啦，不用介意。」

證人滿不在乎、毫不沮喪、我行我素地（然後大概自認爲是全世界最可愛的女孩般）露出笑容，隨手拂開落在肩上的頭髮。

「那麼，請說出妳的名字。」

「名字？我嗎？土橋雪子，三年B班。」

那是一種大舌頭的甜膩語調。其實她似乎有些緊張，聲音稍微高了一點。

「妳是本校的三年級生呢。那麼，請妳宣誓。」

「什麼叫宣誓？」

井上法官板著臉下達指示，土橋證人結結巴巴地跟著宣誓，而藤野檢察官看著這一幕。法官確認過手上的資料，所以土橋雪子是證人名單上的證人，應該不是出其不意的突襲。但突然要她先出庭，是有什麼企圖嗎？禮子從旁聽席無法分辨出檢察官是否看穿了其中的企圖。

「接下來，我要請教幾個問題，請妳冷靜地慢慢回答。」神原律師笑咪咪地說。

「啊，好，我知道了，我會冷靜。可是我這個人很容易緊張，好討厭喔，怎麼辦？」

土橋證人（大概是無意識地）扭動著身體。檢方萩尾一美的眼神彷彿在看害蟲。

「土橋同學，妳知道柏木卓也同學嗎？」

「我們一年級的時候同班，一年C班。二年級的時候就不同班了。」

「同班同學嗎？妳跟他說過話嗎？」

「說過幾次。我們坐在一起。C班常換座位，是用抽籤的，不知道怎會這麼巧，三次我都坐在柏木同學旁邊。眞的很巧呢。」

不光是輕佻急促、嗲聲嗲氣而已，土橋雪子是很難控制的證人，會一口氣說出太多事情。

「我眞的只是覺得碰巧，可是朋友都拿這件事開我玩笑。不過柏木同學不是那種人，哦，我的意思是說，他不是會跟女生混在一起的人。」

她用軟綿綿的語氣說著，介意著旁聽席上的粉絲俱樂部成員，扭動著身體，毛毛躁躁地頻頻朝那邊看。後者也吱喳回應，實在教人沒轍。

「證人。」法官開口，「不要回頭看旁聽席，臉朝正面，讓陪審團看見妳。」

土橋雪子自顧自地說：「好……可是我也說了呀，人家很容易緊張，不敢在很多人面前講話。要是別人一直看我，我會更緊張啊。而且井上同學的表情好凶。」

她嬌嗔的語氣，以及法官聽到這番話時的表情，讓旁聽席眾人一陣大笑。粉絲俱樂部的成員當然開心極了。

「證人只需要回答——」

土橋雪子居然指著法官，繼續那言不及義的閒聊：

「井上同學也是，一年級的時候我們都是C班的。那個時候井上同學是班長，跟副班長下谷同學很要好呢。兩個人總是在圖書室——」

法庭內眾人更是笑得東倒西歪，井上法官猛敲木槌，揚聲大喊：「肅靜！」他不是板著臉，而是眞的一臉凶惡。

「證人席不是聊天的地方。證人只需要簡潔回答問題就好。律師，請進行主詰問。如果證人再繼續任意發言，我會要求證人退庭。這是警告。」

嘴上說得嚴厲，眼神卻是在傾訴「神原，快點給我想辦法」。不，是「拜託你快想辦法」。

「失禮了，庭上。」神原律師行了個禮，轉向證人說：「如果看法官或陪審團會緊張，妳可以看我這邊。」

實際上土橋雪子已經在喘氣了，她興奮到了極點。

「坐著會比較好說嗎？」

「不用，我可以站著。」

「試著深呼吸吧。」

「深呼吸？在這裡嗎？」

她開心得簡直像是被索吻了。小雪怎麼這樣啦——粉絲俱樂部的女生們又笑了，但其中一個似乎急了，有些嚴厲地說「妳像樣一點啦」。

「我嗎？我很不像樣嗎？咦，怎麼辦？」

土橋雪子繼續空轉。或許她是把「像樣」當成外觀的問題了，忙著摸摸頭髮又摸摸臉。

「這樣好一點了嗎？」

法庭內恢復安靜，或者說冷場了。她的同伴或許終於感受到現場的氣氛，彼此互戳，安靜下來。東張西望的只有證人一個人。

神原和彥雙手放到辯方席的桌上，微微探出身體，平靜地開口：

「土橋同學，妳還是坐下吧。請坐那張椅子。」

法警又走上前去，輕觸土橋雪子的左肩，讓她移到旁邊坐下。看起來沒使什麼力，但毛躁的土橋雪子被他一碰就乖乖聽從了，實在令人驚訝。

律師繼續說：「坐下以後，先深吸一口氣。對，很好。冷靜一點了嗎？」

「冷靜了——」

感覺一點都沒有冷靜，但她聒噪的嘴巴總算閉上。因爲土橋雪子正忙著撫平頭髮和百褶裙。

「那麼，我繼續發問。」

律師露出一種法庭上沒有別人、「只有妳跟我喔」的眼神，向土橋雪子微笑。

「妳和柏木同學以前是一年C班的同學，對嗎？」

「嗯。啊，是的。」

證人也用一種「對呀，這裡只有你跟我」的表情回應著。

「你們換座位的時候經常坐在一起，所以妳跟柏木同學交談過？」

「對，別人亂傳我們——」

律師委婉地打斷：「雖然是碰巧，但你們經常坐在一起，所以班上甚至傳出你們兩很要好的流言，是嗎？」

「嗯，就是啊。不過那是別人亂傳，根本不是這樣。因爲那時候人家喜歡的是別的男生。」

井上法官露出看到害蟲般的表情，陪審團的表情也很冷漠，證人卻完全沒發現。她只注視著律師。

「這樣啊。可是以同班同學來說，妳和柏木同學交情算是不錯吧？」

「與其說是同班同學，其實只是因爲我們坐在隔壁嘛。」

「這樣啊，坐在隔壁。」

律師理解地點點頭，證人也跟著點頭，簡直要搖頭晃腦哼起小調來了。

「一年級的時候，妳和柏木同學都在教室裡聊些什麼？」

「聊些什麼喔……」

「坐在隔壁的話，不是都會聊到許多事嗎？像是上課內容、昨天晚上看的電視節目之類的。」

「咦——討厭啦，人家才不記得了。大家也都是吧？聊天的內容哪會一直記得嘛。啊，如果寫日記，搞不好會記得？」

法官按捺不住地插嘴：「證人請仔細聆聽律師的問題，簡潔回答。」

「剪接回答？什麼意思？井上同學老愛賣弄好難的詞。」

法官瞬間露出「這女的有夠煩」的表情。同時，野田助手也露出「眞的很抱歉」的表情，很快地垂下頭去。

「土橋同學，是我在發問，請看我這邊。」律師指著自己的臉，再次微笑。「看我這邊，回答我的問題。」

「好……」

「妳都和柏木同學聊些什麼？」

證人又開始扭動，「記不清楚了耶。呃……應該是一些很無聊的事。你也知道吧？」

「嗯，我了解。」

「柏木同學又不愛說話嘛。」

「這樣啊，他不愛說話呢。」

律師誇張地同意，就像在讚許這才是他想要的答案。

「你們會互借筆記嗎？」

「啊，好像借過。柏木同學的筆記寫得超漂亮的！」

「那妳看過他抄的筆記嘍？」

「對啊、對啊！他的筆記寫得那麼好，我覺得他成績一定很棒，所以第二學期的段考成績出來的時候，榜上沒有柏木同學的名字，我超吃驚的。」

「這樣啊，妳很吃驚。」

「嗯，所以我就問他怎會這樣？」

「柏木同學怎麼回答？」

「他說他腦筋不好，這一點都不奇怪。」

旁聽席的一部分人吵鬧起來。佐佐木禮子尋找津崎的身影。前校長沒有回座位，站在旁邊的通道上。他面露回想起什麼、感慨萬千的表情。

「柏木同學這麼回答的時候，是什麼態度？」

「什麼態度？」

「他是說笑的口氣，還是一本正經地這麼說？」

「啊，他笑笑的。有點害羞那樣。」

證人的表情徹底反應出在意「我可愛嗎？」的情緒。實際上，她說這話的樣子非常可愛。一定是因爲她述說的記憶本身便令人憐愛。

神原律師滿意地點點頭，「這樣啊。他回答妳的問題，然後笑了，是吧？」

旁聽席的吵鬧聲擴散開來，不是聲音上的吵鬧，而是在場所有人的心理活動造成的震盪。

與這名個性絕不能說差勁，但看似不甚聰明，態度也有些輕浮的女生，靦腆地笑著交談的柏木卓也——令人憐愛的柏木卓也，過去是存在的，確實存在過。

一年級時的柏木卓也，不來上學以前的柏木卓也，這是個盲點。

柏木卓也出現在二年級的十一月十四日的自然科教具室，然後從學校消失，又在十二月二十五日早上變成遺體出現，這次徹底從世上消失了。如果只連接事件的點和點，僅有這些事實。但在這之前，柏木卓也亦是活過、存在過的。這裡就有一個認識當時的他的同班同學。

本人或許是注意到法庭內的騷動，從椅子上半站起來，又要變回浮躁興奮的態度。她的視線在前排關注著這裡的粉絲俱樂部朋友身上游移。欸，怎麼了嗎？我說了什麼奇怪的話嗎？

律師很快地說：「土橋同學，請看我這邊。」

他把證人的注意力拉了回來，與她對望之後，便對著她笑。土橋雪子立刻就與律師起了共鳴，回以笑容。這似乎令旁邊的被告感到驚訝，大出俊次從剛才就一臉啞然地盯著律師。這傢伙在搞什麼啊？

「妳跟柏木同學很要好。」

「以同班同學來說啦。」證人擺了個嬌媚的姿勢。

「是啊，以同班同學來說。」

兩人像共犯般互相微笑。

「你們在同一間教室，坐在隔壁，一起上課。早上一上學就會見面，回家的時候也會目送另一方離去。」

「柏木同學一放學就馬上回家了。怎麼說，就像特快車那樣趕著回去。」

「這樣啊，他不會跟妳道別嗎？」

證人扭動著身體回想，「如果我跟他說『拜拜』，他頂多會應一聲『嗯』。」

可是，這也是至今不曾看過的柏木卓也的一面。

律師探出身體，彷彿要進一步縮短兩人之間的距離。「你們曾經一起上學或一起回家嗎？」

他的語氣突然變得像在談論某個祕密，這招對土橋證人很管用。她扭動全身哇哇亂叫：

「討厭啦，才沒有呢！」

「眞的嗎？」

「就說我們不是那種關係了，只是碰巧坐在隔壁而已啦。」

法官一臉嚴峻地保持沉默，檢察官也只是看著。萩尾一美露出「我可以消滅她嗎？」的表情，而吾郎的表情則是在說「先別衝動」。

「謝謝，我很清楚了。那麼，我換個問題。」

神原律師站直身體，語氣也變得嚴肅。

「我想請教去年十二月二十三日的事。當時妳就讀二年級的第二學期，而柏木同學已經不來學校了。」

藤野檢察官的神色微微起了變化。法官的銀框眼鏡反光。十二月二十三日？

「那時候妳知道他已經不來學校了嗎？」
證人可愛地應道：「不知道。」
律師露出吃驚的神情，「妳不知道？」
「因為不同班了嘛。」
「也不坐在一起了。」
「嗯，就是啊。」
「那時候妳知道十一月十四日，柏木同學在自然科教具室跟被告等人起衝突的事嗎？」
「不知道。」
那口氣就像是在說「人家怎麼會知道」。
「那跟我又沒有關係。」
「這樣啊。畢竟學校這麼大，學生又這麼多嘛。」
「公立學校學生太多啦，龍蛇混雜的。」
土橋雪子把玩著頭髮，不停地說話：「私立學校的話，只有被挑選的人才能進去，不是嗎？好羨慕神原同學唷，其實我也想進東都大附中的說。」
律師對證人諂媚的發言充耳不聞。他單手插腰，直盯著桌上的檔案資料說：
「去年十二月二十三日下午三點多——那天是星期日。」
他慢慢地說，抬頭問證人。
「妳在本校校園遇到柏木卓也同學了嗎？」
不只是旁聽席，陪審團席也出現非常驚訝的反應。
「我嗎？」證人也嚇了一跳，指著自己的鼻頭。「咦，大家怎麼了？有什麼好吵的？」
「沒事的，請不用介意，土橋雪子同學。」

又是「只有妳跟我」的笑容。律師這麼一笑，證人彷彿被施了魔法，又振作起來。

「好——呃，可是，剛才是在說什麼？」

她歪著頭，連忙接著說：「啊，對了。嗯，是啊，我遇到柏木同學了。不過，不太確定是不是在三點多的時候，差不多是那個時間。」

「妳在哪裡遇到他？」

「圖書室前面的樓梯。」

「圖書室是在二樓的南邊，對吧？」

「嗯，那天是圖書室的開放日，所以我也想去圖書室看看。先到教室以後，再下樓梯要過去的時候——」

「妳從二年級教室所在的三樓，走樓梯下去二樓。一樣是南邊的樓梯嗎？」

「我不知道方向，不過是離圖書室最近的樓梯。」

那就是南邊的樓梯。

「結果妳看到柏木同學正走上樓梯。」

法庭內一片譁然，法官要求眾人安靜。

律師笑得更甜美了，「妳馬上就認出柏木同學了嗎？」

「嗯，看到臉就知道了嘛。」

「也是，因爲妳以前是他的同班同學，跟他的交情不錯。」

不會看錯，也不會認錯。

啊，可是——證人忽然低頭，劉海蓋了下來。「柏木同學穿著便服，我嚇了一跳。」

「他跟妳打招呼了嗎？」

「他發現我，好像也嚇了一跳。我跟他說『哎唷，好久不見了』。」

「他怎麼回答？」

「他說『嗯』。總是這樣啦，柏木同學只會說『嗯』。」

「因爲他不愛說話。」

「對啊、對啊，他超害羞。他這一點很可愛呢。」

說完之後，土橋雪子似乎總算——眞的是總算，想起自己爲什麼會被找來這裡、這裡是做什麼的地方，還有舉行這場活動的原因。

「是**生前**很可愛。」

證人的聲音突然變小，（雖然有些作戲的成分）表情也變得陰沉。

「我不討厭他那一點，也曾經覺得他這人不錯。」

律師沉痛地回應：「柏木同學會十分開心吧。因爲身爲同班同學，他對妳肯定也有好感。」

證人垂著頭，撥弄劉海。

「那麼，妳和柏木同學打完招呼後怎麼了？」

「沒怎麼樣啊。我去了圖書室，柏木同學往樓梯上去了。」

「他沒有說要去哪裡嗎？」

「畢竟只是路過碰到而已嘛。」

「我再確認一次，當時妳並不知道柏木同學沒來上學，對嗎？」

「嗯。」

「所以就算在學校碰到他，妳不覺得奇怪，也不感到驚訝。」

「就是啊。我剛才也說了，那天圖書室開著，然後有些社團星期日也有活動，學校裡還滿多學生的。」

「因爲妳的態度很自然，柏木同學也表現得就像妳認識的他，只對妳應了聲『嗯』。」

「感覺跟一年級的時候差不多，只覺得他長高了一點。可是，我根本不曉得他都沒有來學校。」

土橋雪子說：

「如果知道，就跟他多說一點話了。」

「妳覺得很遺憾，是嗎？」

「……嗯。」

等她那聲「嗯」細細的殘響傳遍法庭內每一個角落，神原律師收起微笑，變成安慰證人的表情。

「妳是何時得知他的死訊？」

「二十五日中午。」

「是聽誰說的？」

「一年級時的同班同學跟我說的。她說今天早上柏木在學校自殺了。」

律師瞇起眼睛，「我確認一下，妳的同學的確是那樣說的嗎？『今天早上柏木在學校自殺了。』」

「我記得是。」

律師放低音量：「妳一定很震驚吧。」

證人默默點了一下頭。

「對妳來說，妳前天才剛看到他而已。他看起來跟一年級的時候沒什麼不同，但好像長高了一些。妳說『好久不見』，他就像坐在隔壁、交情不錯的那時候一樣，對妳應了聲『嗯』，完全就是過去那個害羞的柏木同學。然而，妳卻突然聽到他的死訊，而且還是自殺。」

「我超震驚的。」

證人的聲音小到幾乎是喃喃自語了。

「妳當時曾經告訴別人這件事嗎？說妳前天在圖書室旁邊看到柏木同學。」

「我告訴滿多人不久前我才剛碰到柏木同學。」

「大家都很驚訝吧。」

「嗯，然後那個時候我才第一次知道，原來柏木同學一直沒有來學校。我又嚇了一跳。」
土橋雪子擰絞著雙手，聲音顫抖起來。
「所以我忍不住想，碰到我的那個時候，柏木同學會不會是在死前來跟學校道別的？」
這番發言，律師會怎麼利用？——佐佐木禮子定睛注視著他。
然而，律師什麼也沒做。
「妳參加了柏木同學的葬禮嗎？」
「去了，跟一年級的同班同學一起去的。」
「妳覺得怎麼樣？」
「我很傷心，還哭了。我一直在想，我本來是不是能幫他一把。」
「柏木同學死後，引發許多騷動。對於這些紛紛擾擾，妳有什麼看法？」
「我不想說死者的壞話，所以我都不去理會。」
「妳知道有人說，柏木同學其實是遭到謀殺嗎？」
土橋雪子噘起嘴，傾訴似地向律師探出身說：「我覺得爲那種事吵吵鬧鬧實在很丟臉。大家都只是吵好玩的而已，所以我都裝作不知道，也沒看電視。」
律師露出一種完全同意的表情，點點頭。
「妳知道被告嗎？」
「大出同學嗎？」
證人轉頭注視大出俊次一會。不知爲何，俊次訝異地皺起眉頭。
「知道啊，可是……」
「可是？」
「只是同校而已，我對他沒興趣。」

俊次也是如此，他的眼神就像現下才在思考這傢伙是誰。

「謝謝妳。請檢方反詰問。」

神原律師催促著檢察官，一邊坐下，一邊又用那種眼神看證人。這次不是「只有妳跟我喔」，而是「有我在，放心吧」的眼神。

這麼難應付的證人，不可能完全不預演就讓她上法庭。包括該如何應付檢方的反詰問，他們一定事先準備過了。證人的背影非常明白地展現出「敵人要進攻了，我要爲神原同學好好加油」的意念。

藤野檢察官並沒有立刻問話，而是翻著手上的檔案資料和便條。

「土橋雪子同學。」

檢察官說道，站起來對她微笑。證人的背影緊繃，就像在說「我才不會被騙」。

「妳爲什麼會擔任證人？」

土橋雪子瞬間往後退了一下。「什麼？」

「剛才妳說不想跟柏木同學的死有關的騷動扯上關係，還說爲那種事吵吵鬧鬧很丟臉，只是吵好玩的而已。那麼，爲什麼妳願意出庭作證？」

證人求助似地看向律師。

檢察官繼續問：「是有人拜託妳嗎？」

證人似乎被惹惱了。「不是的。」撒嬌的感覺從她回答的聲音中消失。

「沒有人拜託我。我只是覺得自己的經驗非常重要，才會擔任證人。」

從律師的表情和證人的態度來看，這是事先準備好的回答吧，不可能是土橋雪子自己想到的。

「就是這點我不懂。」

檢察官說著，誇張地嘆了一口氣。

「妳對這件事沒有興趣。不論是柏木同學的事，或是他過世以後的一連串紛擾，妳都不理。至於被告，雖然是同一所學校的男生，在妳眼中卻形同不存在。」

「男生」一詞聽起來有些挖苦的意味。

「然而，妳卻突然作證說，柏木同學死前主動打破不上學的狀態，跑到學校來。妳明白自己證詞的分量嗎？妳明白這有多重要嗎？」

「庭上。」律師平靜地插嘴，「檢察官在恐嚇證人。」

就是啊、就是啊——證人縮起身體如此主張。

「證人是在宣誓後站在證人席上。我想她應該充分明白事情有多重大。請繼續發問。」

檢察官露出一副「眞的嗎？」的質疑表情，尖銳地提問：「妳是什麼時候想起來的？」

「咦，什麼？」

「去年十二月二十三日，圖書室開放的星期日下午三點多——雖然曖昧不明，不過差不多是這個時間，妳在圖書室旁邊與柏木卓也同學巧遇。妳是什麼時候想起這件事的？」

「什麼想起來……」

「如果不想起來，就沒辦法當證人。這應該是一件令人印象深刻的事，可是在這之前妳一直都忘了吧？」

「妳怎麼知道我忘了？妳又不是我，妳怎會知道？」

一眨眼就進入了戰鬥模式，粉絲俱樂部的女生們同樣瞪著藤野檢察官。

「在這之前，妳曾經把二十三日巧遇柏木同學的事告訴別人嗎？」

「所以我不是說，柏木同學過世的時候，我就把這件事告訴大家了嗎？」

「『大家』指的是跟妳要好的朋友吧？」

檢察官用力望向粉絲俱樂部的女生們後，轉向一旁。

「包括妳在內，妳們這些要好的朋友，在這次校內法庭開始的時候，**一起**想起了巧遇柏木同學的事，是這麼回事嗎？」

「什麼這麼回事……」

「『這麼說來，小雪妳說曾經遇到柏木同學對不對？』『對呀、對呀。』──我是問，妳們是不是像這樣想起來的？」

我好像遭受攻擊了，這是對的嗎？證人望向律師，律師看著檢察官。野田健一垂著頭，被告還在訝異。

我完全不認識這些人，她們是外星人嗎？

「千佳──」土橋雪子說著，回頭望著粉絲俱樂部的成員，應該是千佳的女生急忙把頭縮起來。

「千佳說這件事可能很重要，最好通知一下。」

「通知誰？」

「就是負責辯護的神原同學他們。」

檢察官突然笑逐顏開，「那時候妳們沒有想到可以通知我們檢方嗎？」

誰要告訴妳啊？──證人的背影反駁著。

「因爲我覺得神原同學這邊會比較需要。」

「這樣啊。我了解妳確實明白自己證詞的意義了。剛才眞是對不起。」

但她的表情一點都不像在道歉。

「然後妳們聯絡辯方，出來作證。」

「不行嗎？」

檢察官裝出驚訝的樣子，「一點都不會呀，有誰說不行嗎？」

證人鼓起腮幫子。律師呢？禮子望向他，只見他一臉沒轍地露出苦笑。

「一點都不會不行呀，如果證詞是眞的的話。」

可能是一時無法意會檢察官的意思，土橋雪子愣怔了一下。

「等一下，妳這話是什麼意思？」

證人猛地站起來。

「藤野同學，妳是在指控我撒謊嗎？嗄！妳是這個意思嗎？」

「妳沒有撒謊嗎？」

檢察官冷靜地反問。佐佐木吾郎彷彿想鑽進防空壕似地垂下頭，萩尾一美則是滿臉嘲笑。

「我只是想要幫忙神原同學，所以才會出來作證。」

禮子不禁想伸手掩面。哎呀，說出來了。

「**想要幫忙辯方**。」

藤野涼子宛如逮到了獵物，舔著嘴唇似地重複一遍：

「想要藉由出面作證，來幫忙辯方。妳是這麼想的，對吧？」

「是啊，不行嗎？」

「妳的證詞是眞的嗎？」

檢察官繞過桌子走上前去，證人受壓迫似地坐到椅子上。

「妳是在陳述自己的眞實經驗嗎？還是，那是捏造的？究竟是哪一邊？」

「才不是捏造的！」證人又語帶哭腔，「人家說的都是眞的！」

「可是，妳最大的目的是幫忙律師，對吧？妳想博得神原律師的歡心，是吧？」

「庭上，異議。」

法官吃不消似地搶先說：

「檢察官，注意妳的發言。」

藤野檢察官仰望法官席，「我問完了。」

她丟下這句話，很快就回座了。律師立刻站了起來：

「庭上，辯方要求覆主詰問。」

「請。」

快點收拾殘局。

「土橋同學，請先冷靜下來。」

瞧，有我陪著妳呀。

「可是……」

證人眞的快哭出來了。

「剛才妳作證說，十二月二十三日遇到柏木同學的時候，他穿著便服，所以妳很吃驚。妳確定是這樣沒錯嗎？」

「……嗯。」

「因爲在那之前，妳從未看過他穿便服到學校。」

「對。」

「妳記得他的服裝嗎？」

證人思考了一下，發出吸鼻涕的聲音後，低聲回答：「應該是牛仔褲吧。」

「他穿著外套嗎？妳記不記得顏色？」

證人不確定地搖頭，「不記得了。」

「可是，妳對他說『好久不見』，他就應一聲『嗯』，對吧？」

「對。」

「一年級的時候，妳對柏木同學說話，他常常這麼回應妳。」

「對，柏木同學都是這樣的。」

「謝謝妳，我問完了。辛苦妳了。」

禮子還在想證人會怎麼做，結果她跑到粉絲俱樂部的女生們那裡後，當場蹲下，其他女生就像要保護同伴似地圍住她。藤野檢察官對這一幕視若無睹。

「庭上，可以休息一下嗎？」律師說。

法官板著臉抓起木槌，敲了一下。

「休庭十五分鐘。」

津崎在笑。

「唔，平分秋色吧。」

他和禮子走出體育館，悠閒地在操場旁邊走著。許多旁聽者去洗手間或是喝水，有些大人在門口附近抽菸，也有學生從教室往體育館這裡過來。女生占了多數，大半穿著便服，顯得色彩繽紛。

「不過，虧他們找得到土橋雪子。」禮子說。

「應該不是辯方找到的。就像證人說的，是她們主動聯絡神原同學他們。辯方成爲大明星，帶來意外的效果。」

夏季陽光十分刺眼，禮子用手遮著眼睛上方。

「老師覺得土橋同學說的是眞的嗎？」

津崎毫不猶豫地點點頭，「土橋同學不是工於心計，會撒那種謊的學生。」

「有沒有可能是辯方誘導的？」

「就算是神原同學，也沒有那種能力吧。」

津崎笑了出來，禮子不禁愣住。

「哎呀，抱歉。剛剛一休庭，神原同學就在向野田同學埋怨呢。」

——女生眞是太可怕了。

「藤野同學的攻勢雖然凌厲，還是無法完全打消土橋同學證詞的效果。所以，與其說是平分秋色，更接近兩敗俱傷。」

第一回合是這樣——津崎說。

「那孩子很不尋常。」

禮子低喃，津崎露出驚訝的表情。

「妳是說藤野同學嗎？」

「不，藤野同學就是個優秀的學生，我是指神原同學。」

禮子回望體育館。那群粉絲俱樂部的女生正從擁擠的門口走出來，土橋雪子也在其中。結果體育館外面的女生跑向她們，圍成了一大圈。

女生們比手畫腳熱烈談論著。她們既氣憤，也很興奮。土橋雪子仍一臉頹喪。

禮子和津崎對望之後，走近她們。一個女生眼尖地看到他們後，叫著：「啊，校長！」

「佐佐木刑警也來了嗎？」

是禮子在進行面談調查的時候見過的學生。

「妳還記得我啊。」

「是啊。欸，你們看到了嗎？不覺得藤野同學很過分嗎？」

接下來好一陣子，禮子和津崎必須合力承受她們的悲憤與感慨。

「我理解妳們的心情，可是希望妳們冷靜一點。站在藤野同學的立場，那樣做才是對的。」

「可是她居然說小雪撒謊！」

「她是問土橋同學有沒有撒謊。土橋同學只要回答證詞不是捏造出來的就行了。在法庭上，那才是正確的做法。」

待在花枝招展又吵鬧的女生堆中，津崎懷念地瞇起眼睛。

「難道佐佐木刑警也要作證嗎？」

「應該吧。」

女生們興奮起來。

「妳是站在哪裡一邊的？」

津崎出聲責備她們，「喂喂，井上同學——法官不是說過，不可以那樣想嗎？我也並沒有偏袒任何一邊。」

「可是，最後還是得選邊站吧？」

土橋雪子用手帕擦著通紅的眼睛說道。哦，這孩子很會說嘛。

「是啊，不過那是最後才要決定的事。」

對了，土橋同學——禮子挨近她，「妳在作證之前，跟辯方排練過，對吧？」

女生們就像發現獅子的瞪羚群般緊張起來。

「為什麼這麼問？」

禮子露出笑容，「不必那麼緊張。就算是真正的審判，也會排練要如何作證。」

土橋雪子咬著下唇不回答。記得禮子的臉和名字的女生，護住雪子似地摟住她的肩，替她回答：「他們練習過檢方大概會問怎樣的問題，我們也一起看著。因為小雪很容易緊張。」

「剛才在休息室的時候，小雪就快緊張死了。她真的超神經質的，太敏感了。」其他女生插嘴。

「原來妳們陪著她一起等。可是待在休息室的話，就不曉得法庭是什麼情況了。」

「沒關係啦。為了讓小雪冷靜一點，我們又陪她再練習了一次。」

原來是這樣。

「神原同學提過藤野同學可能會那樣質問嗎？」

「有。」土橋雪子回答，眼眶淚濕著。「可是她那樣說太過分了，太刻薄了。」

神原律師早就料到不管是過分還是刻薄，藤野檢察官應該都還是會那樣說，也預測到她會詢問哪些問題。在主詰問的時候，他拚命討好土橋雪子，然後在反詰問的時候，即使她求救也不理。

十二月二十三日，柏木卓也來過城東三中──只要問出這個事實就夠了。只要讓大家看到說出這個事實的土橋雪子是什麼個性就夠了。

在這裡一口氣挽回津崎作證時的失分，土橋雪子就沒有用處了。居然還敢說什麼「女生真可怕」。

「不過我好羨慕小雪。」

女生堆角落的小個子女生脫口說，然後縮起脖子。

「藤野同學只是個歇斯底里的女人，可是神原同學帥呆了。我也好想當證人讓他詰問喔。」

妳說什麼？同伴間吵鬧起來。對於這番發言，似乎有不少人大表共鳴。在此起彼落的尖叫聲中，土橋雪子宛如悲劇的女主角，滿足地抓著朋友的手臂不放。

籃球社的幫手們出現在體育館門口，拿著大聲公喊：

「審理即將開始，請各位旁聽者回座。」

津崎和禮子離開辯方的粉絲俱樂部，走向體育館。

「就像妳說的，神原同學似乎不可小看。」

津崎說著，明明不是在自誇，卻害臊了。

「雖然不曉得對大出同學來說，這是有利還是不利。」

──確實。

禮子在內心呢喃。

──可是，她明白了一件事。

他的確是個值得俊次言聽計從的律師。

休庭後的旁聽席有了一些動靜。看似家長的大人減少，取而代之的是，像是剛才在操場遇到的學生聚在後方。只旁聽開頭就回去的大人，他們的行為令禮子感到不可思議。難道他們不關心後續發展嗎？

檢察官和律師圍著法官席正在商討什麼。涼子率先發言，井上法官似乎在回覆意見。

好像談妥了，三人散開。藤野檢察官向兩名事務官簡短地說了什麼，然後坐下。而律師站著環顧旁聽席，仰望法官。

「審理繼續進行。」

法官發話。律師接著說：「傳喚辯方證人柏木則之先生。」

是父親，禮子坐正。茂木悅男和PTA會長好像也很驚訝。旁聽席似乎有不少人只聽名字不曉得是誰，到處傳出「是死者父親」的低聲說明。

在助手野田健一的引導下，柏木則之從辯方後面的門口入庭。他穿著西裝，領帶筆挺，目光低垂地走近證人席，與法官面對面。

禮子發現大出俊次正睜圓了眼睛注視著宣誓的證人，露出強烈的驚詫眼神。

——這就是柏木的老爸？

不是這樣的驚奇。禮子覺得俊次是與自己的父親，乃至於自己心目中的「父親形象」相比，為柏木則之的態度感到驚奇。就像過去聽到貓熊，都以為是那種黑白兩色的大貓熊，這下得知原來還有完全不同的小貓熊。反過來比喻也行。過去只知道小貓熊，現在是頭一次看到大貓熊。

在禮子的印象中，照片上的柏木卓也長得很像母親功子，跟父親不太像。如果認識生前的卓也，或許可以從他的體型或走路方式、嗓音等感受到父子之間的相似之處。

「感謝你參加這場校內審判。」

律師行了個禮，從謝辭開始。

柏木則之集體育館內的眾人視線於一身，略低著頭，保持沉默。接著，他挺直背脊，雙腳堅定地踏在地板上。

雙方都沒有說話。

「坦白說……」

柏木則之先開口了，聲音沙啞。

「即使此刻站在這裡，我還是十分迷惘，不曉得究竟該不該參加。」

還處在休息的餘韻中，拿手帕或扇子搧臉的旁聽者都停下了動作。

「我能夠做的，只有將卓也的事告訴大家而已。不，我是懷著如果大家願意聆聽，我想要告訴大家的心情過來的。」

律師應了聲：「是。」

「另一方面，我也希望能夠透過這場審判，看到我們父母不知道的卓也的一面，他在學校和朋友之間展現的一面。雖然……」

可能是喉嚨沙啞難受，他咳了一下。

「雖然知道這些，卓也也不會回到我們身邊，我們失去孩子的悔恨也不會淡去。內子——也就是卓也的母親認爲，不管卓也是死於某種犯罪事件或是意外，自己身爲母親的責任都不會消失，所以她無法參加這場審判。」

他的語調淡然，沒有抑揚頓挫的聲音空虛無力。但至少聽在禮子耳中，這番陳述並不是令人難過到無法承受的內容，反而深深吸引住自己。

「我——和內子好好談過了。」

說到這裡，柏木則之頭一次望向法官和檢方。

「但我想知道，大家在這裡想要努力做到什麼。坦白講，各位能否查出卓也的死亡眞相，我覺得希望渺茫。畢竟就像卓也還是個無力的孩子，各位也都還是孩子而已。」

不過——他轉向律師說：

「既然出庭擔任證人，我會盡量知無不言。請多指教。」

神原律師再一次深深行禮，然後說：

「我的詰問可能需要一點時間，請坐著回答。」

柏木則之坐下了。

神原律師想要翻開手上的檔案資料，卻不小心弄掉了。「啪沙」一聲，意外刺耳地響遍法庭。

禮子看到他做了個深呼吸。

「首先，我想請教——」

律師把打開的檔案夾放回桌上，抬頭開口：

「到了現在，柏木先生認為卓也同學的死亡原因是什麼？」

劈頭就問了這個問題。

柏木則之回答：「我不知道。」

「不知道？」

「是的。我現在腦袋是一團混亂。我原本自認多少理解卓也死亡的理由，但如今我失去了自信。不對——」

他突然補充說：

「即使是自以為明白的那個時候，應該也不到可以說完全知道的程度。因為如果我能夠真的知道、相信什麼的話，就不會讓卓也白白死去了。」

一絲不苟的說明令人心痛。

「意思是證人過去並沒有現在這麼混亂，是嗎？」

「是的。」

律師點了點頭，從檔案夾中取出一張文件。

「那麼，我想請教柏木先生至今爲止的心情變化。」

他稍微舉起手中的文件，出示給法庭內的眾人看。

「這是去年十二月二十八日上午十點，在殯儀館『東邦紀念會館』舉行的卓也同學的告別式，出棺前柏木先生進行喪主致詞時的演講稿。柏木先生保管著當時的草稿，我將它作爲辯方第二號證物提出。」

法官稍微傾身向前，鄭重地問：「證人同意嗎？」

「是的，是我拿給神原同學看的。」

「那麼我受理。」法官簡短地說。

「這是致詞後半的一部分內容。」

神原律師看著文件，念道：

「『聖誕夜那天，卓也爲什麼去了學校？他是不是上了屋頂？如今這些都無法得到答案。那個時候卓也在想什麼？做出什麼結論，才會選擇死亡，也無從得知了。如果能夠倒轉時間，從卓也口中問出答案，要我以自己的性命爲代價，我也在所不惜。』」

雖然語調平板，但旁聽席還是一陣騷動。

「『卓也沒有留下任何訊息給我們。他一個人扛起一切，啓程離開了。這或許是那孩子的體恤，不想讓我們擔心吧。』」

陪審團的倉田麻里子把手按在眼睛上。

「然後，柏木先生這麼結束致詞：『生命是很寶貴的，這是卓也的遺言。我想那孩子在天上，一定也如此確信。或者，就是爲了確定這件事，卓也才會刻意踏入死亡的領域。』」

一片寂靜中，律師說：

「要回想當時的事，肯定非常難受，眞的很抱歉。我剛才朗讀的致詞內容有沒有錯誤的地方？」

「沒有。」
「柏木先生還記得內容嗎？」
「我一直記得，從來沒有忘記過。」
律師再次點頭，深呼吸後接著說：「從內容來推測，舉行告別式的時候，柏木先生認爲卓也同學是主動尋死的，我的理解正確嗎？」
證人幾乎沒有停頓就回答：「是的，沒錯。」
「爲什麼柏木先生會這麼想？」
法庭內所有人的視線都集中在柏木則之身上。
「最大的理由是……」
他的語氣一樣淡然。
「當時卓也關在自己的房間裡，似乎在煩惱些什麼。」
柏木則之伸手按住額頭，很快又放下。
「我在喪主致詞的時候說過，卓也本來就容易鑽牛角尖。一般的大人——或是普通的孩子，不會耿耿於懷的事，他也會忍不住想太多。」
「我確認一下。」律師又看向文件，「『卓也是個愛鑽牛角尖的孩子。』」
「沒錯，就是那點。」
「『他動輒想得太深』，你還說『或許那孩子太過純粹了』。」
「是的，我現在仍然這麼想。」
「有鑽牛角尖的傾向、太纖細、想得太深，是嗎？」
「是的，所以……」
證人語塞了一會，然後一口氣說了起來：

「卓也不上學的時候，我沒有想得太嚴重。我當然不是小看這個問題，只是，就算是一般孩子不會放在心上的問題，卓也也容易想不開，所以我認為他是因為這樣，才沒辦法去上學了。也就是說，並不一定是什麼具體的原因。我的意思是，不一定是成績不好、跟導師處不來、跟朋友有磨擦之類的原因。我認為卓也的煩惱根源是更抽象的——以某個意義來說，或許是哲學性的問題。」

「我可以說，柏木先生是擔心卓也同學的煩惱，是源自他的內心嗎？」

「沒錯，就是這樣。」

證人愈說愈起勁。

「自古以來，為這類煩惱憂慮的孩子和年輕人，會對『死亡』抱有很親近的感覺。這也是許多古典文學作品的主題，所以我認為——我在喪主致詞的時候認為，卓也的內心也有這樣的煩惱，結果使得他被死亡吸引了。」

律師把手中的文件輕輕放回檔案夾上，手擱到桌上。

「我想請柏木先生多談談那類煩惱——抽象、哲學性的煩惱。柏木先生與卓也同學談過這類事情嗎？」

證人用力點頭。「有的，談過好幾次。」

「是什麼時候的事？」

「從他還小的時候開始。最早應該是在他小學三年級左右。」

「你們說了些什麼？」

「那時候，家裡養的小鳥——一對金絲雀——死掉了。我們從生物為什麼會死談起——不，這是任何為心愛的寵物過世而悲傷的孩子都會有的單純疑問，可是卓也那時候是這樣問我的。」

——金絲雀理解什麼是活著和死亡嗎？金絲雀會不想死嗎？

「公鳥死掉，母鳥還活著。卓也問我留下來的母鳥會傷心嗎？金絲雀有這樣的感情嗎？」

律師與助手的表情不變，被告卻露出愣怔的表情。以為是貓熊，沒想到居然是外星人。

「我回答，金絲雀應該不明白什麼是『死亡』吧，可是母鳥應該知道公鳥不在了。結果卓也問我，只有人類明白什麼是『死亡』嗎？我應了一句『大概吧』。」

證人又把手按上額頭。法庭內的熱度讓他流汗。

「當時我心想，卓也在思考『死亡』的同時，也在思考『生命』，所以我努力回答。那孩子自小就體弱多病，我和內子都活在可能很快就會失去他的恐懼中。卓也本人應該也明白自己的身體比朋友更孱弱，他會思考死亡與生命，以某個角度來說也是很自然的事。或許太早了些，但我認爲嚴肅面對這類問題，對孩子來說絕對不是什麼壞事，所以每次卓也問我，我都會認眞回答他。」

旁聽席各處傳出嘆息聲。

「後來你們也談過這樣的話題嗎？」

「是的。卓也生病臥床的時候，或是親戚有人過世的時候，他看完書告訴我感想的時候，有時候會發展成這樣的對話。」

急切作證的柏木則之說到這裡，吁了一口氣。

「那孩子是個早熟的讀書家。小學高年級的時候，他就開始讀一些大人會看的文學作品了。在那些文學作品中看到主角死去，或是受到命運捉弄，卓也就會生氣。」

「生氣？」

「是的。」證人第一次微微地笑了，「他是眞心感到生氣，說死亡居然如此不講道理、世上居然如此不公平。」

「柏木先生每一次都會和卓也同學深談嗎？」

「隨著他漸漸長大，我愈來愈常回答不出他的問題，或是辯輸他。」

「你們會辯論哪些事？」

證人想了一下，斟酌著措詞。

「『人生有意義嗎？』、『人是爲了什麼而活？』、『死亡眞的對每個人都平等嗎？』」

證人一一列舉般回答，這次律師微微地對他笑了：

「都是好困難的問題。」

「是啊，全是些難以回答的問題。卓也執著的還有：『這個世上有絕對正確或絕對錯誤的事嗎？』他也問過我，世上有百分之百的善或惡嗎？」

我沒辦法好好地回答——柏木則之低聲說：

「有一次我告訴他，對人類而言這是永遠的命題，結果他生氣地說我是在打馬虎眼。我記得很清楚，那孩子就像個小仙人。」

他的語氣中有著慈愛與一絲驕傲。

「卓也同學個性纖細、深思熟慮，而且自幼身體就不好，所以對他而言，死亡是切身的問題。即使是同年紀的一般孩子不會多加思考的事，他也有可能想得太深。這可能是他過世——自殺的原因。柏木先生這麼認爲，是嗎？」

證人深深點頭，然後說：「是的。」

「接下來，我想請教有關卓也同學過世以前的事。首先，是他不上學這件事。柏木先生是什麼時候知道卓也同學不再上學的？」

「他沒去學校的第五天，我聽內子說的。」

「第五天？不是直接聽卓也同學說的？」

「是的。說來丟臉，如果內子沒有告訴我，我可能會更晚才知道。我工作很忙，假日也要應酬或出差，時常不在家。」

「但你還是常與卓也同學聊天？」

「你是指剛才那類對話嗎？」

「是的，那眞的是非常深入的討論。」

「對。不過，那類討論總是來得很突然。多半是在吃飯的時候，或是晚上睡前休息的時候，卓也忽然發問，我們就討論起來。」

證人又歪起頭尋思措詞。

「坦白講，除此之外的瑣碎日常會話，比方說電視節目的話題，卓也跟朋友做了些什麼、在學校發生什麼事之類的對話其實很少。我的工作忙碌，而卓也本來話就不多，所以除了討論那種事以外……」

「日常沒有什麼對話的機會？」

「是啊，可是我認爲父親跟兒子的相處通常都是這樣的。我和我的父親也是如此，不會一一談論日常瑣事。重要的事情再提出來討論就是了——像剛才提到的那種討論，我就認爲很重要。我和我的父親從來沒有討論過這類話題，所以在卓也過世以前，我甚至覺得比起我和我的父親，我和自己的兒子算是很常溝通的父子。」

這段話的最後，聲音小到幾乎聽不見了。

律師也稍微放低音量問：「我特別請教一件事，柏木先生認爲不上學算是重要的問題嗎？」

「這個嘛……」柏木則之點了兩三下頭說：「當然，對於學生——而且是還處於義務教育年齡的卓也來說，上不上學是很重要的問題。可是對於它的重要性，我——我和卓也有著較爲不同於一般的看法。」

「得知卓也同學不上學以後，你和他談過嗎？」

「我去卓也的房間，和他大約談了一個小時。」

「你們談了些什麼？」

「我先問他不去學校的理由。」

法官瞇起眼睛，旁聽者也都盯著證人。

「卓也回答，因爲沒有意義。」

「沒有意義。」律師複述。
「是的。我大致預料到這個答案了，所以並不驚訝，但還是努力問出他覺得什麼地方沒有意義。」
「卓也同學怎麼說？」
「雖然對老師們十分過意不去，但卓也首先就對上課內容感到不滿。」
「怎樣的不滿？」
「課程配合程度不好的學生，令人無法滿足。」
證人說著，第一次介意起旁聽席上的眾人。
「如果用卓也的話來說，就是待在這所學校裡，會變成傻子。」
法官眨著眼睛，推了一下銀框眼鏡。
「所以我問他想要轉學嗎？卓也說不怎麼想。他覺得學校這樣的體制本身沒有意義，想要獨自思考一段時間。」
我覺得這樣也好——證人接著說：「就像我剛才說的，卓也是個早熟的孩子，喜歡講道理。是那種有些家長會覺得囂張的孩子。因爲我自己也曾發脾氣責罵他，叫他不要成天歪理一大堆。」
「那個時候你沒有罵他？」
「沒有。那並不是卓也第一次對『學校』提出疑問，不想上學，所以我早就預料到了，也不感到驚訝。」
這還是第一次聽說。禮子往旁邊一瞥，只見茂木悅男身子前傾，專注地聽著。
「卓也是在小學五年級的新學期轉學過來。他在埼玉的學校沒有任何適應問題，成績很好，跟朋友也相處愉快。」
然後卓也不願意轉學。
「我覺得是因爲他不想跟朋友分開，本人卻說不是。說得正確一點，他並不是不想換學校，而是想要趁這個機會不再上學。」

「爲什麼？」

「那個時候他也說『上學沒有意義』。他不懂爲什麼非上學不可？還有爲什麼老師可以那麼高高在上？明明就只是老師，根本沒有任何權力。」

律師微微蹙起眉頭。「我確認一下，證人感覺卓也同學在埼玉的學校，並沒有什麼問題嗎？」

「是的，所以那個時候我嚇壞了。我逼問他是不是老師有問題，還是跟朋友處不好？卓也說不是，不是在學校遇到討厭的狀況那類問題。」

——我只是覺得沒有意義。

「於是我——或許這也是大人哄騙小孩的手段，我開導他說或許可以在新的學校找到意義。卓也似乎不是打從心底信服，但當時他還是繼續上學，似乎也很快就熟悉新學校了。至少我看著他，感覺並沒有問題，校方也沒有說什麼，所以我放下心來。內子應該也是一樣的，她和我談過，說『卓也是個棘手的孩子』。」

證人忽然垂下頭，忍耐著什麼似地拱起肩膀。

「現在想想實在很天眞，當時我還對內子說『棘手的孩子長大以後，都會變成大人物』。我是眞心這麼想的。對於卓也，我唯一擔心的只有他的健康。」

啊，還有——他接著說：

「他的朋友似乎不多，也很少出門玩耍，這讓我有些憂心。可是，就算是男生，也不一定每個人都能當孩子王，朋友也不是愈多愈好。我自己以前就是個內向的孩子，對於——所謂的運動信仰嗎？我對於『健全的心靈寓於健全的身體』這種想法抱持著批判，所以我把它當成卓也的個性，不願多加干涉，而是順其自然。」

「我明白了。」律師說，「那麼，關於卓也同學從去年十一月中旬開始不上學的事，柏木先生對照他小學五年級時的經驗，沒有想得太嚴重，尊重卓也同學的意向，不加干涉，順其自然。」

「是的。如果他想要一個人思考，就讓他好好思考吧。人生漫長，我覺得或許休學一、兩年也是沒辦法的事。」

確實，這種想法並不一般。有時候爲孩子不上學而煩惱的家長，會在歷經內心種種糾葛及深思之後做出休學的結論，但一般都會花上更久的時間。

「卓也同學提過對學校的其他不滿之處嗎？」

「有的。像是學校不考慮每個學生的性格和能力，一視同仁，要求相同的結果。」

證人本來似乎仍介意著法庭內的氣氛，這時豁出去似地繼續說：

「卓也還說老師不可靠。溫柔的老師只是人好而已，沒有能力。相反地，有些老師根本沒有身爲教育者的自覺和才能，只是爲了滿足自我展示欲和對他人的支配欲而擔任教職，也有帶著暴力傾向的老師。在學校裡，學生是弱者，老師擁有壓倒性的權威，他們卻沒有正確理解自己的權力從何而來，也不願意正確運用。卓也不懂爲什麼必須服從憑自己的心情好壞擺布學生的老師。」

證人一口氣說到這裡，又補充道：

「學校這種體制是社會的『必要之惡』，城東三中的老師卻不明白這一點。他們頂多把學校當成一個神聖的場所。明明學校只是一個方便老師這些掌權者、對他們而言舒適愜意的場所罷了。」

證人說到一半，旁聽席就超越吵鬧，變成了喧譁。法官可能吃了一驚，沒有制止，於是旁聽者的話聲愈來愈大了。

茂木悅男笑得幾乎要淌下口水。PTA的石川會長顯然十分憤憤不平。

「你笑什麼？」

石川會長責怪茂木，禮子差點笑出來，連忙縮起脖子。

「大家會生氣是當然的。」不等法官制止，證人就先回望旁聽席，像是要鎮定場面似地高聲說：「不知天高地厚、賣弄小聰明，不分是非黑白，當時我也這麼想。但我認爲卓也的話有其道理，所以我沒辦法劈頭斥責他，命令他少囉嗦，乖乖去上學。」
「你把這樣的心情告訴卓也同學了嗎？」
「說了。卓也向我道謝。」
「那個時候……」律師緊盯著證人說：「柏木先生知道卓也同學不再上學的前一天，發生在自然科教具室的事嗎？」
證人立刻點頭，「我知道。一樣是內子告訴我的。」
「你問過卓也同學這件事嗎？」
「我好好地問過他了。我說，我知道關於學校、關於老師，你有很多意見、很多主張，可是你不想上學最直接的原因，是不是那場爭執？我幾乎是用逼問的，要他把這件事說清楚。如果原因是這件事，身爲父母，我們必須設法解決才行。」
「卓也同學怎麼回答？」
「他說那沒有什麼。」
——沒有意義。
「他說他們很煩，又糾纏不清，所以向他們頂嘴，結果就吵起來了。他沒有受傷，也沒有打傷人，都是老師在吵而已，對他根本沒什麼影響。從更早以前他就覺得學校很無聊，跟吵架的事半點關係也沒有。」
「他說他沒有遭到霸凌或威脅？」
「我再三確認過這一點。卓也笑了，說他才沒有被那種人霸凌。」
禮子看向被告。大出俊次完完全全就是一貫的俊次，露骨地表現出不愉快。他搖晃著身體，野田健一對他說了什麼，應該是叫他不要這樣吧。俊次瞪向野田助手，但健一不退讓，他便鼓起腮幫子坐正了。
「卓也同學不上學以後，當時的津崎校長和導師森內，還有學年主任高木老師一同進行了家庭訪問。一個半月內，到府上訪問了四次，柏木先生見到老師了嗎？」

「我沒有見到老師，只有聽內子轉述家訪的情形。」

「柏木先生想過要向學校提出什麼意見嗎？」

「沒有。」當場回答之後，證人縮起肩膀。「事到如今，被指責傲慢也無可奈何，但當時的我就這樣聽信了卓也對城東三中的批評，也就是他具體感到不滿的部分。」

「這樣啊。」

「所以我很後悔讓卓也就讀公立國中。在公立學校裡，就像卓也說的，基本上學力不同的學生都放在一起。老師們忙著應對生活態度有所偏差的學生，想必沒辦法全心投入教育工作。我從卓也那裡聽到與他發生衝突的——」柏木則之望向大出俊次，「被告等人過去的惡行惡狀，這樣的想法更是堅定。連這種學生都放任不管，期待城東三中能做好教育工作是不可能的事，這裡的老師眞的沒有能力。我如此認爲。」

律師默默聽著。

「所以我對內子說，如果老師硬要勉強卓也上學，我會出面制止。要是家庭訪問太頻繁，讓他們吃閉門羹也無所謂。」

我想要保護卓也——

「我想要保護卓也的感情。那孩子否定了城東三中，他對城東三中幻滅了。我認爲他的幻滅實在太深，以至於他對『學校』這個體制的態度轉爲批判，可是世上有更好的學校。我打算慢慢花時間和卓也談這件事，等到他有意願，再來找學校轉學。」

旁聽席又吵鬧起來，法官抓起木槌。

「對於被告和被告的同伴，卓也同學有什麼評語？」律師的問題讓吵鬧聲安靜下來。

「評語？」

「除了問題多端的『那種人』以外，他有沒有說過什麼具體的內容？」

證人想了一會。法庭內的眾人等待著。禮子感覺到一股坐立難安地等待危險事物的氣氛，事實上她也是這種心情。

「——像昆蟲。」

這句話讓律師不由得睜圓了眼睛。「什麼?」

「哦，就是卓也說他們像昆蟲。我的解釋是，卓也認爲他們與自己就是差異如此之大的存在。」

旁聽席傳出笑聲。那可能是失笑或苦笑，帶著些許共鳴的笑。大出俊次本人則是愣住了。他不懂是什麼意思吧。如果是「害蟲」還能理解——正當禮子這麼想的時候……

「昆蟲嗎?」律師依然一臉驚訝，「不是害蟲?」

何必說出來?

俊次突然暴跳如雷，「什麼!你剛才說什麼!」

他猛地起身要撲向律師，野田健一急忙阻擋，卻被彈飛，法警迅速上前壓制。太厲害了，這名叫山崎的法警動作既安靜又俐落迅速，實在令人訝異。

「你說誰是害蟲!再給我說一次!你也是!」

雖然被法警揪住手臂，俊次仍朝著證人叫囂嚷嚷，一副要撲上去的樣子。口水噴濺了出去。

「讓你說話就屌起來了!少在那裡扯些自以爲了不起的廢話!你以爲你是誰啊，嗄?」

「被告請安靜。」

俊次一副要撲咬出聲勸誡的法官的模樣。

「井上你也是，囉嗦啦!套著那種黑色塑膠布是在幹麼!圍那種東西神氣兮兮地坐在上面，你是變態啊!」

旁聽席一陣哄堂大笑，這讓俊次得意忘形起來了。法警將他的雙手往後扳，用自己的身體和桌子夾住俊次，制止他的動作。太精采了。但俊次唯一自由的嘴巴還是不饒人，不停叫罵著變態、白痴、蠢蛋，間或夾雜嘲笑。

野田健一愣在原地，至於律師，他機靈地退到辯護人席旁邊，半帶佩服地看著俊次。陪審團則是一副作勢欲逃的樣子。

井上法官高聲敲了兩下木槌，揚聲說：「警告被告，立刻停止任意發言。這是警告，若不遵從——」

大出俊次譏笑：「你又能把我怎樣！」

法官再次敲擊木槌，「被告，停止發言！」

「你那是什麼表情？有什麼好玩的啊？」

俊次把攻擊的茅頭轉向證人，柏木則之站在證人席上。從禮子的位置只能看到側臉，柏木則之不知道是驚詫還是訝異，也可能是忍不住笑了。

「笑什麼笑，王八蛋！我要宰了你！」

說出這句話的瞬間，法警按住俊次的頭，讓他上半身彎曲，趴在桌上。俊次的額頭撞到桌面，發出「叩」一聲。很痛耶！俊次嚷嚷著。

法官的眼神十分冷酷。

「本席命令被告退庭。法警，把被告帶出法庭。」

山崎法警以把俊次按下去時相同的動作默默拉起他，讓他轉身，直接押往門口。

「放開我！你幹什麼，山崎！我不要出去！我有權利留在這裡！」

留在這裡！——喊到這一句的時候，俊次的身影消失。可能是外面有人關了門，或是山崎法警有第三隻手，門緊緊地關上了。

啞然失聲後，緊接著一陣吵鬧的旁聽席上，甚至有人站了起來。有人在笑，是茂木悅男。他發現周圍的人在看他，說了聲「抱歉」，掏出手帕，擦擦嘴巴，恢復若無其事的表情。

「各位請安靜，請坐下。證人也請坐。」

柏木則之小心地把移位的椅子挪回原處，坐了下來。律師和助手也回到原位。

「失禮了，我向法庭道歉。」

律師和助手同時行禮。又有人笑了，這次有好幾個人，不包括茂木。

法警從辯方那一側的門口回來了。他的態度平靜，彷彿只是開窗趕走了一隻飛進教室喧鬧的蒼蠅。他直接走近法官席，低聲說了什麼。井上法官嚴肅地點頭，道了聲「辛苦了」。

「證人，」法官對柏木則之說：「可以繼續下去嗎？還是需要休息？」

「不用，我可以。」

柏木則之態度從容，口氣中帶著些許好意，或者說敬佩的音色。至於是對誰的好意與敬佩，不言可喻。

「你好厲害。」

他對回到原位的法警說，法警默默回以一禮。

「啊，抱歉，這也算是任意發言。」

證人急忙道歉，旁聽席又傳出笑聲。僵住的陪審員們也展露笑容。個子很高、一看就是在運動社團活躍的男生陪審員，向周圍的同伴說了什麼。每個人都對他點頭，唯獨勝木惠子臉色蒼白，注視著大出俊次消失不見的門口。

「審理繼續進行。」

禮子好奇俊次被帶去哪裡了，但又不想中途離席。正在猶豫時，津崎向她使了個眼色，迅速起身消失在後方。

「卓也同學……」律師有些尷尬地繼續詰問：「把被告和他的同伴視爲昆蟲，是與自己完全相異而無法理解的存在，對嗎？」

「是的。唔，我想也帶有一些『害蟲』的意味，不過我覺得你剛才的反問，應該是正確的。」

證人用上對下的「你」稱呼法警，但和律師說話時用的是一般的「你」（註）。律師只有一瞬間變回了一般的國三生，以一般的國三生面對大人的態度，小聲地說：「對不起。」

柏木則之仰望法官：「我認爲卓也看不起被告。」

在我們談話的時候——他強調似地補充道：

「總是不加思索，也不想學習知識、習得技巧，只知道追求稍縱即逝的快樂。只在乎好不好玩、如何偷懶找樂子，對將來毫無規畫，就像脊髓反射般地活著。那不是人，只是『生物』罷了。我想卓也是想要表達這樣的意思。」

「這眞是非常嚴厲的意見。」律師的回應依然小聲。

「是啊。可是在那個年紀，性格嚴肅的孩子都會思考這些事吧？」

律師只是裝出微微一笑的樣子，沒有回答這個問題。

「既然卓也同學表明了這樣的看法，那麼，柏木先生對於他是受到被告與他的同伴霸凌，爲了逃離霸凌而不去學校——**無法**去學校的疑慮也消失了，對吧？」

「對。」

「可是，這個疑慮後來又浮現出來了？」

是的——證人回答，垂下頭去。

「因爲到了後來，我們得知其實有一封告發信，指控被告等人把卓也叫出去，從屋頂推落殺害。那封告發信似乎是目擊了事件來龍去脈的人所寫的，這個事實令我和內子大爲震驚。」

旁聽席冷不防傳出一道響亮的聲音：

「請等一下。」

出聲的人從旁聽席最後一排站了起來，是一個青年。禮子覺得似乎在哪裡見過他，赫然憶起他是柏木卓也的哥哥。

「家父在作證的時候撒謊了。爸，對吧？」

青年大聲對證人說，大步走到法庭前方。

「請讓我上台作證。我是卓也的哥哥，柏木宏之。請讓我和家父對決。家父想要捏造出一個卓也的虛像。」

藤野涼子從檢察官席站起來，迎擊似地走上前。

「柏木同學的哥哥，請回座。」

佐佐木吾郎也跑出來，擋住通道，但柏木宏之推開他，逼近父親。

「爸，不要再撒謊了！」

法庭內又是一片譁然。

法官不動如山，抓著木槌柄預作準備。陪審團就要站起來，幾名男生像要保護女生似地探身向前。旁聽者們驚慌失措，有幾個人從最前排逃走。

在這當中，柏木則之雖然也從證人席上站了起來，卻沒有移動半步。這樣下去，宏之會輕易揪住父親的衣襟。

法警山崎晉吾上前制止。這次他的動作也非常精準，他擋在衝上來的柏木宏之前面，迅速抓住他的左肩與右肘。

「請回座。」

聲音小到禮子勉強可以聽見，但宏之像被震懾住，停止了行動。宏之睜大眼睛望著身高比他矮小許多的法警，彷彿在問：「這傢伙是什麼人？」

「宏之，別這樣。」

證人席上的父親看起來很悲傷。這句話與其說是勸阻，更像是安慰。

「如果想要跟我對決，就好好照程序來，不能給大家添麻煩。看到我們反目成仇，卓也一定也會覺得丟

註：柏木則之對山崎晉吾說話時是用「君」，與神原和彥說話時則是用「あなた」。兩者語氣不同。

臉。」

宏之細長的臉頓時脹得通紅。

「那樣說太卑鄙了！」

他又想逼近父親，被宛如一堵牆般的法警擋住了。我怎麼沒辦法閃過這樣一個矮冬瓜？宏之納悶的目光飄移，但還是頑固地試著發言。

「我——」

「請坐下，否則我必須請你退庭。」法官從正面俯視著柏木宏之說：「你在破壞法庭的秩序。」

法官的語氣冷酷到讓宏之瞬間語塞。宏之望向因爲他的舉動陷入恐慌，起身逃向通道的旁聽者。他發現陪審團——與自己亡故的弟弟年紀相同的少年少女，甚至對他退避三舍。然後法警屹立不搖的態度，也讓他受到打擊了吧。他忽然回神似地垮下肩膀說：

「我不是故意要搗亂。」

津崎快步從法庭後方現身。他好像回來了。那圓短身軀小碎步地跑到宏之身邊，抓著他的手臂低聲說了什麼，把他帶到旁聽席後方去了。宏之乖乖地讓津崎帶走。

旁聽者紛紛回座。禮子迅速起身，移動到津崎和柏木宏之旁邊。兩人在最後排右邊角落坐下。

「我是城東警察署少年課的佐佐木。」

她說著，向津崎點頭後，與津崎兩個人包夾宏之般，有些強硬地坐了下來。

「你是柏木同學的哥哥，對吧？第一次見面，你好。請讓我坐在旁邊。」

有些旁聽者頻頻回頭偷看這邊。從興奮中清醒的宏之似乎難以承受那些視線。

「我理解你的心情，不過在這裡還是要照規矩來。」

禮子對他這麼說，然後問津崎：「大出同學怎麼了？」

「北尾老師在辯方的休息室對他說教。」津崎掩住嘴角，放低音量說：「感覺不需要支援，所以我立刻回來了。柏木同學，你還好嗎？」

宏之原本潮紅的臉頰彷彿受到反作用力，變得面無血色。

「對不起。」他的聲音小得像蚊子叫，「我實在聽不下去，那根本是一派胡言。」

「眞的嗎？如果令尊撒了謊，他爲什麼要撒謊？你得仔細聆聽，試著理解令尊的心情才行。」

津崎輕撫宏之的背，宏之無力地垂下頭。

「忍不住也會叫你『柏木同學』哪。」

津崎撫著宏之的背低喃，眼眶都紅了。

宏之沉默著，他的眼睛也是紅的。

「繼續證人詰問。」

法官宣布，嚴厲地掃視整個法庭。誰都不許再吵鬧，要是敢吵鬧，我不會輕易放過你。即使是模範生井上康夫，也隱藏著這樣的眼神。

「柏木先生，請坐。」

神原律師等證人坐下後，便一派輕鬆地又開始問話：

「事後出現了一份文件，告發卓也同學其實是遭人殺害。得知這份文件的存在，柏木先生的態度有所動搖。」

「是的。」證人連帶上半身一起重重點頭。「卓也是被殺的，而且有人目擊現場。不管是對我或內子來說，這都是一時之間難以置信的內容。」

神原律師從檔案夾中取出一張文件，右手高舉著向法庭內眾人出示。

「這就是那份文件，今年一月七日以限時郵件寄給本校當時的校長津崎老師。」

他轉向陪審團，接著說：

「同樣的信有好幾封。此外，檢方與辯方對這份文件的存在本身沒有疑義。我在此將這份文件作爲雙方共同的一號證物提出。今後單純稱呼『一號證物』時，指的就是這份文件。」

陪審團點點頭，只有勝木惠子似乎沉浸在個人的憂愁之中，又心不在焉了。

「接著我要朗讀內容。」律師說：「這封信有個標題，就叫『告發信』。整封信多次換行，不像文章，比較像一首詩。我根據上下文的關聯性來朗讀。」

原本還有些吵鬧的旁聽席完全安靜下來。

「城東第三中學　二年A班柏木卓也同學　不是自殺　他是被殺的　他被人從學校屋頂上推下去　聖誕夜那天　我看到了　我目擊現場　柏木同學發出尖叫。」

柏木則之僵在證人席上。律師吸了一口氣，繼續讀完：

「把他推下去的　是二年D班的大出俊次　橋田祐太郎　井口充　也幫忙了　他們三人哈哈大笑　跑掉了。」

這次不是爲了證人，而是爲了讓自己喘口氣，律師停頓了一下。

「拜託。」

平板的朗讀聲傳至天花板。**拜託**。

「再好好調查一次　這樣下去　柏木同學實在太可憐了　拜託　請通知警察　我衷心懇求。」

律師放下手，將告發信放到檔案夾上，補充說明：

「內容是漢字和假名混合，沒有錯別字。但主詞『我』，不是漢字也不是平假名，而是用片假名寫的。」

柏木則之在證人席上慢慢地點了好幾下頭。

「柏木先生。」

「是的。」

「我剛才念的內容，你記得嗎？」

「記得，是我看到的告發信。」

「這就是剛才你提到的，一時之間難以置信的內容，對吧？」

「是的。」證人回答，語氣變得粗魯。「可是校方卻對我和內子隱瞞這個消息近兩個月之久。校方一直隱瞞不說，使得我們更是惶惶不安。」

光是嚴厲的語氣就令這段證詞效果十足了。

柏木宏之皺眉低頭，坐在他旁邊的津崎也垂下目光。禮子抿著嘴，繼續看著法庭上的問答。

律師接著問：「柏木先生是什麼時候得知告發信的事？」

「二月二十四日。那天是卓也的七七法事，是津崎校長告訴我的。」

「在這之前你都不知道？告發信用限時郵件寄到學校，是一月七日的事，然而你卻一直到二月底才知道？」

「是的。聽到這件事的時候，因爲太意外了，我簡直說不出話來。」

「柏木先生看到告發信的實物了嗎？」

「看到了。可是，最先拿給我看的是HBS電視台的記者，一個姓茂木的記者。」

「你的手邊有告發信嗎？」

「沒有，因爲我們沒有收到。」

律師強調似地放慢語速：「柏木先生家裡**沒有收到告發信**？」

「是的。」

「不管是一月中旬，還是二月底都沒有收到？」

「沒錯。」

「關於這件事，一直到二月底，你們都被蒙在鼓裡？」

「是的。不過事後回想，曾發生讓我們起疑的事。一樣是開學那天的事。」

一月七日晚上八點左右，柏木則之下班回家後，妻子功子說傍晚津崎校長打電話來，問了她奇怪的問題。

「什麼問題？」

「問我或內子有沒有收到寄件人不明的信件。」

「然後柏木先生怎麼做？」

「我立刻打電話到學校。是津崎校長接的，他問了我一樣的問題，於是我反問他，說我們家什麼都沒有收到，校長說的是怎樣的信？」

「津崎校長怎麼回答？」

「他說是缺德的惡作劇信件。」

柏木則之的音色第一次摻進了感情。

「他還說我們最好不要知道，是惡作劇，我們沒有收到就好。」

「柏木先生怎麼想？」

「就算校長這麼說，我還是很不安。我想知道信件內容，但津崎校長堅持『只是單純的惡作劇』。由於卓也過世時津崎校長的處理方法，讓我覺得可以信賴，所以就相信了他，等於被他說服了。」

等到整個法庭都確實聽見這段話後，律師繼續問：

「我確認一下，開學當天，雙方有過這樣的對話，而柏木先生被說服，不再追究。然後到了二月二十四日，柏木先生才首次得知有這樣的告發信。在這之前校方什麼都沒有告訴你們，對嗎？」

「是的。」

「茂木記者當時提供了其他資訊嗎？」

「有的。」

證人用力屏住呼吸後，急促地說：「茂木先生告訴我，他會得知這封告發信的存在，是因爲有人投書到他的節目《前鋒新聞》。他收到的是寄給卓也的導師森內的一封信，被撕毀丟棄後，第三者撿到，看了內容大吃一驚，於是投書給電視台。」

「因爲那封投書，茂木記者進行了採訪，對吧？」

「是的。他說曾聯絡城東三中，是津崎校長接的電話。校長一開始想要裝傻，不承認有告發信，可是茂木先生透露他手上有那封告發信，校長的態度立刻轉變，表示這是教育現場的問題，拒絕採訪。茂木先生說那麼他要採訪學生，結果津崎校長又換了副態度，說要見茂木先生。」

「那個時候，茂木記者掌握到的事實只有這些嗎？」

不──證人立刻回答：「不只是這樣而已。他還知道城東三中的一部分老師，爲了這封告發信，以二年級學生爲對象，進行名爲面談的調查。」

「名爲面談的調查？」

「也就是要揪出犯人，爲了找出寫告發信的學生而進行調查。」

「收到告發信以後，茂木記者展開採訪前的這段期間，校方採取了這樣的行動？」

「是的。茂木先生說是津崎校長親口告訴他的。校長說他們已在校內進行這樣的處理，若是媒體炒作，會引發問題，要求他不要採訪。」

「我確認一下，關於校方的面談調查，柏木先生完全不知情，對吧？」

「我不知道這件事，根本沒有人告訴我們。那段期間，我和內子只是爲卓也服喪，想著七七法事，還要把那孩子的墓設在哪裡，淨是煩惱這些事。」

禮子偷偷觀察旁邊的津崎。附近的旁聽者也都回頭看他。被學生戲稱爲「小狸子」、受到學生喜愛的校長，接受了這些視線，筆直注視著前方。

「錯的不全是學校，我爸媽也在逃避。」

柏木宏之坐在旁聽席的最後一排，爲津崎辯護似地低喃，令禮子有點意外。

「聽到這件事的時候，他們應該好好確認才對，可是他們卻不追究，就這樣置之不理。對我爸媽來說，卓也的虛像重要多了。」

津崎什麼也沒說，禮子也沉默著。宏之擦了擦臉，咬住下唇。

「當時我幾乎是頭暈目眩，只覺得怎會發生這種事？」

證人一手按住額頭，彷彿此刻也感到暈眩。

「茂木先生說他應該更早採取行動的，但因爲節目收到的投書非常多，沒有立刻發現，他很抱歉。此外，他還說媒體採訪得太慢，校方應該在湮滅證據了，不過他打算突破這堵高牆，全力找出眞相。」

《前鋒新聞》的突破力確實值得讚許，禮子不得不認同這點。她甚至想將那股力量形容爲破壞力。

「這封告發信中指名的三個人，是與卓也發生過糾紛的三人幫，但我和內子並未輕易接受。」

柏木則之繼續作證。他嘆了一口氣，彷彿想令變得粗魯的口氣恢復鎭定。

「剛才提過，卓也不去上學的時候，我好好問過他與這三名學生的關係。而卓也給我的回答，我不認爲是在撒謊。只是……」

他看起來呼吸很困難。

「我漸漸心生懷疑，事實眞的就像卓也說的那樣嗎？換句話說，不是卓也對我們父母撒謊，而是有什麼他想說卻不能說的事。我是不是應該深入追問這一點？而且不是問卓也，是問老師。」

律師想要開口，證人制止他似地滔滔不絕。

「如同我剛才說的，卓也不僅性格纖細，也是個自尊心很強的孩子。如果他其實遭到自己視爲『昆蟲』、輕蔑的對象霸凌或暴力攻擊，愈是感到屈辱，會不會愈無法向我們父母坦白？我是不是沒有察覺到卓也的本意與眞心？我內心湧出這樣的恐懼。那麼，我該逼問的不是卓也，而是老師才對吧？」

證人愈說愈激動，快要溺水似地喘息。

「因爲事實上校方就隱瞞了這封告發信！」

證人終於破了嗓，悲痛地吶喊。

好半晌，律師沒有開口。等證人平靜下來，他緩緩地問：「也就是說，令柏木先生大受衝擊的，與其說是告發信的內容，倒不如說是校方隱瞞了將近兩個月的事實，是嗎？」

「沒錯，就像你說的。」證人點頭，啞聲回答：「我和內子都不曉得該相信什麼才好了。我們對受騙感到羞恥，也覺得沒臉面對卓也。太傻了，這就叫人善被人欺。」

「柏木先生與校方談過這件事嗎？」

「談過，我立刻去找校方了。我質問爲什麼要隱瞞告發信的事，瞞著我們在校內進行調查也讓人覺得莫名其妙。我要求校方坦白一切。」

「校方怎麼回答？」

「依然宣稱那是惡劣的惡作劇。」

「說告發信的內容並非事實？」

「對。校方表示，卓也自殺是不可動搖的事實。告發信的內容是胡說八道，寄件人是校內的人，也就是學生。所以校方要找出這名學生，好好輔導，才會進行調查。不通知我們，是不希望讓我們操多餘的心。」

證人怒氣沖沖，語氣激昂。

「聽在我們耳中，這根本就是藉口，完全無法接受。所以我要求津崎校長讓我見告發信的寄件人，我想直接跟那個學生談一談。」

「津崎校長怎麼回應？」

「他堅稱不可能。明明都展開面談調查了，卻不肯告訴我那個學生是幾年級的誰，只說不能公開、這樣做也無濟於事。」

證人雙手在身體兩側握成拳頭。

「校長說告發信的內容不是眞的，撒那種謊的學生需要的是適切的保護與輔導，希望我們交給學校處理，我們只要在旁守候就好了。他還說這是很敏感的問題，校方不想逼迫寄信的學生──」

這我當然明白──柏木則之呻吟著說：

「我也是國中生的家長，不是沒有考慮過青春期孩子脆弱敏感的心情。我想見寄件人，不是要狠狠教訓那孩子，只是想跟對方說說話。我想直接跟對方談談，確認告發信的眞假，還有那孩子眞正的用意。可是，津崎校長堅持那是學校的角色，只會念經似地反覆說校方絕對會妥善處理、一定會有好的結果、到時候一定會通知。」

禮子捫心自問，當時她也認定告發信的內容是假的（她現在依然這麼認爲），滿腦子只想著要解決狀況，妥善處理寄件人三宅樹理的問題。她深信若能不通知柏木家就解決這件事，是最好的結果。

但令人不解的是，以這種形式從柏木卓也的父親口中，問出對校方強烈的質疑以及對卓也死亡眞相的疑惑的，居然是辯方。一開始認爲是自殺，如今不再確定──就算這是事實，刻意讓他作證，讓陪審團聽到，又有什麼好處？對於柏木則之，不是只要確認他在卓也葬禮時的喪主致詞就足夠了嗎？

──可是那樣的話，會在反詰問中被反將一軍。

由檢察官問出這番證詞，與辯方搶先讓證人說出來，印象大不相同。現在柏木則之的心情動搖是事實，所以乾脆把不能掩蓋的牌全部先翻開嗎？

「我先回到原本的問題。」

律師不可能知道禮子空轉的思緒，語調依然淡漠。

「聽聞森內老師撕掉寄給她的告發信時，柏木先生怎麼想？」

「實際上電視台就是收到寄給老師的告發信了，我想事實應該就是如此。」

證人似乎稍微恢復冷靜了。

「柏木先生是否想過，森內老師不可能做那種事，或是反過來認爲，若是森內老師，很有可能做出那種事？」

「當時我沒有心思想這些問題。」

「津崎校長對這件事有什麼解釋嗎？」

「津崎校長說森內老師沒有這麼做。本人強烈否定，津崎校長也相信森內老師。」

「這件事浮上檯面以後，你見過森內老師嗎？」

「一開始，她還是否定撕掉告發信的事，後來我們就沒有再見過面了。騷動愈演愈烈，她很快就離職了。」

「有沒有接過她的電話和信件？」

「完全沒有。」

「那麼，對於這件事，你現在有什麼看法？」

「對我而言，重要的是告發信的內容，而不是森內老師怎麼處理信。那對我不重要。」

接著，證人放低聲音說：

「不過，我現在很同情森內老師。只是……」

柏木則之仰望法官，然後環顧陪審團說：

「很遺憾，你們的學校曾經想要隱瞞這封告發信，敷衍塞責，導致我和內子飽受折磨。我們惶惶不安，懷疑難道卓也之死有什麼非得如此隱瞞不可的重大祕密嗎？難道我們那麼簡單、那麼輕易地把卓也的死認定為自殺，是一種錯誤嗎？我們深陷在這樣的恐懼之中。」

陪審團全都低下頭，彷彿要逃離證人的目光。勝木惠子不停咬著指甲。

「我問完了。」

律師坐下。旁聽席的眾人屏氣斂聲。

藤野檢察官一臉苦澀，一點都不像十五歲的小女生。她瞪著手上的檔案資料。

然後，她站了起來。原地行禮後，她抬起頭，表情和緩許多。

「得知這封告發信的事以後，證人是否聽說過卓也同學的死不是自殺，而是有第三者參與其中的命案？即使是流言也可以。」

「不，沒有。據說學校裡有段時間流傳著這樣的說法，但我們都不曾聽聞。」

證人的語氣也很平靜，恢復了原先的柔和。

「沒有人私底下向柏木先生提起這類事情嗎？」

「沒有。」

禮子事到如今才想到這一點，驀地瞇起眼睛。就像柏木卓也在學校裡被孤立，卓也的父母也遭到孤立。小孩子在校園生活中變得孤絕，家長也會陷入相同的狀態。他們會失去與外界聯繫的管道，無法接收任何資訊，不論是好消息或壞消息、重要的事或無聊瑣事。

「柏木先生自己也沒有想過嗎？」

證人停頓半晌。

「沒有。不過——」

法庭內的氣氛緊張起來。

「我是想過，那或許不是積極的、懷著強烈意志的自殺。」

檢察官微微歪頭，「你的意思是指，那是意外嗎？」

「不……該怎麼說……」

證人一手覆住臉頰，蜷起了背。

「該怎麼形容才好？剛才我說過，卓也這樣的孩子對死亡抱有親近的感覺。」

「是的，你這麼說過。」

「也就是會對死亡感到興趣。害怕死亡的同時，卻也深受死亡吸引。這不是我個人的想法，實際上那孩子有時候會做出一些讓父母心驚肉跳的危險舉動，像是爬上屋頂，或是閉著眼睛騎自行車。」

比起正在反詰問的檢察官，律師的表情更要顯得興致勃勃。他直盯著證人，眼睛眨也不眨。

「有一次我們全家去親戚住的公寓玩，卓也趁著我們一時不注意，翻越陽台扶手，站在水泥地外緣。那是他還沒有轉學的時候，小學二、三年級的事。」

「你們一定嚇壞了吧。」

藤野檢察官露出少女的表情問。這讓柏木則之從證人變回了有同齡孩子的大人吧，他慰勞檢察官似地溫柔微笑。

「快嚇死了呢。我撲過去抓住他的手，把他拉起來，狠狠地痛罵了他一頓，本人卻滿不在乎。他說想知道站在那裡是什麼感覺。」

那溫柔的笑容變得空虛。

「可是過世時的卓也年紀比那時候大多了。他在雪夜潛入無人的學校，故意爬上屋頂，翻越護欄，想要知道站在那裡是什麼感覺——我想過會不會其實是這樣的。」

柏木則之自問自答似地搖搖頭。

「或許那孩子還有著接近那樣的感性。如果是那種行動的延長，溜進無人的學校並不算突兀。選擇雪夜也是。寒冷得像要凍結，外頭沒有任何人，一片純白……」

一定很孤獨吧——他說：

「卓也熱愛孤獨。」

那是一種憐愛的語調。

「不過，爲了享受孤獨而潛入學校，與從屋頂墜落死亡之間，有著很大的差距吧？」

檢察官把證人拉回現實。

「是啊，有著很大的落差。我只是放不下……」

聽到這番屏住氣息的呢喃，一直凝視著證人的律師垂下視線。

「因爲將卓也當成自殺太令人難受了。爲了逃避現實，我才會有各種想像，只是這樣而已。」

藤野檢察官點點頭，「我問完了。謝謝你長時間的作證。」

離開證人席時，柏木則之踉蹌了一下。但他還是抓住椅背站好，向法官與陪審團深深行禮，才移動到辯方席。

然後，柏木卓也的父親又在野田健一的陪同下離開法庭。走出門口的時候，他回望旁聽席，眼神游移，約莫是在尋找逼迫他對決的長男身影吧。

宏之閃避父親視線似地低頭。禮子對他的側臉低語：

「你父親應該會去辯方的休息室，你呢？」

柏木宏之雙手抓住左右膝頭。手指很細，手背很白。

「我要繼續旁聽。」

請各位稍待——法官對法庭內的眾人說。陪審團和旁聽者們都放鬆下來，許多人揮起扇子和手帕。

「你是今天預定當證人嗎？」禮子問。

宏之肩膀一震，「如果是的話，不要旁聽比較好嗎？」

剛才的怒氣不曉得消失到哪裡了，他整個人垂頭喪氣。

「旁聽應該沒關係。其實我也是證人，不過感覺今天輪不到我。」

「妳是哪一邊的證人？」

「檢方的，不過以我的立場，應該哪一邊都可以。」

宏之像是忽然害怕起來，怯弱地眨了眨眼說：「不管我站在哪一邊，應該都會跟家父全面對決。」

禮子微笑，「這場審判應該不會造成那樣的情況。」

「是啊。不能把父子爭吵帶上法庭。」

宏之說著，總算也露出微笑了。然後，他望向津崎問：

「老師，你還好嗎？」

津崎好像走神了，一時沒有反應。「咦？」他反問，與宏之對望，眨了眨眼。

「謝謝你，我沒事。」

「家父那麼情緒化，眞對不起。」

津崎可能是吃了一驚吧。禮子也很驚訝，她沒想到會聽到卓也的哥哥這樣道歉。

津崎這次眞的快掉淚了。

「哪裡，令尊只是說了身爲父母應該說的話。」

野田健一回來坐下。法官向藤野檢察官打信號。原本熱中於閒聊的旁聽席，氣氛變得緊張。禮子擦拭臉上的汗水。

「接下來，檢方要傳喚證人。」

涼子的聲音宛如歌劇首席女歌手般響遍全場，彷彿在說：主旋律由我來唱。

「HBS新聞節目《前鋒新聞》記者茂木悅男，請上證人席。」

茂木悅男從旁聽席抬頭挺胸地站了起來，宛若爲了與首席女歌手合唱而颯爽登場的男高音。

確認職業、姓名，並宣誓完畢後，茂木悅男面對法官，提出意外的要求：

「我想陳述意見。」

井上法官看向藤野檢察官，涼子並不驚訝。

「證人事前已提出要求，我告訴他必須請求法官裁定。」

「一下子就好了。」茂木說。

不愧是媒體記者，不管是站在人前或是對眾人說話，都非常習慣了。他甚至散發出某種風采。

「與其說是陳述意見，或許說質問比較正確。我想這應該也是其他旁聽者會感興趣的質問。」

「那麼我同意，不過請盡量簡短。」
「謝謝庭上。」
茂木微微行禮後，故作姿態似地緩緩移動視線，注視著法官和律師。
「我絕不反對這次校內法庭的舉行，截至目前的過程也令人嘆爲觀止，值得敬佩。即使如此，我還是不得不指出這次法庭有一個重大的缺失。」
旁聽者被「抓住」了，全場安靜下來。
「首先，這個法庭沒有爭論相關事實時最重要的根據——物證。檢方和被告都沒有辦法對諸位陪審員提出證明己方說法的物理證據，對吧？這是當然的。因爲你們不是調查機構，而是國中生。」
還有一點——茂木豎起手指。
「除了少部分例外，幾乎沒有事件當時的筆錄或紀錄，能夠確保證人的證詞可信度。換言之，不論是什麼樣的證詞，都**只能**依賴證人的記憶。可是記憶這種東西，會隨著時間經過而變化、變質。從去年十二月二十五日到現在，這段期間許多證人的記憶恐怕都產生變化了吧。在這種狀態下爭論相關的事實，眞的能夠正確地進行審判嗎？」
法官按住眼鏡框，「你能夠舉例說明記憶的變化嗎？」
「可以。」
茂木立刻回答，類似懷疑的情緒在旁聽席擴散開來。
「首先是發現柏木卓也同學遺體時，野田健一證人的行動。他剛才在作證時，承認自己的記憶曖昧不明，並說曾請人去職員室通知發現屍體，但這不是事實。當時我詢問了許多學生及校方人士，得知野田同學是自己去職員室通知的。」
野田健一本人眨著眼睛。
「卓也同學的父親柏木則之的證詞，也有類似的謬誤。我第一次見到津崎前校長時，津崎校長並沒有拒絕採訪，也沒有說我們採訪會造成校方的困擾。他只說這是非常敏感的問題，會影響到學生，要求我們媒體不要煽情炒作。我也將津崎校長的這番意見正確地轉達給柏木先生了。由於我都會將採訪內容以日誌形式記錄下來，隨時都能夠提供給法庭，以資證明。」

場內一片寂靜，只有手帕和扇子在動。

「野田同學的例子，應該只是記憶模糊。而柏木先生的例子，則是因爲城東三中遇事隱瞞的不誠實態度曝光，使得柏木先生對校方失去信賴，造成記憶改變吧。與此類似的情況，應該也會發生在今後登場的證人身上。不，幾乎可以確定一定會發生。換言之，一切都是曖昧模糊的。以曖昧的證詞彼此交鋒，爭論哪一邊更值得信賴，這能夠稱爲審判嗎？我想請教各位這一點。」

最後的疑問，是以這個男人最擅長的、帶著些許挖苦的語調說出。

「我們手上有能夠確認當時狀況的資料。」藤野檢察官平靜地說：「如果當時與現在的記憶有所矛盾，可以使用參考資料進行確認。」

「意思是，城東警察署提供了筆錄和驗屍報告，是嗎？」

檢察官無視這個問題。

「現實的審判中，也有爭論證人的記憶可信度的情況。」法官開口：「在那種情況下，會在法庭上驗證記憶內容是否符合常識、是否因感情而扭曲、是否有所偏頗，不是嗎？」

「確實如此，但那種情況是有警方筆錄或檢方筆錄來支持佐證的。」

「剛才檢察官已回答，本法庭準備了相當於此的資料。」

「可是，關於我剛才指出的兩點事實，目前雙方都沒有提出訂正。」

「陪審團現在就聽到了你的這番證詞，這樣還不夠嗎？」

「你是想說，野田同學和柏木則之先生只是記錯了一點小細節嗎？」

茂木親切地對法官笑著說：

「凡事皆是如此，在追查眞相的時候，細節才是最必須小心、愼重處理的地方。不是與主線無關就可以置之不理。」

法官不悅地抿起嘴。藤野檢察官沒有爲難的樣子，但也沒有特別的行動，只是看著法官。

此時，神原律師舉起一隻手。法官點頭，他站了起來。

「茂木先生，我有個問題。」

茂木先生倨傲地點頭，「請說。」

「在此之前，我想請你做一件事。在我們的對話結束之前，請你不要移動，連視線也不要移動，筆直地看著法官。可以嗎？」

「可以呀。」

「這棟體育館的天花板，」律師接著說：「裝設著許多兩根一組的日光燈管。請回答天花板上的日光燈管是東西向或南北向、總共有幾排？」

茂木悅男睜大了眼睛。他反射性地想要抬頭，卻被律師微笑制止：

「請不要抬頭。」

茂木傲慢的笑容變成了苦笑。

「哎呀。」他哼了一聲，「是幾排呢？南北向三排？」

「請確認。」

不光是茂木，幾乎法庭所有人都抬頭看天花板。禮子當然也這麼做了。兩根一組的日光燈呈東西向排列，總共有五排。

「猜錯了。」茂木笑道。

律師也笑容滿面地說：「茂木先生在今天開庭前就入場，坐在法官正面現在空著的位置上，直到被叫上證人席以前，一直都坐在那裡旁聽。」

茂木確認似地回頭，瞄了PTA會長一眼，點了點頭說：「沒錯，是那個位置。」

「我也記得，你從早上就一直坐在那裡。雖然對天花板日光燈的記憶錯誤，但不代表你不在那裡、什麼都沒有看到、什麼都沒有聽到吧？」

「是啊，沒錯。」

被茂木的笑牽動，旁聽席也傳出笑聲。律師坐了下來。

「被擺了一道。」茂木聳聳肩，「我明白了，就照各位的方式來吧。可是，請別忘記我曾在這裡提出忠告。各位是非常優秀的國中生，然而追查眞相，絕對不是確認記憶的遊戲或文字遊戲。」

「我們聽到你的意見了。」法官說。

儘管不願意——然後連佐佐木禮子自己都感到驚訝，她似乎明白了茂木這樣多餘插嘴的用意。

「檢方開始發問。請坐下。」

茂木表示站著就行了。

「你是HBS的新聞節目記者，採訪過許多校園問題和教育問題，對吧？」

「是的。」

「具體來說，是什麼樣的問題？」

「校園暴力、霸凌、霸凌造成的學生自殺、教師體罰造成的傷害事件等等。」

「約有幾件？」

「就算最後沒有做成節目，從我的採訪經驗來說，應該有三十件以上。」

「這代表對於這方面的問題，你有相當豐富的採訪經驗？」

「我本身是這麼覺得，外界也如此給予肯定。」

藤野檢察官雙手空著，也沒有特別查看筆記或檔案的樣子。她很放鬆。

「我想請教有關學生爲了學校的同儕關係煩惱、受到霸凌所苦，導致自殺的例子。」

茂木看著檢察官，點了點頭。

「這種例子裡，有學生自殺未留下遺書的情況嗎？就你採訪過的範圍內回答就行了。」

「在我經驗的範圍內，都有遺書。」

「多半都留下了遺書？」

「不是多半，依我所知，百分之百都有遺書。」

「是任何人一看就知道是遺書的形式嗎？」

「沒錯，有些會明確地寫上給誰，也有在封面註明『遺書』的例子。」

「都放在自殺後立刻會被人發現的地方嗎？」

「不一定，也有在整理死亡學生遺物的時候，在書桌抽屜裡發現的例子。不過都可以看出，希望在自己死後一定會被人發現的意圖。」

這次涼子點了一下頭，「在你採訪過的事件中，演變成這種悲劇性的結局之前，自殺學生的家長都完全不知情、沒有發現孩子爲同儕關係煩惱、受到霸凌所苦，直至看到遺書才發現一連串的事實，這樣的例子有多少？」

茂木想了一下，頭稍微動了動。

「孩子不太對勁、沒什麼精神、不想去上學、經常討零用錢、不曉得錢花到哪裡去，父母察覺這類徵兆的情形很多。不過，我接觸到的幾乎都是家長沒有掌握到、沒有想到其實發生了把孩子逼上絕路的嚴重狀況的例子。」

「你採訪的事件中，有不上學的孩子就這樣自殺的例子嗎？」

「有一件，不過不是受到霸凌而不上學，是爲了學業成績不理想而煩惱。」

「在這個例子中，家長是否擔憂孩子可能會自殺？」

「父母對孩子不上學感到憂心，但在我採訪的時候，都說沒有想到孩子居然會如此想不開。」

藤野檢察官的表情，彷彿在聆聽數學老師講解深奧方程式的解題方法。「那麼，一般來說，校內的問題——無論是霸凌或是成績不好——造成的學生自殺，其實一起生活的家長意外地難以察覺，甚至就連預兆也難以察覺，是嗎？」

茂木低吟了一會。他慢慢拉開椅子，一屁股坐下。

「我必須強調，用『一般來說』概括這類事情非常危險。我確實有一些採訪經驗，但很遺憾，在我不知道的地方，還是不斷有孩童自殺。」

「我懂了。那麼，請茂木先生完全根據你的採訪經驗來回答。」

「如果是在我知道的範圍內，是的，我可以肯定地說，非常難以察覺。尤其是受不了霸凌而尋死的情況，由於孩子不想讓父母擔心、感到歉疚，會拚命隱瞞遭到霸凌的事實。」

「不過，透過遺書和日記，父母會在孩子死後發現眞相。」

「是的。」

「那麼，在孩子死後，儘管身邊的人提到死者生前爲同儕關係煩惱、似乎遭到霸凌，本人卻沒有留下遺書，日記也絲毫沒有提到這類事情的案例，茂木先生碰到過嗎？」

「沒有。」

「那麼，反過來說，家長從孩子生前的言行及生活態度察覺到不對勁，卻不幸地無法阻止自殺的例子，茂木先生碰到過嗎？」

「我知道一個例子。」

對話很流暢。果然事前預演過嗎？禮子實在難以想像，這兩人一本正經、和樂融融地練習在法庭上如何交手的情景。

「那是一個令人難過的例子，過世的孩子患有心理疾病。」

檢察官微微偏頭說：「柏木同學的情況，會不會因爲他其實有這種心理疾病？」

「不可能。採訪父母後，我在初期階段就確定可以排除這個可能性了。卓也同學的思考非常邏輯分明，剛才柏木先生的證詞中提到，他很擅長語言上的溝通，似乎也沒有受到幻覺或幻聽困擾。至於作息日夜顚倒、三餐時間不規則，是沒有上學的副作用，與生病完全無關。」

「可能是成天關在房間，得了憂鬱症。」

「憂鬱症與爲了某些事煩惱、心情沮喪而悶悶不樂，在根本上是不同的。」

茂木的語氣變得耐性十足，就像在指出學生的方程式解錯了。

「實際上，柏木則之先生也沒有想過，卓也同學需要醫療方面的協助。他在我的訪問中這麼回答，從剛才的證詞也聽得出來。擔心卓也同學、愼重觀察他的情況的父母，不認爲他需要接受治療。光是這樣，我認爲就能判斷患有精神疾病的可能性是零。」

原來如此——檢察官很快就接受了。

「那麼，卓也同學的死亡不符合茂木先生採訪過的任何一個例子，是相當特殊的例子嘍？」

「確實和我先前回答的例子不同，不過並不特殊。」

「茂木先生知道類似的例子，是嗎？」

「是的。」茂木點點頭，微微加重語氣：「我覺得與集體私刑致死的例子很像。」

法庭內一陣騷動。陪審團中唯一一個彷彿關在自己的世界的勝木惠子，這時猛然抬頭，瞪著證人。

「集體私刑造成被害學生死亡的例子，是有固定模式的。雖然有點長，不過我可以說明一下嗎？」

「請。」檢察官回答，坐了下來。而茂木站了起來，輕咳一聲，掃視陪審員們。

禮子恍然大悟，藤野檢察官是把這個對城東三中趁火打劫的媒體人叫來擔任此類問題的專家，他是專家證人。

「首先，集體私刑及暴力行爲，可以根據主要目的是否爲向被害學生勒索金錢，分成兩大類。我認爲在這個法庭上不需要考慮主要目的是金錢的例子，所以略過不談。」

不愧是專家，非常簡明扼要。

「那麼，主要目的不是金錢的話——雖然也有順便搶錢，但主要動機是在其他方面的情況，集體私刑事件依進行私刑的團體與被害學生之間是否有朋友關係，可以再分成兩種。」

茂木舉起右手，豎起兩根手指。

「有朋友關係的情況，就是雙方原本是一群壞朋友、狐群狗黨，也有屬於同一個社團的情況。首先是被害學生想要脫離這群朋友，心懷不滿的其他成員對其施加暴力制裁，這是一種模式。再來是一開始只是單純的吵架或內鬨，漸漸發展成多數人對特定個人制裁的模式。爭吵或內鬨的原因，多半是與財物遺失，或異性關係有關的糾紛。前者是單純的誤會，或是團體外的人物所為，卻想要在團體內解決，便會產生暴力行為。後者是團體內較為年少或地位較低的成員，與團體老大交往的異性勾搭，引發團體公憤的情況。」

大概是籃球社社員的高個子陪審員，目不轉睛地看著說明的茂木。

「追根究柢，這是團體針對破壞『規矩』的人施加制裁的模式——姑且不論這套被眾人奉行的規矩健不健全。即使是在社團活動這種學校獎勵、原本應該很健康的團體內也會發生。在我採訪的例子中，有個是受不了嚴格練習和不合理的學長學弟關係，想要退出社團的一年級生，遭到二、三年級生動用私刑教訓，最後被失手殺害。在這個案例中，就連顧問老師，都對一而再、再而三的集體私刑視而不見。後來發展成民事訴訟，在法庭上該名教師依然宣稱『為了維持隊上的紀律，那是必要的處置』。」

「飆車族圍毆想要退出的成員的例子也算嗎？」

法官問，茂木深深點頭：「沒錯，那就是典型的例子。」

整個法庭都專注聆聽著。

「然後是進行私刑的團體與被害學生之間沒有朋友關係的模式。正確地說，是被害學生不屬於該團體，是外人，不過生活在該團體附近。也就是說，他們是同一所學校的學生，私刑團體是比較要好的一群人——也可以說是混在一起的一夥人——而被害學生不屬於其中。」

茂木用雙手圈出一個大圓，接著左手握拳，右手豎起食指，舉起來讓陪審團看見。意思就是大圓當中的拳頭代表團體，食指代表個人。

「這種情況，集團對個人施加暴力迫害的理由，當事人有各種說法，不過依我採訪的經驗來看，可以化約成兩種。一是嫉妒，二是輕蔑。兩者的共通之處是，那些理由第三者聽了都無法信服。」

「嫉妒是指……？」法官代替檢察官進行詰問。

「我舉個簡單易懂的例子，比方說從鄉下學校轉學到都市學校的轉學生、從私立學校轉學到公立學校的轉學生。然後轉學生家裡很有錢，或本人成績優秀，又或是很受歡迎、有人望……」

茂木稍微換了副平易近人的口吻。

「這樣的人就會『被盯上』。這傢伙搞什麼、臭屁個什麼勁、少在那裡囂張——簡而言之，就是會惹人眼紅。不過這種情況，端看被盯上的學生如何應對，若是應對得當，壞學生有可能就此罷手。校風以及教師的介入也會是重要的因素。學生素質愈是不佳的學校，或是教師傾向息事寧人，發生這種問題的危險性就愈高。」

「排擠外來異文化的心理——」

聽到法官的呢喃，茂木笑道：「說得嚴肅點就是這麼回事，不過我覺得說穿了就是『眼紅』。若是能夠轉化爲憧憬、尊敬、『另眼相待』，就皆大歡喜，麻煩的是沒那麼容易。」

「那麼『輕蔑』呢？」

「如同字面所示，指的是團體——這種情況應該可以明確地說是小混混，他們群起霸凌、施暴的對象，是生理或社會上較爲弱勢的學生，像是身體有障礙、有先天疾病、家境不好的學生。」

「我可以明白障礙和疾病，但校內學生也看得出來家境不好嗎？」

「在城東三中看不出來嗎？」

茂木的反問帶著些許冷笑。

「恕我失禮，那只是因爲法官你不是會在乎這種事情的人罷了。就算在校內，能突顯出學生之間經濟地位差距的機會也多得是，例如積欠午餐費、付不出畢業旅行基金、學費遲繳。在我採訪的個案中，有一件是導師把某個學生家裡領取生活救濟金的事洩漏給其他學生，導致嚴重的霸凌和暴力。」

好了——茂木停了一拍，又環顧陪審團成員。

「我剛才使用了兩次『霸凌』這個詞。由於『眼紅』和『輕蔑』引發對個人的迫害，在發展成死亡事件和傷害事件以前，多半都會像助跑般先發生『霸凌』。也就是說，這種情況的集體私刑，是發生在霸凌的延長線上，是霸凌進一步發展、失控而造成的悲劇，這是與前者『對破壞團體規則的人進行制裁的私刑』最大的差別。制裁破壞規矩的人的情況，幾乎都看不到助跑的『霸凌』。」

藤野檢察官不知不覺間站起來了，「柏木卓也同學沒有遭到被告或被告的同伴、其他學生霸凌的樣子。」

「是的，沒有。」茂木同意，「若說特殊，他的情況，只有這一點顯得特殊。不管是在好或壞的意義上，柏木同學都不是個引人注目的學生。他本來就不屬於被告那一群，過著平凡的校園生活，也不是會被被告盯上的『弱勢』學生。柏木同學與被告互不關心，他是個透明人。」

「柏木同學也不是轉學生，亦即他不是外來者。」法官補充道。

「是的。可是請各位仔細回想，柏木同學有一次以非常招搖的形式，向被告與被告的同伴宣傳了自己的存在。」

「去年十一月十四日，發生在自然科教具室的衝突，對吧？」檢察官說。

「是的。那個時候柏木同學明確地忤逆了被告。以任誰來看，都只能說是反抗的形式忤逆了他。他對被告展現的暴力威脅，還有攪亂校內秩序的越軌行動說了『不』。他用行動表現出『我不會夾著尾巴逃走』的態度，對被告而言，這應該是非常具有衝擊性的事件。」

被告——茂木說著，望向依然空著的被告座位。

「在這之前，不管在校內惹出什麼樣的麻煩，都沒有人敢過問。雖然他會做出讓老師頭痛、偶爾被警方輔導的事，但對他來說，那反而是一種負面的勳章，可以讓其他學生望而生畏。對於他的霸凌、戲弄、騷擾，沒有學生敢生氣或反擊。每個人都縮起脖子逃走，縮得小小的只求倖免於難。遺憾的是，就連一部分的教師，在他的面前也像個縮頭烏龜。那與其說是害怕他本人，倒不如說是畏懼他的家長吧。」

「可是柏木同學毅然反擊了。」檢察官說。

「沒錯，他反擊了。」茂木繼續道。兩人默契十足。「暴力的獨裁者第一次遭遇反叛，內心受到的衝擊應該非常大，而且令他感到屈辱吧。被告一定氣瘋了。以被告的角度來看，他等於是在理應稱霸的校園裡，被柏木同學狠狠羞辱了。他應該無論如何都想報復，不把柏木同學打個落花流水，無法甘心。」

律師沒有抗議，聽著茂木演說。反倒是野田健一坐立不安，頻頻偷看律師。

「可是，柏木同學本人在發生衝突事件以後就不來上學了。被告失去了洩憤的對象，也失去了雪恥的機會。」

「那麼，如果在自然科教具室的衝突發生以後，柏木同學仍然繼續上學，就有可能像茂木先生剛才說的，遭被告盯上，受到被告和他的同伴霸凌？」

「有可能會演變成那種情況。我認爲柏木同學就是預料到那種狀況，才會選擇不去上學。與其說是逃避，更應該說是預先迴避了顯然絕對會碰上的麻煩。」

「然而，他卻不努力去解決這個麻煩？比方說找老師商量。」

「當時這所學校有什麼可靠的諮詢制度嗎？」

茂木的語氣透露出惡意。

「對於無法控制被告、也無法讓他洗心革面，只知道袖手旁觀，當縮頭烏龜的老師，能夠期待什麼？無論自然科教具室的衝突是突發事故還是柏木同學懷著覺悟的行動，總之當下最適當的事後處理方法，就是他從校園裡消失。」

律師還是沒有發言。他讓茂木獨唱，檢察官伴奏。

「柏木同學不去上學以後，當時的校長津崎和導師森內，以及高木學年主任進行了家庭訪問，但他完全不肯見他們，就是這個緣故。他對校方的處理方法大失所望。他是在表示，比起要求他上學，還有更應該先解決的事。柏木同學向城東第三中學宣布斷交。他獨自發起叛亂，卻沒有任何人有勇氣呼應他，他感到失望，決定離開城東三中。」

旁聽席一片靜默。陪審團成員眼睛眨也不眨。勝木惠子再次垂視腳下，縮著肩膀，彷彿代替不在場的大出俊次，獨自承受茂木的攻擊。

「可是，被告怒氣難消。對方不在學校，等於爲他想要報復的欲望火上加油，造成十二月二十四日深夜殺害柏木同學的悲劇。」

「意思是，被告爲了洩憤，把柏木同學叫出來嗎？」

「除此之外還有別的可能嗎？」

不光是看陪審團，茂木一定也很想轉向旁聽席。

「聽到『集體私刑』，大家容易想像成許多人圍毆一個人，這種例子的確占了壓倒性多數，不過也有不同的形式。比方說，追趕被害人，逼對方爬上危險的高處，或是逼對方跳入冬季夜晚的河川游泳、穿越車水馬龍的馬路等等。我還知道逼被害者喝下大量的酒，引發急性酒精中毒死亡的例子。這種情況，雖然也叫『集體』，但人數不一定要很多。如果被害者只有一個人，即使只有兩、三個人也足夠形成『集體』了。」

「比方說，逼對方翻越屋頂護欄？」

檢察官深入追問，茂木點點頭。

「有這個可能。」

「如果柏木同學是被被告叫出去的，他應該也預期到會遭遇某些危險吧？」

「我只能猜測他的決心和心理糾葛。也有可能他被叫出去的時候，以爲會是一對一。雖然告發信上沒有寫得那麼詳細……」

這實在是非常若無其事而且自然，檢察官和茂木證人把告發信的內容當成事實加以陳述。

「可是，事實上柏木卓也來到學校的屋頂上了。後來發生的事，目擊者不是在告發信裡清楚地告訴我們了嗎？」

等茂木的問題傳遍每一個角落，藤野檢察官開口：「謝謝你。我問完了。」

旁聽席傳出幾道嘆息聲，像漣漪般擴散開來。

神原律師拉開椅子站起來，「辯方沒有反詰問。」

最驚訝的是檢察官和茂木證人。

「已經中午了。庭上，請休庭。看來——」律師以平靜的語調說，微笑著環顧法庭。「大家有必要從茂木證人令人神魂顛倒的演說中清醒一下。」

旁聽席不期然地爆發出短暫的笑聲，是男性的聲音，那聲音接著說「沒錯」。

「肅靜。」法官板著臉說：「那麼，休庭到下午一點。」

井上法官敲了一下木槌，變回小學生似地噘著嘴，甩動廉價黑袍站了起來。

禮子穿過擠成一團的門口時，茂木已不見人影，也沒見到ＰＴＡ會長。兩人出去校外了吧。

津崎也不在，是去了哪一邊的休息室嗎？——禮子站在沙塵飛揚的操場上，在陽光下瞇起眼睛，忽然有人從後面拍了她的肩膀。

佐佐木禮子回頭一看，不禁瞪大了眼睛。

「藤野先生。」

是涼子的父親藤野剛。他脫下外套掛在手臂上，白襯衫的衣領敞開著。

「原來你來了。」

「趕上茂木先生作證了。」

涼子那丫頭——那張淺黑色的臉苦笑著：

「居然巧妙利用了**專家**。」

「我嚇到了。」禮子坦白地應道，然後恍悟：「原來如此，剛才發出笑聲的是藤野先生，對吧？還有那句『沒錯』。」

藤野剛沒有承認，也沒有否認，只是低聲笑著。「神原同學很聰明。繼續反詰問，只會讓茂木的演講拖得更久。」

確實如此。一般聽到那種內容，想要反駁才是人之常情，然而神原同學卻能克制自己，結束對方的演說，眞是了不起的策略。

「我猜，」藤野剛由衷開心地說：「如果我們這樣稱讚他，他一定會說『我並沒有想那麼多，只是肚子餓了而已』。」

禮子忍不住也笑了，「他那種地方眞是厲害到讓人心裡發毛。」

「他是個奇葩。涼子情勢不利。」

但藤野剛看起來一點都不擔心。

「午飯吃了沒？跟誰約好了嗎？」

「不……」

「那一起去吃蕎麥麵吧？」

「藤野先生下午也要旁聽嗎？」

「如果沒被廳裡叫走的話。」

「涼子同學知道你來了嗎？」

「她怎麼想都無所謂。事到如今，涼子才不會在乎她老爸怎麼看呢。」

他們也是一對不可思議的父女。禮子追上快步走向大門的藤野剛，擦了擦額頭的汗。

——眞是個熱心的人。

藤野剛是這麼看待佐佐木禮子的。明明因爲大出俊次（還有他的同件），她碰上許多麻煩。

「這是難得一見的案例，我很感興趣。」

她在蕎麥麵店裡這麼說明，接下來則一直想問出藤野對上午的審理攻防戰的感想。她尤其著重茂木悅男，應該是出於義憤，但口氣聽起來也像是摻雜了私怨。藤野大致上坦白回答，然後盡可能詳細問出他到場前的法庭狀況。

回到學校後，只見津崎前校長正在尋找佐佐木禮子。津崎看到藤野剛，露出由衷欣喜的表情。津崎和禮子說要在前面座位一起旁聽，藤野表示「我可能會中途離席」，便與他們分開，坐在最後排的左邊。他看見茂木悅男和PTA會長石川端，坐在與上午相同的位置。

在旁聽席坐滿八成的狀態下，下午的審理開始了。被告席依然空著，法官和律師也沒有特別提起這件事。

「辯方傳喚證人。」

神原和彥說出名字，旁聽席的柏木宏之站了起來。他可能相當緊張，走上證人席的腳步很僵硬。

藤野尋找著他的父親，發現他坐在正中央附近靠右邊。他高高仰頭，注視著長男。

確認身分、宣誓完畢後，柏木宏之向法官和陪審團行禮。

「家父接受證人詰問時，我妨礙了審理，很抱歉。」

「證人深自反省。」律師也幫腔。

「陪審團接受道歉嗎？」

法官一板一眼地問，陪審員們頻頻交換視線。其中一名高個子的少年舉手說：

「呃，庭上，我想要發言。」

「請說。」

少年立刻站了起來。他眞的很高。

「我是莫名其妙變成陪審團長的竹田。呃，我是籃球社的社員。」

少年說著，毛躁地撫平制服長褲的皺褶。

「謝謝你道歉，因爲女生都嚇到了。」

「眞的對不起。」柏木宏之又低頭致歉。

「吃午飯的時候，大家聊了一下。」竹田陪審團長環顧了法庭一圈說：「我們都是第一次當陪審員，其實不是很清楚這份工作該怎麼做。怎麼說呢，我們是一群門外漢。」

旁聽席的眾人笑了，陪審團長害羞了。他不停地歪頭，更加忙碌地撫平長褲。

「可是，我們很認眞、很努力聽大家說話。我們都很嚴肅。所以請各位證人，怎麼說呢，要冷靜？不要太激動，慢慢地說。我想可能滿難的，但如果有人生氣還是哭了，我們的情緒無論如何都會受到影響，這樣不太好。」

法庭內一片安靜。

「拜託大家。」

最後陪審團長又彎下高瘦的身軀行禮，然後坐下。從旁聽席傳來像是追上前似地笑聲，不是失笑，而是帶著好意的笑聲。

藤野覺得這個陪審團長非常稱職。

「那麼，請開始主詰問。」

神原律師請證人坐下，從柏木家的家庭成員、家庭環境等問題問起。

「事發當時，證人與父母還有弟弟卓也同學分開生活，對吧？」

「是的，現在也是。我住在埼玉縣的大宮市內，在祖父母家附近。」

「從什麼時候開始的？」

「大約三年半以前，我上高中後開始。我盡量常回老家，不過主要是在大宮那邊生活。」

律師簡潔地問：「爲什麼會分開住？」

柏木宏之停頓了一會後，緩緩回答：「對我而言，最大的原因是我再也無法——再也不想和卓也生活在一起了。」

據說上午進行審理時，宏之臉色大變，對父親柏木則之叫罵。佐佐木禮子說，比起驚訝，她一時之間更感到心痛。

——柏木家似乎有不少問題。

爲了說出這些內情，哥哥才會來到法庭作證嗎？

「卓也從小就體弱多病。」證人接著說：「他有嚴重的小兒哮喘，動不動就感冒發燒或鬧肚子，還曾經昏倒在浴室和洗手間。都是因爲貧血或眩暈。」

「父母和證人一定很擔心吧。」

「是很擔心。我父母盡一切所能照顧卓也。光是爲了治療小兒哮喘、找出眩暈的原因，就換過好多家醫院。」

尤其是家母——聲音變低了。

「她總是滿腦子煩惱著卓也的事。這讓我很不是滋味。」

說完之後，他忽然笑了。

「或許大家會笑，都幾歲的人了還說這種話。我自己也覺得好笑，可是當時——我決定要回去大宮的時候，我正在準備考高中，是很敏感的時期。我對未來非常不安，希望至少在我這麼重要的時期，父母可以好好重視我。」

「證人剛才說回去大宮？」

「父母在這裡買房子搬過來以前，我們住在大宮的祖父母家附近。一直是祖父母代替忙著照顧卓也的父母照顧我。」

律師點了點頭，「所以你想回去那裡。」

「是的。」證人應道，看了看法官和陪審團。

「你們現在正好是我當時的年紀，一樣是考生，應該滿容易想像的。」

有很多煩惱，對吧？──他語帶親暱地問。

「事後回想，那都是些微不足道的問題。但當時我覺得那是會左右我人生的重大問題，實在沒有辦法一個人承受。當然也可以向朋友或老師傾吐，不過那個時候，無論如何都希望父母聽我說。至少一次就好，希望父母優先考慮我。」

「什麼意思？」

「就是說，在這之前，任何事情都是卓也優先，我總是被晾在一旁。」

「卓也同學在健康上有許多問題，所以父母的關心怎麼樣都會偏重在卓也同學身上，是嗎？」

「是的。不僅是偏重，根本是百分之百都在卓也身上。」

一口氣說完，他又難為情地笑了：

「這樣說出來，乍聽之下，真的很幼稚、很愚蠢，我覺得很丟臉。可是，對當時的我來說，這真的是非常重要的問題。」

「你和父母談過這件事嗎？」

「我沒有對父母說過我有這樣的不滿。」

「為什麼？」

「當時我一直希望就算不用說出口，父母也能主動察覺我的感受。我有著期待，或者說撒嬌的心態。」

就是這樣錯了──證人小聲地繼續道。

「哪裡錯了？」

「卓也發現了我的苦惱。那傢伙對這種事情特別敏感，他發現──不，與其說是發現，他早就明白我的煩惱和不滿，瞭若指掌，全在他的意料之中。」

證人語塞了一會。

「卓也嘲笑那樣煩惱的我。」

律師睜大眼睛，稍微縮起下巴。

「他看起來像在嘲笑我。或許是我想太多，但當時的我就是這麼感覺。」

「卓也同學──怎麼說，像是曾經──譏笑你嗎？」

律師謹慎地問，證人用力點頭。

「沒錯，他譏笑我。於是我不禁怒火中燒，打了卓也。」

所以是我錯了──

「父母當然又罵了我。別說是理解我了，根本是不分青紅皀白，認定錯都在我。因此，我決定要離開這個家，我明白這個家裡容不下我了。」

旁聽席傳出竊竊私語聲。柏木則之注視著證人席上的長男。

「而且我很害怕。」證人繼續說：「我覺得繼續跟爸媽還有卓也住在一起，我會被毀掉。我可能又會動手打卓也。這種事一旦起了頭就會失控，會變本加厲。」

「換句話說，證人內心的不安與不滿並未獲得解決？」

「是的，反而變得更嚴重了。」

「證人和祖父母商量過這件事嗎？」

「我告訴祖父母我和卓也吵架，想要回去大宮，問他們可以嗎？祖父母說歡迎我隨時回去。」

「他們沒有阻止你搬出去，勸你跟父母和卓也同學好好相處嗎？」
「沒有。祖父母一直看著我們家至今為止的狀況，應該察覺了許多事吧。」
「察覺證人為了體弱多病的卓也同學而一直忍耐？」
「是的。可是，我打人是不對的。如果今後有可能發生一樣的事——也就是如果我覺得再也忍耐不下去了，就應該和卓也拉開距離——這是祖母的意見。」
律師微笑，「祖母站在證人這一邊呢。」
「是的。」證人的聲音柔和，「我眞的非常感謝他們。他們沒有說場面話，比如『既然是親子，就應該好好溝通』，或是『做哥哥的應該要更成熟一點』。他們沒有否定我，而是連同我的任性，完全接納。如果沒有他們，我一定會走偏，在家庭以外的地方惹出問題。」
幾名陪審員點點頭。
「我非常感謝祖父母，現在也一樣。」
律師點頭，緩步繞過桌子，踱到前面。
「發生衝突以前，證人與卓也同學的關係如何？」
「我也是擔心卓也的。因為他常常臥床不起，又頻頻請假，沒什麼朋友，我覺得他很可憐。」
「那卓也同學呢？」
證人垂下頭。
「他喜歡證人嗎？」
「我不這麼認為。我沒有積極照顧卓也。」
「但證人並不是不關心他。」
「我關心他，可是——我們年紀差了四歲——每次我想找卓也一起做什麼，母親就會阻止我……」
「可以舉幾個具體的例子嗎？」

弟。」

證人對律師聳了聳肩，「像是邀他玩投接球，或是騎自行車出去玩。」

「兄弟一般都會玩這些遊戲呢。」

「就算我找卓也玩，他總是不怎麼起勁，母親也會說不行。」

「那父親呢？」

「半斤八兩。總之，他們覺得卓也身體不好，不能過著像我一樣的生活。」

「所以證人自然而然疏遠了卓也同學？」

「是啊。因爲如果我多事，卓也又發燒還是怎麼樣，挨罵的是我。」

說完後，證人短促地笑了。「很扭曲的關係吧。這樣說出來，就看得很清楚了，我跟卓也不是一般的兄弟。」

律師沒有評論，換了個問題：「證人搬到大宮以後，與卓也同學的關係有什麼變化嗎？」

「實際上，我們等於絕交了。」

「你們會通電話嗎？」

「不會。」

「跟父母的關係呢？」

「父母偶爾會打電話來。母親有時候會出現，大部分是買了衣服或一些東西送過來，馬上就回去了。」

「柏木則之先生呢？」

「只有過年我回家，在家裡會碰面而已。」

「過年的時候，證人會在家過夜嗎？」

「不會，我當天就回去了。留下祖父母兩個人，他們會寂寞。」

「他們是則之先生的爸爸媽媽，對吧？」

「是的。」

「柏木功子女士，也就是證人與卓也同學的母親，跟證人的祖父母關係如何？」

柏木宏之尷尬地笑了，「不好。不過我不曉得是本來就處不好，還是我跟卓也的爭吵導致兩邊關係惡化。」

柏木家分成了祖父母與長男，以及父母與次男兩個派別，處於某種對立狀態——緊張關係。這確實是不折不扣的「隱情」。

「令祖父母怎麼看待卓也同學？」

「他們也很擔心，但沒有說出來。因爲如果隨便插嘴，只會跟家母起爭執。」

「發生過這種事嗎？」

「嗯，好幾次。我跟卓也發生衝突以前就是這樣了。我跟卓也鬧翻，搬回去和祖父母住以後，祖父母與家母之間就只剩下表面上的交談而已。」

「證人是否知道，卓也同學在去年十一月十五日以後就不上學的事？」

「知道。不過我是在十二月以後才聽說這件事的，應該是家母到大宮來的時候說的。」

「說卓也同學不去上學了？」

「是的。家母說是卓也跟同學吵架，對方是惡名昭彰的不良少年，錯不在卓也。她跟家父商量要找機會讓卓也轉學。」

「聽到這些話，你爲卓也同學擔心嗎？」

證人交抱起雙臂，低頭沉思。一會後，他低聲含糊地說：「祖父母很擔心。對於他們那個年紀的人來說，小孩子不上學是很嚴重的事。」

「證人不擔心嗎？」

柏木宏之點了點頭，然後又搖頭。「感覺很複雜。我不曉得該怎麼形容當時的心情……」

「請慢慢思考。」

野田健一停止寫筆記，看向證人。

「雖然很幼稚，」柏木宏之苦笑，「但我覺得有點大快人心。」

「大快人心？」

「嗯。我覺得卓也終於失敗了，計謀失敗了。」

「計謀？」

「那傢伙常請假，成績卻很好，甚至名列前茅。」

「在小學的時候。」

「就算是上了國中，據說導師認爲如果他再認眞點，成績會更好。這也是家母說的。」

律師點點頭。

「所以，從任何角度來說，卓也都不是『問題兒童』。不管是在家還是在學校，雖然體弱多病，但他不是個壞孩子。我不太會形容……你懂嗎？」

「請繼續。」

「然而，不上學是如假包換的問題行爲，對吧？不，雖然不能就這樣認定，不過至少對於我父母這種一般人，該怎麼說……對學校、教育方面立場保守的家長來說，就是問題行爲。事實上，家母就陷入恐慌了。」

「原來如此。」

「小學的時候，卓也說過不想去學校，但只是說說而已。和同學吵架，也是我所知道的卓也不可能會做的事，所以我才會覺得他失敗了。」

嗯——律師低吟一聲，納悶地歪著頭。

「同時，我也覺得，因爲失去了我這個方便的比較對象，卓也必須用別的形式吸引父母的注意，不小心做得太過火。」

「你的意思是，他故意做出惹人擔心的行爲，吸引父母的關注，是嗎？」

「不光是父母，還能引起老師的關心。」

「從津崎老師和柏木則之先生的證詞聽起來，卓也同學不像是要吸引本校老師的關心。對於老師，他的態度反倒是輕蔑的，或者說完全不抱期待。」

「不，就是……」

證人思索著該怎麼說，焦急地搔抓頭髮。

「我的確不認爲，卓也對這所學校的老師懷有期待。他就是這種人，對於身邊的大人也……不當一回事，以某種意義來說，根本是瞧不起。卓也認爲自己才是優越的，爲了向眾人強調自己是那種特別的存在——」

對，沒錯——證人兀自點著頭。

「卓也自以爲是特別的，就是——總之是頂尖優秀的存在，不是尋常的小孩子，根本就不是小孩子的水準。」

柏木宏之按捺不住似地站起來，環顧周圍。

「各位是不是也有這種感覺？卓也是不是有這樣的特徵？今天的其他證詞中也提到，那傢伙非常纖細敏感、深思熟慮，就像個小仙人。」

陪審員面面相覷。檢方席上，藤野涼子對身旁的佐佐木吾郎簡短地說了什麼，吾郎點了點頭。萩尾一美疲倦地單手拄在桌子上。

「他製造出這樣的虛像。」柏木宏之熱切地接著說：「如果是在家裡，他只要是一個體弱多病卻聰明的孩子就夠了，這樣就夠特別了。可是上了國中，大家都成長之後，比起家人，朋友或是學校裡的人際關係會占據更大的比重。這麼一來，想要打造虛像，需要不同的手段，那就是他向大家展現的一面——有些玩世不恭、憤世嫉俗，一副看透一切的態度，對任何事情都冷眼相待。對學業或社團都不會全力以赴。因爲他知道比起那些，人生還有更重要的事。」

他不會變成一個簡單易懂的模範生，更不會變成淺薄的不良少年。有些與眾不同。就像個隱者，隱藏著深刻的洞察力、非比尋常的學生——

「所以，得知那傢伙跟同學，而且是惡名昭彰的不良學生吵架時，我立刻察覺是怎麼回事。那不是一般的吵架。一開始一定是大出同學他們先找碴的，但站在卓也的角度來看，他還是比較優越，所以不能嚇到逃走。我想他一定沒有理會找碴的大出同學等人，或是反過來嘲笑他們。可是，對方是比卓也想像中更壞的不良少年——事實上他們真的是一群不良少年，卓也害怕報復，只能落荒而逃。」

「所以，你才會覺得他**失敗**了？」

律師委婉地插嘴，彷彿要為愈說愈激動的證人踩煞車減速。

「呃，對，卓也選錯對象了。大出同學不是那種會上卓也的當、照著卓也的劇本行動的不良少年。所以卓也不敢去上學，又不能把這件事告訴他一直瞧不起的老師和父母。他無可奈何，只好乖乖關在家裡，盤算下一步該怎麼走。」

旁聽席一片寂靜，是因為佩服，還是聽到這番言論傻掉了？藤野剛頗感興趣。

「恕我失禮，不過證人也揣摩得很深呢。」

律師雲淡風清地說，瞬間彷彿緊張感解除，旁聽席的眾人大笑。幾個陪審員也笑了。

藤野檢察官一臉嚴肅。野田健一也是，反而一臉緊繃。

「上午在進行柏木則之先生的證人詰問時，你責備令尊撒謊，說他想要捏造出一個卓也同學的虛像。」

柏木宏之忽然全身虛脫似地回答：「是的，我這麼說。」

「當時說的『虛像』，就是證人現在所描述的卓也同學嗎？」

「是的。這是卓也想要製造出來的虛像。卓也過世以後，儘管漸漸發現他的樣貌是一個謊言，家父執著於那種虛像，想代替卓也完成它，想在法庭上讓大家這麼相信。我就是氣不過這一點，才會指責家父。」

律師嘆了一口氣，問：「證人沒有想過，這個『虛像』是證人想像出來的嗎？」

柏木宏之站正，轉向神原律師。

「不，我不這麼認為。我非常了解卓也。我一直在卓也身邊看著他。」

「但這幾年你們是分開生活吧？」

證人的聲音變得尖銳：「就算分開，我還是知道他沒有變！」

藤野剛的身後，疑似家長的女性們低語：「這個哥哥好可憐。」

「他一定很恨他弟弟。」

「做父母的往往會逼年長的孩子忍耐，放縱年幼的孩子。」

我們家也是嗎？藤野不禁反省。身為三姊妹長女的涼子，經常為了妹妹們而忍耐。藤野和妻子也都認為涼子是姊姊，忍讓是天經地義的事。

「男孩子很難帶呢。女孩子就很會辯，還會互扯頭髮打架，比較容易懂。」

「男生都會悶在心裡不說出來。」

是這樣嗎？藤野尋思。

抬頭一看，柏木宏之坐在證人席上，從野田健一手中接過水杯。神原律師正在翻閱手上的檔案資料。

「可以了嗎？」

證人把喝了一半的杯子還給野田助手，律師便這麼問他。

「可以了。不好意思，突然激動起來。」

「那麼我就繼續了。」律師微笑，「關於卓也不願意上學的心態，我很清楚證人的看法了。接著，我們再深入探討一下吧。」

他闔上檔案夾，身體靠在桌子上。

「如果採納證人的意見，認為卓也同學是因『失敗』而無法上學的話，畢竟不能永遠關在家裡，他應該會試圖打破這個狀態吧？」

「對，我是這麼認爲。」

「剛才證人說令堂考慮讓卓也同學轉學。」

「是的，我也認爲這是很實際的解決方法。」

「但另一方面，令尊在法庭上表示，他認爲卓也同學是對當時的處境想不開，才會想要自殺。關於這一點，證人有何看法？」

柏木宏之沒有立刻回答。與其說他是在思考，更像是在壓抑自己，免得又激動起來。

「我不認爲卓也會想要自殺。因爲在那種情況下自殺，對他來說等於認輸了。」

「認輸。」律師複述。

「是的。看起來會像是屈服於大出同學——被告的威逼。」

「實際上，卓也同學是否感覺受到被告威逼、恐嚇呢？」

「如果是的話，我父母應該會注意到才對。因爲他們眞的對卓也的事非常敏感，我不認爲他們會漏掉這麼重要的事。」

「令尊作證說他或許遺漏了。」

「家父和家母是在自責。我告訴過他們很多次，那樣想是不對的。」

「這麼說，證人是認爲卓也同學不上學以後，不論是什麼形態，他面臨的都不是來自外界的威脅，而是只有他自己內心的糾葛，是嗎？」

「是的。」

「那樣的話，他不是很有可能採取自殺手段，來解決內心的糾葛嗎？」

「卓也是個不服輸的人，所以他不可能會自殺，這一點我父母也誤會了。他們都被虛像迷惑了。」

「那麼，還有什麼方法可想？」

「自殺——」證人簡短地說了這兩個字，接著又很快往下說：「——未遂的話，我覺得有可能。」

旁聽席一陣騷動。

「不是自殺，而是自殺未遂，這是什麼意思？」

「就是並非眞心尋死，而是一種示威行動，嘗試自殺。」

「從一開始就不是眞心想死？」

「是的，也沒有實行的打算吧。」

「那樣能有示威的效果嗎？」

「就算不實行，只需宣告要這麼做就夠了。」

「對誰？」

「不論是父母還是學校老師都可以。」

「這樣有助於打破現狀嗎？」

「應該能對大出同學等人造成傷害吧。」

證人望向空著的被告席。

「應該可以讓旁人認爲是大出同學威脅卓也，把他逼到那種地步。」

柏木宏之回望旁聽席，像在尋找什麼人。

「聽到上午茂木悅男先生的證詞，我認爲他完全中了卓也的計。在茂木先生的解釋中，卓也是出於正義感挺身而出，卻遭到不當的暴力與恐嚇。」

「事實上，卓也同學過世了。」

「就算不是眞的死，只要表現出想死的樣子，應該就能達到相同的效果。」

庭上——涼子出聲，舉起一手站起來。可能是故意的，她露出厭倦到極點的表情。

「我希望能在這次的法庭上找到眞相，所以一直沒有提出抗議，但我忍無可忍了。律師不是在進行證人詰問，只是不停詢問證人的意見。」

「辯方的抗議沒錯。」法官俯視律師，「還需要證人的意見嗎？」

「需要。」律師立刻回答，「柏木宏之先生是卓也同學的兄弟，與卓也同學共同生活，一起成長。四年前也是，因爲他比任何人都親近卓也同學，不是像父母一樣以保護者的身分，而是能夠冷靜、客觀地觀察卓也同學，才會導致衝突。」

「我不認爲證人是客觀的。他陷入極端的情緒化，憑著想像在作證。」

「不是單純的想像，證人是在回溯卓也同學對事物的看法和感性進行推論。這是兄弟才能做到的事。」

「想像就是想像。」藤野檢察官一語斷定。

「我要提出書面證明。」

律師回頭，向野田健一打了個信號。健一從腳邊取出捲成筒狀的圖畫紙，走上前來。

黑板被推出來，貼上圖畫紙。山崎法警和律師幫忙助手設置。

紙上依時間並排著文字與數字，各處用紅筆圈起來。

「這是去年十二月二十四日，柏木家的電話通聯紀錄。」

旁聽席騷動起來。柏木則之與茂木悅男同時探出身體。

「這是檢方與辯方的共同書面證明。是證人委託城東警察署，向電話公司調閱這份資料，對吧？」

對——柏木宏之點頭，「是我申請調閱，影印給雙方的。」

「我們調查這份紀錄，找出了發話地點與受話地點，發現一件奇妙的事實。」

神原律師走到黑板前，拿著原子筆指示。

「請注意紅圈的部分。」

陪審團也都探出身體。

「是這五次的通話。」

律師指著內容，依序念了出來。
①上午十點二十二分　聖馬利亞城東醫院旁
②中午十二點四十八分　ＪＲ秋葉原車站內
③下午三點十四分　赤坂郵局旁
④晚上六點五分　新宿車站西口
⑤晚上七點三十六分　小林電器行前
「①和⑤就在當地，是大家都很熟悉的地點吧。」
接在律師的原子筆後面，野田健一在畫了紅圈的電話號碼底下貼上照片。
「這是我們去現場拍攝的照片，也附在書面證明上，不過在法庭上或許看不太清楚。」
五通都是從公共電話打來的──律師對旁聽席說完，轉向柏木宏之說：
「即使請教令尊和令堂，他們也不知道這五通電話的通話內容。兩位都說不記得有這些電話。」
柏木宏之點點頭。
「①到④的電話之間，間隔約兩個半小時。」
「……似乎是。」
「柏木先生家使用的電話機，是子母型的嗎？」
「是的，子機在卓也的房間。」
「既然令尊和令堂沒有印象，表示這些電話是卓也同學接聽的。」
「在我們家，不一定就是這樣。」
證人站起來走近黑板。
「每一通電話似乎都很短。」
「是的。」

「或許是卓也打的電話。」

法庭內一片寂靜。

「什麼意思？」

「可能是卓也外出打給我父母的。」

「爲什麼需要以這麼奇妙的方式打電話回家？」

「如果他接下來要去自殺，應該是打回家通知父母吧。」

四下更是鴉雀無聲。律師走近證人，站在一起。

「卓也同學從這些地方打電話給父母，是爲了通知父母**他要去自殺了**。」

「是的。或許是想告訴父母，他正在尋找輕生的地點。」

藤野剛注意到檢察官席的涼子脹紅臉，吃了一驚。她氣得幾乎要喘氣，站了起來。

「庭上，異議！」

「請等一下。」法官制止涼子。

「可是庭上！」

「聽到最後吧。」

證人不理會法官或檢察官，只面對著律師。

「柏木同學爲了尋找輕生的地點在四處遊蕩？」

「是的。然後每到一個地方他就打電話回家，但我父母可能不在，或是沒注意到電話，沒有接聽，所以才會打那麼多次。」

「不在也就罷了，你的父母會沒有注意到電話鈴聲嗎？」

「他們說推銷電話很煩，基本上都是設成答錄機狀態，並轉成靜音。要不然可以向我父親確認，每次我有事打電話回家都是答錄機應答，得等他們回電，實在很麻煩。我抱怨過好幾次。」

「異議！」藤野檢察官幾乎是吼叫著，怒氣沖沖地打斷兩人。「律師又讓證人陳述想像！」

律師和證人都不予理會。

「證人認爲這些地點對柏木同學有什麼意義？」

「聖馬利亞醫院是卓也固定看診的醫院，他去那裡看內科和胸腔科。秋葉原和赤坂我不知道，不過新宿車站西口有長距離的高速巴士車站，對吧？上小學的時候，我們一家四口曾經搭乘高速巴士一起去金澤旅行。」

那是一趟快樂的旅行——證人感慨萬千地呢喃。

「卓也不可能是眞心想要自殺。」證人對陪審團說：「我剛才也提過，這是一種示威行動，必須弄得像是眞的才有意義。」

陪審員們都睜圓了眼睛，注視著柏木證人。藤野剛注意到，唯獨與涼子要好的倉田麻里子，擔心地看著涼子脹紅的臉，忍不住微笑起來。那孩子心腸眞好。

「可是，這五通電話你父母都沒接到。」

「或許卓也就是知道不會被接到才打的。這是示威行動。」

「庭上，」涼子咬牙切齒，「這全都是想像。還是眞的有目擊證人？」

神原律師回頭看向藤野檢察官，露出一種只能形容爲賊笑的笑容。涼子見狀，眼角高高吊起。

「謝謝證人。律師的主詰問結束了。」

這唐突的結束，連證人都嚇了一跳。藤野檢察官取而代之，走上前去。

「請坐，柏木先生。接下來檢方要進行反詰問。」

雖然說得恭敬，但口氣就像要幹架。藤野剛苦笑著想：「涼子，冷靜點呀。」

看來不可能，旁聽席和陪審團也受到影響了。藤野剛在堅硬的椅子上重新坐好。

藤野涼子沒有立刻開始反詰問。她交抱著手臂，注視貼在黑板上的通聯紀錄。柏木宏之望著檢察官，就像在看一隻一靠近就會吼人的小狗。

「好了，卓也同學的哥哥。」

涼子眼珠一轉，重新面向證人，鬆開雙臂，表情變得柔和。

「感謝你這次協助我們的校內法庭。」

她用女孩子氣的動作行了個禮。

「尤其這份通聯紀錄是只憑我們的力量無法取得的資料，謝謝你的好意。」

「不客氣。」證人小聲回答，「這不是爲了你們而做的，我也想要知道眞相。」

「是的，我非常了解。」

檢察官緩緩點著頭，走到黑板前面。

「辯方的詰問又臭又長，所以我想簡潔問完就好。」

她忽然親切地微笑，然後問：

「我想確認一件事，剛才你說是在去年十二月以後，才知道卓也同學從十一月十五日以後就沒去上學，對吧？」

「是的。」

「你說是令堂告訴你的。」

「是的。」

「不是從卓也同學那裡聽說的？」

「不是。」

「因爲你和卓也同學分開住，平常也不會互相聯絡。」

「對，就像我剛才作證所說的。」

「關於卓也不去上學的事，你記得令堂告訴你的正確日期嗎？是十二月幾日？」

「——不記得了。不過，家母多半是週末才會來我大宮的住處。因爲平日我要上學，見不到面。」

「週末，那就是星期日嘍？」

「是啊。」

「那麼，請你再回想一件事。得知這個消息以後，你有沒有做什麼？」

「做什麼？妳是指什麼？」

證人十分吃驚，這反應讓檢察官也露出驚訝的表情。

「沒印象嗎？」

那你呢？——檢察官用這種表情看向律師。神原和彥沒有反應。

「國中二年級的弟弟跟同學打架，然後不去學校了。平常應該都會先擔心吧？」

「哦，我當然也很擔心。」

「那麼，你沒有想到要聯絡卓也同學嗎？」

「聯絡？」

「比方說打個電話，或是寫信。」

證人沉默了一下，才回答：「我說過了，我跟卓也的感情沒那麼好。」

藤野檢察官又點點頭。

「是啊。剛才你對卓也同學不上學的事也這麼描述：居然會跟惡名昭彰的不良少年爭吵，沒辦法上學，卓也失敗了。」

「沒錯。雖然身爲哥哥，這並不是什麼值得嘉許的態度。」

「你說你覺得有點大快人心。」

「對，沒錯。」

「那麼，你不會更想知道當時的卓也同學怎麼了、是什麼狀況嗎？」

詢問之後，檢察官像要徵求旁聽席的同意似地輕輕攤手。

「難道不會嗎？如果我是哥哥，就會想要知道弟弟現在的狀況。如果卓也同學眞的失敗了，灰心喪志，我會想要嘲弄他一下。或是擺出高高在上的姿態，虛情假意地安慰他。不管怎樣，都會想要捉弄一下卓也同學。難道不是嗎？」

「我沒有那樣做。」

面對一個年紀比自己還小的女生，柏木宏之不高興了。

「我沒心情做那種刁難人的事。」

「那麼，你沒有聯絡卓也同學？」

「我從剛才就一直說沒有了。」

「直到卓也同學過世前，令堂來找過你，或是跟你說過話嗎？」

「這……她是來過。」

「令堂來的時候，你問過她卓也同學的狀況嗎？也就是說，你曾經追蹤後續發展嗎？」

「我問過母親，卓也是不是依舊不上學。」

「那個時候你還是沒有聯絡卓也同學？」

「沒有。」

「儘管他一直不上學？」

「卓也有父母陪著。」

「你覺得交給父母就行了？」

「是的。」

「你沒想過要回去東京的家，探望一下卓也同學？」

「我不想多管閒事，刺激卓也。」

「父母這樣交代你嗎？」

「他們沒有明說。」

「那麼，父母有沒有反過來叫你回家看看卓也同學？」

「沒有。」

「卓也同學曾要求你回家嗎？」

證人苦笑，「怎麼可能？要我說幾次妳才明白？我們兄弟感情沒那麼好。」

這次換證人做出向陪審團徵求同意的動作。

檢察官像要逐一確認似地說：「對於不上學的卓也同學，你沒有自發地想要做什麼。父母也不期望你這麼做。家人對你沒有抱持任何期待，你也不覺得不自然。我這樣的解讀正確嗎？」

證人沒有回答。

「柏木先生，一般來說，你這種態度叫什麼？」

「——不曉得。」

「那麼，我來告訴你，你這叫**漠不關心**。」

藤野檢察官加重語氣，眼神也變得嚴厲。

「你對卓也同學漠不關心。父母知道你對唯一的弟弟漠不關心，所以對你不抱任何期待。當然，卓也同學也知道唯一的哥哥對他漠不關心，因此對你毫無所求。」

「妳這樣說，跟事實是有差距的。」

檢察官不理會證人的抗議，乘勝追擊似地問：「你是從什麼時候開始關心卓也同學的？」

「什麼？」

「你是從什麼時候開始關心卓也同學，湧出長篇大論的熱情，以及頂撞在證人席上的令尊的憤怒，讓你可以像剛才那樣回答律師的問題？」
證人有些狼狽，沒有回答。
「是卓也同學死掉以後，對吧？」
藤野檢察官露出幾近冷酷的眼神，「卓也同學死掉，再也無法反駁你憑想像塑造出來的他的虛像，還有什麼爲了打造虛像而進行的示威行動，你才關心起他來，對吧？」
「庭上，」律師舉手，「不明白檢察官想要問什麼。」
「檢察官想要問證人什麼？」
井上法官板著臉詢問。檢察官忽視法官，繼續追問：「剛才你說二十四日打到柏木家的五通電話，是卓也同學爲了向父母表達自殺的意圖而打的，這是你的想法嗎？」
「我——」
「那不是你的想法，是辯方提出的假設吧？卓也同學生前你對他漠不關心，等他一死，再也無法提出任何反駁，你便滔滔不絕地描述起弟弟的心境。對你來說，那是個魅力十足的假設，所以你立刻背誦起來，只是這樣而已吧？」
「庭上，異議。」律師打斷。
「我問完了。」檢察官坐下來。
「辯方，需要覆主詰問嗎？」
「不需要。」
「請等一下，我還沒有說完。」
「證人請退席。」
柏木先生——律師說：「詰問結束了，請退席。」
柏木宏之露出迷路孩童般的神情，站在證人席上不動。山崎法警走上前去催促他。

「這太不公平了。」他對陪審團說，接著又向旁聽席傾訴：「搞得我好像是一個騙子。我並沒有撒謊，你們懂吧？」

法警終於抓住他的手臂。他沒有回到旁聽席，而是從辯方那一側的門口被帶出去。

藤野檢察官看也不看宏之，對法官說：「我要傳喚證人柏木則之先生。黑板上的東西維持原狀就可以了。」

柏木兄弟的父親拖著沉重的腳步走上前。同時，佐佐木吾郎和萩尾一美又推來另一個黑板，俐落地貼上兩大張紙。

那似乎是將電話機的照片放大後，再彩色影印而成。粒子很粗，影印得不是太好，但可以清楚看見黑色的本體機身，以及附充電器的子機。陪審員各自探出身體，檢視黑板上的兩張圖片。

「柏木先生，我要再請教幾個問題。這次是由檢方主詰問，不過請不必介意。」

檢察官態度一變，恢復平靜的表情和口氣，恭敬地開口：

「你知道這個電話機嗎？」

「知道，是我家的電話。」

「確定嗎？」

「你們來我家給電話拍照時，我也在場。」

柏木則之應該很擔心長男的情況，但沒有焦慮的樣子，神情淡然。

「主機在客聽，子機在卓也的房間。這是我們家的電話機。」

藤野檢察官拿著原子筆，前端指著電話機的影印圖片。首先是主機。

「這顆大按鍵是什麼？」

「設置答錄機的按鍵。」

「這顆——有點看不清楚，這顆紅色的按鍵是……？」

「通話鍵，電話打來的時候會閃爍。」

「剛才宏之先生作證的時候說，因爲推銷電話太煩人，府上總是將電話設成答錄機狀態，這是事實嗎？」

不知爲何，證人有些猶豫。

「推銷電話很煩人是眞的。大概兩年前吧，內子上了那類電話推銷的當，用超出常理的價格買了淨水器。」

旁聽席一角傳出失笑聲。眞的有這種事呢——藤野剛聽到這樣的呢喃。

「所以我們家被列入了肥羊名單吧。不管再怎麼拒絕，就是不斷有沒聽過的新業者打電話來。這類業者會互相交流，買賣電話名單。我們被推銷各種東西，從公寓大樓到墓地都有。」

「因爲不堪其擾，便用答錄機來應付，是嗎？」

「對。只是——」柏木則之望向長男被帶走的門口。「那種狀態頂多持續了半年左右。後來在家的時候，我和內子都會很自然地接電話。」

檢察官誇張地露出驚訝的表情，「那麼，剛才宏之先生的證詞——」

「嗯，他應該是記錯了。宏之本來就偶爾才會回來東京的家，這也難怪吧。」

原來如此——藤野檢察官更加誇張地用力點頭，彷彿在這麼說。旁聽席沒有反應，但陪審團似乎感到相當驚訝。

「而且卓也過世以後，又有一段時期都是設成答錄機。就是卓也的事被報導成命案的時候。」

「爲什麼？」

「有許多詢問和要求採訪的電話打來，內子似乎很難受。」

「那麼，宏之先生可能是看到當時的電話設定，才會那樣作證吧。」

「我想是的。那是今年四月的事，對吧？我父母和宏之打電話來時，都是答錄機接的，然後再由我們打回去。一定是跟那時候的記憶混淆了。」

我明白了——檢察官說：「去年十二月二十四日當天，柏木家只要有人在家，若有電話打來，都會立刻接聽。我這樣理解，對嗎？」

「對。」

「那麼，柏木先生，請你仔細看看這份通聯紀錄。」

證人規矩地轉換雙腳方向，與黑板面對面。

「①到⑤的電話約莫每隔兩個半小時打來，如果是一般家庭，接到這些電話，應該會覺得今天電話特別多、好吵，對吧？」

「應該吧。」

「那天你有這樣的印象嗎？」

「我後來不停試著回想那天的事情。」證人的聲音變低了。「但我和內子都不記得接過這樣的電話。」

「既然有通聯紀錄，表示有人接了這些電話。」

「是卓也接的吧。」

「在父母沒有發現的情況下？」

「那天是假日，內子跟我應該都出去附近買東西，或是忙一些雜務。如果只是離開客廳一下，不會設成答錄機。」

「另一方面，如果卓也同學在家，他都待在自己的房間裡。」

「沒錯。子機在卓也的書桌上，若有來電，他立刻就會發現吧。」

「可是會有電話鈴聲吧？」

涼子露出異常天真無邪的表情，藤野剛頓時瞇起眼睛。她的攻勢還沒有結束。

「這個電話機在鈴響之前，來電燈號會先亮起。」

「眞的嗎？」

「是的。燈亮一、兩秒之後，鈴聲才會開始響。燈亮的同時，主機的話筒會往上浮起，以便拿取話筒，接著鈴聲才會響起來。」

佐佐木吾郎算準時機似地站了起來，將一份文件遞給法官。

「這是電話使用說明書中相關部分的影本，作爲檢方書面證明提出。」

法官受理後，放在桌上。

「這樣的話，卓也同學也有可能趁父母還沒有聽到鈴聲之前接起電話嘍？」

「不是可不可能，之前就有過這樣的事。卓也搶先接了電話，然後轉給我或內子。尤其是卓也關在自己的房間以後，他是我們家裡最靠近電話的人。」

「他很方便接聽電話。」

接聽①到⑤來電的人是柏木卓也，有外面的人打這五通電話給卓也的印象頓時變強了。這下就輕易否定了柏木宏之對十二月二十四日這五通電話的證詞——雖然是相當跳躍的假說，但也因此衝擊力十足的證詞。

往後涼子若是在家裡露出那副天眞無邪的表情，千萬得提防。儘管這麼想，藤野剛卻感到非常愉快。不論是什麼樣的比賽，自己的孩子占優勢總是令人開心，這不正是父母心嗎？

而女兒本人從容地繼續詰問：「如果外面的人想要聯絡卓也同學，應該會先想到打電話這樣的方法吧。」

「我認爲是的。」

檢察官把原子筆前端移向旁邊。「如果卓也同學要打電話出去的時候呢？」

「他應該還是會用這支電話。不去上學以後，他似乎經常打電話訂購東西。」

「光看主機會知道子機正在通話嗎？」

「通話鍵的紅燈會閃爍，應該會知道。」

「不管是從外面打來，或是從家裡打出去都是嗎？」

「是的。不過因爲燈號很小，如果人不在電話旁邊，應該不會發現。」

「打子機的時候，如果拿起主機的話筒，可以聽見通話嗎？」

「聽不見。但不會有嘟聲，所以知道有人在講電話，只是這樣而已。」

「你有過這樣的經驗嗎？」

「我自己沒有，內子和我都不是常講電話的人。」

檢察官點點頭，放下拿原子筆的手。

「這是我個人的想法。一般來說，碰到討厭的事、憂鬱的事，關在家裡，也不跟朋友來往的人，就算有人來訪，或是打電話來，應該也會覺得非常煩人才對。事實上，就算當時的校長和導師、學年主任來家庭訪問，卓也同學也不肯見他們，不願意好好跟他們談。」

「對於老師們是這樣的。」

「然而，對於外面打來的電話，卓也同學卻毫不排斥，反而輕鬆接聽。剛才你說卓也同學曾在父母聽到鈴聲之前接起電話，發現不是打給自己的，轉接給父母。」

「是的。嗯，沒錯。」

「你不覺得這很奇怪嗎？」

檢察官問道，走近證人。

「如果我處在卓也同學的立場，才不會接什麼電話。萬一是森內老師打來的就麻煩了。」

證人微微點頭。

「妳說的沒錯。」

柏木則之語塞了一下，又環顧陪審團，才接著說下去：

「所以，我和內子都認爲卓也願意接電話是一件好事，覺得他並不打算完全與外界隔絕。」

「原來如此。」

「卓也或許是在跟朋友講電話，他也在等那個朋友打來。我們這樣認爲，所以不想打擾他。卓也也是，就算不想跟老師說話，或許會想和朋友聊聊。」

「關於這一點，你問過卓也同學嗎？」

「沒有。朋友的事是卓也的隱私，我認爲絕不是什麼壞事，不願意多加干涉。」

「你擔心萬一隨便干涉，卓也同學可能放棄用電話跟外界溝通嗎？」

「是的，就像妳說的。」

「不確定也沒關係，柏木先生知道卓也同學可能是在跟誰講電話嗎？」

「我沒辦法說出名字……」

「沒關係。」

「我跟內子談過，可能不是這所學校的學生。」

「是校外的朋友嗎？」

「是的。譬如說是以前上的補習班的朋友，或是更早以前，住在大宮時要好的鄰居之類的。」

「兒時玩伴？」

「沒錯。」

「卓也同學提過那類朋友嗎？不管是不上學以前或以後。」

「我沒聽過，那孩子不太提自己的事。」

檢察官點點頭，停頓了半晌。

「卓也同學關在自己的房間以後，偶爾也會外出，對吧？」

「對。」

「他出門的時候，會報備說『我要出門了』嗎？」

「他不會每一次都規規矩矩跟我們說。如果出門的時候碰到我或內子，才會說要出門一下。」

證人似乎不是在對檢察官說話，而是在向陪審團傾訴。他第三次轉向他們說：「你們應該也是這樣吧？如果只是放學後或假日跟朋友出門一下，不會一一向父母報備吧？」

「我想每一個家庭的做法都不同。」檢察官回答。

「這樣嗎？說的也是。」

柏木則之彷彿受挫似地垂下頭。

「在卓也不上學以前，我們家對這些事情反而是很嚴格的。可是自從卓也關在自己的房間以後，我們就不再囉嗦追問他要去哪裡、出門做什麼了。因爲有時候我們問得太多，他就說不出去了，又關回房間裡。」

「這種事發生過幾次？」

「兩次左右。那個時候他才剛不去上學沒多久。由於學到教訓，我跟內子都不敢再問東問西。」

「柏木先生，」藤野檢察官鄭重其事地喚道，「我接下來的話或許非常冒昧，先向你道歉，請見諒。」

證人點點頭。

「綜合至今爲止的證詞，自從卓也同學不上學以後，柏木先生和太太就害怕刺激他、傷害他，戰戰兢兢、小心翼翼地對待他。」

柏木則之沒有生氣的樣子。

「實際上就是這樣沒錯。」

「父母瞻前顧後，只敢遠遠看著卓也同學。在這種狀況下，只要卓也同學有這種打算，不就可以輕易對父母有所隱瞞嗎？」

法庭內的眾人等待著。

「應該可以吧。」柏木則之回答，「所以我和內子都很痛苦。我應該充分表達過這點。」

「如果柏木先生真的坦白說出了你的心情，我想本法庭內的眾人應該也都了解。我現在是問，卓也同學能否在日常生活中，切實地對父母隱瞞某些事。他能夠瞞著父母和外人講電話嗎？可以在父母不知道的情況下，與外面的人見面嗎？」

「我想兩者都可以。」

「無論是對卓也同學好或不好的事？」

「如果是不好的事，他更會瞞著我們吧。」

「比方說，有人打電話恐嚇，硬把他叫出去，或是強迫他做什麼也是一樣？」

「——是的。」

「這種情況，如果卓也同學蓄意隱瞞，你認爲理由、動機會是什麼？」

檢察官以眼神向證人傾訴：「請說出我希望你回答的答案。」

她的希望達成了。柏木則之回答：「爲了不讓我和內子擔心。」

「庭上，異議。」律師站起來說：「這是證人的想法，而非事實。」

「那麼，我換個問題。」檢察官迅速反擊，「不上學以後，卓也同學曾經對柏木先生或太太明確說出『抱歉讓你們擔心了』之類的話嗎？」

「有的。」證人像溺水的人抓到浮木似地回答，「他說『不用那麼擔心我，不要爲我愁眉苦臉，我沒事』。」

「他說『我沒事』。」

「他說沒有任何問題。」

「證人相信了他的話。」

「我信了。」柏木則之的聲音變得沙啞，「我太樂觀了，結果我失去了卓也。我現在很後悔沒有懷疑他的話。」

「謝謝你。」

檢察官很快地撤退坐下。

「要反詰問嗎？」

法官問道，一直站著的律師假惺惺地嘆了一口氣：

「檢察官的詰問又臭又長，我會簡潔地問完。」

緊張解除，旁聽席的眾人笑了。

「證人說卓也同學會打電話訂購東西，他都買些什麼？」

證人可能也累了，身體搖晃。「買些什麼……」

「有全家人都會使用的東西，像是食品之類的嗎？」

「噢，不不不，不是那類東西。好像是買CD吧。」

「音樂CD？」

「是的，還有健身用品。不是什麼誇張的東西，是小啞鈴。此外有組合式書櫃、衣服等等。」

「是用卓也同學自己的零用錢買的嗎？」

「小東西是，家具之類的是內子付的錢。」

「卓也同學外出時，會買什麼東西回家嗎？」

「他會買書和雜誌，偶爾也會買漢堡和零食之類的。」

「父母都知道他買了什麼東西嗎？」

「宅配送來的東西，我和內子不會擅自打開，不過只要看明細就知道裡面是什麼了。我們問他買什麼，他也會告訴我們。」

「那麼，他買的東西當中……」律師雙手扶在桌上，稍微探出身體。「有武器之類的東西嗎？」

「武器？」

「刀子或是……還有什麼？像是棍棒？對了，電話購物有沒有賣那種東西？比方說，喏，打人的時候套在拳頭上的……」

那叫什麼？——律師問助手，野田健一也不知道。

「是叫手指虎吧。」法官冷淡地提示。

「啊，對。法官眞是博學多聞。像是那類東西，或是……唔，特殊警棍？警匪片會出現的那種。」

證人也顯得有些不舒服，「我沒看到那類東西。」

「卓也同學買的書裡，有沒有防身術之類的書？」

「什麼？」

「防身術，武術的書也可以。」

沒有——證人搖頭，「卓也的房間沒有那種書。」

「他買啞鈴是爲了鍛鍊身體嗎？」

「他說沒有上學，就沒有體育課，體能會衰退。」

「那他有沒有說過要去慢跑，或是想加入健身房？」

「沒有，他本來就不是個喜歡運動的孩子。」

不光是證人，法庭內的眾人都感到困惑，律師卻若無其事，一派開朗。

「不去上學以後，卓也同學有沒有害怕什麼、或是警戒著什麼的樣子？」

「害怕？」

「是的。」

「他會害怕什麼？」

「包括這個疑問在內，證人心裡有沒有底？」

證人注視著律師，律師回望證人。這次即使其中有什麼呼應關係，藤野剛也看不出來，恐怕連法官和陪審團都是一樣。

「——沒有。」

「謝謝。」

柏木則之離開證人席。他回望黑板，稍微駐足。那張側臉像是難以忖度自己身為證人，究竟是想幫忙哪一方？自己的證詞又幫到了哪一方？

不管冷氣再怎麼努力，體育館裡還是十分悶熱。夕陽從高窗照射進來。

一名裙子很長的女生陪審員從剛才看起來就很不舒服。不只是她，女生們都顯得疲憊不已。

法官叫來檢察官和律師，協議很快就結束了。

「本日的審理到此為止。休庭到明天上午九點。」

法官高聲敲了一下槌子，站了起來。

快下午四點了。這是第一天，而且被告退席以後就沒有回來，國中生的專注力大概也到達極限。藤野剛也站了起來。

後方座位疑似為人母的兩名女性一邊拿手帕搧臉，一邊聊天。

「那些電話到底是誰打的？」

「大出同學吧？還會有誰？」

「可是，能證明是他打的嗎？」

問題就在這裡啊，媽媽們。

陪審員們在休息室集合，接過雙方提出的書面證明影本。一板一眼的向坂行夫一拿到書面證明，立刻在空白處小小地寫起字來。

「你在寫什麼？」倉田麻里子看著他的手。

「筆記啦，我很健忘嘛。」

「那我也要寫。」

「等一下，不可以。」

井上康夫走近兩人，伸手蓋住向坂行夫的書面證明。

「在結審並進入陪審團審議之前，陪審員不能互相討論，或是交換看筆記。這一點不是詳細說明過了嗎？」

「可是……」

從理髮店弄來的黑色長袍不透氣，悶得要命。井上康夫總算能夠擺脫它，自己身上的汗臭味令他幾乎受不了。也因爲這樣，他的口氣變得更嚴厲了。

「沒有什麼可是不可是的。」

「法官——不，井上——啊不，還是法官？」

竹田陪審團長粗著嗓子叫道。仔細一看，勝木惠子癱靠在窗邊座位，一臉蒼白，看起來很不舒服。從途中開始，井上康夫就注意到她渾身無力，但他覺得既然是勝木惠子，一定只是發懶罷了。

「勝木，帶妳去保健室吧。」

「不用，我沒事。」本人堅持道。

「妳看起來一點都不像沒事。」與竹田是高矮拍檔的小山田修也一臉擔心。

「我帶她去。」

法警山崎晉吾出聲。無論何時何地，只要需要他就會在場。這次校內法庭的奇蹟之人非他莫屬。

「麻煩你了。」法官接受他的好意。

「好了，各位，解散啦。」

「等一下。」

山埜、蒲田和溝口三個女生舉起手。

「法官，我們有個請求。」
「明天開始，我們想在法庭上寫筆記。」
「我們覺得光靠腦袋記不住。」
還在寫筆記的向坂，以及仍斜著眼睛想要偷看他寫什麼的倉田麻里子也說：「贊成。」
「好吧、好吧，我允許。不過，只能當成自己的備忘錄喔。」
「了解！」
「不管是回家路上還是回家以後，陪審員都不可以互相討論案情，也不能把審判內容告訴第三者。」
「父母算是第三者嗎？」
溝口陪審員一臉不安，一如往常地黏在蒲田陪審員的手臂上。井上康夫無論如何都無法理解，女生喜歡像那樣膩在一起的心理。
「我不會那麼不通情理，可是只能在家裡談，不可以外傳。」
「好的。」
「大家分頭回去，免得引起注意。」
明明沒吩咐，卻只有竹田陪審團長一個人留下來了。
「井上，我可以問件事嗎？」
「什麼事？」
「作證內容有記錄嗎？」
法官摘下眼鏡擦拭霧氣，「有啊。」
「怎麼記錄的？沒有法庭速記員吧？」
「跟廣播社借了器材。」
「嗯？」

「有錄音。」

高個子的陪審團長眨了眨眼睛。

「然後呢，接下來本人我，」井上康夫指著自己的鼻頭說：「回到家以後，會綁上頭巾努力把錄音內容打成逐字稿。」

竹田和利沉默了一下，問：「要我幫忙嗎？」

井上康夫也沉默了一下，說：「不行。不過謝謝你。」

這樣啊——陪審團長點點頭，就要回去。他在門口回望，搔了搔頭說：

「今天的你如假包換就是個法官。」

我滿感動的——他說，然後離開了。

「怎麼可以隨隨便便就給出評價？才第一天而已。」

竹田已不見蹤影。他的腳很長，走得也快，應該沒聽見井上法官的回應吧。幸好。因為井上康夫差點就要說出多餘的話。

——其實逐字稿是叫我姊幫忙打的。

即使坐在法庭上最高的位置、即使手中握著木槌、即使披著熱得要命的黑色法袍，井上康夫仍只是個國三生。

「有很多囉嗦的人，所以我特別開車送你回家吧。」

要感謝老師啊——北尾老師說道。大出俊次一臉不滿。

「你還訓不過癮是吧？」

「當然了。要是你明天又是那種態度，被命令退庭，審判根本取消算了。」

結果俊次一直待在休息室。本人說一直被北尾老師教訓，但老師表示才沒那麼閒，只是盯著他，免得他溜走而已。

「有什麼事情要討論嗎？」

神原和彥搖搖頭，「沒有。」

「那我先把這傢伙帶走了。我還會回來，不過你們快點回家啊。」

辛苦了——老師把被告帶走了。

「眞的累了。」野田健一忍不住呢喃。膝蓋都使不上力了。他坐倒在椅子上，整個身體沉甸甸的。

「畢竟是第一天嘛。」

和彥抬起手臂，聞了聞袖子，皺起眉頭。

「今天也度過了臭汗人生。」

「法官最臭了，你聞到了嗎？」

「一定是那件袍子害的。」

兩人有些沒勁地笑了。

「那麼，你有什麼感想？」和彥問。

「總之熱死了。」

「除此之外的感想。」和彥笑了。

「我們算是占上風嗎？」

「不曉得，現在還只是刺拳階段。」

明明每一拳都往死裡打——健一心想。

「我認爲大出同學激動反倒好，那樣比較像他，對吧？要是像隻小貓乖乖坐著，審判看起來也會假惺惺的。」

「是啊。」健一也笑了。

休息室門口傳來細微的敲門聲，半掩的門後有道人影。

「請進。」

是柏木宏之，健一與和彥同時站起來。

「不要被人看到比較好吧。」他介意著周圍，縮起脖子。

「沒關係的。」

柏木宏之沒有坐下，而是靠著桌子。然後他撩起汗濕的頭髮，臉皺成一團，笑道：

「總覺得我抽到下下籤了。」

「對不起。」

和彥正色道歉。柏木宏之依然笑著。

「沒關係啦，我有心理準備。因爲……那番推測實在是太空泛了。」

十二月二十四日的五通電話，是柏木卓也打回家裡的，爲的是告訴父母他準備自殺——這個假設是和彥提出，然後請柏木宏之從他的口中說出來。

健一對和彥的發想感到驚訝，但卓也的哥哥答應這個請求，更令他嚇壞了。好啊，試試吧，看看大家會怎麼反應。

雖然對宏之來說，應該不是「大家」，而是「卓也的父親」。

「藤野檢察官馬上就看穿那不是我的想法了呢。今天的攻防戰中，那些電話是別人打給卓也的看法已不動如山，接下來你們要怎麼做？」

和彥微笑，「還不能說。」

「說的也是，我這個問題太笨了。」

柏木宏之苦笑，他先前的那種稜角消失，看起來狀態穩定許多。先前有段時期他看起來很鑽牛角尖，感覺不太好。

他說想要知道真相，或許不是隨便說說，而是真心話，是發自內心的吶喊。所以他才會受到《前鋒新聞》的影響吧。

唯一的弟弟，卻無法交心的弟弟。他也是以自己的方式哀悼著弟弟的死，並為此痛苦著。

至少這裡有個需要真相、需要這場審判的人。雖然疲勞沒有消失，但健一認為是值得的。

「藤野同學……」和彥呢喃，「到底對那些電話執著到什麼程度，又打算追究到什麼地步？今天她一下子就放過了，不過我們也得視檢方的做法來改變策略。」

第一次細看那份通聯紀錄時的異樣感覺——律師似乎想要避免深入追查這些電話——掠過健一的胸口。不過，他沒有說出來。如果我們的律師準備使出什麼密技，現在刺探也是白費工夫。

「總之，」柏木宏之說：「今天辛苦了。」

「謝謝你。」

「如果還需要我，不必手下留情。」

這話就有點帥氣過頭了。

這天晚上。

雖然不像法官那樣綁起頭巾，也沒有像法官那樣的姊妹幫手，但藤野涼子也在自己的房間複習今天的事，然後是預習。明天終於……

電話響了，好像是父親還是母親接起。父親剛今天下午來旁聽，光是這樣就十分令人驚訝了，沒想到他居然還在家裡吃晚飯、在家裡休息。他說手頭的案子告一段落了。

「涼子。」母親在樓下呼喚她，「是找妳的電話。用子機接吧。」

要解讀在法庭上潦草寫下的筆記字跡費了她一番工夫。我的字這麼醜嗎？涼子扭頭大聲問：

「誰打來的？」

母親沒有回答。很快地，響起上樓梯的腳步聲，房門打開：

「井口同學打來的。」

母女對望著。藤野邦子一臉肅穆地說：「要怎麼做，檢察官？」

3

八月十六日　校內法庭・第二天

——很不錯的開始。

這是擔任法警的山崎晉吾迎接校內法庭第二天早上的感想。

第一天或許該說是不出所料，大出俊次在預想的範圍內抓狂，還發生柏木宏之咆哮法庭的意外，不過都不是什麼大問題。山晉最擔心的是在更早的階段就無法開庭的狀況。前來旁聽的家長鬧場，破壞法庭。事到臨頭，校長和高木老師等人闖進來要求審判停止，叫眾人解散。電視台採訪小組想要進入法庭，引發糾紛。山晉擔心會不會發生這些事情。萬一出現類似的狀況，憑法警一個人的力量無法對抗。

不過，每一項擔憂都沒有成眞。雖然有疑似家長的女性吵鬧，但只有一個人，而且被井上法官和楠山老師嚴厲地制止了。校長或許是在靜觀事態發展，總之第一天他根本沒有到法庭露臉。對媒體的防堵（如同北尾老師所保證的）似乎也滴水不漏。那個叫茂木的記者甚至成了檢方的明星證人登場，令山晉驚訝不已。只要藤野同學想做，什麼招數都使得出來呢。

山晉今天也很早起。他在早上五點起床，慢跑後去道場晨練，然後回家淋浴吃早餐。用餐的時候，他無言地閃躲著，昨天偷偷來旁聽、今天也起勁地說要去參觀的母親和姊姊的聊天與問題攻勢。接著揹起塞了更換用的襯衫的背包跨上自行車，七點離開家門，展開他例行的巡邏工作。

首先拜訪藤野家。跟平常一樣，是涼子的母親幫他叫人。來到玄關的涼子顯然才剛起床，頭髮凌亂，一副陽光很刺眼的樣子。

「早安。」山晉規矩地彎身行禮。「開庭時間依照預定，九點開始沒問題嗎？」

「我會晚一個小時到。」

藤野檢察官看起來很睏，眼睛半瞇。

「今天從我們的證人詰問開始，不過證人是城東警察署的佐佐木刑警，由佐佐木同學代理我就行了。」

「法官知道這件事嗎？」

「昨晚我打電話通知他了。」

然後涼子揉揉眼睛，有些發愣地看著山晉：「山崎同學，就說不必那麼畢恭畢敬了。」

山晉微笑，「這是該有的分際。」

涼子苦笑，順便打了個大哈欠。

「還有，檢方現在有了個需要照料的證人。辯方或許會反對，但我打算強硬通過。拜託了。」

「需要照料？」

「證人坐輪椅。」

山晉嚇了一跳，因爲他明白檢察官爲什麼會疑似通宵未眠了。瞬間，他也發現檢察官那副睏倦散漫的假面具底下，隱藏著強烈的緊張與興奮。我的修行還不到家，應該要立刻看出來才對。

「我明白了。」

藤野涼子盯著山晉的眼睛，開朗地說：「原來你也會有驚訝的時候啊。我放心了。」

山晉並不驚訝，只是嚇一跳。唔，無所謂啦。

「聽說昨天**他的**父親來旁聽了，所以……」

檢察官只說了這些就陷入沉默。山晉點點頭。

「這件事辯方……」

「我和法官商量，法官同意臨時變更。不過我已有所覺悟，可能被反將一軍。」

「那麼，需要轉達的只有檢察官會遲到的事，對嗎？我可以繼續巡邏嗎？」

「可以，只是你今早應該見不到**他**。他一定還在睡。」

「另一個什麼都不知道嘍？」

「應該不知道。我不認爲他們會私下討論，他們的父母想必也不允許吧。」

他、另一個、他們，雖然不是故意說得像暗號，但山晉說著說著，也不禁緊張起來。

「另一個看起來過著跟審判完全無關的生活。早上幾乎都在打掃店周圍，所以我是遇得到，但不一定能交談。」

「他跟你說過什麼嗎？」

「目前沒有。」

「今天的法庭結束後，或許他的態度會有所轉變。」

藤野涼子因睏倦而濕潤的眼睛，一瞬間散發強烈的光芒。

騎著自行車前進的時候，山晉恢復了平常心。下一站是律師助手野田健一的家。這邊是本人開的門，一副剛洗好臉的模樣。山晉俐落地轉達檢察官會晚一個小時入庭的事。

「我想是沒問題，可是怎麼會遲到？藤野同學身體不舒服嗎？」

「檢察官的健康狀況沒有問題。」

野田健一彷彿感到刺眼似地看著山晉問：

「那她爲什麼要遲到？」

山晉沉默著。野田健一的眼底閃爍著不安的神色。

「我知道了，我來轉告神原同學。我們的預定沒有變更，辛苦了。」

要論一板一眼，野田健一也是一樣，這令今早的山晉有些心虛。

山晉又跨上自行車。

巡邏對象包括神原律師的家，不過當初本人就如此拜託：

——我尊重山崎同學不巡邏就不放心的心情，只是萬一被我母親知道就麻煩了，可以請你只經過我家門口就好了嗎？如果有什麼緊急狀況，我會主動叫你。

山晉很吃驚。原來神原和彥是瞞著父母參加三中的校內法庭。可是能夠隱瞞到底嗎？這在山崎家是絕對不可能的事。神原和彥一定是相當受到父母信賴，要不然就是跟父母的關係不好。

看到神原家了，山晉立刻放慢車速。

那是一棟木造雙層樓、相當老舊卻很大的房子。玄關處是雅緻的格子拉門，旁邊掛著一塊木頭看板，用流麗的字體寫著「服裝訂製、悉皆」。除此之外，沒有特別醒目的地方。一開始山晉不會念「悉皆」這兩個字，也不曉得是什麼意思。查了字典，才知道那是指修補和服、和服染色或重染，得知原來那個精明能幹的秀才律師的家裡從事如此古雅的行業，山晉驚訝極了。難道他也會繼承家業嗎？山晉覺得頗爲適合，而且很酷。

——神原同學今天會有點辛苦。

現在這個時候，他應該接到野田健一的聯絡了吧。藤野同學會遲到？沒事的，用不著杞人憂天，疑神疑鬼。或許他正這麼安撫野田同學。

不不不，今天最好提防一下喔。只要藤野同學想，什麼事情都做得出來。

可是，山晉只能守口如瓶。既然法官允許檢方突襲，他就不能洩漏機密。

好，要去拜訪井上法官本人了。來到玄關門口之前，就聽到屋中有人在激烈爭論。是年輕女性的聲音，山晉猜測應該是井上同學的姊姊。

「你很囉嗦耶，不用那麼仔細也沒關係吧？重點抓到就好了啦。」

法官脖子上掛著毛巾，身穿運動服，光腳登場。他的頭髮睡得到處飛翹。

「你聽藤野說了吧？你覺得今天會發生什麼樣的騷動？」

雖然看起來不高興，但井上康夫似乎也十分興奮。

「第一天就讓我的肩膀痠得要命，木槌敲太多下了。我應該拜託廣播社錄音起來，弄成一按鈕就會發出敲槌子的聲音。」

山晉恭聽法官發言。

「還有沒有其他事情？」

「沒有。啊，幫我教訓一下我家那吵死人的姊姊，應該會頗有幫助。」

你說誰要教訓誰？屋內傳出吼聲。山晉爲了不對法官失禮，匆匆退場了。

接下來是陪審團長竹田和利。他的生活形態和山晉一樣，每天早上都去慢跑。

「噢，早啊。」

他好像剛回來，T恤和短褲都是汗。

「陪審團都沒什麼事，也沒有緊急聯絡。勝木昨天有點哭哭啼啼，不過我想，她會習慣吧。」

不可能吧——山晉心想。從今天可以預測的發展來看，非常不可能。

山晉把自行車掉頭，他要從這裡前往大出家暫居的週租公寓。

每次按門鈴，都是大出同學的母親出來應門。接下來聽到本人聲音的機會很少，因爲大出同學會賴床。

今早也是如此。母親說俊次還在睡，但她會要他好好去學校，不必擔心。這個母親在山晉剛開始巡邏的時候態度尖銳，充滿攻擊性。她似乎把山晉當成了大出同學的敵人，態度會漸漸軟化，一定是因爲神原同學和野田同學幫忙說好話。

而且今早母親甚至說了這樣的話：

「聽說昨天俊次在法庭上發飆，不好意思，給你添麻煩了。」

請不用放在心上——山晉應道，離開對講機。然後他邊騎自行車邊想，大出同學的母親往後會來旁聽嗎？如果大出同學的父親平安——雖然用平安形容也很怪——待在家裡，每天早上的這段對話會有變化嗎？我也會被揍上一拳嗎？他向道場的師範——也就是父親求教，萬一發生這種情況，該如何應變，結果被訓說絕對不能應戰。

今天的大出俊次會比昨天發飆得更厲害嗎？

井口家的店，緊閉的鐵門裡安靜得甚至感覺不到人的氣息。橋田家的居酒屋一如往常，橋田在打掃店面，他的小妹妹拿著畚箕在幫忙。山晉向橋田道早，但橋田背對著他。

前往城東三中之前，最後巡邏的是三宅家。在三宅家，每天狀況都不太一樣。按下玄關門鈴，傳出三宅同學的母親厭煩而冷漠的聲音說都一樣沒事，是模式①。按下門鈴，母親走出來，一樣厭煩地說沒什麼事，是模式②。騎自行車靠近，發現三宅同學從二樓窗戶俯視外面，山晉說早安，她便逃也似地縮回房間，是模式③。以為她躲起來了，結果跑到玄關來，用白板問些山晉難以回答或無法回答的問題，是模式④。除了這四種模式以外，還有一次是三宅同學的父親罵道：「你在糾纏我女兒嗎？你想要做什麼？」

今早是模式④的變形版。三宅樹理背對著玄關的門，正在等山晉。

「早安。」山晉停下自行車行禮。「審判昨天開始了。三宅同學，身體和心情都還好嗎？」

三宅樹理穿著花朵圖案的連身裙，頭髮梳理得整整齊齊，和山晉以前在學校看到她時的印象大相逕庭。雖然表情一樣陰沉，但眼神沒那麼惡毒，而是變得有些軟弱，臉上的青春痘消失得一乾二淨。

我才不是在等山晉——與其說是表現給他看，更像是在給自己找藉口，她的手中緊緊地抓著早報。

然後山晉發現了。咦？三宅同學沒有拿白板。

「有沒有什麼不一樣的地方？」

三宅樹理低著頭，抓著早報搖搖頭。

「一切沒事，是吧？那麼，再見。」

山晉行禮，踢開自行車腳架，結果樹理叫住他了。

「山崎同學。」

這是模式⑤，第一次發生的現象。

今天的山晉從一早就不斷遭受考驗。

修行武術之人，無論碰上任何事都不能驚訝，這是師父說的話。因爲驚訝會讓身體反應變得遲鈍。可是，武術家也是有血有肉的人，無法完全扼殺驚訝這種感情。那麼，要怎麼做，才能永遠處變不驚？

答案很簡單，只要以平常心看待驚訝就行了。認爲只要活著，不論何時碰上何事都不奇怪就行了。所以即使會嚇一跳，那也完全是生理反應，和驚訝不同。

山晉踢回自行車腳架，挺直了背面對樹理。他自認表情沒有變化，動作應該也很流暢。

樹理逃避似地垂下目光。

「——沒事。」

她丟下這句話就跑進家裡了。門「砰」一聲關上。

三宅同學可以出聲了。

爲什麼她要叫住我？她想說什麼？

因爲不能告訴任何人，山晉默默踩著自行車。

前往學校。籃球社與將棋社的幫手們正在體育館前集合，吃著便利商店買來的早餐。北尾老師也已加入其中。

「噢，辛苦了。有沒有人逃亡啦？」

「沒有。」

「山崎，聽到笑話捧場一下嘛。」

然後，他們著手準備。

——媽，襯衫漿得太硬了。

很硬，掐得脖子好難受，身體一動就磨得好癢。山晉忍耐下來，揹著手稍息站好。

校內法庭第二天，從檢方的證人——城東警察署少年課的佐佐木禮子刑警的證人詰問開始。檢方是由佐佐木吾郎出陣。

對於藤野檢察官一個小時的遲到，辯方沒有半句怨言就同意了。神原和彥只說了句，「我知道了。」

「由我來代理，不好意思，我們都姓佐佐木，請多指教。」

佐佐木吾郎熱情地招呼證人，首先提出佐佐木刑警爲這次審判製作的資料作爲書面證明，這也順利地獲得受理了。

檢方的詰問是確認書面證明內容的梗概，所以藤野檢察官才會交給吾郎吧。柏木卓也的遺體被發現以後，城東警察署接到城東三中的通報，採取了哪些行動？調查了什麼？確認了哪些事？除了這些事務性的事項以外，也確認了過去證人與被告之間的關係。

雖然偶爾會低頭看手上的小抄，但佐佐木吾郎詢問的態度非常沉著，證人也俐落地回答。談到證人過去總共輔導、告誡過被告七次的時候，語氣也沒有變化。

一直到了這個問題，才開始有了些許變化。

「接到卓也同學的死訊時，佐佐木刑警個人當時有什麼想法嗎？」

「我個人的想法？」

旁聽席的人數目前比昨天還少。不過詰問開始後，也陸續有人進場，所以總有些吵鬧。與昨天完全相同的，只有和ＰＴＡ會長並坐在一起的茂木記者而已。

「比方說，妳認爲這是一起案件嗎？」

佐佐木證人一本正經地回答：「既然有學生在校園內過世，光是這樣就是個大案件了。」

「抱歉，」吾郎害羞了，「我問得不好。呃，我想問的是，佐佐木刑警是否在卓也同學的死亡中感覺到**刑事案件的可能性**。」

「我很早就知道柏木同學沒有上學，還有他拒絕與家庭訪問的老師溝通，所以我認爲這應該是一起不幸。」

「不幸。」

「也就是自殺。」佐佐木刑警嘆息似地接著說：「而且我也聽聞卓也同學的父母說出他是自殺的話。」

「是聽誰說的？」

「津崎老師。」

「聽到這件事時，妳是否也聽到了卓也同學不上學的原因，是十一月十四日與大出同學他們的衝突？」

「是的，我聽到了。」

這天大出俊次穿的襯衫，漿的硬挺程度與山晉不分軒輊，他安安分分地坐著，兩邊嘴角狀似氣憤地往下撇，但看著佐佐木刑警的眼神並不凶悍。

開始詰問沒有多久，山晉就聽到他問神原律師「那個歐巴桑是我的敵人還是友軍？」，律師應道「什麼歐巴桑，沒禮貌」。

那個歐巴桑再一次回應「我聽說了」，然後望向被告。

「我覺得眞是沒辦法。」

「那是指柏木卓也同學嗎？」

「當然不是，是指大出同學。」

被告老實地把嘴巴噘得像章魚。證人歐巴桑呢？她一樣噘起下唇，回瞪被告。

「所以那個時候，佐佐木刑警並沒有感到不安，或者是擔憂嘍？」

「什麼樣的不安？」

「就是大出同學或許和柏木同學不幸的死亡有關聯。」

證人深深嘆了一口氣。

「大出同學真的是一個令人傷腦筋的傢伙，可是他才沒那種耐性，會對一個只是在學校起了一點小衝突的對象懷恨在心，也沒那種腦袋會伺機報復，計畫把人叫出來加以殺害。他也沒那麼大的毅力做這種事，他記性沒那麼好。」

旁聽席一片騷動，一部分的人笑了。大出俊次臉紅了。

「呃，我沒有要問那麼多。」佐佐木吾郎退縮，眼神游移。

「可是，你們檢方想問的就是這件事吧？大出同學——被告是不是那樣殺死了柏木同學？還是失手把他逼死？至少從你們昨天和茂木記者的問答來看，這就是你們描繪的事件情節。所以——」

證人這次做了個深呼吸。

「我正在否定那個情節。因爲我非常了解被告的素行與個性，我可以自信十足地在這裡告訴大家，他不是能做出那種需要仔細計畫的事情的人。被告個性單純多了，他只能對眼前的事情有反應。如果挨打，他會當場打回去；想要什麼，就會當場搶過來；如果不爽，就當場揍人；想要欺負人，就當場欺負人。這就是被告的行動模式。」

代理檢察官的佐佐木吾郎拚命翻閱手上的小抄。證人不理會，對著法官與陪審團繼續說：

「順帶一提，去年十二月二十四日打到柏木家的電話，檢方好像想證明那是被告把柏木同學叫出來或恐嚇而打的電話，不過那完全搞錯了。被告才做不來那麼高段的事。如果他眞的氣不過，應該會直接衝到柏木家去大吵大鬧。打電話陰險地威脅，不是被告想得出來的事。」

她的聲音凜然嘹亮，每個人都被壓倒了。只有受到批評的被告本人紅著臉，噘起嘴巴，這樣還不夠，他甚至微微搖晃起身體。

「呃，那麼……」佐佐木吾郎總算抬起頭來，他在流汗。「證人從卓也同學過世的時候就這麼認爲。」

「沒錯。」

「沒有懷疑過被告等人。」

「沒有。」

「那、那樣的話，證人當時沒有調查過被告等人的行動——從十二月二十四日早上到深夜，呃，這種情況應該叫不在場證明，沒有調查過他的不在場證明嗎？」

「我不可能調查，沒這個必要。」

「證人從卓也同學過世以後，一直到學生之間傳出卓也同學可能是遭被告等人害死的流言，都完全沒有改變過想法嗎？」

原本反應極快的證人，這時回答稍微慢了半拍。

「完全沒變。可是……」

「可是？」

「我覺得這個流言令人不舒服，所以當時向被告確認過。」

「怎麼確認？」

「我問他，你應該沒做什麼吧？」

「直接問本人？」

「對。」

「在哪裡？」

「他經常流連的場所之一，『萊布拉大街』購物中心裡的遊藝場。」

「被告怎麼回答？」

「囉嗦啦，臭歐巴桑。」

旁聽席的眾人笑了。

昨天比被告動搖得更厲害的陪審員勝木惠子，今天從一開始便端坐著直視證人，卻只有這時無法忍耐似地扭頭看被告。結果坐在旁邊的女生陪審員把手放到她的胳臂上，安撫似地看向她。

勝木惠子順從地點點頭，把注意力放回證人身上。令人驚訝的是，證人似乎也在看她的反應。然後山晉覺得接下來的證詞，是對勝木惠子說的。

「他說『我怎麼可能做那種蠢事，誰知道柏木啊』。」

「證人相信被告的話嗎？」

「我相信。」

「證人認為被告不會做那種傻事。」

「他是做了很多蠢事，但我認為他不會做這種傻事。」

「即使被告稱呼證人為臭歐巴桑，證人還是信賴被告。」

「我是少年課的人，被非行少年罵成臭歐巴桑或王八蛋，是我份內的工作。有時候王八蛋、臭歐巴桑這些稱呼是帶有親暱的成分的。我基於以往和被告的往來，認為被告不會在計畫殺人這樣重要的事情上對我撒謊。」

「基於證人與被告的信賴關係？」

「沒錯。」

佐佐木吾郎再次確認小抄內容，加重語氣問：「所以，關於這件事，證人並沒有調查被告的行動以及不在場證明。聽到令人不舒服的流言以後，因為本人說他沒有做、與他無關，證人就相信了。因為相信，而沒有求證。完全不懷疑，沒有調查，是嗎？」

瞬間，證人語塞了。

「沒錯，我沒有調查。」

「主詰問結束了。臨時代理上場，不夠周到，眞是抱歉。」

不曉得是藤野檢察官的小抄做得好，還是佐佐木吾郎意外是個優秀的好演員，山晉覺得這番詰問如同檢方的預定，贏得不少分數。

不懷疑，沒有調查。檢方想從佐佐木刑警那裡問出來的話，簡而言之就只有這兩句。一直處於優勢的證人也注意到這一點了，才會瞬間語塞。

「辯方也有一些問題要請教。」

神原律師站起來，行了個禮。

「證人非常清楚被告至今為止的非行經歷，對吧？」

「是的，我很清楚。」

「那些是被告在本校校內引發的問題，還是在校外引發的問題？」

「我是警察，所以處理的是校外發生的問題。輔導、訓斥被告以後，當然會聯絡學校老師，討論被告的教育與指導問題，但如果校方沒有要求，我們不會干涉校內發生的事情。」

「證人也知道被告在校外建立的人際關係嗎？」

也就是校外的朋友或同伴——律師對陪審團補充說明。

「是的，我知道。」

「被告在校外都與什麼樣的人往來？」

「一樣是有許多問題行為的少年少女。」

「其中有年長者嗎？」

「有高中生的朋友，應該算是他的大哥吧。」

「有所謂幫派、黑道的人嗎？」

證人縮起下巴，「幸好目前沒有看到。我一直嚴厲叮囑被告，千萬不要跟那種人扯上關係。」

大出俊次臉上的潮紅總算淡去，表情看起來有些老實。

「那麼，即使在校外，被告會結夥遊玩的同伴中，就算有類似大哥的人物，絕大部分也都是與被告平起平坐的少年少女，我可以這樣解釋嗎？」

「可以。」

「這些同伴之間，如果有人做了什麼不妙的事——比方說順手牽羊、偷自行車、無照駕駛等等，會很快傳開來嗎？」

從山晉所在的位置，可以從斜後方看到證人席，這時他發現律師與證人之間靈犀相通了。

「不僅會很快傳開，在他們之間，這類事情是**人盡皆知**的。至於爲什麼，是因爲當事人無法保持沉默，這也是他們可以拿來炫耀的豐功偉業。」

「會宣傳說我做了多勁爆的事？」

「沒錯，然後藉此提升在團體中的地位。」

證人深深點頭，又轉向陪審團繼續說：「昨天ＨＢＳ的茂木記者站在這裡，說明了少年暴力事件的發生機制。雖然對細節有一些意見，但我也同意的確有茂木先生說明的那種機制。可是茂木先生沒有提到的，就是律師現在問到的部分。」

律師立刻問：「如果做了什麼事，像被告這種素行不良的少年，不可能對他的同伴完全保密？」

「是的。」

「就算是比竊盜更嚴重的事，而且即使不是事前計畫，結果導致殺傷他人，當事人也不會隱瞞嗎？」

「想瞞也瞞不了吧，會表現在態度和舉止上。不良少年對這些事情非常敏感，而且就像我剛才說的，他們沒有耐性，或者說無法忍耐，這是他們的特質。」

「如果有人犯下了什麼驚天動地的事，當事人無法隱瞞到底，周圍的人也會發現，吵鬧起來？」

「是的。實際上，新聞會大加報導的少年犯罪——多半是集體私刑或團體內的暴力糾紛——這類事情曝光的源頭，都是同伴之間的流言。」

「有人向警方告密？」

「就算不是有意告密，也會在流言傳播的過程中被我們知道。」

「如果是非常不妙的事，大家不會聯合保密嗎？」

「就算說好要保密，還是會有人忍不住說出去吧。」

「不良少年都不講道義的嗎？」

可能是故意的，律師用孩子氣的語氣問，證人笑了。

「也要看他們的團結程度如何，還有問題行爲的嚴重程度。就我所知，在我們轄區內輔導說教過的少年少女團體中，並沒有黑手黨那樣的嚴格紀律。有些人一發現同伴做了不妙的事，就會臉色蒼白，慌了手腳，很可愛的。」

律師點點頭，停頓了一下。

「關於柏木卓也同學的死，證人是否曾經在本校以外——被告在校外的人際網路中，聽過『那是俊次幹的』、『俊次做出不得了的事』之類的消息？」

證人強而有力地回答：「沒有。」

「在本校當中，卓也同學與被告的同學之間傳出『令人不舒服的流言』以後，證人在本校以外的地方也沒有聽過這樣的流言嗎？」

「我沒有聽到被告校外的同伴提過任何事。」

「如果證人聽到什麼，會怎麼做？」

「我絕對不會置若罔聞，一定會求證。」

「不管流言內容再怎麼曖昧模糊都是嗎？」

「當然了。這種情況，不管被告本人再怎麼強硬否定，我也會調查。同伴之間的流言就是這麼重要。」

「謝謝證人。」

辯方也贏回了分數。離開證人席的佐佐木禮子刑警，往神原律師瞄了一眼。山晉在她的眼神中看到放心與感謝，「你幫了我一把，謝謝。」

旁聽席仍在吵鬧的時候，藤野檢察官到場了。

雙方僵持不下。

檢察官走近法官席，結果法官很快就將律師也叫過去了，然後三個人開始討論，但律師強硬拒絕檢察官的主張。直到第二天，這是律師首次如此堅持己見。不行、不行、不行，他搖頭，表示無法答應。

——這也難怪。

山晉悄悄同意，今早開始一直存在心裡的內疚發作了。

可能是想起法庭被拋下不管，法官連忙敲了一下木槌。

「休庭十分鐘。」

他匆匆說完，擺出可怕的表情說：

「兩個都過來。」

法官帶著檢察官與律師走下法官席，躲到桌子與堆高的榻榻米後方。所有陪審員都不安地對望，只有高個子的竹田陪審團長站起來，做起伸屈運動。

有人拉扯山晉的襯衫袖子。回頭一看，是佐佐木禮子刑警。

「你知道津崎老師在哪裡嗎？」

山晉都會留意相關人士的位置，立刻就能回答。

「津崎老師坐在最後一排，休庭以後就出去了。」

「知道了，謝謝。」

今天也辛苦你了——女刑警說完，也從後方門口出去體育館了。山晉原地待機，不久她和津崎老師一道回來，在最後一排一起坐下。

這時，山晉還注意到另一個人。

——藤野同學的父親。

昨天山晉看到他與佐佐木刑警在交談，女刑警似乎相當驚訝地說「原來你來了」。開庭的時候沒看到他，是剛來而已吧。只見他走過旁邊的通道，在空位坐下來。

同時，山晉也發現自己的母親和姊姊。昨天她們不吭一聲地來，不吭一聲地走了，今天應該也是如此吧。據倉田麻里子的說法，山晉一家每個人都「穩如泰山」。

我是不是眞的能夠穩如泰山，接下來才要受到考驗——山晉心想。

法官走出來，輕巧地跳上法官席。檢察官與律師也現身，回到各自的座位。藤野檢察官很快就坐下，但神原律師走近被告，湊上去開始說些什麼，表情很險峻。

看到律師憤怒的表情，山晉心想大出俊次應該會一起生氣。於是他調勻呼吸，以便隨時行動，然而被告意外地沒有這類反應。

大出俊次的臉上逐漸失去血色。不曉得是茫然還是啞然，他嘴巴半張。了解緣由的山晉無法正視他的臉，眨了眨眼。

——他受到的打擊很大吧。

大出俊次沒有生氣，本人一定也覺得很意外。沒想到比起憤怒，他居然會震驚到茫然若失。

律師還在拚命對被告說話，但大出俊次心不在焉。藤野涼子回到自己的座位，像一堵牆壁般站著。

「總之，你要冷靜。」律師如此低語，坐了下來。

「審理重新開始。」法官敲響木槌。藤野檢察官首先開口：

「抱歉，我來遲了。今後我會留意，不讓這種情形再度發生。」

她行了個禮，筆直注視山晉。山晉明白，那是「要開始了」的信號。

「接下來要傳喚檢方證人。法警，請幫忙。」

佐佐木吾郎迫不及待地站起來，往辯方後方的門口走去。山晉也走向那裡。

證人在那裡等候著。

井口充比山晉記憶中更小了兩號。他坐在輪椅上，看起來很嬌小。

推輪椅的是井口充的父親吧。他的表情不僅是不安，已是驚恐戰慄。他輕輕把輪椅往吾郎的方向推，像交出炸彈一樣。

「請待在旁聽席。」

吾郎恭敬地催促井口充的父親。山晉繞到輪椅後面，雙手抓住。

「好久不見。」井口充說道。是對吾郎說，還是對山晉說？

他的發音很清楚。髮際雖然有縫合撕裂傷的疤痕，但傷痕只有那一處。膝上蓋著毯子，看不見雙腿的情況。左右肩膀的高度不同，背部也有些歪斜。山晉一時判斷不出是受傷的後遺症，或只是現在的坐姿使然。

他的臉色蒼白，因為太久沒有曬太陽了。

「嚇到了吧？」

那調侃的語氣，完完全全是過去活潑地黏著大出俊次當跟班的井口充。即使沒有什麼好玩的事，跟人在一起的時候眼珠子總是很有趣似地轉來轉去，這點也沒有變。

「謝謝你來。」吾郎說道。以發自心底的感謝而言，語氣有些僵硬。

「又不是為你來的。」

他說這話的時候，山晉注意到了，他的下巴動作有些不自然，是咬合有問題吧。受傷以前的井口充不是這樣的。不過發音好像沒問題，脖子也能靈活轉動。

山晉慢慢推動輪椅，前往證人席。法庭內的騷動升級，如潮水般翻湧上升，也有旁聽者站了起來。驚訝之色在陪審員的臉上擴散。

大出俊次像一幅靜止圖像，眼睛一眨也不眨，神原律師也沒有動彈。整個法庭的視線都集中在井口充身上，只有野田健一不一樣。只有他不是看著輪椅上的井口，而是看著推輪椅的山晉。

——爲什麼今天早上不告訴我？

對不起——山晉在內心道歉。

他轉換輪椅方向，讓井口充面對法官與陪審團，然後扳起煞車。這時，山晉的眼角餘光補捉到大出俊次的表情動作。

他想對井口充笑。

證人沒有注意到，他那雙忙碌的眼珠子正在打量法官與陪審團。

「肅靜。各位請安靜。」

法官對全法庭說，然後按住眼鏡框，俯視證人。

「接下來要進行證人詰問。如果證人過程中身體不適，請立刻提出。」

井口充沒有回話。

「那麼，請宣誓。」

井口充宣誓只說實話時，下巴的動作果然不太對勁。可能是因爲這樣，說起話來有些含糊不清，語尾拖拖拉拉。

「謝謝你參加這場審判。」

藤野檢察官首先向證人道謝，拿起手邊的文件，舉到眼睛的高度。

「我們已請井口證人寫下陳述書。我們將它作爲書面證明提出，接下來會依據內容進行詰問。這是爲了讓各位陪審員親耳聽到井口同學本人述說。」

她微笑著把文件放到桌上。

「此外，由於井口同學是臨時決定要出庭，這份陳述書無法事前交給辯方。根據這次校內法庭的規則，這是不應該有的行爲，因爲這樣形同突襲，神原律師剛剛才會生氣。各位一定也很吃驚吧。」

藤野檢察官露出天眞無邪的表情，大言不慚地這麼說。旁聽席傳出笑聲，但笑的當然不是辯方的啦啦隊。

「可是，我們堅持這麼做，是因爲我們相信井口證人的證詞，會是解開眞相的重要線索。只是這樣，別無其他意圖。井口同學可能會礙於身體狀況無法出庭，所以我們想要把握這個機會。我要向法官、被告與律師致歉並致謝。」

檢察官以右手打開陳述書，走到桌子前面。

「首先，這份陳述書中提到你在去年十二月二十四日的行動。」

井口充轉頭望向檢察官，檢察官也正視證人。

「去年十二月二十四日，你曾經見到被告大出俊次嗎？」

「沒有。」井口充回答。旁聽席一陣騷然。

「不論是早上、白天、傍晚或深夜，都沒有見面嗎？」

「沒有。」

「有沒有打電話聯絡？」

「沒有。」

「換句話說，你和被告完全沒有接觸？」

「對。」

「十二月二十四日晚上，限定在凌晨零時前後也行，你人在哪裡？」

「在家裡。」
「自家，對吧？」
「嗯。」
「不是在這所學校？」
「不是。」
「你沒有闖進校內？」
「沒有。」
不曉得是井口不能講太長的句子，或者這也是策略之一？
「那麼，告發信的內容，這部分是錯的嘍？」
「對。」
「告發信上提到你在屋頂——跟被告還有另一個人，也就是橋田祐太郎同學，三個人在屋頂上，但事實並非如此嗎？」
「嗯。」
「可能是告發者撒了謊。」
「嗯。」
「那麼，告發信上有關大出同學和橋田同學在場的記述，也可能是目擊者看錯了，或是撒謊，對嗎？」
山晉又瞥見大出俊次放鬆了表情。怎麼，井口，你果然還是我的好老弟嘛。你是爲了告訴大家那封告發信是胡說八道，根本就是鬼話連篇，才跑來幫我作證的，對吧？
可是井口充沒有看被告，他直盯著檢察官。
「不知道。」證人回答，「我不在那裡。」
「你不在場，所以不曉得大出同學和橋田同學是不是在那裡，是嗎？」

「嗯。」

「井口同學，」檢察官側著頭說：「你說不知道，這話說得很小心呢。既然你不在場，那麼一般都會認爲，告發信上指出的其他兩個人應該也不在場，不是嗎？也就是告發信的內容不足採信。」

「我不知道。」

井口的眼珠子滴溜溜地轉動。

「因爲我聽到了。」

「聽到什麼？」

「大出同學說過。」

「他說了什麼？」

「柏木的葬禮結束後他說了。」

井口充開始喘氣：

「說是**他幹的**。」

「他說他幹了什麼？」

「說是他殺的。」

整個法庭被掀翻似地一片譁然。

井上法官用力敲著木槌，揚聲大喊：「肅靜，請肅靜！」

山晉立刻走上前，靠在井口充的輪椅旁邊。因爲辯方席上，大出俊次猛然站起，幾乎要把椅子翻倒了。法官也注意到了。他拿著木槌，目光尖銳地俯視被告，一喝：

「被告，坐下！」

大出俊次杵著。看到他的表情，山晉解除了防備。大出同學不會行動，山晉知道他動彈不得。

「不立刻坐下，我要命令你退庭了！」
法官出聲恐嚇，被告像鉸鏈鬆掉似地膝蓋一折，跌坐下去。
法庭內漸漸安靜下來。眾人很快陷入驚慌失措的狀態，但也振作得愈來愈快，漸漸習慣了。
周圍恢復安靜以後，山晉聽到有人的鼻子在響，是井口充。他面對著正前方，在輪椅上抽著鼻子。
不是在哭，也不像是在忍耐噴嚏。
「可以繼續詰問嗎？」
藤野檢察官不是問法官，而是看著律師問。神原律師點點頭。
「抱歉，被告情緒激動了。」律師對法官說：「今後我會要他嚴加節制，安靜聽證。」
山晉回到了原位。這時，他注意到陪審團席上的勝木惠子瞪著井口充。不管是對這場審判或對誰，那都不是正確的行為，但她應該不了解吧。
「好了，井口同學。」
藤野檢察官慰勞似地看著證人，然後端正姿勢。
「請告訴我們詳情。那段對話是在什麼樣的狀況下進行的？」
「什麼樣的狀況？」井口的鼻子還在噴氣。
「柏木同學的葬禮後，你是在哪裡和被告有了這段對話？」
「『萊布拉』裡面。」
「『萊布拉大街』購物中心裡面，是嗎？」
「對。」
「當時你們在做什麼？」
「大家不是一起去參加葬禮嗎？」
證人的頭僵硬地動著，轉向檢察官。只是這樣的小動作，他做起來卻顯得很辛苦。

「我們也碰到妳了，妳不記得了嗎？」

檢察官點點頭，「我記得。我是在回程路上碰到你們的，對吧？應該是在便利商店前面。」

「大出同學、我和橋田。」

「就是平常的三個人。」

「對，大出同學說要去看。」

「去看？去看葬禮嗎？」

「不是，是去看大家的臉。」

「去看參加葬禮的同學們的臉嗎？」

「對啦。」

「你們沒有去參加葬禮呢。」

「我們幹麼參加？」

「可是你們卻對參加柏木同學葬禮的同學是什麼表情感興趣，想要去看看。」

「只要在那邊等，一定會有人經過。」

也可以順便知道狀況——證人的鼻子總算停止發出聲音。

「葬禮的狀況嗎？」

「對。」

「大出同學——被告爲什麼會想要知道？」

「那個時候有人在傳，說柏木是我們殺死的。」

「被告很介意這個流言？」

「是的。」

「井口同學呢？」

「那個時候我沒什麼感覺。」
「因爲不是你做的？」
「嗯。」
「你們在『萊布拉大街』埋伏回家路上的同學，成功問到葬禮的情況了嗎？」
「又不是埋伏。」
「你們在那裡等著，有什麼成果嗎？」
「聽到柏木的老爸說他兒子是自殺的。」
「記得是聽誰說的嗎？」
證人想了一下，搖搖頭。「我們叫住了幾個人。」
「是從其中的某人口中聽到的。」
「對，妳也記得吧？」
檢察官仰望法官，「可以和證人談論我個人的記憶嗎？」
法官立刻回答：「可以。」
神原律師沒有反應。大出俊次嘔氣地把臉撇向一邊。
「那個時候，被告、證人與橋田同學待在便利商店前面，我記得你們說，參加葬禮的三浦同學經過，所以你們向三浦同學問到了情況。」
「對對對，應該就是三浦。」
「然後，被告說『我們的冤屈洗清啦，太好了』。或許他是說『太爽快了』，我不太確定這部分的記憶。」
「嗯，不過就是這樣。妳果然腦筋聰明，記得很清楚。」
說完後，井口充伸手按住下巴，皺起眉頭。雖然不是不能長時間說話，但不曉得是不是累了，或許下巴在痛。

「你還好嗎？」

「有沒有水？」

用不著山晉行動，在法庭後方待命的籃球社幫手就用紙杯裝了飲水機的水送過來。

井口充接紙杯的動作不太穩，似乎無法好好使力。喝水的動作也很笨拙，他喝醉似地湊近杯子，弄濕了襯衫胸口。

「我的下巴骨折了。」把水嚥下後，他握著紙杯對眾陪審員說：「右肩關節也脫臼了。全身上下歪七扭八的，簡直像個老頭子，對吧？」

他的語氣平板。幾名陪審員垂下視線。勝木惠子也維持著瞪視的表情垂下頭。

「我可以繼續問下去嗎？」

「嗯。」

「在我的記憶中，說完這些以後，我就跟證人和被告道別了。」

「我們還在便利商店。」

「繼續聊天？」

「對。」

「在我的印象裡，說那段話的時候，被告並沒有特別嚴肅的感覺。看起來也不像在煩惱或是介意流言，反而有點在開玩笑的樣子。」

「我也這麼覺得。」

井口充的笑聲卡在喉嚨裡。

「那個時候阿俊不是說了類似『這下就不用怕被藤野的老爸逮捕了』的話嗎？」

這是在法庭上第一次聽到「阿俊」這樣的稱呼。大出俊次抬起頭來。

「那是逗妳的，他才不是眞心這麼想咧。我覺得阿俊動不動就想捉弄妳，是因爲他對妳有意思啦。」
檢察官什麼也沒說，法庭內的眾人也沉默著。
「所以我沒想到阿俊其實很介意，就說『既然這樣，就把那個亂傳的王八蛋揪出來，狠狠修理他一頓』之類的話。我記得不太清楚，大概是類似的話。」
「你是開玩笑的。」
「對。可是阿俊突然不笑了，然後他就說了。」
「他說什麼？」
「『其實柏木是我幹掉的，不過看樣子沒有人發現』。」
被告扭動身體，旁邊的律師直盯著證人，只動手制止被告。
「你聽了這些話，有什麼反應？」
「我笑了。」
「你笑了？因爲覺得好笑？」
「我覺得阿俊在開玩笑啊。」
「因爲你開了玩笑，被告也回以玩笑？」
「對。」
「然後被告怎麼了？」
「一樣笑了。他嘲笑我和橋田『你們兩個眞傻』。」
隔了幾秒，檢察官問：「他說你們傻是什麼意思？」
「我也不是很懂，不過阿俊那個時候的眼神是認眞的。」
「被告自白其實是他殺了柏木同學。不管他當時是什麼樣的表情，那都是一番嚴肅的告白。可是你卻當成玩笑話，笑了出來，然後被告說你的這種反應『眞傻』。我可以這樣解釋嗎？」

檢察官邏輯分明的這番解釋，證人似乎需要一點時間才能聽懂。他側頭思考了一會，壓低了聲音回答：

「那個時候橋田也有點僵住了，因爲阿俊怪怪的。我第一次看到他露出那種眼神。」

「橋田祐太郎同學，是吧？」

「對。」

「你和被告還有橋田同學總是三個人一起行動。是三人幫。」

「壞小子三人幫。」

證人說完，發出一種擠壓般的笑聲，又或許是輪椅的車輪在吱啞作響。

「玩鬧的時候，做壞事的時候，你們總是三個人一起。對吧？」

「我跟橋田是阿俊的小弟。」

「被告是老大？」

「對。」

「被告露出平日沒看過的眼神，說你們『眞傻』，你怎麼想？」

「阿俊本來就有點瞧不起我跟橋田。」

「不過你們是同伴吧？」

「就說是小弟了。」

「因爲是小弟，他瞧不起你們？」

「我跟橋田不會幹什麼大不了的事。如果沒有阿俊，我們根本不會鬧事。阿俊也知道，所以才瞧不起我們。」

「我明白了。被告瞧不起你和橋田同學，可以說他輕視你們。所以，你當時有什麼想法？」

「如果眞的要幹什麼不得了的事，阿俊可能會自己動手，不找我們。」

藤野檢察官的眼神變得凌厲，「而且你在事發的十二月二十四日跟被告沒有見面，也沒有聯絡。」

「嗯。」

「這更讓你覺得，關於柏木卓也同學的事，就算被告不告訴你和橋田同學，一個人闖出什麼大禍也不奇怪，有這種可能性。」

井口充挪動身體，輪椅搖晃，發出聲音。「我很笨，不太會講，不過就是這樣。」

法庭很安靜，可以聽到冷氣的聲音。藤野涼子的運動鞋鞋底發出「啾」的一響，她繞過桌子走上前。

「可是，大出同學有殺害柏木同學——不，有想要教訓柏木同學的動機嗎？有什麼理由嗎？」

「阿俊討厭那傢伙。」

「他對你說過？」

「他沒有說過，可是看他的臉就知道了。」

「你們之間談論過柏木同學，是嗎？」

「十一月我們在自然科教具室吵架。」

「十一月十四日的午休時間，你也在場，對吧？」

「對。」

「你參加了那場爭吵？」

證人似乎有些猶豫，「我說藤野啊……」

「是。」

「我們是怎麼幹架的，妳不曉得吧？」

一片寂靜的旁聽席傳出竊笑聲。

檢察官笑也不笑，「如果是**霸凌**的話，我懂。」

「我們又沒霸凌過妳，霸凌妳太危險了。」

笑聲變大了。井口充也跟著一起笑。

「告訴妳，我們跟柏木沒在那裡吵架，是他先找碴的。」
「柏木同學向被告、你和橋田同學找碴？」
「對啦。」
「請告訴我們當時的狀況。」
「我們進去自然科教具室，東摸西摸，在找樂子啦。柏木坐在角落，在看圖鑑之類的書。然後他一直盯著我們，用一種很惡劣的眼神一直看。」
「因爲你們太吵了吧。」
意外的是，這時律師第一次提出抗議：「庭上，請讓證人自由發言。」
井上法官點頭同意，「除了發問，檢察官請不要發表多餘的感想。」
這時，井口充第一次在輪椅上扭動身體，轉向辯方。大出俊次立刻垂下頭，律師筆直地回望證人。
「我是不曉得吵不吵啦，可是柏木在冷笑。」
「他在笑？」
「他瞧不起我們。」
「光看表情就知道了嗎？」
「他說了啊，『你們做那種事有什麼好玩的？』」
法庭內又一片沉默。
「那口氣分明就是瞧不起我們，所以阿俊火冒三丈，罵他『吵死了』。」
「然後柏木同學怎麼做？」
「他傻笑著說：『我一點都不吵，只是你們很好玩，我在觀察你們而已。』」
「對你們來說，他的回答令人很不愉快吧。」
證人扭回身體，轉向檢察官，點了幾下頭。

「阿俊暴怒，撲上去要打柏木，問哪裡好玩，橋田阻止了阿俊。」
「那你呢？」
「我……我嚇了一跳。」
「你沒有動手嗎？」
「我想幫阿俊，可是橋田阻止了阿俊，我也覺得怪恐怖的。」
「你覺得柏木同學怪恐怖的？」
「那傢伙很奇怪。」
「怎樣奇怪？」
「明明那麼矮小、那麼弱，居然敢用那種口氣跟我們說話。」
「你認爲他太囂張？」
「對，可是還是覺得怪恐怖的。」
「因爲從來沒有像柏木同學那種不起眼又軟弱的同學，敢找你們的碴，是嗎？」
「嗯，對。」
「不過，他不是什麼可怕的對手？」
「我們才不怕他。」
「只覺得他怪恐怖的？」
「而且他還說些奇怪的話。」
「他還說了什麼奇怪的話？」
「他對氣沖沖的阿俊說：『像那樣動不動就動粗好玩嗎？』結果——」
證人猶豫了。檢察官等待著。法官專注到甚至沒發現眼鏡往下滑了。
「那傢伙根本沒把我跟橋田放在眼裡，他只看著阿俊。」

「他面對怒氣沖沖的被告。」

「然後他問：『你們做過最壞的事情是什麼？』」

山晉姿勢不變，只轉動著眼珠子觀察整個法庭。有些旁聽者探出身體。陪審團的女生們互相握著手。

「被告怎麼回答？」

「他說：『這傢伙搞什麼？』」

「他還在生氣嗎？」

「怒氣好像有點落空，怎麼說呢，阿俊肯定也覺得柏木不對勁。」

「柏木同學怎麼做？」

「他一樣傻笑著問：『你殺過人嗎？』」

「啪」地一聲，野田助手寫筆記的自動筆筆芯斷了，他急忙換成鉛筆。

「被告怎麼回答？」

「他又說：『這傢伙搞什麼？』我覺得阿俊有點嚇到了。」

「可是柏木同學笑吟吟的——不停賊笑，是嗎？」

「他好像在鬧我們，不過眼神十分奇怪。」

「你當時是什麼心情？」

「很氣，但我也覺得最好不要理他。」

「你沒有想到要跟阿俊兩個人一起痛揍他嗎？」

證人沒有回答，捏扁了手中的紙杯。

「我一直以爲柏木是個更弱的傢伙，可是那個時候我覺得很不妙。而且橋田也阻止阿俊了。」

「橋田制止了被告？」

「他拉扯阿俊的袖子說『走吧』。」

「他催促被告離開現場？」

「對。」

「柏木同學一直坐在原本的位置沒有移動？」

「他一直坐著，只動了那張嘴。」

「被告——阿俊有沒有回答『你殺過人嗎？』這個問題？」

「我就說阿俊沒理他了啊。阿俊只對柏木說『你腦袋有問題』。」

「柏木同學怎麼回應？」

「他還是在笑。」

「他只是笑？」

「他說如果我們殺過人，要我們告訴他。」

「告訴他什麼？」

「柏木想知道殺人是什麼感覺啦。」

旁聽席按捺不住地吵鬧起來，法官等待著這波浪潮平息。藤野檢察官交抱雙臂靠到桌邊，律師小聲地對被告說著什麼。

「阿俊他……」證人低悶的聲音，讓法庭自然安靜下來了。「問柏木：『你想殺誰嗎？』」

「柏木怎麼回答？」

「他說『嗯』。」

安靜！安靜！這次法官敲木槌了。

「他說想知道那是什麼感覺，所以想要殺個人看看。不過他一樣是傻笑著說的。」

「你覺得他是在開玩笑嗎？」

「不曉得。我有點嚇到了，阿俊也愣住了。橋田表情嚴肅，一直說『走吧、走吧』。他好像很怕柏木。」
「那被告怎麼做？」
「因爲橋田一直拉著說要走，阿俊就要離開教具室。可是他還是很不爽，就對柏木說了『你腦袋有病』之類的話。」
「你們撂下狠話，然後就要一起離開教具室？」
「對。結果柏木突然站起來，抬起椅子往我們丟。」
「不只是舉起椅子，還扔向你們？」
「雖然沒有打到，但是朝阿俊丟的，所以我們才會打起來。阿俊吼著『王八蛋』什麼的，撲向柏木。」
「你也幫忙了？」
「可是柏木那小子溜得很快。他一邊跑，一邊把教具室裡的燒杯什麼的掃下來。在那裡追打的時候，老師他們跑來，變成都是我們的錯。」
法庭內再次吵鬧起來，法官取下銀框眼鏡擦拭鏡片。藤野檢察官走近證人，接過捏扁的紙杯，問「身體還可以嗎？」，然後叫來萩尾一美接過手帕，遞給證人。
大出俊次雙肘拄在桌上，掩著臉。律師在跟野田助手說話。
「審理繼續，請安靜。」
法官如此宣布。藤野檢察官英挺地站定，「證人把這件事告訴前來勸架的老師了嗎？」
「我們沒有說。」
「爲什麼？」
「楠山才不會聽我們怎麼講咧。」
「楠山老師嗎？你們三個人商量，決定不告訴老師？」
「也沒有商量，可是阿俊不講，我跟橋田也不會講啦。」

「被告為什麼不說出是柏木同學主動挑釁你們的？當時你怎麼想？」

「就說就算我們講了，也沒有人會信啊。」

「那我來推測一下吧。被告、證人還有橋田同學，都不希望老師知道你們被柏木同學那種軟腳蝦找碴，甚至被他嚇到了，是不是這樣？」

證人思考了一會，搖搖頭：「不曉得。」

「你們沒有任何解釋，後來事情變成是你們單方面攻擊柏木同學，你對此感到憤憤不平嗎？」

「我們跟楠山說過柏木向阿俊丟椅子的事，也告訴高木老師了。」

「老師們怎麼說？」

「他們一口咬定是我們先招惹柏木的。」

「柏木同學是怎麼向楠山老師和高木老師說明的？」

「不曉得。可是，那傢伙才不會主動把那種事情告訴老師咧，八成是裝傻混過去了。」

「好像就是如此，關於十一月十四日在自然科教具室發生的事，至今為止都沒有傳出證人現在所說的內容。」

「柏木那傢伙表裡不一啦。」

對井口充來說，這是個頗為高階的詞彙。

「阿俊說，那傢伙跟看上去不一樣，很危險。」

「意思是，不要再去招惹他嗎？」

「橋田是這樣說的。他說柏木怪怪的，最好不要跟他扯上關係。可是阿俊真的生氣了，說他被小看了。」

「你怎麼想？」

以大出俊次的小弟自居的井口充，每次被問到自己的心情，總是猶豫再三。

「我也覺得柏木腦袋有病。」
「你覺得被小看了嗎？」
「他居然瞧不起阿俊，我很生氣。」
「我想知道的是證人的心情。」
「就說阿俊被瞧不起，我也很生氣啦。」
「那麼，你想為阿俊報仇，讓柏木同學知道你們的厲害嗎？」
「我一個人不會做那種事。阿俊叫我怎麼做，我就怎麼做，只是這樣而已。」
自我辯解與逃避責任浮上檯面了。
「如果阿俊叫我幫忙，我就會幫。阿俊沒說什麼的話，我就什麼都不會做。」
「你一個人什麼都做不到？」
證人沒有回話。
「你認為被告有可能不告訴身為小弟的你和橋田同學，單獨一個人，為了出一口怨氣，對柏木同學做什麼嗎？」
「在柏木死掉以後，阿俊說『是我幹的』以前，我都沒有想過。」
「可是，聽到被告那句話後，你心想也有這個可能？」
「因為只能這樣想了。我一直到去了學校，才知道柏木死掉了嘛。」
「你跟柏木同學的死無關，所以你認為那是被告一個人做的？」
「對。我不曉得橋田怎麼樣，他比我更討厭柏木。」
「那麼，知道告發信上寫了你們三個人的名字時，你一定很驚訝吧。」
「那是亂寫的！」井口充第一次發出受傷前那種高亢的聲音。「全是胡扯，我什麼都沒做。」
「橋田同學也是？」

「妳自己去問他啦。」

「你認爲那封告發信是誰寫的？」

「不曉得。」

雖然他立刻回答，但聲音中充滿苦惱。

「我跟橋田就是爲了這件事才吵起來。」

「意思是，你會從學校三樓窗戶摔下來受傷，變成現在這種狀態，都是爲了告發信的事跟橋田同學起衝突？」

「對。」

「你們怎麼會吵起來？」

「我覺得那搞不好是橋田寫的。」

「橋田同學寫了告發自己的信寄給學校？」

「他一直很想離開阿俊嘛。」

大出俊次搗著臉，沒有動彈。

「我以爲是他幫阿俊幹掉柏木，結果嚇到，最後受不了，才會自己招出來。」

「然而他卻把不在現場的你的名字也寫進告發信，把你扯進來？」

「我這麼以爲啦，所以才會生氣。」

「橋田同學怎麼說？」

「他說沒做那種蠢事。」

「蠢事是指哪一件事？跟被告一起殺害柏木同學的事？還是寫了告發信的事？」

「兩者都是，但我認爲是橋田幹的。」

「有什麼必要把你扯進去？」

「因爲橋田瞧不起我。」

「在你的眼中，身邊的同學經常瞧不起你呢。」

「妳不是也瞧不起我嗎？」

井口的口氣與其說是怨恨，更像是在鬧脾氣。那種孩子氣的反應讓人頓時想起證人和檢察官都還是國三生，旁聽席的大人都笑了。

「我們整理一下好了。」

檢察官輕輕攤開雙手。

「柏木同學剛過世的時候，你聽到被告說了一些話，好像是被告單獨一個人——瞞著你和橋田同學——與柏木同學的死亡有關。然後，你覺得這些話有某種程度的可信度，你姑且相信了，對吧？」

「嗯。」

「那樣的話，告發信的事引發軒然大波以後，你才又懷疑橋田同學與被告共謀，而橋田同學反省自己的過錯寫下告發信，這豈不是互相矛盾嗎？」

證人顯然困窘了。「我又不像妳那麼聰明，只是當時怎麼想，就怎麼做而已。」

「所以你才會懷疑橋田同學，去逼問他，然後他否定，導致爭吵，引發了不幸的意外，是嗎？」

證人沉默著。

「橋田同學跟你一樣，都被被告說了『眞傻』。然而他卻寫下根本沒有犯下的殺人重罪的告發信，寄給學校，這豈不是很荒謬嗎？」

「就說我現在也覺得很奇怪啊。」

「你想過告發信根本就是假的、是憑空捏造的嗎？」

「可是，阿俊有可能做出那種事啊。」

那毫不猶豫的回答，連山晉聽了都心痛。這三個人不是什麼「同伴」，只不過是老大跟他的小弟罷了。

而且這個小弟一發現老大有難，第一個拔腿就逃。

「這麼說來，你的想法是，那天晚上這所學校的屋頂上確實有個目擊者，看見被告逼死柏木同學，然後寫下告發信。但告發信的內容並不正確，竟然指稱根本不在場的你也在。這樣對嗎？」

「就是這樣吧？妳也這麼想吧？」

只有茂木悅男一個人笑了。法官橫眉豎目地斥道：「安靜。」

「你認爲告發信中，爲什麼會指出不在場的你？」

「因爲我本來是阿俊的小弟吧。」

「**本來是**，現在不是了嗎？」

「不是了。」

又是立刻回答。大出俊次嘆著氣，彷彿在吐出某種放棄的情緒，然後撐起身子，用手肘抹臉。他眼睛依然緊閉著。

「你不當他的小弟了嗎？」

「我都變成這副德性了，他也沒來看過我，連通電話也沒有。我已經知道阿俊根本把我當垃圾看了。」

「那橋田同學呢？」

「橋田來醫院看過我，也跟我道歉了。」

「你跟橋田同學現在還是朋友嗎？」

「……不曉得。」

「你受了這麼重的傷，一定吃了很多苦。」

輪椅傾軋出聲。

「傷勢漸漸好轉了嗎？」

「醫生說我還年輕，只要復健，以後還是可以走。」

「太好了，請你加油。」

山晉在檢察官的聲音中感受到誠意。

「檢方的問題就到這裡，接下來輪到辯方發問。要休息一下嗎？」

休息一下比較好——山晉就要走向輪椅的時候，神原律師站了起來：

「辯方不需要反詰問。」

除了累壞了的被告，以及拿著鉛筆緊張萬分的野田助手外，每個人都驚訝不已。法官不小心變回平常的他，問道：

「眞的嗎？」

「是的。井口同學，你還在療養中，卻爲我們出庭作證，謝謝你。」

山晉在這番發言中也感受到誠意，雖然困惑，卻也佩服。該怎麼說呢……雖然性質與藤野同學不同，神原同學也膽識過人。

「不過庭上，聽到井口同學剛才的證詞，我想要向楠山老師詢問幾個問題作爲補充。我會簡單問完，可以嗎？」

時間接近正午了。

「楠山老師在場嗎？」

法官從高處呼喚，楠山老師在後方門口旁邊舉起手。

「那麼，請楠山老師上證人席。」

檢察官沒有反對。兩邊都不按規矩出牌，互不相欠吧。證人換人了。山晉推著輪椅，離開證人席。

「楠山老師，你聽到井口同學剛才的證詞了嗎？」

「聽到了，我嚇到了。」

眞是晴天霹靂——他模仿井口充轉動眼珠子。今天老師穿著他的招牌運動服。

「制止十一月十四日在自然科教具室發生的爭吵，第一個向當事人問話的是老師，對嗎？」

「是我跟學年主任高木老師。」

「那個時候，有沒有誰提到井口同學剛才作證的內容？」

「完全沒有。」

「柏木同學怎麼說明衝突的原因？」

「他說大出他們在搗亂，很吵。他向他們抱怨很吵，突然被揪住衣領。」楠山老師哼笑著回答：「順帶一提，當時柏木在自然科教具室看的不是圖鑑，是自然科學年表。柏木說大出抓起那本書打他的頭。」

「大出同學他們說明了衝突的理由嗎？」

「只說柏木太欠揍，老樣子了。」

「不是大出同學他們單方面欺侮、戲弄柏木同學，而是說柏木同學太欠揍？老師沒有問他們為什麼覺得柏木同學欠揍嗎？」

「喂，律師。」

被鄭重其事地叫喚，神原律師立正站好應道：

「什麼事？」

「聽了剛才的話，我對井口刮目相看了。原來那傢伙也有自覺，知道自己是個沒出息的跟屁蟲、是個呆子。」

山晉正推著井口充的輪椅，穿過旁聽席旁邊，往法庭後面走。只見井口的耳朵變紅了，但他還是沒有回頭咒罵楠山老師，或是用那尖高的嗓音大罵『囉嗦』。這一點都不像山晉認識的井口。

他成長了嗎？還是變弱了？為什麼我會感到悲傷呢？山晉思忖。

楠山老師雙手插腰，擺出說教的姿勢。「你和藤野腦袋都很好，反而無法跟上大出或井口那種人的思路吧。那些傢伙詞彙非常貧乏啦。一句『欠揍』，背後的意義有上百種，他們自己也不了解那是什麼意義，就算追究也沒用。站在學校的立場，光是要對症下藥，也就是讓他們停止條件反射式的暴力行爲，便分身乏術了。」

律師依然立正詢問：「換句話說，老師並沒有努力問出衝突的理由。」

楠山老師露骨地露出厭惡的表情，「是沒有啦，不好意思喔。你們學校的老師很優秀，應該會努力吧。」

神原律師沒有理會這番嘲諷。

「老師曾經覺得柏木卓也同學在校內的行爲有問題嗎？」

「他不上學是個問題。」

「我是指在那之前。他還是個不起眼、安分軟弱的男生的時候。」

「他的家長寫信給學校說他身體不好，然後他常蹺掉體育課，我覺得是個問題。」

「老師負責的社會科怎麼樣？」

「我常叫學生寫作文。」

「在我們學校，也是社會課的作文比國文課還要多。」

楠山老師又露出嫌惡的表情。

「柏木的作文寫得很好。因爲寫得太好了，我懷疑過會不會是家長代寫，或是抄什麼文獻。他還寫過類似吉本隆明的《共同幻想論》（註）的東西。」

「實際上眞的是全篇照抄嗎？」

不知爲何，老師憤憤不平地說：「他改編成自己的文章。」

註：吉本隆明（一九二四～二〇一二），日本知名的思想家、評論家。《共同幻想論》闡述何謂國家，以及國家與個人的關係。

「那麼，老師爲這件事跟柏木同學談過嗎？」
「沒有，我不認爲有這個必要。」
「我懂了。謝謝。」
藤野檢察官沒有反詰問。她無視楠山老師，對陪審團說：
「剛才楠山證人的發言中，有對井口證人的侮辱言詞，與這場審判沒有直接關係，請各位忘掉楠山證人這部分的發言。」
然後，她仰望法官說：「也請從紀錄中刪除。」
「是是是。」法官一臉苦澀，「休庭到下午一點。」

下午的審理從辯方證人開始。是美術老師丹野。
——是幽魂。
山晉心想。這是學生給這個存在感稀薄的老師起的綽號。
——不過輪到幽魂，或許反倒剛好。
法庭內還殘留著上午爆炸的「井口炸彈」的餘威。旁聽席也期待著，或者說防備著下午會不會也一開始就劍拔弩張，結果被傳喚的竟是幽魂。他膽戰心驚地上前，用小得像蚊子叫的聲音表明身分並宣誓完畢，戰戰兢兢地在證人席坐下。那副模樣不僅是滑稽，已到惹人同情的地步，意外地緩和了現場的氣氛。
「感謝老師出庭擔任證人。」神原律師以一貫的答謝起頭，「我們想請教老師的，是關於柏木卓也同學的個性及爲人。請多指教。」
「我明白了。」
丹野老師彎下整個上半身深深點頭，白襯衫的背部有著醒目的熨燙褶痕。
「聽說丹野老師有時會跟柏木同學聊天。」

律師俐落地從證人口中問出答案，讓眾人明白，從一年級的第二學期十月左右開始，丹野老師和柏木卓也不是在補課或社團活動等公開場合，而是私下發展出有機會聊天的關係。

「柏木同學去美術室找老師聊天，大概共有幾次呢？」

「我印象中應該是四、五次，不過被傳喚當證人以後，我回去翻了一下日記，發現還要更多。一年級的時候有三次，二年級第一學期開始，到柏木同學不上學的十一月中旬之間有四次。」

「總共有七次呢。」

「如果加上他在放學後到美術室，或午休時過來坐坐，應該有十次以上。」

令人意外的交流，陪審員都露出訝異的表情。

「老師與柏木同學是什麼部分志趣相投呢？」

「柏木同學喜歡繪畫，他會來美術室看畫冊。」

「不過，柏木同學不是美術社社員。」

「他有極佳的美感，所以我建議他加入，但他說自己不適合團體活動，拒絕了。」

丹野老師從長褲口袋取出大手帕，擦拭臉上的汗。

「柏木同學很會畫圖嗎？」

「是的。我認爲他有繪畫天分，光從素描就看得出來。」

「他的美術成績怎麼樣？」

「他繪畫的成績優秀，不過雕刻或黏土就不理想了，本人沒有意願投入。不過，我覺得可以理解。」

「老師在大學是攻讀什麼科系？」

「油畫。我也對造形——立體創作很不擅長。現在也是，所以在指導學生的時候煞費苦心。」

「老師和柏木同學談過這類事情嗎？」

「談過。我們聊到姑且不論小學，國中的時候，美術和音樂的授課內容應該要讓學生自行選擇才對。就算對美術有興趣，每個人感興趣的領域也不盡相同。每一種美術領域都要拿到好分數，整個學期才能有好成績，這樣的制度讓學生無法有機會了解自己的可能性。」

「老師認爲不應該在義務教育中教導藝術，以成績好壞來評價學生，是嗎？」

「沒錯。」

回答之後，他沉默了。律師溫和地催促：「如果方便，請告訴我們，在這方面老師有何看法。」

「我——」證人用手帕遮住臉似地說：「我反對現行的評分制度。美術史或音樂史可以在一般常識的範圍內教授，當成考試評分的項目，但實作就不同了。對於一個人的藝術天分，就算是教育者也不能輕易做出評斷。」

雖然躲在手帕後面，他卻一語斷定。

「成長期的孩子，若是在美術及音樂方面的感性受到貶抑，或是在教室這樣的公開場合受到負面的評價，會是巨大的損失。如果孩子因此感到丟臉，一下子對藝術失去興趣，也許會太快拋棄原本可能讓他們的人生多彩多姿的事物。」

確實如此——律師附和。

「因此，我認爲在義務教育的現場，給予學生接觸創作的機會，讓他們得以發現自己沉睡的天分及個性就夠了。對於大部分的人來說，藝術是豐富人生、讓人生更有趣的事物。需要受到嚴格的評價或教育的，只有想要再進一步深造的一小部分的人——決心以藝術作爲生涯志業的人而已。」

藤野檢察官舉手，「這番話非常有意思，不過請適可而止。」

律師向她微笑。檢察官放下舉起的手。

「老師和柏木同學還聊了些什麼？」

「喜歡的畫家，以及那些畫家的作品。柏木同學喜歡西洋繪畫。」

「這一點也跟老師很投合。」

丹野老師又深深點頭。「我喜歡維梅爾（註一）的畫，一直夢想總有一天要環遊世界，親眼看到維梅爾所有的作品。不過憑教師微薄的薪水，這永遠只能是個夢。」

旁聽席的眾人笑了。

「很棒的夢想。對老師的這個夢想，柏木同學有什麼看法嗎？」

「他一樣笑了。可是他也說有一幅畫，他想要親眼看看實物，而不是只看畫冊就滿足。」

「是哪位作家的什麼作品呢？」

丹野老師不知為何有些遲疑。聽到他的回答，山晉才明白他遲疑的理由。

「布勒哲爾（註二）的〈絞刑架上的喜鵲〉……」

聲音愈來愈小。丹野老師像要鼓勵自己似地點了一下頭，繼續道：

「布勒哲爾是十六世紀半的荷蘭——尼德蘭的畫家。他留下許多非常具有象徵性、充滿隱喻的作品。這張〈絞刑架上的喜鵲〉也是，他畫了在一片藍天下，人們在能夠俯視城鎮的小丘上快樂野餐著，但小丘上有一座絞刑架，是一幅不祥的、神祕的作品。」

「絞刑架上有人嗎？」

「不，沒有。不過，絞刑架頂部的橫木上停著一隻喜鵲。」

山晉以為檢察官又會舉手打斷，但藤野涼子沒有動靜。

「布勒哲爾畫下這幅作品時，他祖國的基督教教會，不分新教、舊教都如火如荼地進行狩獵女巫與異端

註一：楊・維梅爾（Jan Vermeer，一六三二～一六七五），十七世紀的荷蘭知名畫家，與林布蘭同為代表荷蘭黃金時代的畫家。代表作有〈戴珍珠耳環的少女〉等等。

註二：老布勒哲爾（Pieter Bruegel de Oude，一五二五～一五三〇），文藝復興時期的法蘭德斯畫家，擅長風土人情、幻想寓意及《聖經》題材畫作。

審判。因為當時正在推行宗教改革，而喜鵲這種鳥，在歐洲被視為『騙子』或『告密者』。也就是說，這幅畫可以解釋為反映了當時的世相，由於毫無根據、只是出於惡意或恐懼的謊言與告密，許多無辜之人便慘遭處刑。」

律師停頓了一下，詢問：

「不好意思，我不懂西洋繪畫，所以只是用猜的，那位有名的畫家，有沒有被歸為印象派之類的派別呢？」

「有的、有的。」

丹野老師似乎真的很開心。

「那是流行於十五世紀到十七世紀，被稱為『法蘭德斯畫派』的一群作家，以及他們的作品。魯本斯（註）也是其中之一。法蘭德斯畫派的特色是忠實的自然觀察，以及色彩豐富的感情表現。」

「那個時代創造出許多世界名畫呢。柏木同學在眾多名畫當中，特別指出那幅〈絞刑架上的喜鵲〉說『想親眼看看實物』。」

「是的。」

「聽到這話，老師怎麼想？」

「——我覺得很像他會喜歡的作品。」

「怎麼說？」

不知不覺間，丹野老師的襯衫背後汗濕到幾乎透明。

「昨天，柏木同學的父親作證時也提到了。」

「是的。」

「他是個性格纖細、會深入思考的少年。尤其是對於人活在世上，還有老死之類的問題，比他偶爾對我提起的內容想得更深。我認為是他那樣的感性，與乍看之下宛如一幅悠閒郊遊景色的〈絞刑架上的喜鵲〉背後隱藏的悲劇性及沉靜的強烈憤怒，產生了反應。」

「人活在世上，以及老死。」律師慢慢地複述，「或者是遭他人斷絕生命，被迫死亡，還有做出這種事的人類的愚昧。意思是柏木同學對於這些有所感觸，是嗎？」

「沒錯，就像你說的。而且思考人類的愚昧，也等於是思考孰是孰非，以及善惡的問題。」

「這是很抽象的深奧問題。」

「這就是柏木同學的個性，然而不僅如此……」

丹野老師咳了一下，像要壓抑有些激動起來的聲音。

「當時我還擔心更具體的事。嗯，如果我的日記沒有記錯，我和柏木同學談到這個話題的時間，是去年七月，剛要放暑假的時候。」

「老師擔心什麼呢？」

「喜鵲。」丹野老師加重語氣，「剛才我提過，喜鵲是騙子與告密者的象徵，同時在這幅畫中也代表了當時的權力，牠監視著人們，只要人們的言行稍有逾越，就會加以緝拿、迫害。」

律師默默點頭。

「我……在想柏木同學是不是覺得自己就像喜鵲？」

「具體上是指……？」

「他非常明白那幅畫中的寓意。畫冊附有解說，不過他對於中世紀的狩獵女巫以及異端審判有超乎一般的知識，應該是看書學到的。他擁有扎實的知識基礎，才會對那幅畫產生強烈共鳴。」

證人的聲音又變得激動沙啞。

「我想起來了。他當時是這麼說的：人不會改變，或者說人做的事都是一樣的。人會製造出一個體制，

註：彼得．保羅．魯本斯（Peter Paul Rubens，一五七七～一六四〇），巴洛克時期的法蘭德斯畫家及外交官。

在體制中迫害他人或是受到迫害。由於恐懼受到迫害，人會犧牲他人。事實上，生活在狩獵女巫及異端審判雷厲風行的時代的人們，因爲太害怕遭到告密，會搶先告密別人。或者，即使知道遭到告密的人是無辜的，但懼怕對掌握絕對權力的教會唱反調，下次被當成女巫或異端遭到告發的會是自己，只能沉默隱忍。」

呃，所以就是——只有證人大汗涔涔。

「我認爲他想要表達的是，那種狀況和現今的教育現場十分類似。」

「在學校這樣的體制中，學生難以提出異議？」

「是的，只能服從。因爲反抗體制，就會遭到懲罰。」

「教師與學生的關係，類似握有權力的教會與無力的每一個信徒？」

「信徒之間的關係也是。告密者與遭到告密的人的關係，近似於遭到霸凌的學生與明知有人遭到霸凌，但害怕遭受池魚之殃，選擇視而不見的周圍學生。」

一口氣說完，丹野老師喘了一口氣。

「當然，這是非常擴大的解釋。再怎麼說，把現行學校教育制度說成是中世紀教會未免太過頭了。實際上，學校並沒有那麼大的權力，教師的立場也相當薄弱。」

旁聽席傳出笑聲。丹野老師慌亂地以手帕擦汗。

「我非常明白老師的意思。」律師安撫道，「簡而言之，柏木同學想要表達現今的學生也是一樣，在學生與老師，以及學生與學生的關係中感到窒息，對吧？至少老師是如此解釋的。」

「是的，在監視的同時，也遭到監視。告密——這種情況，是害怕被老師盯上、在學生之間變成霸凌的目標，而不敢說出眞心話，也無法表現眞正的自我，只能泛泛往來，過著佯裝恭順的生活。」

不，不是生活，是**人生**——老師改口：

「他是想說，這就是自己現在的人生吧。」

「柏木同學表示過他想擺脫這樣的人生嗎？」

「他沒有對我說過，至少我沒有聽到他明確地這麼說。不過，十一月得知他不上學的時候，我解釋爲柏木同學做了這樣的選擇。」

「意思是，他以拒絕上學的方式，脫離了權力打造出來的監視體制？」

「同時也逃離了受到霸凌的恐懼。」

律師睜大雙眼，「老師認爲柏木同學遭到霸凌嗎？」

「我不知道他是否遭到直接的傷害，我不認爲他受到暴力攻擊，而是受到忽視。我認爲這一點他自己也是原因之一。他是個性格特殊的孩子，才會遭到班上排擠。這也算是一種霸凌吧？」

「他被排擠，孤伶伶的一個人？」

「沒錯。如果換個角度來看，這就像喜鵲。停駐在絞首架上的喜鵲，明白這東西的用處，然後注視著在底下愉快歡鬧的人們。」

「儘管知道接下來是誰，那愉快歡鬧的人群當中的誰，會被吊在這裡？」

「沒錯。」

法庭內的眾人專注地聆聽。陪審員之一的山埜香奈芽，緊緊盯著丹野證人不放。

「所以，我贊成把柏木同學不上學的事，跟前一天在自然科教具室發生的事連結在一起。不過，對於檢方想要證明的因果關係的假設，我抱持反對的意見。我認爲順序顚倒了。」

「順序顚倒了？」

「是的。我認爲柏木同學不是因爲與大出同學等人發生衝突，害怕遭到他們報復，所以不上學了，而是柏木同學先決定不要來上學了，放棄學校了。由於他已下定決心，不再有後顧之憂，臨去之際，他才會把一直想對大出同學他們說明白的話吐出來。他會有扔椅子等突兀的行爲，完全是出於那樣的心情吧。」

旁聽席上，扇子與手帕忙碌地揚著，異於它們引起的微風，山晉感覺到一陣陣漣漪擴及全場。

——我有時候……

也會覺得學校就像一所牢獄。待在道場時的自己是原本的自己，但在學校裡的山崎晉吾，彷彿總是戴著一張假面具。

——所以我能夠理解幽魂老師的話。

「老師聽到上午井口充同學的作證了嗎？」

「是的，我在旁聽席聽到了。」

「根據井口同學的證詞，柏木同學在自然科教具室的言行，與其說是在譴責、規勸被告等人，更像是帶著惡意加以嘲弄、挑釁。」

「依照井口同學的解釋，聽起來就像是那樣吧。就算柏木同學的言行眞的很挑釁，我也不認爲他是在開玩笑。他總是嚴肅的，甚至誠摯過了頭。」

「『你們做過最壞的事情是什麼』？」

銳利得令人心驚，律師唐突地對證人說：

「『如果你們殺過人』、『告訴我』那是什麼感覺。柏木同學對被告、井口同學及橋田同學三個人這麼說。老師認爲這不是胡鬧，而是誠摯的問題嗎？」

「柏木同學應該是認眞的。」

「井口同學說他當時在傻笑。」

「因爲他也很害怕吧。三對一，而且對方是不良少年，他是想要藉著發笑壯膽吧。」

「然而，他卻刻意提出這種問題？」

「他一直想要問問看吧。」

律師懷疑地瞇起眼睛，「爲什麼？」

——大家似乎沒有發現。

山晉不禁緊張起來。

——丹野老師在發抖。

「我認爲他想把被告等人在毫無自覺中犯下的『惡』，朝他們的臉上砸過去。」

證人的回答明確而冷靜。

「因爲他不打算來學校了，乾脆豁出去這麼做？」

「是的。」

藤野涼子擺出極爲吃不消的表情舉手，「庭上，律師從剛才開始，只是一直在詢問證人的意見。」

「我知道。」法官立刻回答，「異議駁回。」

法官的表情看起來比任何人都想要聆聽這些意見。

「謝謝。」

丹野老師仰望法官，變回與法官同年紀的少年般坦率地道謝。

「我的作證內容確實太情緒化了。不過，既然法官允許，請容我再說一下。」

然後，幽魂第一次環視陪審員。

「柏木同學會問大出同學他們那種問題，說起來就像被指責是女巫、異端的人，反問迫害者：『你們爲什麼要迫害我？』、『你們知道自己正在做邪惡的事嗎？』更進一步說，這也等於是在詢問，想要活得善良正直的人，活在這種毫無自覺的邪惡橫行的世界有意義嗎？能夠找到生命的意義嗎？」

井上法官凝視著陳述的證人。

「他一定是在這所學校、在現代社會與教育體制中，一直思考著這個問題吧。教師用管理教育這樣的尺度衡量、挑選；學生之間則依外貌、體能、是否善於交際，進行區別、排擠或攻擊。這裡確實有著『邪惡』，卻沒有人出面指出『邪惡』。沒有人站出來反問：『爲什麼要做這種事？』柏木同學就是對此感到厭倦了。」

當然，他過度認眞了——證人接著說：

「可是，十三、四歲就想得這麼深、宛如年輕哲學家的少年少女，雖然罕見，但確實是存在的。如同柏木同學的父親說的，他就是其中之一。所以我認爲，柏木同學是判斷在學校這個世界裡找不到活下去的意義、存在的意義，才不去上學。而與大出同學等人的衝突，就像是壓死駱駝的最後一根稻草。」

法庭陷入沉默。律師迅速地冷靜詢問：「老師擔心過柏木同學可能會自殺嗎？」

「是的，這也是我具體的憂慮之一。」

「如果柏木同學在這個世界找不到活下去的意義、存在的意義，可能會想乾脆一死了之？」

「是的。所以他不來上學，我反倒鬆了一口氣，慶幸這樣就解決了。我也期望他能在這所學校以外的地方找到活下去的意義，可是……」

他用手帕擦臉，接著說：

「聽到井口同學的證詞，我打從心底受到震撼。即使決定告別這所學校，柏木同學的內心似乎還是受到自殺的選項所吸引。」

「可是老師，柏木同學問被告等人的是『殺人是什麼感覺？』，不是問他們有沒有想過要死。當然，被告並非適合問這個問題的對象。」

安安分分地坐著，似乎早就打起盹的大出俊次突然吃驚地抬起頭。說他傻，但在這種地方又特別敏銳——山晉忍不住這麼想。

「連你這麼聰明的人也沒有發現啊。」

丹野老師不是以證人的身分回答神原律師的問題，而是用教師回答學生的語氣平靜地說：

「自殺就是殺害自己的行爲呀，不是嗎？」

在證人的注視下，律師沉默了一會，然後問：「老師對柏木同學的死有什麼看法？」

「他的父親在憾事發生後，以可說是身爲父母的原始直覺下了判斷，我的想法和他們一樣。是自殺吧——證人說：

「沒能設法阻止這場悲劇，我感到非常羞愧。雖然為時已晚。」

他的聲音哽住，中斷了一會。

「就算離開了學校，但要離開人世還太早了。我想告訴他，世上應該可以找到沒有絞首架的小丘的。」

「謝謝你。」

律師坐了下來。

藤野檢察官沒有立刻站起來，她雙手膜拜似地放在臉前思考著。

「檢方要反詰問嗎？」

法官催促，她才站了起來。

「丹野老師。」

「是的。」

「我在這裡是檢察官，所以我要詢問一個以學生來說非常冒昧的、關於老師個人的問題。」

「請說。」

「老師以前是什麼樣的國中生？」

意外的是，丹野老師對檢察官露出微笑。即使只看側面，也能清楚看出那是個溫柔的微笑。

「在我們的世代，還沒有會發展成刑事案件的殘忍霸凌事件，但我……是啊，若要分類，是遭到霸凌的那類學生。」他邊點頭邊回答：「不僅不醒目，我既平凡又遜，沒有半個朋友。甚至連討人厭的學生都不是，是個孤獨的男孩。」

「老師從那個時候就喜歡美術嗎？」

「是的。」

「畫圖是老師當時的心靈支柱與安慰？」

「是的。」

「我要請教更冒昧的問題。聽到老師剛才的證詞，再聽到現在的回答，我認爲老師似乎把柏木同學跟過去的自己重疊在一起了。」

「妳是說投影嗎？是的。」

「那麼，老師對柏木同學的言行做出的解釋，不就是自己的心境嗎？」

證人垂下頭，沒有回答。

「老師，難道你打算辭職？」

法庭內頓時騷動起來。

「虧妳看得出來。」

證人承認了，神情不怎麼驚訝。

「我們在過去的校園生活中知道的丹野老師，不是會在這種地方——怎麼說，赤裸裸？——侃侃而談地說出剛才那些證詞的老師。所以我猜想，老師可能下定了某些決心。」

「妳說的沒錯。」

「這也和老師推測的柏木同學的心情、行動重疊在一起，對吧？因爲放棄了這所學校，沒有後顧之憂，要把想說的話一吐爲快，然後一走了之。」

「或許吧。」

「那麼，那也是投影嘍？」

山晉忐忑不安。藤野同學，不要再說下去了。

「對於柏木同學的死，我相當自責。我應該要負起責任才對。我能做出這樣的決定，都是託這次校內法庭的福。」

「什麼意思？」

「光是昨天，就透過證詞得知許多我無從了解——不願了解的柏木同學的面貌。如果我更進一步關心他，或許他現在還活在人世上，正在享受暑假。」
檢察官什麼也沒說。她刻意停頓似地看看手上的檔案資料和筆記，然後抬頭說：
「剛才老師陳述自己的理解，認爲柏木同學對於人類的善惡與正義想得很深。」
迫害者，以及遭迫害者。
「這是否也只是老師個人的印象而已？請別嫌我囉嗦，但老師過去就是個耽溺於思索的青少年，是不是把這樣的少年形象投射在柏木同學身上呢？」
證人沉默著，法庭內愈來愈吵鬧了。
「應該也是二年級開剛始的時候……」
丹野老師緩緩開口，吵鬧聲安靜下來。
「柏木同學稍微談了一下他自己的事。因爲非常難得，我記得很清楚，不過——」
「請說。」
「他提到的都是片段，所以我不清楚詳情。那是關於他以前上的補習班的事。」
柏木從大宮轉學過來後，去過一、兩年的補習班。
「原本就容易孤立、不擅長與人來往的柏木同學，卻完全融入了那家補習班。看來是老師指導有方。」
「老師知道是哪家補習班嗎？」
「不，我不知道。柏木同學也沒有告訴我那位老師的名字，不過從他的口氣，聽得出他非常尊敬那位老師。」
「好的，然後呢？」
「補習班的老師上課很嚴格，對於不守規矩或無心念書的學生，常會斥責他們，拒絕他們補習。於是引起了一部分家長的反彈，捏造出某些極爲無聊、低俗的醜聞流言，弄到補習班非關門不可的地步。不過具體上是什麼樣的問題，我也不清楚。」

眾人似乎還沒有發現，但山晉注意到律師僵住了，他像是正在全力戒備。

──對了，神原同學跟柏木同學是在補習班認識的。

這件事為何會令他渾身僵硬？

「對於這件事，柏木同學非常憤慨。他難得怒氣沖沖地說，一群小人把一位了不起的老師搞垮了。正確的事情遭到詆毀，自私又愚蠢的混蛋卻能大行其道，他痛恨這樣的世界。」

「老師記得為什麼會聊到這些事嗎？」

「我問他是否上過繪畫才藝班。好像是問他小時候有沒有上過才藝班吧，應該是這樣聊到的。」

檢察官也沒有注意到律師僵硬的表情。結果律師像隻精明的老鼠般，迅速解除緊張，恢復平常的神色。

山晉的心中留下一根疑問的小刺。

「老師認為，與尊敬的老師分開、補習班關門，對柏木同學來說，是一個象徵良善破滅、邪惡當道的事件？」

檢察官用誇張的語氣說：

「柏木同學有過這種挫敗的具體經驗，這也成了他某種厭世觀的根源。老師是這麼認為嗎？」

「是的。我確實把自己投影在他身上，但我的意思是，這並不是沒有根據的。」

「謝謝，我問完了。」

原本以為檢察官會坐下，沒想到她卻站得更挺，叫住就要離開證人席的丹野老師。「丹野老師。」

幽魂疲憊不堪地幽幽回頭。

「請不要辭職。」

山晉看到律師旁邊的野田健一忍不住微笑了。

「或許學校裡還有其他學生像柏木同學一樣，可以透過和老師一起看畫冊，討論繪畫，在校園中找到棲身之地。這樣的學生需要老師。」

丹野老師消瘦蒼白的臉頰，慢慢展露笑容。

「我會好好考慮。」

「多有冒犯，失禮了。」

檢察官深深行禮，坐了下來。

站在法警的位置，可以看到許多有趣的事。法警幾乎能夠像法官那般環顧全場，卻不會受到眾人注意，所以人們會表現出相當赤裸的反應。

「檢方要提出城東第四中學二年級生增井望同學的陳述書，作爲檢方的書面證明。」

檢察官高高舉起釘住一邊的書面證明如此宣言，並坐在旁聽席後方的津崎老師和城東警察署的佐佐木禮子刑警瞬間都露出驚愕的表情，彷彿被甩了一記耳光。相對地，今天也和PTA的石川會長一起到場的茂木悅男記者則是滿面喜色，只差沒有舔嘴咂舌。

而大出俊次臉色發青。

律師站起來，「庭上，這份四中學生增井望同學的陳述書是與本案沒有直接關聯的其他案件，辯方認爲不適合作爲證據。」

檢察官堅持立場，「增井同學的事件，是發生在今年二月的強盜傷害事件。」

律師打斷：「城東警察署沒有以強盜傷害案件受理這件事。」

「那是因爲被告的家長，恐嚇被害者增井同學及他的父母，逼他們撤銷報案，強迫他們和解。」

「庭上，檢察官剛才的發言並非正確的事實，請從紀錄中刪除，並指示陪審團忘掉剛才的發言。」

「檢方可以證明這是正確的事實。」

「這跟本案沒有關係。」

「這件事可以證明被告的暴力性格，同時證明被告在增井事件發生當時，和井口同學、橋田同學十分親密——親密到可以共謀犯下這起強盜傷害案件，是補強井口證人證詞的必要陳述。」

「庭上，請警告檢察官，增井事件並非強盜傷害案件！」

面對驚訝的陪審團以及大半的旁聽者，法官的臉色難看到「苦瓜臉量表」幾乎破表。

「肅靜！」他喝道。「檢察官與律師過來這邊。」

然後他主動走下法官席，去到堆高的榻榻米後面。檢察官與律師氣勢洶洶地跟上去。律師走得太猛，桌上幾張便條紙飛了起來，野田助手急忙伸手按住。

法庭內一片吵鬧。「增井望是誰？」「增井事件是什麼？」「對了，好像出過什麼事？讓大出同學他們又被警方輔導的事件。」

山晉慢吞吞地移動位置，在辯方席後面墊起腳尖，悄悄偷看法官席後面。

「爲什麼？爲什麼藤野會知道？」

大出俊次在責備野田助手，山晉也偷瞄辯方席的狀況。

「電視上報導了啊。而且能用的材料，什麼事都要加以調查，拿來利用。審判就是這樣的。」

野田助手語帶安撫，被告幾乎要掐住他的脖子。

「藤野剛才說我爸恐嚇人家？她怎麼連這個都知道？」

「你爸眞的恐嚇人家？」

「笨蛋，小聲點啦！」

眞滑稽。山晉費了好大一番勁，才能維持一本正經的表情。

法官席後面，井上法官正在大發雷霆。藤野檢察官不服輸地扯著嗓子，神原律師用他那種（視情況讓人聽了非常火大的）沉靜語調，口若懸河地反駁。

「又不是野貓打架，不要鬼叫！」

法官罵道，率先走了出去。黑色長袍飛揚，他發出「嘿咻」一聲，爬上法官席。山晉心想，明天要記得擺上一個踏腳台。今後這種情況應該會愈來愈多，每次爬上爬下，都會讓法官的威嚴減損幾分。

「成功了！」

律師得意洋洋地回來，向助手和被告報喜。

「什麼成功了，搞屁啊。」

野田健一用安撫的手勢拍拍被告的手肘，「沒關係啦，我們的主張通過了。」

「沒錯。」律師輕快地說著，坐了下來。「一天犯規兩次，我可嚥不下去。」

回到原位的山晉看到藤野檢察官把剛才舉起來的陳述書砸在桌上，克制不住地短短罵了什麼。

「我的辛苦都白費了？」萩尾一美全身虛脫似地說。看來，那份陳述書是她準備的。

「肅靜！大家肅靜！」

法官敲打木槌，掃視法庭。

「檢方的增井陳述書並非被拒絕採用爲證據，而是暫時保留。採用的條件是，檢察官剛才的發言，尤其是『增井事件不被受理爲強盜傷害案件』之後的內容，能夠以其他陳述書或證人作證證明。因此，陪審團請忘掉檢察官剛才的發言。」

「庭上。」律師舉手，「辯方也要求對增井望同學進行證人詰問，辯方不同意僅採用陳述書作爲證據。」

「意思是，叫我們把本人帶過來？他就不同情望同學嗎？」

萩尾一美抗議，佐佐木吾郎摀住她的嘴巴。一美揚起眼角，拉開吾郎的手，口沫橫飛地對辯方大叫：

「你們沒血沒淚！」

「檢察官，請勸事務官安靜。」

藤野涼子站起來，恭敬到諷刺地行了個禮：「抱歉，庭上。對不起喔——」

她轉向辯方笑道，接著笑容貼在臉上罵了一句：「愛講歪理的臭男生！哎呀，庭上，剛才是我自言自語。」

法庭內的眾人都在笑，律師也笑了。沒有笑、沒有生氣、也沒有裝模作樣的，只有免於在法庭上被揭露相當不妙的醜事的被告而已。

「藤野怎麼會知道那件事？」他還在介意。

神原律師看氣氛平靜下來，站了起來。

「那麼庭上，辯方要傳喚證人。小玉由利小姐，請上證人席。」

山晉又目擊到寶貴的有趣場面了。茂木悅男看到在旁聽席角落站起來，走上證人席的苗條年輕女性，不禁睜大了眼睛。

眞正遭到突襲時，不管是不良少年還是老練的記者，似乎都會變成同一等級。山晉悄悄露出法警的微笑。

——是個小可愛。

這是山晉對證人的第一印象。是那種不管是國中生、中年男性，還是更年長的山晉爺爺那種年代，總之只要是男人這種生物看到，首先都會湧出這種感想的女孩類型。噢，好一個小可愛。如果是這陣子偶爾會故意說些下流詞彙逗弄山晉的哥哥，應該會這麼說吧：

——好讚的波霸。

「小玉由利小姐，對嗎？」

律師確認姓名，證人用與外貌十分相稱的甜美聲音回答：

「是的，我是今年七月底前在ＨＢＳ電視台任職的小玉由利。」

原來是這樣啊——部分旁聽者似乎聯想到了這名證人登場的理由。山晉完全懂了，同時也察覺到茂木悅男剛才爲何會露出那種苦澀（不是具有男性魅力的苦澀感）且驚訝的表情。

——是知道茂木先生弱點的證人。

「我發誓在本法庭上只說實話。」

證人有些緊張地宣誓，檢方的萩尾一美瞪著她。因爲她看穿那是對檢方不利的證人——才不可能是這個原因。

小玉由利這種類型的可愛女生，幾乎百分之百會引來同性厭惡。而論起厭惡這類女生，萩尾一美的態度就如同游擊隊般激進。

「請坐。」

神原律師讓證人坐下後，拿著幾張文件來到桌子前，腳步顯得十分輕盈。是因爲證人穿的連身裙非常短嗎？神原同學也有這樣的一面？有也無妨吧？

「小玉小姐之前是ＨＢＳ的員工嗎？」

「不是，我是派遣人員。」

「是人力派遣公司派到ＨＢＳ的人員，對吧？妳在那裡做些什麼工作？」

「該說是庶務還是雜務呢……我主要負責的是分類電視台每天收到的大量郵件，還有送件。」

「妳屬於什麼單位？」

「最初的三個月是企劃部，後來調到新聞企劃部。」

「妳在這兩個單位的工作內容都一樣嗎？」

「是的，幾乎一樣。」

「新聞企劃部，可以認爲是ＨＢＳ統籌製作、播放新聞節目的部門嗎？」

「沒錯，《前鋒新聞》也是其中之一。」

旁聽席上的茂木悅男不悅地瞪著證人的背影，臉臭得跟萩尾一美不分上下。

「那麼，最先發現那封寄給ＨＢＳ的告發信的人是妳嘍？」

證人搖頭，「不是我。那封告發信寄來的時候，我還在企劃部。那是茂木先生自己挖出來的。」

「是茂木記者親手檢查郵件，找到那封告發信的？」

「我是這麼聽說的。我來到新聞企劃部以後，茂木先生還是經常那樣做，很讓人困擾。他會擅自亂翻還沒整理的郵件。」

「誰教妳動作太慢！」

茂木悅男突然對證人喊道。山晉嚇了一跳，但法庭內的眾人更爲吃驚。每個人都愣了一下。法官反射性地拿起木槌。

「抱歉。」茂木悅男道歉，「我不該擅自發言。我會收斂。」

看來，連本人都被自己的突然發言嚇了一跳。他在流汗，想必不是非常討厭小玉由利，就是有什麼重大的把柄落在她的手中吧。

證人沒有回頭看旁聽席，堅定地面向前方。

「那麼，小玉小姐與《前鋒新聞》播放的、報導本校一連串事件的特別節目完全無關？」

「本來應該不會有關。」

律師微微側首，「這話的意思是……？」

「其實，我根本不能參與節目的製作和採訪。我沒有那種資格，也沒有受過訓練，更沒有經驗。可是，在柏木卓也同學過世的事件採訪中，我被茂木先生硬是拖去幫忙了一次。當時，茂木先生爲了把那起事件製作成特別節目，到處奔走，所以應該是三月初的時候。」

「妳做了什麼？」

「攝影。」

「扛著電視台的攝影器材，就妳一個人？」

「不，茂木先生把他自己有攝影功能的相機交給我。那時候他說還不能使用《前鋒新聞》的攝影小組。」

「因爲是準備階段的採訪嗎？」

「或者說，那是不能被電視台高層知道的突擊採訪。」

神原律師顯得更開心了。「妳去了哪裡，拍攝了什麼？」

小玉由利轉頭看向大出俊次。被告也很直接地對小可愛表現得興致勃勃，睜大眼睛看著她。

「茂木先生叫我坐上他的車，去了大出同學家。茂木先生交代我，趁著他去見大出同學的父親的時候，拍攝住家和工廠周圍，還有附近的情況。我連相機的攝影功能都不太會用，但還是照做了。」

「妳聽從吩咐進行攝影了嗎？」

「攝影並不順利。」

「爲什麼？」

「發生了意外。」

證人的語氣滲透出無法壓抑的憤怒。

「茂木先生單獨一人闖進大出家訪問，跟對方吵起來了。連在屋子外面，也聽得到有人在屋子裡怒吼、爭執、摔東西的聲音。」

「然後怎麼樣了？」

「茂木先生和大出同學的父親從屋子裡衝出來。他父親……是叫大出勝先生嗎？」

「是的。兩人在爭吵，是嗎？」

證人想了一下，「我剛才說吵起來，可是這樣說並不正確。是大出勝先生在生氣，把茂木先生從屋子裡趕出來。茂木先生跌倒，眼鏡都飛掉了。」

旁聽席開始吵鬧。

「茂木先生安撫大出勝先生，說什麼他並不是不分青紅皂白懷疑俊次同學，而是想要追查出眞相。」

「可是，大出勝先生怒氣沖天。」

「是的。他吼著『你們想要誣賴我兒子嗎』，臉脹得通紅，連我都看得出是眞心動怒了。然後他揍飛了爬起來還想說話的茂木先生。」

茂木悅男身不由己地成了旁聽席的注目焦點，一臉苦澀。

「他還吼出『不要以爲是電視台就了不起，我要告死你們！』之類的話。因爲事發突然，我嚇到傻住，記不太清楚了。」

「那個場面妳拍攝下來了嗎？」

「事後確認，勉強拍到了，可是拍得不是很好。我被茂木先生罵慘了，他說『虧我還讓人揍了』。」

「**虧我還讓人揍了**，是嗎？」

律師用一種挖苦的語氣慢慢複述。雖然一副「眞教人同情」的表情，但眼神老實地在爲法庭內眾人的反應和茂木悅男的苦瓜臉開心。

「異議。」藤野檢察官舉手，「這段插曲很有趣，可是律師想要透過這些內容證明什麼？我聽不出意圖何在。」

「請讓我再繼續一會。」律師仰望法官，笑容可掬地說：「很快就能理解辯方的意圖了。」

法官點點頭，「異議駁回。」

「小玉小姐，當時妳眞的知道那場採訪的目的是什麼嗎？」

「我不清楚。等我回到電視台，同事才告訴我。同事說，那是茂木先生擅長的校園題材，有個學生過世了，茂木先生認定那是霸凌引起的殺人命案，一個人在那裡鬧。」

「一個人在那裡鬧？」

「沒錯。周圍知道狀況的同事都這麼想，所以茂木先生才會找我幫忙。」

「沒有工作人員願意積極協助當時的茂木記者，是嗎？」

「是的，我不認爲有。」

「先回到前面的問題。茂木先生去大出家採訪，想要訪問大出勝先生，結果演變成爭執，遭到暴力攻擊。不過就妳來看，茂木記者對這件事是什麼看法？」

「就是……我挨罵了。」

「不，我不是說妳，而是茂木記者對大出勝先生的行爲感到氣憤，或是害怕嗎？」

「完全沒有。他甚至罵我沒拍好，所以他或許反倒爲了演變成騷動而開心。我猜他應該是想拍到暴力衝突的場面吧。」

「想要拍攝大出俊次同學的家長盛怒的場面？」

「那會變成不折不扣的證據畫面，不是嗎？大出同學生長在這樣一個充滿暴力的家庭，父親只要動怒，就不曉得會做出什麼事來。」

「這是因爲茂木先生當時已認定，大出俊次同學殺害柏木卓也同學嗎？」

「我認爲是的。」

「這是很拐彎抹角的做法，他怎麼不去其他地方尋找更確實的證據？」

「因爲根本沒有什麼確實的證據。茂木先生的根據就只有那封告發信，其餘的全是推測。」

「所以新聞企劃部其他的工作人員才會不敢苟同，是嗎？」

「完全對他不以爲然。」

旁聽席的眾人笑了，證人自己也輕笑起來。

「電視台的高層好像都不肯放行。我還親耳聽到《前鋒新聞》的總監說那個題材太危險、茂木失控了。」

「妳記得是在什麼樣的狀況下，聽到這番話嗎？」

「我去告狀了。」小玉由利垂下頭說：「茂木先生的態度太讓我生氣，所以我去告狀，說茂木先生叫我拿他自己的攝影機，把我帶去現場。總監都聽得目瞪口呆了。」

「然後，總監說茂木記者失控了？」

「是的。說他什麼東西都想拿來做特別節目，傷腦筋。」

「那是什麼時候的事？」

「我去大出家約一個星期以後的事。」

「那麼，那個時候，總監並不是很想在《前鋒新聞》中報導柏木卓也同學的死嘍？」

「是的，總監說沒有確實的根據，不能在節目裡把一個國中生報導成殺人嫌犯。」

「各位陪審員——」

律師忽然轉向陪審團說：

「請各位好好記住這番證詞。《前鋒新聞》中，以『柏木同學究竟發生了什麼事？』為題，在全國電視網上專題報導卓也同學的死亡，是四月十三日的事。但節目總監在三月第一個星期的時間點，卻是持否定觀點，並且如此發言。雖然不是在會議之類的公開場合上的發言，卻是小玉小姐在傾訴不當待遇時的回應，並非單純的閒聊。而且那是製作新聞節目的專業人士的發言。」

律師強勢地說著，這次掃視旁聽席。

「這就是我們想要證明的事。距離節目播送不到一個月以前的時間點，連《前鋒新聞》都不支持要播放的特輯內容，也不支持茂木記者的見解，反倒認為他暴走失控，無法苟同。請各位理解這個事實。」

小玉證人也在證人席上點頭。

「可是小玉小姐，」律師回望證人。「事實上，四月十三日特輯還是播放了。在播放的過程中，究竟出現什麼樣的大逆轉？妳知道嗎？」

「我不是很清楚詳情。」證人的聲音變小了。「可是從播放的節目內容來看，我覺得並沒有找到什麼確實的證據。恐怕是茂木先生堅持到底，結果贏了吧。」

「一名記者的執念——不，熱情贏得了勝利？」

「茂木先生過去是有實績的。」

「談到『校園問題』，的確就會想到茂木悅男呢。這些實績帶來了信用。」

證人不是看律師，而是看著藤野檢察官說：「呃……這是聽來的事，我可以說嗎？」

法官回答：「可以，請作證。」

小玉由利還在看藤野涼子。

「《前鋒新聞》是穩健派的新聞報導節目，也是HBS的招牌節目之一，但收視率並不是特別好，是一個靠廠商贊助播出的節目。」

所以——她支吾了一下，接著說：「茂木先生是簽約的自由記者，但我聽說他跟贊助廠商有很好的交情。」

「意思是，關心教育問題的廠商很買他的帳？」

「是的。」

各位怎麼想？律師用這樣的表情環顧陪審團。十足意味深長，並花上足夠的時間。

檢察官一臉若無其事。山晉試著回想《前鋒新聞》播出的廣告有哪些廠商，卻想不起來。

「播放後有什麼樣的迴響？應該也會反映在郵件上吧？」

「節目接到了許多投書。有些信件相信節目的主張，要求快點逮捕殺人犯，但也有不少投書及傳眞，抨擊不應該沒有確實的根據就這樣報導，造成這所學校的學生不安。」

小玉由利又看向被告。

「我想也有很多人認爲大出同學他們可憐。當然，節目裡並沒有提到他們的名字。」

被告變回了以不悅爲基調的面無表情，他好像對小可愛失去興趣了。

「節目播出後的工作人員會議上似乎吵得很厲害。我不想跟茂木先生再有瓜葛，於是躲起來免得又被他盯上，不清楚會議上談了些什麼，我也不是可以參加會議的身分。可是後來有個女生過世了，對吧？」

律師點點頭，「不過她是意外死亡，是車禍。」

「那個時候鬧翻天了。我親耳聽到茂木先生也參加的會議上，怒罵聲連連。一開始還沒有掌握到是這所學校的哪個學生在什麼情況下過世，所以每個人都嚇壞了。萬一死掉的學生是被節目當成命案嫌犯的三個人之一，節目絕對會被送去放送倫理審查會。」

「被告與他的同伴裡，後來真的有人發生不幸的意外。」律師說，「妳知道這件事嗎？」

「我聽到茂木先生在工作人員室提到，說他們鬧內鬨。茂木先生想要採訪，被工作人員制止了。」

「妳怎麼想？」

「我很同情他。」

「妳知道茂木記者後來是否也試圖採訪這件事嗎？」

「不知道。我剛才提到的總監說，下次要在《前鋒新聞》追蹤報導這件事的時候，可能得播出訂正才行。」

「訂正？」

「就是反省先前草率的報導內容。」

「這是相當深刻的反省。也就是說，即使是在節目播出以後，支持茂木記者的人還是不多，甚至比播出前更少了，是嗎？」

「是的。」

「連製作過許多報導特輯、了解茂木記者過去在『校園問題』實績的工作人員，對這次報導也持否定的態度。」

「對。然而，電視台方面沒有做出任何具體決定，正在拖拖拉拉的時候，茂木先生就打聽到這場審判的事。」

小玉由利第一次介意起旁聽席。她用背影對茂木悅男說「我知道你在那裡」，「可是我不會手下留情，我才不怕你」。

「《前鋒新聞》的製作單位應該是在靜觀其變。反正不管怎樣，都決定要在秋季的節目異動時進行更新了。」

「《前鋒新聞》要結束了嗎？」

「是的，所以我也要被派去別的公司了。我受夠電視台的工作了。」

「原來如此。謝謝妳。」律師行禮後坐下。

「檢方要反詰問嗎？」

藤野涼子雙手撐在桌上站起來。「小玉小姐，妳個人對茂木悅男記者有什麼看法？」

「有什麼看法？」

「我是在請教妳是欣賞茂木記者，還是討厭他。」

證人迷你連身裙底下的腳不安地動了一下。

「剛調到新聞企劃部的時候，我很尊敬他。因爲我看過茂木先生採訪報導的節目。」

「那麼現在呢？」

「——我認爲他不是一個可以尊敬的人。」

「妳是在HBS探聽到這場審判的消息？」

探聽到消息的說法有種微妙的挖苦。雖然微妙，但頗爲刺人。

「是的。」

「妳爲什麼會想要出來作證？」

「我希望能提供協助。上星期我打電話到職員室，說我想要說出知道的事，一個姓北尾的老師告訴我可以聯絡辯方。」

「也就是說，妳從一開始就是預設立場的志願軍嘍？」

檢察官不等證人回答，咧嘴一笑：

「我問完了。請離席。」

妳這種打工女生的證詞，我們才不會當眞——檢察官態度冷漠，就像在如此宣告。

「啊，庭上，不好意思，可以休息一下去上洗手間嗎？」

就連對法官的態度都變得簡慢了。

「休庭十分鐘。」

放鬆下來的旁聽席上，茂木悅男一個人板著臉擦拭著眼鏡。

——野田同學不見了。

休息結束後，辯方的座位只剩下被告與律師兩個人。

神原律師似乎不打算特別說明助手不在的事。法官瞥了一下空位，露出詢問的表情，但沒有刻意詢問。

「審理繼續。」

這次輪到檢方。除了藤野涼子，兩名事務官也站了起來。他們從一個大紙袋裡取出一大疊單側裝訂的文件，檢察官將其中一份送到法官席，萩尾一美也送了一份給律師。一美把文件交出去的時候，瞪了神原律師一眼。事到如今，她應該不是討厭神原同學那女孩般可愛的外貌，而且那表情與其說是生氣，更像是威嚇。

山晉感覺到一股「有意見就說啊」的波動。

「各位。」藤野檢察官環視法庭，露出微笑。「請看看時鐘，快要四點了。」

旁聽席的眾人吵鬧地看手表或體育館正面的圓形掛鐘，超過三點五十分了。

「審理進入第二天，我們漸漸熟悉流程了，不過這樣的問答意外地很花時間。各位陪審員一直處在緊張狀態，應該都累了吧。」

陪審團各自點頭，但法官和律師緊盯著剛拿到的文件。法官的表情凝重，律師專心地翻頁閱讀內容。他擋住想從旁邊偷看的被告，匆匆翻閱。

「剛才我們檢方交給法官和神原律師的，是某人的陳述書。分量頗多。」

從山晉那裡也可以看到，神原律師手中的A4尺寸文件上擠滿了電腦打出的文字。

「提出這份陳述的人，是我們檢方最重要的證人。」

檢察官細細叮囑似地對陪審團說：

「我說得更具體一點吧。這名證人就是目擊到柏木卓也同學被逼著跳下本校屋頂死亡，爲了告發，寫下三封信投寄出去的人。」

旁聽席一片寂靜。眞正驚訝的時候，人群不會立刻騷動起來。

「沒錯，就是事件目擊者、告發信的寄件人。」

藤野涼子走上前，在正對法官席與陪審團席的位置站定。

「這名證人將自身目擊到的狀況、採取的行動，詳細地告訴了我們。我們盡可能正確地寫成書面報告。」

神原律師——檢察官喚道：

「你能同意將這份陳述書作爲檢方的證據提出嗎？」

律師從文件上抬起頭來。

「不能。」

他一點都不慌張，但眼神發著光。

「請把製作出這份陳述書的人叫到法庭上擔任證人，由檢方進行主詰問。辯方想要進行反詰問。」

藤野涼子瞇起眼睛，「只有陳述書不行？」

「辯方有必要向證人確認這份陳述書中的相關事實。」

「我明白了。」檢察官輕輕舉起雙手，「果然如此。那麼，庭上意下如何？」

井上法官的眼睛在銀框眼鏡底下瞇得像一條線。當然不是開心得瞇眼。雖然不可能，但那看起來是在懷疑藤野涼子在開玩笑。

「既然辯方不同意，我不能將這份陳述書作爲證據交給陪審團。」

藤野檢察官點點頭，以腳跟爲重心轉過身體，面向旁聽席。

「雖然非常遺憾，不過這是沒辦法的事。那麼，檢方會依照辯方的要求，明天將證人傳喚至法庭。」

原本驚訝而沉默的旁聽席一口氣吵鬧起來。法官沒有立刻拿起木槌，想必知道是白費力氣吧。

喧鬧之中，大出俊次死纏爛打地逼迫律師讓他看陳述書。神原律師露出嚴肅到甚至有些嚇人的眼神，說了兩、三句話，把文件交給大出俊次。

山晉看到被告翻開第一頁，臉色就變了。

「各位，請安靜。」檢察官對旁聽席說，「請冷靜一下，拜託。」

吵鬧騷動的旁聽者之中，有著佐佐木刑警僵住的臉，津崎老師的狸子臉也繃住了。

檢察官再次仰望法官席，大聲而徐緩地說：「爲了讓各位陪審員正確理解這名最重要的證人的陳述，我們盡了最大的努力，證人也準備全力以赴。明天我一定會請證人出庭，但有一些請求。可以請庭上在這裡協商是否可行嗎？」

「請說。」法官應道。

「我們的要求有兩項。」

檢察官豎起一根手指。

「首先，我要求明天的審理不公開，也就是明天不開放旁聽。」

旁聽席又開始吵鬧，這次法官用力敲響木槌：「肅靜！」

山晉滴水不漏地留意整個法庭，直到譁然、人心動搖與幾許激憤平息下來。

「那麼，第二項要求呢？」

檢察官豎起第二根手指，「明天證人入庭、作證、離開證人席的這段期間，請被告退庭。爲了讓證人能夠放心作證，這是絕對必要的安排。」

「意思是被告在法庭上，會讓證人感受到威脅，是嗎？」

「是的。這名證人當然非常害怕被告。庭上應該也知道，被告容易激動，動不動就會叫罵，表現出恐嚇證人的態度。」

「我會嚴加叮囑被告，要他遵守法庭秩序。」律師說，「被告有權聆聽這名證人的證詞。」

「如果只是要確認證詞，有陳述書就足夠了吧？欸，別撕破嘍。」

被告似乎火氣上升，隨時要把陳述書揉成一團的樣子，檢察官立刻警告他。

「事實上就連現在，被告看起來也不像受到律師的控制。」

「因爲這根本就是在唬爛嘛！」

大出俊次大吼，律師從他手中一把搶過陳述書，那氣勢和險峻的表情讓被告瞬間愣住了。

檢察官冷靜地問法官：「檢方需要證實這兩項要求的必要性，供庭上裁定嗎？」

「是啊，不能就這樣對妳的要求照單全收。」

「那麼，我可以請一名證人——還是這種情況下，應該稱爲顧問？——我可以請顧問上證人席嗎？」

神原律師點點頭，所以法官說「可以」。藤野檢察官掃視旁聽席。

「尾崎老師，請上證人席。」

只要是這所學校的學生都認識的尾崎老師，從旁聽席站了起來，走向前方。沒有穿白袍的她，看起來判若兩人。山晉遺漏了坐在旁聽席的老師，他覺得眞是太大意了。

身材嬌小纖細的尾崎老師，穿著淡藍色的素雅麻料套裝。笑容滿面，與平常沒有不同。

「各位辛苦了。」她以一貫的笑容慰勞眾人，然後問法官：「首先要宣誓，對嗎？」

「啊，是，麻煩老師。」

——原來井上同學對尾崎老師強硬不起來呀。

「在宣誓之前，請自我介紹一下。」藤野涼子說著，露出笑容。「大家都認識老師，不過這是程序。」

「好的，我是這所學校的保健老師，尾崎靜子。」

——第一次聽到老師的全名。

「我發誓在法庭上只說實話。」

「謝謝老師。那麼……」

「藤野，等一下。」井上法官探出身體，「這是爲了讓法官做出裁定的質問，由我來問。老師，請坐。」

尾崎老師坐下後，個子顯得更小了，不過總覺得散發出一股溫暖的氣息。老師在證人席坐下後，旁聽席沒完沒了的竊竊私語聲也停止了。

「呃，首先該問些什麼呢……」

連井上康夫也顯得有些手足無措。

「檢察官準備傳喚的那名證人，現階段要匿名嗎？」

「陳述書上沒有寫名字，對吧？」

「是的。」

「那麼，請先不要說出證人的名字。」尾崎老師溫柔地回應，「稱呼證人爲A就行了吧。」

「好的，我就稱其爲證人A。老師熟悉證人A嗎？」

尾崎老師的回答很簡潔，沒有多餘的說明。「是的。」

「對於在這場校內法庭出庭作證，證人A沒有異議嗎？」

「沒有，A已下定決心。」

「但證人A不希望有旁聽者在場？」

「是的。A想避免在有許多不認識的人圍觀的狀況下作證。」

「因爲證人A會害羞嗎？」

「與其說是害羞，A擔心如果被不特定多數人知道自己就是目擊者、告發者，審判結束後的生活會受到影響。」

「唔……嗯，這也是當然的。」

在尾崎老師的面前，法官的威嚴全無。

「而且A在過去的經驗中，身心都受到重創，目前依然處在非常不穩定的狀態下。暴露在群眾之中，對A的往後生活也不會有助益。」

「是怎樣不穩定？可以請老師舉出具體的例子嗎？」

尾崎老師停頓了一下，「自從決定要協助這場審判以後，A晚上就一直睡不好，有時候會陷入過度換氣。」

「是回想起事件而痛苦嗎？」

她又停頓了一下，「讓A痛苦的，不光是有關事件的記憶而已，但那毫無疑問是令A痛苦的原因之一。」

尾崎老師字斟句酌，小心翼翼地回答。知道證人A是誰的山晉，對尾崎老師的周到感到敬畏無比。她做好萬全的準備，不讓眾人從這段對話推測出證人A是誰，同時也避免搶先證明證人A的陳述內容。

「證人A不願意在被告面前作證也是難怪，我理解那種心情。可是證人A害怕被告的心情，在審判結束後不會一直延續下去嗎？」

尾崎老師溫和但堅定地回答：

「我相信做出判決，事情告一段落後，A的心情一定會穩定下來。本人也是如此希望，才會下定決心出面作證。請各位體諒A的心情，做出正確的判斷。」
所有陪審員都目不轉睛地看著尾崎老師。
「我明白了。尾崎老師，謝謝妳，請回座。」
尾崎老師離去以後，井上法官拿起木槌，高聲敲了一下。
「本席裁定，同意檢方的兩項要求。因此，明天的審理不公開，各位旁聽者明天將不能進入法庭。請各位理解並且配合。」
旁聽席傳出不滿的聲音，但法官不予理會。尾崎老師一離開證人席，法官似乎就恢復了威嚴。
「藤野檢察官，明天首先將進行證人A的證人詰問。請做好準備。」
「好的。」
「神原律師。」
甩開沮喪嘔氣、看起來也不太理解狀況，而且埋怨不休的被告，律師站起來。「是。」
「明天請被告留在休息室，直到本席允許，不可外出。」
大出俊次不可能善罷甘休，「我不在就行了，是吧？那我不來了！」
「安靜！」
律師的喝罵聲響遍全場，被告茫然張口。
「抱歉，辯方聽從庭上的裁定。如果被告違抗，我會請他在自家等候。」
「很好，必要時可以請法警協助。」
明明山晉沒做什麼，被告的視線卻往山晉的臉上撞過來，然後沒骨氣地折斷，掉到地上。
「本日審理結束，休庭到明早九點。」
法官宣布，搶先輕巧地跳下法官席，走近辯方。
「需要用項圈和鐵鏈把他鏈起來嗎？」

場內一下子吵鬧起來，山晉聽不到律師與被告怎麼回答。不過感覺不需要趕去幫忙，因爲大出俊次完全萎靡了。

正當山晉與籃球社和將棋社的志工打掃會場、排好椅子時，北尾老師走過來，在山晉的耳邊匆匆低語：

「有人要跟你說話。他託我傳話，說會在側門旁邊等你。」

山晉急忙趕往側門，同時介意著一天即將結束，總算變得鬆緩的領口，以及身上的汗臭味。

門外是藤野涼子的父親，或者這種情況下該稱呼爲「藤野刑警」？那副表情與其說是家長，更像職業人士。

側門關著，而且鎖上了。「門旁」指的原來不是「門內」嗎？

「沒關係，不是什麼大事。」

藤野刑警招手要山晉過去，指尖夾著一張白色便條紙，從門縫遞出。

「請你交給神原同學，並轉告他。」

山晉確定手是乾淨的之後，接過那張摺起的便條紙。

「叫他今晚打這個號碼，跟這個人談談。對方會提供協助。」

山晉重複了一遍傳話內容。

「我本來去休息室，想直接交給本人，但他還在跟大出同學交談。大出同學的母親也在一起。」

刑警沒有錯過山晉的表情變化。他微笑著繼續說：「大出太太沒有來旁聽。應該是有哪個好心人請她來接可能會鬧脾氣離家出走的兒子吧。」

山晉心想，這對大出同學不會造成反效果嗎？結果又被讀出心思了。

「現在的大出同學很聽他母親的話。他覺得母親已有夠多事情要煩惱了，自己的事又害母親操多餘的心。」

山晉趁著還沒被讀心之前說出口：「大出同學有點不一樣了。」

他的母親也有些不同了——他沒有說到這麼多。

「是啊。就算有這麼一點好的變化也不爲過吧。」

交給你了——藤野刑警在門外說：

「像這樣隔著鐵格子門看，你擔任法警很不錯，不過也很適合當看守呢。」

然後，他用手指做出關上嘴巴的動作。

「你的嘴巴夠牢吧？」

山晉抿著嘴唇點點頭。刑警又露出笑容，輕輕揮手離開了。

山晉發現自己差點要敬禮，笑了一下。

4

八月十七日　校內法庭．第三天

一早起床，她額頭正中央顯眼的地方冒出了一顆紅色的痘子。

倉田麻里子有身爲胖妞的自知之明，也知道自己運動神經不好，凡事慢條斯理——說得直接一點，就是「遲鈍」。她也知道周圍的女生都覺得很不可思議，那麼完美的藤野涼子怎麼會跟麻里子當朋友？

同時，麻里子也有自己的皮膚非常細白美麗的自覺。對於正値成長期的青少女來說，這是無比的幸運。

然而，她引以爲傲的皮膚上長了痘子。

——一定是因爲昨天一直在想三宅同學的事吧。

麻里子跟洗手間的鏡子大眼瞪小眼，心裡這麼想著。

——原來我對這種事情這麼神經質呀。

神經質的不光是麻里子而已。校內法庭第三天，她正想今天也要好好完成陪審員的職務，鼓足了勁準備好要出門的時候，電話響了。是向坂行夫打來的。

「我好像鬧肚子了。我會晚一點過去，麻里，妳先去吧。」

兩人從審判第一天就一起到學校，在陪審團席也坐一起，這讓麻里子安心不少。如果沒有行夫陪伴，她可能不敢參加審判吧。

「你會遲到嗎？可是今天有很重要的證人，你知道嗎？」

「我知道，所以我才會太緊張……」

行夫一定也是想著三宅樹理的事，直到今早吧。一想到這裡，麻里子無法克制要問出口的衝動。

「欸，行夫。」

「麻里，妳肚子沒事嗎？」

麻里子把話筒按在耳邊，忍不住微笑。行夫這種體貼的地方眞的令人欣賞。

「我沒事，只是有點緊張。因爲不用說也知道證人A是誰嘛。就是傳聞中的那個人吧？她眞的會來嗎？」

「馬上就知道啦。」

不過這種地方需要改進，太不捧場了。

「陪審員沒有到齊，就不能開始審判吧？我跟你一起遲到好了。打電話給北尾老師，他會等我們的。」

「我打過電話了。我不會遲到太久，等肚子好一點就會過去，妳不能遲到啦。」

「可是人家不想一個人去嘛。」

一個人很不安呀。

「如果遲到，會給藤野同學添麻煩的。麻里……」

說到一半，行夫慌了。

「不妙，我要去廁所了。晚點見。」

電話匆匆掛斷了。

沒辦法，麻里子只好一個人前往學校。終於，只要再經過一個十字路口，轉彎後剩五十公尺就到校門口，走到這邊就不是一個人了。

人行道旁停了一輛引人注目、車體渾圓的黃色轎車。駕駛座車門打開，茂木悅男走了下來。

「倉田同學，早安。」

他穿著往昔英國有錢人穿的夏季西裝。麻里子在電影裡看過，是大英帝國紳士前往燠熱的印度或是其他殖民地時的裝扮。

車子很舊了，不過是進口車。這是什麼車款？如果行夫也在，一眼就可以認出來。

「早安。」

麻里子回話，速度不變地往前走。茂木悅男討好地笑著，從後面跟上來。

「今天的法庭預料將會高潮迭起，身為陪審團的一員，倉田同學現在是什麼心情？」

麻里子回答：「很普通。」

她就這樣普通地往前走。

「今天只有妳一個人嗎？昨天妳是跟向坂同學一起來的吧？」

這個記者一直在監視陪審員的行動嗎？所以才會在這裡埋伏？

「今天我們不能進去法庭，眞是遺憾。」

「是嗎？」

「PTA會長石川先生正在跟岡野校長交涉，說他的立場和一般旁聽者不一樣，就算法庭不公開，他也有權利參觀。」

「這樣啊。」

「如果石川先生可以旁聽，或許我也可以一起進去……」

「是嗎？」麻里子普通地繼續走。

「倉田同學，萬一我沒辦法進去，可以請妳協助一下我的採訪嗎？」

「不要。」

回答之後，麻里子才後悔地想，應該說「我拒絕」才對，這樣比較像大人。若是小涼的話，絕對會這樣回答。

「我當然知道陪審團有保密義務，可是許多人都非常關心這次的校內法庭，所以我必須正確報導才行。」

麻里子停步，轉過身。逼近她後方的茂木嚇了一跳，退了開去。

「茂木先生是爲了報導才旁聽的嗎？北尾老師明白說過，媒體人士不允許進法庭。」

茂木悅男討好的笑容有點扭曲，「我並不是以《前鋒新聞》的記者身分旁聽。」

「我知道，因爲茂木先生當了證人，可是你作證完了吧？」

記者好像不太高興，「……唔，我是作證完了沒錯。」

可是，我是石川會長的朋友——他接著說：「我們是朋友，所以一起旁聽。」

麻里子又轉回身體，繼續往前走。茂木緊跟上來。

「我呢，」記者帶著一種祕密的親暱，以不像記者的口氣小聲說：「想把這場審判寫成一本書。當然，由我一個人撰稿。」

正確地說，是寫成稿子，還不確定會不會出書。所以我不算媒體——茂木悅男說：

「我想在這份書稿中，詳細描寫被選爲陪審團的你們，所以我希望倉田同學務必協助採訪。妳也希望我好好描寫你們的事情吧？」

麻里子心想，這是在不著痕跡地威脅嗎？如果不合作，我就要把你們寫得很難聽喔？

倉田麻里子最痛恨這種事，這種手段太卑鄙了。

「你可以把我寫成胖子沒關係，反正這是眞的。」

「倉田同學……」

「茂木先生，我想問你一件事。」

「好啊，什麼事？」

自稱不是記者、不過會寫書的男人，興沖沖地走到麻里子旁邊看著她。

「那是茂木先生的車子吧？那叫什麼啊？是進口車，對吧？」

然後，麻里子把茂木連同他奉承的笑臉丟在路邊，穿過校門進去。山晉站在門旁。她道了聲「早」，忽然想了起來。

「對了，是福斯汽車！」

山晉愣了一下。

陪審團休息室裡，井上法官面對集合的八名陪審員，宣布今天的審理在三年A班教室舉行。

「那裡是北邊，很涼爽，而且是三樓，不必擔心被人從窗戶偷看。」

非公開的法庭不需要偌大的體育館。如果是小地方，冷氣也比較能發揮功能。

「我個人是希望一直在教室舉行啦。」將棋社的主將小山田嘆道：「體育館熱死了。」

高矮拍檔的另一個竹田陪審團長笑了，「你們對形同三溫暖的體育館沒有免疫力嘛。」

「體育館對胖子太折磨了，眞的。」

倉田——法官叫喚麻里子，「向坂很不舒服嗎？」

「應該沒什麼事，他在電話裡的聲音滿有精神的。」
「他感冒了嗎？」這麼擔心的山埜香奈芽眼睛腫腫的，臉頰也脹脹的。
「沒有，向坂同學一緊張就會鬧肚子。小香，妳昨晚也沒睡好嗎？」
香奈芽默默垂下視線。坐在一起的蒲田教子和溝口彌生，今早的眼神也似乎有些陰沉。
另一方面，從第一天開始情緒就有些不穩定的勝木惠子，今天看起來十分沉著。麻里子心想是大出同學不在的關係，這樣情緒就不會因他而波動了。
「對了，井上同學。」麻里子舉手，「我有事情要報告。」
麻里子說明剛才碰到茂木悅男的事。說著說著，行夫用掛在脖子上的毛巾擦著汗登場了。
「那倉田妳怎麼回答？」
「我說『我不要』。」
「只有這樣？」
「嗯。」
「眞的只有這樣？」
「我很快就進學校了。」
井上法官手指按在眼鏡框上，沉思了一會，然後掃視眾人問：
「有沒有其他人碰到類似的事？」
眾人對望，搖了搖頭。只有勝木惠子高高地吊起眼角說：
「誰敢答應，老娘絕不放過他！」
「輪不到妳激動，那是我的職責。」
井上康夫勸阻之後，不知爲何對著麻里子微笑說：
「倉田，妳被那傢伙看扁了。」

「我被瞧不起了？」

「嗯，他一定是覺得妳比較容易駕馭吧。真是沒眼光。」

架玉？什麼意思？麻里子看向行夫。後者臉上大量的汗水似乎不光是暑熱造成的。她忍不住問：「你吃了止瀉藥嗎？」

向坂家總是隨時備有止瀉藥。

「嗯。麻里，對不起。如果我跟妳一起來，就可以幫妳趕跑他了。」

喲喲——高矮拍檔鼓譟起來，「城東三中有名的鶼鰈情深！」

「間諜？哪裡有間諜？」

除了勝木惠子以外，每個人都笑了。就連為了得到志願高中的推薦入學名額而加入陪審團、總是冷眼旁觀的原田仁志都笑了，所以麻里子也跟著被逗笑了。

「倉田啊，」井上康夫說，「雖然妳看起來像個傻妞，其實意外地沒那麼傻，對吧？」

行夫只是笑。好壞喔——麻里子也只是嘴巴抗議一下，因為並她不覺得被瞧不起了。

「大智若愚，簡稱大愚。」

「麻里是對的。」

就連這麼說的井上同學今早也有些不一樣，情緒高昂。

香奈芽浮腫的眼睛變得柔和，「我覺得麻里非常了不起。井上同學，如果我們遇到一樣的事，一定也要做出一樣的回答。」

「『不要！』對吧？」教子與彌生同聲說，又笑了。

「很好，這下子暖身結束了吧？」高個子陪審團長環顧所有同伴說：「今天會很辛苦，不過大家要打起精神來！」

「十分鐘後開庭。」井上法官站了起來。

三年A班的教室擺著足夠人數的課桌椅，以接近體育館法庭的形式排放。最大的不同是陪審團也一人一張桌子，還有法官席不是高高在上，以及沒有旁聽席。

檢方三名都到了，但辯方不只少了大出俊次，連助手野田健一都不見人影。

「今天被告要求自主在家中等候。如果需要被告出庭，可以隨時聯絡他過來。」

神原律師向法官報告。他只說了這些，所以法官問：

「野田請假嗎？」

「辯方有些事情要處理，他會參加下午的審理。」

麻里子覺得這種說明並沒有特別奇怪之處，藤野涼子卻有了一點反應。

時間已是上午九點十五分。成爲小法庭的教室中央，只放了一把孤伶伶的椅子——這是證人席，上面沒有人。

「好像遲到了，抱歉。」藤野檢察官坐著道歉。「尾崎老師幫忙去接證人。證人的父母說要一起來。」

「證人的身體狀況怎麼樣？」法官問，「妳親自確認過了嗎？」

「我親自確認過了。不用擔心，證人一定會出庭。」

陪審團已拿到「證人A」的陳述書。每個人似乎都介意著桌上的陳述書，同時努力不在意那空著的證人席。

「正好，我有事情想趁現在問問。」

井上法官隱去倉田同學的名字，把她今早碰到的事情告訴檢察官與律師。

「藤野和神原碰過類似的情況嗎？」

「我沒有。」律師先回答，「野田同學和大出同學也沒有，而且我想記者應該不需要特別接觸檢方吧？」

因爲茂木記者在第一天是以檢方證人的身分大發議論。神原同學這種說法叫什麼?麻里子心想。

——指桑罵槐?

「我們的確傳喚茂木先生擔任證人,但並不是跟他一夥的。你這叫指桑罵槐。」

雖然麻里子猜對了,但突然就這樣冷嘲熱諷,不像小涼的作風。

——她果然很緊張。

或許——眞的是或許——她在害怕三宅樹理事到臨頭,才拒絕出庭作證。

因爲這是非常有可能的事。三宅同學任性自私、陰晴不定、尖酸刻薄,無法信任,還莫名其妙將小涼當成勁敵討厭她。

「法庭不公開,有沒有造成什麼問題?」

律師問法官。他似乎不在意檢察官剛才的反擊。

「聽說北尾老師接到一些抗議。昨天休庭後應該好一陣子都忙於應付吧。」

「然而實際開庭一看,卻是風平浪靜。」

神原同學說的沒錯。三樓走廊還有其他教室都沒有人影。走廊上有山晉及今天也來幫忙的籃球社和將棋社志工在待命。

「學生家長也不想吵吵鬧鬧,要求旁聽審理吧?太難看了,感覺像湊熱鬧的。事實上,北尾老師就是用這種理由把他們趕走了。」

「茂木先生也放棄得滿乾脆的……」

「噯,反正不管誰闖進來,山晉都會替我們趕走,不必擔心啦。」

可能是沒有旁聽者,輕鬆許多,竹田陪審團長第一次在法庭上跟同伴說話。女生們點點頭,麻里子也看向竹田同學。

過去麻里子並不熟悉這名籃球社的高個子主將。可是身爲陪審團一員,一起參加審理後,她似乎發掘到，只是同個教室的同學不會知道的事情了。

竹田同學有「人望」。人望這個詞，就是用來形容這種人的。他不是井上同學那種成績優秀的學生，也不像部分體育表現傑出的男生那樣，是顯而易見的風雲人物。可是竹田同學具備其他眾多男生沒有的特質，那或許是連一部分的老師都沒有的特質。

「萬一眞有什麼狀況，我是打籃球的，闖入者就交給我來擊退吧。」

結果小山田修挺起胸膛說：「我們也有祕傳的將棋飛鏢。」

「那是什麼？」

教子、彌生，還有另一個檢察事務官萩尾一美異口同聲地問。受到三名女生注目，小山田社長害羞了。

「哦——就是把舊的將棋棋子，像這樣彈射出去，然後射中對方要害，一擊斃命。」

「聽你在鬼扯。」

連勝木惠子都笑了。行夫總算停止流汗，露出鬆了一口氣的表情。

「其實有人透過北尾老師，正式申請旁聽。」

笑聲平息之後，法官開口。

「誰？」陪審團長問。

「津崎老師和城東警察署少年課的佐佐木刑警。」

眾人面面相覷。

「我以法官的職權，獨斷回絕了。因爲我認爲今天這場聽證，應該由我們三年級生自己來就好。」

隔了一拍呼吸，神原律師說：「我認爲這樣的裁決很正確。」

「我也這麼認爲。」

謝謝法官——藤野檢察官說。

敲門聲響起，教室前門打開，尾崎老師探頭進來。

「大家早。」

她向藤野涼子點了點頭，涼子也跟著點頭。麻里子看見她緊張的側臉只有一瞬間放鬆，然後眼睛和嘴巴又繃住了。

證人A到了。

「那麼——」法官用木槌敲了一下桌子。由於教室比體育館小得多，聲音聽起來特別響亮。

「校內法庭第三天的審理開始。」

——三宅同學瘦了。

這是麻里子的第一印象。

——整個人小了一圈。

三宅樹理個子本來就矮。她從骨架就和麻里子不一樣，是體型纖細的女生，而這樣的身體縮得又更小了。

——可是皮膚變漂亮了。

原本那麼嚴重的青春痘與粗糙的皮膚變好了，漂亮得判若兩人，但也因此更加突顯出臉色的蒼白。在皮膚曬得黝黑的法庭相關人士之中，彷彿只有樹理一個人活在與別人不同的季節裡。

這也是當然的，三宅同學的時間一直靜止著，麻里子心想。

三宅樹理穿著制服。襯衫衣襟底下的鎖骨突出，裙腰一定也變得相當鬆垮。

三宅同學站到證人席上。那個地方正對法官，坐在法官左右椅子上的陪審員們視線也集中在那裡。保健老師尾崎把椅子放到小法庭後方的黑板前坐下。只要樹理從證人席回頭，就可以立刻看到她。

「檢方傳喚證人三宅樹理同學。」

雖然只有一點點，但藤野檢察官的聲音在發抖。大家或許都沒有發現，但我聽得出來，我第一次聽到小涼發出這種聲音——麻里子暗想。

「妳是本校三年級的三宅樹理同學，對嗎？」井上法官問。

「是的，我是三宅樹理。」

麻里子那一排的山埜香奈芽微微倒抽一口氣，睜大了眼睛。

——她可以出聲了。

自從淺井松子過世以後，樹理就沒有來學校了。傳聞說她受到的打擊太大，發不出聲音。雖然不是校方正式公布的資訊，不過每個三年級生——至少大部分的女生都知道。

——原來她好了。

這也是當然的。如果沒有好，就不可能當證人了。

不，不對，麻里子很快轉念。不是她自己好的，是小涼治好她的。小涼爲了這場審判，取回了三宅同學的聲音。

「我是法官井上康夫。首先，請妳宣誓。」

雖然已證明過井上法官不會因爲證人是女生就緊張，但他今天顯得格外溫柔。這叫什麼？特別待遇？

「請跟著我念。本人三宅樹理。」

「本人三宅樹理。」

「發誓在法庭上只說實話。」

「發誓在法庭上只說實話。」

三宅樹理一口氣說完，視線垂落。山埜香奈芽注視著樹理的動作。琴藝高超的香奈芽手掌很大，手指很長，那雙手正緊緊地握著。

她在想自己的同學，也是音樂社伙伴的淺井松子。樹理會如何以證人身分描述松子？種種錯綜複雜的傳聞是眞的嗎？或者，只是空穴來風？松子的死，眞的只是一場不幸的意外嗎？

沒錯，死亡並不只有一樁，死者不只有柏木卓也一個人。先前一直被掩蓋的淺井松子的死，總算要在這個法庭上揭露——

「請坐。」

聽到法官的話，樹理搖搖頭：「我站著就可以了。」

「這場詰問很花時間，坐著比較好。」

「不必那樣戰戰兢兢，我沒事。」

這樣啊，「戰戰兢兢」。

井上法官笑也不笑地說：「我並不是特別只請妳一個人坐。先前的證人也都是坐著作證，比較能夠從容發言。」

樹理僵硬地動著，在椅子上坐下。

「各位陪審員。」法官望向坐在左右的陪審團成員，「尾崎老師就在後面，是爲了隨時支援健康狀態不太穩定的證人。」

尾崎老師點點頭，陪審團向她回禮。

「三宅同學，妳覺得還好嗎？」

樹理坐著，垂著頭，小聲回答：「還好。」

「如果不舒服請說，不需要客氣。」法官俐落地說，轉向藤野檢察官：「那麼，請開始主詰問。」

藤野涼子雙手撐在桌子上，靜靜站起來。

「三宅樹理同學。」

她出聲，等待樹理抬頭望向她。與樹理對望以後，她露出柔和的微笑。

「謝謝妳協助這場審判。檢方對三宅同學的勇氣非常感動。」

樹理默默地點了一下頭。

「接下來我詰問的時候，會盡量避免對妳造成負擔，不過有些問題可能會讓妳感到難過。需要休息的話，請隨時提出。」

「好。」樹理又點了一下頭，說：「我沒事。只是——」

「只是？」

「請不要一直看我。」

陪審團有了反應。男生都坐立不安起來，像是在說「我沒有一直看呀」，女生的眼神則變得苛刻。

「陪審團是為了仔細聆聽妳的證詞而全神貫注，對吧？」

檢察官笑吟吟地向陪審團笑道，麻里子回以大大的笑容。啊，跟小涼對望了。太好了。

「我不是怪胎秀裡的怪胎。」

樹理頑固地說。怎麼，她這種地方一點都沒有變嘛。就算青春痘治好了，性格還是一樣彆扭——麻里子忍不住想。

「沒有人把妳當成怪胎。審判開始之後，今天是第三天。我們每個人都非常嚴肅地看待這場審判。各位陪審員對於每個證人的證詞都認真聆聽，今天也會一樣細心聆聽。妳可以放心回答問題。」

法官默默看著證人，結果竹田陪審團長舉手了：

「呃，我是陪審團長……我不曉得這種時候可不可以發言……」

「沒關係，什麼事？」

法官態度輕鬆。井上同學似乎也對竹田同學另眼相待呢，麻里子心想。

「如果我們在這裡坐成一排看著，三宅同學會緊張，要不要用屏風之類的遮起來？如果看不到臉比較好開口，我們無所謂。」

竹田同學人真好——麻里子感到敬佩。

「怎麼樣？」

法官問檢察官和律師，律師比涼子先站起來。
「三宅同學，我是大出同學的辯護律師，神原和彥。」
他行了一禮。樹理低著頭，只抬眼看他。
「對竹田陪審團長很抱歉，但站在保護被告權利的立場，我無法接受剛才的提議。妳是重要的證人，我想要看著妳的臉進行詰問。當然，我會充分顧慮到妳的身體狀況，可以就這樣開始主詰問嗎？」
法官那一排，教子和彌生點著頭。麻里子也有同感。竹田同學是很好心，可是神原同學說的有道理。
「我們接受妳的要求，讓今天的法庭不公開，也讓被告退庭了。因爲我們認爲這些要求頗爲合理，所以答應了。但如果妳不願讓法官和陪審團看到妳回答問題的樣子，情況就不同了。對妳來說，這絕對不能說是有利。」
「爲什麼？」樹理立刻反問，像一條小蛇倏地把頭抬高。
「這會造成妳想對法官與陪審團有所隱瞞的印象，至少我有這種感覺。」
嗯——原田仁志應道。他似乎是不小心點頭附和，所以急忙用手摀住了嘴巴，好好笑。
整體來說，比起陪審團的女生，男生對三宅樹理的預備知識——或是成見比較少。像是成天只想著將棋的小山田同學，恐怕連與樹理和告發信有關的傳聞都沒有聽說過。裝模作樣的原田同學應該也半斤八兩吧。他們會在這時候關注樹理，純粹是因爲她是陪審團應該關注的證人，沒有更多的意義了。
——然而，三宅同學依舊自我意識過剩呢。
麻里子覺得很沒意思。而男生當中，應該透過麻里子對樹理多少有點認識的行夫，卻不像她一樣覺得沒意思，讓她有點惱怒。
「我沒有什麼好隱瞞的。」
那樣說太過分了——樹理低喃，表情扭曲，泫然欲泣。這讓麻里子覺得更不是滋味了。三宅同學，妳差不多一點吧？

「呃，」竹田陪審團長搔著頭，「我說三宅同學，我們對妳不太了解啦。三宅同學也不認識我跟他，對吧？」

竹田同學說的「他」，是指旁邊的小山田修。對啊、對啊——小山田同學附和：

「之前我連同年級裡有妳這號人物都不曉得。該怎麼說？我們對妳並沒有偏見還是誤會什麼的。所以妳不要想太多，放心作證吧。我們會盡量小心，避免一直盯著妳。」

樹理縮起肩膀，彷彿受了委屈似地垂下頭。勝木惠子的眼睛凶狠地瞇了起來。檢察官助手萩尾一美的眼神比她更恐怖。

「那……請答應我一件事。」樹理用細微的聲音向法官說。

「什麼事？」

「我在作證的時候，請大家不可以笑。我不想被笑。」

「三宅同學。」法官的銀框眼鏡閃著光，身子往前探。「在這個法庭裡，除非是證人刻意要逗大家笑，否則不會有人嘲笑證人。因爲大家都明白這個法庭所審理的案子，絕對不是什麼好笑的事。」

樹理沒有說「好」，也沒有說「我知道了」。她頑固地盯著地板。

「三宅同學。」尾崎老師在後面開口：「妳都鼓起勇氣到這裡來了，堅強一點，好好作證。老師會陪著妳，放心吧。」

樹理沒有回頭。尾崎老師擔心地站起來。

「——總是這樣。」

小小聲的囁嚅，是樹理的聲音。

「只有尾崎老師會護著我。所以我總是躲到保健室去，被大家瞧不起，被大家笑。」

法官和藤野檢察官都沉默著，每個人都沉默著。

「你們不可能不知道**我**。」

證人用力抬頭，對竹田陪審團長說：

「就算沒聽過我的名字，也知道我這張臉吧？我就是那個有名的爛痘妖怪，你們才不可能不知道！什麼嘛，只會說些漂亮話！」

幾乎是吼叫了，樹理的情緒愈來愈激昂。高個子的竹田陪審團長呆住了。麻里子就像自己出糗似地覺得丟臉極了，好想找個洞鑽進去。

才不是呢，三宅同學，把青春完全奉獻給籃球的竹田同學眞的不曉得妳這個人啦，他也不認識我。一起當陪審團以前，他都不知道我這個人。

我們才沒有自以爲的那麼有名，世界在與我們無關的地方運轉著。

證人表情扭曲，哭叫：「不管是多重要的事，只要從我的嘴巴說出去，根本不會有人聽，所以我才寫了告發信。我只能那樣做。我沒有做錯，要是沒有寫告發信，根本不會有人信！」

「就是爲了矯正這個錯誤，我們才會舉行這場審判。」

藤野涼子端正地起立，如此回答。態度凜然，但聲音平穩。

樹理的臉上一片淚濕。她哭著，甚至不去擦拭。

「我想請教證人去年十二月二十四日，聖誕夜當天發生的事。」

藤野檢察官望向手中的檔案，不理會仍在哭泣的樹理，開口詢問：

「三宅同學，那天晚上妳外出了嗎？」

樹理雙手摀住嘴巴，像要把嗚咽壓回去，點了點頭。

「妳外出了？」

「——嗯。」

「幾點的時候？」

「應該是十一點左右出門的。」

尾崎老師悄悄上前，把手帕遞給樹理，她接過來擦眼淚。
「妳一個人嗎？」
「跟淺井同學一起。我們一起外出。」
「妳們去了哪裡？」
「沒有特別的目的地，只是想要一起散步。」
「當天從傍晚開始就飄著雪花，妳和淺井同學卻想在下雪的街上散步嗎？」
「對。」
「這是誰的點子？」
「是松子——淺井同學提議的。」
「因為下雪，在雪中散步好像挺有趣，是嗎？」
「松子喜歡這種事。她很浪漫。」
「妳們是先打電話約好嗎？還是，淺井同學突然拜訪妳家？」
「我們在講電話的時候聊到的，是松子打電話來的。她跟我說聖誕快樂。」
「電話是幾點打來的？」
「應該是六點左右。」
「可是，妳們是十一點才出去散步。」
「松子說晚上散步比較好玩。」
開始變得像一般的證人詰問了。三宅樹理，最重要的證人，同時也是最棘手的證人，總算進入校內法庭的圈子中。
「兩個國中二年級的女生在深夜外出，就算只是散步，我覺得父母應該也不會允許。」
「所以我們才偷偷出門。」

「約好時間和地點碰面？」
「十一點在我家附近的便利商店會合。」
藤野檢察官對證人微笑，「妳和淺井同學是好朋友，對吧？」
樹理沒有回話，點了點頭。
「外頭在下雪，逐漸將夜晚妝點成一個純白色的聖誕夜，在這樣的夜裡偷偷出門，到街上散步。這是非常親密的好朋友才會想到的點子。妳和淺井同學情同姊妹。」
「——對。」
麻里子看到山埜香奈芽的手在膝上握得更緊了。妳們情同姊妹。對。香奈芽的手在說「不對」。
「十一點會合以後，因爲手很冰，我們在那家超商買了熱飲。」
「妳記得買了什麼嗎？」
「應該是罐裝咖啡。」
「妳們在超商待了多久？」
「大概十分鐘。」
「然後妳們去了哪裡？」
「沒有特別的目的地，眞的只是走走而已。」
「妳們就在附近走走？」
「對。街上人滿多的。」
「妳們曾在途中遇到認識的人嗎？」
「怎麼可能？那種時間外面才沒有國中生。」
檢察官又愉快地微笑說：「可是，妳跟淺井同學在外面。」

「我提心吊膽的。要是被爸媽發現會挨罵，萬一被警察發現就不得了了。」

「淺井同學也一樣吧？」

「松子不怕。她媽媽對她很好。」

與其說是順暢的對話，麻里子感覺更像是有些加速過頭。藤野檢察官十分冷靜，但證人很急，說得很快，彷彿趕著要把話全部說完。

「妳們散步了多久？」

「我說十二點就回家吧。因爲松子想要體驗在下雪的夜空下跨日的感覺，所以我說『那我們十二點就回家吧』。我想要快點回家，可是松子說出口就一定要做到，沒辦法。」

樹理舔濕嘴唇，說得更是急了。

「結果松子又說想去學校看看。」

她抬起視線，望向法官和陪審團。

「她說想看學校的時鐘。校舍頂端不是有個鐘嗎？她說要去看時鐘指到十二點，然後再回家。」

「眞浪漫。」檢察官說，「所以妳們兩個一起去了學校，對嗎？」

「是的。冷得要命。」

「一直下著雪嗎？」

「下下停停的。就算下雪，也只是飄一點小雪而已，視野很清楚。然後——」

急欲傾吐的說話方式，忙碌轉動的眼睛。

「然後我們看到了。看到大出同學從側門跑進學校。不只大出同學一個人，是好幾個人。我看不清楚，但松子立刻說是那三個人，還說柏木同學也在一起，樣子不太對勁。」

「等、等一下。」檢察官伸出一手制止證人，插嘴說：

「關於這個場面，我先念一下妳的陳述書內容。如果妳實際目擊到的場面跟陳述書的內容不同，請告訴我。」

樹理的眼睛轉動著，點了點頭。

檢察官打開陳述書開始念：

「淺井同學跟我決定去學校看校舍的時鐘。當時我們在有公車站牌的路上，離側門比較近，所以我們往側門走去。途中沒有碰到人。路燈跟周圍人家的燈火把道路照得很亮，周圍看得相當清楚。

靠近側門的時候，我們看到人影。我和淺井同學都停下了腳步，淺井同學發現那是大出同學。她說『是那三個人』，我看不清楚，想要靠過去看，但淺井同學阻止我。她說他們三個人惡名昭彰，或許正打算做什麼壞事。他們可能想溜進學校惡作劇，隨便靠近不太好。

我說『那我們回家吧』。我想快點回家，而且我不想在這種時間碰到大出同學他們。可是，淺井同學不肯離開。我們躲在電線桿後面，看著大出同學他們進入校內。

人影有四道。一開始我以為是三個人，但仔細一看有四個人。淺井同學說『是那三個人』、『大出同學、井口同學跟橋田同學』，不曉得另一個是誰？她想要靠近看個仔細，我阻止她，可是她不肯聽。然後她說那是柏木同學，柏木同學在那裡。淺井同學說，柏木同學居然會跟大出同學他們在一起，太奇怪了，柏木同學一直沒有來上學，所以更令人納悶了，跟上去看個究竟吧。

我們在說話的時候，那四個人進去學校了。淺井同學跑到側門去。我沒辦法，只好跟上去。側門的門被取下，門開著。校舍的通行門雖然關著，但也沒有鎖。淺井同學從那裡偷看學校裡面，說他們四個人走樓梯上去了。她想要跟上去，我眞的很怕，於是阻止她，但她不肯聽，硬是要去，所以我們一起爬上樓梯。

上了樓梯以後，樓上傳來男生的聲音，還看到手電筒的燈光閃爍，傳來腳步聲。淺井同學和我與他們隔著一段距離，跟上樓去。來到四樓的時候，一下子變冷了。雪花飛了進來。我們看到通往屋頂的門開著，知道先上樓的四個人上了屋頂。」

藤野涼子暫時停止念稿，望向證人。「目前為止的陳述都沒有問題嗎？」

「沒有。」

三宅樹理回答時，麻里子旁邊有人小小聲地呢喃：「騙人。」

是山埜香奈芽。她擰絞著雙手，咬著下唇緊盯證人。

幸好法官沒聽見，藤野檢察官和證人好像也沒聽見。

可是，那道呢喃聲深深地刺入麻里子的耳朵和心。騙人。

檢察官繼續念：「淺井同學說，必須確認一下屋頂的狀況才行。她一定要確認，不然不放心。我很怕，拚命阻止她，可是淺井同學完全不理我。」

山埜香奈芽緩緩搖頭。騙人、騙人、騙人，麻里子感到背脊發涼。

藤野檢察官繼續念著：「淺井同學和我從打開的門上了屋頂，我們緊緊牽著手。」

三宅樹理用力點頭，「是淺井同學先上去屋頂的。她拉著我的手——我怕得不得了，可是淺井同學一定也很怕，她怎麼樣都不肯放開我的手，彷彿不願意離開我。」

她把自己的左右手牽在一起，就像當時兩個人的手，展示給陪審團看。

藤野涼子暫時放下陳述書，轉向證人。「妳在屋頂上看到了什麼？」

三宅樹理沒有回答，她甚至沒有看檢察官。她依然維持交握雙手的動作，直盯著陪審團席。

正確地說，是盯著山埜香奈芽。

倉田麻里子對香奈芽低語：「小香。」

她抓起香奈芽的手，那隻手握得緊緊的。麻里子把手覆蓋上去，像要包裹住那隻拳頭。

山埜香奈芽注視著樹理，用那雙大眼睛注視著樹理。如果現在繞到她的前方，與她面對面，一定可以看到在她眼底熊熊燃燒的感情。

——騙人。

「三宅同學。」檢察官說，「請看這裡回答問題。」

香奈芽倏地垂下目光。樹理交握的雙手放開，落到膝上。幾乎與此同時，香奈芽垂著頭，用力回握麻里子的手。

「——剛才我們看到的四個人在屋頂上。」

樹理依然介意著香奈芽，好一會後才回答檢察官：「因爲光源只有門內的日光燈，看不清楚周圍的狀況。我說『剛才的四個人』，也是因爲先上樓的就是那四個人，所以覺得就是他們。看不到他們的臉，只有看到人影而已。」

「那四個人影在做什麼？」

「其中一個在屋頂護欄外面。應該是翻出去的，但我沒想到可以那樣，起先根本搞不清楚狀況。」

藤野檢察官向佐佐木事務官打信號，他站了起來。

「這裡用圖示說明。」

先前用過的黑板被搬進小法庭。佐佐木吾郎迅速地將一張紙貼到上面，是整個屋頂的平面圖。上下各爲北南，標示著屋頂出口處的塔屋，還有機械室的位置。圍繞屋頂的護欄，用虛線標示在平面圖外側。

「三宅同學，請妳起立，走到前面。」

樹理站起來，走近黑板。藤野檢察官拿起圓狀的小型物體，舉高出示給法官和陪審團看。

「這是磁鐵。紅色是證人與淺井松子同學。」

檢察官走近證人，把紅色磁鐵交給她。「請把磁鐵貼在妳們當時所在的位置。」

樹理接過磁鐵，在黑板前雙腳併攏，將兩個紅色磁鐵貼在緊鄰屋頂門口的外側，塔屋的前面。

「一開始我們在這裡。可是從這裡看不清楚，很快就移到這邊了。」

機械室下方的右側角落。

「那邊距離門口有多遠？」

「大概三公尺。」

「在此用照片顯示相關位置。」

佐佐木吾郎又走上前來，在圖示的旁邊貼上三張一般尺寸的照片。

陪審員都探出身體觀察圖示與照片。香奈芽仍無法抬頭，麻里子也沒有放開牽著她的手。

「這是證人在屋頂上目擊到的四個人。」

檢察官舉起黑色的磁鐵，交給樹理後說：「請用磁鐵標示出四個人的位置。」

樹理將三個黑色磁鐵貼在機械室右前方的護欄邊，最後一個貼在表示護欄的虛線外側。

「我和淺井同學躲在機械室後面，伸長脖子看他們四個人在做什麼。」

「從相關位置來看，等於是妳們看到他們的側面，對嗎？」

「是的，我們看到了臉，也聽到聲音。」

「這裡距離門口有三公尺以上。距離那麼遠，建築物裡的日光燈照不到吧？沒有燈光，卻看得到臉嗎？」

「機械室門口有燈光。我是第一次在晚上上去屋頂，不曉得那種地方有燈，不過真的亮著燈。」

「法官、各位陪審員，請看第三張照片。」

藤野檢察官指著黑板上的照片，「機械室門上確實有一個附燈罩的日光燈。」

竹田陪審團長點點頭，和旁邊的小山田修說了什麼。檢察官像要確認似地停頓了一下，看向證人。

「妳和淺井同學躲在機械室後面，在那裡看到發生了什麼事，對嗎？」

三宅樹理深深點頭。在麻里子的眼中，那張蒼白清瘦的臉就像因恐懼而緊繃著。

「那個時候我也看出其中一人是大出同學了。」

「妳確定沒看錯嗎？」

「沒有錯。我聽到他的聲音，其他兩人也叫他『阿俊』。」

「妳說的其他兩人，是護欄裡三人當中的兩人，對嗎？」

「對。」

「那麼，在護欄外側的是誰？」

「是柏木卓也同學。」樹理把雙手舉到肩膀的高度，彎曲十根手指。「他站在護欄外側狹窄的水泥地上，面朝我們的方向，手指像這樣攀在護欄上。」

「柏木同學對『阿俊』等三人說了什麼嗎？」

「我沒聽到他說話。他看起來很冷，夾克被風吹得鼓鼓的。他彎著膝蓋，看起來正拚命攀在護欄上。」

「護欄這一邊的三個人在做什麼？」

「他們大聲鼓譟著，要他『跳下去』。」

樹理說完後，忽然呼吸困難似地以雙手按住喉嚨。

「還有，他們強迫柏木同學說『我不敢再反抗大出同學』。」

「這是被告說的嗎？」

「應該是其他兩人說的。更正確地是『發誓你不敢再反抗阿俊』。三個人說著這種話，一起推擠護欄外面的柏木同學，想要把他的手指從護欄上扳開。」

樹理劇烈喘息。除了她的呼吸聲以外，只聽得到冷氣機的聲音。小法庭中充滿冷氣般的沉默。那天晚上肯定也充滿這所學校的冷氣像幽靈般復甦，支配了全場。

明明是盛夏，麻里子卻覺得如果現在吐氣，可能會變成一團白霧，害怕極了。

讓陪審團充分體會這駭人的沉默後，檢察官開口：「然後怎麼樣了？」

「柏、柏木同學……」樹理無法平順呼吸，語調也開始紊亂。「想要躲避他們的推、推擠和叫罵——在護欄外面，左右移動，或是縮起頭來。結果……」

她喘個不停。

「結果？」檢察官追問。

「事情發生在一瞬間。一眨眼，柏木同學就不見了。我一時無法理解，他掉下去了。」

「是失足滑落嗎？」

「應該是，可是那個時候我不曉得。大出同學大聲說著什麼，拍打護欄，柏木同學想要閃避，注意到的時候他已不見。」

樹理坐著，哆嗦了一下，雙眼湧出淚水。

「松子跟我都怕死了，完全不敢動彈。我們縮得小小的，躲在機械室後面。大出同學他們大吵大鬧，笑著說『眞的掉下去了』、『不妙了』之類的話，看起來非常興奮。」

「興奮？」

「對。他們叫喊著『讚！耶！』之類的話語。」

樹理身體前屈，雙手緊緊交抱在胸前。表情從臉上消失，額頭與臉頰冒出汗水。

「我也怕到不行，拉起松子的手，逃了出去。我們頭也不回地逃走了。」

「大出同學他們沒有發現妳和淺井同學嗎？」

「他們在吵鬧，沒有發現。」

「妳和淺井同學是循著來時的路線出去校外的嗎？」

「是的。我們跑出學校，一直跑到附近的加油站——那個十字路口的地方。」

「三宅同學。」藤野檢察官加重語氣：「隔天早上，柏木同學的遺體被發現的地點，是側門內側靠近校舍牆壁的地方。遺體被埋在雪堆裡。」

樹理在證人席上，蜷縮著點點頭。

「如果妳和淺井同學從校舍門口出來，經過側門離開，途中不是應該會看到遺體嗎？」

樹理激烈地搖頭喘息著，「我們沒有看到。」

「如果柏木同學的遺體從妳用磁鐵做記號的位置一直線掉下來，應該就掉在側門旁邊，然而妳和淺井同學卻沒有注意到遺體嗎？」
「我們逃走的時候沒有看到遺體。或許我們從遺體旁邊跑過去了，可是當時一片漆黑，我們又怕得腦袋一片空白，只想著要快逃。」
樹理的話聲哽住，從椅子上滑落，蹲了下來。她的背部大大地起伏。尾崎老師從後方座位站起來。檢察官立刻舉手。
「庭上，請讓證人休息。」
「休庭五分鐘。」
尾崎老師攙扶著三宅樹理，把她帶出證人席。教室的門打開又關上，小法庭依然籠罩著凍結般的沉默。
結果原田仁志自言自語似地低喃：「那種過度換氣，罩個塑膠袋馬上就會好了。」
眾人都看向他。
「——罩塑膠袋就可以吸到二氧化碳。」
原田仁志補充說明後，閉上嘴巴。小山田修接著環顧眾人說：「那不用叫救護車也沒關係嘍？」
沒有人點頭，不安的眼神交錯。
高個子的陪審團長站了起來。
「井上——不，庭上。」他說，「還要繼續嗎？」
法官推起銀框眼鏡，「什麼意思？」
「證人詰問啊。三宅同學沒辦法再說下去了吧？」
竹田同學人果然很好。
山埜香奈芽的手從麻里子手上鬆開。她從裙子口袋裡取出手帕，擦了擦眼周和額頭後，露出感激的眼神向麻里子微笑。那是鑲著淡粉紅色蕾絲的白手帕，熨得很平整，摺成四角形，完全符合香奈芽的風格。
「我覺得只要有陳述書就夠了。陳述書寫得非常詳細嘛。三宅同學光是製作這份陳述書，把詳情告訴藤野同學他們，會不會就是極限了？」

接著，竹田陪審團長把矛頭指向辯方。

「神原同學，你覺得呢？你無論如何都要反詰問才甘心嗎？」

神原律師默默思索一會。法官雙肘拄在桌上，雙手交握，環顧眾人說：「休庭時間延長為十五分鐘。藤野，妳帶佐佐木和萩尾退庭。」

檢察官的眼角高高地吊了起來，「什麼意思？」

「我要跟陪審團還有律師討論剛才的動議。」

「瞞著我們？」這次換一美憤慨了。

「沒錯。」

「我認為這不妥當。」吾郎說。

「你們的意見我聽到了。退庭吧，還有十二分鐘。」

藤野涼子瞪著法官，站了起來。她默默催促兩名事務官，從後面的門離開。

「律師的意下如何？」

神原律師雙肘拄在桌子上，像剛才的法官一樣交握雙手，額頭抵在上面。麻里子第一次看到他在辯護席上像這樣俯著臉。

「神原。」法官再度開口。

「井上法官。」

一道有些顫抖的甜美嗓音響起，是香奈芽。她在麻里子旁邊，堅定地抬頭看著法官。

「我希望證人詰問繼續下去。」

竹田陪審團長露出顧慮的表情，「山埜同學……」

「就算撇開我和淺井同學很要好這一點，」香奈芽搶先出聲。很堅強。「光是聽剛才作證的內容，我就覺得不太對勁。大家是不是也發現了？」

「哪裡不對勁？」法官問。神原律師抬頭看著香奈芽。

「三宅同學說，大出同學他們把柏木同學推下去以後，在屋頂上吵鬧，所以她們趁機逃走了。可是她寫的告發信裡，卻是描述大出同學他們『三個人哈哈大笑跑掉了』，互相矛盾。如果她們先逃走了，應該看不到大出同學他們怎麼跑掉的。」

有人「咻」地吹了聲口哨，是小山田修。「合情合理。嗯，符合邏輯。」

麻里子看到拚命發言的香奈芽的手在發抖。

「逃走的時候，沒有注意到柏木同學也很奇怪，從心情上來說很奇怪。如果是我，絕對會去查看柏木同學怎麼了，或許他還活著。」

「大出同學他們應該也會去確認才對。」

原田仁志接著喃喃地說：「如果是我，就會去確認人是不是真的死了。」

「或許雙方都不是能去想到這些的狀態。」陪審團長說，「我不覺得有那麼不自然。尤其是淺井同學和三宅同學，如果拖拖拉拉，她們有可能遭殃，應該是嚇到恐慌了吧？」

「可是，柏木同學的身體應該就倒在三宅同學她們逃走的路邊呀！」

香奈芽的聲音變成哭聲，嘴唇也在發抖。

「如果她們真的經過旁邊，不可能沒有發現。隔天早上野田同學發現遺體的時候，柏木同學的身體被埋在積雪裡。可是剛掉下去的時候，還沒有被雪掩埋，而且那天晚上是從午夜以後才下起會積雪的大雪。在那之前就算有飄雪，也不會積在水泥地上。我記得很清楚。」

教子和彌生也點點頭。

「等、等一下。」向坂行夫插嘴。引來眾人注目，他整張臉都紅了。「呃，陪審團的討論，不是應該在最後才進行嗎？」

「唔，是這樣沒錯啦。」井上法官苦笑，掀起輕薄的黑袍前襬透透氣。「可是，如果三宅同學在這裡昏倒，搞不好會鬧到審判中止。」

「意外地懦弱呢。」

原田仁志小小聲地說：「過度換氣死不了人的啦。」

「原田同學好冷血。」

教子說。原田笑了，「我這叫實際。」

「眞的。」彌生也笑。

麻里子的旁邊，向坂行夫正咕噥著什麼。

「怎麼了？」

「嗯，呃，我不太清楚這種事可不可以說。」

他的鼻頭又汗濕反光了。

「三、三宅同學作證說屋頂機械室的門口亮著燈，我嚇了一跳。」

「爲什麼？」

「因爲我不曉得這件事。如果不是眞的在晚上去過屋頂的人，不會知道那裡有燈吧？」

結果有人回應，而且是好幾道聲音同時說「我知道」。是竹田陪審團長、小山田修，還有原田仁志。

行夫吃驚得後仰，「你們怎麼會知道？」

「放學後進行社團活動的時候，如果天氣不好，或是冬天天色很快就暗了的時候，可以看到。」

「還有，進行維修的工人上去屋頂，就會看到那邊亮著燈。」

原田仁志點點頭，補充前面兩個人的話：「站在操場旁邊抬頭就看得到了。」

這樣啊——行夫好像洩了氣。井上法官發出「嘖、嘖」兩聲，「就討論到這裡吧。」

「庭上，」神原律師站起來，「以及各位陪審員。」

他十分沉著，一點都不慌張。

「辯方只有一個問題想問三宅證人。只要一分鐘，辯方的反詰問就可以結束，接下來就看檢察官了。」

「叫藤野把問題精簡一下嗎？」

法官嘆息著說，這次親自去走廊叫人。

「山埜同學，妳還好嗎？」

神原律師問香奈芽。仔細一看，香奈芽淚水盈眶。

「我沒事。」

她又掏出手帕擦臉。這回她主動向麻里子伸手，麻里子緊緊握住。

「妳要坐這邊嗎？」

安靜得彷彿連人都消失了的勝木惠子，坐在陪審團席另一側的角落，唐突地對香奈芽說。聲音親暱，帶著笑意。

「這邊可以清楚地看到證人小姐的臉，妳可以把她瞪到死。」

「勝木，不要多嘴。」

陪審團長訓道。勝木惠子哼了一聲，蹺起腿。

我們究竟是站在哪一邊？麻里子漸漸混亂了。她再次環顧小法庭，結果和神原律師對望了。

他的嘴邊浮現笑容。麻里子感到一陣羞恥，急忙俯下頭去。

回到證人席的三宅樹理憔悴不堪，臉色更加蒼白了。她握著手帕。

「各位陪審員都很擔心妳的健康狀態，所以我省略掉幾個預定的問題。檢方的問題再十分鐘就會問完。妳覺得還可以嗎？」

三宅樹理對檢察官的話只是默默點頭。

「妳和淺井同學目擊了柏木卓也同學遇害的場面。」
樹理再次點頭，緊捏著手帕。
「妳們把這件事告訴別人了嗎？」
「沒有。」
「報警了嗎？」
「沒有。」
「跟父母商量了嗎？」
「沒有。」
「妳和淺井同學兩個人製作告發信，投寄出去，是剛過完年的一月六日，對吧？」
「對。」
「在那之前，妳們一直隱瞞著看到的事情？」
「對。」
「爲什麼沒有告訴任何人？」
「我一開始就說過了，松子——淺井同學和我不管說什麼，都不會有人相信。」
「可是，妳和淺井同學絕對不是騙子，對吧？平常也沒有人會說妳們是騙子吧？」
「這件事實在太嚇人了，我們覺得不會有人相信。」
「連父母也不會相信？」
「我不想讓父母擔心。松子——淺井同學也一樣。」
「妳可以像平常那樣稱呼淺井同學沒關係。」
藤野檢察官對證人笑著說：
「不過，只有妳們兩個人要守住這麼重大的祕密，一定很難熬吧。」

「松子和我都以爲，大出同學他們很快就會被逮捕。」

「是指他們三個聯手殺害柏木同學的事，馬上就會曝光？」

「對。」

「我確認一下。屋頂上的三個人當中，妳清楚看到大出俊次——被告的臉。」

「對。」

「其他的兩個人，妳認爲是誰？」

「當時不是很清楚，不過我跟松子討論，既然會跟大出同學在一起，一定就是橋田同學和井口同學。人影的體型也很像他們兩個。」

「也就是說，妳們並不確定那兩人是橋田祐太郎同學和井口充同學？」

「是的。」

「可是，妳們把他們寫進告發信裡。」

「我跟松子商量，決定這樣寫。」

「現在這樣的想法還是沒變嗎？」

「沒變。」

「井口同學在法庭上作證說，十二月二十四日他沒有跟大出同學見面，也沒有一起行動。關於這一點，妳怎麼想？」

「我覺得他在撒謊。」

麻里子身旁傳來香奈芽的嘆氣聲。陪審團席角落的勝木惠子高高地踢起腳尖，換腳蹺腿。

「是誰提議要用告發信的形式，通報這件事？」

「是我。」

「內容是誰想的？」

「我和松子一起想的。」

「妳們寫了三封信，寄給三個人，對吧？請說出是哪三個人。」

「當時的校長津崎、導師森內，還有跟柏木同學與我同班的藤野涼子同學。」

「就是我，對吧？」檢察官用手指按住自己的鼻頭。

「對，沒錯。」

「爲什麼妳在班上同學中選擇了藤野涼子？」

「妳是班長，而且我知道妳父親是警察。」

「妳沒有想過要直接報警嗎？」

「我們不想被當成惡作劇，從一開始就沒有考慮過報警。」

「妳們想過要把告發信寄給媒體嗎？」

「完全沒有。」

「妳們只想讓校內可以信賴的人看到告發信，是嗎？」

「對。」

「妳和淺井同學的意見完全一致嗎？」

「完全一致。是松子提議寄給藤野同學的，松子最相信藤野同學了。」

檢察官沒有特別回應。

「妳們什麼時候開始寫告發信的？」

「我們一直有這個想法，不過決定文章內容，著手寫信，應該是一月三日以後的事。」

「這段期間，妳們也希望大出同學他們能夠落網嗎？」

「對，我們始終認爲他們會被抓。」

「可是一直沒有看到這樣的新聞，所以妳們才會想到告發信這樣的手段。」

「對。」

檢察官環顧法官及陪審團，「陳述書的附件裡，有淺井松子同學和證人在十二月三十一日下午四點左右，一起被便利商店監視器拍到的影像拷貝。」

「那個時候我們是一起去買簽字筆。」證人接著說：「就是十二月二十四日晚上，和松子會合的那家超商。是我家附近的『拉拉．巴西利』超商。」

「告發信是在一月六日投寄的，對嗎？」

「對，沒錯。」

「是哪裡的郵筒？」

「我和松子兩個人坐公車到中央郵局附近投寄，我們不敢在家附近投寄。」

「爲什麼？」

「因爲可能會從郵戳被看出是當地人寄的。我們會掩飾筆跡，也是不想被查出身分。」

「妳和淺井同學並不是在做壞事吧？爲什麼會想要隱瞞身分？」

「我和松子擔心，萬一被大出同學他們知道，下一個被殺的可能會是我們。」

雖然臉色蒼白，但樹理聲音很穩定，回答問題時也沒有半分躊躇。

下一個被殺的會是我們。要如此冷靜地說出這種話——麻里子辦不到。我沒辦法。雖然害怕會被殺，卻連對父母都沒有說出看見命案，獨自承擔這件事，我絕對做不到。

「那麼，三宅同學。」藤野檢察官將重心從右腳換到左腳，稍微壓低聲音。「這封告發信引發了妳和淺井同學意想不到的大騷動。」

「是的。」樹理點點頭。

「我和松子都不希望造成那種混亂。而且因爲《前鋒新聞》的報導，反倒出現一些人爲大出同學他們說話，我跟松子都大受打擊。」

「也就是有人說，明明沒有證據，大出同學他們只因素行不良，就被指控是殺人凶手，太可憐了，是嗎？」

「對。所以松子很害怕。」

「很害怕？」

「她說如果大出同學他們繼續受到同情，沒有被追究任何責任，他們一定會找出寫告發信的人，加以報復。」

「妳們覺得大出同學他們查得出來嗎？」

「只要看了那個節目，任誰都會那樣覺得吧？」

樹理的音調提高。

「大出同學的背後，有個簡直像黑道流氓的父親呀！他甚至打了記者茂木先生，還恐嚇津崎老師。而且他又有錢，爲了報復，什麼事情都做得出來。」

這次不是難過的粗重呼吸，而是興奮得喘不過氣。

「我看了那個節目，大家也都看了吧？難道大家都忘了嗎？大出同學他們在二月的時候對四中的學生拳打腳踢，差點把人家打死了！他們殺掉柏木同學以後，也絲毫沒有反省，一點都不害怕。他們還勒索別校的學生。」

「異議。」

安靜到詭異，甚至連眉毛都沒有動一下，注視著這場對話的神原律師，這時平靜地插嘴：

「證人提到的勒索事件，在本法庭並未被視爲證據採用。」

「證人。」法官探出身體，「不能只憑電視節目內容就作證。」

「可是大家都看到了吧？茂木先生不是在電視上說了嗎？」

樹理從證人席站起來，聲音歇斯底里地飆高。

「他們甚至會做出那種事耶！而且大出同學的父親還拿錢逼被害者閉嘴，把事件壓下來。」
「證人，不可以提這件事。」
「電視都播了！不就表示有證據嗎？」
「這個法庭不認爲電視報導的內容就是事實。證人請坐下。」
「三宅同學，請坐下。」
檢察官也如此敦促，樹理肩膀顫抖著坐了下來，還是說個不停。
「坐在這裡的大家，都不在乎正義了嗎？做壞事的人不受到懲罰也無所謂嗎？」
「證人，請安靜。」
「跟自己無關、自己沒事，就當沒這回事嗎？松子死掉了耶！她等於是被大出同學他們害死的，大家卻都裝作沒這回事——」
法官就要敲木槌的時候——
「我叫妳安靜，三宅同學！」
藤野涼子對證人一喝。樹理全身一震，僵住了。
「振作點。不用那麼大聲，在這裡沒事的。」
樹理閉嘴了，但似乎無法壓抑興奮，開始用手掌抹裙子，或是一會交抱手臂，一會又放開。
「升三年級的新學期開始，四月二十日下午三點的時候。」
「淺井松子同學遇上交通事故。」
樹理又毛毛躁躁地動著，點了點頭。
「——對。」
「那天妳和淺井同學碰面了嗎？」
「出車禍前松子到我家來了，我們說過話。」

幾名陪審員倒抽了一口氣。麻里子忍不住看向香奈芽，只見她逐漸變得面無血色。

「妳們說了什麼？」

「柏木同學的事件。松子嚇壞了，她慌得六神無主。」

「爲什麼？」

「這還用說嗎？」

樹理焦急地以拳頭敲打裙子蓋住的大腿。

「她看到上星期的《前鋒新聞》特輯，知道大出同學的父親是個什麼樣的人了。兩天以後學校舉行了家長會議，卻只是又臭又長地討論，一點進展都沒有，這也讓松子感到絕望。松子說她母親參加了會議，告訴她是什麼內容。她說到現在還有人認爲告發信是假的，連刑警也這麼主張，想要藉此掩飾警方沒有好好調查的事實。」

樹理橫眉豎目地厲聲說：

「這樣下去，大出同學他們會繼續逍遙法外。松子哭著說，告發信是她跟我寫的、目擊者是我們的事，一定也會曝光。如果媒體認眞調查起來，很快就會查到了。可是我、我——」

樹理找不到話，張口結舌。

「我告訴她，不可以鑽牛角尖，要放棄還太早。我說服她茂木先生感覺很可靠，只要我們耐住性子靜觀其變，事情一定會好轉。」

沒錯，我說服她了——樹理用拳頭敲著大腿，重複了一次。

「妳和淺井同學是在幾點道別的？」

「記不清楚了，應該是三點左右。」

「道別的時候，淺井同學是什麼態度？」

「她臉色很差，哭喪著臉，好像非常不安，所以我叫她路上小心。我都這麼叮嚀了，松子卻——」

樹理的聲音扭曲倒嗓，雙眼冷不防滾出成串淚水。

「心不在焉，跑到卡車前面去……」

「車禍的目擊者對淺井同學的父母說『是女生自己衝出來的』。」

檢察官冷靜地回話。樹理哭著搖頭，「我不知道。我不知道出事的時候是怎樣。我沒有看到。」

「淺井同學很害怕，心情大為動搖。她擔心妳們寄出告發信的事實可能會曝光，所以心神不寧，對嗎？」

「沒錯、沒錯，我就是這個意思。松子失魂落魄，我覺得她不安到有點精神衰弱了。」

樹理說到一半，香奈芽就垂下頭，握緊雙手，抓著百褶裙的褶線。

「我覺得她是在跟我道別後，害怕落單，所以想要跑回家。」

樹理說到這裡，大大喘了一口氣。香奈芽依然抓著裙子，緊緊地、緊緊地，手指關節幾乎要突出來了。

「剛才三宅同學說『淺井同學等於是被大出同學他們殺死的』，這是什麼意思？」

「對不起。」樹理草草道歉，像將什麼揉成一團扔出去似地賠罪。「是心情的問題。意思是我這麼感覺，並不是指大出同學把松子推到卡車前面。」

「各位陪審員，請理解證人發言的眞正含意。」

檢察官掃視陪審團。麻里子想要看涼子，但涼子的視線沒有跟任何人交會。休庭後的詰問期間，涼子一直是這副模樣。不看任何地方，完全集中在詰問，似乎連法官和律師都看不見。

——或許她是不想看見。

這個想法唐突地掠過腦際，麻里子自己也嚇了一跳。我怎麼會這樣想？

「發生車禍的三天後，淺井同學過世了。」檢察官繼續說：「妳一定很難過。」

「是的。」樹理點頭，用手帕擦眼淚。「我大受打擊，沒辦法發出聲音。」

「現在恢復了嗎？」

「我可以出聲了，因爲我想在法庭上作證。」

不管再怎麼擦，樹理的眼淚仍泉湧不止，發言也變得斷斷續續。

「我想——因爲我想幫松子作證，所以、松子才會給我力量，讓我的聲音、回來——」

山埜香奈芽抓著裙子的手背上落下了一滴淚水，只有一滴。香奈芽堅強地抬頭，放開裙子，以手指擦拭眼角。

「謝謝妳鼓起勇氣爲我們作證。」

藤野檢察官坐下來了。三宅樹理輕微地抽噎著，用手帕摀住臉。麻里子望向教室後面。尾崎老師雖然一臉憂心，仍按兵不動。

「律師，要反詰問嗎？」

「是的。」神原和彥立刻站起來，雙手撐在桌上，注視著三宅樹理。

「三宅同學，冷靜下來了嗎？」

樹理沒有回答，垂著頭，用手帕藏住臉。

「我要請教三宅同學的問題只有一個。我可以問了嗎？還是要再等一下？」

樹理抬起頭來。雙眼通紅，臉頰濕成一片。

「可以了，我沒事。」樹理回答，抽噎了一下。

「謝謝妳。」

神原律師行禮，然後把手從桌上放開，立正站好。

「三宅樹理同學。」

「是的。」

「妳說目擊了柏木同學遭人殺害的現場，這番證詞是事實嗎？」

不是冷氣，而是帶有重量的沉默籠罩全場，眾人都斂聲了。連證人席的三宅樹理彷彿也瞬間停止呼吸。

「什……什麼？」

似乎不是因爲抽噎，而是話眞的卡在喉嚨裡，樹理支支吾吾地反問：「你、你說什麼？」

「妳聽不懂問題的意思嗎？」

語氣溫和，表情也很平靜，然而神原和彥的眼睛和臉頰都看不到半分笑意，目光清澈。

「那麼，我換個說法好了。三宅樹理同學，妳陳述的是妳的實際體驗嗎？或者，是妳在腦中幻想出來，根本沒有發生過的事？是哪一邊？請回答。」

緊接著，他柔聲補充一句：「妳宣誓過了。」

僵住的藤野涼子猛然站起來，「庭上！」

「異議駁回，證人請回答。」

沒錯，我想聽妳的答案。三宅同學，回答我們！麻里子也在內心吶喊著，回答我們啊！

三宅樹理瞪得大大的眼中又滾出淚水，嘴唇不停發顫。

「要我再問一次嗎？」

神原律師的語氣非常平靜，毫無波動。

「妳陳述的內容是事實嗎？」

律師注視著樹理的眼神，還有懇切詢問的話語中，都沒有責難的意思。存在其中的，是完全不同的另一種感情。

——簡直就是安慰。

一瞬間，麻里子這麼想。

睜著眼睛流淚的樹理，臉上一陣痙攣。哭相扭曲得更厲害，嘴巴大大地張開。樹理拿手帕的雙手交疊在一起，忍住嘔吐似地摀住嘴巴，發出「嗚嗚、嗚嗚」的低吼。

「——我說的是實話。」

麻里子看見律師聽到回答的瞬間，肩膀頹垮下來。不是鬆了一口氣，也不是期待落空。

——他覺得失望。

而且，他的眼神爲什麼這麼悲傷？很像剛才的眼神。他是在安慰證人嗎？

不，不對。麻里子感到莫名其妙。我好奇怪，不對勁。我糊塗了。

因爲他的表情。雖然只有短短一瞬間，但大家注意到神原同學的那個眼神了嗎？

——對不起。

他在向三宅樹理道歉。

「反詰問結束了。」

神原律師將視線從證人的身上移開，坐了下來。麻里子把手按在胸上，數著心跳。冷靜下來，冷靜下來。我太奇怪了。

尾崎老師走上前，把蜷縮著哭泣的樹理從證人席扶起來。樹理腳步踉蹌，一步一步，像個醉鬼般地退到後面。

她回頭了，彷彿要從尾崎老師的懷裡掙脫，扭動身體看著法庭。

可是，就只有這樣了。證人三宅樹理的戲份結束。她離開法庭。說完實話，離開法庭。身影消失了。

「大家休息吧。休庭到正午。」

陪審團聽從井上法官的指示，得以從法庭解放約一個小時。每個人都往休息室走去，但山埜香奈芽對麻里子說：

「倉田同學，我想去外面走走，妳可以陪我嗎？」

麻里子點點頭。眞開心。麻里子也想看看藍天。

「我們要小心。」

兩人肩並肩走下樓梯，麻里子說道。

「是啊，我們走沒有太陽的地方吧。」

今天也很熱嘛——香奈芽說，麻里子有點錯愕。

「嗯，是啊。」

其實麻里子的意思是，茂木記者或許還在這附近徘徊，要小心。

可是那不重要了，如果那個記者再來糾纏，我來保護小香就行了。

操場沒有人。豔陽反射在校舍上，感覺連吹上來的塵埃都帶著熱氣。兩人挑選校舍陰影和樹木旁邊，自然繞行操場似地默默走著。

「剛才謝謝妳。」

隔著操場，正好來到校舍正對面的地方時，香奈芽開口。

麻里子臉紅了。應該說點什麼，她卻想不到該說什麼好。這種時候如果是小涼，反應一定大不相同吧。

「我想起淺井同學生前很多事，好難過。」

香奈芽小小聲地接著說，舉起一手遮住額頭。看起來像在遮太陽，也像是在隱藏淚水。

「嗯。」麻里子說。

「剛才向坂同學提醒過，現在還不能討論這些事。可是只在這裡跟倉田同學說，應該沒關係吧？」

「嗯。」

我這個傻瓜，就沒有「嗯」以外的話好說了嗎？

香奈芽把手放下，對麻里子微笑。

「我本來以爲我會更氣三宅同學，結果沒有。」

「沒有？」

「嗯。」香奈芽的眼角濕潤。「我只覺得好悲傷好悲傷。」

八月半的陽光毒辣地曬著依偎在一起的兩人。影子好濃，天空好藍，可是暑假要結束了——不知爲何，麻里子這麼想。

「看到在證人席上作證的三宅同學，我只是強烈感覺到小松不在了。」

淺井松子不在了。

「三宅同學可以這樣愛怎麼說就怎麼說，小松卻什麼都沒辦法說了。不管是自己的心情還是意見，就算想說也不能說，因爲她死了。」

這次不是舉手遮，而是用手掌掩住眼睛，香奈芽繼續說：

「事到如今，我才又滿腦子都是小松不在了、小松死掉了。」

麻里子扶著香奈芽的背，一陣顫抖傳了上來。

「小松死掉以後，傳出三宅同學和小松可能就是告發信寄件人的流言，那個時候我就一直想，小松一定只是幫忙三宅同學而已。小松人那麼好，只要三宅同學拜託，她絕對不可能拒絕。」

「嗯。」麻里子溫柔地撫著香奈芽的背。

「所以，事到如今不管三宅同學說什麼，我都不會吃驚。可是，這下我才知道，跟光是聽到傳聞相比，果然還是完全不一樣。聽到本人親口說出來，眞的完全不一樣。」

我們——香奈芽加重了語氣，「接下來得聽聽大出同學怎麼說，對吧？」

是一樣的——香奈芽轉向麻里子說：

「大出同學的事一開始也是傳聞，說是大出同學他們殺死了柏木同學。」

「是啊。」

「那個時候我半是懷疑，大出同學他們眞有壞到那種地步嗎？然後半是覺得，或許眞的就是這樣。明明只是傳聞，根本沒有證據。」

「——大家都是這樣的。」

「所以，我們必須聽大出同學本人親口說出眞正的事情才行。因爲他還活著，還可以說話。我好像總算了解這場校內審判的意義。」

好慢，對吧？香奈芽笑了。麻里子也笑著搖了搖頭。她覺得一點都不慢。

「審判預定進行到二十日，如果大出同學要作證，會是明天嗎？」

「神原律師還在思考，他一定會想到最合適的時機。」

說完後，麻里子猶豫了。神原同學面對證人三宅樹理的時候，看起來似乎是在對她道歉、在安慰她，這件事要告訴香奈芽嗎？

「——很神祕呢。」香奈芽看著校舍呢喃：「這一樣是後知後覺，不過神原同學很神祕呢。麻里，妳不覺得嗎？」

問了以後，香奈芽不等麻里子回話，自問自答地繼續說：

「他爲何要當律師呢？他到底在想什麼？我突然強烈感覺到，他不是出於單純的正義感或好心。」

香奈芽也在那場反詰問中感覺到了什麼。麻里子理解到，即使表達方式不同，但兩人都有相同的感受。

向坂同學——行夫怎麼想呢？陪審團長呢？小涼呢？

最重要的是，野田同學怎麼想呢？他身爲助手，是最接近神原同學的人，他是不是也感覺到什麼了？不，他是不是更深入地知道些什麼？

——什麼是什麼？

「啊！」香奈芽輕叫，微微跳了起來。

麻里子循著香奈芽的視線望去，發現有個人筆直穿越操場，往這邊跑來。

麻里子一瞬間以爲對方是淺井松子，她想起上體育課的時候。松子跟麻里子一樣都很胖，身體沉重，跑得緩慢，而且胸部會搖晃，不只是男生，連女生都經常暗地嘲笑她們。

「是小松的媽媽！」香奈芽說著，迎接來人似地走上前去。
麻里子大夢初醒般看出氣喘吁吁地跑來的人確實不是淺井松子，而是外型與松子一模一樣的中年女性。
「小香！」
淺井同學的母親執起兩人的手，喘得說不出話來。她抱住香奈芽，不住喘氣。
「我從窗戶、看到妳們。」
連聲音都跟松子很像。
「今天、我知道我們、不能參觀……」
「對不起。」
「可是、就算待在家裡、也坐不住……」
然後淺井同學的母親深呼吸，露出微笑。
「所以跑來了。結果，津崎老師叫我、一起在裡面等……」
淺井同學的母親看向麻里子，她挺直身體，行了個禮。
「這位是倉田麻里子同學。」香奈芽介紹她。
「我知道、我知道，是陪審員，對吧？」
「阿姨來旁聽嗎？」
「沒有，我沒有那種勇氣。不過松子的爸爸每天都來。」
「哦，所以……」
她知道今天三宅樹理要作證，按捺不住，跑來學校了嗎？
淺井同學的母親總算調勻呼吸，在香奈芽與麻里子面前站直。
「我是松子的媽媽淺井敏江，兩位都辛苦了。」
她把手放在膝上，彎下身體恭敬地行了個禮。生平第一次有大人如此鄭重其事地慰勞麻里子。

「阿姨……」

香奈芽的聲音哽住了。淺井敏江摟住她的肩膀。

「一定很辛苦，不過要加油喔。不是叫妳爲松子加油，而是這場審判本身就非常重要。」

淺井敏江摟著香奈芽，對麻里子笑著說：

「倉田同學。」

「是的。」

「我聽松子提過妳，她說倉田同學跟她一樣胖胖的，可是皮膚很白，長得很可愛，而且個性超級好，是個溫柔的女生。」

麻里子說不出話來。感到刺眼似地眯著眼睛的淺井同學的母親，在麻里子的眼中才是耀眼奪目。

「津崎老師交代過，不可以說多餘的話。我只是想來聽聽小香的聲音。那我走嘍。」

淺井敏江就要回去校舍，香奈芽挽留她：「阿姨，三宅同學……」

「我沒有見到樹理。我也不是特地來見她的，小香。」

「可是……」

淺井敏江瞥了一眼操場另一頭的校舍，有些顧忌地放低音量：

「樹理好像跟岡野校長在一起。校長室有點吵鬧，希望不是樹理又不舒服了。」

麻里子與香奈芽對望。淺井敏江溫柔地搖了搖香奈芽的肩膀。

「我和津崎老師聊了很多，這樣就足夠了。」

「阿姨是不是被傳喚當證人？」

香奈芽問，麻里子吃了一驚。小香果然好敏銳，哪像我，連想都沒想到。

「不是，不過大出同學的律師……呃，是神原同學嗎？他在審判前來過我們家。那個時候我把知道的全告訴他了。」

淺井敏江說藤野同學也去了。

「那孩子也是個好孩子，大家眞的都是好孩子，你們每一個都是。我感到非常驕傲。雖然由我來驕傲也很奇怪啦。」

豔陽照射下，淺井敏江滿身大汗，可是眼角閃閃發光的應該不是汗水。

「那我走嘍。不好意思，打擾妳們了。」

淺井敏江轉身，這次有些無精打采地走掉了。途中她回頭揮了一下手，香奈芽和麻里子也揮揮手。

麻里子有一股錯覺，彷彿在向淺井松子揮手。不，這或許不是錯覺。

麻里子和香奈芽在十五分鐘前回到小法庭，剛好只有陪審團到齊了。前兩天井上法官也會待在休息室，這是第一次只有陪審團在場。

小山田修圓滾滾的身軀靠過來。

「欸，倉田妳們也看到了嗎？」

「看到什麼？」

「應該說是看到誰。」將棋社主將一板一眼地訂正，「橋田來學校了。」

聽說是他父親陪著他一起來。

「果然還是因爲有井口受傷的事吧。他一個人不好來學校。」

勝木惠子拉過附近的椅子，把腳擱上去，慵懶地說：「可是，聽說是野田帶他來的。」

「啊，難怪。」香奈芽拍了一下手，「野田同學從昨天就**不見**了。」

「什麼意思？」

「是在準備讓橋田同學擔任證人吧。」

勝木惠子板起臉來。她的眉毛全剃光了，如果沒有畫眉毛，看起來十分凶惡。

「他來作證也不能怎樣吧？」
惠子那種態度，比橋田祐太郎登上證人席更令麻里子吃驚。
「井口同學都來當證人了，就算橋田同學來當證人也不奇怪呀。我還以爲勝木同學會開心。」
聽到向坂行夫的話，惠子吊起眼角問：「爲什麼老娘要開心？」
瞬間，行夫支吾起來：「因、因爲橋田同學是來幫大出同學作證的吧？」
「你們信那種鬼話？」
那迅速的反問聽起來像在生氣。
「我們會公平地聆聽證詞。」
教子和彌生這對拍檔同時迅速地應聲，不同的只有語氣一個強硬、一個嬌羞而已。
「都一起當了三天的陪審團，妳差不多也該相信我們了吧？那種態度很讓人火大耶。」
氣氛一下子變得火藥味十足。
這時，小山田修打了個響嗝。
「早上就吃掉中午的便當，是我的拿手好戲之一。」
「然後一定會打飽嗝。」高矮拍檔的陪審團長補充道。
「便當？你不是都吃營養午餐嗎？」
彌生溫和的吐槽讓將棋社主將笑了，「有社團活動的時候，我會帶便當。」
「小山田一到學校，第一件事就是吃便當。那是早上的便當。」
「那中午怎麼辦？」
「去『山屋』買麵包。」
那是學校附近的麵包店。
「動腦很消耗熱量的。」

「可是不會長肌肉，所以多餘的卡洛里就變成了這個大肚子。」

高個子的竹田陪審團長用拳頭敲了一下小山田修的圓肚。

「嗚！噢，打嗝停了。」

大家都笑了，惠子和教子卻在互瞪。正確地說，是惠子先瞪教子，而教子回瞪惠子。

惠子輸了。她把腳從椅子上放下來，撇過頭去。麻里子在內心向蒲田教子報以掌聲。

大家都是好孩子，如假包換的陪審團。

「你們作弊，對吧？」

午後的審理都開始了，井上法官卻做出脫離職責的發言。因為辯方傳喚橋田祐太郎當證人時，沒有一個陪審員露出驚訝的樣子。

「庭上，剛才那算不算任意發言？」

竹田陪審團長裝模作樣地糾正。陪審團——除了勝木惠子——都低頭偷笑。

麻里子看見律師和野田助手也笑了，兩人都很放鬆。野田同學似乎睡眠不足，頂著兩顆泡泡眼。

「可以請證人進來了嗎？」

律師說，法官擺出正經八百的表情表示准許。野田健一起身開門。

彼此都是國三生。雖然暌違許久，但也不是一、兩年沒見了，麻里子卻忍不住想：

——橋田同學老了。

橋田祐太郎很高，幾乎與籃球社的王牌竹田陪審團長不相上下。這麼說來，在與井口充的爭吵演變成不幸的意外前，他短暫參加了籃球社。

然而，此時他給人的印象是怎麼回事？陪審團長和橋田祐太郎穿著一樣的制服，氣質怎會相差這麼多？個子特別高大的人不知為何容易駝背，但橋田的姿勢糟糕到與其說是駝背，更像是個老人。腳步沉重，看起來像有病在身，臉色也非常不好。

——誰都沒有得到好處。

這樣的想法冷不防湧上麻里子的心頭。

——井口同學受傷、橋田同學受傷，三宅同學也受傷了。

沒有任何人得到任何好處。

「請說出你的名字。」

橋田祐太郎囁囁嚅嚅地自報姓名。與其說是單純地低著頭，看起來更像不願被周圍的人看到臉而逃避。

「請再大聲一點回答。那麼，請宣誓。」

麻里子看著藤野涼子，她也沒有驚訝的樣子。我們出了井口這張牌，所以對方亮出橋田這張牌，也是理所當然。可是這場比賽，重要的是誰先出牌。

確實，麻里子的耳底還殘留著井口充的聲音。

——大出同學說過。

——柏木的葬禮結束後他說了。

——說是他殺的。

——我覺得如果真要幹什麼不得了的事，阿俊可能會自己動手，不找我們。

神原律師起立，對法官和陪審團開口：「關於橋田證人，沒有可以提出的陳述書。因爲時間上來不及製作，我先爲此致歉。」

野田健一會睡眠不足，似乎不是爲了製作陳述書。昨天光是說服橋田祐太郎擔任證人，預先準備這場詰問，就沒時間了嗎？

「橋田同學，請坐。」

橋田祐太郎無聲無息地坐下，宛如幽靈。

「接下來我會提出許多問題，請你抬頭，讓陪審團聽到你的回答。」
證人被律師催促，抬起頭來，但眼神依舊躲躲藏藏。
「橋田同學，你和大出俊次同學還有井口充同學是朋友，對嗎？」
證人沒有回答。
「或者，該說是伙伴比較對？」
證人還是沒有回答。
律師繼續問：「狐群狗黨、壞朋友。你們從一年級就一直三個人混在一起，惹出許多問題和騷動，對嗎？」
證人總算默默點頭。
「只要是這所學校的人，都非常清楚這些事，詳情我就省略不提了。可是今年以後，你從某個時間點開始，就與大出同學和井口同學疏遠了，對嗎？」
證人又點頭。
「可以請你告訴我們理由嗎？」
麻里子等人都知道，橋田祐太郎是出了名的沉默寡言。他會默不吭聲地做出粗暴的事，在某些情況下，比大出俊次更可怕。
「這是有理由的，對吧？橋田同學？」
律師手扶在桌上，探出身體。
「還是，該說是契機比較好？」
橋田祐太郎蜷著背坐著，甚至感覺不到他呼吸的聲息。
「——就，不想了。」
勝木惠子難得沒有蹺腳，也沒有靠在椅背上，坐姿端正地聆聽。她豎起耳朵，聆聽證人咕咕噥噥彷彿掉到地上的聲音。

「不想要什麼了？」

「這樣。」

「**這樣**？」

「被警察關照，之類的。」

「以前發生過那種事嗎？」

橋田證人又垂下頭。律師的視線定在證人上方，慢慢挺起身體。他剛要開口，橋田證人喃喃地說：

「二月，大概中旬的時候……我們勒索別人。」

「你們勒索別人？」

「四中的學生。」

「發生了那種事，你們被城東警察署少年課輔導了。你和大出同學、井口同學三個人，對嗎？」

「對。」

檢方席上，涼子、吾郎和一美都很吃驚，大爲吃驚。爲什麼？麻里子不懂他們爲什麼如此驚訝。

「你們勒索的對象，是城東第四中學當時一年級的增井望同學。你還記得嗎？」

「那個時候不知道他叫什麼。」

「他只是剛好路過、體型瘦小、看起來乖巧、感覺適合勒索的對象？」

「對。」

「這件事害得增井同學重傷住院了，你記得嗎？」

橋田證人俯著臉，點點頭。

「結果你們三個人被你們熟悉的城東警察署少年課的佐佐木禮子刑警責罵，說這次不是輔導就能了事的，對嗎？」

證人點點頭。
「佐佐木刑警是不是責罵你們，說這次的事件是不折不扣的強盜傷害案件？」
證人再度點頭。
藤野檢察官舉手，隨即站起來。「庭上，辯方的證人主動提到增井望同學的事件。我認爲這符合了昨天法官提出的採用增井陳述書的要件。」
「我也這麼想。」
法官友善的反應，讓麻里子總算理解狀況。原來如此，這裡提到的強盜傷害案件，就是昨天小涼想要在法庭上提出，遭神原同學全力反對，壓下來的事件。然而今天神原同學卻主動提起，小涼才會嚇一跳。
「律師，本席將採用增井望的陳述書作爲檢方證據，可以吧？」
「可以，聽從庭上裁定。」
律師本人一臉滿不在乎。他沒有留意法官和檢方，而是專注在證人身上。
「可是，事實上你們並沒有被當成強盜傷害案件的犯人逮捕，也沒有被問罪，這是爲什麼？」
「大出同學的父親……」橋田證人說著，總算轉向陪審團。「跟對方和解了。」
「對方，指的是增井望同學本人和他的父母嗎？」
「對。」
「最後和解成立，這件事沒有變成刑案，你的生活沒有變化，對嗎？」
「對。」
「然而，」律師加重語氣，「你的心情改變了，感到厭倦了。」
證人看著律師，默默點了兩、三下頭。
「你想說的是，不想跟大出同學和井口同學混在一起做這種事了嗎？」
「對。」

「即使案子被壓下來，大家還是隱約曉得出了什麼事。事實上，這所學校也傳出你們三個人又幹出什麼壞事的流言。你知道嗎？」

「知道。」

「你認爲這個流言是誰傳出來的？」

「三中沒有人知道，我覺得是四中那邊。」

「增井望同學那邊？」

「對。」

「就算不同校，三中和四中距離並不遠，而且都是當地的公立國中，學生之間有交流，所以無法徹底隱瞞，是嗎？」

「四中的人也知道我們是混混。」

「這是因爲在增井同學之前，你們三個人也曾經騷擾、勒索四中的學生嗎？」

「應該吧，一定是。」

不曉得哪裡好笑，陪審團中的原田仁志忽然笑出聲，連忙俯下臉。橋田證人沒有特別反應，用看起來像是昏昏欲睡的迷茫表情望著他。

「聽到傳聞，你怎麼想？」

「沒怎麼想。」

「因爲是事實？」

「對。」

「可是，你和大出同學、井口同學不同，一直都有來上學，對吧？大出同學和井口同學在二月的勒索事件後好一段時間沒來上學。電視節目《前鋒新聞》播出報導，告發信浮上檯面引發騷動時，爲了抗議校方的應對方式他們也沒上學。但你照常上學，這是爲什麼？爲什麼你不配合他們？」

證人停頓了片刻，「我不想。」

「你不想採取跟他們一樣的態度？」

「對。」

「為什麼？」

「我不想再那樣了。」

「**那樣**是指？」

「什麼也不想，就直接做些什麼。」

「什麼也不想，就直接做些什麼。」

律師緩緩強調並重複一遍。

「那麼，過去你們在做什麼的時候，都是誰在想？」

證人不回答。

「大出同學嗎？」律師問，「總是大出同學想、大出同學約你們，然後一起做些什麼嗎？你跟井口同學只是黏在大出同學旁邊，只是被他牽著走而已。不對的是大出同學，而不是你。起碼論到壞的程度，你沒有大出同學那麼壞，是這樣嗎？」

證人開口，就這樣停頓了好一會。

眾人等待著。

「不是大出同學的錯。」橋田祐太郎說：「我們三個都一樣，什麼也沒在想，只是依著當時的心情行動。要說壞，我們三個一樣壞。」

麻里子旁邊的香奈芽吐出屏住的氣息。向坂行夫睜大了眼睛，全身僵硬。麻里子往旁邊一瞄，勝木惠子的姿勢和行夫一樣，也露出一樣的表情。

實在令人難以置信。

「我不想再這樣了。」橋田證人繼續說：「我討厭自己。」

律師換了副口氣，狀似氣憤地冷漠問道：「從什麼時候開始？」

「就是……」

「因爲增井同學的事，突然感到厭倦了嗎？翻臉不認人那樣？」

「不是。」

「那是從之前就有這種感覺嗎？」

「我自己也不太懂。」

「不太懂，但胸口一直橫亙著直到此時才終於可以形容的心情。而增井同學的事件是讓它浮上表面的契機，是嗎？」

證人痙攣似地默默點了好幾下頭。

「你覺得有這種心情，等於背叛大出同學和井口同學嗎？」

你們不是哥兒們嗎——律師語帶不屑。爲什麼生氣呢？神原同學好奇怪，他是站在哪一邊的？

「可能吧。」

「但你還是背叛了他們。」

「我已經不想那樣了。」

「所以你繼續上學，也加入籃球社。」

竹田陪審團長看著證人點點頭。橋田證人不肯看他。

「就好像只有你一個人改邪歸正。只有你一個人，拋下同伴，成了好孩子，對嗎？」

令麻里子意想不到的是，橋田祐太郎露出冷笑。

「才不是什麼好孩子。」

律師沉默，嘴巴抿成一字形，注視著證人。

「由於你的心境與態度產生變化，五月你和井口同學發生嚴重的衝突，對嗎？」

證人臉上的冷笑消失，無言地點了一下頭。

取而代之的是，律師微笑了起來。「井口同學的看法似乎不同。井口同學作證說，他當時認爲告發信是你寫的，非常生氣。雖然他現在好像不這麼想了。」

「井口是這麼以爲。」

「以爲告發信是你寫的？」

「對。」

「他怎麼會以爲是你寫的？」

「我問過他，可是問不出個所以然。井口跟我都很笨。」

「你不認爲是大出同學灌輸井口同學這種想法嗎？」

「不曉得。」證人迅速答道，又補充說：「我沒有跟阿俊——大出同學講過這件事。」

「你撒謊，你們談過吧？」

麻里子一陣心驚。陪審團成員全都倒抽了一口氣。

證人沒有回答，律師也沒有繼續深究。

「我們再往前回溯。」律師說，「去年十二月二十四日下午到深夜，你在哪裡？」

「在家裡。」

「在家裡？」

「幫忙我媽的店。」

「是什麼樣的店？」

「居酒屋，不過我媽都說是燒烤店。」

「那天是假日，還有營業嗎？」

「有常客會來。」

「你一整天都在幫忙嗎？」

「那天是這樣。」

「那天是聖誕夜，你沒有出門嗎？」

「又沒什麼事。」

「你沒有想到要跟大出同學、井口同學一起出門玩嗎？」

證人垂下頭，看起來是在深呼吸。事到如今，他怎會有這種反應？

「因爲那天——阿俊說他要在家。」

檢方席上的藤野涼子瞇起了眼睛。

「他爸說有重要的客人要來，叫他待在家裡。」

「是大出同學這麼告訴你的嗎？」

「對。」

「你是什麼時候聽到這件事的？」

證人歪頭，這是他在證人席上第一次表現出自然的反應。

「我聽過好幾次……」

「說他聖誕夜不能外出？」

「對。」

「你記得第一次聽到是什麼時候嗎？一個月以前？」

橋田證人搖頭。

「兩個月以前？」

「不曉得。」

「半個月以前？」

證人又搖頭。

「你就是聽到那麼多次，甚至不記得他是什麼時候說的了，是嗎？」

「對阿俊來說，他爸的命令是絕對的。」

「大出同學的父親是大出勝先生，對吧？橋田同學見過他嗎？」

「二月發生那件事情的時候，是第一次真正見到面。」

「是大出勝先生與增井家談判，與望同學和解的時候嗎？」

「對。」

「在那之前，大出同學沒有特別介紹你給勝先生認識？」

「沒有，可是我媽和井口他爸，跟大出先生應該有往來。大出先生是當地工商會的代表。」

「當地公司和商店組成的工商會，是嗎？」

「對。聽說井口家頭寸調不過來的時候，阿俊他爸幫忙叫銀行通融。」

藤野檢察官舉手，「異議，這是傳聞。」

「沒錯，是傳聞。」律師立刻笑吟吟地說：「很抱歉。不過我想各位陪審員都了解，所以我繼續問下去。」

原來小涼也會有那麼不甘心的表情——麻里子心想。

「前年的聖誕夜呢？你在做什麼？」

「跟阿俊還有井口三個人去阿俊的學長開的派對。」

「大人的派對嗎？」

「都是高中生之類的。」

「聖誕派對，是嗎？」

「阿俊在派對上喝醉酒，回家被他爸揍了。」

檢察官舉手，律師搶先說：「是事後你聽大出同學說『我被我爸揍了』，還是你也在他挨揍的現場？」

「我也在場，我被巴頭了。」

「因為你也喝醉了？」

「對。」

「你記得那個時候大出勝先生說了什麼嗎？」

「他罵阿俊說，不要跟我們這些沒腦的混在一起。」

這次以陪審團長為首，所有男生陪審員都笑了，連行夫都笑了。

「大出同學在前年的聖誕夜挨了父親的罵，然後去年的聖誕夜，父親交代他有重要的客人，不許外出，是嗎？」

「對。」

「這種狀況，你認為大出同學有可能違背父親的交代嗎？」

「阿俊不敢不聽他爸的話。」

麻里子覺得這樣的形容很正確。

「大出同學會聽從父親的交代？」

「絕對會。」

「絕對」兩個字彷彿加上了回聲效果，格外響亮。

「那天晚上阿俊沒有出門。」

律師直勾勾地盯著那張臉半晌，交抱起雙臂，稍微縮起下巴。

「昨天井口充同學在法庭上擔任證人。」

橋田證人的表情沒有動搖。

「他說明了去年聖誕夜的行動。他說他也沒有外出，待在家裡，並沒有跟大出同學碰面。不過，對於事件──指控柏木同學是遭人殺害的告發信上寫了你們三個人的名字這件事，井口同學說他不在場──也就是柏木同學過世的時候，他不在事發現場的學校屋頂，所以不清楚。至於大出同學和橋田同學是否在場，他也說不清楚。」

「阿俊沒有出門。」

雖然一樣是淡漠的語調，但證人的聲音使了一點勁。

「因爲他爸叫他不准出去。」

「你也沒有出門，待在家裡？」

「對。」

「有人可以證明嗎？」

「庭上，我可以說句話嗎？」

藤野檢察官站了起來。

「我認爲這段對話沒有意義。告發信的寄件人承認當晚在現場能清楚辨識容貌的只有被告大出俊次一個人，也承認會在告發信上寫下井口同學和橋田同學的名字，純粹是因爲這兩個人總和大出同學混在一起，只是單純的推測，所以──」

她厭倦地吐出鼻息：

「不管橋田證人當晚在哪裡做什麼，都跟事件無關。重要的只有一點，就是去年的聖誕夜，橋田證人和井口證人一樣，**沒有跟被告見面**，所以不知道被告幾點在哪裡做什麼。井口證人和橋田證人在這部分的說法是吻合的。這樣就足夠了吧？」

證人轉向檢察官說：「阿俊不會丟下我們兩個做壞事！」

那粗魯的語氣甚至讓藤野涼子一瞬間退縮了。

「我們三個只要不在一起就不敢做壞事。阿俊也知道。」

「可是井口同學的意見不一樣，昨天——」

「檢察官，」律師委婉地插嘴，「現在是辯方在主詰問。」

「藤野，妳坐下。」

聽到法官的命令，檢察官一臉不服氣地坐了下來。

律師繼續說：「你認爲大出同學沒辦法丟下你和井口同學一個人做壞事，是嗎？」

證人先是點頭，又搖頭說：「不是認爲，是我知道。」

「你知道？」

「對。」

「不會是你一廂情願這麼以爲嗎？事實上，前年的聖誕夜就有大出同學的『學長』等人舉行的派對。你和井口同學也認識那些『學長』嗎？」

「不認識。」

「那樣的話，表示大出同學除了你們以外，也就是在學校以外，還有其他朋友和學長。是會跟他們一起喝到醉、做壞事的朋友和學長。」

「可是阿俊不敢一個人去派對，他把我們也帶去了。」

「因爲沒有你們陪他就不敢去？」

「對。」

「總是這樣的。不管是勒索、霸凌，還是強盜傷害事件，是嗎？」

證人垂下頭，繃直放在膝上的手回答：「對。」

「但井口同學的意見不同。」

「井口是在鬧脾氣。」

「鬧脾氣？」

「他想報復阿俊。」

律師鬆開交抱的胳膊，輕輕攤開雙手。「爲什麼井口同學要報復大出同學？害井口同學受傷的是你吧？」

證人沒有回答。拱起的雙肩微微發顫，接著抖動了起來。

「阿俊他爸……」證人的聲音低到陪審團成員不探出身體就聽不見。「被警察抓了。井口不怕阿俊了。」

所以——他說，聲音哽住了。

「井口想要把過去一直忍耐的份，全部報復回去。」

「你和井口同學一直在忍受大出同學嗎？」

證人沒有回答。

「大出同學是你們的老大，所以你們沒辦法反抗大出同學。雖然厭惡，卻無法違抗他。大出同學一個人就很可怕了，但他後面還有更可怕的老爸撐腰，你們更是只能忍氣吞聲了，是嗎？」

證人的頭上下移動，他在點頭。

「而且除了阿俊，我們沒有別的朋友。」

「所以，你們三個才會總是在一起。然而你厭倦這種關係，想要脫離的時候，大出同學和井口同學都生氣了。他們甚至有了只要冷靜思考就知道不可能的想像，認爲你就是告發信的寄件人，對你嚴加指責。結果井口同學與你發生爭執，受了重傷。然後你現在——」

律師暫時停頓，語氣變得緩和：「深深感到後悔，對嗎？」

橋田證人抬頭，點了點頭。

「我問一個假設性的問題。」律師繼續說：「假設，只是假設。如果大出同學由於某些原因，在沒有你們的情況下闖出禍來，或是被捲入麻煩，你認爲他會瞞著你們嗎？」

證人搖頭否定了。

「他不會隱瞞你們？」

「他會告訴我們，絕對會。」

「爲什麼？」

「阿俊一個人沒辦法。」

「他需要你們的協助？比方說，要你們收拾爛攤子？」

證人第一次向律師表現出怒意，「才不是，不是爲了叫我們做什麼。只是阿俊不會不說，他不會瞞我們。」

「即使被第三者下了封口令？比方說，他的父親叫他不准說。」

「就算是那樣，阿俊還是會告訴我們。」

「如果被他可怕的父親下了封口令，大出同學不會聽從父親的吩咐嗎？」

「那是不一樣的。」

不一樣的，麻里子也懂，她明白律師是故意這麼問的。

「因爲我們是哥兒們。」

麻里子非常痛恨這三個人，可是這一瞬間，她能感受到橋田祐太郎說的「哥兒們」這個詞裡的暖意。她也明白這對他們很重要。她了解到對於愛惹麻煩、危險又可怕、沒有任何優點的三人來說，他們的關係是切也切不斷的。

因為他們沒有別的朋友。

「就算阿俊隱瞞，我也看得出來。」

橋田證人如此一口咬定，身體打了個哆嗦。

「阿俊才沒有殺柏木。要是他幹出那種事，我看得出來，絕對看得出來。」

「對於假設性的問題，我認爲證人再怎麼發表意見也沒有意義。」藤野檢察官尖銳的聲音響起。

「不，有意義。」

律師迅速反駁。在這個小法庭上，檢察官與律師的視線第一次激烈衝撞。

「況且，這個假設性的情況，正是檢察官描繪出來的情節。證人是對這個情節陳述意見。」

檢察官眨了眨眼，撇開臉。即使如此，神原律師還是直盯著藤野檢察官好一陣子。

然後，他地帶著抑揚頓挫緩緩地說：「我再提一個假設性的問題——」

這次又是什麼？麻里子在藤野涼子臉上看到這樣的表情。你的企圖是什麼？

「就是增井望同學的事件。請轉換一下思考。就是你們今年二月引發的殘酷的強盜傷害案件。」

律師莫名強調昨天他那樣強烈否定的說法。

「發生那件事的時候，你在想什麼？」

「想什麼……？」

「坦白說，你覺得幸好沒有變成刑案，對吧？」

「是這樣沒錯……」

「其他呢？還有什麼想法？」

證人沉默了相當長的一段時間。

「我很怕。」證人回答，「我以爲他可能會死掉。」

「你覺得有可能會害死增井同學？」

「對。」

「所以你感到害怕。」

「對。」

「那件事讓你下定決心，是嗎？」

「對。」

「那麼，接下來是假設性的問題，請仔細思考後回答。如果沒有發生增井同學的事，你現在會是什麼情況？」

證人又開始抖動身體。

「失去下定決心的契機，你跟大出同學和井口同學會像過去那樣，繼續混在一起嗎？即使內心不願意，也會覺得沒辦法改變嗎？」

「這……我不曉得。」

「那我換個假設好了。」

律師勾起嘴角一笑，很快又恢復嚴肅的表情。

「如果你和大出同學、井口同學一起，在犯下增井望同學的事件之前，先犯下了與增井同學的事件相同的暴力事件，你會怎樣？」

麻里子旁邊的香奈芽輕輕地「哇」了一聲，然後用力抓起麻里子的手握住。

藤野檢察官瞠目結舌。

「請仔細思考。」

然後律師盯著證人，一口氣說道：「如果在增井同學的事件之前，你們犯下了可能讓你擔心會害死對方的事情的話？我說得更直接一點好了。如果你們在二月的事件發生以前，就已犯下殺人命案的話？或是你知道大出同學殺了人，正在隱瞞這件事的話？即使如此，你還是能夠照常生活，以相同的態度，維持跟大出同學和井口同學的關係，絲毫不反省、不害怕、不後悔、不自我厭惡，三人之間依然相處融洽，並聯手攻擊增井望同學嗎？」

「異議！」

檢察官起身大叫的同時，律師也不甘示弱地大聲對法官說：「辯方撤回剛才的問題。」

陪審團一片鬧哄哄。陪審團長縮著脖子在笑。有男生小聲地說「這招好賤——」，不過和字面意義不同，聲音聽起來很興奮，像是在稱讚。是原田同學說的嗎？

橋田祐太郎在證人席上搖頭。他似乎被藤野涼子的怒容嚇到了。

「不會。」他小聲回答。不是對律師，而是在對檢察官說。藤野，妳發什麼飆啊？

「陪審團，請忘掉證人剛才的回答。那是誘導式問話。」

法官機敏地開口，爲了遏止怒氣沖沖的藤野檢察官，敲了一下木槌。

「藤野，坐下。」

不要讓我講那麼多遍——法官發出恐嚇般的聲音。藤野檢察官坐了下來。

「好厲害！」香奈芽湊近麻里子耳邊低語：「這才是神原同學的目的。」

「咦？」

「如果沒有橋田同學作證，就讓藤野同學搶先提出增井同學的事件，然後由她說明那是多麼殘忍的事件，我們就會留下大出同學他們眞的是暴力分子的印象，所以神原同學才會阻止。可是，如果橋田同學先出來作證的話，情況就完全不一樣了！」

麻里子知道香奈芽很興奮，但不太明白她的意思。

「麻里，跟你說喔，如果他們先害死了柏木同學，橋田同學就會更早跟大出同學他們分道揚鑣——」

「陪審團！」

法官瞪著她們，兩人縮起脖子。

「不許私下交談。」

「是，對不起。」

即使如此，香奈芽還是握著麻里子的手不放。坐在另一邊的行夫也笑容滿面，一副佩服的樣子。只有我一個人不懂爲什麼嗎?麻里子暗想。

「檢察官會生氣也是當然的，我有點得寸進尺了。」

律師笑著行禮說道。

「我們離開假設，回到事實吧。」

神原律師重新轉向證人。他調勻呼吸，陪審團也自然地跟著這麼做。

半晌之間，法庭內變得安靜。

「橋田祐太郎同學。」

「嗯。」證人點頭。

「去年的聖誕夜，你在家裡?」

「嗯。」

「不在這所學校的屋頂上?」

「嗯。」

「你不在，大出同學也不在?」

「嗯。」

「嗯。」律師也點點頭，「沒錯，**你們不在屋頂上**。」

律師的語氣中有一種屹立不搖的信任，不僅僅是單純確認橋田證人的證詞。麻里子感覺到那股堅定的信任，心中一陣震動。

「你和大出同學都沒有殺害柏木卓也同學。這是你的眞實情況——是你希望陪審團聽到的眞實情況，對吧?」

證人看向陪審團，陪審團也看著證人。

「沒錯。」證人回答。

律師喘了一口氣，對法官說：「關於證人去年聖誕夜的不在場證明，有當晚在證人母親店裡的常客長瀨先生的陳述書。」

「作為證據採用。」

法官說完後，望向檢察官。「還是檢察官要直接詰問證人，否則無法接受？」

檢察官一時沒有回答，彷彿有點凍結似地注視著律師。旁邊的佐佐木吾郎輕輕戳了戳檢察官的手肘。

「藤野？」

法官再度出聲，藤野涼子回過神來：「咦？不，沒有必要。」

「沒有必要什麼？」

「詰問那個叫長瀨的證人。因為我們的見解和主張還是一樣。」

神原律師對證人笑著說：「太好了。不過長瀨先生說，他會等到你作證結束。」

聽到這話，麻里子才恍然大悟，其他陪審員想必也是吧。原來今天跟橋田祐太郎一起來的，是那個叫長瀨的客人。小山田修深信那是橋田祐太郎的「父親」，是他誤會了。

「長瀨先生擔心證人，陪他一起來，並且答應如果有需要，願意站上證人席。」

律師對陪審團說完後，問證人：

「證人是單親家庭，對嗎？」

「嗯。」

「家中沒有父親，但有店裡常客擔心你，很令人開心呢。」

證人沒有回答，又垂下頭，所以看不見他的表情。

如果同學跟年齡外貌像是父親的成年男性在一起，麻里子會直覺認為那就是同學的父親。因為她想不到其他組合，也沒有必要去考慮別種組合。能這樣思考是很幸福的事，但同時這也顯示出她的不知世事。麻里子望向小山田修的側臉，他看起來也陷入沉思。

「我繼續發問，請加油。」

神原律師鼓勵證人，翻動手中的檔案資料。助手野田健一小聲說了什麼，律師彎身聆聽，點了一、兩下頭。

——野田同學好像也很激動。

野田健一可能是注意到麻里子的視線，把握著拳頭的手藏到桌子底下。

檢方席上，藤野涼子不小心弄掉文件。她和吾郎及一美撿拾紙張，焦急地連聲道歉。麻里子發現她額頭在冒汗。

——小涼怎麼了？

律師抬頭，端正姿勢。野田健一也挺直了背，抓著鉛筆，麻里子不禁覺得好笑。

「橋田同學，請你把時間和記憶再往前回溯一些。」

律師說道，轉頭看法官。

「接下來，我要詢問證人關於十一月十四日自然科教具室發生的事。在這之前，我想先確認井口充同學是如何作證這件事的。庭上，我可以朗讀井口證人的陳述內容嗎？」

法官按著眼鏡框，點點頭。

「那麼，我開始讀了。」

這是麻里子他們昨天剛聽到的證詞。即使如此，香奈芽還是嚴肅地繃著身體聆聽，麻里子也不敢動彈。

神原律師一直說個不停，卻沒有聲音沙啞的樣子，也沒有結巴，流暢地念完了陳述書。

「井口同學的證詞，與你的記憶有沒有矛盾之處？」

橋田證人搖頭，然後回答：「應該沒有。」

「你們三個人與柏木同學的對話、柏木同學的發言、爭執發生的經過、柏木同學先丟椅子——這些都跟你的經驗一致嗎？」

「差不多。」

「井口同學的證詞中，」律師望向手中的陳述，「是這麼描述你的，『橋田的表情嚴肅。那個時候橋田好像很怕柏木。』」

證人垮下肩膀，點點頭。

「這裡描述了當時井口同學對你的態度留下的印象。他的解釋沒有錯嗎？」

「嗯。」

律師蹙起眉頭，「也就是說，在自然科教具室對話的時候，你害怕柏木同學？」

「說害怕太誇張了。」

「那該怎麼形容？」

「我心裡毛毛的。」

「爲什麼？」

「他說想殺人。」

「只是說說吧？或許他是在你們三個人面前逞強。」

橋田證人又搖頭，「柏木的眼神不對勁。」

「怎樣不對勁？」

「他雙眼都發直了，他是認眞的。」

「你覺得柏木同學是眞心『想知道那是什麼感覺』，所以想要殺人看看，是嗎？」

「對。」

「之後你跟大出同學或井口同學談過這件事嗎？」

「沒有。我們被楠山老師罵了。」

「沒空談這件事？」

證人點點頭，「而且阿俊好像也不怎麼在乎。」

「井口同學作證說，他和大出同學都對柏木同學很生氣。」

「只有那個時候而已。」

馬上就忘了——橋田祐太郎說。眾人凝神聆聽，只有勝木惠子有反應，她輕笑了一聲。

「你們就這麼忘了這件事，再也沒有提起柏木同學嗎？」

「嗯。」

「你也沒放在心上？」

麻里子以爲橋田祐太郎理所當然會回答「嗯」，卻聽到意外的回答。

「我覺得有點不舒服。」

「覺得不舒服？也就是你很在意？」

「對。」

「柏木同學在自然科教具室說的話、他的態度，全都令你在意？」

「對。」

回答之後，證人咳嗽起來。稍早之前，他的聲音就有些乾啞。

「要喝水嗎？」

「不用，沒關係。」證人用力咳了幾聲，接著說：「之後柏木不來學校，令我覺得更不舒服了。」

「可以說得更具體一點嗎？是怎樣不舒服？」

「就是——」

那副表情與其說是在尋思，更像是在回想準備好的內容。

「我在想，柏木會不會眞的打算要殺誰。」

——你們殺過人嗎？

「你很不安，也很擔心。因爲他的眼神是認眞的？」
「對。嗯。」
「容我再問一次，你告訴過大出同學和井口同學，你是認眞在擔心這件事嗎？」
「沒有。」
「因爲他們看起來沒有把這件事放在心上？」
「對。」
「那你是一個人承擔著這樣的憂慮嘍？」
「是這樣沒錯，可是……」
證人回答後，眼神有些游移。
「可是？」
橋田祐太郎看著律師。
——眞的可以嗎？
麻里子覺得他像是在問：神原，這件事我眞的可以講出來嗎？
這不是麻里子胡思亂想，因爲神原律師用眼神同意了。
證人不由自主地深呼吸。藤野檢察官見狀，探出身體。
「我一直很介意，又覺得很不舒服……」
「你採取了什麼行動嗎？」
「我問他了。」證人應道，「我跟柏木說話了。」
麻里子看見野田健一在桌子底下揮拳，說著：「好！」
如果開放旁聽，旁聽席現在恐怕會吵得天翻地覆，陪審團卻反倒全員屏氣凝神，悄然無聲。

藤野涼子面無表情，只是靜靜坐在同樣驚訝萬分的兩名事務官身旁。

「那是什麼時候的事？」律師問。

「十二月初的時候，應該是第一個星期六還是星期日。」

「你是在哪裡和柏木同學見了面，跟他說話嗎？」

「我不是刻意和他見面。」

語氣變得像是在辯解，橋田證人搔了搔頭。他的胳臂很長，手也很大。麻里子久違地體認到，他是個能夠與竹田陪審團長比肩的高個子。

「晚上店裡的冰用完了，我媽叫我去便利商店買，結果柏木在店裡。」

「是哪裡的便利商店、幾點左右？」

「離我家兩、三間店面的7-Eleven，快十二點的時候，所以我嚇了一跳。」

「柏木同學在做什麼？」

「翻雜誌。」

「他馬上就發現你了嗎？」

證人點點頭。

「他發現你之後，露出什麼表情？」

「他笑了。」

「冷笑？」

「對。」

「不是討好的笑？」

「不是，一定是因爲看到我嚇到，他覺得很好玩。」

「橋田同學嚇到了，因爲忽然碰到令你一直耿耿於懷的柏木同學？」

「嗯。」橋田證人點點頭，撇下嘴角。「可是我覺得不爽。」

「你嚇了一跳，柏木同學卻笑你，所以你覺得不爽？」

「對。」

「然後你怎麼了？」

「一開始我不想理他，可是買了冰要走的時候，他還在看我。」

「一樣面露冷笑？」

「所以我走過去跟他說話。」

「你說了什麼？」

「你在做什麼之類的。」

「柏木同學怎麼回答？」

停頓了一會，證人應道：「他說，跑腿嗎？」

律師微微偏頭，「意思是問你來便利商店買東西，是幫忙跑腿嗎？」

「我覺得是。」

「口氣很親暱呢。」

「我很不爽。我覺得被瞧不起了，所以……」

所以——證人的聲音變低了。

「我跟柏木說，三更半夜在便利商店鬼混，小心被警察輔導。」

「柏木同學怎麼反應？」

「一樣怪笑著。」

「他沒有躲躲藏藏的樣子？」

「完全沒有。」

「你記得柏木同學穿什麼嗎？」

「運動服。」

「也就是便服？」

「對。」

「柏木同學的父母說，他自從不去上學以後，生活變得不規律，經常日夜顚倒，有時會整晚不睡覺，甚至在半夜外出。」

律師向法官及陪審團說明，再次問證人：「然後你們還說了什麼？」

「我一直很介意，所以就問他爲什麼不來學校。」

直截了當地問出口。

「柏木同學怎麼回答？」

「他說，跟橋田同學你們無關，用不著你們擔心。」

「他看穿了你的心情呢。」

證人沒有回答，嘴角又垮下來。

「我說你不適合學人當什麼不良少年，別這樣。」

「你對柏木同學說他不適合裝成不良少年，蹺課不上學。然後呢？」

「那傢伙說他不是蹺課，可是他再也不會去學校了。」

「那個時候旁邊有人嗎？」

「只有店長在收銀櫃檯。」

「只有你跟柏木同學兩個人，在超商的雜誌區說話。」

「對。」

「你們說得很大聲嗎？」

證人搖搖頭，抬眼看著律師：「那邊的店長認識我。」
「你會幫忙母親店裡跑腿，所以跟店長認識。」
「而且就在附近，我三更半夜過去也不會怎樣。可是柏木不同，他個子很小，看起來像小學生。」
「你覺得如果他一直待在那裡，會被店長問話？」
「嗯，所以我拖著柏木一起離開。」
麻里子不禁感到敬佩，原來橋田同學有這樣的一面。
「柏木同學乖乖聽從了嗎？」
「嗯。」
「他沒有反抗？」
「他說之前他三更半夜來也沒有怎樣，還笑說便利商店的人才不會管那麼多。」
「後來你們怎麼了？」
「回到我家的店門前，聊了一下。」
「你們聊了什麼？」
橋田祐太郎突出的喉結一動，「我很不會說話，所以……」
「不會的，到目前爲止，你陳述的內容很清楚易懂。」
證人懷疑地望向陪審團，麻里子向他點點頭。雖然沒能與證人對望，但他應該看到了。
「我眞的覺得柏木很危險……」
「你有預感，他可能會殺人或是傷害人，惹出那類事情。」
「對，所以我就說『你很危險』。」
「你明確地對本人說？」
證人點點頭。

「柏木同學怎麼反應？他又賊笑了嗎？」

「他相當吃驚。」

「吃驚？」

「他說，原來橋田同學知道我是認眞的。」

「他說自然科教具室的那段對話不是在胡鬧，而是認眞的？」

「對。」

「實際上，柏木同學看起來很認眞嗎？」

「那個時候他沒有笑。」

律師點點頭，用眼神催促他繼續說下去。橋田祐太郎的額頭冒出汗水。

「我跟他說，如果你眞的想殺誰，打消念頭吧，你做不到的，連我們都不會幹那種事。」

「柏木同學怎麼說？」

「他說自己做不到，本來想要拜託我們。所以我……」

證人的語氣變得急促，嘴角積著口水，他用手背用力抹掉。

「我問他到底想殺誰？是老師嗎？還是爸媽？」

法官銀框眼鏡底下的眼睛，瞇得像線一樣細。相對地，藤野檢察官的眼睛眨也不眨。

「我問他到底是那麼恨誰，結果他說不是恨誰，只是想要身邊的人死掉而已。」

律師的眼睛也訝異地瞇了起來，「這是什麼意思？」

「柏木說，如果身邊有人死掉，就能明白死亡是怎麼一回事。要不然沒辦法了解。」

證人拭去額頭的汗，身體哆嗦了一下。

「我眞的覺得這傢伙腦袋有問題。他一臉認眞，像在談論考試還是別的，卻說希望有人死掉，實在是腦袋有問題。」

「你一定很怕吧。當時柏木同學發現你內心的害怕了嗎？」

證人毫不猶豫地用力點頭。「那傢伙說，不勞費心，我不會再把橋田同學你們捲進來。」

竹田陪審團長出聲大大地嘆了一口氣，忍不住開口：

「橋田，你幹麼不早點說出來？跟我們說就好了啊。」

法官隨即厲聲制止：「陪審團長，肅靜。」

竹田陪審團長抗議似地回望法官，垮下肩膀。證人席上的橋田祐太郎縮起身子，像要躲避竹田陪審團長。

雖然時間很短，但他們曾經隸屬於同一個社團。麻里子在高個子的籃球隊王牌的側臉上，看見深深受傷的神情，胸口一陣疼痛。

「然後呢？你們還說了什麼？」

證人縮著身體回答：「只有這樣而已。我又說了句『你太奇怪了』，就進到店裡。」

「把柏木同學留在原地？」

「對。」

「你逃走了。」

「唔，是啊。嗯。」

「那個時候你非常害怕，怕到甚至想逃。」

「我覺得柏木不正常。」

「你把這件事告訴別人了嗎？」

「沒有，在告訴你們之前都沒有。」

「你沒有告訴母親，也沒有告訴柏木同學的導師森內，也沒有告訴大出同學和井口同學？」

證人點頭。

「爲什麼不告訴他們？」
證人沒有回答。
「你覺得不會有人相信你？」
「或者說，我自己也不敢相信。」
「柏木同學的想法和他說的話，你都難以置信？」
「對。」
「你覺得不要再管了，最好不要扯上關係，是嗎？」
「反正我又不能怎樣。」
「你後來還遇過柏木同學嗎？」
「沒有。」
「他有沒有打電話給你之類的？」
「怎麼可能？」
「你有沒有試圖聯絡他？」
證人默默搖頭。
「謝謝你。法官，這家7-Eleven我們去詢問過了，不過很遺憾，監視器的錄影帶是重複使用，去年十二月初的影像早就消除了。雖然無法得知確切的日期，但店長記得去年年底，橋田同學曾經深夜來買冰塊，跟疑似同學的小個子少年在店內碰上。我們將店長的證詞製作成陳述書，作爲辯方證據提出。」
「好。」法官立刻准許，並未詢問檢方的意見。不知爲何，藤野檢察官也沒有提出抗議。
「需要反詰問嗎？」
法官問，藤野涼子的表情總算有了變化。證人席上的橋田祐太郎看上去十分畏縮。
藤野檢察官慢慢地站起來，雙手撐在桌上，面對證人。

「橋田同學。」

證人默默咬住嘴唇，垂下頭。

「你變成長舌公了呢。」檢察官說著，僵硬地微笑。「好像變了個人。那麼短的時間內得練習說這麼多話，一定很辛苦吧？」

藤野在說什麼？證人求救似地偷看律師，但神原律師只回以淡淡的笑容。

「我是在問，神原律師和野田同學是不是陪你特訓，好讓你順利上台作證？」

檢察官臉上的笑容擴大，再次問道。證人沒回答。

「我的反詰問就只有這些。橋田同學，謝謝你參加這場審判。」

藤野涼子行了個禮，坐了下來。橋田祐太郎僵在證人席上，一動也不動。

「我——」

依然垂著頭的證人呢喃，律師微微眼大眼睛，野田健一慌了。法官探出身體，問道：

「證人，你想說什麼嗎？」

橋田祐太郎點點頭。

「好的。本席裁定，准許你發言。」

不曉得是不是法官的說法太拗口，證人聽不懂，支吾了起來。你想說什麼，說就是了——律師好心地說明。

這樣正式允許，他反倒更難以啓齒吧。麻里子非常了解橋田祐太郎裹足不前的心情。

「因爲我覺得……」他眼神游移，喃喃地說：「自己的想法……」

這是沉默寡言，總是不曉得在想什麼的橋田祐太郎，第一次主動開口。

「要好好說出來才行。」

他簡短說完，站了起來，垂著頭離席，往教室後門走去。麻里子看見竹田陪審團長只動了動嘴唇，朝他的背影無聲呼喚：

——你這個傻瓜。

眞的。

「我想討論一下今後的證人詰問方式。」

橋田祐太郎離去後的法庭上，律師開口：「雖然我們辯方希望依照今早提出的名單，再傳喚一名證人，然後對被告本人進行詰問……」

檢察官插嘴：「這份名單上的『今野努』是誰？上面只有名字。」

「抱歉，目前在這個階段只能透露他的名字。坦白說，他能不能到場，也要到時候才會知道。」

「什麼意思？」

藤野檢察官顯然不高興了。她看起來有點提心吊膽的樣子，是麻里子多心嗎？

「這也是對方的要求，所以我只能道歉。然後這名證人……」

律師把檢察官的責難擺到一旁，對法官說：「庭上，他今天怎麼樣都無法到場，再加上被告強烈希望不是在非公開法庭，而是在有旁聽者的情況下進行問答，所以我希望等到明天再進行。」

陪審團大吃一驚，勝木惠子甚至叫出聲來：「開什麼玩笑！你們想讓俊次丟人現眼嗎？」

「陪審員，安靜。」

「可是！」

「不安靜就把妳趕出去。不，不光是趕出去，我會罷免妳喔，勝木。」

「意思是，要把妳從陪審團開除。」

原田仁志多此一舉地說明，不出所料，惠子暴跳如雷。

「又要把我開除？你敢就試試看！」

「勝木同學。」
女生的聲音變成合唱，沒有一起唱的只有麻里子。是香奈芽、教子和彌生三個人的聲音。
「妳搞清楚自己的立場，好嗎？」
蒲田教子展現女陪審員領袖的威嚴，厲聲訓道：
「不要再耍任性了。我們是一個團隊，如果妳被開除，我們也得解散。那樣的話，對妳心愛的大出同學一點好處也沒有，懂了沒？」
惠子橫眉豎目，可是也退縮得很厲害。
「**懂了沒？**」教子揚聲追擊。
「——懂了啦。」
「她這麼說，庭上。眞抱歉。」
陪審團長作出結論，每個人都笑了——除了藤野涼子以及必須維持威嚴的井上法官以外。
「所以……呃，說到哪去了？」
神原律師的步調也亂了。
「檢方的證人名單，今天預定只有三宅樹理同學一個人，對吧？所以……」
檢察官再度插嘴：「既然法官剛才已裁定，檢方想要傳喚四中的增井望同學擔任證人。」
「這個要求很正當，可是妳現在傳喚，他馬上就能過來嗎？」
律師問，涼子頓時語塞。
「這……」
「那就留到明天，今天就這樣休庭，如何？各位陪審員也需要時間，慢慢消化今天的證詞和陳述書內容。」
教室的時鐘指著下午兩點半，的確比平常更早，不過今天有許多重要的對話，需要費一番工夫理解。像是麻里子，都暈頭轉向了。審判到了第三天，陪審員都累積了不少緊張與疲勞吧。今天實在累壞了。

「說的也是，那就在這裡告一段落吧。」

法官也似乎突然解除了緊張。此時前門響起敲門聲，山晉探頭進來。

「抱歉，打擾了。」

他發揮一板一眼的個性，行了個九十度鞠躬禮。

「津崎老師表示，休庭或本日審理結束時，希望能占用校內法庭的各位一點時間。據說岡野代理校長也會同席。」

眾人吵鬧起來。法官把職責和脫到一半的長袍一起穿回身上，問道：

「是什麼事？」

「我不清楚詳情。如果法官許可，我立刻去校長室通知。」

「好，麻煩了。」

山晉又行了個禮，跑步離開。

「那個山崎呀，」原田仁志問，「聽說他跟楠山老師單挑打贏了，這是眞的嗎？」

「是眞的。他是我們無敵的法警。」

教子回道，還來不及發展成多餘的閒聊，岡野代理校長就旋風般飛快地趕到了。個子高挑、以年齡而言頗爲瀟灑的校長身後，跟著身材圓短的小狸子津崎前校長。

兩名老師現在的立場和過去是顚倒的。小狸子顧慮岡野代理校長，整個人縮得小小的，麻里子無法直視他。

「各位的課外活動似乎進行得十分順利。」

岡野代理校長開口。可是，我絕對不是贊同這場「課外活動」——他拱起的肩膀明白地這麼表示。

「站在老師的立場，我不想妨礙各位，不過出了一個問題，所以——津崎老師，請說。」

岡野代理校長露骨地表現出這個「問題」不是他造成的，而是津崎老師帶來的。
「各位，很抱歉。」
津崎老師彎下渾圓的頭頂，劈頭就向眾人道歉：
「可是我判斷這對各位，還有這場審判都非常重要，而且岡野校長也同意了，所以……」
「只能一下子。」代理校長在旁邊叮囑，「十分鐘以內。」
「十分鐘以內。」小狸子複述，「我一直在等你們休庭。幸好今天提早結束了。如果會拖到傍晚，我原本打算說服對方放棄。」
對方指的是誰？這回一頭霧水的似乎不只麻里子一個人，連井上法官、神原律師都一臉疑惑。
「津崎老師，怎麼了？」
比起邊擦汗邊侷促說話的津崎前校長，井上法官顯得更有威嚴。
「是森內老師的事情。」
陪審團一陣騷動，檢察官和律師有些戒備。
「有什麼進展嗎？」法官問。
「有的。其實……」
小狸子終於從開襟襯衫的胸前口袋掏出手帕擦臉，麻里子鬆了一口氣。
「讓森內老師受傷，然後逃亡的那名女士，現在來到學校了。」
眾人的驚訝當中多了一絲恐懼。
「她在這裡嗎？在哪裡？」
萩尾一美率先尖叫，從椅子上站起來。「傷害森內老師不夠，她還想要來攻擊我們嗎？」
「笨蛋。」佐佐木吾郎說，拉扯她的手，要她坐下。「妳真的有夠笨的。」
「可是，她是殺人凶手耶！」

「不是殺人，森內老師還活著，她逐漸康復了。」

神原律師難得吃驚到幾乎站起來，嘴巴半張著又坐了回去，對野田健一露出笑容。健一睜大眼睛，毫無反應，讓人不禁懷疑他是不是昏倒了。

「野田同學，振作。」

律師搖他，他總算回過神來。

「是住在森內老師家隔壁，名叫垣內美奈繪的女士。她接下來要去警察署。」

「咦？她要去自首？」教子和彌生小聲說。

「不是自首，這種情況稱爲『投案』才正確。」法官一板一眼地訂正。

「垣內女士對自己的所作所爲坦承不諱，準備向警方投案。」津崎前校長接著說：「如果被拘捕，就再也沒有機會見到大家，跟大家說話了，所以她從中午就一直在等。她無論如何都想在投案前到這裡來，向在進行校內審判的各位道歉。」

「我嚴命她留在校長室，請各位放心。那位女士沒有靠近這間教室。」

聽到岡野代理校長的說明，麻里子想起來了，上午在操場遇到淺井同學的母親時，她不是說「校長室很吵」嗎？原來是因爲垣內美奈繪的關係。麻里子立刻回頭看香奈芽，她好像也在想一樣的事，「嗯、嗯」地點頭。

「爲什麼她要向我們道歉？」

驚訝從藤野涼子的聲音中消失，取而代之的是憤怒與懷疑的音色。

「如果要道歉，應該先向森內老師道歉才合理吧？」

「本人也是這個打算，只是如果靠近森內老師住院的醫院，一定會被當場報警處理吧。」

「那當然了。」吾郎點點頭，「老師的母親會報警，不理會對方的說詞。」

「本來我認爲這種狀況實在太荒唐了。」

岡野代理校長用酸到極點的諷刺語氣說，斜瞪著小狸子。

「可是垣內女士並非一個人來，而是由家人和律師陪同前來。尤其是律師恭敬地拜託我，要拒絕反倒麻煩，而且萬一拒絕，導致本人失控再次逃亡之類的狀況就不好了。所以我提出限時十分鐘的條件，答應了她。」

「雖然校長這麼說，」井上法官起立發言，「垣內美奈繪是與我們審判核心的告發信有關的重要關係者，如果可以，我們希望從一開始就傳喚她擔任證人，這是非常求之不得的機會。不管是十分鐘或二十分鐘，我們都能提供必要的證人詰問時間。請把垣內女士帶過來吧。」

他不等代理校長反應，便掃視檢察官與律師。

「哪一方要主詰問？」

藤野和神原同時舉手。律師微笑，放下手。

「我退讓。畢竟森內老師是藤野同學的老師。」

「當然了。」

看似不滿的岡野代理校長還沒收起苦瓜臉，山晉已把焦點人物帶過來。三人從後方的門魚貫入庭。其中一個三十多歲的女子，就是垣內美奈繪吧。

這場審判中，短短三天之間，麻里子看到了形形色色的景象。有國中生突然變老，有年紀一大把的大人在國中生面前激動失控，也有大學生像小學生似地頂撞父親。所以她覺得不管看到什麼都不會再感到驚訝，至少今年夏天的驚奇額度應該都用完了，然而此刻她還是不禁感到驚訝。

——這個人也好像幽靈。

她本來一定是個美人吧，而且優雅脫俗，然而此刻卻變得面目全非。她穿著廉價印花洋裝，腳下不知為何踩著運動鞋。脂粉未施，憔悴的臉頰上沾覆著長長的頭髮。

緊跟在女子身邊的，是其餘兩名男子中表情比較明亮的一人。他較為年長，約五十開外。另一人歲數跟垣內美奈繪差不多，長得頗爲俊秀，穿著筆挺的西裝。

女子垂著頭，腳步搖搖晃晃，津崎前校長迅速讓她在其中一張椅子坐下，然後年長的男子站在旁邊，將手放在她的肩上，開口：

「各位，抱歉打擾了。我名叫河野良介。如果用各位比較容易明白的詞彙來說，我的職業是私家偵探。」

站在教室靠走廊的角落的岡野代理校長，跳了起來。「河野先生，你不是說你是律師嗎！」

河野偵探顯然在裝傻，連初次見面的麻里子都看得出來。

「什麼？不不不，我只是說，垣內夫妻有一位律師姓金永。」

岡野代理校長的臉脹得通紅，小狸子拚命安撫。

「我跟法官同學、檢察官同學，還有律師搭檔在醫院見過，對吧？你們看起來滿有精神，太好了。」

河野偵探大方地說，笑容滿面。「各位陪審員，幸會幸會，我是各位的大粉絲，每天都來旁聽。大家太了不起了！」

這次換前任校長跳了起來，「河野先生來旁聽了嗎？」

「是呀，不行嗎？」

藤野檢察官低著頭笑了。

「你不是學校相關人士吧？」

「是森內老師的母親委託我，要我替她旁聽的。」

說完後，河野偵探把手放在心臟上面，殷勤地對麻里子等陪審員說：「這就是我的立場。我接到森內老師及老師母親的委託，調查電視台收到的告發信一事。今天我會同行，是因爲這位垣內典史先生……」

偵探指著較年輕的男子，於是他向眾人輕輕低頭行禮。他的表情消沉苦惱，眼睛紅紅的。

「垣內先生接到逃亡中的美奈繪女士來電，說想要投案，所以他通知了我。」

哇——一美睜圓眼睛，「這個老公太勇敢了！」

「笨蛋，妳閉嘴啦。」吾郎如此責備。

「不過，那通電話居然沒被警方攔截。」

「因爲是打到公司來……」

垣內先生小聲回答，一美益發錯愕：「這樣就沒堵到？這種時候警方眞是不可靠。」

井上法官不是對一美，而是對藤野涼子說：「叫這傢伙閉嘴。」

「抱歉。」藤野檢察官嘴上道歉，還是在笑。河野偵探也開朗地笑著說：

「一美同學今天也我行我素，不錯。」

在現任與前任校長昏倒、法官眞的動怒之前，河野偵探恢復正經的神情。

「開場白就到這裡，好了，各位，這位就是垣內美奈繪女士。她坐在證人席比較好嗎？」

「請上證人席吧。由藤野檢察官來進行主詰問。」

「等、等一下！」幾乎要昏倒的岡野代理校長走上前，「不能讓這個人靠近我的學生！」

「岡野校長，這裡是法庭，請聽從本席的裁定。」

「井上同學！」

「法警。」法官不理會，叫來山晉。現在他也進入法庭，在側門前立正不動。

「是！」

「請扶證人到證人席，法警也在那裡待命。」

山晉迅速上前，催促垣內美奈繪起身，引導她至證人席。在先前的對話中完全沒有抬頭、不發一語的這名女子一起身邁步，就踉蹌了一下。山晉馬上扶住她的肩膀。

「謝謝你。」

眾人第一次聽到她的聲音，十分嬌弱，是很女性化的甜美音色。

「證人看起來身體狀況不佳，請坐著就好。首先得確認妳的姓名，妳是垣內美奈繪女士，對嗎？」

女子在椅子上勉強支撐著身體，抬起頭來。「是的。」

「妳住在江戶川區的江戶川芙洛公寓四〇二號室，對嗎？」

「是的，沒錯。」

垣內美奈繪消瘦的臉上浮現些許驚訝的漣漪，或許是對井上法官的法官架勢感到讚嘆。

「那麼，請妳宣誓。」

垣內美奈繪結結巴巴地宣誓，或許是因爲她心力交瘁，但麻里子感覺這個人本來說話就是如此嬌聲嗲氣。我不太喜歡這種說話方式，原來有這樣的大人啊。就算是臉和氣質不搭的人，也會用這種語調說話。是覺得這樣才有女人味嗎？

雖然不該有偏見，不過麻里子總覺得窺見了這個人的內在。

「垣內女士，接下來要請妳在證人詰問中回答問題。」

井上法官以公事公辦的語氣說：

「詰問採取一問一答的形式，除非本席同意，否則妳不能任意發言。可以嗎？」

垣內美奈繪點點頭，「好的。」

然後她調整呼吸，匆匆補上一句：「請用各位最能夠接受的方式進行吧。」

「好的。那麼──」

法官點頭。

「開始主詰問。我是擔任檢察官的藤野涼子。」

藤野檢察官起立行禮。

「首先我要請教，妳知道寄給森內老師的告發信──也就是指控去年十二月二十四日本校學生柏木卓也同學過世的事件，不是自殺而是殺人命案，寄件人目擊到命案現場的告發信嗎？」

「我知道。」
「妳親手拿過實物嗎？」
「是的。」
「妳為什麼會拿到？」
垣內美奈繪垂下頭，凌亂的頭髮蓋住了一半的臉。
「因為我從森內小姐的信箱偷來。」
「妳為什麼這麼做？」
「我想要讓森內小姐感到困擾。」
「妳是森內小姐的朋友嗎？」
「不是。」
「只是公寓住家的鄰居？」
「——是的。」
「妳和森內老師有什麼過節嗎？」
「沒有。」
「那麼，妳為何要騷擾老師？」
垣內美奈繪伸手撩起長髮，「我討厭你們的老師。」
「老師給妳添了麻煩，或是危害到妳嗎？」
「沒有，只是我單方面討厭她。」
「為什麼？」
語氣鄭重其事、不斷提問的藤野涼子看起來十分悲傷。
「——我想我是在嫉妒。」

「森內老師不是妳的朋友，只是個鄰居，究竟有什麼好嫉妒的？」

「森內小姐很年輕……」

證人的聲音哽住，與此同時，丈夫垣內典史把目光從她的身上移開。

「她很年輕，看起來相當幸福，又受到學生仰慕，這讓我心生嫉妒。」

藤野檢察官把嘴巴抿成一字形，吐出鼻息。「妳從老師的信箱偷走告發信，這是經過計畫的行動嗎？」

「不，是碰巧。」

「妳從以前就會偷老師的信件，窺探她的隱私。在這種行爲的延長線上，碰巧偷到了告發信。」

「是的。」

「讀了內容以後，妳發現那是很重要的東西？」

「我覺得好像很重要，就查了一下報紙，發現眞的很重要。」

「然而妳卻刻意撕毀告發信，投書到ＨＢＳ的《前鋒新聞》？」

「是的。」

「這是完全出於妳個人的想法做出來的事嗎？」

「對，是我一個人做的。」

「看到《前鋒新聞》的特輯時，妳的心情如何？」

垣內證人又撩起頭髮，頭垂得更低了。

「妳得知森內老師遭到抨擊，說她身爲導師，居然不負責任地撕毀告發信丟棄，試圖隱瞞柏木同學的事件，妳有什麼感想？」

在長髮的隱藏下，垣內美奈繪的聲音好似要消失了：「——對不起。」

藤野涼子就像法警山晉那樣立正不動，直視著證人。

「我問完了。」

緊接著，神原律師站了起來。

「敝姓神原，在這場審判中爲被告大出俊次同學辯護。」

垣內美奈繪抬起頭，吸了吸鼻子。

「垣內女士，妳認識大出俊次同學嗎？」

「不認識。」她以鼻音回答。

「妳認識他的家人嗎？」

「完全不認識。」

「除了森內老師以外，城東第三中學有妳認識的人嗎？」

「沒有。」

「把告發信寄到ＨＢＳ電視台的時候，妳認爲信上寫的內容是事實嗎？」

陪審團的目光集中在證人身上。

「——我不知道。」

「不過，妳覺得有可能是眞的？」

「我不知道。」

「眞的絲毫沒有頭緒？妳不認爲至少有一半可能是眞的嗎？」

證人撩起頭髮，抬起淚濕的眼眸望著律師。「我暗自希望如果是眞的就好了，也覺得如果森內小姐是那麼不負責任的教師，就應該遭到告發。」

「那麼，當時妳認爲自己是在做對的事嗎？」

證人流下眼淚，「是的。」

「妳的想法改變了嗎？」

「不知道。對於柏木同學的事件，我一無所知。」

證人忍不住似地抽噎，用手摀住嘴巴，接下來作證的聲音變成了呻吟。

「可是我幼稚地騷擾森內小姐，甚至害她受傷了。我害大家的老師陷入險境。」

「呃……」垣內典史先生眨著通紅的眼睛站起來。「美奈繪會做出這種事，是因爲我們夫妻之間出了問題。將大家捲入毫無關係的大人之間的糾紛，我眞的覺得很抱歉。所以美奈繪才會想要在向警方投案之前，先向大家道歉。」

「垣內先生，你不是證人，請不要任意發言。」

「可是我……」

「這些道歉和解釋，應該對森內老師說，而不是對我們說。」

毫不相干的大人垣內先生，被訓斥著毫不相干的大人的國中生法官駁倒了。至於爲什麼，是因爲國中生法官的見解才是對的。

「說的也是……抱歉。」

他坐下之後，律師開口：「我再確認一次，關於柏木卓也死亡的眞相，證人完全、絲毫不知情。妳和那件事無關，對嗎？」

「是的，我是無關的第三者。」

「妳只是想要讓森內老師困擾，是嗎？」

「是的。」

「我沒有問題了。」

律師的目光從垣內美奈繪身上移開，卻仍站在原地。像是在呼應他，藤野檢察官也站起來。

「可以了嗎？」河野偵探問。

法官回答：「證人詰問結束了。請回吧。」

「不用問她是怎麼害森內老師受傷的嗎？」

「那不是這次校內法庭要處理的案件。」

法官說著，站了起來。陪審團長也站起來。陪審團、雙方的助手跟著起立，只有勝木惠子蹺著腿坐著。她那雙燃燒著熊熊怒火的眼睛，彷彿吼叫著：「笨女人，都是妳傷害了俊次啦！」

「是啊，說的也是。」

河野偵探大大點頭，依然一臉開朗，只是用力抿緊嘴巴。接著，他催促垣內夫妻：「走吧。」

「等一下。」

一直處於局外人狀態的岡野代理校長復活了。

「河野先生，必須向學生說明才行。」

噢——偵探拍了一下額頭，「其實呢，各位，垣內女士在投案之前先過來學校這件事，校長提議向警方保密。」

「這、這不是我一個人的主意——」

代理校長慌了起來。偵探無視他，繼續道：「這樣事情比較單純，對吧？萬一被警方知道垣內女士在投案前先來找過你們，可能又會變成校長的責任問題。」

「我並沒有說那種話——」

「我明白了。我們不會把垣內女士的事說出去。」法官保證。

「謝謝。」

岡野代理校長面色通紅，小狸子不知為何陷入恍惚的狀態。

「那麼，大家加油。」

河野偵探向國中生們敬禮。每個國中生都很鎮定，沒有毛躁回禮。

垣內美奈繪被丈夫和偵探攙扶著，由前校長帶領，在代理校長的監視下，準備從後門離開，卻又掙扎似地回頭說：

「大家……」

幽靈哭泣著。

「不要變成像我這樣的大人喔。」

然後她就離開了。結果那個人是來說這句話的，麻里子心想。

「還用妳這歐巴桑來說。」勝木惠子不屑地說。

「小森森也不是多了不起的人。」

萩尾一美嘴上不饒人，眼眶卻盈滿了淚水。妳眞的很傻耶，幹麼在那裡陪哭啊？——佐佐木吾郎說著，用力摸了摸她的頭。

「因爲那個人反省了嘛。」

「是嗎？她會投案，搞不好是逃亡太累，處境太悽慘了。」

「那樣的話，她不會特地過來。」神原律師出聲，「應該是河野所長說服她，說可以爲我們的審判盡一份力吧。」

藤野涼子無力地趴在桌上。她的背影說著「累死了」。法庭上沒有大人也沒有證人，只剩下校內法庭的核心成員。

「可是她已遍體鱗傷。」

溝口彌生還在看垣內美奈繪離去的那道門。那道幽靈現身，然後消失的門。

「如果想害人，就要有遭受報應的覺悟。」

教子說道。法官聞言，附和：「說得好。」

沒錯，說得好。

不管將來會變成什麼樣的大人都好，雖然應該也無法變成多了不起的大人，但我絕對不想變成那種眼神陰暗的幽靈。

這成了倉田麻里子的人生目標。

電視畫面出現垣內美奈繪的照片。

約莫是護照或駕照的大頭照吧，表情一本正經。她很漂亮，又會化妝，髮型也相當時髦，卻給人一種冷酷、心機重的印象。

——我看過有這種眼神的人。

目光強硬。眼眸披掛著鎧甲，就像在說：「誰也不許瞧不起我，我不會給人可趁之機。」

三宅樹理在熄了燈的臥房裡，托腮盯著電視思考。

垣內美奈繪恐怕想像不到，自己居然會被一個國中女生這樣分析吧。不，還是她多少有所覺悟？畢竟她都特地跑去三中，站到校內法庭的證人席上了。

嫌犯垣內美奈繪。

男記者繼續報導：「對於警方的偵訊，嫌犯垣內態度非常配合，但有關事發的詳細經過，她則表示『我現在心情很亂，還不想說』。」

畫面切換，出現城東第三中學的校舍。正門旁邊的門牌校名打了馬賽克。

另一個負責主持的女記者發言：「可是，據說嫌犯垣內在向警方投案之前，曾經前往被害者森內惠美子原本任職的國中，向森內老師班上的一部分學生，爲傷害老師的事情道歉。」

男記者誇張地點頭，「沒錯。學生們想必都非常驚訝，據說是由於嫌犯垣內強烈要求，校方才答應讓他們見面。」

「家長不會抗議嗎？」

「應該會引發問題吧。」

快一個小時前，樹理就不停切換頻道，追蹤新聞節目。除了HBS以外，沒有任何一台報導與告發信相關的內容。那原本就是《前鋒新聞》的獨家報導，ＨＢＳ的處理方式又引發內部爭議，其他電視台或許會對這個題材格外慎重。

床邊小桌上的電話響了。鈴聲只響了一下，立刻就停了。是爸爸接了嗎？還是，媽媽飛奔過去接起來？

接著是主機呼叫子機的鈴聲響了。樹理右手握著電視遙控器，伸出左手抓住子機。由於一下子就轉接過來，接電話的應該是爸爸。如果是媽媽，不管對方是誰，一定會囉囉嗦嗦說一堆三宅家的意見，不肯輕易放下話筒。

「樹理，藤野同學找妳。」

果然是爸爸。

「學校那邊可能會打電話來，不可以講太久喔。」

「有插撥我會告訴你們。」

「就跟妳說不可以講太久了。」

「好。」樹理應一聲就不再開口，話筒傳來「喀嚓」一聲。

「喂？」

是藤野涼子的聲音。樹理說：「我在看電視。」

這樣啊——涼子說：「我們家剛才也在看。是ＨＢＳ嗎？」

「每台都看。ＨＢＳ也看了，感覺淨是在找藉口。」

ＨＢＳ報導的言外之意是在指責垣內美奈繪偷走告發信，投書到電視台，多此一舉，害《前鋒新聞》被耍得團團轉。只差沒有斷然宣稱，茂木記者主導的那集特輯跟ＨＢＳ無關。

「不用理會，那跟我們沒有關係了。」

樹理用遙控器關掉電視。由於窗簾完全拉上，室內頓時變得一片漆黑。只有子機的通話紅燈閃爍著。

「三宅同學，妳還好嗎？」涼子問。

「妳在擔心什麼？如果是那個叫垣內的女人的事，我不是說我也知道她，沒事嗎？」

在法庭作證結束後，樹理和陪她一起去的媽媽一直待在保健室。她拜託尾崎老師，說想在學校待到今天的審理結束。媽媽不願意，但樹理想要留下來。因爲她覺得或許還會被叫去一次。她是希望被叫去，或是害怕被叫去，連自己都不太清楚。

三點多的時候，藤野涼子到保健室來了。她看見樹理，露出「妳果然還在」的神情。那一瞬間，樹理不禁後悔應該快點回家的。

——妳一定很難受，不過謝謝妳努力作證，接下來交給我們吧。

涼子慰勞樹理。樹理就是不想看到她這種態度，於是立刻說：「剛才那個想要殺森內老師的女人去找你們，對吧？」

垣內美奈繪在校長室等候審理告一段落，爲了討論該怎麼安排，校長室一片混亂。那混亂的情形連同樣在一樓的保健室都聽得一清二楚，所以尾崎老師向樹理和媽媽說明了。

——那位垣內女士想爲害森內老師受傷、給大家添麻煩的事，來向大家道歉。把告發信交給電視台的好像也是她。

尾崎老師問樹理，如果垣內美奈繪要跟校內法庭的成員見面，她想不想一起在場？樹理堅定地拒絕了。事到如今，她不想再計較那件事。她覺得擺出不想計較的態度，比較像一個追求正義的目擊者——我說的是實話，這樣就夠了。所以她也當場對涼子說：我不打算回去法庭，聽垣內美奈繪道歉。

然而，涼子還要問？問我還好嗎？

樹理對著話筒說：「如果因爲那個叫垣內的女人惡作劇，害我的——我和松子的告發信被當成假的，我會很生氣。」

「我們沒有那麼想。」

「是喔？」

爲什麼就是忍不住覺得火大？爲什麼我就是會害怕？我究竟在怕什麼？

「可是，岡野校長的處境不太妙吧？居然未經家長同意，就讓殺人未遂的嫌犯接近學生。搞不好又要換校長嘍。萬一事情鬧開來，審判是不是會中止？」

聽到樹理的話，藤野涼子沉默了一下。

「——明天會開放旁聽，在審理開始前，井上同學會向大家說明。」

井上法官大人，是嗎？看他臭屁成那樣。

「垣內女士不是來攻擊我們的，而且有人陪著她，沒有任何危險性。只要說明我們也想好好聽她作證，關心這場校內審判的人，應該都會理解。」

「媒體會怎麼樣就難說嘍。」

況且還有教育委員會——樹理說：「搞不好現在校長室的電話正響個不停。岡野校長會舉行記者會道歉嗎？搞不好又得召開家長會議了。」

藤野涼子再度沉默，這次遲遲不肯開口。

樹理對電話另一頭的沉默感到氣憤難耐。幹麼不說話？妳不是有話想問嗎？所以妳才會打電話來吧？

「**是我爸爸啦**。」樹理說，「是我爸爸報警的。垣內那女人不是向江戶川警察署投案嗎？我爸爸特地查了號碼，打電話過去，說垣內嫌犯在投案之前跑去城東第三中學，做了荒唐的事。」

涼子依舊不說話。

「我知道岡野校長叫大家不要說出去。我也被交代要保密，所以沒打算要說，可是爸爸回家以後，媽媽全部告訴他了。」

無法陪伴樹理進入法庭，媽媽非常不滿。她氣呼呼地指責校內法庭的成員，說他們明明是小孩子，居然敢對大人頤指氣使，太囂張了。所以爸爸一回家，她立刻告狀，連垣內美奈繪登場的意外插曲都說出來了。

「不是我慫恿的。我爸爸就是那種人，他討厭不對的事。因爲大家一起隱瞞是錯的。」

意外的是，樹理聽見藤野涼子在輕笑。「我母親也很生氣，說岡野校長那樣做不對。我也認爲三宅同學的父親做的事是對的。」

可是——她立刻接著說：「如果這件事情曝光，確實會很棘手，對吧？會引來許多麻煩，而且就算不說，也不會有什麼壞處，大家才會決定保密。」

「警方會調查垣內那女人在投案前做了什麼。只要警方一調查，事情不就會馬上曝光了嗎？」

「在曝光之前，校內審判會先結束。畢竟只剩下三天。」

「其他什麼都不重要了嗎？」

「不是不重要，但我認爲讓審判順利結束是第一優先。如果岡野校長也是這麼爲我們著想，我無法責怪校長。」

不知不覺間，樹理憤怒得渾身是汗，或者這是冷汗？

「妳是白痴嗎？岡野校長才不可能爲審判著想，他只顧到自己的立場。」

「就算沒有垣內女士的事，校長的立場本來就不輕鬆。校內審判結束後，他一定又會被家長圍剿，責怪他爲什麼讓學生舉行審判。」

「妳是說校長明明知道，卻還是讓學生舉行審判嗎？」

「應該吧？難道不是嗎？我認爲岡野校長有他自己的想法。要不然他肯定會千方百計阻撓審判，或者直接把我們停學算了。」

「那是——那是因爲妳被高木老師打，校方沒辦法強力反對吧？」

「是有那麼一件事呢，我都忘了。」

涼子再度輕笑。

「不管怎樣，岡野校長的處境是很艱難的。原本我也沒有想過這件事，但現在有點不一樣了。」

大家都很艱難——涼子說：

「北尾老師也是。他打算在審判結束後，負起責任辭職。」

樹理握緊話筒，「北尾老師那樣說嗎？」

「他把辭呈交給岡野校長了。」

涼子的聲音變大了。

「即使得做好這種覺悟，畢竟自己的學生可能是遭到殺害，所以老師們也想知道眞相啊。妳不覺得，這一點都不奇怪嗎？」

什麼眞相——樹理就要脫口而出，但用力嚥了回去。什麼眞相。

「明天來旁聽的人應該會更多，而且還有垣內女士的事，要拒絕媒體採訪或許會很辛苦。可是我們會努力到最後一刻，妳不必擔心，等著我們吧。」

努力——又能怎樣？

「藤野同學。」

「怎麼了？」

「妳覺得大出同學會承認嗎？」

妳覺得大出同學會承認是他幹的、是他殺死柏木同學的嗎？

藤野涼子的回答很簡潔，「不知道。」

一股寒意從樹理的腳底竄上來。

「藤野同學，妳眞的相信我的話？」

「我是檢察官啊。」涼子回答。

樹理忍不住大叫：「只有這樣？妳要說妳絕對會打贏！妳要證明我說的是眞的！」

她隱約聽見藤野檢察官的呼吸聲。

「這場審判，沒有任何人能贏。」涼子說，「每個人都在泥濘中打滾，遍體鱗傷，占不到任何便宜。即使如此，還是不能放手不管。放手不管是錯的，所以大家都在努力。因爲大家想要做對的事情。」

「這跟說好的不一樣！」

「我答應會相信妳，現在也相信著妳，這樣還不夠嗎？」

就算相信，那也不一定就是眞的——聽在樹理耳中，是這個意思。

「妳居然騙我。」

藤野檢察官沒有回答。

「妳騙我，讓我去作證。我要去告狀，我要揭穿妳！」

「去向誰告狀？」

沒錯，要向誰告狀？向警方？向老師？向教育委員會？向爸爸媽媽？還是，向茂木記者？

現下確定會站在樹理這邊的，還有誰？

每個人都在泥濘中打滾，每個人都遍體鱗傷。

樹理想要摔電話，卻辦不到。萬一掛掉電話，感覺就跟圍繞著自己的世界斷絕了。

好想見松子。好想見松子，向她大吐苦水，告訴她藤野涼子是個多討人厭的女人、心眼有多壞、有多愛撒謊、手段有多卑鄙。

——是啊，樹理，我懂妳的心情。

明明不懂，松子卻總是這麼說。我懂，樹理，所以別生氣了，別哭了。

可是，松子不在了。

「我不要一個人當壞人。」

她絕對無法忍受，今後一直被當成騙子，受到輕蔑，活在白眼之中。所以她下定決心，親口說出自己的主張。然而，她又被當成壞人。

「沒有人說妳是壞人。」

樹理哭了出來，「每個陪審員都用那種眼神看我！」

「我也想哭。」涼子說，「如果哭了，感覺會暢快許多，然後明天又能繼續加油。這場審判我不會中途放棄。我不會讓任何人阻撓。」

「如果我對妳撒了謊呢？」

我到底在說什麼？樹理心中的自己一陣狼狽。我瘋了嗎？

涼子的回答超出樹理的預測，但這也是唯一能有的回答了。

「評斷告發信眞假的人已不是妳或我。」

而是法庭——藤野檢察官說：

「妳盡量好好休息，多少睡一下吧。我是打電話來說這些的，卻變成這種話題，對不起。」

電話掛斷了，樹理握著話筒癱坐下來。

好想見松子，松子一定懂的。松子一定會站在我這邊。總是這樣的。總是這樣的，然而……

——是我的謊言害死了松子。

三宅樹理哀悼著唯一的朋友，放聲大哭。

「喂？噢，你在吃晚餐？」

「嗯，宵夜。」

「把東西吞下去再講話啦，好髒。」

「嗯嗯。你打來幹麼？」

「剛才接到藤野的電話，叫我跟你分頭聯絡其他陪審員。我一個人電話打太花時間，兩個人一起打比較快。」

「怎麼了？」

「你看到電視了吧？新聞不是報了嗎？」
「我們學校上電視了耶。是誰洩漏的？」
「就是這件事啦。是三宅的父親報警的。」
「哎呀……」
「藤野說不是三宅的錯。噯，是父母親做的事嘛。」
「可是三宅那時候不在吧？」
「聽說她一直待在保健室，所以也知道情況。那傢伙從以前就成天泡在保健室呢。是蒲田說的。」
「那要怎麼辦？」
「大家恐怕正像你一樣裝神弄鬼地懷疑是誰洩漏的吧？這樣不好，所以藤野叫我們通知大家。」
「不是裝神弄鬼，是疑神疑鬼。」
「隨便啦。要好好通知啊。」
「那我要打給誰？」
「女生就交給你好了。」
「我不要打給勝木啦！」
「我也不想好嗎？」
「那我拜託蒲田好了。可是啊，勝木會在乎這種事嗎？」
「她也是陪審員，不能不通知啊。」
「好麻煩。」
「這是陪審團長的命令。」
「是是。可是都變成那種新聞了，明天還能開庭嗎？」
「藤野檢察官說，法官會負責處理。我覺得沒問題。事到如今，中止也不能怎樣嘛。」

「阿竹——不，陪審團長大人。」

「幹麼？」

「別放在心上啊。」

「什麼事？」

「橋田的事。他是自己變成那樣的。除非本人想要改變，否則旁人幫不上忙。」

「你以為我會為那種事垂頭喪氣？」

「難道沒有嗎？」

「——你怎麼知道？」

「我可是將棋大師。」

「這種時候該說『因為你是我的朋友』吧？」

「我是你的朋友，也是將棋大師。」

「朋友喔……」

「還是該說我是你的死黨，也是將棋大師？」

「不是在講那個啦。神原以前是柏木的朋友，對吧？」

「好像是。」

「怎麼說……他真的很關心朋友，盡心盡力呢。而且又聰明。搞不好他ＩＱ有一七〇。」

「陪審團長大人，可以請你向其他成員保密嗎？」

「保密什麼？」

「我總覺得他很可疑。」

「可疑？」

「怎麼說呢，我感覺他在作弊。」

「作弊？」

「我也不太清楚，就像是我們兩手空空，只有他一個人手中有地圖。」

「你不是爲了將棋不玩電玩嗎？」

「你很愛扯耶。好啦，我要打電話給蒲田了。」

「這樣啊……嗯，我懂了，也不能怎麼樣呢。如果三宅同學的父親生氣，她也無能爲力吧。」

「明天可能又會引起大騷動。彌生，妳還好嗎？」

「山埜同學和倉田同學的情況如何？」

「香奈芽很堅強，所以沒事。倉田同學不是那種會想得太深的女生，所以也沒事。她連電視都沒看，嚇了一跳呢。」

「啊哈，眞的很像倉田同學。她眞是個好孩子。」

「我對她有點不耐煩。」

「小教跟她不合嗎？可是，妳不覺得倉田同學跟我有點像嗎？」

「不要亂說，根本不一樣好嗎？」

「倒是……小教……」

「——怎麼啦？」

「妳覺得三宅同學的證詞怎麼樣？」

「我們還不能討論這種問題啦。」

「現在就好，拜託！說眞的，妳有什麼感覺？」

「唔，就像氣象預報說會下紅雪吧。」

「聽不懂啦。」

「大家一起討論的時候我會說明，在那之前妳自己想想。」

「我也在想啊。今天回家以後，我就一直在想三宅同學和淺井同學的事。」

「妳想了些什麼？」

「如果妳沒有轉學過來，當我的朋友，我可能會一直躲在保健室，或許又不上學了。」

「——這很難說吧？」

「我的朋友只有妳一個。因爲有妳陪著我，我才能留在學校。三宅同學和淺井同學是不是也是這樣呢？」

「淺井同學有音樂社的朋友啊。」

「嗯，我是在說三宅同學。」

「唔。」

「所以我才在想，如果——只是如果喔，百分之百是假設的情形，如果小教很氣某個人，想報復那個人，叫我幫忙寫告發信寄到學校，指控那個人做了某些壞事，我會怎麼做？」

「我才不會做那種事。」

「是不會，所以只是假設嘛。好嗎？」

「好啦、好啦。」

「這種時候幫忙才算是好朋友嗎？或者，勸阻才算是好朋友呢？」

「彌生——」

「要是我阻止說不要這樣，小教還是做了那種事的話，那麼，告訴別人告發信的內容其實是假的，才算是好朋友嗎？或者，替小教保密，才算是好朋友？」

「可以反過來想嗎？如果妳哭著拜託我，說要僞造告發信，叫我幫忙，我會怎麼做？」

「妳會阻止我吧。」

「不光是阻止，我還會生氣，跟妳絕交。」
「——那我也得這麼做呢。」
「如果妳是我的好朋友的話。」
「我懂了。小教，謝謝妳。」

「神原同學說他正在講重要的電話，講完了會再聯絡大出同學，可是……」
「好啦、好啦，不用囉嗦那麼多，我沒有怎樣啦。今天睡了一整天。」
「橋田同學好好爲我們作證了。」
「那無所謂啦，他跟井口都不是我的朋友了。」
「你看了電視嗎？」
「我媽看了，好像說了什麼，是怎樣了？」
「去問你母親吧。如果你不在意，就不用放在心上，明天旁聽者應該會增加。」
「反正都是來看我被藤野臭罵的吧。」
「什麼臭罵……」
「不就是嗎？沒想到藤野這妞那麼歇斯底里，哈！」
「——大出同學，不用勉強沒關係。」
「我哪有勉強什麼了？」
「明天一定會很難熬。」
「事到如今隨便啦。」
「就算你這麼想，還是會很難熬。」
「如果我斷線，第一個會先揍你們。」

「千萬別打藤野同學喔。」

「笑什麼？我可不是在說笑。喂，野田，你最近很跩唷？要是我認眞起來，你這種──」

「審判期間，我叫自己忘掉這些。審判結束以後，我就非躲你不可了嗎？那我轉學好了。」

「你這就叫跩。」

「如果不跩，要怎麼幫你辯護？啊，我只是助手啦。」

「──等、等一下，電視上出現森內的照片，這是在幹麼？」

「去問你母親吧。再見。」

多通電話交錯的同一個夜裡，井上家中，姊弟倆隔著錄音機與文字處理機面對面。他們並不是在吵架，但氣氛讓不了解狀況的人看起來像是在吵架。

「受不了，沒有別人幫忙嗎？無論如何就只能我們兩個人打逐字稿嗎？」

「姊不是想當報社記者嗎？這是很好的練習啊。」

「物理上太勉強了，太強人所難了。」

「只要整理大意就行了啊。妳就是太計較細節，才會花那麼多時間。」

「審判的證詞細節不是最重要的嗎？」

「我是說妳不用連語助詞都計較，好嗎？重要的是陳述書跟證詞有沒有矛盾，只要抓住這個重點就行了。」

井上康夫的姊姊在列印出來的A4紙張前，嘆了一口氣。

「紙和墨水也不是免錢的耶。」

「是是是。」

「說一次就夠了！」

「是是是。」
「我說你啊，不覺得自己抽到下下籤嗎？」
「不覺得。」
「我倒是抽到下下籤了。抽到你這種弟弟，倒楣透頂。」
「那又不是我害的，是爸跟媽的合作成果。」
「你又知道是哪種合作成果了？」
井上康夫按住銀框眼鏡邊。
「別露出那種表情，好嗎？留到哪天你因為涉嫌貪污的經濟犯罪曝光，被東京地檢特搜部抓去的時候，再秀給媒體看吧。」
井上康夫把剛印出來的新文件擺到旁邊，那隻手順帶伸進T恤底下搔了搔側腹。
「跟你說過多少次，不可以抓。汗疹會愈抓愈嚴重。誰教你要穿那種袍子？」
「那是法官的象徵。」
「那種塑膠袍？」
「囉嗦啦。有時間動嘴巴，不如快動手。」
「居然用那種口氣，跟我這個疼愛弟弟的好姊姊說話。」
井上康夫停下手，一條汗水從額頭滑下臉頰。
「——姊。」
「幹麼？」
「妳覺得我們的律師怎麼樣？」
姊姊看著弟弟的臉，然後在上頭看見聰明絕頂、伶牙俐齒、努力自制且倔傲到令人生氣的弟弟，首次展現出來的表情。

「什麼怎麼樣？」

「他很優秀，對吧？」

「是啊。他也是那種將來弄個不好，會因爲經濟犯罪被抓的類型。」

「跟我同類嗎？」

「可是，我覺得你最好不要跟他當朋友。你沒辦法忍受輸給那種人吧？」

而且人家長得又帥——姊姊說，然而弟弟既不生氣也不笑，只是露出凍結般的眼神，令她頗不耐煩。

「討厭啦，幹麼那樣？你在怕什麼啊？」

「我看起來在怕？」

「剛才。一點點。」

沒錯，他在害怕。我那聰明而乖張的弟弟在害怕。我讀國中，這傢伙才小三的時候，看了巨大隕石衝撞地球、人類瀕臨滅亡危機的電影，我嚇得要死，弟弟卻滔滔不絕地分析電影中的科學考證是如何錯誤連篇來安慰我，然而這樣的弟弟卻在害怕。

井上康夫摘下眼鏡，抬起手臂擦臉。

「我總覺得這場審判正逐漸往不得了的方向偏去。」

「不得了的方向？你說會偏到哪裡去？」

「或許我們眞的會找到眞相。」

可是，這不就是你們的目的嗎？——姊姊正想開口，又打消念頭。

「如果是我多心就好了，不過啊，今天我覺得藤野或許也有一樣的感覺。」

「藤野同學不會變成你的女朋友的，放心。」

姊姊調侃，弟弟卻還是不笑。

「那傢伙是不是知道什麼？」

「你是說藤野同學？」

「不是，我是說神原。」

井上康夫的姊姊把手伸向散落在一旁的成疊筆記，漫不經心地撫摸。其中一張潦草地寫著神原律師與橋田證人的對話。

「你說他知道什麼，是指事件？」

「──嗯。」

「意思是，他是在知道眞相的情況下擔任律師？」

「正因知道眞相，他才會志願當律師。」

也就是說──康夫又伸手抹臉。

「他可能從一開始就知道告發信是捏造的，大出什麼也沒做。所以，他才能像那樣自信十足地辯護。今天藤野似乎也察覺這種可能性，因爲過程中她的樣子就有些不對勁。」

井上康夫雖然聰明，但他的敏銳程度與他的想像力並不成正比。這個連在看壯麗的奇幻電影時，都會埋怨「這樣發展不合理」的歪理小鬼，怎會說出這麼突兀的話？

「你知道自己在說什麼嗎？」

「大概吧。」

「神原同學知道事件的眞相，這代表他知道必須身在柏木同學過世的現場才會知道的事耶。沒有遺書吧？」

「沒有。」

「那──你是想說，是神原同學害死柏木同學的嗎？」

姊姊差點就要說「殺死」，急忙改爲「害死」。

「姊。」

「幹麼？」

「一如往常，姊的思考有漏洞。」

這傢伙眞是一點都不可愛！

「怎樣的漏洞？」

「會在現場的，並不一定只有被害者和加害者。」

也有可能是目擊者──井上康夫說。

「哎喲，是嗎？」姊姊說，「我的意見是，『你快點去睡覺吧』。」

雖然頂多五年一次，不過康夫乖乖聽姊姊的話去睡了。在文字處理機、錄音機與大量的文件包圍下，姊姊獨自在悶熱的夏夜中醒著。

──幹麼連我都不安起來了？

窗外，恪守時曆的秋蟲正發出微弱的叫聲。

5

八月十八日　校內法庭．第四日

不出所料，十八日的城東第三中學的體育館前，果然被想要旁聽的人擠得水洩不通。前晚在北尾老師的提案下，由籃球社和將棋社的志工緊急製作的抽籤券被一掃而空。基本上是隨機抽籤，但爲了排除假冒家長試圖潛入的媒體人員，北尾老師睜大眼睛監視著。

對於媒體的採訪要求，岡野代理校長與楠山老師共同拉出防線，徹底防堵。岡野代理校長上午八點在正門舉行記者會，表示昨天下午讓垣內美奈繪與學生見面一事，由他負起全責。另一方面，對於垣內美奈繪與學生之間的對話，他堅持「那是非公開法庭內的對話，我沒有權力公開」，不過他也不忘補充說「我相信舉行審判的學生能夠聽到垣內女士親口說明事實，是值得肯定的事」。

記者陸續提出質疑，批評代理校長要求學生對垣內美奈繪來訪一事保密的做法，岡野代理校長沒有逃避這個問題，「我確實要求學生不要說出去，理由之一就是擔心會引發現在這種狀況，導致校內法庭延期或中止。這與我自身的進退無關，但確實有部分家長提出抗議，我認為他們的抗議合情合理。包括對森內老師做出不公正的發言在內，我準備請地區教育委員會判斷，今後我該以什麼樣的方式負起責任——」

遠遠看著記者會的家長們大多認為，代理校長是在「耍賴」、「豁出去了」，但也有人認為「那是一種果決」。有家長斥責記者「你們這些外人有什麼權力干涉我們學校的事？」，也有家長默默遠離騷動圈，幫忙為了分發抽籤券而忙翻天的志工學生。

和審判有關的學生們，零星接到幾家媒體的探詢。多半是清晨的電話，也有學生接受訪問。大部分的記者似乎都對這場校內審判沒有預備知識，匆匆展開採訪，也有人掌握到錯誤的訊息，訪問了毫無關係的學生。

岡野代理校長會選擇在正門召開記者會，也是為了聲東擊西。趁著記者們被釘在正門的時候，參與審判的學生得以順利進入校內。話雖如此，有一些過去只是旁聽、一路旁觀的家長，唯獨今早特別開車接送子女，或陪同一起上學，為他們趕走在上學途中埋伏的記者。

所以，在休息室集合的相關者，各自都有早晨的特別話題。山埜香奈芽的父親是劍道高手，堅持要帶竹刀陪女兒上學，被母親臭罵了一頓。實際上才一出門，在電視上看過幾次的女記者便靠了上來，但被香奈芽的父親一瞪，便一聲不吭地撤退了。就算沒有竹刀，這天早上香奈芽的父親也魄力十足。不許靠近我女兒！

倉田麻里子和向坂行夫，在行夫的父母陪同下上學。行夫今早肚子又不舒服，母親一路上不停關心他的腸胃，讓他覺得很丟臉。不過，或許是一行人這樣的氣氛使然，沒有記者前來糾纏。他們只要應說「我們什麼都不知道」，記者很快就離開了。麻里子埋怨這樣很無聊，而行夫今天也大汗涔涔。

姊妹淘蒲田教子和溝口彌生則是由兩人的母親陪同。結束女兒的護衛工作後，兩名母親便一起排隊等待旁聽席抽籤。她們原本就因爲女兒的關係互有往來，都對女兒們這次擔任陪審員感到驚訝，盡情談論著彼此的訝異。她們說，原本以爲女兒們會逃避這種「招搖的事」，或是漠不關心，沒想到她們在不知不覺間變得堅強了。

原田仁志謝絕父母的關心，一個人上學。來到學校附近，幾名記者靠上來，他便用「不清楚耶，我是二年級的」一句話閃過。凡事精打細算的他，也十分擅長閃避不必要的麻煩。

不曉得爲什麼，沒有人靠上去訪問竹田陪審團長與搭檔小山田修，或許是因爲剛好碰上正門的記者會正白熱化。不過，沒有受到記者圍攻而不滿的小山田修，主動走近在側門旁邊拍照的記者，纏人地追問被公認爲情侶的偶像A與年輕影星B同居的傳聞是不是眞的，被陪審團長拖進學校裡了。

「混蛋！」

「可是，這是了解緋聞眞相的大好機會啊。」

「你沒看到那個記者的臂章嗎？他是報社的，又不是八卦週刊的記者。」

「那我去看看有誰別著八卦週刊的臂章，再問一次好了。」

「你適可而止啦。」

勝木惠子沒有父親會關心她暑假的行動，陪她一起上學。經營居酒屋的母親每天都睡到中午。惠子甚至沒吃早餐，只喝了水，就像平常一樣走出公寓的玄關，結果在室外樓梯底下看到法警山晉，大吃一驚。

「你在那裡幹麼？」

「早安。」

山晉行了個禮說「我們一起去學校吧」，完全沒解釋是誰派他來迎接的。

「誰要跟你一起。」

如果要跟就自己跟吧。惠子兀自快步行走，山晉默默跟在後面。惠子沒有朋友會洩漏她跟這件事有關的訊息，乍看之下她也不像與審判有關的一般學生，因此沒有記者靠上來。途中惠子的肚子餓得咕嚕響，山晉對此也沒有反應。

陪審團休息室裡，有保健老師尾崎準備的各種三明治。

「尾崎老師說今早大家應該都很匆忙，送來招待大家的。」

山晉對惠子這麼說後，便消失了。其他陪審員還沒到。惠子拿起一個三明治。是雞蛋三明治，她喜歡的口味。慢慢咀嚼品嘗的她，一邊想著山晉吃過早餐了嗎？

檢方成員跟今天的證人增井望一起搭佐佐木吾郎父親的車子上學。是森內老師受重傷的那晚，眾人一起乘坐的箱形車。他們穿過幾名記者之間，從通行門一路開到校舍門口，迅速進了校內。

涼子的父親藤野剛也在車上。眾人今早話都很少，但涼子忽然想起似地問父親：

「今天辯方預定傳喚一個叫『今野努』的證人耶。不會是爸的部下，我認識的紺野叔叔（註）吧？」

「當然不是。」

「那是誰呢？」

「爸怎會知道？去問神原同學吧。」

父親乾脆地回答，涼子莫名感到不安，看著他的側臉。她的眼神令兩名檢察事務官也感到不安。增井望似乎相當緊張，臉色蒼白。吾郎的父親握著方向盤鼓勵他，試圖逗他笑，但沒有成功。

辯方也搭車上學，由野田健一的父親健夫駕駛。他們事前就打電話討論接送的步驟，不過今早發生了一起對野田健一來說十分重大的事件。神原家前面，和彥與他的母親站在一起。

「和彥受大家照顧了。我是和彥的母親。」

註：「今野」和「紺野」，在日文中發音同樣是「konno」。

和彥的母親恭敬地向健一的父親寒暄，也對健一微笑說：

「你就是健一同學吧？我聽和彥說過，眞的謝謝你。」

健一不曉得和彥說了什麼，手忙腳亂地只行了禮。在老舊的獨棟房屋門前行禮的和彥母親身影從車窗消失後，健一偷偷回看他。

律師用眼神打信號「別在意」，隨即變回若無其事的表情。健一感到莫名其妙，不過律師是在叫他不必有什麼特別的表示。

好，當然沒問題，我是忠實的助手嘛。然後健一不經意地往旁邊一瞥，發現駕駛座上的野田健夫正在向後照鏡裡的健一微笑。明明爸不可能了解狀況。

——還是了解？

因爲我們是父子。

是父子啊——健一心想。那不是一種不舒服的感覺。他懷著這樣的心情去大出家迎接俊次，沒想到一碰上就被咬了：

「野田，你怪笑個什麼勁？」

不過今天就要對被告進行詰問，俊次與其神經過敏，不如氣呼呼的比較好，這才是他自然的樣子。

最愉快地克服今早騷動的應該是井上康夫的家人吧。對於井上康夫爐火純青的法官表現，緊急展開採訪的媒體人員也接到許多周圍的人或是驚嘆或是批評的聲音。

康夫的父親挺身面對。他受夠了響個不停的電話和門鈴，宣布「我要在玄關門前舉行記者會」，被妻子、女兒以及兒子本人阻止了。

「與其讓老爸來開記者會，應該由我來開才合理。」

康夫如此堅持，被睡眠不足的姊姊拍了一下頭。

最後在姊姊的提議下，全家人坐上叫來的計程車一起上學。看似老手的司機大哥不清楚狀況，雖然驚奇不已，仍高明地甩掉了追上來的各路記者。

「感覺好像成了首相。」康夫的父親滿足地說，「那叫圍剿式採訪呢。」

「才不是呢。」康夫的母親說，「可是，總覺得長年來的謎團解開了。我一直覺得很不可思議，我的肚子怎會出生康夫這樣的孩子。康夫啊，原來你沒有接收到媽的基因，你整個人都是你爸的基因。」

「意思是很優秀？」姊姊問。母親笑著回答：「是超級怪人。」

「哪會？」父子異口同聲說。

是不是怪人姑且不論，面對這天擠滿了法庭的旁聽者，井上法官在剛開庭後的致詞——本人說是「訓誡」——非常一針見血。

雖然比預定時間晚了三十分鐘開庭，但被排除在門外的媒體工作人員還在吵鬧。種種興奮的情緒讓體育館內的室溫又上升了。

井上法官面對聽眾，簡單說明昨天與垣內美奈繪（他稱呼爲垣內女士）的會面。他表示那場會面對校內審判非常有意義，並且在任何意義上，都沒有人感受到危險，所有審判相關人士都對垣內女士主動投案感到欣慰與安心。最後他作結，「我們由衷希望森內老師能夠早日恢復。」只有在這個時候，他的表情不是法官，而是國中三年級生。一部分旁聽者熱切地拍手。可能是受到震撼，沒有人發言阻礙審判進行。

在法官的指示下，藤野涼子站起來，請在旁聽席最前排角落等候的增井望上證人席。

等待的期間，增井望的臉色益發蒼白。看起來也像是緊張過度，甚至是恐懼。他自報姓名、宣誓的聲音顫抖微弱，井上法官說「請大聲一點」時，把他嚇得全身瑟縮。

今早到約定會合的公園去接增井望的時候，涼子再次確認：「你眞的可以作證嗎？如果不願意，拒絕也沒關係。我們認爲增井同學的證詞很重要，但無法確定出庭作證有沒有可能影響到增井同學往後的日常和校園生活。檢方非常感謝你瞞著家長，提供協助到這種地步。即使只有陳述書這樣一份書面證明，檢方的感謝也不會改變——」

然而，增井望的決心十分堅定。他用力抿緊沒什麼血色的嘴巴，表示他要作證。

「我想要好好告訴大家，我到底碰到了什麼樣的遭遇。我希望那些什麼都不知道的人，能夠認眞聽我說。」

這個時候，涼子下定決心。

由於辯方昨天的策略，增井望遭遇的強盜傷害之事實失去了涼子期望的效果。增井望愈是詳細作證他碰到多慘的事、大出俊次等人有多殘忍，昨天的橋田證詞的效果就愈大。

可是，還是要讓增井同學作證，直到他滿意爲止。不光是讓陪審團，也要讓旁聽者聽到。讓大家聽聽，大出、井口、橋田三個人犯下多麼惡劣的罪行，而且沒有人能夠制止或是責備——至少沒有任何效果——就這樣束手無策，放縱他們直到今天。即使不是爲了柏木卓也也無妨，這場證人詰問應該爲了增井望而進行。

不論是小孩還是未成年人，單方面遭到施暴的人，都有權利申訴自己遭受到的迫害。如果本人希望周圍的人了解事情是怎麼發生的，任何人都沒有權力阻止。

涼子想到自己被高木老師打耳光的事。如果發生那件事的時候，母親邦子懦弱地不敢抗議，說「高木老師惱羞成怒固然不對，但頂撞老師的妳也有錯，妳要忍耐」，或者「可能會影響升學，不要把事情鬧大」的話，我會有什麼感受？

我一定會覺得太沒天理了。增井望也是如此，他一直被迫不當忍耐這些事情。即使家長是爲了他好，但既然本人覺得不應當，家長越俎代庖的行爲就是錯的。既然都和解了，就盡釋前嫌吧——這是沒有實際受害的人才說得出口的話。

「謝謝你參加這場審判。」

涼子像平常一樣開口，對增井證人微笑。四中的男生制服跟三中的不一樣，是白襯衫配水藍色長褲，夏服看起來特別單薄，而增井望瘦得完全撐不起那身單薄的夏服。

涼子一手拿著增井證人的陳述書，從確認相關事實開始提問。隨著應答的進行，增井證人聲音中的顫抖消失了。回答時沒有猶豫，對於相關事實的記憶也十分明確。

證人直視著涼子，完全沒有看被告一眼，甚至沒有看法官。

「那麼，爲了讓各位陪審員親眼看到證人受了什麼樣的傷，我想要展示幾張向證人借來的照片，可以嗎？」

「好的。」

佐佐木吾郎和萩尾一美拉出黑板，俐落地貼上照片。是增井證人住院期間，他父母拍的照片。看得到照片的旁聽席前排一陣吵鬧。陪審團都十分冷靜，只有倉田麻里子震驚得瞪大了眼睛。

神原律師與野田助手注視著增井證人，沒有別開視線。大出被告不滿地噘起嘴，低著頭。如果他對增井證人有任何恐嚇的態度，涼子打算立刻要求法官讓他退庭，但目前大出只是表情凶恨，沒有大動作。

「證人以這種狀態住院的時候，是什麼樣的心情？」

增井望思考了一下。旁聽者搖晃著扇子和手帕的動作停了下來。

「——我很怕。」

「很怕？」

「是的，我擔心即使傷好了，仍會留下某些後遺症或障礙。」

「家人對你說了什麼嗎？」

「他們鼓勵我說一定會好起來。」

「這些照片是你父母拍的吧？」

「對，是我父親拍的。」

「爲什麼要拍這些照片？」

「他說爲了將來著想，留下照片比較好。」

「這是什麼時候拍的？」
「我住院的隔天。」
「那個時候，警方展開調查了嗎？」
「刑警問了我很多問題，但他們指出我的說法跟對方不一樣。」
「哪裡不一樣？」
「我說我被勒索，大出同學他們卻說是打架。」
「可是你的錢被偷了，對吧？」
「他們說，那是打架順便拿錢，不是爲了搶錢才打我的。」
「證人認識大出俊次同學、井口充同學和橋田祐太郎同學嗎？」
只有這個時候，涼子故意加上「同學」來稱呼三人。
「之前我在那座公園附近看過他們，但我不認識他們。」
「證人之前不認識他們三個人？」
「不認識，可是我聽說過他們的事。」
「什麼樣的事？」
「他們是三中的不良三人組。據說，四中的學生也遭到他們勒索。」
律師舉起一隻手，「異議。那只是傳聞，並非經過證明的事實。」
「那麼，我換個問題。」涼子淡淡地繼續，「站在證人的立場，你不認爲那一天你是跟大出、井口、橋田三個人，在相川水上公園打架？」
「不是。」
「現在也這麼認爲？」
「是的。」

「但以結果來說，這起事件沒有被當成勒索，證人跟對方和解了。這是爲什麼？」
「我爸媽認爲這樣比較好。」
「爲什麼你父母會認爲和解比較好？」
「就算大出同學他們因爲這件事被送進感化院，一定也會很快就出來了。我爸媽擔心會遭到報復。」
「理由只有這些嗎？」
這時，增井證人第一次看大出俊次了。不是偷看，而是直視。
「大出同學的父親說要幫我出醫藥費，給我慰問金。」
「大出同學的父親代表他們三個人談判，說要賠償，所以不要追究他們的責任？」
「我想是的。」
「證人的父母馬上就接受了嗎？」
增井證人又看了大出被告。被告總算抬起頭來，兩人對望了。被告的眼神立刻變得凶狠。
證人沒有退縮，反而慢慢地眨眼，似乎爲被告的反應感到滿足。接著，他的視線轉回涼子身上。
「我可以照著我爸媽的原話說嗎？」
「當然可以。」
「『大出同學的父親看起來不像善良百姓，要是跟那種人扯上關係很可怕，而且對方的律師似乎滿明理的，所以還是趕快和解吧。』」
旁聽席傳出笑聲，是露骨的、毫不留情的嘲笑。大出俊次臉紅了。
「證人對於你父母的決定有何看法？」
「我覺得這是沒辦法的事，而且我自己也很怕。」
「你害怕大出同學他們嗎？還是害怕大出同學的父親？」
「兩邊都怕。」

嘲笑般的笑聲又響起。大出俊次挪動身體，被律師說了什麼，又垂下頭去。他的臉愈來愈紅，一隻手握起又再度放鬆。對涼子來說，是正中下懷。你很想揍增井同學，對吧？如果沒有人阻止、如果不是這種場面，你一定會飛撲上來，把他打得落花流水，對吧？

「現在你也覺得害怕嗎？」她問證人。

增井證人點點頭，「是的。」

「可是，你決定出來作證。是心境上有什麼轉變嗎？」

「首先是大出同學的父親——雖然跟這場審判沒有關係，不過他被逮捕了。」

「他現在被羈押了。即使證人說出大出同學過去的所作所為，他也無法上證人家恐嚇你們。」

「異議。」律師機械性地發言，法官也機械性地應道：「異議成立。」

涼子微笑，「大出同學的父親從當地消失，證人害怕的心情也消失了嗎？」

「也不是完全消失，不過我覺得輕鬆多了。」

「證人的心情出現變化，還有其他理由嗎？」

增井證人回答之前，全身哆嗦了一下。

「除了我以外，如果有其他人遭受暴力攻擊，我覺得不能置之不理。」

「你想把自己遭到被告暴力攻擊的事徹底公開，希望藉此讓陪審團了解被告的為人，對嗎？」

「是的，而且……」證人又哆嗦了一下，微微向法官探出身體。

「我希望讓大家知道我碰上了什麼樣的遭遇。就算已和解，要我把事情忘掉，我也忘不了。就算叫我當作沒發生過這件事，我也辦不到。」

不可能忘記——證人說到這裡，聲音沙啞了。

法庭一片寂靜。

涼子停頓了一會，才問：「你會擔心因為出庭作證，被告懷恨在心，又毆打你嗎？」

「有點擔心。不過如果今後我又被大出同學害得受傷，我一定會勇敢說出來。今天在這裡的大家就是證人。我想我的父母也不會再說什麼最好和解忘掉這種話了。」

「父母知道你今天來參加審判嗎？」

涼子以為證人會說「不知道」、「我是出於自己的意志來參加」，結果不是。

「我本來一直瞞著家裡，可是今天早上我告訴父親了。他應該來旁聽了。」

與此同時，旁聽席中央一帶，一名穿西裝的男子站起來，舉手大聲說「我就是證人的父親」。

涼子的驚訝顯現在臉上，她急忙把視線轉回陳述書。

「這樣啊。那麼，父親理解證人希望在這裡作證的心情，支持你這麼做嘍？」

證人回望仍舉著手的父親，點了點頭。父親也用力點頭，把手放了下來。在周圍旁聽者的打量下，他靜靜地坐回去。

父親毅然決然的行動，似乎鼓舞了增井證人。

「是的，父親明白我的心情。他還說如果柏木同學眞的是被殺害，不能坐視不管。」

「柏木同學的事件，早在證人的事件的兩個月以前發生。並不是因為證人沒有說出自己的遭遇，導致柏木同學的事件發生。」

「是這樣沒錯，可是我知道大出同學他們很有可能殺人。」

旁聽席一陣騷動，大出被告似乎完全氣炸了，猛然站起。律師拉扯他的襯衫，要他坐下，不料用力過猛，被告差點從椅子上摔下來。

「被告，請安靜。」法官的聲音立刻響起。

「我想他們大概不是故意的。」證人原本蒼白的臉上恢復血色，語氣變得堅定。

「只是在胡鬧。他們根本沒想到這種舉動會害對方會受傷、搞不好會死掉。我被打的時候也是。大出同學他們對我拳打腳踢，一直在笑。柏木同學的情況應該也是這樣。」

異議——律師話聲未落，法官就插嘴了：

「這是證人的意見，是一種推測。陪審團請忘掉剛才的發言。」

「抱歉。」涼子說，向法官行禮。然後悄悄向證人使眼色，證人的眼中迸出明亮的神采。

看到那神采，涼子滿足了。

「檢方的主詰問到此爲止。」

涼子坐下，看著證人席上的增井望，像在鼓勵他。

旁聽席吵鬧不休，律師等了一下，才開口：

「證人與大出同學等人並不認識，對嗎？」

「對。」

增井證人的聲音又開始顫抖。

「也不是朋友？」

「是的。」

「證人會遭到大出同學、井口同學、橋田同學暴力攻擊，只是因爲證人運氣不好，當時正好在場，而並非友情生變等理由，對嗎？」

「是的。」

「大出同學、井口同學、橋田同學踢打證人的時候，會不會其實連證人叫什麼名字都不知道？」

「大概是吧。」

「除了運氣不好、當時人在那裡以外，證人想得到其他遭受攻擊的理由嗎？」

增井證人似乎不懂這個問題的用意，歪起了頭。

律師慎重地說：「比方說，是證人主動挑釁大出同學等三人。」

「我沒有。」

「證人也沒有主動靠近他們？或是對他們說話？」
「沒有。」
「直到被攻擊以前，證人都不認識他們，是嗎？」
「是的。」
律師點點頭，嘆了一口氣說：「證人認爲自己算是內向還是外向？」
證人又露出詫異的表情。
「我是在請教證人是個性活潑，或是個性溫文？」
「——個性溫文。」
「證人身材滿嬌小的呢。我也是。」
律師露出微笑。
「我想個性溫文、體格嬌小的人，尤其是在男同學的圈子裡，很容易受到嘲弄、輕視，成爲霸凌或調侃的目標。證人是否曾經被大出同學以外的學生——比方說四中的同學——欺負或捉弄過呢？」
證人顯然不高興了：「這跟我的遭遇沒有關係。」
涼子不光是舉手，還站起來。「異議。律師的問題沒有意義，而且在侮辱證人。」
律師——法官發出嚴厲的聲音：「這個問題想要證明什麼？」
律師立刻回答：「我想要說明，被告被問罪的、與柏木卓也同學的死亡有關的狀況——正確來說，是檢方想要證明的狀況，與增井證人遭受暴力攻擊的事件，性質完全不同。」
法官點頭，催促他說下去。
「柏木同學之所以死亡——雖然是根據檢方描述的情節——是柏木同學與被告感情上的對立。但增井證人遭到暴力攻擊的事件中，看不到感情上的對立。增井證人不認識被告與他的同伴，在發生暴力衝突以前，雙方也沒有對話。換言之，被告是認爲路過的增井證人看起來乖巧、個子又嬌小，是上好的勒索目標，才會攻擊他。前者如果依照檢方描述的情節，是計畫性的暴力。後者是臨時起意、一時興起的暴力。因爲對方看起來很弱，想勒索一點零用錢，然後得寸進尺，不顧後果地拳打腳踢。這兩者是性質完全不同的事件。所以我希望各位陪審員不要只看暴力的結果，必須留意暴力發生的原因與經過。」

旁聽席一片寂靜。在大多是隨機抽選的旁聽者的旁聽席上，應該也混雜了看到昨天的新聞才感興趣的湊熱鬧分子。他們對「神原作風」沒有免疫力，想必吃驚得張口結舌吧。

「我才沒有被霸凌！」證人有些臉色蒼白地反駁：「雖然有時候會被捉弄……」

一部分旁聽席的人回過神似的笑了，涼子狠狠地瞪了旁聽席一圈。

「我才沒有被霸凌。兩個月前的事件，也是我第一次遭人勒索。」

「我明白了，我沒有問題了。謝謝證人。」

待律師坐下，旁聽席恢復冷靜，涼子慢慢地站起來。

「庭上，我要覆主詰問。」

接著，她迅速地盯著證人。

「增井同學，你現在對大出同學是什麼心情？你有什麼話想對他說嗎？」

你可以把想說的話說出來。把別人叫你忘掉的事，全部在這裡說出來。

「我希望他在這場審判中說出實話。」

「意思是，如果被告與柏木同學的死有關，你希望他坦承，是嗎？」

「是的。可是，如果跟他沒有關係，我希望他要好好說明白。」

「好好說明白？」

「要是大出同學因爲嫌麻煩或是自暴自棄，承認自己根本沒做的事，那就跟別人叫我忘記發生過的事，我便乖乖聽從是一樣的了。我認爲那樣是不行的。」

這並不是涼子想聽到——身爲檢察官想聽到的話，卻是身爲一個國中生想聽到的話。

「還有——就是……」

增井望的聲音又變小了，看得出他的腳在發抖。

「審判結束以後，一次就好，我希望大出同學向我道歉。」

被告彷彿在逃避，仍低垂著頭。

「謝謝你。」

涼子坐下了。增井望向法官及陪審團行了個禮，離開證人席。他沒有前往側門，而是牽引著旁聽者的目光，從通道往後走。旁聽席的父親站起來，分開坐著的人群，目不斜視地迎向自己的孩子。

父親摟住增井望的肩膀，兩人離開了體育館。

「——眞是的。」佐佐木吾郎用毛巾擦著汗，低聲發牢騷：「既然父親要來，怎麼不說一聲。」

「告訴父親的時候，望同學也不確定父親是不是眞的會來旁聽吧。」一美溫柔地說。

藤野涼子靜靜調勻呼吸。檢方的證人中，增井望是最後一個。牌全翻開了，接下來只能在反詰問中回擊，賭上結案陳詞了。

「請傳喚辯方證人。」

聽到法官的聲音，野田健一跑向側門。他暫時消失，好一陣子沒有回來。是證人遲到了嗎？

——今野努是何方神聖？

會不會不是在休息室，而是在旁聽席？涼子以目光掃視。就在這個時候，她看見一張意外的臉孔。那個人坐在前方約三分之一排的角落，頭低垂著。

頭髮狠下心來剪得很短，好像男生。T恤配牛仔褲的服裝也不是那個人平常的風格，是爲了讓別人無法一眼認出來吧。

是三宅樹理。右邊坐著她的母親，左邊坐著尾崎老師。

——爲什麼？

事到如今，怎麼會突然想要旁聽？因爲今天要詰問大出俊次本人嗎？

——藤野同學相信我嗎？

樹理沒有發現涼子在看她。包裹著瘦弱身體的白色T恤尺寸太大，在她身上顯得鬆垮。

「讓各位久等了。這位是辯方的證人今野努先生。」

伴隨著律師的聲音，一名身材頎長的西裝男子入庭了。涼子感覺對方是那種一年之中有三百天都穿西裝的人。他和涼子的父親一樣，散發出一種慣於西裝打扮的氛圍。

「證人請上證人席。」

涼子的心跳加速，對方的確不是自己認識的紺野叔叔。驚鴻一瞥的西裝衣領上，那個徽章是——

「我確認一下大名，你是今野努先生，對吧？」

「是的，我是今野努。我受到在這次法庭上擔任律師的神原和彥同學委託，出庭擔任證人。」

「首先，請你宣誓。」

面對成年人、而且是對這場審判而言是未知數的證人，法官的語氣也變得愼重其事。證人的聲音宏亮，口齒清晰。年紀約三十後半或四十出頭，是運動家體型，肩膀結實。

律師提出這名證人的陳述書，等法官受理後，開口問：

「首先我要請教，今野先生是本校學生的家長嗎？」

「不，我不是。對這所學校而言，我是個外人。」

「請說明你的職業。」

剛才涼子瞥見的徽章是眞的。證人這麼回答：

「我是一名律師。」

旁聽席一片譁然。

「我通過司法考試，取得律師執照，今年剛好第十年。我隸屬於第二東京律師會。」

今野證人口齒伶俐地陳述，那略爲嚴峻的表情中，淡淡浮現一絲享受旁聽席騷動的神色。

律師起立，在主詰問中首先這麼說：「律師的登場，震驚了法庭內所有人。」

證人大方地笑道：「因爲來了個正牌貨嗎？」

律師也靦腆地笑了，「是啊。感謝律師參加這次的校內法庭。」

「請多指教。不過，在開始詰問之前，我有些必須先向各位陪審員說明的事項。庭上，可以嗎？」

「什麼樣的說明？」

「我已準備好要回答檢方及辯方的詰問，但在那之前，想要先釐清一下我的立場。」

「請說。」法官催促。

「各位陪審員，辛苦了。」

證人向九名陪審員輕輕行禮，眾人也跟著回禮，只有似乎陷入啞然的勝木惠子例外。

「雖然我現在出庭擔任證人，但我本身並非神原律師委託的辯方證人。眞正的證人是我的當事人。我是受到我的當事人委託，作爲他的代理人前來出庭。」

語氣十分懇切。

「我的當事人由於某些罪嫌，不是在這次的校內法庭，而是在學校以外、社會上眞正的刑事法庭，受到起訴。我的工作是在那場刑事審判——公審中，確保我的當事人受到公平的審判，在必要的情況下採取相應的手段維護他的權利。」

陪審員們目不轉睛地看著他。

「被認爲與我的當事人有關的違法行爲中，還有不只一位的相關者。這些相關者之中，有些和我的當事人一樣，已受到起訴，但也有些人仍在接受偵訊。這起案件的相關者爲數眾多，現場也有好幾處，情節相當複雜，檢調仍在偵辦當中。」

今野證人稍稍停頓，掃視陪審團，然後繼續說：

「在這樣的狀況下，我站在這裡。因此，我希望各位理解的重點是，我會尊重我當事人的意志，盡可能誠實地、符合他本人意圖地回答接下來的證人詰問。但如果在這裡提出的問題，與我的當事人在校外的社會蒙上的罪嫌——這罪嫌指的是，他正受到審判的違法行為——直接相關，或是可能對我的委託人在將來造成不利，或引發不公，我將無法回答該問題。即使我的當事人認為回答也無妨，只要我判斷證詞可能對我的當事人——被告不利，我將不會回答該問題，或是僅回答一部分。」

所有陪審員都神情緊張，今野證人對他們微笑。

「不過，請各位理解，這絕對不是因為我輕視校內法庭。參加校內法庭是我的當事人的希望。目前他仍遭到羈押，等待公審，但他主動表示希望以證人的身分參加校內法庭。我的當事人希望把他知道的事實，告訴各位陪審員。請各位理解我的當事人誠摯——嚴肅的心情。」

請多指教——今野證人又行了個禮，這次所有陪審員都回禮了。

「井上法官，謝謝你。」

今野證人也對法官行禮。然後，他回望律師：「請開始吧。」

神原律師似乎也不禁被證人的氣勢壓倒了，有些語塞。

「慢慢來。」今野證人小聲說。旁聽席前排有幾個人笑了。

「呃，今野律師。」

神原和彥緊張的情景難得一見，但涼子根本笑不出來。正牌的職業法律相關者，嚴肅地降臨此地了。

「叫我『今野證人』就好。」證人笑吟吟地說，「叫『律師』太混淆了。」

「好的。那麼，我請教今野證人。」

助手野田健一擦拭額頭的汗水。另一方面，大出俊次仍一臉疑惑地問：「剛才這傢伙囉囉唆唆地說了一大堆『被告』，原來不是在說我嗎？」

「證人可以告訴我們，委託你在這裡作證的人物叫什麼名字嗎？」
「礙難奉告。」
劈頭就被拒絕了。
「我不能在這裡說出我的當事人的名字。理由我剛才解釋過了。」
「那麼，在接下來的問題中該怎麼稱呼他才好？有什麼建議嗎？」
「稱呼『我的當事人』、『你的當事人』如何？」
「好的。那麼，證人現在是出於什麼樣的原因，為你的當事人擔任辯護律師？」
「我的當事人確定被起訴時，我被選為公設辯護人。提出的書面證明第一頁，附有我的當事人的『選任辯護人狀』影本。」
「是這個，對吧？」
神原律師翻開符合的那一頁，出示給眾人看。被塗黑的部分應該是委託人的姓名。
「沒錯。」
「你的當事人是因什麼罪嫌而受到起訴？」
「罪嫌有好幾項，我可以列舉其中主要的一項嗎？」
「好的。」
「現住建築物放火。」
涼子的心臟猛然一跳。旁聽席上，應該也有部分大人聽到這話就想到某件事了吧，場面又騷動起來。陪審團或許是不明白，沒有反應。
「也就是在有人居住的建築物故意放火，引發火災的罪嫌。」
今野證人解釋給陪審團聽，他們的臉上浮現理解與驚訝的神色。
涼子的旁邊，佐佐木吾郎發出一種像是被踩到的呻吟。萩尾一美維持著挑撿分岔頭髮的姿勢僵住了。

「那起放火事件發生在何時何處？」
「今年七月一日的凌晨一點左右，大出勝先生的自家。」
旁聽席的騷動愈來愈大了。法官敲打木槌大聲說：「請肅靜。」
「大出勝先生是這次校內法庭的被告——大出俊次同學的父親。」證人繼續說：「由於這場火災，大出家燒毀了。而我的當事人被視為這起放火案中的放火實行犯——直接在大出家點火的人物，而他也承認放火的實行行為。」
「你的當事人為什麼會在大出家放火？」
「他接到這樣的委託。」
「是誰的委託？」
證人微笑，「我不能回答。」
「這起事件已上報，當地人都知道大致的情形，即使如此，還是不能回答嗎？」
「報導的內容不一定就是事實。」證人斬釘截鐵地說，「是誰、什麼時候、以何種形式，委託我的當事人『在大出家放火，把房子燒掉』？這個事實的認定，不論是對我的當事人，或是同樣因這起案件受到起訴的大出勝先生，都會成為公審上的爭論點，所以現階段我無法回答。」
「我明白了。你的當事人與大出勝先生是朋友嗎？」
「不是。」
「那麼，你的當事人透過在大出家放火，獲得了什麼回報嗎？」
「金錢。」
「也就是說，你的當事人收了錢，幫忙放火，是嗎？」
「是的。直截了當地說，我的當事人是承攬這類工作的專家。」
證人環顧陪審團。

「各位聽過『炒地皮』、『土地掮客』嗎？」

除了竹田陪審團長，還有幾名陪審員紛紛點頭。證人也向他們點頭回應。

「自從現在的繁榮景氣開始，尤其是大都市圈的地價飆漲之後，報章雜誌就經常出現這些字眼。雖然有些繞遠路，不過請讓我簡略地說明一下。」

這時野田健一悄悄站起，把辯方的黑板拉到前面，用白色粉筆在黑板寫下「炒地皮」、「土地掮客」，然後坐下。他緊張到字都抖了，走路方式也很不自然。

「就是這兩個詞，謝謝。」

證人向野田助手微笑。

「這些土地掮客會違反住在某塊土地的住宅或共同住宅的房客，或租借土地興建住宅及店鋪居住、經營商店或公司的人的意志，強迫其遷離或是驅離。那麼，他們為什麼會做出這種粗暴的行為？」

證人走上前，一副想要寫板書的樣子。

「土地的所有權人——一般稱之為地主，有權將自己擁有的土地，依自己的意志自由出售、出租，或是自用。但假設土地上蓋了大樓或公寓，有房客居住，或是簽了地上權契約，把土地租借給別人，那麼承租的人也會擁有一定的權利。也就是依照契約內容，居住在這塊土地，或開店營業的權利。換句話說，地主有義務尊重房客的權利，確實遵守契約內容。」

然而——證人繼續說：

「有的時候，地主會由於某些原因想要解除契約，或是不想續約了。這種情況，必須事先通知承租人，並支付搬遷費用等等，按照一定的手續處理。許多情況下，這些手續能夠圓滑地進行，但有的承租人會拒絕搬遷，或是因為各種理由，無法在地主希望的期限內搬遷，又或是不滿意搬遷費用等等，出現問題。雙方都是人，而且牽涉到生活，這是沒辦法的事。這種情況，能夠靠討論或調停解決是最為理想的，如果不順利，地主一方可能會騷擾承租人，或是破壞環境，令承租人難以在那塊土地上生活，以強迫其遷離。而土地掮客，一般就是參與或承攬這類強迫清空土地行爲的個人或團體。」

陪審員又紛紛點頭。

「剛才我說『地主一方』，是因爲其實進行這種強迫清空行爲的人，並不一定是地主。有時地主沒有這個意思，而是介入其中的不動產開發業者想要清空土地，或是相中可望獲得暴利的土地的第三者，任意強迫居民搬離，再逼失去租金收入的地主出售土地。情況形形色色，所以請各位陪審員不要誤會地主都是貪心的壞人。」

旁聽席傳出輕笑聲。

「不動產原本就十分昂貴，再加上近年來地價上漲，價格更是變得高不可攀。因此，很遺憾地，不動產所引發的權利與利害的衝突，事實上是與日俱增。其中最爲悲劇性的，是家人與親戚間發生這類衝突的情況。大出家也屬於這種情況。」

證人舉起右手食指，放在臉旁。

「其中一名家人擁有土地所有權，而土地上面蓋的房子——」

這次他舉起左手三根手指，把雙手手指靠到中間。

「居住著其他家人。而想要把這塊土地作爲資產拿去運用的家庭成員之一，與擁有土地所有權的另一名成員——也就是家庭內的地主，意見衝突，無法透過討論相互妥協，其中一方爲求速戰速決，引來了包括我的當事人在內的土地掮客。結果不僅燒毀房屋，還造成死傷。」

這是莫大的悲劇——證人加重語氣。

「像這樣要清空土地的情況，放火是經常使用的手法嗎？」

「只要建築物沒了，就沒有人能住在那裡，所以應該可以說是一種確實的手段。不過有延燒到左鄰右舍的危險，而且非常可能造成死傷。這是最後的手段，即使是行事粗暴的土地掮客，也不會輕易採用。」

「可是，你的當事人是這一行的專家吧？」

律師天眞無邪地問，證人回以嚴肅的眼神。

「是的，他是個老練的行家。」

法官席上的井上康夫露出嫌惡的表情。可能是眼尖看見了，證人轉向井上法官說：

「專家、行家，這樣的形容的確既不莊重也不恰當，我非常明白這一點。我的當事人違反了法律。他背棄義理，做了壞事。他的行爲不容一絲辯解。可是，我希望正値成長期的各位務必冷靜思考，努力理解。人有的時候是會選擇我的當事人那種生活方式的，然後也可以在那樣的生活方式裡，擁有自己的驕傲——自豪與哲理。」

彷彿在等待這番話，律師問：「你的當事人所謂的驕傲，具體是指什麼？」

證人只停頓了一瞬間，隨即強而有力地回答：

「就是在他親手執行的案子裡，不讓火災造成直接的傷亡——不傷害他人的身體。」

「在有人居住的建築物放火，有可能不傷害任何人嗎？」

「在大出家的案子以前，我的當事人做到了。我的當事人承認曾經犯下十起左右的放火實行行爲，但其中造成死亡的，只有大出家一個例子。順帶一提，因爲此案遭到逮捕之前，我的當事人沒有前科。」

「也就是說，他從來沒有被警方盯上過。」

「就算被盯上——這樣形容或許又有些不莊重，不過他從來沒有露出馬腳。」

律師緩緩點頭，「這類手法，或者說放火的手段，是你的當事人獨創的嗎？」

「是的。因此，我的當事人有個綽號。他能夠引發非常猛烈的火災，但完全在控制之中，讓建築物裡的人可以立刻發現起火，迅速避難。因此，他的手法被比喻爲放煙火，而他本人被稱爲『煙火師』。」

野田健一又寫了板書，字還是發抖了。涼子也握緊自己顫抖的手。果然如此，今野律師是「煙火師」的律師。

「可是，他在大出同學家失敗了，對吧？」

證人望向被告大出俊次，「是的。大出勝先生的母親，也就是俊次同學的祖母過世了。我的當事人為此深感後悔。」

大出俊次的臉上沒有怒容，反倒是比剛才更加消沉了。

「你的當事人『煙火師』為了達到不造成任何傷亡的目的，一定下了許多工夫吧？」

這回證人似乎在等待律師的這個問題。是的，他答道：

「雖然沒辦法在這裡說明細節，不過有一樣不是技術上的，而是我的當事人心態上的堅持，我可以告訴大家。」

「是什麼樣的堅持？」

「我的當事人事前一定會與住在目標建築物裡的人見面。應該幾乎都只是碰個面而已，但他說有時候也會交談。」

律師驚訝地睜眼，又眨起眼睛。「見面？特地去見他們嗎？」

「是的。」

「為什麼要這麼麻煩？」

「我的當事人表示，去見住戶，是為了用心去體會他們生活在那棟建築物裡、是活生生的人，並了解執行委託必要的資訊——比方說二樓睡了三個人、一樓睡了一個人等等，而不是只當成單純的資訊。」

陪審員山埜香奈芽彷彿受到某種衝擊，扭動身體，摀住了嘴巴。

「對象不是空的建築物，而是活生生的人。弄個不好，可能會剝奪那些人的生命。他接下來要做的就是這樣的事。你的當事人為了告誡自己，會刻意去見目標建築物的住戶，是嗎？」

「是的。但也不是因為這樣就有多了不起，或是罪責會比較輕。我所說的『心態』，就是這個意思。當然，如果住戶之中有病人或是年長者、孩童，避難時就需要支援，所以也是為了確認有沒有這類狀況吧。」

「如果被對方記住長相，不會很危險嗎？」

「他甘願冒這樣的風險。」

涼子逐漸了解這段證詞的目的了。她無法克制膝蓋的顫抖，忍不住挪動雙腳。

「他一定會這麼做嗎？」

「是的，一定會。」

「毫無例外？」

「沒有例外。」

「那麼，你的當事人也在事前造訪了大出家嗎？」

「是的。」

神原律師的下巴挑釁般微微上揚，「是什麼時候的事？」

「我的當事人總共前往大出家勘查了三次。第一次是在去年年底，十二月二十四日晚上。」

法庭內騷動起來，法官的木槌激烈地敲打著。

今野證人要求喝水，野田健一將瓶裝水遞給他，聽證暫時中斷。騷動平息了，但旁聽者和陪審團都難掩內心的動搖與興奮。

律師繼續發問：「你的當事人是何時、以何種形式造訪大出家？」

「是與這次清空土地有關的三名同伴，在大出勝先生的邀請下，以打麻將的名義造訪。聽說大出家有豪華的麻將桌，還有專用的麻將房。他們是在晚上九點前抵達，離開的時間是凌晨兩點多。」

「待了很久呢。」

「打麻將嘛。」證人說著，稍微笑了。「不只是藉口，他們真的摸了兩圈。順帶一提，我的當事人全輸。他另有目的，所以無法專心吧。」

「你的當事人當晚的目的，是勘查建築物，還有和住在大出家的人碰面。」

「是的。大出夫人的話，他剛進門就打招呼了。至於大出先生的母親，他也在大出先生的帶領下，到臥室去和她碰面了。」
「那俊次同學呢？」
「大出勝先生似乎想和夫人一樣，叫俊次同學立刻出來打招呼，但叫他也不見人出來。據說勝先生很生氣，說就算有客人來，這臭小子也不會出來好好打聲招呼。」
「你的當事人在訪問期間，幾乎都待在麻將房裡嗎？」
「是的。他不時用借廁所、伸展筋骨等藉口──主要是給大出夫人的藉口──離開房間觀察屋內，不過都只有一下子而已。」
「這樣就算勘查了嗎？」
「對他來說足夠了吧。還有，當晚造訪的時候，勝先生將房屋的設計圖交給他。那是棟屋齡超過三十年的房子，設計圖很舊了，沒有反映出後來的改建和裝潢內容，只能當成用來掌握概要的資料而已。」
「除了設計圖以外，他也從大出勝先生那裡得到家人臥房的資訊了嗎？」
「是的。」
「比方說，廚房在這裡、浴室在這裡、俊次同學的房間在這裡之類的？」
「是的。不過除此之外，爲了抓到感覺，他需要親眼確認屋內的狀況。像是家具和設備的位置，有時設計圖上有窗戶，實際上卻被堵起來等等。人所居住的建築物，不親眼看到，有很多地方無法掌握吧。」
律師放下檔案資料，現在雙手空空。他露出已知目的地在哪裡，只需要筆直往那裡前進就好的表情。
「那麼，你的當事人當晚沒有見到俊次同學嘍？」
「勝先生用麻將房的內線電話吩咐夫人，叫了俊次同學好幾次，但俊次同學都沒有現身。勝先生非常生氣地說『今天交代他不許出去亂晃，很行嘛，居然在那裡鬧脾氣』，所以我的當事人和同行的夥伴一起安撫他。」
「如果見不到俊次同學，對你的當事人會造成困擾嗎？」

「他說就算那晚不行，應該還有其他機會。因爲計畫預定在半年以後才會實行，我的當事人沒必要著急，不過……」

巧的是——證人慢慢地說。

「巧的是……？」

「我的當事人走到大出家的廚房想喝杯水時，碰到了俊次同學。」

律師也慢慢地發問：「那是幾點左右的事？」

「廚房的小電視當時正在播放ＮＨＫ的新聞。當天晚上下著雪，對吧？到黎明變成了大雪。」

「是的，首都圈發布了大雪警報。」

「我的當事人說，當時的電視畫面是天氣圖，然後ＮＨＫ的新聞……」

證人用手在空中框出一個四方形，指著左上角。

「畫面的這個部分，都會顯示時間，對吧？連續劇怎麼樣我不知道，但播報新聞和氣象預報的時候都會有。」

「是的。」

陪審團全員也點了點頭。

「我的當事人第一次望向電視時，這個時間顯示爲凌晨零時八分。」

野田助手在黑板寫下「0:08」。

「我的當事人說他從小就有很優秀的視覺記憶力。我不清楚這種能力是否與他身爲『煙火師』的技能有關，總之任何東西他都過目不忘。尤其是數字，他記得特別鮮明，所以不會記錯。」

旁聽席安靜下來了，每個人都屏氣凝神地聽著。

「我確認一下。」律師說，「去年聖誕夜，日期剛進入隔天的十二月二十五日凌晨零時八分多的時候，你的當事人在大出家——本法庭被告的大出俊次同學自家的廚房，見到了大出俊次同學？」

「是的。」

被告本人睜大了眼睛，舉手搔頭。他湊近野田健一低聲說了什麼，助手迅速回話。好像是叫他安靜。

「你的當事人去大出家的廚房喝水，結果俊次同學在那裡，是嗎？」

「是的。」

「你的當事人記得俊次同學在做什麼嗎？」

「據說在用微波爐熱東西。我們也常這麼做吧？把裝有食物的盤子或容器放進微波爐，調好時間，待在旁邊等它發出『叮！』一聲。」

「俊次同學也在這麼做？」

「是的。」

「你的當事人有何反應？」

「他說了聲『晚安』。如同我剛才說的，我的當事人沒有見過俊次同學，不過從對方的年齡外貌，可以輕易推測出對方就是大出勝先生的兒子，所以先開口打聲招呼。」

「俊次同學有什麼反應？」

「他臭著臉，沒有回話，也就是當成沒看到。」證人一本正經地繼續說：「我的當事人主動自我介紹，但沒有報上名字，而是說『我是通用興產的員工』。這是與大出家的土地清空有關的企業名稱。接著他又說，『你父親招待我跟同事一起來打麻將，打擾了。』」

「俊次同學怎麼說？」

「還是一樣臭著臉不吭聲。」

此時被告一樣臭著臉不吭聲。

「微波爐很快就響了，於是俊次同學拿出裡面的東西，再從冰箱拿出保特瓶飲料，離開廚房。廚房一出去就是通往二樓的樓梯，我的當事人聽到他上樓的腳步聲。」

「這麼說的話，你的當事人沒有和俊次同學交談嘍？」
「是的。」
「當時俊次同學給人什麼印象？」
「我的當事人說難怪勝先生會生氣，因爲俊次同學眞的是個彆扭又冷漠的孩子。不過，那個年紀的男生常會這樣，所以他沒有太在意。」
「他記得俊次同學的服裝嗎？」
「據說是一套淡藍色運動服。光著腳，也沒有穿室內拖鞋。」
「是在自家休息時的服裝呢。」
「是的。我在家發懶的時候，也都那樣穿。」
證人再度向陪審團微笑，但陪審員們都緊張到笑不出來。
「事實上，俊次同學看起來很睏。我的當事人認爲或許他是很睏，態度才會那麼冷漠。」
「看起來很睏？」
「對，一副很睏的神情。運動服也睡得歪七扭八，頭髮東翹西翹，應該是一直在自己的房間睡覺，因爲肚子餓了，才跑下來廚房——這也是我們常會做的事。」
「徹底放鬆的樣子？」
「是啊。」
「有沒有正要準備外出，或是才剛回家的樣子？」
明知是白費工夫，涼子還是舉手提出異議：「庭上，律師在詢問證人的意見。」
異議成立——法官也機械性地應道。
律師繼續說：「俊次同學離開廚房後，你的當事人怎麼了？」
「他說就站在那裡看電視氣象預報。他也很關心大雪警報造成的影響。」

「他在廚房待到什麼時候？」
「氣象預報結束的零時二十分，我的當事人回去麻將房，然後他對大出勝先生說『我見到令郎了』。也就是說，那天晚上他達成了見到家庭成員的目的。」
「你的當事人記得大出勝先生說了什麼嗎？」
「據說勝先生又生氣了，說『我兒子一定沒跟你打招呼吧？』。身爲父親，他可能覺得很沒面子吧。他又辯解了一次，說今天交代兒子不許出門，兒子才會鬧脾氣。」
「大出勝先生交代俊次同學這天不能出門，是因爲你的當事人要來見家人嗎？」
「是的。據說，大出勝先生還說：『我兒子成天在外面惹事生非，教人傷透腦筋。』」
「後來你的當事人一直待在麻將房嗎？」
「他去了兩次廁所，順帶看了屋內幾個地方。」
「那時候他曾經再碰到俊次同學嗎？」
「沒有。」
「凌晨兩點過後，你的當事人離開了大出家？」
「是的。勝先生叫來無線計程車，我的當事人和兩名同伴一起坐上開到玄關門前的計程車。」
「是大出勝先生送客嗎？」
「是的。屋內很安靜，大部分的房間都是暗的。」
律師停頓了一下，今野證人稍微挪動身體。
「後來你的當事人又去大出家訪問——勘查了兩次，是嗎？」
「是的。」
「那時候曾經遇到大出夫人或俊次同學嗎？」
「沒有。不過我的當事人得到消息，知道大出家有兩名通勤女傭，其中一名負責照顧如今已過世的勝先生的母親，如果母親身體不適，有時她也會在家中過夜。所以他拜託勝先生，也見了那名女傭。」

「他確實見到那名女傭了？」

「是的。」

「你的當事人見到俊次同學的時間，有沒有可能不是去年十二月二十四日，而是後來那兩次訪問的時候？畢竟人的記憶很容易混淆。」

「那天首都圈難得下大雪，而見到俊次同學是那天深夜的事，所以我的當事人記得很清楚。」

「你的當事人在去年聖誕夜的零時八分，在大出家的廚房，見到穿著運動服、光著腳、頭髮亂翹，看起來非常睏的大出俊次同學，是嗎？」

「沒錯。」

「謝謝你。」

律師深深吐出一口氣，坐了下來。他看起來如釋重負，證人也對他大大點頭，彷彿在稱讚「詰問得很棒」。

「需要反詰問嗎？」

法官的聲音響起。整個法庭的目光集中過來，涼子頓時感到身體沉重。

這是決定性的不在場證明作證，已無力回天。

在昨天的非公開法庭上，三宅樹理在陪審團面前作證，「聖誕夜當晚，我和淺井松子去看校舍時鐘走到凌晨零時——午夜十二點的瞬間」，然後她們目擊到柏木卓也與大出俊次等人的身影。

樹理的證詞缺乏時間上的正確性。她目擊到的情景，究竟是十二點以前還是十二點過後，曖昧不明。這是涼子要她這樣作證的。樹理想說出更精確的時間點，但涼子反對說碰到突發狀況，時間卻記得這麼清楚，太奇怪了，最好含糊一點。涼子還說，柏木同學過世的時間，不管是剛好凌晨零時，或是接近凌晨零時三十分都沒有差。

沒錯，完全沒差。若是大出俊次凌晨零時在自家，一副剛睡醒的模樣，餓著肚子熱宵夜的話，什麼時間都沒差了。

即使如此，是不是還能做什麼？一個就好，難道不能在今野證人的證詞中打進一個楔子嗎？然後，這楔子能不能讓大出俊次的不在場證明出現龜裂？

只能上了，涼子站了起來。

「我是在這場審判中擔任檢察官的藤野，請多指教。」

「我才是，請多指教。」今野證人應道。

佐佐木吾郎渾身大汗，萩尾一美臉色蒼白。陪審員都低著頭，只有倉田麻里子擔心地看著涼子。

——連麻里也明白剛才的證詞已定下江山。

這樣想是在瞧不起麻里，涼子的心動搖了。

果然，聲音虛軟無力。

「證人——這種情況，是指今野證人本身以及你的當事人，我想請教兩位證人。」

「好的。」

「兩位是從哪裡得知這次校內法庭的消息？為何能夠判斷你的當事人的證詞很重要？」

今野證人露出柔和的笑容，「我不能回答這個問題。」

「為什麼？」

「要回答這個問題，就必須說出我在外面的社會——真正的公審那邊，我為我的當事人進行何種辯護行動，或是計畫將要如何辯護。這有可能損及我的當事人的利益。」

而且——證人微笑著說：

「我和我的當事人都無法判斷這證詞對校內審判是否重要。我們只是推測或許很重要，做出判斷的是法庭。」

「說的也是。失禮了。」

聚集在這裡的人，除了我以外都死光了嗎？如果還活著，怎會安靜成這樣？涼子心想。

我不想在這麼安靜的場面問出這種問題啊。

「你的當事人在這裡做出對俊次同學有利的證詞，是否能得到大出勝先生的某些回報？比方說，大出先生會在證人的公審中，做出能夠減輕你的當事人罪責的證詞。」

井上法官的表情又扭曲了。涼子看不出這次是因爲嫌惡還是憤怒。

今野證人的表情變得更溫和了。

「原本這也是礙難回答的問題，不過爲了我的當事人的名譽，就依我的判斷回答吧。我的當事人沒有和大出勝先生進行任何形式的交易。而且大出勝先生根本不知道，我的委託人要在校內法庭上作證。」

「這有可能嗎？」

「這是事實。」

「可是你是律師，能自由地和大出勝先生會面吧？」

「這種情況不叫會面，叫『接見』才正確。」今野證人溫柔地解釋，「而現在不論是我的當事人還是大出勝先生，都被法院禁見了。這種做法使得被告只能接見本人的律師。我一開始就說過，我的當事人與大出勝先生遭到起訴的案件，相關人士眾多，相關事實也錯綜複雜，檢調仍持續偵辦中。這種情況，相關人士有可能暗中串供，或試圖湮滅證據，所以法院才會裁定禁見。」

涼子好想當場鑽洞消失。

「我並不是大出勝先生的律師，所以無法接見大出勝先生。」證人說。

吾郎拉扯涼子的袖子，意思是叫她別問了。

涼子抬頭，「你說你的當事人在社會上的眞正審判中，涉嫌多項罪名。」

「是的。」

「當中應該包括殺人罪吧?大出同學的祖母在火災中不幸喪生了。」
「沒錯。」
「爲什麼你剛才沒有說明這一點?」
證人立刻回答:「我確實應該爲這一點道歉。我擔心可能會損害我當事人的形象,因而沒有明說。」
「可是,這是事實。」
「是啊,只是……」證人思考了一下。「這是個好機會,或許也能提供給各位的這場審判作爲參考,所以我想向各位說明一件事。庭上,可以嗎?」
請——法官准許。證人沒看涼子,而是望向陪審團。
「我國的司法制度,是以罪刑法定主義爲基本。國家無法對國民追究未預先明文化的法律所規定的罪名。而刑法上的『殺人罪』,是對於以某種行爲導致他人死亡的人,依當時有無殺意來追究是否成立。」
陪審員們都專注聆聽。
「不過,這『殺意』有兩種,法律上認定的基準是不同的。」
首先,第一種——今野證人又豎起右手手指。
「是因殺人而被問罪的犯人——也叫嫌犯或被告,經確認有殺害對方的明確意圖的情況。這可以依本人的自白,或是事前是否擬定犯罪計畫、預先準備凶器、殺害前向旁人吐露殺人意圖,或是恐嚇被害者要危害其性命——這些言行舉止和狀況證據、物證判斷。」
然而——證人豎起第二根手指。
「第二種情況就不這麼簡單明瞭了。也就是犯人明知做出某種特定行爲,可能會導致行爲的對象,或是受到此行爲影響的不特定**他人**死亡,仍執行這項行爲,結果致人於死的情況。這種『或許會怎麼樣,但我還是要做』的意志,稱爲『未必故意』。如果因此致人於死,就會被認定爲『有未必故意之殺意』。」
野田健一走到被晾在一旁的黑板前,寫下板書。謝謝——證人說:

「這個概念很複雜，不過請趁這個機會記起來吧。雖然意圖進行某項行爲，導致有人死亡，但在實行這項行爲時，當事人並沒有積極殺人的意圖。只是儘管明白自己的行爲有可能導致他人死亡，但還是覺得無所謂，或是無可奈何。這就是『未必故意之殺意』的認定基準。」

這時，一直蹙眉專心聆聽的陪審員蒲田教子舉手了。

「不好意思，有點難懂。」

「好的，什麼地方不難懂？」

「有時候就算沒有殺意，還是會因發生事故之類的情況，害別人死掉，對吧？」

「很遺憾，確實如此。」

「那不算殺人罪吧？」

「不算。因事故致人於死的情況，觸犯的是過失致死罪。殺人罪是故意犯——也就是故意殺人的情況才會觸犯的罪名。」

「那樣的話，未必故意的殺人也不是故意的，只是不幸碰巧變成那種結果，那不就跟過失一樣了嗎？」

今野證人露出開心的表情，「問得很好。可是過失致死的情況，與未必故意的殺人並不相同。前者的行爲者沒有殺人的意圖，但後者有。即使死亡的結果是**碰巧**發生的，不過在那之前，是行爲者先意圖做出可能致人於死這種嚴重後果的行爲。不是單純的不小心，是有意志存在，是故意做出這樣的行爲。」

原來如此——教子呢喃，「是這裡不一樣啊，好像懂了。」

旁聽席久違地傳出笑聲。

今野證人不禁苦笑，「你們好不容易懂了，但很抱歉，我必須要說，其實論到意圖，嫌犯在事前有多深刻理解到『自己的行爲可能會害死人』——是否能夠如此理解、預測，是一個相當困難的問題。不管是問罪的一方或是辯護的一方，都必須明確證明這一點才行。」

不光是蒲田教子，旁邊的溝口彌生也點點頭。

「這對法律相關人士來說也是個難題，我正在研究過去的判例。因爲我的當事人也是根據這個基準被認定爲『有殺意』，依殺人罪起訴。」

說完後，今野證人重新轉向涼子。

「承辦檢察官認爲，我的當事人可以預料到在大出家放火可能導致傷亡，卻沒有改變計畫，爲了酬勞而放火。但我並不這麼想，也認爲承辦檢察官誤認了事實。大出勝先生的母親會來不及逃生，是我的當事人無法預料也無法得知的意外，所以我打算針對這一點進行爭論。」

「因爲律師的當事人，是不會害死人的『煙火師』嗎？」涼子問。

「是的。」

證人看著涼子的眼睛，露出微笑。

「我聽說這場校內審判，有時候會忽略外面社會眞正的審判中綁手綁腳的規則。」

「與其說是有時候，感覺更像是從頭忽視到尾。」法官說，「所以陪審團才會不經我同意，突然向證人問話。」

教子縮起脖子，今野證人笑了出來。

「這樣啊。那麼，我想請庭上答應一個請求。我可以請教檢察官藤野同學一個問題嗎？」

「好的。」涼子搶先法官回答。

證人看著涼子的眼睛問：「妳爲什麼拘泥於我的當事人是依殺人罪被起訴這一點？」

那是平靜卻看透對方心中某一點的眼神。

涼子沒有逃避他的眼神，回答：「因爲我認爲殺人犯的話無法相信。」

這不是眞心話，可是涼子想要這麼說，想要在這裡說。

今野證人點點頭，「這樣啊，謝謝妳坦白回答。」

涼子垂下眼神，「反詰問結束了。」

「需要覆主詰問嗎？」

「不需要。」律師回應。

「那麼，今野證人請退庭。謝謝你。」

今野律師最後看了看陪審團，頷首後離開證人席。他走近辯方席，主動向站起來的神原律師伸手一握。然後，他親暱地拍了拍臉色潮紅的野田健一的肩膀，向大出俊次簡短地打聲招呼，沒有回頭，踩著與來時相同的堅定腳步，從後門離去。

「休庭到下午一點。」

法庭一下子恢復喧囂，涼子獨自一人彷彿時間停止似地癱坐著。

被告大出俊次似乎趁著午休時間換了件襯衫。他把漿過的制服襯衫釦子扣到最上面，褲子也不是邋遢地掛在腰間，而是繫好了皮帶。髮型好像也整理過了。不過歪七扭八的姿勢無法臨時矯正，毛毛躁躁的態度也一如往常。連確認身分與宣誓的時候，都無法筆直站正，說起話來含糊不清。

振作點——涼子在內心斥責，至少自己的名字要大聲說出來啊。

「被告，請在證人席坐下。」

法官說，卻被律師粗魯地打斷：

「被告要起立回答問題。那麼，我開始詰問。」

旁聽席各處都有手帕和扇子搖晃著。律師繞過桌子走上前，雙手是空的，什麼也沒拿。

「今天上午今野努證人的證詞，被告也聽到了吧？」

被告把下巴往前頂似地點頭。

「請出聲回答。」

「聽到了啦。」

「被告自己記得去年聖誕夜的那件事嗎？」
哼——被告用鼻子噴氣。
「這麼說來，好像有這麼一回事。」
被告低喃，搔了搔耳後。
「被告自己沒有清楚的記憶，是嗎？」
「如果我記得，早就說出來了。」
「可是，這是能夠證明你不在場的重要事情，你卻沒有努力回想嗎？」
被告噘起嘴巴，腳扭動著。
「剛才你聽到今野證人的證詞，回想起來了嗎？」
「——隱約啦。」
「那天晚上你用微波爐加熱的宵夜是什麼，回想起來了嗎？」
被告小小「嘖」了一聲。
「你可以回想起在廚房見到的客人的容貌穿著嗎？任何細節都行。」
不記得了啦——被告憤憤不平地說：「那種無聊小事，誰會一一記得啊？」
「這對你是很重要的事，不是無聊小事。」
「我爸成天都有客人，我三更半夜才吃飯的次數也多到數不清了啦。」
被告急了，語調提高，變得幼稚。大出俊次孩子氣的部分逐漸浮現。
「誰會一一記——」
「我知道了。」
律師交抱起雙臂，盯著被告。
「我很清楚被告不記得去年聖誕夜的深夜自己做過什麼了。那麼，我們來確認被告沒有做過什麼吧，可以嗎？」

大出俊次又用力搔抓耳後。

「被告那天晚上來了這所學校嗎？」

「沒有啦。」

「被告上了屋頂嗎？」

「沒有啦。」

「被告見到橋田祐太郎同學和井口充同學了嗎？」

「不曉得啦，我哪知道他們做了什麼啊？」

「沒有見面，是嗎？」

「不就說沒有了！」

「你見到柏木卓也同學了嗎？」

「沒有。」

「你把柏木卓也同學帶上屋頂了嗎？」

「就說——」

「請回答問題。你把柏木卓也同學帶上屋頂了嗎？」

「——我才沒做那種事。」

「你把柏木卓也同學從屋頂上推下去了嗎？」

被告瞪著律師，律師也瞪回去。

「**我沒有把他推下去**。」

大出俊次念台詞似地回答。實在是個三流演員。笨拙過頭，看起來反倒像真的。神原和彥和被告究竟預演了幾次？他是怎麼把這個軟硬不吃的大出俊次訓練到這種地步的？

「被告殺害了柏木卓也同學嗎？」

陪審團又僵住了。

大出俊次回答：「我沒有殺他。」

「可是井口證人作證，被告在柏木同學過世那時候，親口說『是我殺的』。你忘記了嗎？」

「誰會說——」

大出俊次火冒三丈地大喊，但可能覺得不妙，暫時閉上嘴巴，吁了一口氣才說：

「把那種話當眞的人是白痴。井口明明也知道，還故意那樣說。」

「不過，被告對井口充同學說『是我殺了柏木』，這是事實吧？」

「不曉得。忘記了。誰會一一記得那種無聊的玩笑話啊？」

「意思就是，即使被告眞的說過，也只是玩笑話？」

「廢話嘛。」

「被告沒有殺害柏木卓也同學？」

「你很囉嗦耶。」

睜大雙眼緊緊盯著被告的勝木惠子，眨了眨眼睛。

律師淡淡地繼續說：「可是被告卻因爲涉嫌殺害柏木卓也同學，站在這裡。你認爲自己怎麼會落到這步田地？」

「就是那封胡說八道的告發信……」

「那封寫了實際上沒有發生的事、謊話連篇的告發信，是嗎？」

「是啊。」

「也就是說，被告被那封信口雌黃的告發信誣賴。被陷害了、被設計了，是嗎？」

這還用問嗎？——被告回嘴。

「我一開始不就說了？老子是被陷害的。」
「別人爲什麼要陷害你？」
律師突如其來地凌厲反問，大出俊次明顯退縮了。
「什麼爲什麼……」
「我是在問被告，你認爲寄件人捏造那封告發信的動機是什麼？告發被告的人，爲什麼要這麼大費周章地撒謊？」
被告站著靈巧地抖腿，眼神飄移，逃離律師的注視。
「誰曉得啊？那種事，把寫告發信的人抓起來問不就知道了？」
「我是在問被告的意見。被告對於自己遭到陷害的理由，心裡有數嗎？」
整個法庭的視線都集中在被告身上，被告不安地尋找可以逃離的地點。
涼子自然地咬住嘴唇。這眞的是照排演來嗎？這是神原同學安排好的，大出同學也知道會被這麼問——不知爲何，律師旁邊的野田健一跟涼子一樣咬著嘴唇。他緊緊地咬著，連下唇都看不見了。
「我再問一次，被告知道自己爲什麼被誣賴嗎？」
大出俊次不回答。背部緊繃，肩膀拱起又垮下。
「各位陪審員，請記住被告沒有回答這個問題。」
神原律師說完後，俐落地回到桌子後面。
「下一個問題。」
助手野田健一的眼神與其說是肅穆，不如說是悲壯了。涼子不禁感到困惑，野田同學爲什麼要那麼戒備？
「我想確認被告至今爲止的生活態度——在本校的言行舉止。我有許多問題，請被告用『是』或『不是』來回答。如果我問的內容屬實，請回答『是』，如果並非事實，請回答『不是』。只要回答這兩種答案就行了。」

那種說話方式已不只是俐落，而是冰冷了。這也是他們事前演練的嗎？大出俊次居然肯同意這樣的做法。

律師用左手從桌上拿起檔案夾，翻開內頁，看著內容說：「這是前年被告剛進入本校就讀一年級的四月底發生的事。被告在體育館後面抽菸，對嗎？」

瞬間，旁聽席的人都「嚇到了」，接著零星傳出笑聲。

「我在詢問，被告是否抽了菸？」律師從檔案夾上抬起頭，換了個問法。「請回答。」

大出俊次低聲說：「是。」

「一樣是四月中，被告從當時一年B班的男學生室內鞋箱，偷走了幾雙室內鞋，丟進玄關大廳的垃圾筒，是嗎？」

旁聽席又傳出笑聲。

「這是在幹麼？」

可能是不滿受到嘲笑，被告的眼睛逐漸泛紅。

「這是在問什麼？那種事跟這場審判無關吧？」

「請回答問題。用『是』或『不是』回答。」

被告回望旁聽席，瞪著在笑的人。非常符合大出俊次作風的行爲。

笑聲因此減少了一些。但即使遭到被告瞪視，旁聽者的目光也堅定不移。

「是，或不是？」

「不是。」

那語氣就像在啐口水。

「這是同年五月連假結束以後的事。」律師繼續說，「放學的時候，被告從後方踢踹當時一年級的某個女生的書包，害對方跌倒，然後被告穿著鞋子踩她的背，是嗎？」

旁聽席的眾人又嚇到了，笑聲消失。

「你說什麼？」

大出俊次瞬間破音，臉脹得紅通通，想要逼近律師。

「被告，肅靜。」

法官立刻制止，在被告左後方待命的法警山晉上前一步。

律師依然盯著檔案資料上的文字，淡淡地問：「這是事實嗎？是或不是？」

「是哪裡的誰——」

「問題不在『誰』，我是在詢問事實。請回答。」

「是誰告的狀！」

「既然被告說**告狀**，表示這是事實嘍？請各位陪審員如此理解。」

井上法官忽然想起似地推起滑落的眼鏡框。

「我繼續詰問。同年六月，一樣是放學的時候，被告用自己的雨傘毆打同年級的兩個男生，是嗎？當時，被告威脅說『你們很礙眼，不要走在我前面』，是嗎？」

大出俊次杵著，律師的頭抬也不抬。

「——誰曉得啊？」

「回答是『不是』嗎？」

「對啦。**不是**。」

「那麼，下個問題。同年暑假，被告埋伏等著一名結束社團活動要回家的同年級女生，搶走她的書包，告訴對方如果想要拿回書包，就脫下運動服光著身體跳舞，是嗎？」

小涼——有人輕喚。是萩尾一美，她的眼睛睜得渾圓。

「這是怎麼回事？」
「我也不知道。」
佐佐木吾郎輕聲說：「噓，安靜。」
「被告，要我重複問題嗎？」
不用——大出俊次的聲音響起。低低的，就像蜜蜂的嗡嗡聲。
「被告剛才回答『不用』，是嗎？」
「是的。」
「請大聲一點回答，讓陪審團聽得見。」
被告望向陪審團。他在害怕。大出俊次在害怕，只有勝木惠子回應他的視線。其他人都垂著頭，要不然就是在做筆記。高個子陪審團長的搭檔，嚴肅地盯著神原律師。
「一一說出時間，反而會讓記憶混亂嗎？那麼，接下來我只詢問發生的事件內容，請用『是』或『不是』回答。」
不只是公事公辦，律師的語氣冷酷到驚人。
涼子的背脊發涼。大出俊次是真的感到困惑。原來這場被告詰問是直接上場，沒有排練。大出俊次做夢也沒想到，會在這裡被詢問這些問題。
這是怎麼回事？這是在做什麼？
律師的目的是什麼？
「被告曾用拖把的柄毆打同年級同學嗎？」
「我什麼時候做了那種事？」
「有這樣的事實嗎？有，還是沒有？」
「沒有。」

「被告曾偷走圖書室的書，拿去二手書店販賣嗎？那個時候，被告是否對出聲制止的圖書委員怒吼『又不是你的書，少在哪邊囉囉唆唆』？」

被告的耳根都紅了，沒有回答。

「被告曾從同學的書包裡偷走教科書和筆記本，然後丟掉嗎？」

「——沒有。」

「被告曾把音樂教室的CD從窗戶丟出去嗎？」

「我才沒有！」

沒有——聲音小得像蚊子叫。律師看著被告，「被告是不是說CD是飛盤，邊笑邊扔著玩？」

「被告曾打破學校的玻璃窗嗎？」

「沒有。」

這回答讓旁聽席一陣嘈雜，大出俊次的臉更紅了，改口說「——有」。

「被告曾在午餐時間，因爲看不順眼同學吃飯的樣子，拿牛奶淋對方的頭嗎？」

旁聽席有人放聲大笑，但很快就安靜下來。

「被告曾從同學的桌子抽屜和書包偷走財物嗎？」

聽到這個問題，勝木惠子有了反應。她難爲情地迅速低下頭。

「被告曾在學校附近的商店偷竊物品嗎？」

「沒有。」

「那麼，被告是否強迫同學、命令同學去偷竊？」

被告沒有回答，垂下頭，身體開始搖擺。

「被告曾在校內勒索同學嗎？」

「——沒有。」

「那麼，在校外勒索過別人嗎？」

「這……一點點而已。」

這次換別的地方響起神經質的笑聲。

「被告曾把男同學帶進廁所，將對方的頭壓進小便斗裡，讓對方溺水嗎？」

不知不覺間，大出俊次耳朵逐漸失去血色。

「那麼，被告曾把女同學帶進廁所，將對方的頭壓在地板上，強迫對方舔地板嗎？」

陪審團的女生們閉上眼睛，或是掩住了臉。

「被告曾叫同學或是學弟去死嗎？」

沒有回答。

「那麼，有沒有說過『如果不想死就不要來上學』？」

沒有回答。

「被告說過『看到你那張噁心的臉就想吐，不要再來學校了』嗎？」

被告沒回答，僵住了。

「被告曾把學妹帶進無人的教室，用美工刀威脅對方脫下內衣褲嗎？」

被告沒有回答。

律師一臉淡然，語氣不變：「有這樣的事實嗎？還是沒有？請回答。」

不要再問了——有陪審員說。似乎是溝口彌生的聲音，她快哭出來了。

「這個問題請回答次數。大概的數字就行了。被告在校內施暴過多少次？所謂的施暴，就是指打人、踢人、在走廊或樓梯把人絆倒、趁人跌倒的時候踩踏等行爲。」

被告沒有回答。

「無法回答嗎？」律師問，「不記得次數了嗎？或者是多到數不清？」

那麼——律師望向檔案資料，「被告曾指著誰罵『肥豬』嗎？」
彌生哭出來了。教子摟住她的肩膀。
「罵過『醜八怪』嗎？罵過『怪物』嗎？」
大出俊次的面色蒼白。
「辯方在詢問被告，請回答。」
「我——」
「被告在這所學校裡，對誰說過『我要殺掉你』嗎？如果說過，大概幾次？」
律師笑也不笑，但也沒有激動的樣子，彷彿沒有感情。涼子從未看過如此缺乏表情的神原和彥。
「被告請回答。」
大出俊次抬頭，連嘴唇都白了，目不轉睛地看著律師。
「我才沒有殺柏木。」
「現在不是在問那件事。」
「就說我沒有殺他了！」
「我現在不是在問那種問題。」
律師加重語氣，臉色也變了。
「請聽清楚問題並回答。我是在詰問被告，至今爲止，被告在本校裡，不斷對同學或學弟妹威脅恐嚇、施暴、惡意嘲弄、傷害、掠奪、譏笑、拳打腳踢，這是事實嗎？被告承認嗎？還是否認？」
「是」或「不是」？
「被告，請回答。」
大出俊次用一種縮在房間角落，偷偷用指甲刮搔著什麼般，微弱到可憐的聲音回答：
「——只是開一點玩笑而已。」

涼子似乎可以看見被告口中發出的這句話，像斷了線的風箏般不安地飄搖，往旁聽席飄去。

只是開一點玩笑而已。

「意思是『是』嗎？」

被告說：「對。」

「被告承認自己過去的所作所爲？」

「對。」

律師吐了一口氣，環顧陪審團說：「剛才我在這裡向被告詰問的，只是被告過去在這所學校的種種惡行——借用被告的話，是『一點玩笑』的一小部分而已。實際上，還有更多更多的事實，但全部確認太浪費時間，在此略過不提。事後我會提出書面證明給各位陪審團，請參考研究。」

律師說完，把手中的檔案夾「砰」地一聲丟回桌上。

同意提出書面證明——法官說。

被告——律師喚道，對低著頭、全身僵硬，勉強安靜站立的大出俊次說：

「被告記得當你像這樣開『一點玩笑』的時候，對方是什麼反應嗎？你記得對方的表情嗎？或是記得對方說了什麼嗎？」

被告沒有回答。

「對於被告開的玩笑，對方也樂在其中嗎？」

只有詰問聲在法庭迴響。

「對方也和被告一起笑嗎？」

因爲是**玩笑**嘛。

「對方遭被告毆打，是不是一直叫痛？是不是拜託被告住手？遭被告恐嚇脫光衣服的女生，是不是哭著說不要？」

被告應該看到，也聽到了——律師接著說：「如果對方沒有反應，玩笑就一點都不有趣了，不是嗎？」

大出俊次沒有回答，但他也無法動彈。

因爲這裡是法庭。是他爲了證明自身清白、主動參加的法庭。

因爲許多人的視線緊緊盯著他。

「被告在至今爲止的校園生活中，有沒有遭人怨恨的經驗？」

被告沒有回答，律師也沒有立刻往下問。法庭內一陣沉默。

涼子聽見大出俊次的呼氣聲，就像打嗝般不規則。

「那麼，我換個問題。被告知道遭人怨恨是怎麼一回事嗎？」

勝木惠子看著大出俊次。她束手無策，只能看著。

「被告想過，因爲被告的**玩笑**，對被告懷恨在心的人的心情嗎？」

想過受到被告的暴力傷害的人的心情嗎？

「被告是否認爲，至今爲止你在本校這個社會當中，其實做出了許多錯誤的行爲？」

大出俊次的肩膀僵硬地動了。

「被告不認爲那些錯誤的行爲帶來的後果，就是今天這個局面嗎？」

律師攤開雙手，指著這個法庭。

「被告不認爲就是那些錯誤行爲的後果，讓被告站在這裡嗎？」

被告的頭垂得更低，不肯看律師的臉。雙手握拳，咬緊牙關。

「沒錯，被告的確遭人陷害了。被告明明沒有殺害柏木卓也，卻遭到虛假的告發信指控是你殺的。你被指名是殺人凶手。」

這是錯誤的做法——

「告發信的寄件人描述根本沒有親眼目睹的場面，主張莫須有的事實，告發了被告，這是爲什麼？」

這是爲什麼？——律師重複一遍。

「因爲對於告發信的寄件人而言，這是千載難逢的好機會。因爲這是難得的好機會，可以將被告這個喜歡開玩笑的人、任意用他的玩笑傷害別人的人、享受用玩笑踐踏他人的人格與尊嚴的人，從本校——城東第三中學這個社會驅逐出去。」

你不這麼認爲嗎？律師問。將抨擊包裝成虛有其表的修辭性疑問句。

「被告被陷害了。每個人都有陷害被告的機會。只要是曾遭被告傷害、怨恨被告的人，每個人都能寫下告發信。換句話說，『告發信是誰寫的』只是表面的問題。根本沒必要找出寄件人，因爲寄件人是誰都不奇怪。被告不這麼認爲嗎？」

被告不回答，依舊沉默。律師爲了確認這一點，停頓了足夠的時間後，再次對陪審團說：「被告沒有回答這個問題，請各位記住這一點。」

主詰問結束，請檢方反詰問——神原律師坐下了。

這時，旁聽席一陣騷動。成排的大人形成的波浪一陣激盪。涼子迅速回頭，像是突然回過神，站了起來。

是三宅樹理。她昏倒了嗎？她滑落椅子，癱倒在地。尾崎老師抱起她，叫著「三宅同學」。樹理的母親哭喊著女兒的名字。

「法警！」

法官話聲剛落，山晉就行動了。籃球社的志工也跑了起來，「救護車、叫救護車」的話聲此起彼落。慌亂之中，只有法官頑固地保持冷靜。他敲下木槌，宣告：

「肅靜！休庭十分鐘！」

尾崎老師送三宅樹理出去，消失了身影。等法庭的震盪平息，到審理重新開始，實際上花了快一個小時。救護車穿過即使無法進入校內仍團團包圍，伸長脖子等待審理結束的各家媒體之間，將一名昏厥的女學生送了出去。場面不可能不混亂。出了什麼事？「法庭」裡在搞什麼？爲了回應這些追究的聲浪，岡野代理校長又得在正門發布臨時新聞稿。

此外，只有井上法官被北尾老師叫去，遲遲沒有回來。好不容易回來的時候，他一副肚子挨了一記鐵拳的表情，默默僵坐在法官席。

辯方席的氣氛宛如守靈。神原和彥一語不發，盯著腳下。野田健一面色蒼白，不停地寫東西。大出俊次成了化石。他的臉上沒有怒意，只是變成了一尊石像。

「審判能繼續下去嗎……？」

一美悄聲呢喃的時候，護送樹理出去便消失蹤影的山晉小跑步回來了。他的襯衫背後都汗濕了。

山晉跑近法官席，附耳向井上法官低語。法官的銀框眼鏡反光了。

「我明白了。」

法官點點頭，挺直身體。山晉回到原位。

法官敲了一下木槌，向法庭宣布：「被告的詰問重新開始。被告請到被告席。」

涼子從座位上站起來，「抱歉，庭上，沒有必要。檢方不需要反詰問。」

法官在眼鏡底下瞇起眼睛，看著涼子。

「這樣就好了嗎？」

「是的。」

「事後不能重來嘍？」

「我明白，檢方沒有問題要問被告。」

爲了這個法庭，同時也爲了眞相，已沒有問題好問了。

「那麼，今天的審理就此結束。」

法官又敲木槌，環顧法庭。

「這場校內審判，明天十九日整天休庭。審理從後天上午九點重新開始。」

法官匆匆說完，掀動黑色塑膠布製成的法袍，下了法官席。涼子追過去，和彥也追上法官。

「井上同學！」

「叫我法官。」

法官繞到辯方的黑板後面，涼子與和彥跟上去。

「正好，在這裡談吧。」

「為什麼要休庭？」

井上法官脖子上流滿了汗。他一邊鬆開長袍的綁繩，一邊小聲說。

「明天休庭的話，可能再也沒辦法開庭了啊。」

法官明顯面露不悅，「不可能不開庭。藤野，妳別把我看扁了。我賭上學年第一名的自尊，一定會讓這場審判結審。我會讓陪審團做出裁決。」

「可是……」

「說是得降溫一下，否則無法收拾。」法官嘆息，「三宅那樣昏倒，外頭鬧翻天了。如果明天還開庭，實在沒辦法防堵記者。」

「所以是岡野校長的指示？」

「沒錯，是校長拜託我的。我也得做出一些妥協。」

只休息一天，事態就能冷卻下來嗎？

「只能交給校長和北尾老師了。憑著北尾老師的三寸不爛之舌，應該有辦法解決吧。三宅的事也是北尾老師到處宣傳是體育館太熱，有女生中暑了。」

法官發出不像學年第一名的模範生該有的輕浮笑聲說：

「幸好昏倒的不是藤野。」

「爲什麼我會昏倒？」

「因爲知道自己沒有勝算了啊。」

涼子沒看法官，而是望向律師。一直少了像樣表情的神原律師一臉尷尬，她鬆了一口氣，又爲此感到惱怒。

「很難說好嗎？勝負未分。」

「——太好了。」和彥呢喃。

這回法官與檢察官一起看向律師。

「什麼東西太好了？」

「就是，還可以繼續開庭的話。」

「神原，振作點好嗎？你從剛才就一副失魂落魄的樣子。」

和彥忽然想起似地用手背拭汗，笑道：「詰問被告的時候，一想到大出同學可能會撲上來，我的心臟都快停了。」

「搞不好野田正在代替你，被他揍得滿地找牙。」

「不妙。我去休息室。」

和彥轉身就跑。

體育館的出入口擠滿旁聽者。或許接下來會有人在校外接受採訪，得對今天法庭上的內容多少會洩漏出去有所覺悟。

「北尾老師說再把二十日的法庭設爲不公開就行了，不過這招可能行不通吧。」

涼子沒有理會法官的呢喃。

「井上同學。」

「幹麼？」

「剛才對被告的詰問，你覺得大出同學事前被知會了嗎？」

井上康夫沒有回話。

「你認爲神原同學舉例的內容是眞有其事嗎？神原同學他們能夠蒐集到那麼具體的例子嗎？他們有這種時間嗎？」

「他們有那麼多支持者，如果想查應該是有辦法的，連我都聽過那種程度的傳聞。」

「傳聞是傳聞，沒有證據。」

「就算是傳聞，只要像那樣洋洋灑灑列出來，讓大出俊次臉色發青，效果也一樣。」

「那麼，你覺得那些是假的？」

「不是假的，是傳聞。」

我快熱死了，先走一步——法官露出疲憊不堪的樣子。

「藤野你們也是，在休息室打發一下時間再回去吧。千萬要小心。」

「我知道。」

離開體育館一看，操場周圍的護欄另一頭有幾輛電視台的轉播車。人、人、人，人海中漂浮著車輛，嘈雜聲乘著飽含濕氣的夏風傳來。涼子也累壞了。

檢方休息室裡，吾郎正在吃便當，一美埋頭研究書面證明。

「小涼，妳午飯幾乎沒吃吧？最好趁現在先塡一下肚子。」

這很好吃喔——佐佐木吾郎指著色彩繽紛的幕之內便當說。是小狸子前校長提供的午餐，每一天菜色都不一樣。

儘管說著好吃，吾郎卻吃得一點都不香。

三個人只是等，等到外頭的喧囂平息下來。涼子什麼也沒想，趴在桌上打盹。一美一邊閱讀書面證明，一邊做筆記，又擦掉或撕掉筆記，沒多久便回去挑分岔頭髮了。

不知過了多久，敲門聲響起，北尾老師探頭進來。

「藤野，方便嗎？」

北尾老師沒繫領帶，身上的襯衫充滿汗臭味而且皺巴巴的，他的身後站著一個人。

「出來一下，有事情跟妳說。」

咦？一美揚聲。她不是在看北尾老師，而是在看北尾老師身後的人。吾郎循著她的視線望去，也不禁睜大眼睛。

「電器行的叔叔！」

涼子驚訝地看著那個人。北尾老師抓住涼子的手肘，把她拉出走廊，「唰」地一聲把門關緊。

「這位小林先生說有事情要跟妳談。」

電器行的叔叔──小林電器行的叔叔嗎？那座電話亭前面的店家。事件發生當天，相隔固定時間打給柏木卓也的電話中的發話源之一。

「我不會聽你們談些什麼。不過事情辦完後，我會送小林先生出去學校，我在前面等他。」

北尾老師匆匆說完就走了。

「妳是檢察官，對吧？」

小林電器行的叔叔也穿白襯衫，底下是黑色長褲。光著腳，趿著拖鞋。

年紀大約六十歲吧。頭髮花白，太陽穴有汗水爬過的痕跡，聲音有些沙啞。他的眼睛眨個不停，說起話來輕輕地、小心翼翼地，彷彿面對什麼易碎品，深怕聲音稍微一大就會把涼子震壞了。

「是的，我就是。」

「我本來是去另一邊，我拜託老師帶我去的，結果那孩子叫我跟妳說。」

什麼意思？「那孩子」是誰？

「你們居然能做到這麼難的事，眞了不起。」

電器行的叔叔按著自己的手，就像是如果摸了涼子不會弄壞她的話，想摸摸她的頭，但那樣做太不禮貌，只好忍耐。

「我不太明白叔叔的意思。」

就是那孩子啊——小林電器行的叔叔說：

「今天早上的新聞不是在吵說，打傷你們老師的女人跑到這所學校來了嗎？我家女兒是三中的畢業生，孫子將來也要念這裡，所以叔叔很擔心，跑來看看情況。沒想到會看到那孩子，嚇了一大跳。」

涼子一陣不安。「那孩子」是誰？

「剛才教室裡面那男生，不是來過我的店嗎？帶著照片。大概十天前吧。」

涼子只是點頭。

「他拿照片來，問我記不記得去年聖誕夜的傍晚，在我們店門口的電話亭打電話的男生？」

沒錯，吾郎帶著柏木卓也和大出等三人的大頭照去確認過。

「在那之前，還有一個叫野田的男生也拿著照片過來。就是在體育館那裡，坐在你們對面的男生。」

「嗯，是的，是辯方的野田同學。」

「你們兩邊拿來的照片裡，都沒有**那孩子**的照片，所以我才指不出來。」

電器行的叔叔說著，手指忙碌地交扣。他感到困擾，在苦惱。

「可是，今天我在體育館看到他，一下子就想起來了。聽到他說話，我馬上就認出來了，不過……」

我可以告訴妳這件事嗎？告訴妳這個國中小女生。

涼子聽見自己的心跳聲。

那孩子是誰？

「叔叔——小林先生。」

「叫我叔叔就好了。我呢，跟以前在這裡當工友的岩崎先生交情不錯。妳記得岩崎先生吧？」

那孩子是誰？

「叔叔今天在這裡，看到聖誕夜在電話亭打電話的男生，是嗎？」

電器行的叔叔點頭。

「那孩子是誰？」

「就是另一邊的，另一個男生啊。」

原來他口才那麼好呀——電器行的叔叔補了一句，輕笑了一下。

「在電話亭遇到他的時候，他倒是結結巴巴的。」

涼子舉起顫抖的手，摀住了嘴巴。

不可能有這種事。不可能、不可能、不可能。

然而——

的確有可能。這下全都吻合了。先前的種種巧合，覺得太湊巧的事、難以理解的事，這下全說得通了。沒錯，完全解釋得通了。先前雖然沒有這麼具體，但一直有股宛如從縫裡吹進來的冷風般的不安，威脅著涼子的心。每當不安湧上來，她幾乎都是反射性地壓回去，覺得不可能有這種荒唐事，但這些疑惑，頓時煙消霧散了。

——他是不是知道眞相？

他會不會正是事件眞正的當事人？

這種時候，人們經常會形容爲「眼前豁然開朗」。胡說八道，至少這不是普遍適用於每一個人的形容。

此時涼子眼前一點都不開朗。她宛如面對一堵高牆絕壁，視野封閉，充滿了黑暗。

在這片黑暗中，記憶復甦了。記憶的碎片，種種場面和聲音，涼子過去的經驗與感情。

其中格外清晰、清楚到近乎殘忍的，是在日比谷公園的噴泉前的對話片段。

你覺得在小林電器行前面的電話亭，打電話的少年究竟是誰？涼子這麼問，而神原和彥如此回答。

——本人。

他看著涼子的眼睛，重複這兩個字。

——是本人啊。

當時涼子不懂其中的含意。神原和彥總是辯才無礙到令人氣憤，有條不紊，用詞也非常精準。然而，只有那個時候，他用了「本人」這種曖昧的說法。

所以涼子反問，你是指柏木同學嗎？沒錯，和彥也同意了。

然後，他露出有些失望的表情。

——本人。

那句話眞正的意思是這樣的：「是本人啊，是現下就坐在藤野同學面前的我本人啊。」

可是，涼子卻以爲他是在說柏木卓也。因爲當時她想不到其他的可能。

藤野同學沒有發現。

所以他才會失望，才會沮喪。藤野同學沒有聽到我的心聲。

——爲什麼？

爲什麼？爲什麼？爲什麼？

涼子的耳朵聽不見外界的聲音了。她聽得見的，只有自己的疑問。爲什麼？爲什麼？爲什麼？爲什麼？

6

八月十九日　校內法庭．第五日（全天休庭）

涼子的樣子不對勁。

當然，藤野剛已有某種程度的心理準備。介紹律師今野努給辯方的就是藤野，涼子應該馬上就猜到了。就算她會抗議不公平、卑鄙，也是沒辦法的事。實際上，藤野明白會有這樣的後果，仍協助了辯方。

然而，他的女兒沒有半句怨言。不僅沒有責備他，甚至沒有找他說話。昨天的審理結束後，她的模樣顯然變了。不論是眼神或表情都異於往常，不是單純的緊張或情緒亢奮。

「妳有沒有聽到什麼？」

一早，藤野趁著女兒們還沒有起床就向妻子邦子打聽。

「你是說審判的事？」

「當然。」

「如果你想知道什麼，自己去問涼子吧。」

「涼子昨晚沒有熬夜嗎？」

「自從參加這場審判後，她幾乎每晚熬夜。每次我都得罵她才行嗎？」

她不太對勁——藤野喃喃地說：

「昨天的審理很早就結束了，她卻很晚才回家。」

太陽完全西沉後，涼子才一副精疲力竭的模樣回來。其實藤野想要和女兒一起回家（當然是因爲做父親的擔心女兒），在操場的角落等待，但不管等上多久，就是不見涼子走出校舍，所以他先一步回家了。

「後來她幾乎沒說話，對吧？」

吃晚飯的時候也心不在焉。飯後涼子就關進自己的房間，不曉得在忙些什麼，不停地打電話。藤野懷著不安的心情，看著主機的燈號閃爍。

邦子露出尋思該怎麼說的表情——

「『結案陳詞』？」

「結案陳詞怎麼了？」

「她說得準備那個，可能是沒心思去想別的事吧。」

藤野不認爲只有這樣。「今天那丫頭的那張臉上，是嫌犯招認了一切的表情。」

邦子橫眉豎目地說：「不要用那種討厭的比喻好嗎？」

由於連日旁聽，在工作上給同事和部下添了麻煩。今天整日休庭，藤野應該一早就去警視廳報到，卻拖拖拉拉的。總之，他想看看涼子的臉，跟她說句話，否則難以心安。

上午八點，涼子總算從房間下來了。她風風火火地衝進浴室，不曉得是不是沖了澡，出來時用浴巾擦著頭髮。

「啊，早安。」

眼皮因睡眠不足而浮腫。藤野還來不及問是怎麼回事，翔子和瞳子也起床了，家裡一口氣熱鬧起來。用完早餐後，涼子又回去房間，換了制服出來，肩上揹著書包。

「妳要出門？」邦子問。

「嗯，中午前會回來。」

「去學校？」

「——嗯。」

「妳一個人可以嗎？」

「我跟妳一起去。」藤野站起來。涼子沒有拒絕。她對母親說「我走了」，就前往玄關。

女兒在玄關穿鞋子。

「爸送妳去。或許還有媒體在那裡。」

「——沒關係，我不是要去學校。」

「我就是這麼想。」

藤野看穿了第二聲的「嗯」是撒謊。我可是職業刑警，別小看我了。

「妳要去哪裡？」

涼子仔細到不必要地綁著運動鞋鞋帶。

「今天休庭吧？至少休息一下。」

「我有非做不可的事。」

「妳要去哪裡？」

涼子站起來，背對著父親說：「去野田同學家。」

藤野半是驚訝，半是恍然大悟。「都到這種階段了，還要跟辯方協商嗎？」

涼子的手伸向門把。

「要撤銷告訴嗎？」

涼子握著門把，背繃緊了。

「怎麼可能？」

「那要去協商什麼？」

不管長到幾歲、不論有多優秀，在藤野剛眼中仍是小女孩的涼子，回頭看他。那眼神銳利到令人驚慌。

「明天我會在法庭上公開。」

藤野也開始穿鞋，「我送妳去，等我。」

「野田同學沒有被媒體盯上，沒事的。」

父女倆一踏出家門，住家附近的電線桿後面便冒出一對男女。是記者和攝影師吧。藤野摟著女兒的肩膀，爲了甩開追上來搭訕的男女，坐上了路過的計程車。

「就在附近而已啊。」

「這種時候就要繞遠路。」

直接前往根本不用跳表的路程，兩人繞了好幾圈才到。

「爲什麼野田同學沒有被盯上？」

「不曉得，他很不起眼吧。」涼子的眼神依然銳利。

「喂，你們要商量什麼事？」

沒有回答。藤野問這個問題，也只是想要看看女兒的反應而已。

「——有什麼爸幫得上忙的地方嗎？」

沒有——涼子立刻回答，然後添了句：「謝謝。」

藤野在距離野田家一個街區的地方要計程車停下。他說是爲了愼重起見，涼子便默默下車了。

兩人留意著周圍前進。外形相似的住宅櫛比鱗次的路上，涼子伸手指著一戶雙層房屋說「那裡」。這時，馬路另一頭緩緩駛來一輛轎車。車子放慢速度，在野田家前停下，副駕駛座的車門打開。

神原和彥從車上下來。他立刻就注意到涼子與藤野，表情有了變化。

這孩子也累了。跟涼子不一樣，他的眼皮沒有浮腫，看起來也不疲憊，只是累了，渾身虛脫。沒錯，彷彿鬆了一口氣，放心地露出疲態。

藤野這麼感覺，卻也更加無法理解。爲什麼？如果不是檢方投降，讓審判結束，他爲什麼要放心？

「早安。」

神原和彥向藤野行禮。野田家的玄關大門打開，健一探出頭來。他不是向藤野父女，而是向神原和彥乘坐的轎車駕駛打招呼，看起來很驚訝。

「爸，可以了。」

涼子快步走向辯方的兩人，「快點去上班吧。你一直來旁聽，給紺野叔叔他們添麻煩了吧？」

然後她以高壓的語氣說：

「不是給今野律師，而是給我認識的紺野叔叔添麻煩。」

藤野佯裝面無表情，而且涼子聲音很小，應該聽不見，他卻看見和彥在野田家玄關門前縮起身體。健一拉扯他的手肘，涼子也趕過去，向轎車駕駛打招呼。

「早安，河野先生。」

請進——健一也對駕駛說，然後向藤野打招呼：「藤野叔叔早安。抱歉。」

這是在爲了什麼事道歉？

被稱爲河野的男子下了車。

「半小時左右的話，車子停在那邊也沒關係，請進。」

野田健一說著，逃也似地進了家裡。藤野頭上二樓的窗簾拉開，冒出人影，很快又拉上了，應該是健一的家人吧。

三名國中生消失，路上只剩下藤野與河野兩個男人。

「呃，請問……」

對方襯衫上沒有打領帶，不過長褲和皮鞋看起來不是便宜貨。年紀約四十後半。

「你是小涼——不，藤野檢察官的父親嗎？」

「我是涼子的父親。」

「呃，我是……」

男子拍打著襯衫和長褲的口袋，急忙折回車旁，打開駕駛座車門，抓出外套。

「名片、名片。」

他不曉得在慌些什麼，都冒汗了。

「這是我的名片。」

藤野接下遞過來的名片，忍不住蹙起眉頭。「調查偵探事務所？」

「是的。我還沒厚臉皮到敢自稱是藤野先生的同行。」

「那麼，你知道我的職業？」

「我聽小涼提過。」

藤野依序望向名片、河野的臉、野田家的玄關大門，然後問：「你要參加涼子他們的協商？」

「不，呃，就是……」

河野搔頭，他在流汗。結果玄關大門冷不防打開，涼子現身了。

「河野先生，快點。」

她催促私家偵探，接著警告藤野：「爸，不要妨礙我們。」

「什麼妨礙——」

涼子伸手指著藤野說：「辯方利用了爸這個大人，我們檢方也有資格回敬吧？」

藤野啞然呆立，河野這名私家偵探傻笑著搔頭說「眞是抱歉」，便進入野田家。

他們到底要做什麼？

城東警察署的少年課裡，結束早晨的會議後，佐佐木禮子坐在堆積如山的待處理文件前，不停打哈欠。

「一早就那副德行，不吉利。」

庄田調侃，禮子笑了：「我是熱昏頭了嗎？」

「每天都悶在那棟體育館裡，會熱昏頭也是難怪吧。」

禮子前方攤著她在校內審判旁聽時寫下的筆記，還有據此整理出來的旁聽日誌。雖然不能疏忽本業，但昨晚她也在整理筆記，並複習過去的部分，差點熬了整晚沒睡。

「差不多快結審了吧？」

庄田把裝了涼茶的杯子遞給禮子，在旁邊的椅子坐下。

「是啊……今天的休庭是場意外，不過最艱難的地方過去了。」

在昨天對被告本人的詰問之後，證人詰問全部結束了吧。重要證詞都出來了，感覺大勢已定。

神原和彥為大出俊次竭盡所能地辯護了。禮子現在甚至敬畏起那名個子嬌小、臉蛋像女孩子的少年了。和彥提出俊次的不在場證明成立的可能性，決定了審判的方向。身為律師，光是這樣已值得肯定，然而他卻不就此滿足。他不甘心只把大出俊次塑造成一個受冤枉的可憐犧牲者。為了證明俊次遭到陷害的可能性，甚至粗暴地逼本人承認自己就是個被人如此陷害也活該的壞小子。而正由於那是一場嚴厲的撻伐，才成了無懈可擊的辯護。

昨天也去旁聽的禮子，和津崎一起跟著被送急診的樹理出去。雖然無法見到樹理本人，但她和尾崎老師說上話了。

「三宅同學沒事的。她完全理解今天發生的事，只是有點驚訝吧。」

旁聽席上的樹理聽著神原律師的話，內心浮現什麼樣的想法？樹理能夠理解神原律師是為了什麼，又是為了誰而抨擊被告的嗎？

——神原同學是為了妳，為了讓妳聽到，才會那樣詰問。

樹理理解這一點嗎？

「佐佐木刑警？」

被這麼一叫，禮子回過神來，急忙揉了揉眼睛。

「明天就是結案陳詞和終結辯論了吧？希望今天校方可以好好壓制住媒體。」
「我有一個妙計。」
聽到庄田的話，禮子睜大眼睛，問：「什麼妙計？」
「聲東擊西。」
庄田揚起嘴角，賊笑了一下。「如果佐佐木刑警願意當我的共犯，我可以向岡野校長提議。」
禮子探出身體，「好啊，告訴我內容。」
「這樣才對。」庄田說著，恢復正經的表情。「佐佐木刑警，在那之前我想確認一件事。」
「什麼？」
「佐佐木刑警在這場審判之前，認識擔任律師的神原同學嗎？是不是在哪裡見過？」
「怎麼可能？」禮子笑著搖頭，「聽說他是當地人，但他又不是那種會受我們警方關照的孩子。」
「說的也是。」
嗯——庄田兀自點頭。「那麼，是我記錯了吧。」
「怎麼了？」
庄田猶豫片刻，湊了上來，壓低聲音。禮子也照做。
「大概八年前，我待在赤坂北署的時候，發生過一起不幸的案子。」
有酒癮的丈夫打死妻子，遭到逮捕，自己也受了傷，在送去治療的醫院廁所上吊自殺了。
「他把清掃用的抹布撕成布條，綁成繩索上吊。」
那種死法讓人感受到堅定的尋死意志、不允許自己苟活在世上的悲壯意志——庄田說：
「那對夫妻有個七歲的兒子。案發以後，被母親的兒時朋友收養了。」
禮子抿嘴看著庄田。「你是說，那個兒子跟神原同學長得很像？」
「可是，小孩子的長相是會變的，成長期變得更是厲害。」

「你記得他的名字嗎？」
庄田不甚起勁地點點頭。
「我當時是巡邏的巡查，不是直接參與辦案，不過案發的公司宿舍在我負責的區域……」
「你到底記不記得他的名字？」
「──大家都叫他小和。」
和彥小朋友──庄田說。
「不過被領養的時候，可能不只是姓氏，連名字也改了。」
禮子眨眨眼，望向自己整理的筆記。「你的意思是，這個世界意外地小？」
「也不一定就是這樣。」
「是啊。」禮子故意加重語氣，「跟這場審判也無關嘛。」
沒錯，無關。不管神原和彥是個什麼樣的少年，都跟他的辯護內容無關。雖然他確實是個很特別的孩子──
兩人沉默了下來。禮子像要甩開沉重的氣氛，露出笑容。因爲她笑的對象，正叼著咬扁的香菸經過走廊。
「有什麼好笑的？」
庄田循著禮子的視線回望走廊。叼著扁香菸的人已離去。
增井望同學的案子──禮子說，「若說無關，那也是無關的事件吧？當然，那是大出同學他們幹的好事，不過是無關的另一件事。」
「嗯，可是這怎麼了嗎？」
「檢方查到這件事，想當成底牌亮出來。說是爲了讓陪審團了解被告的暴力傾向，這是必要的。雖然目的沒有達成，不過藤野同學他們肯定掌握了增井事件的詳情。」

庄田的眼睛和鼻翼都因驚訝而張大了，「他們是怎麼查到的？」

「很不可思議，對吧？」

「不只是法庭家家酒，那些孩子也很擅長刑警遊戲嗎？他們是聽到傳聞，去找到增井同學嗎？」

「若是這樣，不會太快了嗎？」

「總不會是佐佐木刑警洩漏的吧？」

「別說笑了。」

「說的也是。那是增井同學主動提供協助——不可能嗎？」

這回換禮子賊笑，「是我們署裡有人洩漏機密。讓我提供可愛的藤野檢察官一點上好的情報——有人這樣告訴檢方關於增井事件的情報。」

庄田的鼻翼一直張大著。「是名古屋大叔嗎？」

禮子把食指豎在唇前，「我會記上這筆帳，別告訴他。」

總有一天要連本帶利討回來。

「或許那個大叔也對增井同學的案子被壓下來，感到憤憤不平吧。」

「那利息算他便宜點好了。」

「了解。」庄田也不懷好意地笑了，「那麼，關於聲東擊西作戰——」

出了什麼事，藤野剛這麼想。有什麼事正在進行，對涼子而言大概是意料之外的狀況，所以那丫頭才會露出那種表情。

可是，藤野能做什麼？涼子不是才剛斬釘截鐵地說，沒有父親可以幫忙的地方嗎？

——不過，我是她的父親。

涼子也該多少體諒一下做父母的心情吧？他不是想要多管閒事，只是擔心而已。

藤野正一個人煩躁不安，忽然靈機一動。去會會神原和彥的父母好了。

直接參與這場校內審判的孩子們的家長，一直都沒有特別互相討論，各自保持距離，關心著自己的孩子。在國三暑假這麼重大的時期，參加這樣一場古怪的課外活動是好是壞，是由孩子們與父母討論決定的。當然，幾乎所有的家長都熱心地前來旁聽，藤野也是其中之一，但神原和彥的父母呢？

他們住得很近。住址查電話簿就知道了吧。藤野立刻折返回家。打開玄關的門進客廳時，邦子抱著待洗衣物走出來，一臉訝異。

「忘了什麼東西嗎？」

藤野沒有回話，從電話台底下拿出電話簿。

「怎麼了？」

「妳知道神原同學住在哪裡嗎？有沒有聽涼子提過？」

「——你不上班啦？」

藤野翻開電話簿。

邦子嘆了口氣，把衣物放到餐桌上，靠在桌旁。

「別這樣啦。」

「別怎樣？」

「都這種節骨眼了，還在慌亂地吵鬧，一點都不像你。」

藤野停下手，仰望妻子。「身為母親，妳就不擔心嗎？」

妳沒發現涼子不對勁嗎？——他忍不住加重語氣。

「不管對不對勁，我們也只能默默關心吧？」

大家都一樣——邦子說。

「那丫頭不是去學校。她跑去野田家，跟辯方在討論什麼事。」

藤野說出剛才跟女兒的對話，「還把一個看起來很可疑的私家偵探找去。」

「因爲有這個必要吧？就是有必要才會這麼做吧？不管跟誰在一起，既然是在野田同學家，就不必擔心了。」

「妳不在乎嗎？」

「你可以不要用那種口氣嗎？今天我很忙，沒空跟你吵架。」

藤野爲了洩憤，粗魯地闔上電話簿。

「——我也很在乎啊。」

邦子雙手插進圍裙口袋，撇下嘴角。

「可是我決定不插嘴，我相信涼子。」

「我也相信啊。」

邦子沉默，藤野也沉默，只剩洗衣機的運轉聲。

「神原同學的模樣也不太對勁。」

我幹麼變得像在辯解啊——藤野對自己感到生氣。

「我也很擔心那孩子。因爲我不明白他爲什麼要參與這場審判、爲什麼會那麼投入。」

不，不對。就是因爲在曖昧模糊的迷霧另一頭，隱約看到那個「理由」，藤野才會擔心。這點跟涼子不同。

「我明白問過那孩子爲什麼要當大出同學的律師，結果他說……」

——因爲我有責任。

「有人會這樣說嗎？只是以前跟柏木同學是朋友，和大出同學完全不認識，那孩子會有什麼責任？」

藤野剛愈說愈介意了，是不是應該更早、更深地插手干涉才對？像昨天那樣支援辯方，是不是錯的？

「你啊，意外地是那種事後才在後悔煩惱的類型。」

被戳到痛處，藤野坦率地表現出不滿。看到那副表情，邦子微笑。

「別那樣笑，我也不想吵架。」

「你跟神原同學見過面啊。」

「不行嗎？」

「你覺得有必要，所以才見他吧？我沒有資格說三道四。」

看來藤野屈居下風。

「他的父母應該也在擔心吧。」

邦子離開餐桌，走近冰箱，取出麥茶倒入兩只杯子，拿到桌子這邊來。然後，她說：

「不要告訴涼子喔。」

「什麼事？」

「其實，神原同學的母親跟我打過招呼。」

是前天的事──她接著說：「不開放旁聽那天，大概十點多的時候吧。」

「妳明明一次也沒去旁聽。」

「因爲你去了，我才沒去。這叫各司其職。」

這不重要。

「連我自己都覺得好笑。得知這天不能旁聽，我反而介意起涼子怎麼了，跑去學校看看情況。不過，我只在正門口轉了一下，很快就回來了。」

邦子說有好幾個家長跟她一樣。

「沒有認識的人。如果是麻里的媽媽或井上同學的父母，我也認識，馬上就可以認出來。」

這個時候，一名婦人向她攀談。

「對方說，『不好意思，請問是藤野涼子同學的母親嗎？』」

「她怎麼知道是妳？」
「討厭啦，人家跟涼子長得很像呀。」
藤野一直以爲他引以爲傲的長女長得像自己。
「我回答是，結果……」
——敝姓神原，是擔任律師的和彥的母親。
「她說『和彥受您照顧了』，然後好恭敬地向我行禮呢。」
「只有這樣嗎？」
「對。我也回禮說『小女才是』，就這樣而已。因爲也不能怎麼樣嘛。」
「神原同學的母親是什麼樣子？」
「是個高雅的太太，個子嬌小。」
手中拿了個包袱——邦子說：
「這年頭難得一見。那會不會是和服呢？用和紙包起來的和服。」
「會是做和服的嗎？」
「或許是教茶道還是花道的老師。感覺很好的一個人，看起來十分溫柔。」
我覺得我們可以當好朋友——邦子說著，兀自笑了。
「雖然也不是什麼會說好朋友的年紀了。」
藤野邦子頗爲排斥以「好朋友」這種字眼象徵的黏膩人際關係，也不喜歡社交活動。她難得說這種話。原來如此，那個婦人應該就是神原和彥的母親吧——藤野恍然大悟。如果是教育出那樣的孩子的母親，邦子會有好感也是難怪。
神原和彥的母親一定是擔心孩子，連日前來旁聽吧。她的「擔心」，或許比藤野或邦子的擔心更沉重。無論如何，他就是甩不開不好的想像。

——因爲我有責任。

「爲什麼這件事要瞞著涼子？」

「我總覺得應該要瞞著她。」

是身爲母親的直覺——邦子說著，又輕輕地笑了。

「做母親的眞可悲呢。」

父親也很可悲，不，煎熬。

「總之，別這時候了才那麼狼狽呀，爸爸。」

去上班吧——邦子的眼神一下子變得嚴厲。

「成天蹺班，會被罵是稅金小偷喔，公務員。」

「輪不到妳來說。」

藤野回嘴，總算也露出了苦笑。

這臨時的假日，校內法庭的成員各自懷著不同的心思度過。

陪審團長竹田和利，面對住家附近公園唯一的一座老舊籃球板，一早就揮灑汗水。接二連三在有些傾斜的籃球板投籃成功的他，吸引了跑來公園玩耍的孩子們，沒有多久，眾人便分成兩隊比賽起來。

高矮搭檔的另一個小山田修，則是陪住在一起的祖父下棋。不管下幾次都是修贏，祖父堅持「再來一局」，沒完沒了。

山埜香奈芽猶豫了老半天，最後還是約了倉田麻里子拜訪淺井家。麻里子去哪裡，向坂行夫也會跟著一起去。淺井敏江歡迎三人的來訪。

「不可以討論審判的事呢。」

「告訴小松和阿姨應該沒關係。」

遺照上的淺井松子，今天也燦爛地笑著。

蒲田教子和溝口彌生在兩人的母親陪同下，四個人一起去都心的百貨公司購物。夏季大折扣已進入尾聲。在各家百貨公司逛著逛著，她們經過了三宅樹理與淺井松子投寄告發信的中央郵局旁。兩人沒有對母親說什麼，心裡想著那天的樹理與松子應該沒有這麼做，依偎著彼此，手挽著手經過那裡。

原田仁志在一年級就進去的補習班與主任講師深談，「陪審團的保密義務」在這裡是無效的。原田仁志將一切（稍微加油添醋地）報告出來，主任講師專注地聆聽，並陳述意見。不久後，兩人甚至討論到陪審制度的是非，原田仁志享受與大人交換意見的時間，同時也思考著自己的志願學校。

勝木惠子一早就沒事做。不過她討厭悶熱汗臭，便留下準備睡到上班時間才起床的母親，漫無目的地走出公寓。她不知道散步應該怎麼做才對，所以只是往前走。結果一樣熱得又流了一身汗，她覺得自己簡直是白痴，卻發現自己來到如今成了一塊空地的大出家舊址。

旁邊的「大出集成材」正在營業。即使社長被捕，工作還是要繼續。員工正在工作。到底有什麼事情好做？明明連領不領得到薪水都不確定，還是要工作。

惠子繼續漫無目的地走下去。途中她在公園看到和小孩子們熱鬧地打籃球的高個子，忍不住停下腳步。滿身大汗的陪審團長發現她，大聲打招呼：

「噢，勝木！要不要來打一場？」

反正妳很閒吧？——聽到這話，孩子們都笑了。

惠子逃也似地離開。幹麼叫我啦，白痴——她生氣地想著，途中卻笑了出來，又對笑出來的自己感到生氣，故意擺出生氣的面孔。

井口充在父親陪伴下，去醫院進行每天例行的復健。在一旁看著的父親露出比本人還要痛的表情。

橋田祐太郎在幫忙母親的店。妹妹在吧檯角落畫暑假的圖畫日記。她畫了正在準備食材的母親和哥哥。

山崎晋吾在道場被師範狠狠操練。練習結束後，今天要打禪。他挨了罵，說是「你的舉手投足間散發出雜念的火花，就像靜電一樣」。山崎家裡，山晉的姊姊在冰西瓜，準備慰勞應該會拖著疲憊身軀回來的弟弟。

夏季尾聲的積雨雲，飄浮在臨時假日的藍天上。

「你姊看起來好強悍。」

這是造訪學生家的老師開口第一句該說的話嗎？——井上康夫心想。

「又好豐滿。」

「被她聽到，老師會沒命的。」

今天也忙著做紀錄的康夫穿著T恤配短褲，北尾老師則是T恤配運動褲。

「老師，你穿這樣面對媒體嗎？」

而且是不是有點喜孜孜的？

「我解脫了。」

其實我是來通知好消息的——北尾老師說著，站在井上家的玄關門前，用脖子上的毛巾擦拭臉上的汗。

強悍而豐滿的姊姊回來了。

「老師，請進來坐。」

「不用了，我馬上就回去了。」

「那請用個麥茶吧？」

「太好了。」

姊姊拿來一杯麥茶，連同托盤一起遞給北尾老師後，馬上就進屋了。進去前不忘狠狠瞪康夫一眼。

被聽到了，饒了我吧——康夫心想。

「老師，你知道性騷擾——」

「今天很安靜，對吧？」

康夫閉嘴看著老師。

「沒有記者跑來，或是電話響個不停吧？」

早上有點吵鬧，不過後來確實就安靜了。

「森內老師的母親來學校，跟岡野校長一起召開記者會。」

令人意外的發展。看到康夫驚訝的模樣，北尾老師得意地挺起胸膛。

「明天森內老師會在病房召開記者會。院方同意了。」

「森內老師不要緊嗎？」

「主治醫師會陪同。」

據說有太多媒體提出採訪要求，記者會要分成幾次舉行。

「明天你們進行審判的時候，森內老師會幫你們牽制住媒體。」

這個計畫很大膽，但非常高明，所以北尾老師才會喜不自勝地說出輕浮的話嗎？

「這是誰的點子？」

「你眞愛追究無聊的問題哪。」

「誰教我是學年榜首？」

「好像是有人向岡野校長建議的。雖然可能會對森內老師造成負擔，不過如果森內老師可以提供協助，這會是最好的聲東擊西作戰。」

「有人」是指誰啊？

「津崎老師說會一起出席。主角登場的話，這次的採訪大戰也會平息吧。明天開始，審判就可以如常進行。放心加油吧。」

好的——學年第一名的秀才回答。

「只有這樣？應該更用力感謝吧？」
「我很感謝森內老師。」
坦白說，康夫沒想到森內老師那麼有骨氣，相當感動。他對森內老師刮目相看了。
「也很感謝森內老師的母親。」
很好——北尾老師說著，喝光麥茶，把空杯塞進康夫的手。以爲他要回去了，沒想到他換了副神情。是指導學生時的表情。
「井上，昨天回去的時候，藤野的樣子是不是怪怪的？」
是很怪。總是把一切都看在眼裡，腦筋轉得快的井上康夫注意到了。
藤野涼子露出一種看到幽靈般的神情。不光是她，連律師助手野田健一也不對勁，他則是一副成了幽靈般的表情。
更奇怪的是，野田健一的身邊不見神原和彥的蹤影。著手準備審判以來，總是像雙胞胎般形影不離的兩人，昨天卻是各自回家。
全都看在眼裡的井上康夫——井上法官的內心騷動不安。
「你聯絡過藤野嗎？」
康夫好幾次拿起話筒想要聯絡，卻還是打消了念頭。
「沒有。不管發生什麼事，明天應該就會知道。」
「——你總是那麼我行我素。」
「如果我不來引導，這場審判無法維持下去。」
「——你總是對的。」
「老師知道大出同學現在的狀況嗎？」
「他還活著。」北尾老師笑道，「怎麼，你擔心他？」

「他被自己的律師打得慘兮兮嘛。」
「就算是這樣，事到如今他也不會逃走啦。他也有他的面子要顧啊。」
「那就好。」
對話中斷了。
「森內老師要開記者會的事，老師會通知大家嗎？」
「你知道就行了。」
「好的。」
謝謝老師──康夫低頭行禮。
「你姊很漂亮呢。」
「──自家人沒感覺。」
「我可沒有性騷擾。我只是說出事實。」
而且你姊也不是我的學生嘛──還這麼辯解，真是沒出息。
「那麼，明天見。」
北尾老師消失後，既漂亮又強悍（事實上也的確）又豐滿的姊姊，凶狠地半瞇著眼睛靠過來。
井上康夫仰頭望天。

無事可做，不想見任何人的大出俊次度過了漫長的一天。
無事可做，不想見任何人的三宅樹理也度過了漫長的一天。
傍晚時分，藤野涼子前往拜訪樹理。樹理的母親在玄關發出尖銳的話聲，想要把涼子趕回去。樹理走出房間，下了樓梯。母親和涼子同時注意到她，回過頭去。
「媽媽，沒關係。」

「樹理，妳還——」

「只是貧血而已，我沒事的。」

藤野同學——樹理向涼子招手。雖然不想見任何人，不過如果真要見什麼人，就只有涼子了。

我很快就回去——涼子向樹理的母親報備，快步走上樓梯。

在房間兩個人獨處後，樹理注意到一件古怪的事。藤野涼子的臉頰上有一條痕跡，似乎不是汗。

她哭了嗎？

「妳的身體還好嗎？對不起，我聽尾崎老師說妳今天早上出院了。」

「只是貧血而已，沒什麼。」

涼子的臉頰眞的有條痕跡。

「明天就要進行結案陳詞了。」

涼子站著匆匆地說，像要逃離什麼可怕的東西。

「如果三宅同學妳願意，妳母親也允許的話，我希望妳再來旁聽。」

樹理沉默著。

「擅自這麼提出要求，對不起。可是昨天妳來了，我很高興。」

在法庭上昏倒，旁聽者會怎麼想她？樹理刻意不去思考這個問題。

因爲那場騷動，應該有人察覺樹理就是告發信的寄件人了吧。也有人從以前就如此懷疑，或是聽到傳聞，這下他們就可以確定了。

都無所謂了。

沒錯，無所謂了。因爲告發信的寄件人不管是誰都一樣，那不是問題。

那麼，爲什麼是我？爲什麼我還把松子捲了進來？

神原和彥爲什麼要讓我面對這些？他有什麼權力那樣詰問？那傢伙明明是無關的外人，出什麼鋒頭嘛？

爲什麼不能放過我？

說什麼知道我做了什麼、了解我的心情，爲什麼事到如今才來主張這些？

明明都太遲了啊。

「如果我想就會去。」

是嗎——涼子小聲應道。

「妳只是來說這個的？」

「嗯。」

不是吧？妳是來看我的臉的吧？來確定我是什麼表情的吧？

樹理怨懟地想著，同時醒悟到，自己一直想見藤野。

我是想要見她，我有話想跟她說，希望她聽我說。

可是，我是不是不該讓臉頰上帶著淚痕的藤野同學聽這種話？

「我沒事的。不過審判有沒有事我就不曉得了。」

不會有事的——藤野涼子說：

「那明天見。」

不要走——話都來到喉頭了。藤野同學，妳聽我說。

涼子回去了。肩膀垮著，腳步疲憊。

藤野同學跟我一樣是個女生啊。

——藤野同學。

樹理對著自己房間的牆壁低喃。

——我昨天在病房裡發現了。

恢復意識，可以活動以後，在病房的廁所不經意地朝鏡子裡一瞥，我發現了。

——前天在新聞上，看到被逮捕的垣內美奈繪的照片時。我覺得自己認得那張臉，我在哪裡看過那張臉。

——我知道那是誰的臉了。

是我的臉，樹理心想。垣內美奈繪的臉，跟我一模一樣。那是騙子的臉。是撒謊傷害他人，也傷害自己的人的臉。而且是讓一切變得無可挽回，陷入絕望的人的臉。

——這就是對我的判決啊，藤野同學。

休庭日的夕陽落下，對每個人而言都極爲漫長的夜晚開始了。

7

八月二十日　校內法庭．最後一日

今天又開始了新的一天。

自從參加這場審判以後，對野田健一來說，迎接新的早晨，就意味著成長了一天。若說「成長」二字太誇張，說是「發現」也可以。這樣的日子持續了五天。

今天應該也會如此吧。即使健一不願意，也會如此吧。審判進入最後收尾階段，沒有退路了，眞相就要揭曉。

健一總算走到這一步，卻害怕著眞相。

明明一直封印在內心的疑問得到了解答，總算可以放下一直背負的重擔。

但他好怕，怕得不得了。

昨天他想了一整晚。早知道事情會演變成這樣，他就裝成事不關己，不參加審判，乖乖閃到一旁就好了。早知道就去念書準備考試了，這樣比較像野田健一。

他拚命這麼想，在內心如此告訴自己，可是他覺得扞格不入。自己的想法聽起來一點都不眞實。他對此深感疑惑和訝異，睡不著覺，又繼續思考，究竟所謂的「像野田健一」，是怎麼個像法？

我已不是審判開始前的我了，就算掙扎也沒用。新的一天不斷累積，我一路走到這裡來了。不是沒有後路，而是回不去了。

健一準備去學校，山晉一如往常地進行晨間巡邏。他對一看就知道睡眠不足的健一說：

「昨晚很悶熱呢。」

山晉的語氣還是一樣恭敬。因爲我是律師助手。

沒錯，我是律師助手。

「山崎同學也辛苦了。」

打完招呼，山晉就要離去，健一叫住他說：

「今天會拖很久喔。」

正要跨上自行車的山晉放下腳來，刻意站好。

「或許準備更換的襯衫比較好，也請你幫忙轉達其他的陪審員。」

山晉立刻應一聲「是」，然後他遲疑了一下說：「藤野檢察官也說了一樣的話，說今天會很花時間。」

「是嗎？」

「所以她指示便當和飲水最好多準備一些。」

健一沒想到那麼多。

「我會和北尾老師還有津崎老師商量，準備妥當。還有其他的事嗎？」
「我想沒有了。」
山晉跨上自行車，又停下動作，轉向健一。
「藤野同學說，她希望每個人都能堅持到最後，一起面對裁決。」
健一點點頭。藤野同學這番話是對我說的嗎？不許棄權，不許逃避。
或者是——
「野田同學，一起加油吧。」
山晉有些慌張地指著自己的臉說：「這不是藤野檢察官的話，是我自己的話。」
每天早上巡邏眾人住處的山晉，在這最後一天的早晨，也別有感觸吧。
「嗯，我知道。」
倉田同學說山晉總是一臉嚴肅。可是這麼一看，他一點都不嚴肅，而是凜然。
「我會小心不要遲到。那麼，學校見。」
「學校見。」
健一關上玄關大門，上去自己的房間，把塞得鼓鼓的書包提下來。走到客廳，父親健夫從早報上抬起頭。
「早。要去學校了嗎？」
「是的。」
「昨晚你好像很晚才睡，沒事嗎？」
健一默默點頭，然後說：「爸，你今天會來旁聽嗎？」
野田健夫看著獨子，眨了眨眼睛。
「爸是這麼打算的。媽如果身體還好，我打算帶她一起去。今天是最後一天了吧？」

健一點點頭，忽然胸口一陣苦悶，說不出話。

健夫的眼神像是要慰勞他似地變得柔和，「還是，爸媽別去比較好？」

「不是的，只是……」

只是——

「請不用擔心。不管結果如何，我們一點都、一點都——」

我到底想說什麼？想不出來。可是話從心裡湧出來了。

「一點都不後悔。」

沒錯，我就是想說這個。

「是嗎？」健夫點點頭，「我知道了。放心去吧。」

好的——又發不出聲了。健一前往玄關。

穿鞋的時候，一定是因爲姿勢的關係，或是因爲低著頭吧，臉頰突然一陣火熱，健一幾乎要哭了出來。他斥責自己不可以這樣，嚥下感情，在綁完鞋帶之前振作起來了。

我是律師助手，我要完成我的職務。

野田健一的校內法庭的最後一天就要開始了。

學校周圍的媒體人員消失了。這全是託森內老師與老師母親的福。岡野代理校長也以老師的記者會作爲籌碼，巧妙地與媒體談判，達成協議了吧。記得北尾老師說過，岡野校長在這方面特別擅長。所以他才會出人頭地啊——北尾老師如是說。

另一方面，旁聽席坐滿的速度很慢。八點四十分的時候，感覺還坐不到五成，是至今爲止人最少的一次。是受到昨天的全天休庭影響嗎？只是一天的空白，就削弱了大家的專注力和興趣嗎？他們覺得「原來就是這種程度的事」嗎？

——全部坐滿吧。

我們一路努力至今，就是爲了讓更多的人聽到。

辯方的休息室裡，沒有看見賴床的大出俊次的身影，只有神原和彥一個人在窗邊望著操場。

「早。」

健一出聲，和彥回過頭。沒有睡眠不足，也沒有熱昏了的樣子，表情一如往常。

「早。」

接不下話，兩人都沉默了。之前的五天都是怎麼對話的？健一暗暗思考。

「今早人來得好少。」

和彥說著，對強烈的陽光瞇起眼睛。這間教室的窗戶是東向。

「你帶了更換的衣物嗎？」健一問。

「嗯。」

健一也走近窗邊，看著穿過正門、經過操場前往體育館的旁聽者。結伴而來的兩個大人、大人帶著小孩、疑似母親的人、疑似父親的人。

「是茂木先生。」和彥說。在連日的暑氣蒸騰之中，他全身穿戴得無懈可擊地前來旁聽。非常醒目，所以一眼就注意到了。

「他今天只有一個人，沒有跟PTA會長一起。」

兩人又陷入沉默。肩並肩俯視著操場，看到穿過操場的人數漸漸增加。體育館入口處的志工們似乎非常忙碌。

好，這樣就行了。

「律師，準備好了嗎？」

健一說，和彥瞄了他一眼。

「好了。」和彥回答。

健一俯視著操場。他無法移動視線，感覺只要自己的一部分身體稍一移動，心情就要滿溢而出。

「我也準備好了。」

聽到健一的話，和彥想要回應。他的嘴唇掀動，就要做出形狀，大概是「對不起」三個字的形狀。

話還沒說出來，教室的門先發出刺耳的聲音打開了。兩人回頭，只見大出俊次把室內鞋的鞋跟踏得扁扁的，慵懶地走了進來。

「你們在幹麼？」然後他劈頭就罵：「悠哉地看什麼風景啊？」

自從那場被告詰問以後，俊次就不肯正視律師的眼睛。臭著一張臉，本人自以爲在生氣吧。就算是爲了辯護、是戰略，哪有人那樣說的？可是卻又生不了氣，所以他很困惑吧。

——他不曉得自己爲什麼生不了氣吧。

之所以沒辦法像以前那樣發飆，是因爲你不是在憤怒，而是受了傷啊。然後你正在思考自己怎麼會受傷啊，一定是的。

一定是的——健一如此希望。

「我們走吧。」野田健一對律師和被告說：「再五分鐘就開始了。」

藤野涼子似乎也睡眠不足。

事務官佐佐木吾郎看起來沒什麼精神。萩尾一美則是一如往常，不曉得藤野檢察官將今天的程序向兩人透露了多少？

井上法官入庭，全員起立。旁聽席坐滿了約七成。

「各位早。」

法官打了聲招呼，眾人吵吵鬧鬧地坐下。或許是洗過了，黑色長袍變得皺巴巴的，井上法官理好領口，抬起頭來。
「各位陪審員。」
休庭了一整天後，陪審團恢復了一些精神。
「根據當初的預定程序，今天將進行檢方的結案陳詞，以及辯方的終結辯論，然後結審，請各位進入評議，可是——」
法官往旁邊瞥去，眼鏡鏡框反光。
「昨天下午檢方申請了新的證人。藤野檢察官，請向陪審團說明理由。」
藤野涼子站起來，向陪審團略略行禮後說：「因爲關於本案，發現了新的事實。」
「新的證人有三名。」
「是的。」
「這份申請書上，」法官看著手上的文件，「沒有第三名證人的姓名，這是怎麼回事？」
「因爲現階段還無法揭露那名證人的身分。」
「在這樣的狀態下，有辦法將那名證人傳喚至本法庭嗎？」
「可以。」
「不會是浪費時間嗎？」
「不會，沒問題。」
「辯方有異議嗎？」
神原律師坐在健一的旁邊回答：「沒有。」
被告看起來很不滿，「幹麼？還有什麼？」
「被告有意見嗎？」
律師就像平常那樣立刻爲被告的無禮致歉：「很抱歉。辯方同意新證人的申請。」

健一用力握緊筆記用的鉛筆。大出同學，不要多嘴。

「那麼，本席同意新證人的申請。」

「謝謝庭上。」

聽到涼子的話，佐佐木吾郎站起來，跑到檢方席後方的門口。他打開門，請證人入內，那是一名穿西裝的男人。藤野檢察官也上前迎接這名證人。

「請上證人席。」

健一抬起眼，看著前往證人席的男人。這個人不高，身形單薄，白髮很多，是少年白吧。聽說年紀大約四十五歲。

那個人微微低著頭上了證人席後，望向神原和彥。和彥也看向證人，以眼神致意。證人點了點頭。

法官開口：「請說出你的名字。」

「我叫瀧澤卓。」

「請宣誓。」

證人宣誓的時候，音量十足，咬字清晰。很習慣在人前說話。

健一忽然心想，三十年後的神原同學，想必會變成這種感覺的中年大叔吧。

藤野檢察官開始詰問：

「瀧澤先生，感謝你今天出庭。」

證人向檢察官行了個禮。

「請問你的職業是……？」

「我經營補習班，招收國中及小學的學生，我自己就是講師。」

「地點在哪裡？」

「目前是在浦和市內。」

「在那之前呢？」

「直到前年十二月底以前，是在東京都內的中央區明石町。」

「請問補習班叫什麼名字？」

「當時和現在都叫『瀧澤塾』。」

「是一般的升學補習班嗎？」

「不只是協助學生準備考試，也進行課業輔導。」

「課業輔導，意思是輔導跟不上學校進度的學生嗎？」

「是的。我開設補習班的目標是，不光在學力方面，也提供在情緒方面有問題的學生一個校外的學習場所。」

遲到的旁聽者從體育館後方的門口進入，空位漸漸塡滿。

「證人認識柏木卓也同學嗎？」

證人停頓了一下才回答：「認識，他是補習班還在中央區時的學生。」

「正確時間是什麼時候？」

「柏木同學是在小學五年級的第二學期進補習班的。他從大宮市內轉學到這裡。」

「他在補習班上了多久的課？」

「直到補習班關閉爲止。」

「那麼證人等於和柏木同學認識差不多兩年半嘍？」

「是的，他是個很認眞的學生。」

「他是那種以準備考試爲目的的學生嗎？還是剛才證人說的需要輔導的學生？」

「以學力來說，柏木同學並不需要補習。他的潛在學力非常優秀。」

「意思是，表面上的成績姑且不論，他在學習能力上沒有問題，是嗎？」

「是的。不過他不太能適應學校，可以說他無法適應學校這種制度。」

陪審團席上，蒲田教子與溝口彌生點著頭。厭惡團體生活、個性遭到抹殺、不得不接受齊頭式教育的小仙人，是這個法庭已充分描繪出的柏木卓也的形象。

井上法官的神情苦澀。如果是柏木卓也的爲人，他聽得夠多了。這名證人有什麼不同之處？還有什麼新事實嗎？

「柏木同學在補習班適應得如何？」

「他很快就融入了我的補習班。補習班比學校一個班級的人數更少，柏木同學也比較輕鬆吧。」

「柏木同學與證人親密嗎？」

瀧澤證人思考了一下，「至少我覺得自己受到柏木同學某種程度的信賴。」

「證人爲何這麼感覺？」

面對這個強勢的反問，證人嚴肅地回答：「柏木同學話不多，但他常與我聊天。像是聊學校的事，或是家裡的事。」

「他會向證人傾吐不滿，或是說別人的壞話嗎？」

「多多少少。」

「這表示柏木同學可以放心向證人坦白這些事嗎？」

「我是這麼覺得。」

「補習班裡有和柏木同學要好的朋友嗎？」

瀧澤證人忽然望向神原和彥，是短短一剎那、忌憚般的視線。神原律師雙手規矩地放在桌上，目光低垂。

「我想是有的。不過他不是跟誰都處得來，所以對象有限。」

「據說柏木同學在校內沒有朋友。」

「本人也這麼說。」

「可是在補習班不一樣？」

「我想有些不一樣。」

「爲什麼？」

「應該是因爲我們那裡很隨性吧。我本來就不會設下不必要的嚴格規矩。雖然有課表，但會配合學生的情況做調整，也允許他們自由出入。」

「體制跟學校不同，是嗎？」

「是的。」

「前年十二月底補習班關門了，這又是爲什麼？」

證人稍微望向下方，「我和一部分的學生家長起了糾紛。因爲無法解決，我放棄繼續經營補習班。」

「柏木同學怎麼看待這件事？」

「他表示非常遺憾。」

「柏木同學與他的父母，跟和證人發生糾紛的家長意見不同，是嗎？」

「我不清楚他的父母怎麼想，或許對我也有不滿吧。但我認爲柏木同學本人是信任我的，他希望我不要關掉補習班。」

「那麼，證人把補習班關了，柏木同學一定非常失望吧。」

「我是這麼覺得。」

「對於拋下失望的柏木同學這件事，證人當時怎麼想？」

「我覺得很對不起他，也十分擔心他。」

「這等於是拋棄了無法適應學校制度的柏木同學。」

證人望著下方點點頭，「——是啊，完全沒錯。」

野田健一看著自己的手，這才發現自己沒在做筆記，不知不覺間手停了。

神原律師像尊蠟像，一動也不動。被告看起來一臉無聊，露出「這是在廢話什麼啊？」的嘔氣表情。

「去年年底柏木同學過世的事，證人知道嗎？」

「我在報紙上看到了。」

「證人參加了葬禮嗎？」

「不，我沒有去。」

「證人聯絡過柏木同學的父母嗎？」

「沒有。」

「爲什麼？」

檢察官毫不客氣的問題，讓井上法官吃了一驚。藤野，妳還眞是單刀直入。

「對於他變成那樣，我感到有些自責。」

「意思是，證人認爲不該疏遠柏木同學嗎？」

「是的。」

回答之後，證人又搖頭說：

「不，影響更大的是，我關閉補習班時的狀況。對於向糾紛屈服的我，柏木同學不光是失望，更感到氣憤。我讓他——怎麼說，對他而言，是以學校爲代表的這個社會制度的質疑與絕望嗎？我不僅沒有緩和他的這種感情，反而是在火上加油的情況下離開了他。」

藤野檢察官以沉默催促證人說下去。

「我以前是國中老師。」證人繼續說，聲音變低了一些。「對於充斥著規則的學校樣貌，我有所質疑，選擇離開，自己開了補習班。柏木同學大概是知道我的經歷，才會對我感到親近。」

「同樣都是厭惡學校之人，所以感到親近。」

「或許該說，同樣是對學校這種既有體制抱持疑問的人吧。」
證人總算抬起頭來，微弱地對檢察官笑著說：
「這樣的我卻敗給了與家長的糾紛這種俗事，夾著尾巴逃走了。即使能夠逃離學校，也逃不出社會這個體制。對我而言，這也是個重大的挫折，但柏木同學對我抱有莫大的期待，恐怕更覺得遭受背叛吧。當時他變得相當情緒化。明知他陷入那種狀態，卻還是拋下他了，眞的非常不負責任。」
檢察官笑也不笑，窮追不捨。
「證人與部分家長發生糾紛，最後被逼到那種境況。請告訴我們那場糾紛的具體內容。」
證人猶豫了，突起的喉結上下動了一下。「我因爲幾件事受到抨擊。」
「哪些事？」
「有家長懷疑我利用自己的門路，讓補習班學生走後門進入知名中學，藉此向家長收取不當的酬勞。」
「懷疑你讓學生走後門入學。其他呢？」
證人這次勉強擠出苦笑說：「有人懷疑我跟某個學生家長私下有不可告人的關係。啊，是指跟異性的家長。」
旁聽席一陣騷動。
「如果這是事實，可以說是相當嚴重的醜聞。」
「是的。不過，那並不是事實。」
「證人是被冤枉的？」
「是的。」
「可是，證人卻輸給了這些抨擊？」
「是的。」
輸了、逃走了，那種挫折感至今仍未消失。證人的站姿和蜷曲的背影如此告白。

「我累了。不管再怎麼解釋，都沒有人理解，所以我舉白旗投降。」

「儘管被抨擊的內容並非事實，證人卻以宛如承認的形式退敗了，是嗎？」

「……是的。」

「柏木同學目睹親近的證人這樣遭受挫折，大失所望。是嗎？」

「我想是的。」

我懦弱地逃走了——

「柏木同學懷著對證人及逼迫證人的社會體制，還有他最厭惡的學校體制的不滿與質疑，失去了證人這個知音。他無法在學校生活中排遣內心的不滿與質疑，反而是愈積愈深。因此，他迎向了過早的死亡——證人這麼認爲，是嗎？」

「是的。」

「也就是說，證人認爲柏木同學是自殺，是嗎？」

「是的。得知他的死訊時，我就這麼想了。」

我想不到其他的可能——證人說：

「所以他會過世，我也有一部分責任。我是這麼認爲。正因如此，我才無顏聯絡他的父母。」

我卻步了——他說。

「可是證人也知道後來引發的軒然大波吧？證人看過《前鋒新聞》嗎？」

「我追蹤了那一連串的報導。」

「那麼，證人知道柏木同學是遭人殺害的說法吧？」

「是的。」

「證人怎麼想？」

「我不知該作何感想。」

「你現在有什麼想法？」

證人沒有回答。

「證人想要知道眞相嗎？」

「——想。」

證人回答後，望向井上法官，然後視線轉向辯方席。鉛筆從健一的手中滑落了。

神原和彥依然目光低垂，一動也不動。

藤野檢察官挪動雙腳，重新站好。「即使因證人離去而沮喪失意，柏木同學還是有朋友吧？學校裡雖然沒有，但補習班裡有。」

證人用力點頭。

「證人不認爲柏木同學的朋友能夠成爲他的支柱嗎？」

「我是這麼期盼。」

證人的手伸向喉嚨，彷彿呼吸困難。他沒有打領帶，但襯衫的衣領漿得硬挺。

「不過，那個朋友——對我來說，他是補習班的學生之一，但在與柏木同學不同的意義上，他也需要支持——不，實際上本人或許不需要那種支持，但他的身世讓周圍的大人這麼認爲，所以……」

「是怎樣的身世？」

證人沒有立刻回答。他緊咬著嘴唇。旁聽席上，手帕和扇子搖動著。幾乎沒有空位了。

「——他以非常不幸的形式失去了父母。」

「他是個孤兒嗎？」

「是的，幸而他被養父母收養，關係也很好。若是不了解內情的人，一定看不出這個孩子有那種不幸的身世吧。他個性開朗，成績也十分優秀。」

是個好孩子——證人低語。

健一閉上眼睛，再重新睜開，眼前的景色沒有任何變化。

「柏木同學有個好朋友呢。」檢察官說。應該不是健一多心，她的聲音動搖了，「好朋友」三個字差點走調。

「他有個好朋友。證人留下柏木同學離開以後，那個朋友也陪伴在他的身邊，是嗎？」

「是的。他們很要好，應該有繼續往來，不過……」

檢察官咳了一下，她也注意到自己聲音的動搖吧。

「不過？」

「這也令我擔心。」

「柏木同學與和他要好的朋友之間，有什麼需要證人擔心的地方嗎？」

「或許是我多慮……」

證人不是垂著頭，而是刻意低著頭。若不如此，他無法繼續作證吧。

「纖細的孩子常會這樣，但柏木同學對於抽象的事物想得太深了。」

檢察官點點頭，「柏木同學的父親也在本法庭上如此作證。」

「這樣啊……他經常和我議論，像是爲什麼我們必須活在這麼沒道理、亂七八糟的世界裡？人活著有什麼意義？要怎樣才能找到活下去的意義？」

健一丟在桌上的鉛筆，被和彥撿了起來。他用指尖把玩著。

「對於思考這種問題的柏木同學來說，他的那個朋友——以不幸的方式失去父母，雖然獨自倖存，卻開朗地生活——活潑、看似正常快樂地過著每一天的朋友，想必非常耐人尋味。所以——他會執著於這一點，或者說……」

證人有些支吾其詞，然後一口氣說：「柏木同學的那種好奇心，令我有些擔憂。耽溺於思考不是壞事，但他有時會表現出過度沉迷、不顧對方感受的言行舉止。」

「證人曾經認爲，柏木同學似乎沒有顧慮到不幸成爲孤兒的那名朋友的心情或立場，是嗎？」

「是的，沒錯。」

「帶著這種動機與朋友深入交往，確實不太自然。不過問題是，柏木同學怎會知道那個朋友的過去？是本人告訴他的嗎？」

「他不是會主動告白那種事的人。」

證人又把手放上喉嚨，做出鬆開不存在的領帶的動作，額上淡淡地泛了一層汗。

「那是我的錯。」他有些結巴。「由於那名學生身世如此，包括健康面在內，我會對他多加留意，比起其他學生，我更頻繁地聯絡他的家長。我也曾經在補習班與他的養母面談。有一次面談的時候，碰巧柏木同學來補習班，聽到了我們的面談內容。我剛才說過，我讓學生任意出入，而且柏木同學會特別挑選其他學生不在的時候跑來找我聊天，所以……」

抱歉——證人說著，從外套內袋取出手帕擦臉。

「至少本人對我說他是這樣知道的。」

「那是什麼時候的事？」

「三年前的六月左右。是我關掉補習班的一年半以前。」

「在那之後，柏木同學就對那名學生產生特別的興趣？」

「是的。不過，即使沒有這件事，他們從以前就是很合得來的朋友。柏木同學得知對方的身世之後，確實導致他們的友誼出現了一些變化吧，但他們一樣是朋友。我想聲明這一點。」

證人沒有收起手帕，而是握在手裡，嘆了一口氣說：

「關掉補習班的時候，我對所有的學生誠懇地道歉。我當然也向那名學生道歉了，而且因爲他的身世特殊，我十分擔心他。然而，他卻反過來擔心我，還更爲擔心柏木同學。他說，老師被這種無聊的事逼到絕境，讓柏木同學感到非常憤怒，今後有可能變得更加乖僻——」

說到這裡，證人痛苦地壓低聲音：

「——變得更討厭人，最後精神衰弱。他是個會擔心這種事的孩子，所以我才會認爲我離開以後，他應該也會陪在柏木同學身邊。」

和彥將手中把玩的鉛筆倏地伸到健一前面。健一接過鉛筆，忍不住看向律師。

神原和彥逃離了他的注視。

「原來柏木同學有那樣的朋友。」

藤野涼子的語氣淡然，這也是靠意志力控制出來的。

「證人後來見過那名學生嗎？」

「只有互寄賀年卡，沒有見面。」

直到今天，在這裡——證人的聲音哽住了。

「今天，在這裡嗎？」

聽到檢察官的問題，證人握著手帕點點頭，回望辯護人席。

「那名學生擔任被告的律師。好久不見了，神原同學。」

不光是旁聽席，陪審團也一陣譁然。每個人都知道神原和彥與柏木卓也是上同一家補習班的朋友，所以他才會在這裡。但眾人都不知道他的父母雙亡，還有他的身世，連藤野涼子都不知道。直到昨天，知道這件事的只有健一和大出俊次而已。

大出俊次終於出聲，不過是小聲地埋怨：「事到如今，講這些幹麼？」

神原律師坐著，向證人行禮致意。

「主詰問就是以上這些，請辯方反詰問。」

藤野涼子坐了下來。萩尾一美推開佐佐木吾郎湊了過去，吾郎乖乖地讓她推開。

神原律師站了起來。

「瀧澤老師，好久不見。抱歉，讓你吃驚了。」

他再次深深行禮。證人佇立原地。

「該道歉的是我，我應該更早聯絡你的。」

「老師知道這場審判的事嗎？」

「我不曉得居然如此正式。」

「是昨天檢察官聯絡老師的呢。」

「有位先生說他受到藤野同學委託來找我，我聽他說明了原委。是那個好事——不，好心的私家偵探，受到涼子的委託，尋找並拜訪瀧澤老師。

「我心想，事到如今我還能做什麼？」

證人心神動搖，彷彿一直壓抑的事物即將從身體滿溢而出。法庭不重要，我想要做一些比道歉、逼問、詰問更重要的事。

「可是，如果有什麼我做得到的……」

「謝謝老師特地出庭。」

律師再次行禮，重新轉向法官，證人彷彿向他求情似地說：

「真的可以嗎？這樣就行了嗎？我擅自這樣說出來……」

證人哀訴般的聲音，讓陪審團也動搖了。健一實在看不下去。可是，即使閉上眼睛、別開視線，這裡仍是我們的法庭。

「這是審判。」神原和彥說：「雖然規則與真正的審判相去甚遠，但對我們而言是不折不扣的審判，所以……」

靦腆的笑從律師臉上消失。

「也請老師說出難過的往事了。抱歉。」

證人緩緩搖頭。
「你不用道歉，眞的不用顧慮我。」
因爲——證人垮下肩膀說：
「會演變成這樣，全是我的責任。」
律師迅速反駁：「老師誤會了。」
「可是……」
「庭上，辯方的反詰問結束了。」
井上康夫近乎固執地不表現出動搖。
「那麼，證人請退席。謝謝。」
證人沒有移動，他動不了。
「井上法官，我還有話想說。」
「抱歉，我不能准許。你的詰問結束了。若要旁聽，請自便。」
法庭就是這樣的。健一鬆了一口氣，幸好井上是這種個性。
瀧澤證人離開證人席，在旁聽者的注視下往後方移動。看不到空位。本來是籃球社社員的志工抱著折疊椅跑過來。
健一注視著柏木卓也敬慕的補習班老師彷彿被重擔壓垮般坐下，承受不住似地抱住頭。
河野偵探從旁聽席的角落站起來，躡手躡腳地靠近瀧澤老師。
藤野涼子也看著他們。河野偵探開口攀談，瀧澤老師總算抬頭，心無旁鶩地專注於法庭。
「好了，請傳喚下一位證人。」
小林電器行的叔叔。

他做夢也沒想到會以這種形式拜訪學校吧。健一他們也無法想像，會把鎮上的電器行叔叔叫到法庭來。叔叔穿著白色開襟襯衫，以及熨痕清晰的灰色長褲，看起來比健一去店裡拜訪的時候老了一些。是因爲這裡不是鎮上，而是學校的關係嗎？

「謝謝你的配合。」很稀罕地，法官先開口了：「請先說出你的名字。」

叔叔支支吾吾地看著藤野涼子，涼子點點頭，以表情催促他繼續。

「可以嗎？我眞的可以在這裡說出來嗎？」

「是的，麻煩你。」

檢察官鼓勵叔叔，向法官道歉。

「抱歉，小林先生是在擔心我們。」

「當然擔心啦，怎麼能不擔心呢？你們的爸爸媽媽……」

「證人，請說出你的名字。」

「我一直在這個地方開店，就連這所學校，我也比你們更了解。」

「證人，請說出你的名字。」法官板著臉重複。

「我叫小林修造。」

證人報上名字後，用一種瞪著調皮小鬼的表情轉向法官。

「請證人宣誓。」

「我知道，我前天來參觀過了。」

旁聽席傳出笑聲，證人這回將怒容轉向那裡。

「誰在笑？太不認眞了。」

生氣的證人嚴肅無比地宣誓，旁聽席的笑聲逐漸轉小。

「請坐。」

「站著就行了。」

證人做出稍息姿勢。陪審團似乎看得目瞪口呆，竹田、小山田搭檔嘴巴半張。這叔叔是什麼來頭啊？

「小林先生是電器行老闆，對吧？」藤野檢察官開始詰問。

「是啊。在公車站那條路旁，在當地是最老字號的一家店。我女兒也是這所學校的畢業生。」

我和這所學校的岩崎工友是朋友、從楠山老師是這裡的學生時就知道他了。不光是楠山老師，只要是當地的事，我比任何人都清楚，現在擔任區議會議員的誰誰誰過去是怎麼樣的人、這所學校上上一任的校長先生如何如何——小林先生連沒有被詢問的事也滔滔不絕地講述。對了，這個叔叔非常饒舌——健一心想。

眾人第一次目睹藤野檢察官煞費苦心控制證人的模樣。旁聽席偶爾傳出不客氣的笑聲，但陪審團並沒有笑。他們的表情漸漸變得嚴肅，因爲他們想起先前在證詞中聽過「小林電器行」。唯一詫異藤野叫這種怪老頭來做什麼的勝木惠子，聽到問題指向小林電器行前面的電話亭時，似乎也總算理解了。她睜大了眼睛。

「小林先生的店前面有座公共電話亭，對吧？」涼子問。

「是啊。我在看店的時候也可以看得一清二楚，所以我都會特別留意那裡。」

兩、三年前開始，小孩子夜遊的情況愈來愈多。一看到三更半夜有小孩子在電話亭電話講不停，或是打電話叫朋友出來，我就擔心不已，無法置之不理。就算會被嫌囉嗦還是怎樣，我依然會警告他們——又是一長串演說。

健一不敢抬頭，所以不知道神原律師是什麼表情。他看到大出俊次從桌子底下邋遢地伸出去的大腳。不曉得是不是感到無聊，俊次開始抖腳。

「那麼請小林先生回想一下，去年十二月二十四日晚上七點半左右的事。」

就像在等涼子這句話，佐佐木吾郎站了起來。他拖出黑板，在上面貼圖畫紙。萩尾一美僵住似地坐在原位，沒有幫忙。

是那張一覽表。十二月二十四日，總共五次，各間隔兩個半小時，打給柏木卓也的電話。

上面用粗字麥克筆條列著。

「⑤小林電器行前」。

時間是晚上七點三十六分，用不著看筆記，健一記得很清楚。

「去年聖誕夜晚上七點半左右，小林先生看到有人在店門口的電話亭打電話，對嗎？」

「對啊。」

山埜香奈芽深深吸氣，握住旁邊的倉田麻里子的手。

「打電話的是什麼樣的人？」

「跟你們年紀差不多的男生。」

原本夾帶著笑聲、氣氛輕鬆的旁聽席安靜下來。

「小林先生記得很清楚呢。」

「因爲那個男生看起來怪怪的，所以我才記得。」

「怎樣怪怪的？」

「他看起來不安又疲倦，而且很冷的樣子，也像是走投無路。」

「他講著電話，看起來走投無路嗎？」

「嗯。」

接著，小林電器行的叔叔開始述說。他喊住那名少年，少年的應對得體，不同於經常三更半夜跑來這座電話亭打電話的不良少年。他叫少年快點回家，少年便乖乖答應說好。

「然後那孩子就走掉了。」

小林修造說，他看著少年的背影，懊悔不已。

「我呢，想起了戰時的事。」

小林修造熱烈述說空襲前一天，他與母親和么妹生離死別的事。他目送著母親的背影，唐突但強烈地湧出一股不祥的預感。遙遠的悲劇卻宛如昨日的事般，鮮明地烙印在他的心裡。那滔滔不絕的沙啞聲音，述說著這些往事。

美好的記憶不會留下，健一心想，爲什麼只有不好的回憶會如此鮮明？爲什麼這個叔叔要記得去年聖誕夜的事？

「我一直很在意，不曉得那孩子究竟是誰。」

小林修造繼續作證，整個法庭都專注聆聽。

「所以，隔天一聽到這所學校有學生跳樓自殺，我立刻就想到那孩子。」

他覺得自殺的學生，就是昨天在電話亭的那名少年。

「我心想，果然沒錯，那孩子一副走投無路、隨時都會死掉的樣子。爲什麼那個時候我沒有阻止他？早知道就把他抓進店裡，問出他住在哪裡，通知他的父母了。」

證人的臉激動地脹紅，健一盯著大出俊次骯髒的室內鞋。

藤野涼子冷靜地問：「小林先生告訴別人這件事了嗎？」

「我跟家裡的人說了。啊，我也告訴岩崎工友了。」

「是當時這所學校的工友，對吧？」

「是啊，結果岩崎先生安慰我說，又不一定就是那名少年。」

藤野檢察官點點頭，「那麼，你後來確認過是那名少年嗎？」

「確認什麼？」

「小林先生是否看過自殺學生的照片？比方說請岩崎先生提供照片，確認他眞的就是打電話的少年？」

「不，那個時候我沒有特別去確認。」

可是——小林修造匆匆嚥下口水說：

「進入這個月以後，你們不是帶著照片來過我的店裡嗎？」

「是的，我們拜訪過。」

「你們帶了幾張照片，要我瞧瞧裡面有沒有我看到的那個男生，對吧？來確認定我是不是真的記得。」

「如果那個時候冒犯了小林叔叔，我在這裡道歉。」

「那不重要。」證人激動地搖頭，「不會啦，我沒有不高興。」

「那些照片裡面，有沒有小林先生看到的少年？」

「沒有，沒有啊。聽到我這麼說，你們非常失望嘛。」

可能是喉嚨啞了，證人咳了幾下。

「那些照片裡面，沒有打電話的少年？」

「沒有。」

小林修造加重語氣，然後沉默了。健一毅然決然地抬頭看證人席。

小林電器行的叔叔正張大眼睛看著這裡，看著辯方席。

藤野檢察官問：「那麼，小林先生現在依然完全不知道那名少年是誰嗎？」

小林電器行的叔叔眼睛眨也不眨，看似生氣地望著辯方席。他是在擔心吧。

「我現在知道了，我前天在這裡看到他了。」

彷彿察覺到地震發生，法庭從地板開始動搖。

「小林先生在這裡看到他嗎？」

在這個法庭上？——檢察官問。

「是的。」

「那名少年現在也在這裡嗎？」

「——嗯，對。」

健一屏住呼吸。

「可以請你指出他來嗎？」
藤野涼子的聲音沒有顫抖，也沒有走調。
「眞的可以嗎？」
小林修造不是在問藤野檢察官。
「眞的可以嗎？嗯？」
「小林先生，請指出那個人。」
藤野同學好堅強，健一深呼吸。我也必須堅強起來才行。我是律師助手，我要完成自己的職務。
「就是那孩子。」
小林修造伸手指著健一的方向，指著他身旁的神原和彥。
被指出的本人抬起頭，沒有遲疑地筆直回望證人。
「確定嗎？」
「確定。」
一直守護著當地的孩子、囉嗦又雞婆、有點滑稽的小林電器行的叔叔，表情扭曲了。他的手指顫抖，抬起的手無力地落下。
「謝謝證人。主詰問結束了。」
涼子的聲音從途中開始就聽不見了，帶著驚訝的喧譁聲在體育館天花板迴響著。
「請安靜！肅靜！」
法官敲打木槌，神原律師在喧譁聲中慢慢起立。
「辯方不需要反詰問。」
他對法官說，接著轉向小林證人，恭敬行禮。
「謝謝叔叔那時候的關心。」

健一什麼都聽不見了。

庭上——藤野檢察官出聲。

那凜然的聲音把健一拉回了現實。在因動搖與興奮而一片沸騰的法庭中，藤野涼子的聲音不只傳入健一的耳中，他甚至可以清楚看見那道聲音。那是在無數意念交錯的迷宮之中，指出唯一正確方向的一道鮮紅色箭頭。

「我現在想傳喚本日新申請的第三名證人，可以嗎？」

井上法官握住木槌，僵住了。

「第三名證人是東都大學附屬中學三年級生，神原和彥同學。可以嗎？」

法官垮下嘴角，再次用力敲打木槌。

「肅靜！」

前所未見的高聲厲喝，讓法庭內的眾人與其說是靜下來，更接近嚇傻了。井上康夫在校園生活的任何一個場面中，都沒有像這樣驚嚇過周圍，對他來說，這是一大恥辱。他慢慢放下木槌，用手指理了理黑色長袍的領子。

「檢察官和律師，過來這邊。」

法官離開法官席下來，又加了句：

「律師助手也一起過來。」

四人背對法庭內的喧囂，從辯護人席的門離開。跟在最後面的健一，在關門的時候偷瞄了一眼，看見法警山晉守在趕不上狀況變化、表情恐怖的被告旁邊。相當可靠。

來到體育館旁邊的日蔭處後，井上法官依然憤怒地快步前進，同時回頭說：

「這是在搞什麼？」

藤野涼子若無其事，神原和彥一本正經。若無其事與一本正經之間，是透明度的差異。到了現在居然還在想這些事，我也眞閒——健一心想。

「我問你們這是在搞什麼？你們想幹什麼？」

坐滿的法庭內，冷氣只是開好看的，總是悶熱無比，但這是健一第一次看到井上法官額頭冒汗。

「我們沒有任何企圖。」藤野檢察官依然若無其事地回答：「只是在追查眞相。」

這也是健一第一次看到井上法官表情如此震撼。

「眞的可以嗎？」

法官問神原和彥。雖然口氣很衝，卻有點怯意。那是爲了隱藏恐懼而故意裝出來的粗聲粗氣。

「你這樣就行了嗎？」

是的——和彥點點頭。

「你們是在幹麼？」

身陷震撼這件事令法官更加生氣了，檢察官和律師同時垂下視線。

「你們想在我的法庭搞什麼，說啊？」

體育館外面也很熱，不過有風，可以算是稍微好一點嗎？

「法官。」

聽到和彥的聲音，健一望向他。健一這才注意到自己也垂下頭了。

「請給我機會。」

法官與律師對望。神原律師行禮。

「拜託你。」

井上法官憤恨地把手插進長袍衣領，往左右扯鬆。在近處一看，他的脖子周圍長了一圈汗疹。

「反詰問怎麼辦？」

健一搶先檢察官和律師回答：「我來。」

回答的瞬間，他的膝蓋發抖了。

井上法官的臉脹紅：「居然連野田也串通一氣。只有我一個人被排擠在外嗎？」

「抱歉。」

不只有健一一個人的聲音，和彥的聲音也重疊上來。

「不許侮辱法庭啊。」

法官拋下這句話，故意推開站成一排的三個人，大步折返體育館。單薄的黑袍被風吹得鼓鼓的。

「走吧。」藤野檢察官說。

「證人請宣誓。」

注視著證人席上的神原和彥，法庭內的眾人並非單純的一片寂靜。健一感覺他們翹首期盼著。

「我發誓在法庭上句句屬實。」

看到自己的律師舉手宣誓，大出俊次瞪大了眼睛，只有他一個人無法理解事態的發展。

「這是在幹麼？」

怎麼回事？這是他第四次問健一了。

「安靜地聽吧。」

這也是健一第四次勸告了。俊次的腳抖得愈來愈厲害，不穩固的桌腳喀噠作響。

陪審員反應各有不同。最冷靜的是原本就出於個人目的參加的原田仁志，正因能夠保持冷靜，他的眼中充滿好奇。倉田麻里子不出健一所料，驚慌失措，因爲無從安撫這樣的她，向坂行夫也驚慌失措。蒲田教子狀似生氣地緊抿著嘴唇。意外的是，溝口彌生沒有抓住教子的手，而是雙手放在膝上，用力握緊。

山埜香奈芽注視著神原證人，眼神中除了驚訝，還有不安，但也有著撫慰般的神色。健一對此並不感到意外。小山田修的眼裡除了驚詫外，還有同樣強烈的安心光采。這也不令人意外。

——啊啊，果然是這樣。

是一種疑問解開、豁然開朗的表情。小山田修的將棋社主將地位，並非虛有其表。雖然不曉得他是在哪個階段察覺的，但他已隱約看出這次校內法庭追查的眞相，與始終犀利、堅定到令人害怕地進行辯護的神原和彥有關。雖然不可能，但若非如此，豈不是太不自然了？小山田修那渾圓的身體中，隱藏著如此敏銳的洞察力。

竹田陪審團長聽到小林修造證人的作證，驚訝得眼珠子幾乎要掉出來，但此時冷靜多了。安撫他的一定是他的矮個子搭檔吧。

至於勝木惠子——只有她一個人感到憤怒、受傷，瞪著神原證人的眼底泛著寒光。跟大出俊次不一樣，她理解狀況，所以才會生氣。

——這是怎麼回事？

靜靜聽著吧，勝木同學。妳很快就會明白是怎麼回事，到時候再生氣也不遲。

「檢方開始進行神原證人的主詰問。」

藤野檢察官開口。就和剛才說「走吧」的時候一樣，臉上只有毅然決然，看不出多餘的感情。

「我先確認一下。剛才小林修造先生作證說，去年十二月二十四日晚上七點半左右，他目擊到證人在小林電器行前面打公共電話。證人承認這是事實嗎？」

神原和彥的表情淡然，壓抑了所有感情。

「是的，這是事實。」

「證人當時在做什麼？」

「我在打電話。」

「打給誰？」

「柏木卓也同學。」

法庭的空氣微微震盪。

「請看看這份列表。」藤野檢察官用手掌指示黑板，「證人在小林電器行前面打電話給柏木卓也同學，是⑤晚上七點三十六分的電話。」

「沒錯。」

神原證人立刻回答，接著抿了一下嘴唇，又說：「可是，不光是⑤，其他的電話也是我打的。」

旁聽席一陣騷動，法官抓起木槌，不過不需要敲打。每個人都想聆聽證詞。

「①到⑤的電話，全是證人打的？全是打給柏木卓也同學嗎？」

「是的。」

藤野檢察官半瞇起眼睛，「為什麼要這麼做？」

「我和柏木同學說好了。」

「說好了？」

「算是——一種遊戲吧。」

昨天，和彥告訴健一與藤野涼子去年聖誕夜發生的事時，他也是這麼形容。不過說法有點不同，他當時是說「就像一場遊戲」。

——我覺得對柏木同學來說，這就像一場遊戲。

「這些全是從公共電話打的。我前往這些電話所在的地點，然後打給柏木同學。」

「這是**遊戲**？」

「是的。」

「時間也說好了？」

「是的。」

「所以柏木同學才能守在電話旁邊，搶在父母發現之前，不被發現地接聽電話，是嗎？」

「是的。」

檢察官望向黑板上的清單，「每一通電話都很短，你們沒有聊很久？」

「打電話給柏木同學本身就是目的，不需要說多餘的話。」

「這也是遊戲的規則？」

「是的。」

「規則是證人前往這五個地方，然後從那些地方聯絡柏木同學？」

「只要可以確認我眞的去到這五個地方就行了。這是五個檢查點。」

「檢查點？」檢察官笑也不笑地確認，「簡直是定向越野遊戲。」

「或許有些類似。」

藤野檢察官縮起下巴，改變發問的方向：「證人與柏木卓也同學是朋友嗎？」

「是的，我們在『瀧澤塾』認識。」

「你們很要好嗎？」

證人停頓了一會，「是的。」

「這場奇特的遊戲，對要好的你們具有意義嗎？」

「是的，是對我和柏木同學有意義的遊戲。」

「你們兩人都理解這五個檢查點的意義嗎？」

「是的，我們理解。」

「柏木同學過世以後，如今知道這五個地方的意義的，只剩下證人了。」

「是的。」

檢察官輕嘆了一口氣，「那麼，可以請你向陪審團說明它們的意義嗎？」

神原和彥眨了幾下眼睛，望向陪審團，九對眼睛回視他。

「①是我在上午十點二十二分打電話的聖馬利亞城東醫院——這是當地的醫院，我想大家都知道。」不是身爲律師的那種能言善道。證人神原和彥看起來像個成績雖好，但沒有特別突出之處的普通國中生。看起來就像這樣一個學生站在教室的黑板前，進行社會科報告之類的課堂發表。

「這裡是我出生的醫院，所以是遊戲的出發點。」

山埜香奈芽與原田仁志跟其他陪審員的反應不太一樣，或許他們也是在聖馬利亞醫院出生。

「②是秋葉原站附近，那裡有一家小時候父親常帶我去的模型專門店。對我來說，是充滿我和父親回憶的地點，所以是第二個檢查點。」

蒲田教子開始在手上的便條紙迅速筆記。

「③在赤坂郵局旁，是以前我和父母居住的地方。那裡以前有我父親工作的公司宿舍。」不過現在拆掉了——他補充道：「我記得地點，所以那裡成了第三個檢查點。」

藤野檢察官點點頭，「那麼，④呢？」

「新宿車站西口，有我母親以前工作的店。她和我父親結婚後就辭職了，不過和店老闆還是有往來，有時候會帶我去。」

「是什麼樣的店？」

「是一家餐廳。雖然是家小店，但非常好吃。」

證人說完後，有些靦腆地微笑。看到他的笑容，陪審團席的倉田麻里子似乎總算鬆了一口氣。

「⑤是小林電器行前面的電話亭，並不具有①到④的檢查點的意義。只是爲了報告我去過①到④的地點，回到當地——我現在的住家附近。」

「那麼，①到④的檢查點，全都是與證人和證人的父母的回憶有關的地點。」

「是的。」

「對證人來說，或許是回憶的地點，但對柏木同學而言，那是與他個人無關的場所吧？柏木同學怎會要求證人去那種地方，然後一一打電話回報？」

「爲了確認我是不是眞的去了，我必須打電話回報。」

「不，重點不在這裡。爲什麼柏木同學對證人個人的回憶場所那麼感興趣？」

神原和彥無言地沉思了一會。旁聽席上，扇子和手帕紛紛搖擺。和彥的額頭也冒出汗水。

不是難以啓齒，健一明白，和彥只是在擔心不管怎麼說，都一定會嚇到眾人。他昨天也不斷擔心這一點。

沒關係，把你想說的說出來吧，用不著顧慮那麼多。健一垂著頭握緊鉛筆，突然感覺有人在看他。抬頭望去，溝口彌生正看著他。野田同學，你還好嗎？她的關心傳達給了健一。

彌生總是黏在蒲田教子身邊，可以說是依附著她而生。健一一直以爲那是女生才會有的黏膩感情，但或許並非如此。那與這場審判開始後的和彥與健一的關係有著相似之處，健一也成天黏著和彥。所以彌生才會擔心，野田同學一個人沒問題嗎？

「現下我和養父母一起住在這個鎭上。」

和彥又看了看陪審團，「至於爲什麼，因爲我的親生父母都過世了。」

出了一些事——他接著說：

「我認爲我的生父絕對不是壞人。」

他字斟句酌地慢慢說著：

「他有酒癮。這對我的父親和母親而言，都是個不幸。」

所以——他吐出一口氣。

「我的生父一喝醉酒，就會對家人動手動腳，失去理智，暴怒打人。有一天……」

又吐了一口氣。

「父親打死了母親，然後追隨她自殺了。當時我七歲。」

證人的語氣淡然，因此眾人一時沒有反應。女生陪審員不約而同地睜大眼睛，男生陪審員則是嘴巴半開。

然後，山埜香奈芽第一個閉上眼睛，逃避似地垂下頭，跟剛才的健一一樣。明明就算閉上眼睛、低下頭，眼前的現實也不會改變。

「引發柏木同學強烈興趣的，我的父母雙亡的『不幸身世』，就是這麼一回事。」

彷彿水慢慢從腳下湧上來，法庭內充滿嘈雜聲。不到需要法官敲木槌的地步，卻是一句「肅靜」無法壓制的嘈雜聲。

但法官還是提出警告：「肅靜。」

他的眼神憤怒，用一種不曉得是在爲什麼生氣的表情發怒。

藤野檢察官開口：「瀧澤老師作證說，柏木同學是碰巧得知證人的身世。」

「是的，柏木同學也這樣對我說。」

「柏木同學本人對證人說，他知道證人父母的不幸往事嗎？」

「是的，我吃了一驚。」

「即使如此，證人還是繼續和柏木同學當朋友嗎？」

「是的。」

「證人心裡不覺得不舒服嗎？」

「與其說是心裡不舒服……」

證人稍微側首思考了一會。

「我一直覺得這件事遲早會被別人知道，所以當時想著，幸好發現這件事的是柏木同學。」

「爲什麼？」

「柏木同學不是會到處宣傳這種事的人。事實上，雖然明白地告訴我他知道，但他沒有告訴補習班的其他學生。」

「除了瀧澤老師以外，沒有任何人知道？」

「是的。」

突然間，大出俊次大聲開口：「我知道！」

野田健一差點跳起來，他急忙按住被告的手說：「安靜啦。」

「是你告訴我的。」被告對神原證人噘起嘴巴，「你要當我的律師的時候，跟我說過，對吧？說你爸殺死你媽，你爸是個酒鬼，不只是你媽，你也常一起挨揍。」

「被告，肅靜。」

大出俊次完全不理會法官的制止。他的聲音益發高亢，從椅子上站了起來。

「你跟我說過，對吧？沒錯吧？」

「被告！再不閉嘴，我要命令你退庭了。」

俊次一屁股坐回椅子上。他面朝前方，繼續大聲地自言自語：「我一直以爲是你瞎掰的。」他以爲是假的。

「我一直以爲你在騙我。是爲了當我的律師，才編出聽起來很厲害的話。」

虎頭蛇尾，話聲愈來愈微弱，俊次的眼神變得空洞。健一低下頭。

證人席上的和彥沒有動靜。

「各位陪審員。」藤野檢察官若無其事地說：「證人父母不幸的過去，是證人與柏木同學兩個人之間的祕密，然後柏木同學開始對證人產生強烈的興趣。」

說到「兩個人之間」時，檢察官豎起手指。

「關於這一點，瀧澤老師作證：『柏木同學的那種好奇心，令我有些擔憂。』、『他有時會過度耽溺於某種思緒，會有不顧對方感受的言行舉止。』」

小山田修點頭。

「這是指證人與柏木同學的朋友關係嗎？」

神原證人搖頭，露出笑容。「不是從一開始就這個樣子。那時我們都還只是小學生。」

這次竹田陪審團長也點點頭。

「我想，柏木同學只是對我的身世感到驚訝。」

「可是，瀧澤老師很擔心。」

「不管是學校老師或補習班老師，只要是老師都會擔心學生吧？」

旁聽席前方傳出低笑聲。健一還以爲是誰，原來是楠山老師。

「在『瀧澤塾』的時候，我覺得在知道我父母的事之前與之後，柏木同學的態度都沒有改變。只是他問過我，跟養父母一起生活是什麼感覺。」

「什麼感覺？」

「我有沒有被虐待之類的。」證人又輕笑著搖頭說：「他似乎在想像漫畫或電視劇那樣的情節，畢竟是小學生嘛。」

「有沒有可能是，柏木同學在證人的面前，沒有露骨地表現出對你的身世的好奇。但在瀧澤老師的面前，則是坦白地說出他對證人的父母不幸過世的事很感興趣。」

「這我就不清楚了。」

「那麼，就請各位陪審員想想吧。」

檢察官——法官的聲音響起：「我不明白這個問題的目的。十二月二十四日的遊戲，跟證人與柏木同學以前的事有什麼關係？」

詢問檢察官之後，法官銳利地瞪向健一。本來應該是你要提出異議的啊，振作點。

「抱歉。」檢察官向法官及陪審團行禮。「開場白太長了。可是，如果不先讓各位了解這樣的前提，就無法理解遊戲的意義。我可以繼續發問嗎？」

法官嚴峻地點頭。

「那麼，證人與柏木同學之間，沒有發生任何會令瀧澤老師擔心的情況嗎？」

出現一段空檔。神原證人望著腳下思考著。

「『瀧澤塾』關閉以後，柏木同學漸漸變了。」

「有什麼改變？」

「對於令瀧澤老師蒙受冤屈的醜聞風暴，柏木同學非常憤怒。因爲這樣，他果然……」

「果然？」

「該麼說，變得暴躁易怒……」

「瀧澤老師那麼了不起的人遭到抹黑，無憑無據誣陷老師的人卻招搖橫行，這世界太沒道理了。柏木同學內心產生了這樣的憤怒，是嗎？」

「——我想是的。」

「證人對這樣的柏木同學有什麼想法？」

「我很擔心。」

「關於這件事，你記得瀧澤老師是怎麼作證的嗎？」

「記得。」

「瀧澤老師的證詞裡提到你和他的對話，你記得曾有這些互動嗎？」

「記得。」

「當時證人擔憂『柏木同學有可能會愈來愈討厭人群』，是嗎？」

「是的。」

「所以，你繼續陪在他的身邊，當他的朋友？」
「是的。」
「證人與柏木同學是朋友的這件事，證人的家人，也就是現在的養父母知道嗎？」
「知道。柏木同學常來我家玩。」
「那麼，柏木同學的父母也知道，證人是卓也同學的朋友嘍？」
「這就難說了。」
「難說？」
「我想柏木同學的父母並不清楚有我這個人。」
「證人沒有去柏木同學家玩過嗎？」
「沒有。據我所知，不只是我，柏木同學幾乎不曾邀請朋友去家裡。」
「眞奇怪。證人問過柏木同學理由嗎？」
「沒有刻意問過。」
「柏木同學提過任何可能的理由嗎？」
「柏木同學說過他母親有潔癖，不喜歡男生來家裡吵吵鬧鬧。」
「還有沒有其他的？」
「其他我就沒有聽說了。」
檢察官點了一下頭，接著說：「我想請教證人的意見。證人說柏木同學常去你家玩，你不認爲這是因爲他想看看證人家中的情況，更具體地說，是因爲他想了解證人跟養父母的關係如何之類的好奇心嗎？」
神原和彥似乎有些介意旁聽席，「——我不清楚。」
藤野檢察官也看了旁聽席一、兩秒。
「國中的時候，柏木同學進了本校，證人進了東都大附中，而『瀧澤塾』已關閉。兩人的交情是否出現變化？」
「我們不像小學時那樣來往了。」
「柏木同學也不再去證人家玩？」
「是的。可是我們偶爾會碰面，在車站附近的書店或是公園。」
「相約見面？」
「可以這麼說。」
「柏木同學會打電話找證人嗎？」
「會。」
「證人打過電話找柏木同學嗎？」
「打過。」
「那麼，某種程度上證人可以得知柏木同學在本校的生活情形？」
「是的，某種程度上。」
「證人覺得柏木同學在本校的生活怎麼樣？」
「怎麼樣，是指……？」
檢察官聳聳肩，「柏木同學過得愉快嗎？還是無聊？神采奕奕，還是失意沮喪？這類的。」
證人抿住嘴巴，然後下定決心似地回答：「我不認爲自己能完全理解柏木同學的心情，但他說過『我也應該考考看私校的』。」
「他說他不該上公立國中的本校，而是應該去念私立學校？」
「是的。」
「他是不是想要跟證人進一樣的學校？」
「他不是那樣說。」

「證人會進東都大附中，是自己的意思嗎？」
「養父母這麼勸我，我也認爲如果可以，念東都大附中比較好，所以報考了。」
「證人的養父母爲什麼會勸你念私校，而不是公立學校？你知道理由嗎？」
「因爲我的身世跟一般人有些不同，學生較少的私立學校比較能夠令人安心，尤其是我母親——養母如此希望。」
「關於這件事，柏木同學有過什麼意見嗎？當證人報考私立中學的時候。」
「他沒有特別說什麼。」
「完全沒有？」
「是的。」
「那個時候，他有沒有說過自己也想上私校，或是考試很麻煩，你怎麼不跟我一起念三中之類的話？」
「沒有。」
「成了本校的學生以後，他才說自己也應該去念私校？」
「語氣並沒有那麼強烈。」
「不過，他曾有可以如此解釋的發言。」
「——是的。」
「這發言是否暗指，柏木同學在三中的生活很無趣、不順利？」
證人垂下目光，「我想應該是的。」
「不順利？」
「是的。」
「證人有這種感覺，是嗎？」
「是的。」

「這也令證人擔心嗎？」

證人沒有出聲回答，點了兩下頭。

「具體來說，證人擔心什麼？」

「我想過再這樣下去，柏木同學會不會不去上學了。」

「這是什麼時候的事？」

「一年級的春假結束的時候。因爲他說新學期要開始了，實在**提不起勁**。」

可是——證人急忙接著說：「實際上，他還是去上學了。當時柏木同學並沒有不去上學，我以爲是自己想太多了。」

「柏木同學有沒有和別人討論過，他對學校的不滿，或是與周圍處不來的事？」

「我不知道。」

「你知道他可能找誰討論嗎？」

「——不知道。」

「柏木同學沒有像瀧澤老師那樣可以談話商量的對象了嗎？」

「我認爲沒有。」

「那麼，失去『瀧澤塾』、失去瀧澤老師，對柏木同學而言，是不是一個重創？」

藤野涼子的眼睛傾訴著、逼迫著證人。說吧，既然決定要在法庭上揭露一切，就說出來吧。不管是再難以啓齒的事，都作證說出來吧。事到如今，我可不會手下留情。

「我認爲應該是的。」

彷彿與檢察官較勁落敗，證人的聲音變小了。

「所以柏木同學一直很憤怒。」

「對誰感到憤怒？陷害瀧澤老師的人嗎？」

「具體上是的，不過該怎麼說，他對更多更多的事物感到憤怒。」

「對世界嗎？是對發生『瀧澤塾』那樣不合理的狀況，卻完全沒有加以匡正，兀自繼續運轉的世界，感到憤怒嗎？」

神原證人又不吭聲，點了幾下頭。是的、是的、是的。

接著，他放棄似地嘆了一口氣，「他說過，沒有人能夠相信，世上沒半點好事。周圍全是些笨蛋。」

陪審團從證人的身上別開視線。只有勝木惠子露出第一次解開本來無法理解的方程式的表情。這是我也能理解的方程式。

「他說，他不懂爲什麼非得待在這種地方不可？」

證人欲言又止，眼睛不停地眨著。

說出來——藤野涼子的眼睛訴說著。

「或許是因爲有著這樣的憤懣，他也曾對我發怒說『你居然受得了』。」

「你居然受得了？」

檢察官強調般重複了一次。

「『受得了』是什麼意思？」

「就是……我還算是很一般地每天去上學這件事。」

「對於每天的生活，你不像柏木同學那樣懷抱著巨大的不滿與憤懣？」

「是的。」

「對柏木同學來說，這是個疑問，所以他才會問證人『你居然受得了』？」

「是的。」

「這是不是在指責證人，居然能忘掉瀧澤老師的遺憾，和平地過著國中生活，太沒道理了？」

「是的，應該也有這樣的意思吧。」

「還有別的意思嗎？」

神原證人抬起手，用襯衫袖子擦了擦臉。

「還有除此之外的意思嗎？」

藤野涼子幾乎是傲慢地抬起下巴，加重語氣問：

「柏木同學無法理解。不幸失去父母，被養父母扶養長大，與柏木同學相比，在各種意義上應該都是異於常人、被迫度過多舛人生的證人，為何能夠**普普通通**地生活？為什麼可以**滿不在乎**地過日子？為什麼他沒有被不幸擊垮？為何他能夠承受世界的荒謬無理？柏木同學那句『你居然受得了』的質問中，是否帶有這樣的含意？」

健一原本想舉手，卻過於激動站起來了。桌子喀噠一響。

「庭上，異議。」

陪審員們都很驚訝。

「檢、檢察官在要求證人提出意見，並誘導證人。」

健一發言的瞬間，汗水泉湧而出。

「異議成立。陪審團請忘掉檢察官剛才的發言。」

藤野涼子眼中的好鬥光芒消失了。她與健一對上眼。

——時機不偏不倚。

健一明白涼子在感謝自己。就像體育課打球時，在恰到好處的時機成功做球給王牌選手。健一很難得有這樣的機會，不過他懂。他懂這個眼神的意義跟那種情況是一樣的。

法警山晉以眼神徵求法官同意後，靠近證人席。他拿著毛巾，遞給證人。

「謝謝。」

神原證人說著，用毛巾擦臉。山晉收回用過的毛巾，無聲無息地回到原位。

「柏木同學說的『受得了』究竟是什麼意思，我也不清楚。」

證人向陪審團說：

「不過，從一年級接近尾聲的時候，柏木同學就針對我父母的事件，詢問了許多相關細節。」

「他問了些什麼？」

「我還記得多少當時的事、當時有什麼感覺、現在怎麼想。」證人調勻呼吸，「還有我會對自己的將來感到不安嗎？」

「證人對自己的將來不安？這是什麼意思？」

「我猜應該是指，會不會擔心自己將來長大以後，會像父親一樣對什麼事物依賴成癮。」

原本一直潛聲閉氣的旁聽席，稍微吵鬧起來。

「這些問題，每一個都是證人聽了會不舒服的問題呢。」

「——是的。」

「證人對柏木同學說過，『不要問我這種事』、『不要再問了』嗎？」

「我是說過……」

昨天也是這樣。一談到這裡，和彥的聲音就失去自信，顯露出他的迷惘。

「但就算柏木同學不問，我自己也想過類似的問題。」

我認爲不可以逃避——他說：

「而且柏木同學很嚴肅，絕對不是出於開玩笑的心態，隨口問問。」

「可是，這些事跟柏木同學沒有關係吧？你沒有想過『不要再煩我了』、『別再追問了』嗎？」

神原證人的肩膀稍微垮下來，「一開始我並不這樣想。」

因爲柏木同學很嚴肅——他再次說道，「他常說像這樣活在這種地方一點意思也沒有，找不到活著的意義。還說，就算像這樣活著，會有什麼好事嗎？」

「證人怎麼回答？」
「我說不知道。」
「柏木同學對這個回答滿意嗎？」
「我覺得他不滿意。」
「那麼，他繼續向你提出類似的問題？」
「因爲柏木同學在尋找答案。」
「證人有必要幫他找到那個答案嗎？」
「——不曉得。」神原和彥回答後，搖了一、兩下頭，然後望向陪審團說：「可是，當時我覺得非找出答案不可。怎麼說……」
他按住頭，蹙起眉毛。
「柏木同學說，因爲我有必須克服的事物，應該比較容易找到生命的意義。」
「必須克服的事物？」
「就是即使父母遭遇那種事，也不灰心氣餒。」
「柏木同學說，那就是證人的生命意義？」
「雖然我沒有說出口，但或許是這樣想的，也就是……爲什麼只有我一個人活下來？」
宛如在沙漠徬徨的幽靈，健一回想起來。爲什麼只有我活下來？跟父母一起死掉是不是比較好？我是不是應該死掉算了？像這樣不停地自問自答，獨自飄蕩。
藤野檢察官深深嘆了一口氣，甚至牽動了肩膀。坐在一起的兩名事務官也一同嘆氣。
健一注意到萩尾一美的雙眼發紅。
彷彿覺得被健一發現很丟臉，一美用手背用力抹了一下臉。
「柏木同學與證人總是在討論這種事嗎？」

證人表情有些憔悴，笑道：「也不總是如此。」

「那麼，是柏木同學想到的時候才討論？」

「他很苦惱，他是認眞的。」

「可是，他的煩惱給旁人造成困擾了吧？」

證人的笑容消失，垂下頭。

「證人沒有想過無法再奉陪了嗎？」

證人點點頭，然後回答：「我漸漸覺得不勝負荷了。」

接著，他抬起頭對陪審團說：「坦白講，我受不了他了。」

山埜香奈芽、溝口彌生看著他，蒲田教子在寫筆記。

「而且柏木同學提出的問題，我漸漸覺得自己找到了答案。」

因此，更覺得柏木卓也煩透了。

「開始和柏木同學談論這些事以前，儘管那時我還是小學生，但我曾經問過養父母一次，爲什麼只有我在這裡？爲什麼我不在爸媽那裡？」

小山田修難以承受似地低下頭。

「結果我的養母說，『不知道。雖然不知道，可是有你陪在我們身邊，我們很感謝。』」

萩尾一美把臉亂抹一通。好啦，我知道了，我不會再看萩尾同學了，不用那樣卯起來遮住啦，健一心想。

「那個時候我還是小學生，所以不太懂。不過——到頭來，我覺得那句話就足以回答一切。」

「我也這麼認爲。」

說完後，藤野檢察官立刻向法官道歉：「抱歉，請刪除剛才的發言紀錄。這是我個人的感想。」

倉田麻里子的眼睛也紅紅的。

「證人是何時開始有那種感覺的？」

「我記得不是很清楚，大概是去年夏天吧。社團活動很忙，我自己也有許多事要做，所以和柏木同學說話的機會變少了。」

「二年級的夏天，是嗎？證人有了心情上的變化——或者說，證人已下定決心，乾脆不要再繼續和柏木同學這種麻煩人物往來？」

「我這麼想過。」

只是，不是我想怎樣就可以怎樣的——他說：

「上國中以後，我們本來就不是成天黏在一起。正因如此，反而更難拿捏距離。況且，其實我心裡是害怕跟柏木同學斷絕往來的。」

「爲什麼會害怕？」

「萬一我離開柏木同學，他可能會做出什麼不得了的事情來。」

「不得了的事情？是指他可能惹出什麼事嗎？」

「我最害怕的是柏木同學自殺。」

「有那種跡象嗎？」

「他常說活著也感覺不到任何意義，乾脆死掉算了。」

「常把這種話掛在嘴上的人，意外地都不是說眞的，不是嗎？」

「我覺得柏木同學是認眞的。即使不是認眞的，他也給人一種『如果你不當眞，我就會讓它變成眞的給你看』的感覺。」

「證人實在有些懦弱。」

藤野涼子眞的毫不留情。

「我是很懦弱啊。」神原和彥點點頭，「我一直很懦弱。無論是什麼形式，我實在是——」

不願再看到身旁有人死去了──他說。

旁聽席一角似乎傳出哭聲。健一嚇了一跳，萬一是柏木同學的母親……

「就算證人不一肩扛下來，柏木同學自己也有家人吧？」

「是的。」

檢察官的目光強硬，「證人不能當成是柏木同學與他家人的問題，不再理會嗎？」

「可是柏木同學跟父母和哥哥不太……」

證人頓時語塞，垂下頭，身體緊繃。顯然是顧慮到應該在旁聽席上的柏木家的人。

「他說過，他們一家人就像一盤散沙，每個人都很冷漠。我不知道那是不是眞的，所以十分擔心。」

證人維持著相同的姿勢小聲說了句「對不起」。檢察官裝成沒聽到。健一怕得不敢看旁聽席。

「約莫在去年夏天，證人開始疏遠柏木同學。柏木同學看起來像是察覺了證人的心理變化嗎？」

「我覺得他發現了。」

因爲我們是朋友，證人說。

「你們曾爲這件事爭論、吵架，或是有任何互動嗎？」

「沒有特別談過。」

「即使如此，以結果來說，證人還是無法順利離開柏木同學。」

「大概是因爲我自己有所遲疑，我在乎太多事情了。」

證人又流汗了。

「這是我自己的感覺，不是柏木同學這樣向我強調，我要先聲明這一點。」

陪審員們紛紛點頭。

「上了二年級以後，柏木同學在這所學校的處境似乎愈來愈糟糕。該怎麼說，他遭到孤立……」

事實上，他眞的是孤單的。對柏木同學來說，這是很普通的狀況。

「到了暑假，這種狀況減輕了一點——因為暑假不用上學也沒關係——可是進入第二學期，狀況又惡化了，連只是偶爾在電話中聽到他的聲音，也聽出他相當沮喪。在這樣的情況下，發生了十一月十四日在自然科教具室的衝突。」

「證人是什麼時候得知那件事的？」

「幾乎是馬上就知道了，柏木同學打電話給我。」

「你聽到詳情了嗎？」

「當時就算聽到大出同學他們的名字，對我也沒有意義，但我很清楚柏木同學找碴的對象是哪種類型的學生。」

「柏木同學為什麼要把這件事告訴證人？」

「他說他終於放棄學校了。他再也不去上學了，總算輕鬆了。他應該是想告訴我這件事。」

「證人怎麼想？」

「既然如此，那也是沒辦法的事。如果柏木同學可以獲得平靜，我覺得暫時離開學校或許是好的。」

可是——證人的聲音又變小了。

「雖然嘴上說著輕鬆了，但我覺得柏木同學其實很介意和大出同學他們爆發嚴重衝突的事。不是擔心被大出同學他們報復，而是自己居然做了不像自己會做的事、做了幼稚行為的那種介意。剛聽到這件事的時候，我也說了這一點都不像柏木同學。」

「我再確認一次。」檢察官雙手放在桌上，探出身體。「證人感覺到柏木同學介意著自然科教具室的衝突，是嗎？」

「是的，可是他並不是害怕遭到報復。」

「柏木同學是這麼說的嗎？」

「他沒有明確說出來。」

「是發生自然科教具室的事件以後，證人常有這種感覺嗎？」

「是的。」

「證人的這種感覺有什麼根據嗎？」

神原證人拉扯襯衫的衣領，彷彿呼吸困難。「自從不去學校以後，柏木同學比以前更加無精打采，而且動不動就說他厭倦一切，受夠了。」

「厭倦了一切、受夠了一切。」

「是的。如果他害怕遭到大出同學他們報復，不會說這種話吧？」

「或許他是在對證人逞強。」

神原和彥從律師變成證人以後，第一次回頭看被告大出俊次。

「柏木同學瞧不起大出同學他們。明白地說，他把他們當成傻瓜。」

被指名的被告在健一旁邊抖著腿。

「我不認爲柏木同學會怕他們。柏木同學介意的，只有自己的行動不像自己這一點而已。」

「這些事你們是通電話，還是見面說？」

「通電話。」

「是柏木同學打給你的？」

「是的，那個時候我不再主動打電話給柏木同學了。」

「柏木同學是爲了發牢騷，或是抒發內心的鬱悶，才打電話給證人嗎？」

「是的。」

「證人怎麼回應？」

「我沒辦法說什麼了不起的道理。我不了解三中的情況，只能說些無傷大雅的話……比方說乾脆轉學算了，啊，還有……」

說出口之後，神原和彥咬住嘴唇。
「還有什麼？」
「我說，找瀧澤老師商量如何？」
「柏木同學怎麼回答？」
「——我記不清楚了。」
是嗎？眞的不記得了嗎？是不是記得，只是不能在這裡說？健一有這種感覺。
大出俊次的腳抖到連桌子都發出刺耳的聲響。
「最後我只能老實地對柏木同學說，你的問題我無能爲力。」
「柏木同學怎麼說？」
「他似乎生氣了。那是十一月底的事，後來好一段時間他都沒再打電話來。」
直到十二月中旬，又接到聯絡。
「我在我家附近的兒童公園跟柏木同學碰面，那是星期日的上午。」
健一知道那座兒童公園，他也常跟和彥約在那裡會合。
「第二學期開始的時候我們見過一次，之後就完全沒見面，所以大概是三個月沒見了吧。柏木同學瘦了很多，臉色頗差，我嚇到了。」
因爲他將自己關在房間裡，過著日夜顚倒的生活。
「柏木同學是用什麼理由把證人叫出去？」
一滴汗水從神原證人的下巴滴落，「他說有東西要交給我。」
「什麼東西？」
「筆記本，上課用的那種筆記本。」
是遺書——證人說：

「他說他決定要死了，所以寫好遺書，寄放在我這裡。」

法庭內騷動、驚呼不止，但法官置之不理。陪審團也議論紛紛。

不久，這些聲音自然停止了。

「決定要死，是要自殺的意思嗎？」

「是的。」

「柏木同學決定要自殺，所以寫下遺書，交給證人，是嗎？」

「是的。」

「證人收下了嗎？」

「情勢使然，我收了下來。」

「你問了他自殺的理由嗎？」

「他說活著太麻煩，也不曉得活著有什麼意義。」

「然後證人怎麼做？」

神原證人用手背擦拭下巴的汗，轉向檢察官說：

「我收下筆記本回家了，可是不曉得該怎麼辦才好，就這樣放了兩、三天。我還是覺得這樣不對，於是打電話給柏木同學，約在放學後——所以時間應該滿晚的，在同一座兒童公園碰面談話，把筆記本還給他。」

「說你無法收下遺書？」

「是的。」

然後、然後——證人都結巴了，卻急著要發出聲音。

「明明我自己也思緒混亂，卻說了很多，像是不可以死之類的話。還有，就算沒有意義又有什麼關係？等長大自然就會明白。」

「柏木同學有什麼反應？」

證人的肩膀顫抖似地起伏，「很冷淡。」

「冷淡？」

「不屑一顧的感覺。然後他說，你沒有當眞，是吧？」

「意思是，證人不認爲柏木同學眞的會自殺，是嗎？」

「是的。他說我沒有當眞，才吐得出那種膚淺老套的話。」

健一把鉛筆放在桌上。若是繼續握著，可能會把它折斷。

「那個時候，我的確不清楚柏木同學是否是眞心想自殺，半信半疑。不過，生氣地指責我只會說膚淺的話的柏木同學，態度是認眞的，所以我怕了。」

自己是不是把柏木卓也逼到認眞起來了？

「愈是跟他交談，我愈覺得不應該把遺書還給他。可是，就算說還是放在我這裡好了，也爲時已晚。」

「那份遺書怎麼了？」

「柏木同學帶回去了。他過世以後，我以爲會在他的房間裡找到，但如果沒有發現的話，一定是他丟掉了。」

因爲那份遺書已沒有意義。

「無論如何，我都希望柏木同學回心轉意，卻不曉得該怎麼做才好。我對柏木同學說，總之不可以死，我不希望你死。」

「柏木同學怎麼回答？」

「他說他不相信。」

「不相信證人說不想要柏木同學死掉的心情？」

「是的。」

「那證人更是無可奈何了。」

「所以我問他，要怎樣你才肯相信我？」

簡直就是自投羅網。健一心想，等於是中計了。

柏木卓也進退維谷。自己引發騷動，卻拒絕別人想拉他一把的手，愈陷愈深，終於再也脫不了身。然後，他從那個狹隘的地方，仰望在廣闊的地方過著平凡生活的神原和彥，氣憤難平。他憎恨想要離開自己——想要拋棄自己的神原和彥。

他想要繼續得到神原和彥的關心。

藤野檢察官平靜地問：「柏木同學怎麼回答證人的問題？」

和彥滿頭大汗，感覺又需要毛巾了。襯衫的背部也一片濡濕。

「他說，我能說出什麼『活著沒有意義也沒關係』、『總有一天會找到意義』的話，是因為我不必負責任。」

陪審團的九道視線落在證人身上。

「他認為我不負責任，我才不是真心這麼想，只是嘴巴上說說罷了。所以……」

「所以？」

「如果我能證明不是空口說白話，他就相信我。」

「這要怎麼證明？」

旁聽席無數的目光也停留在證人身上。

「父母雙亡的時候，我七歲。」神原和彥說，「我並非完全不記得發生了什麼事。我有片段的記憶，也記得我很怕父親喝醉打人，還有母親哭泣的樣子。只是……」

他的肩膀喘息似地起伏。

「我一直要自己盡量不去想當時的事，和養父母的生活也不需要我去想起那些，可是柏木同學說我那樣是錯的。」

哪裡錯了？

「他說我沒有認眞面對發生在自己身上的，種種我無能爲力的荒謬無理的遭遇。我沒有和它們正面對決，才能這麼樂天。我之所以能說出『以後就會了解活著的意義』的話，以及父母都碰到那種事了，我卻說什麼『不用知道爲什麼只有我還活著也沒關係』，都是因爲我在逃避。柏木同學這麼說。」

別人要逃還是要躲，關你什麼事！健一把拳頭藏在桌子底下。柏木卓也，你爲什麼死掉了？爲什麼你不活著？

那樣就可以揍你了，我就可以揍你了，罵你恃寵而驕也該有個限度。

「所以，如果我不再逃避——」

此時神原和彥已不是在作證，他是在傾吐。

「如果我認眞面對自己的過去、與父母的回憶、回想起每一件事之後，還是覺得活在世上太好了，如果連我這種身世的人都能這麼想，那我就不是空口說白話，而是眞心的。如果我是眞心這麼想，或許活著確實有什麼意義。」

藤野檢察官絲毫不爲所動，率直的話語在法庭內迴響。

「如果證人證明這些，他就相信你是眞心地說出『不可以死』、『不希望他死』的話。他會相信你，打消自殺的念頭。柏木同學這樣說，是嗎？」

證人點點頭，汗水又滴落下來。

「那就是十二月二十四日那場遊戲的目的。」

「遊戲。」藤野檢察官複述，「賭上柏木同學性命的遊戲，是嗎？」

仔細一看，涼子渾身是汗。事務官一美悄悄遞出手帕。「抱歉。」涼子向法官說，然後用手帕擦臉。

陪審員們也各自喘了一口氣。溝口彌生臉色蒼白。蒲田教子觀察著她的神色，撫摸她的背。竹田陪審團長似乎也很擔心，轉過頎長的身軀看著兩個女生。

「受不了。」

旁邊的大出俊次咕噥，健一抬起眼。

「荒唐死了。」

雖然的確很荒唐，不過這是俊次發現的新說法。諷刺意味十足。

俊次流著汗，眼睛沒有看健一，腳抖個不停。

「要退庭嗎？」健一問。

說出口後，健一自己也嚇了一跳。健一是認眞的。如果大出俊次跟不上神原和彥的證詞——也不願意理解的話，他不在這裡也無所謂。不，他沒必要在這裡。

俊次瞪著健一，嘴型像要開罵，卻突然垮下肩膀，停止抖腳。

「少囂張，憑啥老子要聽你的？」

他嘔氣地伸出雙腳，只在嘴裡啐了一聲。

藤野檢察官放下手帕，端正姿勢。

「失禮了。檢方繼續詰問證人。」

聽到涼子的話，俊次又開始猛烈地抖腳。

「這①到④的地點……」

她說著，又閉口不語。

「是。」

證人回應，像在鼓勵猶豫著不敢繼續深入，因害怕而裹足不前的檢察官。

「——是證人挑選的嗎？」

「不，是柏木同學決定的。」

「這是證人與過世的父母之間，相當私人的回憶場所，爲什麼柏木同學能夠指定這些地方？」

「我有時候會提起父母的事，柏木同學記住了吧。」

「證人是主動提起父母的事嗎？還是柏木同學要你說的？」

「不一定。柏木同學確實會問我，但我有時也會忽然提起。也就是，呃……」

神原證人稍微想了一下，「剛才提過，既然父母的事情遲早會被人知道，我覺得幸好是被柏木同學知道。至於爲什麼，因爲柏木同學守口如瓶。事實上，他真的守住了這個祕密。他的記憶力非常好，不會一再追問相同的事情。」

所以，就是說……不像個律師，而是像個平凡國三生支吾結巴的神原和彥看起來好渺小。

「這樣的心情或許很矛盾，但我有時候也會想要和別人聊聊自己父母的事。我不能跟養父母說，因爲彼此都會困窘。可是這種時候，柏木同學是一個非常……怎麼說……」

「可以信賴的人？是一個可以信賴的談話對象？」

「是的、是的。」

證人得救似地用力點頭，露出微笑。

「我可以輕鬆地對他傾吐。我告訴柏木同學的事情，恐怕比我現在能夠想起的更多。」

「關於證人父母的不幸過去，以某種意義來說，柏木同學與證人是共享記憶的關係，我可以這樣理解嗎？」

「我想可以，大概可以。」

如果換成是我，會怎麼樣？健一心想，如果我是神原和彥的朋友，是唯一知道他父母不幸雙亡的人的話？

若是我，一得知這件事的瞬間，或許就會落荒而逃。沒想到神原和彥有這樣沉重的過去，不敢跟他在一起，或許會不知道該如何相處而疏遠他。

有時候會想起亡故的父母，想要找誰談談，和彥的這種心情一點都不矛盾。即使養父母對他這麼好，但就是因爲他們這麼好，不想讓他們尷尬而不敢說，這也非常符合和彥的個性，是理所當然。

而能夠接納他的對象，只有柏木卓也。那個時候我還不在那裡，藤野同學也不在。沒錯，我是沒辦法的，但如果藤野同學在就好了。

那個藤野涼子現在正以檢察官的身分，面對神原和彥。

「柏木同學提議玩這個遊戲的時候，證人沒有想要拒絕嗎？」

「沒有。」

「因爲你擔心如果拒絕，會害得柏木同學不高興，促使他立刻採取自殺行動？」

和彥又想了一下。那表情與其說是在回想當時的心情，更像是在心中呼喚出當時的自己問：「你究竟是怎麼想的？」

「當然，我也不是不擔心這點，不過我反倒是把自己的心情視爲優先。」

「證人的心情？」

和彥向涼子點頭，「柏木同學提議玩這個遊戲時，我吃了一驚，暗忖我怎麼從來都沒有想過？」

「什麼意思？」

「也就是說，如果我自己去實行，那就不是遊戲了，不過我應該也可以出於自己的意志，造訪和父母有共同回憶的地點。」

蒲田教子依然安慰似地撫著溝口彌生的背，點了點頭。

「剛才提過，我覺得——當然不是完全，但感覺可以面對我父母的事情了。所以，我應該也可以走訪和他們有關的回憶之地。」

「在柏木同學提議玩這個遊戲前，證人從來沒有主動造訪過①到④的地點嗎？」

「沒有，我還是會避著那些地方。可是和柏木同學說著說著，我開始思考，是不是沒有必要再逃避了？是不是到了必須去看看的階段？」
「你將這樣的心情告訴柏木同學了嗎？」
「我說了，所以我才會答應，同時也表示我認爲自己絕對沒問題，柏木同學一定能夠了解。」
「柏木同學怎麼回答？」
「那個時候他什麼也沒說。」
兩人談好遊戲的步驟，約定了幾個條件，當天就實行。
「證人依序拜訪①到④的地點，從那裡打電話給柏木同學，對吧？」
「是的，要通知他，我確實來到指定地點了。」
「每一通電話的時間都很短。」
藤野檢察官指著黑板上的清單，環顧陪審團說：
「證人只是通知柏木同學，說我到①的地點了、我到②的地點了，這樣而已嗎？沒有分享去到那裡後，是什麼樣的心情嗎？」
「我們說好結束以後再談。柏木同學似乎很在意我是不是眞的能好好走完指定的地點。」
「在意證人能否遵守規則，達成約定？」
「是的。」
「可是光靠通電話，無法實際確認吧？就算你說在新宿，也可能其實是在別的地方。光是用說的，柏木同學無法知道證人是否眞的遵守約定吧？」
「我也這麼想，計畫這個遊戲的時候我就一直很在意。」
這次不是思考，而是欲言又止。
「我提議柏木同學也一起去，說那樣比較好。」

「柏木同學怎麼說？」

「他說我一個人去才有意義，他執著地認爲，我必須獨自面對過去，否則這場遊戲無法成立。」

「最後變成只在每個檢查點打電話簡短報告。」

「是的。」

「每通電話大約是間隔兩個半小時。這個間隔時間是證人決定的嗎？」

「不，這也是事前計畫好的。」

「幾點到這裡、幾點到那裡？」

「是的。」

「那麼，證人實際去了這些地方，是不是閒得發慌？移動並不需要很久的時間吧？」

「所以我在每個地點都想了很多事。」

藤野檢察官瞇起眼睛，「證人想了哪些事？」

「我回想起許多往事。」

「覺得難過嗎？」

證人點點頭。

「有沒有想過要中途放棄？」

「有，然後又回心轉意，可是並沒有我隱約想像的那麼難受。」

因爲也有快樂的回憶——證人說：

「我的父母雖然以不幸的方式結束了一生，但並非總是那麼不幸。我父親不喝酒的時候，是個認眞又好脾氣的人，跟母親的感情也很好。儘管他生性軟弱，我不認爲他是個壞人。」

證人像在說給自己聽，垂下了視線。

「進行這場遊戲之前，我一直盡量不去想父母的事，而且有段時期確實需要這麼做，不過這麼一來，等於是把和父母的美好回憶一起封印起來了。不分好壞，一律封存起來。」

而柏木卓也提議的遊戲，解開了這個封印。

「我也回想起許多七歲的時候還不了解，但現在可以了解的事。如同檢察官說的，我的時間充裕，所以眞的想了很多。」

「即使想了很多，也不像事前預期的、不像事先有所覺悟的那樣難受，是嗎？」

「是的。這一定是因爲我成長了，不過主要還是託養父母的福。所以，雖然我想起很多父母的事，但也同樣想到了許多養父母的事。」

證人忽然輕笑，檢察官和陪審團都吃了一驚。

「抱歉。」

證人露出開朗的眼神，向眾人道歉。

「我想到以前的事。其實去到③的赤坂郵局時，那天雖然是假日，但因爲是聖誕節前一天，滿多商店開門營業的。再加上去到都心，有不少難得一見的東西，於是我考慮要買個禮物回家。」

「給養父母的爸爸和媽媽的禮物嗎？」

這不像是國文成績頂尖的藤野涼子會說的話，不過用在這種情況極爲貼切。養父母的爸爸和媽媽。

「是的。」

檢察官微笑，「你想要買什麼？」

昨天沒有談到這個，健一也想知道。

「小聖誕樹，大概這麼高的。」和彥比畫出約二十公分的高度。「是赤坂的糕餅店販賣的商品，上面用五顏六色的銀箔紙包裝的巧克力裝飾——我媽最喜歡那種小飾品了。」

國三男生提到自己的母親時，難免會難爲情。證人害羞了，陪審團的表情也放鬆了。

只有山埜香奈芽在哭。她的淚如泉湧，不管再怎麼用手帕擦都停不住。倉田麻里子挨近她，香奈芽彎身低下頭。
健一望向旁聽席。大人聽著和彥的話有何感受？他的模樣看起來又是如何？
「你買回去了嗎？」檢察官問。
「沒有，我放棄了，總覺得這樣不莊重。」
「不莊重？」
「我想到這個遊戲關乎柏木同學的性命。」
證人擦拭人中處的汗水，又垂下目光。「也就是說，遊戲開始之後，我滿腦子只想著自己，甚至還得提醒自己，才能想起遊戲的目的。」
「你只想著自己和父母、養父母？」
「是的。我也想到瀧澤老師。上補習班的時候，老師對我說過很多話，當時我無法理解的事，現在感覺有點可以理解了。我還想起學校的朋友，總之腦袋裡塞滿各種想法。」
「證人的意思是，實際進行後才發現，這場遊戲不是爲了柏木同學，變成是爲了證人自己？」
「是的，我是這麼覺得。」
「你在電話中告訴柏木同學這件事了嗎？」
「我沒有明白地告訴他。」
「柏木同學對證人說了哪些話、問了哪些問題？不管時間再怎麼短，應該還是會提到抵達指定地點以外的事吧？」
「他會問我那裡是什麼景色、我打電話時的正確地點在哪裡。」
「證人記得柏木同學在電話中說了些什麼嗎？」
山埜香奈芽直起身體，眼睛雖然一片通紅，但眼淚好像停了。
「我每到一個地點，他就非常擔心我能不能按時去到下一個地點。」

「我再問一次，柏木同學沒有詢問證人的心情嗎？」

「他說在我去完全部的地點以前，不想知道我的心情。在遊戲結束，看到我的臉之前。」

「也就是在柏木同學親眼確認證人的狀態以前嗎？」

「應該是的。」

證人的表情蒙上陰影。健一只看得到他的側臉，但即使只有側臉，也能清楚看出表情變陰沉了。

「那個時候，柏木同學恐怕還不相信我。」

「什麼意思？」

「他好像認爲我其實難受極了，卻隱瞞這樣的心情，對他撒謊、作戲。」

「證人爲什麼要作戲？」

「就是如果我消沉沮喪，說出果然沒有活下去的意義和目的之類的話，對柏木同學也不好。」

「所以，他認爲證人是在強裝開朗？」

「是的。」

「柏木同學明白地這麼說嗎？」

「他沒有這樣說，但他說我很奇怪、不正常。」

「實際進行遊戲，證人沒有自己預期中那麼難過，也沒有崩潰，反倒想起一些快樂的回憶，心中萌生了對養父母的感謝，打算積極向前。柏木同學說證人的這種反應『很奇怪』，是嗎？」

「我想是的。」

「柏木同學不高興嗎？」

和彥狀似驚訝地眨眼，「不高興是指……？」

「字面上的意思。」

「只聽聲音……」

「可是柏木同學在遊戲進行的時候，也只能聽到證人的聲音吧？但他仍察覺證人比想像中堅強，說你很奇怪，不是嗎？」

證人遲疑了一下，「柏木同學都在考慮自殺了，心情不可能會好。」

「遊戲開始的時候，跟透過幾個檢查點聯絡的時候，柏木同學的心情好壞有變化嗎？」

證人沉默著。

「不高興的程度有變化嗎？」

「——不知道。」

「柏木同學發現證人比預期中積極樂觀，便懷疑是在作戲，認爲你是不想讓他自殺而在勉強自己。」

「是的，就像我剛才說的那樣。」

「然而，是不是不只這樣？柏木同學是不是發現證人堅強地進行這場遊戲，並且就快要透過遊戲克服父母的悲劇影響，對這樣的徵兆感到煩躁不安？柏木同學所期待的，會不會並不是證人樂觀積極地完成遊戲，而是在遊戲過程中失去把持、哭泣沮喪？」

證人沒有回答，臉上的表情消失了。

藤野檢察官掉換手邊的檔案夾，出現了一段空檔。

「證人依照預定行程，走完全部的檢查點了嗎？」

「是的。」

「然後回到本地，從小林電器行前面的電話亭打電話給柏木同學。」

「是的。」

「你說了什麼？」

「就是我確實去完所有的地點並回來了。」

證人的喉嚨咕嚕一響。

「我說，明天再好好跟他談。那眞的是因爲我對自己的想法有了新的發現，打算告訴柏木同學，才約他談談。可是，當時已是七點半，養父母當然不知道我在外面進行這種遊戲，而且我是用去朋友家念書的藉口出門，所以急著回家。」

「柏木同學怎麼說？」

「他說想要在今天見面。」

「也就是當天晚上見面嗎？」

「是的。」

「那是一般國中生有點難以想像的時刻呢，更別提當天是聖誕夜，還下著雪。」

是啊——證人的聲音變小了。

「柏木同學說想要幾點在哪裡見面？」

陪審員們同時探出身體，連勝木惠子也不例外。

「——他叫我在十一點半的時候，到這所學校的屋頂上。」

心無旁騖地聆聽檢察官與證人對話、安靜無聲的旁聽席，這時傳來一陣震動。肅靜！法官發出強硬的話聲。

「到城東第三中學的屋頂上？」

「是的。」

「柏木同學有沒有說明爲什麼選擇那種地點？」

「我問了，但他不肯告訴我，只叫我一定要去。」

「證人沒有拒絕嗎？」

「我試著說服他打消念頭。」證人的聲音沙啞，「我跟他說沒辦法在那種時間瞞著養父母溜出家門，況且今天走了一整天，我累了，腦袋跟心裡都再也塞不下任何東西。尤其是三更半夜的，太強人所難……」

他的聲音完全哽住了，只能聽見難受的呼氣聲。

「可是，他說如果今晚不跟他在那裡見面，明天就不能見面了，所以……」

「明天就不能見面了？爲什麼？」

「柏木同學說，明天他就不在世上了。」

旁聽席又一陣騷動，法官敲打木槌：「請安靜！」

並沒有吵到需要那樣厲聲制止。井上康夫是利用法官的職務，發洩自己的憤怒吧。若非如此，他實在沒辦法板著臉坐在法官席上。

如果你不肯聽我的話，如果你不肯照我說的做，我就去死。再也沒有比這更卑鄙的恐嚇了。

「如果今晚不去見他，他就要去死。」

檢察官重複一遍。

「那個時候，柏木同學的聲音聽起來怎麼樣？」

「怎麼樣是指……？」

「是很消沉、像在懇求證人，還是帶著開玩笑的口氣？」

證人猶豫了，「聽起來一點都不像在開玩笑。」

「那麼，證人覺得那是什麼樣的口氣？」

「非常——」

「非常？」

「頑固而且冷酷。」

小林電器行老闆看見神原和彥時，他顯得又累又冷，左右爲難，所以熱心助人的老闆忍不住要叫住他。實際上，和彥眞的是又累又冷又爲難，走投無路了。

都照著他說的做了。都好好完成遊戲了。自己有所收穫，對柏木卓也來說這應該也是個好結局，爲何還不能結束？

「對證人來說，要溜進陌生的學校，而且是在三更半夜，以常識判斷，是很困難的事吧。」

「柏木同學說他安排好了。他會從廁所的窗戶進去，打開離側門最近的校舍門鎖，還會打開上去屋頂的門。」

「這麼說的話……」

檢察官輕聲嘆息，環顧陪審團。

「深夜在這所學校屋頂上見面的提議，對證人來說猶如晴天霹靂，但柏木同學從一開始就計畫好了。」

「我是這麼覺得。」

「無論遊戲的結果如何，他都要在深夜把證人叫到本校的屋頂上。」

證人默默點頭。

「然後怎麼樣了？」

「所以——我聽從柏木同學的計畫了。」

「去年十二月二十四日晚上十一點半，你來到這所學校的屋頂上？」

「是的，我來了。」

「屋頂上有誰？」

「柏木同學。」

「還有沒有別人？」

證人搖頭，「沒有別人，只有柏木同學一個人。」

「他在哪裡？啊，等一下，我換張圖。」

佐佐木吾郎與萩尾一美慌亂地行動，將第一天登場的屋頂平面圖貼出來。

「柏木同學就站在護欄的邊緣。」

證人伸手指去，是在墜落地點幾乎正上方的位置。

「屋頂上的塔屋亮著一盞常夜燈，我是靠那裡的燈光看到的。」

「證人呢？」

「我走近他——可是太冷了，我實在沒辦法一直站著不動。我在原地踏步，或是在附近繞圈子。」

「柏木同學呢？」

「在護欄邊不動。」

他注視著神原和彥。

「你們兩個說了什麼？」

「我——只想快點回家。我累壞了，連站都站不穩。雖然那場遊戲很有收穫，但我一整天想起太多事、思考了太多事。」

「內心塞滿了。」

「是的。眞的瀕臨極限了，而且也對養父母感到有所虧欠。」

不管是遊戲的事，還是三更半夜偷溜出家門的事。

「我覺得就算在這種地方談，也不可能談出什麼好結果。」

「柏木同學是什麼狀況？」

證人垂下頭，肩膀垮下來，腳不安地動著。

不用在意——健一在心裡對他說，不用在意柏木卓也的父母，不用在意他的哥哥。必須讓他們也明白才行，他們才是最需要知道眞相的人。

「他從一開始就很生氣。」

「生什麼氣？」

「他說我不正常。」

「哪裡不正常？」

「他說其實我很沮喪，卻對他撒謊。」

「證人拜訪了過去，幾乎被擊垮。你喪失了活下去的意義，失去了對將來的希望。其實滿腔都是這種悲傷，卻執意逞強，謊稱造訪與父母共有回憶的場所，想起許多往事，覺得不虛此行。他是這個意思吧？」

「是的。」

「也就是說，柏木同學在責怪證人？」

「——是的。」

「他的責怪是正當的嗎？證人真的對柏木同學撒謊，佯裝堅強嗎？」

「不是的。」

「可是柏木同學不相信你嗎？」

「他好像漸漸了解我真的——真的覺得進行那場遊戲是好的。」

「那樣的話，他不就更沒有必要責怪證人了嗎？」

「——他說那樣更糟糕。」

聽不見，一點都不像神原和彥。

「請再大聲一點回答。」

一瞬間，和彥咬緊牙關。然後，他大聲說：

「柏木同學說，如果我真心覺得進行那場遊戲是好的，就更不正常、更糟糕。」

檢察官也提高嗓門：「柏木同學認爲證人應該要更沮喪才對，應該要更害怕、更悲傷才對。他認爲你不應該變得積極向前，然而現實卻非如此，所以他才會責怪證人。」

證人轉爲沉默。

「證人默默承受責怪嗎？」

神原和彥默默搖頭。

「證人反駁了嗎？」

「我說，柏木同學說的話才奇怪。」

「說的也是。剛開始遊戲的時候，柏木同學應該是說，如果證人能夠跨過心中的檻，拜訪與自己辛酸的過去有關的地點，他也可以得救。如果他能夠感受到，像證人那樣背負著身不由己的悲劇的人也能積極向前、覺得活下去是有意義的話，他也可以這麼想。所以，他會打消自殺的念頭。然而答案揭曉後，他卻對證人完成遊戲感到氣憤，指責你不正常、太糟糕了。」

昨天藤野涼子說：我打算在明天的法庭上，盡可能依照事實，原原本本地重現神原同學的體驗，希望你全盤托出。不過有幾句話我無論如何都不希望在法庭上公開，我想要封印那些話。神原同學，你同意嗎？

和彥同意了，所以健一也同意了。

可是，健一現在後悔了。

他好想當場站起來，用整個法庭都聽得見的音量說出來。柏木卓也責備和彥時，是這樣說的：

——你居然能那樣一臉悠哉。

——殺了人的酒鬼生下來的孩子，哪有資格積極樂觀地活下去？

——你知不知恥啊。

「柏木同學的那種態度，一定讓證人很驚訝吧。」

和彥抬頭，仰望井上法官。井上康夫銀框眼鏡底下的眼神沒有動搖，他彷彿在說：「全部吐出來，全部說出來，我會好好聽著。」

「我覺得腦袋一片混亂。」

「證人無法理解柏木同學爲什麼說那種話？」

證人搖頭。

「證人試著理解嗎？」

「我努力過了。」

可是──和彥的目光忽然變得遙遠。

「我想要安撫柏木同學，說了很多話，但漸漸就像是茅塞頓開，明白一切。」

山埜香奈芽又熱淚盈眶，溝口彌生彷彿隨時都會吐出來，緊抓著蒲田教子的手。

陪審員像要互相扶持，挨在一起，專注聆聽證人的話語。

「柏木同學想要折磨我。他根本不是我的朋友，他根本瞧不起我，他才不是對我有所共鳴、有所理解。柏木同學根本不把我當成一個正常人。他一直把我想成一個殺人犯的孩子，認爲我不可能是正常的。」

他覺得殺人犯的孩子豈能是正常的？

正常、優秀、具有豐富的感性、受到父母關心、在庇護下成長的自己，現在卻是如此痛苦不堪。無法融入校園，也交不到朋友。動輒與人起衝動，被迫孤立。

自己是這個樣子，像神原和彥這種殺人犯的孩子，憑什麼過著積極向前、充實豐富的正常人生？憑什麼一臉幸福？

這是錯的，自己得匡正這個錯誤。要把神原和彥打進適合他的境遇裡，要給他應有的苦惱和孤獨，然後看著他的人生漸漸偏離正軌。

有什麼關係？反正他是殺人犯的孩子。

「喂！」一道聲音響起，是大出俊次。他的眼珠子幾乎要迸出來了。

「你流血了。」

健一緊緊地握拳，指甲甚至陷入掌中流血了。

「如同藤野檢察官剛才說的。」

幸好和彥沒有發現，他看著涼子。健一拿毛巾抹掉血。

「那場遊戲的目的，其實不是他說的那樣。柏木同學根本不希望我完成遊戲，開朗地回來。他希望我在途中崩潰、逃走。他認爲一定會是如此。不料事與願違，所以……」

「他把怒氣轉向證人。」

檢察官慢慢地說。神原證人點點頭。

「恍然大悟的瞬間，我受夠這一切了。居然被柏木同學耍得團團轉，三更半夜跑到這種地方來——」

我到底在幹什麼——？

這不是檢察官與證人的對話，而是像國中男生對親近的女生，或是對自己的女友發牢騷，充滿親切感。

「我對柏木同學說，我無法奉陪了。我不管你了，隨便你愛怎麼樣，我要回家。」

「柏木同學有何反應？」

「他非常生氣，大吼大叫。我不理他，往樓梯走去，結果柏木同學——」

聲音動搖了。

「他爬上屋頂的護欄，說要跳下去。」

倉田麻里子閉上眼睛，向坂行夫掩住臉。

「他爬得好快，一眨眼就爬上去，翻到護欄外面。因爲他爬得太順暢——天氣那麼冷，我連手都凍僵了——我愣住了，傻在原地。然後，我這才明白，柏木同學不是第一次這麼做，他以前一定也曾這樣翻出去護欄。」

「試圖自殺？」

「大概是吧。」

柏木卓也緊踏著屋頂的外圍，用手指抓住護欄。隔著護欄，他一臉蒼白地瞪著神原和彥。

夜空飄下小雪，腳下濕了，也有些地方凍結了。

「他說如果我回去，他就要立刻跳下去。」

「你覺得他是認眞的嗎？」
「是。」
「不覺得他是唬人的嗎？」
「我認爲如果是唬人的，沒辦法做出那麼危險的事。」
檢察官停頓了一下。「柏木同學是眞心想要跳樓。那麼，證人怎麼做？」
和彥看向陪審團，陪審團也回看著他。
「我說，隨便你。」
旁聽席中有人忍不住發出慘叫，和彥的表情頓時扭曲。
「我說，既然你那麼想死就去死吧，隨即跑下樓梯。我就這樣一路跑出學校，然後跑回家了。」
「你回頭了嗎？」
「沒有。」
「跑到學校外面的途中，你聽到了任何聲音嗎？」
「什麼都沒聽見。雖然可能只是我沒注意到。」
跑著跑著，耳中灌滿了風聲——昨天和彥這麼說。現在也是，就像在拚命逃跑，想逃離檢察官的問話，問題還沒說完他就搶先回答了。
「你在屋頂上待了多久？」
「我不記得正確的時間，感覺好像很久。可是一碰面，柏木同學就生氣了，馬上就發生爭執，而且我十分心急，所以應該沒有很久。」
證人一個哆嗦，望向法庭的時鐘。
「回到家的時候，是十二點十分。我記得很清楚。」
「從三中到證人家，以證人的腳程，用跑的要多久？」

「應該不用十分鐘。那天晚上下著雪，但馬路上還沒有積雪，我又一心只想回家，大概差不多就是那個時間。」

「那麼，你在屋頂上的時間，大約是二十到三十分鐘嘍？」

「應該——是吧。」

「證人是什麼時候知道柏木同學從屋頂墜樓身亡的？」

「隔天看電視新聞知道的。」

「當時你有什麼感覺？」

證人掩住了嘴，沉默許久。

「證人害怕嗎？」

「——對。」

「覺得是自己害的嗎？」

「對。」

「證人把這件事告訴別人了嗎？比方說養父母。」

「沒有，我覺得不能告訴任何人。」

這是我的罪——

「以上就是去年十二月二十四日晚上十一點半到午夜十二點之間，證人所碰到的全部情況嗎？」

「是的，沒錯。」

「屋頂上只有證人和柏木同學兩個人？」

「是的。」

「沒有其他人？」

「沒有。」

「柏木同學是自己翻過護欄，說要跳下去的。」
「是的。」
「不是證人把他推下去的。」
「——我沒有。」
「證人沒有目擊到柏木同學從屋頂墜落的場面。」
「沒有。」
「那天晚上，證人在屋頂上沒有碰到柏木卓也同學以外的任何人。」
「是的，沒有。」
「沒有碰到被告。」
「沒有。」
「沒有碰到井口充同學。」
「沒有。」
「也沒有碰到橋田祐太郎同學。」
「沒有。」
「他們不在那裡，是嗎？」
「是的。」
「被告沒有殺害柏木卓也同學。證人早就知道這件事了，是嗎？」
「是的，我早就知道了。」
突然間，健一的耳邊響起野獸般的低吼，緊接著大出俊次幾乎要翻桌似地猛然站起。
「搞屁啊你！王八蛋！」
他滿臉通紅，身軀發顫，好像全身上下都在抖動。然後他直接推開桌子，衝向證人席上的神原和彥。

「你早就知道了！你早就知道我什麼都沒幹！你明明知道還不講出來！」

旁聽席一片騷亂，人們站了起來。陪審團也站起來，男生護住女生，擋到前面。

「住手！」

法官怒喝，被告揪住證人胸口的時候，法警撲了過來。法警默默按住大出俊次的手肘，輕而易舉地扭開。

「痛死啦！」

俊次放開和彥，大聲嚷嚷著，腳步踉蹌。山晉壓制對方，把他的雙手繞到後面勒緊。俊次一陣慘叫。

「你幹麼！放開我！」

和彥按著剛才被勒住的衣領，杵在原地大口喘氣，臉色鐵青。之前也發生過一樣的事，他曾被俊次勒住脖子，甚至留下紅色的痕跡。

「本席命令被告退庭！法警，把他帶出去！」

「居然敢耍我，王八蛋！你這個大騙子！什麼律師，居然騙我！我殺了你！我一定要宰了你！」

山晉把大聲唾罵、大叫大嚷、口沫橫飛的大出俊次毫不費力地拉起來，讓他站好。只見山晉表情嚴峻，滿臉都是汗。

「等一下！」

是勝木惠子，她追著俊次跑到證人席來了。

「等一下！不要把俊次帶走！」

「陪審員，請回去座位。」

「俊次不是認眞的！我知道的！我知道，可是……」

「勝木陪審員，回去坐好！要不然妳也一起退庭！」

勝木惠子掩住臉孔，當場蹲了下來。倉田麻里子和山埜香奈芽上前，一同扶起惠子的肩膀，把她帶回陪審團席。
「勝木同學，妳要堅強。」
健一聽到香奈芽的低語。
「為了大出同學，妳要好好完成審判的工作才行。」
法官敲打木槌，仍遲遲無法平息法庭內的震盪。健一不停深呼吸，閉上眼睛，這才感受到掌心的疼痛。
「證人，你可以繼續作證嗎？」
聽到法官的聲音，和彥抓住證人席椅背，直起身體。
「是的，我沒事。」
「檢察官。」法官催促。藤野涼子站在原地，像要平復情緒似地閉著眼睛。
她睜開眼睛，望向證人。
「屋頂上的事，是藏在證人心裡的祕密，對吧？」
「是的。」
「證人無法告訴任何人。」
「是的。」
「證人參加了柏木同學的葬禮嗎？」
「我去參加了守靈式。」
「證人是什麼樣的心情？」
「我想……」證人的聲音哽住了，「至少向他道歉。」
「證人覺得自己對柏木同學的死有責任？」
「那是我害的。」
聽到這話，山埜香奈芽搖了搖頭。她的臉色蒼白，但眼中有著剛毅的光芒。

藤野檢察官大大地嘆了一口氣，語氣變得更加平和。

「證人是主動參與這場校內審判的，對吧？」

「是的。」

「證人是志願擔任被告的律師的，這是事實嗎？」

「是的，沒錯。我是依自己的意志擔任大出同學的律師。」

為什麼？檢察官問。

「你早就知道眞相了。你明明知道，卻隱瞞一切。柏木同學已不在世上。只要你保持沉默，應該不會有人知道眞相。你為何要主動參與這種麻煩的事——參加校內法庭？」

「因為我對被冤枉的大出同學感到過意不去。」

證人的聲音沒有絲毫迷惘。

「所以證人才想要揭發眞相？」

「是的。」

「那樣的話，應該還有別的方法吧？比方說，向柏木同學的父母坦白，或是告訴警方。」

「那些方法，不一定能讓學校或是鎮上的每個人知道眞相。」

證人彷彿要傾訴似地環顧陪審團。

「大出同學的冤屈，是源自於毫無根據的流言和印象。如果我說出眞相，卻被一部分的人隱瞞下來，還是無法洗刷大出同學的嫌疑。說得極端點，即使我說出眞相，也有可能被一句『事到如今不要再平添風波』，逼我沉默。」

說完後，證人又忍不住舉手說：「不，那樣順序有點顚倒了。請讓我說明一下。」

這一點仍是神原律師的作風。

「一開始我也不曉得該怎麼辦才好。如果不說，應該不會有人知道，而且我也不會被懷疑，可是我感到愈來愈痛苦。」

和彥是這樣對涼子及健一形容的，「就像脖子被看不見的環勒住一樣。每天早上一醒來，每次一想起柏木同學，那個環就愈勒愈緊。環不會一下子勒緊，而是一公厘、三公厘、五公厘這樣緩慢而又確實地縮緊。」

——即使如此，日子仍一天天過去。然後有的時候，會碰上一如往常的日子。一早醒來，一切都消失得一乾二淨，沒有任何恐懼，變回柏木同學過世前的自己。

然而，這只是錯覺，持續不了多久。正因曾短暫感受到一切消失得一乾二淨、卸下重擔的錯覺，那看不見的環便會勒得更緊。

「這件事並不是在柏木同學過世後就結束了，倒不如說只是個開端。告發信引發騷動，淺井松子同學過世，井口充同學受了重傷。《前鋒新聞》做成專題報導，整個三中彷彿被事件附身了。」

「我很難受，也很害怕。我不曉得還能怎麼形容。」

這一切的一切，全都是我的錯——

和彥把手放到脖子上，就是那看不見的環圈住的地方。他現在感受到了環的存在嗎？

「所以，我不知想過多少次，明天去見柏木同學的父母，向他們坦白吧。去告訴警方吧。可是，我就是提不起勇氣。」

就在這個時候，他聽到了校內法庭的事。

「這所學校有我在『瀧澤塾』認識的朋友，我也想要知道狀況，於是向朋友打聽消息，得知三年級生要自己開法庭舉行審判。聽到這個消息，我感覺得救了。」

「證人想到要爲大出同學辯護？」

「不，當時我還沒有想到那麼多。我認爲就算我不吭聲，大家應該也可以藉由校內審判，在眾目睽睽之下，證明大出同學無罪的事實。那原本就是毫無根據的罪嫌，大出同學是被冤枉的，我覺得一定會有人好好爲他洗刷冤屈。」
自己可以保持沉默，而大出俊次能夠恢復清白之身，三中的騷動也能回歸平靜。和彥如此期待著。
「可是，審判卻在籌備階段觸礁，沒有人願意參加，而且大出同學的家人反對。」
「確實是一度觸礁。」
「我擔心得要命。我想知道究竟怎麼了，便拜託朋友，一起參加審判的——籌備會？參加那樣的討論。結果場面眞的是一片混亂，大出同學又凶狠得不得了，所以——」
其實是一時衝動——和彥難爲情地低語：
「我毛遂自薦說要擔任律師。我不是一開始就這麼打算的。其實，那個時候我還是覺得應該可以不必說出眞相。即使隱瞞眞相，依然能夠順利達成目的。」
但實際參與之後，這樣的想法很快就改變了。
「著手準備審判，也就是進入事件內部以後，我發現這件事比站在外面看到的更要嚴重，三中的每個人都因爲這件事蒙上了陰影。如果早一點將柏木同學的死亡眞相公開，淺井松子同學就不用死了，也不會有告發信了吧。井口充同學不必受傷，橋田同學現在應該也能正常上學。」
這一切的一切，都是自己害的，都是自己太軟弱、太膽小，緘默不語的緣故。
「於是我的心態改變，覺得乾脆在法庭上公開一切吧。」
藤野檢察官嚴肅地問：「你認爲我們辦得到嗎？」
「我們現在不就正在做嗎？」和彥鼓勵似地對檢察官笑了，「其實我有點焦急。因爲都快結審了，藤野同學你們卻還沒有揪出我的狐狸尾巴。如果前天小林電器行的小林先生沒有出面，我打算主動告訴藤野同學。」
「眞是抱歉。」藤野涼子沒有笑，「辜負了你的期待。」
旁聽席傳出痙攣似地吵鬧聲，很快就安靜下來。小山田修搓著人中。我也發現嘍，我的鼻子早就嗅出這個律師有鬼。
「被告大出俊次同學……」
藤野檢察官吐出鼻息，彷彿故意要讓這場對話顯得輕鬆。
「是難以應付的壞胚子，在當地的風評差勁透頂，根本是個就算蒙上這種冤屈也無所謂、可以置之不理的不良少年。」
「可是，他是清白的。」
那個白痴，爲什麼不乖乖待在法庭？爲什麼不好好親耳聽到這些話？
「他沒有殺害柏木同學，爲莫須有的罪嫌而痛苦，絕對不是無所謂的。」
證人的聲音十分凜然。
「不只是這樣而已。準備審判的時候，審理開始、進行的期間，我的心情逐漸改變了。我清楚地知道自己做了什麼。不，應該說是可以客觀看待自己有所自覺這件事。」
和彥雙手抓著證人席的椅背，像是爲了防止在說完該說的話之前被沖走，要穩穩站好一樣。
「我不曉得該怎麼說，內心一直很焦急。對於柏木同學的死，我究竟有什麼責任？即使心裡明白，我卻不知道該怎麼表現出來。而今野律師的作證幫了我一把。」
總是冰雪聰明的山埜香奈芽，露出訝異的表情，掩住嘴巴。和彥眼尖地看見，向她點點頭。
「今野律師向我們解釋過未必故意的殺意，對吧？」
陪審員全都睜大雙眼，表情緊繃。
「我對柏木同學做的事情也是一樣的。」
那個時候，在屋頂上——
「柏木同學爬到護欄外面，雙手抓住鐵絲網。當時是下著雪的三更半夜。他很激動，臉色蒼白，一再喊著要從屋頂上跳下去。」

神原和彥轉身背對這樣的柏木卓也。背對了他，拋下了他。

「柏木同學即使是不出於自身的意志跳下去，也有可能因手指凍僵而抓不牢鐵絲網，或是腳滑失足。危險因素太多了，然而我卻丟下他逃跑。」

跑出學校，頭也不回地回家。

「我對一切都感到厭煩。我心想，我受夠柏木同學了，受夠被他牽著鼻子走了，也眞的對他說出口。」

既然你那麼想死，那就去死吧。

「我丟下需要幫助的柏木同學。明知這麼做他可能會死，卻還是丟下他逃走了。」

如果死掉就算了。

「當時的我有殺意。」

陪審員們一動也不動。

「我必須在法庭上公開，是我殺死了柏木同學這件事。我一直希望有人來揭露這件事。」

藤野檢察官好一陣子默默無語，雙手緊緊交抱，彷彿試圖保護自己。

不久後，她以開始詰問時的平靜語氣，對證人說：

「神原證人。」

「是的。」

「你宣誓過了。」

「是的。」

「你沒有撒謊吧？」

「是的，我句句屬實。」

「你的證詞，不是爲了替被告辯護，而捏造出來的漫天大謊吧？」

神原證人微笑，是和擔任律師時一樣的笑容。

「這不是謊話，我說的是實際發生的事。」

「爲什麼？」

這問題與其說是直接，倒不如說是坦率過頭。

「明明你不會有任何好處。」

「當然有好處。」神原和彥回答：「我可以從謊言中解脫。我有機會向該道歉的人道歉——雖然我不知道能否得到原諒。」

我的父親——和彥放低音量。

「因酒癮而迷失自己，害死我的母親。當他發現自己犯下滔天大錯時，不曉得有多驚恐。」

所以他才會自我了結。

「那是錯誤的選擇，其實他應該好好接受懲罰才對。可是，我的父親太軟弱，無法承受。他無法承受自己做的事，卻沒有把自己的責任推給第三者。他雖然軟弱，但沒有那麼卑鄙。我想父親是以他能做到的極限，試著償還自己的罪過。」

我覺得我也必須這樣做才行——和彥說：「即使做錯了，如果還來得及，應該趁機……」

藤野涼子點頭，鬆開交抱的雙手，挺直了背。

「庭上，我要提出神原證人的父母案件的剪報影本，以及證人的全家福照片作爲書面證明。」

「受理。」

「主詰問結束了。」

檢察官看向健一，「輪到野田同學了。」

健一受到全法庭的矚目。

都到了這步田地，還能怎麼反詰問？而且神原證人是檢方證人，這根本就錯亂了。如果是現實的審判，絕對不可能成立。

昨天商量的時候說好，健一只要從辯方席站起來，說一句「不需要反詰問」就行了。沒有什麼好問的。

可是，此刻健一心裡有話想說，也有問題想問和彥，還有話想讓法庭上的人聽到。

「我請教證人。」

健一開口，和彥和藤野涼子都露出驚訝的表情。

「證人認爲柏木卓也同學恨你嗎？」

「咦？」和彥驚叫。

「你們兩人有段時期曾是好友，對吧？不過，從剛才作證的內容聽來，至少柏木卓也向證人提出那場遊戲時——或是柏木同學拒絕上學，與順利過著學生生活的證人，心的距離變得更加疏遠的時候開始，柏木同學的心中就對證人萌生了恨意。如果說恨意太強烈，說是負面的感情也可以。」

我不知道——證人低喃。不是不了解健一話中的意思，而是不明白健一想要做什麼吧。

「自己這麼痛苦，證人卻快快樂樂地過著充實的每一天。好羨慕，眞沒意思，所以想要折磨證人，讓證人困擾。證人是否認爲，柏木同學有這樣的心情？」

和彥眼神游移，沒有回答。

「證人剛才說，在屋頂上與柏木同學談話的時候，感覺到柏木同學其實瞧不起你。」

是的——和彥小聲承認。

「證人不認爲其中也摻雜了對你的恨意嗎？」

「——我不知道。」

和彥回答後，回望涼子。涼子也不安地蹙著眉。

健一又握緊掌心，傷口隱隱作痛。

「柏木同學愼重規畫了在屋頂上與證人對決的步驟。他並不是一時興起，才把證人叫出來的，對吧？」

「是的，可是……」

「證人認爲他只是做出準備跳樓的樣子，想要讓你驚訝、困惑嗎？」

「我不懂你的意思。」

健一加重語氣，鼓起勇氣繼續說：

「那天晚上，柏木同學試圖抹殺的生命，眞的就只有柏木同學自己的嗎？或者，他其實預定要抹殺別的生命？」

健一的身體因心跳加遽而顫抖。

「下雪是碰巧的，但那可是十二月的深夜，無人的學校屋頂。柏木同學事前計畫好了。證人不明就裡地突然被找去，而且白天被迫進行遊戲，累壞了。」

「加上證人瞞著養父母出門，感到內疚、害怕。心理上極度不穩定。」

讓和彥疲倦、無力，連一晚都不能休息，強迫他到深夜的學校，這會不會全在柏木卓也的計畫之中？

和彥的臉上浮現責怪的神色。野田同學，你說的這是什麼話？

「從至今爲止的證詞看得出來，柏木同學對死亡十分感興趣。他希望看到身邊的人死去、體驗死亡。因爲他認爲透過這樣的體驗，能夠掌握到活著的眞實感受。」

「等一下。」

和彥制止，健一無視他繼續說：

「各位陪審員，請仔細回想一下。柏木同學確實有著這樣的願望。」

每個人都想起來了。不光是溝口彌生，連一向冷靜的蒲田教子都臉色發白。

「我請教證人。」健一轉向和彥，「那天晚上，柏木同學會把證人叫去，是不是希望如果能夠，最好可以讓證人死掉——有意把證人誘向死亡、導向死亡？」

「庭上，異議！」

健一也無視涼子的聲音。他不服輸地提高嗓門：

「事實上，柏木同學的企圖落空，變成他自己爬上護欄，站在危險的地點。所以，就算那個時候證人真的想要救柏木同學，也必須冒相當大的險，對吧？」

和彥不回答，渾身是汗。

「也就是說，證人或許是做出了違反柏木同學預料的行動，才保住自身的安全。爲了避免遭遇更大的危險，證人做出了正確的判斷，讓自己遠離那個地方。最後柏木同學過世，雖然是很令人遺憾的結果，但我認爲證人的行動並非出於未必故意之殺意，而是可以視爲正當防衛，不對嗎？」

眾人啞口無言。

「反詰問結束了。」

健一坐下。即使坐下，依然止不住顫抖。膝蓋抖個不停，腳尖從地板浮起，全身飆出汗水。

「肅靜！」法官敲打木槌，「神原證人請離開證人席。」

和彥雙眼和嘴巴大張著，回到健一的身邊。他搖搖晃晃，手撐在桌上，緩緩地坐下來。

陪審員面面相覷，旁聽席一陣騷動。

健一感覺到視線，抬頭一看，與佐佐木吾郎和萩尾一美對望了。吾郎向他豎起大姆指，一美紅著眼睛對他笑了。

藤野檢察官假裝沒看到他們的互動。

「你怎麼這樣說？」和彥的嘴巴在發抖。

「我只是說出該說的話。」

「柏木同學的爸媽——」

「事實是事實，可能性是可能性，不能混爲一談。我這麼認爲，所以才那麼問。我是律師助手啊。」

健一笑了。他笑得出來了，把還在發顫的手指用力交握在一起。

不，不對。不是爲了做好助手的工作。因爲我知道，我了解，所以無法沉默。

我很清楚。想要把爸媽從世上抹殺的那天晚上，殺意如何出現在我身邊，因渴望什麼而催逼著我。

它沒有臉、漆黑而沒有形體，所以它渴望著。孩子，快給我臉，快讓我在這個世上變成實體。用你的力量讓我現身於這個世界，快！快！快！

那不是恐懼，是饑渴，我知道的。

所以我分辨得出來。分辨得出去年聖誕夜的深夜，在這所學校的屋頂上，神原和彥與抓住護欄的柏木卓也同學對峙時，陷入什麼樣的狀況。

你只是害怕而已。你又冷又怕又氣，只想逃離那裡。你的身邊沒有帶著惡意的事物威脅著你說「給我臉」，死纏爛打地索求臉孔。你孤單一人，絕望地面對柏木卓也。

所以你逃走了，爲了保護自己，只是這樣而已。殺意與恐懼、憤怒是不同的。那是極度的**饑渴**，是會把加害者與被害者全部吞噬殆盡的饑渴。我知道的，即使別人不懂，我也懂的。

如果我現在可以明確地說出口，眞不知道該有多好。我了解殺意，所以我明白。神原同學，你錯了，你也有弄錯的時候。

「庭上。」涼子站起來說：「神原證人的一連串證詞，將我們起訴、追查被告大出俊次的事實徹底顛覆了。在現實的審判中，我們檢方不可能傳喚這樣的證人，而且檢方查證神原證人陳述的事實後，等於失去了起訴被告的根據，應該會撤銷告訴才對。」

「妳想說什麼？」

法官的銀框眼鏡反光。

「然而，我們的校內法庭與現實的審判不同。我認爲將法庭上揭露的事實，以陪審團做出裁決的形式加以鞏固，才是最理想的方式。」

「也就是說？」

「雙方的證人都傳喚結束了。被告的律師，居然就是證明被告清白的最有力證人。這種狀況，也不需要結案陳詞和終結辯論了吧。我想就在這裡結審，請陪審團開始評議，意下如何？」

井上法官點了點頭，正準備開口的時候，一道聲音彷彿要劈開法庭悶熱的空氣似地響起。

「等一下！」

眾人望向旁聽席，望向聲音的來源。

是三宅樹理。她就像抵抗逆風般拱著肩膀，雙手握拳，雙腳叉開站著。

「等一下。」

可能是太激動，樹理的聲音完全走調，尖銳刺耳，臉孔脹得通紅。她激動地直盯著藤野涼子說：

「怎會變成這樣？藤野同學，妳太不負責任了吧？」

每個人都傻住了，發不出聲音。

法官首先振作起來，「旁聽者請安靜。」

樹理甚至頂撞法官：「我怎麼可能安靜！」

口沫橫飛。井上法官彷彿迎面被噴到口水，蹙起了眉頭。

「旁聽者不可以發言。」

「我……」樹理拍打自己單薄的胸口，「我不是一般的旁聽者。我是證人。」

對吧？她一個一個瞪著陪審員。

「告發信就是我寫的。是我寫了那封告發信。」

她一次又一次拍胸，回望旁聽席。

「我叫三宅樹理，是這所學校的學生。我是柏木卓也的同班同學，對大出同學的事也非常清楚。十七日

在非公開法庭上作證的就是我。」

來吧，仔細看看我這張臉！她傲然揚起下巴，暴露在體育館沉澱的熱氣之中。

「我目擊到柏木同學被殺的場面。當時我在場，我在屋頂上，親眼看到了一切。」

「旁聽者，不許任意發言。」

「那就讓我作證啊！」樹理大叫，「再讓我作證一次！讓我站在那裡！」

她筆直指著證人席。

「我是神原證人的反證人。我沒辦法坐著不吭聲，讓我作證。」

藤野同學——她說：

「妳怎麼可以這樣？妳不是說妳相信我嗎？所以妳才會當檢察官，不是嗎？妳怎麼可以這樣窩裡反？太不負責任了！」

樹理憤恨地跺腳，藤野涼子的臉上失去血色。

「妳怎能這麼輕易相信神原同學的證詞？爲什麼一下子就認定，比起我的證詞，他講的才是實話？因爲神原同學在這麼多人面前作證嗎？因爲他在有許多人聽到的地方說話嗎？所以他比較可信嗎？早知道我就在公開法庭作證了。如果這麼容易就能決定什麼才是眞相，我也要在大家面前作證！」

聽著樹理的叫聲，藤野檢察官彷彿挨罵的學生般慢慢地站了起來。她結結巴巴地說：

「神原同學的證詞，提到過去一直無法解釋的打給柏木同學的五通電話內容。而有關這些電話的證詞，有小林電器行的小林先生的目擊證詞可以證明……」

「檢察官！」法官厲聲說：「不許向旁聽者答辯！」

藤野檢察官露出被當頭潑了冷水的表情。法官按住銀框眼鏡邊說：

「藤野檢察官要申請讓三宅證人作爲神原證詞的反證人，進行覆主詰問嗎？」

涼子的眼神飄移，踉蹌地用一手扶住桌子，總算回過神來。

「啊，是的。」

涼子纖細的喉嚨咕嚕一動，額頭冒出汗珠。「檢方申請對三宅樹理證人進行覆主詰問。」

「申請通過。」法官拿起木槌，高聲敲了一下。「三宅同學，請上證人席。」

樹理踩著扎實的腳步走到前面，背部滿是汗水。

健一注視著樹理的側臉。

不可思議的是，她的臉上沒有理所當然應該要有的——應該極爲符合她這個人，三宅樹理最擅長的歇斯底里神情。

和彥怎麼想？健一知道樹理從旁聽席站起來的瞬間，和彥的身體動了一下，接下來就彷彿連呼吸都停止般僵在原地。

「三宅樹理同學。」藤野檢察官任由額頭冒著汗，開口詰問：「妳就是那封告發信的寄件人，對嗎？」

樹理戒備似地站著，「對，就是我。」

「將去年十二月二十四日午夜十二點左右，在本校屋頂上目擊到的事情，以告發信的形式公諸於世的就是妳嗎？」

「是的，是我做的。」

「當時妳和淺井松子同學在一起？」

「不，沒有。」

健一懷疑自己聽錯了，旁聽者們也同樣眨著眼睛。小山田修還刻意用手指掏了掏耳朵，露出驚訝的樣子。

「我撒了謊。只有我目擊到柏木同學的事件，松子不在那裡。」

樹理毫無猶豫地一口斷定，讓藤野檢察官慌了手腳。樹理沒有看涼子，也沒有看法官或陪審團，只注視著正面的空間。

「這跟妳十七日的證詞不同。」

「沒錯。我撒了謊，我要在這裡訂正。」

樹理的聲音依然高亢，但敷衍的口吻消失了。

「松子只是在我寄出告發信的時候幫了忙而已，眞的只有這樣。」
「那麼，爲什麼證人要謊稱淺井松子同學也一起目擊了現場？」
「因爲我擔心說出只有我一個人目擊，不會有人相信。」
「證人只是單純地認爲，比起一個人，兩個人目擊的可信度比較高？」
「對。」
「爲什麼十七日的證人詰問時不這樣說？」
「抱歉。」樹理冷冷地道歉，「因爲我還是很不安。我認爲只有我一個人看到，不會有人相信。」
她稍微抿嘴，然後加了一句：
「因爲我是個討厭鬼。」
這句話逐漸滲入鴉雀無聲的旁聽席，我是個討厭鬼。
「我眞的——對松子很抱歉。我想向松子道歉。」
樹理的身體因不安而搖晃。
「松子會出車禍死掉，全都要怪我把她扯進來。連電視台都知道告發信，鬧出軒然大波以後，松子就很害怕，說不應該這樣的。我也很怕，可是松子一定更害怕。我拚命安撫她，說服她只要不說出來就不會有事，可是……」
樹理環顧陪審團。
「出車禍以前，松子眞的跟我在一起。我們在商量告發信的事。松子想說出實話，我阻止了她。我拜託她，叫她不要背叛我，我堵住了她的嘴。」
旁聽席掀起一片驚訝的波浪。
「松子人很好，所以還是聽了我的話。」
樹理的視線又回到空無一物的空間。或許淺井松子在那裡，她可以看到松子的身影。不，還是她希望可以看到？

「可是，松子很害怕。她嚇到驚慌失措，才會像那樣跑到車子前面吧。」

是我害死了松子——三宅樹理說。她抓住證人席的椅背，雙手用力，求助似地緊抓著。

「爲何事到如今，妳又想要說出實話？」

藤野檢察官的語氣漸漸冷靜下來，不是在質問她。牽引這場對話的人是三宅樹理。

樹理緊緊閉上眼睛，看得出她正咬緊牙關。

「松子是我唯一的朋友。」

一直陪伴著討人厭的三宅樹理的淺井松子。

「我害死了我的朋友。松子是我無可取代的朋友，我卻害死了她。」

我寂寞得不得了——她說：

「不管再怎麼後悔也不夠。從今以後我一定會永遠後悔下去，一輩子都忘不了。」

「證人，」法官插嘴，「請回答檢察官的問題。」

樹理注視著井上法官，「我失去了松子。我失去了絕對無法挽回的事物。」

我希望大家了解這一點——她說：

「大家會認爲神原同學說的是實話，是因爲他有著辛酸的過去嗎？」

樹理反過來問陪審團：

「是因爲他主動說出痛苦的過去嗎？是因爲他向大家坦承，只要是平常人就會想要隱瞞的父母悲劇嗎？所以，大家才會認爲他說的是眞話嗎？」

然後，她轉向涼子。「所以，就連說要相信我的藤野同學，都那麼輕易地背叛我嗎？」

涼子沒回答。陪審團只能屏住呼吸。

「那樣的話，我也要比照辦理。我要把我想隱瞞的事情全部說出來。我在松子的事情上撒了謊。松子死掉的事，我必須負責。我自己承認。是我害死松子的，她等於是我殺死的。」

所以──她又抓住椅背，「所以，請大家也相信我的證詞，我說的是眞話。我沒有理由再繼續撒謊。我把親眼看到的事情寫在告發信上，那全是眞正發生過的事。」

雪花飄落的深夜屋頂上，浮現在凍結護欄另一頭的、柏木卓也蒼白的臉。

「神原同學撒了謊。」

三宅證人的嘴角歪斜，肩膀拱起，如此一口咬定。

「神原同學的話，從頭到尾全是謊言，都是編出來的，是胡說八道。他居然認爲用那種一派胡言可以證明大出同學的清白，眞是腦袋有問題。」

樹理痛罵著神原和彥，卻頑固地不肯面向辯方。就算是辯方那一側沒有人，只有一堵牆壁，如此堅定的忽視態度，實在不自然。

「柏木卓也同學是被殺的，是被大出俊次殺死的。我在現場，看到了一切。我聽到大出同學發出的鼓譟聲。我看到他把柏木同學逼到絕境，哈哈大笑。那是大出同學最擅長的技倆，他最喜歡欺負弱者了！」

樹理譴責的被告不在現場，大出俊次的座位依然空著。她明明不可能害怕那個空位，卻頑固地不看那裡。

「我說的話字字屬實，是實際發生的事。請相信我。」

她向陪審團傾訴，接著冷不防地，彷彿被看不見的手狠摑一掌般踉蹌，回望了一下律師和助手後，她對和彥大叫：

「我根本沒有看到你！」

和彥沒有動，也沒有眨眼，這是他第一次在這個法庭上驚愕到僵住了。

樹理臉上的紅潮完全退去，變得蒼白。只有眼睛是紅的，泛著淚光。

「你不在那裡，根本不在那裡！不要憑空捏造！」

山埜香奈芽彷彿被迷住似地盯著樹理就要站起來，旁邊的倉田麻里子連忙制止她。

「你什麼都不懂。」

淚水滑下樹理的臉頰。

「你什麼都沒做，少在那裡搶鋒頭。不要阻撓我。」

和彥的嘴唇掀動，像要辯解什麼，但沒有出聲。

「你怎麼可能懂我的心情。」

樹理哭了出來，幾乎就要失聲痛哭，但勉強克制住了。證人席的椅背成了她的救命繩。

「又沒有做錯事。」

她哭著這麼說道。

「沒有做錯事的。」

沒有做錯事，樹理再一次說。什麼意思？少了主詞。她想主張「誰」沒有做錯事？

忽然間，健一領悟了。

主詞是「你」，是神原和彥。三宅樹理想說，和彥什麼也沒做。

她撒了謊。她說她失去了淺井松子，沒有理由繼續撒謊，卻又撒了謊，要求大家相信她的謊言。

她想救和彥。

你什麼也沒做，你沒有對柏木卓也做什麼。那天晚上你不在屋頂上，也沒有見到柏木同學。柏木同學是在你不知道的地方、因你不知道的理由而死去，他的死跟你無關。

樹理想要藉由堅持謊稱這是大出俊次犯下的殺人事件，讓和彥全身而退。

為什麼？為什麼她要這麼做？

因為和彥是討厭鬼三宅樹理唯一的知己。和彥比和她同窗共讀的任何一個三中學生都更了解她，只有他關照了沒有任何同學認真關心的她的內心。

和彥在這個法庭上，揭露大出俊次至今爲止在校內的種種霸凌及暴力行爲。他將三中每一個人都知道卻視而不見、置若罔聞的事情，化成明確的話語，攤開在俊次面前譴責他。然後他說了，告發信是誰寫的、是誰陷害被告的這個問題沒有意義，任何人都有可能提出告發。被告一直以來的行徑，招致了他今天的惡果。

樹理理解了他的意圖，所以那個時候樹理才會昏倒。因爲她終於理解神原律師的意圖，她明白和彥是爲了什麼才進行那場被告詰問。

妳沒有錯。透過嚴厲地譴責大出俊次，和彥這麼告訴樹理。妳撒了謊，但妳並沒有錯。妳只是想要從受逼迫的絕境逃出而已。妳只是爲了自保，實行想得到的方法而已。妳沒有錯，雖然方法不對，但妳沒有錯。

不是任何人，只有神原同學這麼告訴樹理。那不是表面上的說詞，也不是一時敷衍的安慰。和彥藉由譴責大出俊次，告訴樹理：

「我明白的。」

三宅樹理的謊言有著不得已的理由，有著關乎她靈魂存亡的理由。樹理一直受到俊次霸凌，遭他唾罵成怪物，而在學校這個牢籠裡，她無處可逃。

即使樹理的證詞是假的，但她的話中有著眞實。她說聽見大出同學的鼓譟聲，聽見大出同學的大笑聲。那確實是樹理親眼所見，親耳所聞。不是那天晚上，柏木卓也在黑暗籠罩的屋頂上受到的嘲笑與暴力，而是三宅樹理在這所學校度過的歲月中，一而再、再而三，經歷過無數次的場面。

無法逃離、無法抵抗，也沒有人伸出援手，三宅樹理只剩下兩個選項——自己消失，或是讓大出俊次消失。

這時出現了一個不可多得的好機會，所以樹理爲了生存，進行反擊，就是那封告發信。而且給了三宅樹理這個機會的就是神原和彥。如果柏木卓也一死，和彥就說出眞相，樹理便什麼都不能做了。即使依然身陷絕境、被眾人討厭、動彈不得，但樹理就可以不必撒那種謊，就可以不必把淺井松子捲入謊言，最後失去她了。

和彥透過對大出俊次嚴厲的詰問，不斷向樹理道歉。對不起，對不起，對不起。對於人人討厭的騙子三宅樹理，只有神原和彥，只有他一個人，原諒了她。

樹理也明白這一點。她明白和彥的意圖。若非如此，她今天怎會來到此處？

這次換成樹理想要救他，想要原諒他。她繼續撒謊，緊抓住虛構的罪行，堅稱不曾發生的事是事實，想要讓和彥擺脫罪責。

想要主張神原同學沒有做錯事。

「神原同學跟這件事一點關係也沒有。」

樹理臉上涕泗縱橫，聲音沙啞，呻吟著說：

「我說的才是眞的。請相信我，求求大家相信我。」

說到這裡，樹理彷彿力氣用盡般蹲下，放聲大哭。沒有半點演技，是赤裸裸的號哭。

「藤野檢察官，」法官的聲音沒有起伏，「還有問題嗎？」

藤野涼子大受震撼似地呆立原處。

樹理哭個不停。

「檢察官，要繼續覆主詰問嗎？」

「——不用，可以結束了。」

律師——法官看向和彥。

「需要反詰問嗎？」

和彥癱坐在椅子上。樹理痛苦的哭聲在屏氣斂息的法庭內擴散。

「不用。」

他不小心坐著回答，像是被自己的聲音驚醒，嚇了一跳站起來。

「不需要反詰問。」

山晉走上前，向蹲著哭個不停的三宅樹理伸出手。他宛如保護者，溫柔地扶起她的肩膀，讓她站起來，然後攙扶深深垂著頭的她，把她帶離證人席，帶到法庭外。有人追上去似地從旁聽席站起來。是保健老師尾崎，以及樹理的父母吧。

不，還有別人。那是不是淺井松子的父母？松子的母親用手帕摀著臉哭泣。她和樹理一樣腳步踉蹌，由松子的父親攙扶著離開法庭。

和彥目送眾人離去後，像斷了線的人偶般跌坐下來，低聲呢喃。那是只有坐在旁邊的健一才聽得見的、藏進呼吸般的細小話聲。

聽到那句話，健一知道自己是對的。

和彥是這麼說的，「謝謝。」

吵雜聲總算安靜下來的法庭上，井上法官開口：

「剛才藤野檢察官提議，有鑑於審理經過，不需要結案陳詞與終結辯論。」

即使到了這個時候，仍堅持維護法官威嚴的井上康夫，也是個頑固的傢伙。

「但我不贊同這番意見。因此，接下來將進行檢方的結案陳詞，以及辯方的終結辯論。」

藤野檢察官——法官嚴肅地催促。涼子倏然默默起身。她就這麼站了一會，繞過桌子走到陪審團面前。

「各位陪審員。」

她說，看到眾人的眼神，總算露出微笑。

「這是一場意外百出的校內審判，不過總算進入尾聲了。」

法庭內靜如止水，甚至沒有旁聽者搖手帕或扇子。

「首先，我為我這個檢察官不夠稱職向各位致歉。」

涼子行禮，抬起頭來。

「但我們還是傳喚了所有能夠找到的證人，請他們作證了。憑我們的力量能夠調查到的事，也全部調查清楚了。我希望各位根據這些事實，冷靜地進行評議。」

請你們注視事實——

「不光是用心，也要用腦思考。我相信各位一定能夠做出一個應有的裁決。」

涼子微微偏頭，像在自問有什麼話遺漏沒說，然後兀自搖了搖頭。

「我的結案陳詞結束了。」

她對法官說，回到座位。佐佐木吾郎和萩尾一美起立迎接檢察官。

「律師，請進行終結辯論。」

神原和彥第一次扶著桌子站起來。他和檢察官不同，沒有走近陪審團。

他勉強抬起頭，注視陪審團。

「這五天以來，如同藤野檢察官在陳述中說的，發生了許多令人驚訝的事。應該也有讓各位生氣或目瞪口呆的事，感謝各位耐心十足地參與整場審判。」

他行了個禮，感覺一低下頭，就會直接往前栽倒，於是他又扶著桌子支撐身體。

「站在我的立場，我不知道是否能夠這麼說，可是有些話我無論如何都想說。」

山埜香奈芽又開始眼眶泛淚。溝口彌生與蒲田教子緊緊握著彼此的手。男生陪審員很有默契地端坐著。不管過去在教室裡被哪位老師如何嚴厲糾正，應該都不可能有這麼英挺的坐姿。

「關於柏木卓也過世的事件，我是當事者。可是在這場校內審判中，我以唯一一名校外人士的身分參與其中。我在過程中，有個特別強烈的感觸。」

大家都非常了不起——他說。從這裡開始，語氣逐漸恢復力道。

「各位籌備了這場困難的審判，並且眞的實現了。我對各位的勇氣、創意和努力深表敬意。換成我們學校，一定無法實現。因爲是大家，才能走到這一步。」

陪審團中，不知爲何只有勝木惠子低著頭。

「遺憾的是，被告現在不在場。」

神原律師望向空蕩蕩的被告席。

「原本他必須在這裡，但他沒辦法做到。我和助手野田同學都努力試著讓他待在這裡，但我們沒有成功。我感到非常抱歉。」

可是——律師挺直了背。

「雖然沒有各位那樣的勇氣，缺乏像各位一樣爲他人著想、感受他人痛苦的思慮，被告還是沒有逃避這場校內審判。他雖然抵抗、掙扎，但直到最後都沒有逃走。被告此時不在這裡，並不是他願意的。因爲他被迫退庭了。

「此時被告一定正在氣他這個主角被趕走吧，畢竟被告也在這場校內審判下了賭注。然而他無法好好地說出來，所以看起來變成了相當自暴自棄的態度，不過那只是表面上的。」

被告把自己寄託在這場審判上了——律師說：

「他把一切寄託在各位身上。」

這一瞬間，神原和彥完全變回了神原律師。

「若非如此，不管任何人再怎麼努力，這個法庭都無法實現，並且持續進行審理。從這層意義來說，我認爲被告也是值得嘉許的。」

陪審團都望向空著的被告席，旁聽者也看著那裡。

「被告曾是個讓校方頭疼的不良少年，也是令老師沒轍的壞孩子。他動不動就發怒，對他人拳腳相向，欺凌弱者，耀武揚威，也無法察覺自己的所作所爲是錯的。完全就是這所學校的燙手山芋。」

即使如此——神原證人提高音量訴說：

「被告仍然沒有殺害柏木卓也同學，被告與他的死無關。我們找不到被告是殺人犯的確實證據，不論是多麼微小的碎片都一樣，因爲根本沒有這種東西。不僅如此，被告還有不在場證明。請各位陪審員再次在腦中、在心裡，回想去年十二月二十四日的命運之夜，被告在哪裡做些什麼，然後進行評議。」

竹田陪審團長慢慢地、深深地點了一下頭。

「我是外校的學生，審判結束以後，我也將和三中斷絕關係。我是與這所學校的過去、未來都無關的存在，所以我無法切身體會各位因被告而蒙受的種種困擾。」

神原律師停頓了一下，彷彿要確認這句話滲入陪審團的內心。

「明知這一點，我還是要請求各位。或許各位會感到憤怒，說這是外人事不關己的意見，但我還是要拜託各位，請各位根據事實，做出正確的裁決。」

不知不覺間，健一對和彥的辯論聽得入迷。苦悶與悲傷都消失了，和彥的話洗滌了他的心靈。

「當然，這場校內審判不具任何法律約束力。這個法庭是暑假的課外活動，即使各位對被告做出有罪裁決，被告也不會受罰。」

然而——

「如果被判有罪，被告肯定會離開這所學校吧。即使本人希望，他也將無法再與各位一起就讀這所學校了。換句話說，各位能夠藉由裁決的力量，將被告這個麻煩人物從三中趕走。」

這是一股相當強大的力量——

「可以毫無後顧之憂地驅逐惡名昭彰的不良少年，這樣的機會應該是絕無僅有。被告或許會受傷、會苦惱，但那是他自作自受，自食惡果。一直以來，被告或許是單純運氣好，或許是借助家長等大人的力量，巧妙地逃避應受的懲罰與輔導，對他來說，這可謂應得的報應。」

勝木惠子低著頭，掩住臉。

「可是，那是正確的做法嗎？」神原律師繼續說：「指責被告是一個殺人犯，來抵消他過去種種的霸凌與暴力行爲，這樣是對的嗎？這就是正義嗎？」

這是各位一直追求的正義嗎？——律師傾訴著：

「請各位不要屈服於這樣的誘惑。如果判處被告有罪，等於認同了巨大的謊言。這是比五天來在本法庭揭示的任何一種謊言，都更罪孽深重的謊言，是違背眞實的僞證。不是別人，這形同每一位陪審員在各自心中的法庭做出了僞證。」

井上法官的嘴巴抿成一字形。藤野涼子彷彿變成化石，一動也不動。

「被傳喚至本法庭的證人，每一個都在這裡宣誓了。開始評議前，也請各位陪審員在心中宣誓。請對著自己的心發誓會面對眞實，只面對眞實。因爲各位做出的裁決，關係到大出俊次這樣一個國三生的心靈。那是一顆一直以來只知道鬧彆扭、恣意妄爲的心，卻仍然是一顆活生生的人心。活生生的心是會改變的，是有可能變化的，請不要斷絕了那樣的可能性。請務必接納被告對這個法庭、對各位的期望。請給被告一個機會，讓他以不曾試過的方法面對自己，改變自己。」

說到最後，神原律師閉上眼睛，嘆了一口氣。

「我的終結辯論結束了。」

發生了意料之外的事，旁聽席的一角響起掌聲。

起先只有一個人拍手。健一望過去尋找是誰，但還沒有找到，又有一個人、再一個人，鼓掌的旁聽者增加了。很快地，無數的掌聲充滿了悶熱的體育館。

法官敲打手中的木槌，朗聲宣告：

「本法庭的審理程序全部結束，就此結審。陪審團請到另一個房間，立刻進入評議。」

井上法官下了命令，三小時內做出裁決。

「三個小時就很夠了吧？」

九名陪審員在休息室集合，先用午餐和休息。他們將八張桌子兩兩合併，第九個所謂「上座」的位置坐著陪審團長竹田和利。其他座位自然就分成了一邊男生一邊女生。勝木惠子坐在男生那邊。如果女生那邊有誰會多出來，應該就是惠子了，但她也不受到男生歡迎。仔細一看，只有她一個人的位置與大家有些距離，或許是她自己疏遠的。

井上法官依然罩著那件單薄的黑色法袍，山晉發現他的脖子淡淡地冒了一圈汗疹。身爲法警的山晉，評議期間必須守住休息室，所以他聽從法官叫他趁現在一起吃飯的命令，站在門口旁邊吃便當。

這場校內審判開庭期間，一直由津崎前校長提供午餐，菜色每天種類都不同，花樣也不同，可是都非常美味。山晉覺得這雖然是小事，但至關重要。

前校長的關心，除了反映出小狸子所受到的心傷之深，同時也表達了他的歉意。一個便當裡也有眞實。山晉想起師範的話，「有時比起滔滔雄辯，一顆飯糰更能夠傳達出眞理。」

「我們是沒關係，可是要怎麼告訴旁聽者？」

蒲田教子問，法官若無其事地說：「會寫在黑板上，公布在體育館前面。」

「下午六點將做出裁決」。

「感覺有點遜耶。」小山田修抱怨，「好萊塢電影什麼的，陪審團的評議都要花好幾天，然後這段期間要關在飯店裡面，想吃什麼都會有人幫忙送來，陪審員之間還會滋生愛苗。」

「別扯了。」教子出聲打斷，「不快點討論出來，就沒時間了。午餐時間也算在那三小時裡。」

「我可以接受一些誤差。」

法官法袍一甩，離開了休息室。山晉吃完飯，仔細收拾好便當盒。

「多少吃一點比較好啦。」

山埜香奈芽這溫柔的話是對誰說的？是勝木惠子。惠子連便當包裝紙都沒拆開，垂頭喪氣地坐著。

「餓著肚子會站不穩的。」

女生們都同聲勸解。惠子動也不動，依然望著腳下，低聲呢喃：

「——那個笨蛋不曉得怎麼了？」

除了目瞪口呆地翻了翻白眼、仰望天花板的原田仁志，每個人都面面相覷。

「要擔心的不只有大出同學一個人。」

難得的是，向坂行夫率先發言了。受到眾人注視，他雖然驚慌，還是勸告惠子似地繼續說：

「我們每個人都擔心著什麼人。可是我們在這裡，並不是爲了坐著乾焦急的。」

「說的沒錯！」

旁邊的小山田修用力拍了一下行夫渾圓的肩膀，發出清亮的聲響。

「向坂同學說得眞好。」

像這樣並坐在一起，兩人的體型非常相似。不同的只有修是胖得緊實，而行夫是胖得柔軟。

「可是小涼不曉得怎麼樣了……」倉田麻里子低聲說。

藤野涼子並沒有怎麼樣了。她在檢方休息室與檢察事務官們睡了個午覺，向兩人說明昨天的經過。吾郎點點頭，「的確，如果可以，希望昨天就能聽到神原本人親口說明。」

「對不起。」

「我倒是相反。」一美乾脆地說：「幸好我什麼都不知道。要是知道，我今天就沒辦法到法庭來了。」

進行神原和彥的證人詰問時，一美就淚眼婆娑了。除了要女生心機的時候以外，這是涼子第一次看到一美哭。

「再說，如果除了法官和陪審團以外，我們每個人都知道眞相，看起來豈不是很假嗎？那叫什麼啊，吾郎？」

兩人討論著一美究竟想說什麼，最後想到「打假球」這個詞，似乎滿意了。

「可是，光是我知道，不就算是打假球了嗎？」

涼子笑的時候，響起了敲門聲。負責傳話的籃球社社員探頭進來。

「不好意思，藤野檢察官的父親和母親來找檢察官。」

涼子站起來向傳話的學生行了個禮說：「辛苦了。請替我轉告他們，裁決出來以前，我們不能見外人。」

好的——傳話的學生離開了。

「可以嗎？」

「沒關係啦。」

涼子覺得有點生氣。在這種時候要求見面，我爸媽也太寵女兒了。

「小涼，妳之前啊，」一美那雙大眼睛看了過來，「提到神原同學對妳說了奇怪的話，讓妳一直很介意，對吧？」

什麼奇怪的話！——吾郎臉色大變。

「就是不管怎樣，贏的都是藤野同學之類的話。」

涼子也記得，她深深點頭。

「嗯，我是聽章子說的，記得很清楚。他們和野田同學三個人在說話，神原同學說如果要論輸贏，贏的一定是藤野同學，所以不用擔心。」

「這話的確很奇怪。」吾郎撇下嘴角，「如果那傢伙說出眞相，我們檢方就輸了啊。他明明知道，爲什麼說小涼會贏呢？」

一美已完全領悟，冷靜地回答：

「那不是在說審判的輸贏，而是身爲一個人的輸贏。那會不會是在說，因爲他是殺人凶手？」

涼子和吾郎都沉默了。

「——神原同學會怎麼樣呢？他會被學校退學嗎？」

「不要被發現就沒事了吧？」

「你在說什麼，絕對會被學校發現的！警方一定會把他找去問話，而且茂木也來旁聽了啊。那傢伙肯定會跑去跟神原同學的學校告狀。」

「告狀啊……」

畢竟他讀的是東都大附中嘛——吾郎突然垂頭喪氣。

「跟公立學校不一樣，對這種事很嚴格嗎？」

涼子發出開朗的話聲：「如果演變成那種情況，我們一定要設法。」

「設法？」

「寫請願書之類的。」

「對耶。」吾郎拍了一下，「這回由我們來幫神原辯護就行了。」

嗯——涼子點頭。

「到時候三宅同學或許也會幫忙。」

一美瞬間柳眉倒豎，「我不要，絕對不要！」

「妳啊，都這種時候了，多少理解一下三宅同學的心情吧。」

「才不要！我懂，可是我不要！我無法原諒她！」

休息室裡頓時熱鬧到連傳話的同學都跑來查看情況，關心檢方成員到底是怎麼了？

「欸，那麼各位。」

高個子竹田陪審團長怯場了。

「我想要來開始弄那個什麼評議，欸……」

「太多『欸』了。」小山田修吐槽。

「先整理一下問題怎麼樣？」原田仁志裝模作樣地說：「我們在法庭聽到一堆相關事實，證詞也都齊全了。」

桌上除了至今為止提出的書面證明，還有井上法官（叫姊姊幫忙）製作的各證人詰問的紀錄，堆積如山。

「如果還有什麼地方覺得有疑問，從那裡開始是不是比較好？」

山埜香奈芽點了一下頭，發言：「要說哪裡搞不懂，我完全不懂柏木同學。」

雖然只有一點點，但香奈芽總是溫和而善良的眼裡帶著怒意。

「什麼想要體驗一下身邊的人的死亡，要不然就無法體會活著這回事，我實在不懂。」

「我懂。」溝口彌生以字字清晰、完全不像她的聲音立刻回話，然後又變回平常的她，驚慌失措，換成低調的說法：「我覺得可以理解。」

向坂行夫的圓臉轉向彌生，「其實我也跟山埜同學一樣不太懂，可以告訴我們妳怎麼會懂嗎？」

不光是這場審判，在校園生活中，兩人是第一次直接對話吧。彌生露出彷彿在平時仰望的夜空中忽然發現彗星的眼神。

「——因為我有過一樣的念頭。所以，唔，我做了有點危險的事。」

眾人都有些嚇到了。

「危險的事？」陪審團長問。

回答之前，彌生先回望旁邊的教子。「那個時候我還沒有跟教子變成朋友，是我讀一年級的——大概十月的事吧。」

教子點點頭，開門見山地問：「彌生，妳做了什麼？」

溝口彌生露出遙望遠方的眼神，「我在班上被同學排擠……」

上學好難過。

「就在那個時候，川崎市內有個國中生自殺了。是一個女生。她從附近公寓的十二樓跳下去死掉了。我看到那個新聞，然後想去現場一趟……」

「妳去了？」

彌生點點頭，「我不常出門，所以光是要一個人去到川崎，就覺得是一項大挑戰。」

即使如此，她無論如何都想去，便以校名、新聞節目畫面角落的門牌地址爲線索，設法找到現場，並獨自前往。

「那個學生是墜落在停車場。由於過了差不多半個月，現場什麼痕跡都沒有了，不過還擺花供奉著。是一只骯髒的牛奶瓶，插著半枯萎的菊花。」

彌生蹲在花旁，一直靜靜蹲著。

「我想像著在這裡，有個跟我一樣的女生死掉了。我伸手摸水泥地，心想是否能感覺到什麼。」

彌生暗想，如果這塊水泥地可以吸走自己的生命，讓自殺的女孩得到生命復活就好了。

「聽說自殺的學生爲成績不理想而苦惱。她的父母非常嚴格。可是成績這種東西，只要好好加油，總有辦法變好吧？像我這樣被大家討厭、被大家排擠的個性，根本就沒辦法矯正了，所以我覺得如果死掉的是我就好了。」

看起來滿腦子只想著大出俊次、心不在焉的勝木惠子突然尖聲對彌生說：

「妳就是成天想著那種事，才會被人討厭。」

彌生驚訝地微微瞠目，然後對惠子笑了，「是呀。」

其他陪審員驚慌失措。

「妳只做了這些事？」

教子問。彌生搖搖頭，「不管再怎麼摸地上，水泥地也不會吸走我的生命。」

「那當然了。」小山田修又吐槽。

「所以我爬上那棟公寓的緊急逃生梯。就像死去的學生那樣，爬到十二樓。逃生梯在室外，每個人都能上去。」

然後她站在十二樓的轉角平台時，被路過的管理員發現了。

「我被管理員訓了快一個小時。」

正確地說，管理員首先問出彌生母親的聯絡方式，打電話通知，在母親趕來之前，諄諄告誡她。

「管理員的說教很妙。」

他不是教訓些什麼生命很寶貴、人命比地球還要沉重、不可以糟蹋生命。

「管理員難過得臉都皺成了一團，一直說自殺的孩子很可憐，要是他早一點發現，她就不會死掉了，對不起、對不起。」

那番話實在太過眞切，打動了彌生的心，讓她了解到原來也有大人會爲一個素昧平生的國中生之死如此自責。

然而，說著說著，話鋒漸漸轉變了。

「管理員開始生氣。」

上司說什麼我管理不善，把我罵慘了，還要扣我三個月薪水。然後那孩子墜樓地點的車位主人說不吉利，吵著要換車位。短短半個月就接到二十通抗議，說發生這種事，會造成公寓房價下跌。我只能一一低頭賠罪，可是憑啥我要賠罪啊？

「也就是說，管理員向溝口埋怨，那個自殺的女生害他遭受了許多麻煩？」

竹田陪審團長與小山田修這對高矮拍檔十分驚訝。

「嗯。我傻住了，所以沒有尋死，就這樣回來了。」

沉默圍繞著九張課桌降臨了。彌生歉疚地縮起身體。

「對不起，我不該說這種古怪的事。」

才不古怪——陪審團長與向坂行夫異口同聲地說。

「如果柏木也能在哪時候傻住就好了。」陪審團長在比眾人高出一顆頭的地方，用力搔頭說：「神原是個好人，但他還是繃得太緊了。雖然他會那樣也是難怪啦。」

「是啊，神原總是把自己塞得快爆滿。」

小山田修用力捏住鼻子，像要把噴嚏推回去似地說：「早知道就把柏木挖角到我們社團了。他好像很聰明，如果學將棋，就不會有空煩惱，也不會尋死了。」

蒲田教子嘆了一口氣，「當成興趣下棋是還好，萬一立志要當職業棋士，也一樣很辛苦吧？我在書上看過有人因無法加入獎勵會（註）而自殺呢。」

「那是另一個次元的問題啦。」

「就算是另一個次元，一樣是這個世界的問題啊。」

「也就是說，世上沒有預防自殺的特效藥。」

山埜香奈芽眼中的怒火消失，低聲呢喃：「音樂家的世界裡也有許多悲劇。藝術雖然能拯救一些人，卻也會逼死另一些人。」

每個人都垂頭喪氣。

「那麼，柏木同學是自殺的，這一點大家都同意吧？」

倉田麻里子悠哉的語氣令眾人回過神，大家的反應反而讓麻里子嚇到了。

「我們不是在講這個嗎？」

「沒錯，就像倉田說的。」

原田仁志神氣地雙手抱胸，眼神冰冷地掃視眾人，接著說：「這場評議，追根究柢就是要相信神原還是三宅，可是大家好像都把三宅忘掉了吧？神原的證詞是真的，柏木是自殺。所以裁決是——」

「大出同學無罪。」向坂行夫說。

「既然如此，就結了吧？」

「原田同學，你雖然這麼說，表情卻不怎麼服氣呢。」

聽教子直接地這麼問，原田仁志憂愁地眨眨眼說：「我沒有不服氣啊。」

「騙人，你有什麼不滿的地方吧？」

「我跟大家相同意見就行了。」

小山田修抽動鼻翼說：「那種息事寧人主義不好。」

「啊，那我要改變意見。」山埜香奈芽舉手，「我無法贊成全面接受神原同學的說法，所以原田同學，請說出你的意見。」

仁志露出嫌麻煩的表情，看著香奈芽。文組的女生就是這樣才討厭。

「──大出不是有不在場證明嗎？」

「嗯，有。」陪審團長點點頭，環顧眾人。「有人對今野律師的證詞有疑問嗎？」

沒有人回話。

「那我們的統一見解是，大出的不在場證明成立。接下來呢？」

「神原和柏木的關係，有補習班的老師作證，然後他們在聖誕夜那天做了什麼，這部分……唔，我覺得可以直接同意。細節部分雖然應該摻雜了神原自己的解釋，不過也有目擊者可以證明。」

「電器行老闆，對吧？」彌生點點頭，「那個叔叔跟罵我的管理員有點像。」

眾人又沉默了，於是彌生又道歉：「對不起，我不該說這些無聊話。」

「不過，就我而言……」一直交抱著手臂的原田仁志用鼻子粗重地噴了一口氣，望向天花板說：「柏木一度說他決定要自殺，把遺書交給了神原，對吧？」

註：正式名稱爲新進棋士獎勵會，是日本培養職業棋士的機關。

教子點點頭，「但神原同學還回去了。」

「在柏木死後，那份遺書也沒有出現。」

「是本人丟掉了吧？」

仁志直視著教子說：「會嗎？如果蒲田同學妳是柏木，會那麼輕易丟掉遺書嗎？」

教子被出其不意地這麼一問，眨了眨眼。

「那不是隨隨便便的作文，是遺書呢。要是我的話，可沒辦法隨手扔進垃圾桶。」

「正因是遺書，當神原同學拒絕收下的時候，留在手邊也沒有意義了吧？」

這與其說是異例，倒不如說令人驚異。彌生居然代替語塞的教子反駁：

「既然沒有意義了，柏木同學會不會也不想看到那種東西？畢竟很丟臉，又讓人很不甘心嘛。」

因爲被神原同學拒絕了，她說。

「是啊……我贊成彌生的意見。」

被兩個女生圍攻，原田仁志更用力地環住手臂。「總之，我想看看實物。我想知道內容，畢竟那應該是最能夠反映出柏木心情的文章。」

「嗳，沒有的東西也沒辦法強求啊。」

將棋社主將打圓場，卻被陪審團長破壞了：「那份遺書眞的不存在了嗎？」

「喂喂喂。」

「會不會還在他家？」

「那應該早就發現了啊。」

「眞的有那種遺書嗎？沒人能保證那不是神原編出來的情節啊。」

原田你啊——小山田修嘆道：「還要舊話重提多少遍？」

「或許是看起來不像遺書。」

聽到山埜香奈芽的發言，每個人都望向她。

「或許形式不像一般的遺書，所以父母也沒有發現。會不會有這種情形？」

「這麼說來是有可能。」教子的眼神變得銳利，「神原同學提過柏木同學給他的是一本筆記本，而不是一封信。」

「我寫起來了。」倉田麻里子翻閱手上的小筆記本，指給探頭過來的向坂行夫看。「瞧！我寫在這裡。收到筆記本，兩、三天後歸還。在兒童公園碰面。」

「可是，只要讀了內容，就知道是遺書了吧？」

「神原同學沒有看！」教子也確認自己的筆記內容，「『不知道該怎麼處理，就這樣放著』，他沒有看。」

「可以請柏木家的人找找那本筆記本嗎？」小山田修仰望高個子的陪審團長說。

「都結審了，陪審團卻要求調查有的沒的，法官會准許嗎？」

「只是補充證詞提到的事，應該可以吧？」

陪審團長站起來，親自去叫在走廊盡忠職守的山晉了。

北尾老師提供圖書室給柏木家的三人。裁決出來以前，請在這裡休息吧。

雖然不是刻意如此，但宏之注意到的時候，發現他們各自坐在離窗戶最遠的位置。父母並坐在閱覽用的桌子前，宏之坐在對面。

圖書室沒有窗簾。操場上聚集著許多旁聽者，人聲從打開的窗戶傳了進來。

「要把窗戶關起來嗎？」

宏之小聲問。父親陪在垮著肩膀的母親旁邊，撫著她的背。

「外面的聲音讓人心煩吧。」

宏之不等父母回答就起身去關窗了。圖書室在二樓，站在窗邊，可以看到整個操場。這表示從操場也看得到這裡。

實際上，宏之感覺到有視線射過來。他迅速關上窗戶，逃也似地回到座位。

情勢逆轉了。這場審判，不再是為了制裁大出俊次，受到制裁的反而是柏木卓也。

卓也，是什麼樣的十四歲少年啊。在旁聽者的眼中，那是什麼樣的十四歲啊。

再也沒有人認為卓也是個多愁善感、深思熟慮的小仙人了。他把幾乎是獨一無二的朋友神原和彥逼入絕境，意圖掠奪他的人生，是個執拗又冷酷的自私自利的人。

沒錯，這才是真相。身為哥哥的自己非常清楚。再清楚不過了。宏之也差點被卓也掠奪了人生。如果宏之繼續留在父母身邊，與卓也生活在一起，神原和彥的角色，將會落在宏之頭上。

宏之相信，去年十一月，卓也與大出俊次等三人發生衝突的時候，問他們是否殺過人，並說想要體驗身邊的人的死亡時，卓也腦中想像的「身邊那個該死的人」肯定就是宏之。卓也期望著哥哥宏之死去。

那傢伙是惡魔，我知道的。我一直知道，世上是有這種人的。他無法和他人共存，非得讓自己永遠是特別的存在，否則不會善罷甘休。

可是——

十四歲不就是這樣嗎？每個人都自我意識過剩，與周圍衝撞磨擦，不穩定的心猶如一杯優越與自卑的調酒，受到傷害，傷害別人，度過幾年這樣的時光後，遍體鱗傷地逃脫。

我是這樣的，卓也也是這樣的，可是，為什麼卓也光是這樣還不滿足？

因為有我嗎？因為有哥哥，必須與哥哥爭奪父母的關愛嗎？那樣的話，有兄弟姊妹的十幾歲青少年全是惡魔了，這未免太說不過去。

只是因為他碰巧遇到神原和彥這個罕見的例子嗎？不幸的身世，有陰影的模範生。優秀、思慮縝密，完全不遜於卓也，卻比卓也更喜愛人群。

不管是什麼樣的悲劇，都遠勝於平凡。想要戲劇性的人生。自負絕對不是「芸芸眾生之一」，比起甘於身為「芸芸眾生之一」，更想要成為悲劇的主角。

這是大多數的青少年都想過的事，然而不幸的是，卓也面前有著這樣一個範本。對方有著實體，不是單純的想像，而是活生生地在身邊，一起笑著，一起讀書。

卓也想要變成他。

「宏之。」

聽到叫喚，宏之抬頭。父親安慰似地看著他。

「要手帕嗎？」

聽到這話，宏之才發現自己在哭，臉頰是濕的。

父子倆默默對望。在父親身邊垂著頭的母親，空洞的目光沒有任何焦點。

「讓你吃苦了。」

父親柏木則之說。宏之搖頭，「難受的不只有我一個人。」

「爸不是在說這場審判。」

父親機械性地，但十足溫柔地撫著柏木功子的背說。

「我是指更之前的事。你是怎麼看待卓也——你離開我們的時候，心裡是什麼感受。」

冷不防地，柏木則之眼中溢出淚水。「爸媽對不起你。」

看到父親哭泣的樣子，宏之發不出聲音。

「爸媽絕對不是只關心卓也一個人。」

你也是我跟媽的孩子——

「可是卓也身體不好……他需要人照顧……」

「我知道。」宏之應道，「我也了解爸媽的心情。我沒有生氣，也沒有恨你們。」

采。」

「那孩子很棒。」

柏木則之也不拭去流過鼻梁的眼淚，眨著通紅的眼睛繼續說：

「他聰慧到難以置信，又惹人憐愛，從剛學走路的時候就綻放異彩。那孩子與眾不同，他有特別的光采。」

宏之無法正視父親，垂下視線。

閱覽室桌面倒映出蜷背癱坐的母親蒼白的臉，看起來就像幽靈。即使如此，還是比本體的柏木功子更有存在感。母親的身影既單薄又虛無縹渺，感覺就算透過她看到另一側的書架也不奇怪。

「——卓也是個特別的孩子。」

父親流著淚，小聲祈禱似地繼續低語：

「我認為他一定會成長為一個特別的人。我覺得他跟隨處可見、對社會而言只是消費者的無意義大眾是不同的。」

宏之心想，我也是那無意義的大眾之一。

「所以——不管那孩子想做什麼……」

我都想支持他。

「就算卓也在學校，跟那些總是不加思索、只知道每天無憂無慮地混在一起的同學處不來，我也覺得這是當然的。我認為即使勉強妥協，融入周圍，對那孩子的個性也只是百害而無一利。」

父親在懺悔——宏之發現了，不是對自己，而是對卓也。

「年輕的時候，每個人都是以自我為中心。比起圓滑輕浮的人，爸更希望卓也成為一個有風骨的人。我希望他長成一個不怕被孤立、能夠堅持走在自己道路上的年輕人。」

不曉得是哪裡做錯了。如果能夠重來，想要從走錯的地方重新開始。卓也很孤單嗎？他渴望關愛嗎？他想要朋友嗎？他失去自信，因自我厭惡而痛苦嗎？他在求救嗎？

宏之忽然舉手打斷那發洩般的述懷，「爸。」

柏木則之以充血通紅而淚濕的眼睛看他。

「可以了。」

宏之覺得身體最深處似乎被拔掉了栓子。積存在那裡的，如水一般冰冷的事物激出泡沫、旋轉著，沖刷著自己的內在，此刻溢流而出。

可以了。這不是對父親說的，而是說給自己聽的。

即使自以爲看開了，其實我一直受著傷。能夠獨占父母關愛的總是只有卓也，他們的關愛總是傾注在卓也身上，我甚至想過，這樣的話，我根本不曉得自己是爲何而生。

可是那般關愛，最後只能得到這樣的懺悔，那麼我不要了。我反倒是得救了，幸好我不是什麼特別的孩子，幸好我沒有綻放什麼異彩。

能夠找到我出生意義的只有我自己，我要身爲「無意義的大眾」之一，努力找到自己。

圖書室的門響起低調的敲門聲，以及一聲：「打擾了。」

是擔任法官的井上康夫這名少年。他脫下黑色長袍，恢復制服打扮。北尾老師和他同行。

「突然打擾，不好意思。」

北尾老師看到柏木夫妻的樣子，顯得有些驚慌。脫下法袍的井上法官只和宏之對望了一眼，彷彿看到什麼不該看的東西，隨即別開視線。

「其實，陪審團提出要求。」

喏，你來說明——老師戳戳井上法官，法官機敏地開口。

原來如此。聽到陪審團敏銳的想法，宏之大吃一驚。

「我們也是今天才得知卓也把遺書寫在筆記本裡。」

之前他們找過信件或日記，但沒有連筆記本都一一檢查。

「爸媽知不知道類似的東西？」

則之總算用手帕擦臉。功子對任何人的視線和話語都沒有反應，茫然地睜著眼睛，身體微微前後搖晃。

「功子。」則之看向她的臉。

柏木功子喃喃地說：「——我沒有想到那是遺書。」

其餘四人都倒抽了一口氣。功子搖晃著身體，對著桌面呢喃：

「我以爲是小說，那孩子在寫小說。藏在書桌抽屜的深處。」

宏之雙手扶在桌上，上半身探向母親。他壓低聲音，盡可能溫柔、平和地問：「媽，妳看過那本筆記本嗎？」

功子搖晃著身體，點點頭。

「內容不是『我』怎麼樣，是有主角的。主角不是卓也，那是小說。我覺得如果隨便拿給別人看，那孩子會不高興，所以……」

「媽，那本筆記本在哪裡？」

「那是小說。」功子反覆強調，「那不是眞的，是卓也寫的故事，或許是劇本。裡面有很多台詞，有很不錯的句子。」

「那本筆記本在哪裡？」

柏木則之摟住妻子的肩膀，讓她停止搖晃。

「媽，妳把卓也的筆記本收到哪裡了？」

功子總算抬頭，這才注意到宏之在那裡，有些驚訝地說：

「啊，宏之。」

「是我啊。媽，妳知道我在問什麼嗎？卓也寫了故事的那本筆記本，現下在哪裡？」

柏木功子的下巴無力地垮下，回答：「放家計簿的書架深處。」

宏之站起來，對北尾老師說：「我知道在哪裡。我們去拿吧。」

佐佐木禮子和津崎兩個人坐在操場角落的長椅上。

體育館裡還有約三分之一的旁聽者，其餘的三分之二或是散布或是聚集在操場，好像也有人暫時先回家。等裁決出爐會再回來吧。

不少人發現坐在長椅上的津崎。很多家長都認識前任校長小狸子，有人向他點頭致意，也有人遠遠朝他送上不善的眼神。

津崎十分平靜。他向致意的家長頷首，對於強烈的視線，以及顯然是在談論他的悄悄話，則不予理會。

「三宅同學怎麼了？」

禮子問，津崎回以平靜的眼神：「聽說和她父母回家了。尾崎老師也陪著。」

「淺井同學的父母也一起嗎？」

「剛才好像還在一起。」

津崎伸手抹了一把臉。

「淺井同學的父母說會回來聽裁決，不過三宅同學就不曉得了。我倒是希望她在家靜靜休息。」

我也是——禮子點點頭。

「結果我們這些大人，沒有一個人能打動三宅同學的心。」

津崎頓時沉默。

「可是法庭打動了她。我認爲對三宅同學而言，這是最正確的一條路。」

津崎輕嘆一口氣，「全託神原同學的福。」

「——是啊。」

「抱歉，打擾了。」

一道聲音響起，兩人抬頭一看，茂木悅男就站在前方。

「哎呀，」禮子噘起嘴巴，「又是一個人。石川會長呢？」

茂木記者今天的穿著打扮也非常瀟灑。我們每個人都汗流浹背，這人的襯衫怎麼能如此筆挺？

茂木只對禮子回以一抹嘲諷的笑，隨即轉向津崎說：「津崎先生，我有個請求。」

津崎默默抬頭看著記者。

「我打算記錄這次的校內法庭，寫成紀實報導。我徵得石川會長的同意，一直持續進行採訪。所以等裁決出來，審判結束以後，我想要訪問津崎先生。我們另約時日，我前往你指定的地點碰面吧。」

「茂木先生，你還不肯放過這件事？」

什麼紀實報導？禮子勃然大怒。

「追根究柢，就是你輕率的行動造成今天的混亂！連淺井松子同學的意外死亡，也都是你憑著一廂情願、任意推測製作的節目害的！你聽到三宅同學作證了吧？淺井同學會那麼害怕，都是因爲你們在電視上炒作！」

茂木又諷刺地笑了一下，俯視禮子。

「那是一連串不幸的巧合。」

「巧合？你——」

禮子忍不住站起來，想要揪住茂木的衣領，被津崎伸手制止了。

「我拒絕。」

津崎平靜地說。茂木挑起一邊的眉毛。

「拒絕？也就是你要逃避，是嗎？又要逃避責任了。」

津崎前校長沒有被嚇到，露出了符合他那小狸子綽號的親切笑容。

「茂木先生，我對你有個請求。我想要訪問你。」

不光是茂木，禮子也瞠目結舌。

「我也想要把這一連串的事件寫下來。」津崎微笑，「不是要爲我自己辯解，而是我想把學生們努力的過程以某種形式記錄下來。」

津崎從長椅上站起來，恭敬地行禮。

「請你接受訪問。詳情之後再討論，今天就先等裁決吧。」

小個子又不起眼的前任校長，與小個子卻穿著招搖的電視記者，在夏末塵埃飛揚的操場一角對峙。

「你是個了不起的媒體人。」

津崎說道。禮子忍不住想要提出異議，但面對嘴角溫和地揚起，眼神綻放嚴峻光芒的津崎，她吞回了話語。

「對於你過去在《前鋒新聞》的行動——身爲一名記者，徹底追求眞相的勇氣與熱情，我表示敬意。有一些事實，多虧你的努力才得以撥雲見日。也有一些若是置之不理，將會永遠被隱匿的悲劇因你而揭發。你揭露了教育現場結構性的缺失，拯救了遭到霸凌或教師體罰，只能隱忍哭泣的孩子及家長。你的活躍令人嘆爲觀止。」

如果是指過去，禮子也不得不認同。茂木確實是個稱職的記者。

「這次在柏木同學過世引發的問題中，我在許多重大的局面犯下了過失。我想要自保，瞻前顧後不敢下判斷，不僅無法解決事情，反而讓危機愈演愈烈。因爲我，使得學生們受了更深重而且多餘的心傷。這是我的責任。」

身爲一個人，我實在不夠堅強——前校長說：

「你和我不同，你很堅強。你毫無猶豫地朝自身相信的方向勇往直前，但你畢竟也是人。」

茂木把視線從津崎身上移開。

「這次你錯了。」津崎繼續說：「柏木同學的死亡中，沒有你所追求的那種被隱瞞的眞相。」

「裁決結果如何還不清楚喔。」

茂木低聲反駁，津崎點點頭。

「所以我們等著吧。」

茂木悅男抿起嘴巴，雙腳用力踏著地面，擋在津崎前方。然後，他抬起頭說：

「學校這種制度，是這個社會的必要之惡。我是在與這個惡對抗。」

「我非常了解。雖然是惡，但既然是『必要』，我希望能在這當中做到最好，才會一直努力到今天。」

津崎的聲音充滿力量。

「傳喚你當證人，是藤野同學的功勞。那孩子的勇氣與智慧，讓我深受感動。你呢？」

茂木的表情微微動搖了，看起來也像是在苦笑。

「以結果來說，我覺得被她巧妙利用了。」

「那是藤野同學的戰略，正面迎戰的辯方也非常了不起。我們這些大人完全輸給那些孩子了。」

茂木輕輕聳肩，接著看著津崎的眼睛，點點頭。「這一點我不得不同意。」

他轉過身，臨走之際留下一句：「我很快會再聯絡。如果想要逃離我，小心重蹈覆轍。」

禮子站在津崎的身邊，目送茂木悅男的背影。

「津崎老師，你真的要寫下這場審判？」

津崎回望禮子，裝傻地說：

「寫在日記裡不行嗎？」

津崎先露出微笑，禮子也跟著笑了。操場沉積的熱氣中，一束汗水滑下太陽穴。

我們大人徹底落敗，現在只能等待了。

「我想說件超奇怪的事。」

野田健一停下筷子，對神原律師說。

辯方休息室裡只有他們兩人。結審後，從法庭回來時，大出俊次已不見蹤影，也沒有人捎來訊息說他在哪裡做什麼。

然後就一直只有他們兩個。

一開始兩人都疲憊不堪，或者說能量耗盡，甚至沒有力氣吃東西。不只健一如此。從來沒有表現出邋遢模樣的神原律師，默默併攏三張椅子，躺在上面。健一見狀，什麼話都說不出口。

和彥背對著這裡。他的姿勢不是拒絕，而是逃避。健一感覺到他不願跟任何人——尤其是跟自己說話。

健一趴在桌上，斷斷續續地打盹，差點從桌上滑下去而驚醒，納悶自己睡了多久，結果睡了快三十分鐘。

肚子咕嚕咕嚕叫，他決定吃便當。打開包裝，扳開衛生筷，吃了一口，好吃到嘴巴裡口水直流。不光是疲勞而已，他也餓得全身無力了。

不管處在任何情況，人都會肚子餓。只要填飽肚子，力量就會一點一滴地湧出來。所以，他下定決心對律師開口：

「我可以說件超奇怪的事嗎？」

律師動也不動，堅持裝睡。健一知道他是在假睡，他的背依然緊繃著。

「我們好像在談判離婚的夫婦喔。明明悶得要死，難受得要命，卻又沒有其他地方可以去，只能待在一起。」

椅子喀嗟移動，律師慵懶地翻了個身，轉向健一，用手肘撐起頭。

「那便當好吃嗎？」

「很好吃喔。」

「是什麼便當？」

「炸豬排和什錦飯。」

神原律師慢慢地爬了起來。

「你要吃嗎？」

健一遞出一盒便當，他一臉睏倦地接下。

「津崎老師送的便當每天都不一樣呢。」

「嗯。」

「每天要換菜單也滿辛苦的吧。」

因爲躺下的關係，律師的頭髮翹起來了。

「野田同學在說什麼啊，那什麼莫名其妙的比喻？」

話題跳來跳去。健一慢慢品嘗著什錦飯。

「什麼談判離婚的夫婦……」和彥呢喃，大笑出聲。「受不了，什麼跟什麼啊？」

健一也笑了。因爲笑了，變得好說話了些。過去一直束縛著健一——一直克制著自己的禁忌解開了。

「我一直沒有告訴你……」

健一感覺如果是現在，就能說出來。想要說出來，向他坦白吧。把我的祕密也說出來，就算沒辦法打平，應該多少能接近和彥一些。

「我對我爸媽——尤其是我媽，厭惡得不得了。我很氣他們。」

甚至曾經想要殺了他們——他沒辦法說出口。他討厭「殺」這個詞。他正在猶豫是不是要用「讓他們消失」來形容的瞬間，和彥開口：

「既然一直沒說，現在不說也沒關係。」

健一拿著筷子，眨了眨眼睛。

「那種事情最好永遠不要說出來，你會覺得想要說出來，只是一時鬼迷心竅。」

是……嗎？

這是和彥的眞實感受嗎？他把應該保密的事說出來了，因爲一時鬼迷心竅。訴說的對象是柏木卓也。因爲他的坦白，讓兩人的友誼蒙上了陰影。

「說的也是。」

健一點點頭，繼續吃飯。胸口忽然一陣苦悶，爲了隱藏那陣苦悶，他努力扒飯。

「你爸媽來旁聽了嗎？」

「應該來了。」

這是和彥第一次問。他察覺我想要坦白的，是跟父母有關的問題了嗎？

是嗎——和彥說。結果他還是沒吃便當，放到旁邊去了。

「我家也是，今天兩個都來了。」

說得很平常，差點就要錯過。

「你家是——」

「我爸和我媽。」

「神原同學的——」

「是啊，一定要說是養父母才行嗎？」他有點不耐煩地反問。

「不是啦，我只是有點驚訝。你不是沒有告訴你爸媽這場校內審判的事嗎？」

和彥抹了抹汗濕的臉，嘆了一口氣。「一開始是瞞著，可是沒辦法瞞到底。」

「——你是什麼時候告訴他們的？」

「森內老師被打傷的那時候。」

若是這樣，健一也能理解。因爲那天晚上，大家一起趕到森內老師被送去的醫院時，他很疑惑和彥是用什麼藉口告訴父母要出門的。

「你爸媽一定很吃驚吧。」

和彥撇過臉去。因爲看不到臉，健一直白地問：

「他們是不是阻止你，叫你不要扯上這種事？」

和彥隔著肩膀回看健一，「你也問得太大刺刺了吧？」

「抱歉。」

他們沒有阻止我——和彥笑著說：

「他們說，如果這對你是必要的，就做到你滿意爲止吧。」

然後，和彥的笑容消失了。「即使事後會後悔，如果現在你覺得必須去做，就聽從你現在的心情吧。」

健一用力點了一下頭。其實他想說，你爸媽眞的很了不起，太厲害了。可是他也覺得，如果把這些話說出口，會錯失某些重要的事物。

便當吃完了。蓋上蓋子，用包裝紙重新包好，綁上橡皮筋，把用完的筷子夾上去。健一故意慢吞吞地做完這一連串動作。

然後，他說：「我很尊敬你爸媽。」

和彥沉默著。一會後，他唐突地說：「對不起。」

賠罪的話，昨天都聽過了，於是健一說出昨天沒辦法回答的話：

「即使你是在審判的過程中告訴我一切的眞相，只要律師的意志不變，我還是會繼續當助手。」

「可是，我等於是利用了你。」

「不是的，我有我自己的意志。」

這也是昨天因毫無餘裕而說不出口的話。

「我是一直十分納悶，爲什麼我們的律師就是不想去小林電器行？」

那個時候和彥正巧身體不適，成了一種掩護。

「我也疑惑過，爲什麼律師不肯更重視那五通電話？我之所以沒有說出口，是因爲我決定要靜觀到最後，看看律師究竟在想什麼、想要做什麼。」

健一心想，和彥並不是碰巧身體不適。無論是丹野老師的話，還是與古野章子的談話，都觸碰到和彥最想隱瞞、卻希望能在法庭上被揭露的眞實，所以他的內心大爲動搖。

爲了甩開記憶，健一搖搖頭說：

「藤野同學哭了。」

今天雖然完全振作起來了，可是昨天她哭慘了。

「是你害人家哭的，你懂嗎？」

和彥又不答話。

「是你逼藤野同學扛起那麼難受的任務。」

律師用睡迷糊似地聲音說了什麼。

「什麼？」

「從一開始我就覺得，藤野同學一定願意幫我。」

我相信她——他說。

事實上，藤野涼子做到了。身爲外校生的神原和彥，對三中女生的觀察非常精準。

「我很感激。」和彥說，「不管是藤野同學還是野田同學，我都很尊敬。」

健一低頭不再開口。

有人敲門，健一應了聲「請進」。一張意外的臉客氣地探了進來，是美術老師丹野。他穿著白襯衫和黑長褲，看起來就像學生制服。

「你們兩個休息過了嗎？」

他怯生生的，像個內向的女生似地進入休息室。陪審員之一的溝口彌生，經常表現出這種態度。

「辯論一直到最後都非常精采。」

丹野老師立正說。和彥依然坐著，頭髮亂翹。

「你們聽到大出同學的事了嗎？」

老師又靦腆地縮著脖子，看著兩人。

「完全不曉得。他回家了嗎？」

「不不不，他還在學校。他母親來了，正陪著他。」

聽說一直待在職員室裡。

「然後……北尾老師說……」丹野老師不自在地挪動腳尖。「大出同學好像平靜下來了，應該待在休息室這裡等待裁決出來才合理。他應該馬上就會過來。」

健一跟著丹野老師一起望向睡眼惺忪的律師。

「或許是我多管閒事，不過神原同學，如果你願意，要不要到美術室來？休息一下再過來就行了。」

「那樣比較好。」健一說，「老師，麻煩你了。」

「好的，交給我吧。」

和彥乾脆地站了起來，只是搖搖晃晃的。

無血開城。電池耗盡。空了。

裁決出來之前，需要充電一下。健一也站起來，幾乎是驅趕地將和彥託給了丹野老師。

然後，只剩下健一獨自一人，等待著被告。裁決出來以後，他就會變回單純的「大出俊次」。律師不在了。大出俊次的校園生活與家庭生活又回來了。他明白這件事嗎？再看到他的時候，我會發現什麼不同之處嗎？

沒有人來。無人回來，也無人來訪。

健一獨自守著這裡。大出同學怎麼了？還在鬧脾氣嗎？或者是北尾老師的想法改變了？

辯方就這樣在空中分解了嗎？

既然職責已盡，也沒關係了吧，反正裁決形同出來了。

健一雙手撐在桌上，就這樣靜止了一段時間，然後唐突地雙手掩面，發作似地號啕大哭。他沒有哭很久，甚至不到十秒。八秒，或許六秒。

這樣就夠了。他用制服袖子擦了擦臉，在空蕩蕩的休息室裡，只是等待。

柏木卓也留下來的筆記本沒有標題。

溝口彌生描述，那是大學生使用的小間距橫條筆記本。

筆記本中的完整文章，有一個標題叫〈無題〉。換算成四百字稿紙，約莫是五頁吧。小山田修大致計算字數與行數，得出這個數字。

「字體整齊得就像鉛字，誤差應該不大。」

沒時間一一讓每個人讀過，大家決定推派一個人來朗讀，山埜香奈芽舉手了。「其實這應該是陪審團長的任務，可是竹田同學一副敬謝不敏的表情。」

「就是啊，我超不會念文章的。」

「漢字也認不得幾個嘛。」

香奈芽在筆記本前雙手合十。「抱歉，柏木同學，我會好好朗讀，請原諒我。」

然後，她用悅耳的嗓音讀了起來。

開頭第一行是這樣的：

——我是一個失去目標的殺手。

這個短篇小說的主角自稱「我」，是一個高明的殺手。可是，當他極爲重視的委託人告知下一個目標，他卻迷失了目標。不是忘記了，而是目標從視野——從他的心靈視野消失了。他不明白爲什麼，「我」爲了尋找目標，以及失去目標的理由，在灰色的城市裡徘徊。

「我是孤獨的，但背負著許多事物。那是自己無法卸下的行囊，也不知道誰能爲我卸下它。」但它一點都不沉重，我甚至覺得背上的重擔或許就是自己。

陪審團專注聆聽著，表情出現各種變化，反應也都不同。勝木惠子很快就放棄去理解這篇矯揉造作的文章。她蹺著腿抖腳的模樣，與大出俊次如出一轍。

倉田麻里子對向坂行夫尋求同意：「國中生這樣形容自己太奇怪了吧？」被他「噓」地警告。蒲田教子彷彿咬到什麼硬物似地板著臉，溝口彌生睜大著雙眼茫然若失。原田仁志苦笑，小山田修覺得害羞。竹田陪審團長專心地看著朗讀的香奈芽。

故事最後，誤闖深夜遊樂園鏡子屋的「我」，看見倒映在上面的無數鏡像，醒悟到自己是自我的分身之一。這一瞬間，鏡像之一舉槍對準「我」，然後開槍了。鏡屋粉碎，四下被黑暗籠罩，「我」迷失了「我」。

「我失去了我之後，背上的重擔也消失了。」

小說結束在這句話。

香奈芽繼續翻頁，「後面都是空白，沒有內容。」

她闔上筆記本，輕輕擱回桌上。

「我啊，」小山田修第一個開口，「碰到這種冷硬派風格，就忍不住覺得怪害羞的呢。」

向坂行夫鬆了一口氣似地笑了，「嗯，我也是。」

「果然如此？」小山田修開心地擠出滿臉笑容，「如果我沒胖成這樣，是個帥哥，或許反應會不一樣吧。」

「嗯，我也是。」

「胖子就不能當冷硬派嗎？」教子插嘴，眉心依然緊蹙著。「我覺得這跟體型無關。」

「他想死呢。」

彌生不理會旁人的聊天，呆呆地睁大眼睛，歌唱似地呢喃。

「即使沒說明這是遺書，讀了也知道是遺書。柏木同學想死。」

「你怪笑個什麼勁？」

勝木惠子責怪的對象是原田仁志。他確實一直面露冷笑，自己似乎也覺得這樣不太好，拚命想要克制。

「我不是覺得好笑才笑的。」

「那你笑什麼？」

「怪難爲情的嘛。」

聽到這話，高個子陪審團長也同意：「噢，沒錯，我正想這麼說，可是不曉得該怎麼形容。」

「他想死……」

香奈芽一句一句地低聲複述，像是要確認彌生的話。仁志更是咯咯低笑起來。

「雖然很耍帥。」

「他是拚命想要包裝成一篇故事。」

拚命不去談論自己——彌生說。

「我認爲溝口同學說的沒錯，不過我覺得可能有不同的含意。」山埜香奈芽環顧眾人，「不是想死，而是想讓自己死，想讓自己被害死。」

「想讓自己被害死？」小山田修問，「文法怪怪的吧？應該是『想殺死自己』、『想要自己被殺』吧？」

他想要被殺——蒲田教子重複一遍。聲音很大，所以大家都吃了一驚。

「教子，妳怎麼了？」

聽到彌生的話聲，教子露出堅毅的眼神，嘴巴抿成一直線。她在思考。

「原田同學呢？」香奈芽問，「遺書找到了，你接受了嗎？」

仁志嘆了一口氣，點點頭。「我可以接受了。或者說，我明明沒那麼介意，是山埜同學一直在計較。」

「那無所謂啦。」

「是是是，陪審團長大人。」仁志笑著，朝桌上的筆記本努了努下巴。「可是在我看來，他根本是精神衰弱了。」

「不要用那種調侃的口氣說他。」

彌生熱淚盈眶，所以仁志不敢再說下去了。

「柏木是自殺的。」陪審團長說，「他煞費苦心做了許多安排，還把神原扯進來，然後自殺了。」

裁決出來了。大出俊次完全無罪。

「神原同學會怎麼樣呢？」

不是對特定的誰說，而是因爲不曉得該問誰，心裡很不安——倉田麻里子露出這樣的表情，提出問題。有人知道答案嗎？

眾人面面相覷，連勝木惠子也看向高個子陪審團長。你說點什麼啊。

「怎麼樣……」

「聽到無罪裁決，他終於可以整理一下心情了吧？」

「還是會有無法阻止柏木同學自殺的罪惡感吧？」

「不只是這樣，他還說人是他殺的。」彌生依然淚眼汪汪，「他說是他殺的，他有殺意。」

未必故意的殺意。

「可是，我們陪審團沒辦法介入那麼深吧？神原的心情是另一個事件了。」

原田仁志狀似疲累地伸出雙腳。教子看著那雙乾淨的室內鞋，又皺起眉頭，眼神變得嚴峻，然後開口了：

「雖然不是學山埜同學，不過我也不認爲可以全面相信神原同學的證詞。」

「拜託，不要再鬼打牆了好不好？」小山田修做出膜拜的動作。

「拜也沒用。」教子冷冷地說，「你想想看，有關他和柏木同學之間的關係的證詞非常單方面啊，只有神原同學一方的說法而已。完全就是『死人沒有嘴巴』的情況嘛。」

「所以柏木同學才不該死啊。」香奈芽說：「他應該活下來，說出自己的主張才對。」

「唔……心情上是可以理解啦。」仁志聳聳肩，「不過那是不可能的事，或者說，如果柏木沒死，我們也不會在這裡了。」

蒲田教子絲毫不理會兩人，繼續說：「我的意思是，如果只看證詞，神原同學的話不能完全相信。柏木同學做了什麼、柏木同學說了什麼、他對我怎麼樣、如何想——」

「可是還有補習班老師的證詞啊。」

向坂行夫反駁，教子當場駁回：

「但並沒有神原同學那麼明白地作證說柏木同學有惡意。而且事件當晚的事，那個老師也不知道。」

情況演變成這樣，漸漸地沒有人能夠抵擋教子的攻勢了。

「神原同學的說法是單方面的。如果只看證詞，他愛怎麼說都行。然而，現實上不可能只有證詞單獨存在吧？」

「什麼意思？」

高個子的陪審團長一本正經地問，教子也一本正經地轉過去說：「明明沒有任何好處，神原同學卻如此鞠躬盡瘁地爲大出同學辯護。他的付出，與他的證詞是不可分割的。因爲這兩者同時存在，我們才能相信他的話不是自私自利的藉口。」

那不就結了嗎？——小山田修對旁邊的行夫悄聲埋怨。

「神原同學單方面指責柏木同學，還有試圖幫助無端受牽連被冤枉的白痴大出同學這兩件事，加起來除以二剛剛好。也就是說，我的意思是，我絕對不是想要幫神原同學說話，但也絕對不是對他友好。」

眾人都注視著教子。

「即使如此，雖然可以完全相抵，還是留下了神原同學『是我殺了柏木同學』的罪惡感。因爲這邊需要的是不同的公式。你們不覺得這樣很不舒服嗎？」

竹田陪審團長臉上戰戰兢兢地浮現笑容。這裡是笑點吧？我笑了，蒲田同學也不會生氣吧？

沒錯，蒲田教子沒有生氣。她總算舒展愁眉，這麼說道：

「我有個提議。」

還以爲是誰來了，原來是山晉。

「你不用守著陪審團室嗎？」

健一驚訝地問。山晉越過他的肩膀看著室內說：

「野田同學只有一個人？」

「嗯，我在這裡留守。」

「那就好。」

山晉笑著，說了聲「抱歉」，抓起健一的手，用不像他的慌張模樣就要把健一帶走。

「我們要安靜迅速地移動，不能被任何人發現。」

「咦？」

「陪審團想要見野田同學，萬一被法官發現就不得了了。」

兩人躡手躡腳跑過走廊，走下一層樓。不到兩分鐘，健一就站在九名陪審員前，沐浴在眾人的目光下。

「怎、怎麼了？」

「我們想要聽聽野田同學的意見。」

蒲田教子開口，催促陪審團長。竹田陪審團長害怕地說：

「蒲田妳說啦。」

「正式上場的時候，是竹田同學的任務喔。」

「所以現在妳來說明啦。我會背起來，在法庭上依樣畫葫蘆。」

眞沒辦法——教子嘆一口氣，站了起來。

「在全員的同意下，我們想要做出這樣的裁決。」

教子簡潔有力地說明，健一聆聽著。

「身爲律師助手，你有什麼看法？」教子問。不是提問，而是審查。「你認爲神原同學受得了這樣的裁決嗎？你覺得他可以接受嗎？」

健一的喉嚨咕嚕一響，他用力點頭。

「應該可以。」

陪審員們互望，露出微笑。就連在健一看來總是冷眼旁觀的原田仁志，還有似乎從頭到尾都不明白這場審判意義何在的勝木惠子也是。

「那你快走吧，被井上同學抓到就不妙了。」

蒲田教子做出驅趕健一的動作。她眉間的皺紋實在不像個國中女生。連生氣的高木老師，也不會皺成那樣。

健一在山晉的護衛下離開陪審團室時，抓著門把回頭了。爲了做一件他不由得要做的事。

「大家——」

出聲呼喚，九人看向健一。健一迅速向他們行禮。

「謝謝你們。」

這回是竹田陪審團長揮手叫他快走——一臉「我冷汗直流了」的表情。

傍晚五點五十分，籃球社與將棋社的志工用大聲公集合旁聽者。裁決即將宣布，想旁聽的人，請盡快就坐。裁決即將宣布——

藤野涼子、吾郎與一美首先入庭，在檢方席坐下。晚了一會，律師與助手進來了，被告不在。

法官入庭。全員起立，然後坐下。他掃視空著的陪審團席，發現被告席空著，皺起眉頭。

辯方席後面的門打開，大出俊次進來了。北尾老師陪著他。老師一進門就把被告一推，說「快去」。雖然聽不到聲音，但從嘴型看得出來。

被告的臉一片潮紅。他發出噪音拉開椅子，表現出不願與任何人對望的決心，坐了下來。他一坐下就把雙手環抱在胸前。右手抓著左臂，左手抓住右臂，彷彿不這樣壓抑自己，他隨時都會撲上去，揍旁邊的律師。

涼子眨眼細看，她覺得神原證人看起來前所未見地渺小、孱弱。

助手野田健一一臉蒼白。

旁聽席最前排，最靠近辯方的地方，坐著大出俊次的母親，她守望著俊次。靠近檢方席的最前排，坐著疑似家長的大人。

三宅樹理不見人影。淺井松子的父母呢？——一隻手微微舉起，像要引起望向旁聽席的涼子注意，是松子的母親。

「陪審團入庭。請肅靜。」

井上法官說，山晉打開檢方後面的門。竹田陪審團長領頭，九名陪審員走進法庭。

陪審團坐下。法庭內安靜下來，只聽得到冷氣機的運轉聲。

「竹田陪審團長。」

聽到法官呼喚，高個子陪審團長站了起來。

「是。」

「陪審團做出裁決了嗎？」

「是的。」

「那麼，請將裁決送過來。」

陪審團長從襯衫胸前口袋取出重要的裁決，是一張摺起來的白色小紙條。法官接下之後打開。

他望向內容，銀框眼鏡反光。

法庭內依然寂靜。

「請念出裁決。」

法官將紙條歸還陪審團長，陪審團長用發顫的手接過來。高瘦的身子也前後微微搖晃。

「被告無罪。」

彷彿慢慢地激起漣漪，塡滿旁聽席的眾人身影搖晃，像是許多人同聲嘆息。

藤野涼子刻意不看周圍，迅速起立。

「庭上，請一一向陪審員確認裁決。」

井上法官望向陪審團，「那麼，我依序詢問。坐著就可以了。小山田陪審員，你的裁決是？」

「無罪。」

「向坂陪審員？」

「無罪。」

「原田陪審員？」

「無罪。」

「倉田陪審員？」

「無、無罪。」

「蒲田陪審員？」
「無罪。」
「溝口陪審員？」
「無罪。」
「山埜陪審員？」
「無罪。」
「勝木陪審員？」
勝木惠子看著大出俊次脹紅的臉。
「勝木陪審員？」
「無罪。」
「謝謝各位。」
涼子坐下來了。
「庭、庭上。」陪審團長緊張地說，「我想說明一下我們做出裁決的過程。」
請——井上法官點點頭。陪審團長搖晃著頎長的身體，笨拙地換腳，抬起頭環顧整個法庭裡的人。
「我們——我們判斷大出被告在任何意義上都是無罪的。也就是……呃，他並沒有故意殺死柏木卓也同學，也沒有因爲過失不小心殺死柏木同學。」
他的眼神飄移。
「即使如此，我們九個人依然一致同意，這是一起殺人命案。」
旁聽席一陣譁然。野田健一扭動身體，神原和彥逃避似地垂下頭。
「換句話說，殺害柏木同學的另有其人。」
井上法官臉色大變，目光極爲嚴峻。「陪審團沒有必要像這樣深入認定事實。」

「可是，這與我們的裁決有關。也就是……呃，我們之所以判斷大出同學無罪，是因爲……呃、呃……該怎麼說……」

陪審團長甩了一下頭，站直高大的身軀。

「我們的裁決，是依據這個事實認定。」

對吧？這樣說沒錯吧？竹田陪審團長瞄了蒲田教子一眼。教子巧妙地只動了動單邊臉頰，打信號表示：「可以。」

這段交流似乎讓井上法官感到不愉快，「那麼，竹田陪審團長，評議之後，陪審團做出結論，認爲是誰殺死了柏木卓也同學？」

竹田陪審團長毅然抬頭，大聲宣布：

「是柏木卓也同學。」

涼子懷疑自己聽錯了。旁聽席的吵鬧聲變大，法官叫著：「肅靜。」

野田健一顫抖著。神原和彥抬頭，看呆了似地仰望高個子的陪審團長。

「這起事件，是柏木卓也同學所犯下的柏木卓也同學殺害事件。我們判斷，柏木卓也同學是出於未必故意的殺意，殺害了柏木卓也同學。」

好想一死了之，可是就這麼死去太寂寞了，他想。如果死掉就輕鬆了，他一直這麼想。

這樣做或許會死掉，不過死掉就算了，也是沒辦法的事，他想。

在凍寒屋頂上的護欄外。

「柏木同學在變成這樣的心情以前，應該有過許多心理糾葛。」

陪審團長的聲音漸漸穩定下來。

「我們討論過，是不是有人能更早設法解開柏木同學的心理糾葛、減輕他的煩惱。就是……呃，不是別人，包括我們自己在內。」

大出俊次的母親摀著嘴巴。俊次依然一臉潮紅，緊緊抓著雙臂。

「我覺得或許我可以邀他進籃球社。」

旁聽席一角，有人像春鳥啼叫般笑了。

「不過也有人不擅長運動，所以邀他參加將棋社或音樂社或許不錯。」

緊張的陪審員們對陪審團長的這番演說露出笑容。就連摀著臉，像是看不下去的蒲田教子，也露出苦笑。

「總之，我們覺得應該可以設法的。」

我們感到非常遺憾——竹田陪審團長說：

「眞的很遺憾。我們沒辦法對柏木同學的父母說什麼，不過我們想表示，柏木同學死掉，我們也非常難過、悔恨。」

旁聽席的吵鬧聲平息，恢復寂靜。有人在啜泣。

「我說完了！」

陪審團長喊口令似地大聲說，行了個禮，返回座位。

井上法官環顧法庭。

「本法庭做出裁決，被告大出俊次同學無罪。」

八月二十日，晚上六點十一分。

「校內法庭在此宣布閉庭。」

再一次，同時也是最後一次，木槌聲高高地響起。

人潮從藤野涼子的面前逐漸散去。

在哭的人是柏木功子，卓也的母親。她在丈夫與卓也的哥哥——剩下的另一個兒子支撐下，踉蹌步出法庭。

旁聽席的正中央，茂木悅男屹立在那裡，露出挑戰的神情。涼子的視線停留在他身上，他的表情逐漸放鬆，嘴唇掀動。

——結束了。

可以看出他這麼說。

茂木悅男的後方一排，坐著津崎前校長與佐佐木禮子刑警。佐佐木刑警旁邊是她少年課的同事，好像是叫庄田。他們三個人的表情，彷彿在監視茂木會不會做出什麼事來，但茂木轉身走向出口，於是三人的眼中都泛出笑意。

茂木悅男匆匆離開，PTA會長連忙追趕上去。

大出俊次總算站了起來。他轉向失去一切力氣跌坐著的神原和彥，冷不防揪住他的衣領，把他拖起來。周圍的人都屏息注視，結果俊次推開和彥，揪住他衣領的手在褲子上抹了抹，抹了又抹，抹乾淨之後用力伸出去。

他在要求握手。

神原和彥沒有動作，只有表情動搖了。因爲他發現大出俊次脹紅的臉上——臉頰上是濕的，俊次一直忍耐著不要哭出來。

兩人握手了，仍舊一臉蒼白的野田健一注視著這一幕。

握完手，俊次轉身離去。他的母親跟了上去。臨走之際，她向律師與律師助手深深行禮。往神原、野田兩人走去的那個穿西裝的人是誰？啊，是今野律師。他拍打和彥的肩膀，也拍拍健一的肩膀，對他們說了什麼。周圍太吵了，聽不見。

今野律師滿臉笑容，還在拍和彥的肩膀，然後用力摸他的頭。

另一個穿西裝的男人走近律師與助手。是涼子不認識的人。咦？胸上的律師徽章反光了。都是個福態的中年男子，頭髮半白。他滿臉堆笑，攤開雙手走近兩人，像擁抱自己的孩子那樣抱住他們，隨即又害羞地放開，搔了搔頭。他與今野律師互相寒暄，交換名片。

涼子怔立原地，不停地眨眼，注視著不斷流轉的光景。她感覺到一美碰了碰她的手臂。吾郎在說著什麼。在跟誰說話？哎呀，是河野偵探。他今天也來了嗎？什麼嘛，那樣毫不保留地開心。明明我們輸了。

穿著素雅的西裝與黑色連身裙的小個子男女走近神原和彥。

「是神原同學的爸爸和媽媽。」

一美在涼子的耳邊說。

陪審員們也離開法庭了。蒲田教子拍打竹田陪審團長修長的背。

「謝謝大家。」

有人對完成職務、變回國三生的九人這麼說，是「瀧澤塾」的瀧澤老師。

竹田和利與小山田修靦腆地笑著，行禮回應。聽到瀧澤老師的聲音回頭的倉田麻里子，向涼子揮手，說「等會見」。

從台上下來，總算從單薄的黑色法袍中解放的井上康夫，走近北尾老師。噢，辛苦啦。接下來才辛苦，我們可是考生呢。

「藤野檢察官。」

「辛苦了。」

涼子身邊傳來溫暖的氣息。是我那對寵溺女兒的父母。

「小涼，辛苦了。」

古野章子也在一起。

辯方離開法庭，審判結束了。神原和彥就要離開城東三中，回到他的日常。回到失去了許多、受了傷、必須從那裡重新站起來的他的人生。

他回頭看涼子。兩人對望了一瞬。那雙眼眸中沒有任何訴求，沒有任何新奇之處。

他向涼子道歉，同時也慰勞她，然後開心地說：喏，就像我說的吧？是藤野同學贏了。

可是你也沒有輸——涼子在內心說。

神原和彥從視野中消失了。

涼子閉上眼睛。深深呼吸，吸滿這再也不會呼吸到的法庭空氣。

審判結束了。

夏天，也結束了。

二〇一〇年，春

意外地沒怎麼變呢——野田健一心想。

城東第三中學在二〇〇三年拆除舊校舍，興建了現在的新校舍。以前隔著操場在體育館另一頭的室外游泳池，如今變成體育館二樓的室內游泳池，因此操場變得更爲廣闊，但新校舍的位置與外形和舊校舍相同，時鐘也在同一個位置。

踏入校舍，眼前景象不僅沒變，野田健一簡直是落入似曾相識的感覺之中。窗戶的位置、走廊的長度、樓梯的設置都相同。因爲是在有限的土地上興建用途相同的設施，所以無從變化吧。

不過教室的數量變少了。玄關大廳的成排室內鞋鞋櫃，比健一就讀的時候少了三成左右，畢竟是少子化的時代。他看了校園簡介圖，發現圖書室移到一樓了。是因爲這裡標榜「社區開放校園」吧。

望向長長的走廊，一樓各房間的門上有小小的門牌。事務室、校長室、職員室、保健室，這樣的順序也沒有變。

正值放春假，校內很安靜。今天好像也沒有社團活動。圍繞著操場的櫻花樹，等不及迎接開學典禮就盛開了。

在花朵的妝點下，校舍也暫時休息中。

「野田老師。」

走廊深處有人叫喚他，健一回頭。從春光滿溢的操場上移回視線，走廊顯得一片陰暗。

那個人走過來。身材嬌小渾圓，穿著淡灰色套裝。剪短的頭髮中摻著白髮，胸前掛著附鍊子的老花眼鏡。

健一行禮，走近的人物也頷首。

「這棟校舍怎麼樣？」

健一微笑，「構造幾乎一樣。」

「嗯，好像是呢。」

這樣啊，這個人不知道舊校舍是什麼樣子。

請跟我來——在對方的催促下，健一隨著婦人經過走廊。婦人打開校長室的門。她是現今城東第三中學的管理負責人——上野素子校長。

兩人在校長室的接待區椅子坐下，上野校長親自泡茶。

「搬家都搬好了嗎？」

「是的，總算打理好了。」

「令公子——」

「他是新生，可是不能跟幼稚園的朋友上同一所學校，到現在都還有點寂寞的樣子。」

說的是健一六歲的長男。長男一開始不願意搬家，健一耐心說明是要搬去爸爸成長的小鎮，花了好一番工夫才讓他接受。

野田健一升高中的時候，離開了城東區，因爲在鐵路公司任職的父親調職了。大學則因爲校園在東京都，他在學校附近租公寓一個人住。從此以後，他一直在那裡生活，但這次的工作決定的時候，他沒有半分猶豫，立刻決定回來城東區。新居是租賃公寓，就在健一成長的老家附近，以前是修車廠。

健一在大學念教育系，取得了國中國文老師的資格。

在東京都，無論是國小或國中都有許多人爭奪教師職位，不容易被錄取。健一之前也辛苦了很久。很多時候都是替請產假或病假的老師代課的短期職務。但他還是希望有一天能回來這所學校，所以從未想過要放棄教職。

「野田老師在教育實習的時候來過這所學校吧？」

健一苦笑，「我申請了，但沒有通過。我是在一中實習的。」

「這樣啊，很多老師都是在母校實習。」

或許是因爲母校有自己的過去──健一本來想這麼說，又打消念頭。或許是察覺了，上野校長微笑著說：

「老師們的校內法庭，是本校的傳說。」

「傳說？」

「也可以說是歷史。傳說和歷史，都需要歲月來塑造。」

回來得好──上野校長說：

「歡迎你回來。」

這話如流水般自然地沁入健一的心中。

他一直好想聽到這句話。同時也一直認爲聽到這話時，一定會被什麼絆住。是心中的堤防，或是堤防的殘影。

但那種東西已不存在，花上二十年它消失無蹤了。

這是最令他感到開心的。

「雖然沒必要面試了，不過怎麼說……」

上野校長想了一下，客氣地說：「可以說是好奇嗎？我想要更詳細地了解野田老師你們的傳說，所以請老師特地撥時間過來，眞不好意思。」

看到校長的笑容，健一也笑了。「校長沒有從其他管道聽聞嗎？」

「如果是當事者以外的描述，我倒是聽過很多。畢竟是傳說嘛。」

這「很多」當中，有多少是上野校長的前任校長──楠山校長說的？這個念頭一閃而逝。

至今他都還記得楠山老師那高壓強硬的作風，甚至感到懷念。

「要從何說起呢？」

上野校長忽然眨起眼睛，「是啊……要請老師從哪裡開始說呢？」

圓臉，還有慈祥的眼神，跟津崎校長有點像，喜歡閒話家常這點也是。正字標記是毛線背心的小狸子。

「我會知無不言。」健一回答，「什麼都可以說。」

健一筆直注視著上野校長，校長露出感覺有些眩目的表情。

「我覺得光是聽到老師這麼說就很夠了。」

健一點點頭。

「那場審判結束後，我們……」

健一尋找著最適合的形容詞，望向射入校長室窗戶的春日陽光。

「——成了朋友。」

即使各自步上不同的道路，如今依然是朋友。

然後，野田健一開始述說。從那個漫長的夏天開始，一直到現在的過程，與朋友們一同走過的軌跡。

你回來了。

我回來了。

我回到城東第三中學了。

那個夏季，已然遠去。

（完）

後記

這部作品爲虛構小說，登場之人物、團體之名稱皆爲創作，作品中之事件，也並非根據事實改寫。城東第三中學只存在於作者的腦海中。

各集開頭之題詞，引用自左列著作。

〈準人類〉（*The Pre-Persons*）
收錄於早川文庫ＳＦ　狄克傑作選④《準人類》
菲利普・狄克（Philip K. Dick）著／友枝康子譯

《飛行教室》（*Das fliegende Klassenzimmer*）
埃里希・凱斯特納（Erich Kästner）著／丘澤靜也譯／光文社古典新譯文庫

《神祕森林》（*In The Woods*）
塔娜・法蘭琪（Tana French）著／安藤由紀子譯／集英社文庫

本書有賴許多責任編輯的協助與建議才得以完成，我在此深表謝意。

二〇一二年　十月吉日
宮部美幸

負的方程式

1

八月第一個星期六的早晨，蟬隻倒數著來日無多的生命，一早便奮力引吭高歌。

我租來當辦公室兼住家的地方，是屋齡四十年的木造老宅，若以人類來比喻，看上去已是「奄奄一息」，但仍持續呼吸。相較於以防水膠合板、隔熱材料及氣密窗密封，宛如人造人般不會呼吸的新穎住宅，不同之處就在這裡。我打開面對屋後公園的窗戶，和屋子一起進行早晨的深呼吸，這時電話響了。

「早，我是秋吉。」

是約好今早十點面談的秋吉達彥先生。

「抱歉，這麼早打電話。想詢問見面的時間，能不能提前一些？」

「幾點方便呢？」

「八點——不，九點也可以。」

我看看壁鐘。這座比屋子本身歲月更悠久的鴿子鐘，是向房東借來的。此刻剛過早晨六點半。

我的猶豫帶來了片刻沉默，電話彼端的聲音惶恐起來：

「這要求有些過分，實在抱歉。但我很擔心翔太，真的坐不住。」

翔太是秋吉先生的獨子，就讀國中三年級。

「好的。」我說。「那就改約八點吧。您會開車過來嗎？」

「對。」

「請不要著急，小心駕駛。」

秋吉先生是一名富裕的公司董事，一家三口住在世田谷區。我住的這棟老房子位在埼玉縣川口市和東京都北區的境界線旁，借用以前職場上司的說法，就是「踩在北區的界線上，勉強算是在東京都內」。

我原想打通電話，但改成傳簡訊。對方可能還在睡夢中。

昨天午後，我接到前妻通知女兒住院的消息。她說是夏季感冒惡化，變成肺炎了。

「打過點滴，燒也退了，情況已穩定下來，所以我才通知你。她正在慢慢復原，不要擔心。她很想見爸爸。」

我答應今天會盡快過去探望女兒，看來會稍稍延遲。我傳了簡訊表示「需要什麼再告訴我」，又覺得女兒不可能缺什麼。畢竟前妻是個無可挑剔的完美母親。

夫妻一旦離異，就是陌生人，但親子不同。只是如果沒有住在一起，實際上很多時候無法善盡身為父親的責任。

我的女兒今年十歲，仍天眞無邪地愛著她的父親。那麼，十四歲的秋吉翔太呢？他的父親爲了他，願意紆尊降貴對我這種來路不明的傢伙畢恭畢敬地說「抱歉一早去電打擾」，兒子對這樣的父親有何想法？連父親本人都不明白，才會輪到偵探出馬。我打住無謂的揣測，前往盥洗。

學校法人精華學院，創校於昭和三十五年（一九六〇），是一所新興私校。它包括了標榜「培育民主社會的睿智公民」的完全中學，及一所以極高的就業率聞名的四年制大學。大學校區位在東京都內，國高中部的校舍則是在離山手線大崎站不遠的市區。

校舍是五層大樓，有圍繞著建築物的高聳圍牆，和修剪得宜的籬笆，但沒有操場。因爲正值暑假，大門深鎖，學生和校方人員專用通行門設有保全裝置。

學生使用兼ＩＤ卡的學生證進出。在馬路對面觀望的我前方，剛才也有兩名揹著大容量運動包的女學生刷卡開門，嘰嘰喳喳地邊聊天邊走進校內。就和私人小偵探社一樣，青少年的社團活動也沒有暑假吧。

正式接下秋吉先生的委託後，我便直接來到這裡。不管秋吉翔太煩惱的問題是什麼，事發現場都是這所校園。即使無法立刻進入，我還是想先親眼看一看。

下午一點多，馬路這一側是背陽處。我偶爾掏出手機，假裝在等人，觀察學生進出約十分鐘，然後繞了建築物一圈，回到原先的地點。這時，有人從我的右後方出聲：

「不好意思，請問您是哪位？」

聲音清爽悅耳。

「來精華學院有事嗎？」

我一直提防著校園內應該會有的警衛，對後方毫不設防，因此嚇了一跳。回頭一看，一名身高比我矮約十公分、穿著白襯衫及合身黑套裝的女子，仰望著我。她的左手提著厚厚的公事包。是律師，領子上的金色徽章反著光。於是我反問：

「您是學校的代理律師嗎？」

對方眨了眨眼。她將一頭黑髮像花式滑冰選手那樣紮成服貼的髮髻，臉上化著淡妝。即使如此，仍一眼便令人驚豔，是個氣質端莊的美人。年紀約三十多歲吧。以律師來說，應該還是菜鳥。

但我並未因此看輕對方，繼續追問：

「或者您是火野岳志老師——啊，他現在不是老師了——您是他的代理人嗎？」

會在這種地方，對我這個人起疑並提出質問的律師，想必不是學校就是教師雇用的律師。這不算是什麼大膽的推論。

眼前的女律師露出比我預期中更從容的笑容：

「我的確是律師。」

聲音明亮，處變不驚。

「您的問題不太容易回答——至少在您回答我的問題以前。」

「說的沒錯，是我失禮了。」

我掏出名片，頷首致意。

「我的名字很老氣，有時會被懷疑是假名，不過這是我的本名。」

杉村三郎。我是次男，不過因爲有兄姊，三郎這個名字是「老三」之意。

很適合髮髻的女律師露出打量的眼神。我迎向那眼神，微笑說：

「我是私家偵探。雖然也承包案子，不過算是獨立的私人事務所。只是沒有部下或祕書。」

隔了幾拍，對方說：「在這年頭很少見。」

我以爲她是在說「私家偵探」這個頭銜，結果不是，她是在說我的服裝。

「那是開襟襯衫吧？」

是兩年前逝世的父親的遺物。葬禮後整理父親的遺物，發現這件襯衫裝在裁縫店的袋子裡，我便要了回來。

「不好意思，穿得這麼休閒。需要正式約時間和律師見面時，我會穿西裝打領帶。」

「我需不需要和杉村先生約時間談事情，要看杉村先生是爲了什麼理由、受到什麼人雇用。」

話說得清楚明白。

「律師，私家偵探也有保密義務。我不能隨意透露委託人的身分。」

「嗯，我想也是。」

「不過我們的彈性比律師大多了。如果有必要，我樂於妥協。」

「何種程度的妥協？」

不是嘲笑，對方是認眞詢問。我也認眞回答：

「我的委託人想要知道『體驗營事件』的眞相。」

適合髮髻的女律師瞇起了眼睛：

「你的委託人是其中一名學生的家長，對嗎？」

「以一次妥協來說，透露這麼多似乎太大方了。」

「可是，無關的學生家長不可能特地雇人調查。」

女律師說完，思考了一下——或是**裝出**思考的樣子，接著說：

「要不要去涼爽一點的地方？」

這就是我和藤野涼子律師的邂逅。

2

精華學院國中部三年級有三十二名男生、四十名女生，七十二名學生共分爲四班。A班十四人，B班十六人，C班和D班都是二十一人。

如同微妙地不平均的人數所暗示，這樣的分班實際上是對學生的分級。A班是A級，B班是B級，以此類推。評價的主要基準當然是學業成績，但也相當重視運動能力、藝術表現、課外活動的參與程度等等。A班是各方面都很傑出的優等生，B班是相當於準A級——學力高，但運動表現不佳，或學力不算優異，但有其他強項或個性。C、D級則是普通的學生，沒有特別優異的特質或表現（在十四或十五歲的現階段）。

這樣的分級在升上高中部以後仍繼續承襲，也會影響升大學。精華學院大學雖然是相當受歡迎的私校，但不算名校，因此直升大學部的高中部學生，其實大半都是B和C級。A級的學生都會去報考其他知名大學，而D級的學生幾乎進不了精華學院大學，據說也有許多學生去讀短大或職業學校。

分班每年只有一次，在學年初進行，學生稱爲「換位戰」。

向我說明分班規定的秋吉先生，自己也是精華學院的畢業生。

「國中部和高中部，我的排名都在B班前段。」

而現在就讀精華學院國中部三年級的秋吉翔太，是D班的一員。然後他所屬的D班，在六月十五日星期六晚上，於校舍舉行的「避難所生活體驗營」出了事。

這個體驗營活動是東日本大震災後，精華學院的理事會針對國中部三年級生所規劃的教育活動。活動中，把各間教室當成發生大規模自然災害時的避難場所，讓學生們睡在睡袋，在教室裡度過一晚。照明設備只有手電筒和電池式提燈，食物是緊急糧食，淨水則是只能使用瓶裝災害儲備水，以及儲水桶裡的自來水。

不過，還是可以用沖水廁所和洗手台，也有空調。睡覺的時候，男女生分別待在不同的教室。因爲如果讓學生們過度逼眞地體驗，睡在一起，可能會發生其他問題。此外也可以帶手機，自由使用。但若沒電了，只能用手搖充電器。

體驗營一次只有一班進行。參加活動的學生，當天下午三點先由校醫進行健康檢查，只要有身體不適的跡象，就會被打發回家。這不是強制性的活動，要不要參加，由學生和家長自行決定，據說過去舉辦了十次，沒有一次是全班到齊。

六月十五日三年D班的那一次也一樣，二十一名學生當中，只有十五名參加。男生七名，女生八名。他們由D班導師——教英文的火野老師（三十八歲）、副導師新井里實音樂老師（三十歲），以及校醫小川滿政醫師（六十二歲）全程陪同。警衛室有保全公司的制服警衛駐守，除了透過多台監視器及螢幕遠程監看之外，晚間還會派人巡邏。此外，體驗營期間，會發警報器給男女生領隊。

體驗營的行程，大致是下午四點到五點之間，學習遇到災害時的應變心態及急救措施，七點前用完晚餐並收拾完畢，然後是班會。接下來直到十點熄燈前，都是自由時間。因爲光源只有提燈，而且體驗營最大的目的是在學校過一晚，沒有給學生安排更多的活動。

自由時間可以像在家裡一樣，用手機看影片、傳ＬＩＮＥ或玩手遊，事實上有許多學生都這麼做，但露營絕對少不了的「圍成一圈講鬼故事」，在體驗營似乎也很受歡迎。據說，也有學生拿著手電筒進行「夜間校園探險」。雖然可以離開學校去附近的超商等地方買東西，不過晚上九點全校的保全裝置就會啓動，無法進出。

輪到辦體驗營的班級的導師和副導師，男女教師分別在教職員更衣室及休息室過夜，校醫則是在醫務室過夜。這個方式，過去從未發生問題，也沒有家長抗議。

秋吉翔太就讀的三年D班的體驗營也風平浪靜地進行——直到凌晨零時十七分，一樓通行門的警報聲響起為止。

很快就查出不是有外人入侵，而是校內有人任意外出觸動了警鈴。D班男生領隊下山洋平不在過夜的教室裡，老師們和小川醫師還在驚訝、不知所措，他的母親便打電話到警衛室了。

「洋平說馬上就要回家，所以我去學校接他。我完全不知道發生什麼事，可是洋平臉很紅，情緒非常激動。」

雖然是三更半夜，但由於發生緊急狀況，校方召集了國中部全體教職員，並緊急聯絡參加體驗營的學生家裡，十五名學生的家長都趕來了。

這時，保持沉默的學生們總算開口，眾人才得知出了什麼事。

學生說，起因是晚上十一點多熄燈後，火野老師到D班七名男生過夜的三樓教室進行巡邏。七名學生都還沒睡，各自玩手機、聽音樂或閒聊，老師忽然說：

「時間還這麼早，反正你們也睡不著，我出個題目，你們一起動動腦吧。」

這場體驗營的情境設定是「災害期間的避難所」，不過……

——實際發生災害時，在避難所不會這麼悠閒。水、糧食和醫藥用品都有限，而且隨著時間過去，處境會愈來愈艱困。

——所以，這麼假設吧。你們陷入完全的孤立狀態，得不到救援，也得不到補給，不管怎麼努力，都不可能全員順利脫困，就是如此絕望。不管怎樣，至少得犧牲其中一人。

這種情況下，你們會選擇犧牲誰？火野老師逼問七人。

——認眞思考，不要開玩笑，或是笑著打混過去。這不是鬧著玩的。在嚴酷的狀況下，決定讓哪六個人活下去，哪個人要犧牲。

限時一小時。

——一小時後，我會來問你們的答案。在那之前，你們好好討論。不能隨便回答。要當成眞的關係到自己的性命。

然後，老師指著領隊下山洋平說：

——你的任務是督促大家認眞討論，做出結論。這是身爲領隊的職責。如果辦不到，到時候你就當那個犧牲者，沒得商量。

老師離去，七名男生被留在黑暗的教室裡。眾人傻在原地，幾乎是茫然自失。

——沒多久，前田哭了出來，我們都嚇得臉色蒼白。

前田是D班的女同學，前田美律。其實，當時她和閨密伊勢佐緒里一起偷偷跑到男生過夜的教室玩，躲在被移到教室角落的桌子後面，聽見了老師和七名男生的對話。

——太過分了。

前田美律抽泣著，伊勢佐緒里提議向新井老師告狀。但D班班長三好淳也否決了這個提議。

——火野老師不是認眞的，只是在鬧我們而已，不要跟新井老師說啦。

在三好淳也的勸說下，美律和佐緒里回去女生過夜的二樓D班，也就是國中部二年D班的教室。

接下來，七個男生怎麼了？

——我們才沒有認眞討論。

——三好表示，要是老師眞的來問答案，他就說「身爲班長，我志願犧牲」。

——老師才不會來。他一定是在鬧啦。

就算是玩笑話，三好的意見是不是太說不過去了？這時，三好的死黨森本信吾開口。

——只因身爲班長，就要三好犧牲，太不合理了。如果三好的意思是他代表我們，不是應該要叫領隊犧牲才對嗎？領隊本來就是個屎缺嘛。

從領隊不是班長這一點也看得出來，體驗營的領隊，是事前抽籤決定的。因爲領隊必須負責許多雜務，在學生眼中是個屎缺。

叫領隊犧牲就行了吧？大家沒意見吧？秋吉翔太和其他四名男生都同意。

——大家都說叫下山去死就好，鬆了一口氣。

沒問題、沒問題！現場總算傳出笑聲，有人胡鬧，打趣地說：「下山，不好意思喔！」「再見了，下山！」

這裡需要說明一下。平常在班上，下山洋平就是人人皆可戲弄的角色。雖然不到霸凌這麼嚴重，但他動不動就被大家調侃、吐槽，本人也經常迎合裝傻耍寶。

再加上，下山洋平成績不好。從一年級開始，他的成績一直在及格邊緣徘徊，也沒有要努力改善的樣子。

——氣氛演變成「反正下山老是在搞笑，沒關係啦，選他才是對的」，大家都覺得很好笑。

三好淳也本來還在規勸覺得逗趣而哈哈大笑的同學們，後來也沒說話了。

——嗯，我就是這麼可憐嘛。我就來當那個偉大的犧牲者吧！

起初，下山洋平順從地配合，但眾人沒有見好就收，反倒笑得更厲害，於是他漸漸變得安靜。

凌晨零時，火野老師沒有出現。零時五分，還是不見老師的蹤影。

——鑽進睡袋的三好開口「我就說嘛，老師果然是在鬧我們」，下山突然爬起來，走出教室。

下山洋平丟下行李等物品，只拿了手機，直接走出通行門——不，逃出校外，打電話給母親。

聽完說明，學院人員臉都嚇白了。如果是開玩笑，火野老師的言行實在太過火，如果他是認眞的，就更惡劣了。

然而，沒想到——

火野老師徹底否認七名男生和兩名女生異口同聲描述的一連串離奇經過。

——我昨天晚上才沒有做出那種荒唐的行徑。那是學生們編出來的。我完全不明白他們爲什麼要胡說八道。

火野老師臉色大變，氣急敗壞地反駁。

教室和走廊沒有監視器。出事的時間，也不是警衛巡邏的時段。直到警鈴響起，二樓D班的六名女生和休息室的新井老師都不知道出了什麼事。

除了當事人火野老師、九名國中部三年級學生以外，沒有任何目擊者。

而當事人的說法南轅北轍，雙方各執一詞。學生們指控老師撒謊，老師強硬駁斥，說學生們是在串供演蹩腳戲。

校方要求火野老師暫時不要到校，和風波主角的九名學生隔離，繼續謹慎地詢問各方說法。這是很聰明的處置。然而，火野老師多次任意到校，試圖闖進教室，甚至拜訪九名學生家裡，表示想當面說清楚，每次都和校方及家長發生衝突。

這種混亂的情況持續了將近半個月，事件中心的下山夫妻，對火野老師（在他們看來）毫無反省的傲慢態度，以及無法約束老師的懦弱校方再也忍無可忍，說要一狀告上主管私校事務的文部科學省。如此一來，引來媒體關注只是遲早的問題。

學院方面慌了手腳，在國中部的教職員會議上，逼火野老師無條件承認此事，向九名學生道歉，並接受三個月的停職處分。可是在會議上，火野老師依然堅稱「那九名學生是在演戲」，不肯退讓。雙方情緒激動，爆發口角，最後火野老師動手毆打了學院理事之一的齋木國中部長。

演變成這種狀況，學院召開緊急理事會。不光是國中部，精華學院全體教職員共同討論火野老師的處分，一致通過懲戒解雇的決定。

當然，火野老師不接受這個處分。他說就算要採取法律手段，也要爲自己捍衛到底，「體驗營事件」是無中生有，他絕對會揭開事實眞相……

「是佐野一嗎？」

在咖啡廳幽靜的一隅落坐之後，藤野律師冷不防開口。

「還是秋吉翔太？田嶋雅也？他們都是意志薄弱，容易人云亦云的類型。」

我反問：「這是在說什麼？」

「杉村先生的委託人啊。我猜是剛才說的三名學生的家長之一吧？」

「這三人確實是參加體驗營的學生。」

「其中一人現在才開始心神不寧，不安的家長爲了得知眞相──也有可能是爲了刺探其他學生的狀況，總之是慌了手腳，於是雇用了杉村先生，對嗎？」

我聳聳肩，「不予置評。」

「那就是中村秀樹。他厭惡從眾，喜歡裝酷耍帥。」

「是這樣嗎？我第一次聽說。」

藤野律師一邊的眉毛挑了一下：

「不可能是三好淳也和森本信吾。他們是領袖人物，是首謀類型。下山洋平是他們兩個的小弟。」

七個男生的名字都出現了。

「這是律師的分析嗎？」

藤野律師微微苦笑，「是火野老師的意見。這是他身爲導師的觀察，應該頗有參考價值。」

「那麼，您果然是火野岳志老師的代理人。」

藤野律師把吸管插進冰咖啡裡，攪動杯中的冰塊：

「對於出手打了國中部的部長，火野老師深自反省，認爲就算因此遭到開除，也是沒辦法的事，但他絕對不承認體驗營發生過那種事。」

「他認爲那是胡說八道，是學生們聯合起來撒謊？」

藤野律師盯著我的眼睛，點點頭：

「沒錯。校方的調查不夠全面。身爲火野老師的代理人，我們正在協調請第三方委員會重新調查。」

我們。看來，協助火野岳志的律師，不只她一個人。

「律師個人有什麼看法？」

「杉村先生的意見呢？」

「我今天才剛接下這件案子。」

「以**個人**的身分，至少會有一些想法吧？」

藤野律師的眼中流露笑意，啜了口冰咖啡，接著露出完全就是「糟糕」的表情說：

「應該點漂浮冰咖啡的。」

桌子旁邊立著附照片的菜單牌。「夏日推薦．各種本店特製漂浮冰咖啡」。

我忍不住笑了出來。盛夏的冰淇淋。等女兒出院，帶她一起去吃吧！

上週四晚間，秋吉翔太偷來母親看診拿到的處方安眠藥，一口氣吞了下去。醫院處方的安眠藥，大量吞服也不會致死，所以秋吉翔太沒有生命危險，但本人可能不知道這件事。他的房間桌上，放著寫給父母的類似遺書的字條。

「對不起，我再也無法承受了。」

聽說，他一直鬱鬱寡歡。問他爲什麼做出這種事？是什麼讓他無法承受？他都三緘其口。母親擔心他，根本不敢出門。父親尋找能夠調查相關事實的專業人士，於是找上了我。

秋吉先生懷疑，火野老師的說法才是眞的，翔太和同學們一起捏造了體驗營事件。事到如今他才感到自責，快要被罪惡感壓垮了。

——如果不是心虛，翔太不可能那樣想不開。他向來是個無憂無慮又樂天的孩子。他是不是被什麼人逼迫，勉強自己撒謊？這是秋吉先生最擔心的事。

秋吉太太的說法不同。她認爲翔太是因體驗營事件而罹患了創傷後壓力症候群，飽受折磨，正在爲兒子尋找諮商心理師。

「杉村先生？」

藤野律師皺起眉頭。我注視漂浮著兩種冰淇淋的冰咖啡照片，問道：

「律師見過九名學生當中的誰了嗎？」

「沒有。」

見不到——律師修正回答。

「每一名學生的家裡，都像難攻不破的納瓦隆要塞（註）。杉村先生恐怕會不得其門而入。啊，學校那邊也是固若金湯。你猜，我今天是去做什麼的？」

律師說，她是去領取火野老師的值班表影本。

「不是績效評鑑，只是值班表而已。但校方還是不同意傳眞或郵寄，要求我親自來領取簽收。」

「對他們而言，律師成了毒蛇猛獸。」

「他們只想把一切都當成毒蟲，驅逐光光。」

「重新調查？開什麼玩笑，比起查明事實眞相，趕快把問題掩蓋起來，當成沒這回事就好了——是嗎？」

「沒錯，就是這樣。」

藤野律師從鼓脹的公事包裡取出錢包，把冰咖啡的錢放到桌上。

我開口：「律師，我可以問個單純的問題嗎？」

「請說。」

「國三生有辦法互相勾結，捏造出這樣的事情嗎？」

「當然有辦法。」

不知爲何，我覺得她的微笑自信十足。

「只要有意志堅定的領袖，加上共同的目的，那個年齡的孩子，完全有辦法做出讓大人跌破眼鏡的事。不可以小看國三生喔，杉村先生。」

藤野律師就要離去，我叫住她：「不好意思，再一個問題就好。」

她舉出七個男生的名字，卻沒有提到那兩個女生。

「我的委託人也可能是前田美律或伊勢佐緒里的家長，律師沒考慮過嗎？」

「我不這麼認爲。」

「爲什麼？」

「她們堅定不移，不會吐實，也不會告密。即使面對自己的父母，她們也會演到底。」

「妳怎能這麼確定？」

藤野律師得意一笑，「杉村先生，你知道事發當晚，她們爲何會在男生睡覺的地方嗎？是爲了去找男朋友啊——

「前田美律和三好淳也在交往，伊勢佐緒里和森本信吾是一對。他們是男女朋友，那兩個女生絕對不可能背叛男朋友。」

我有些被震懾了。「比起背叛不背叛，她們更應該會感到苦惱，不希望男朋友繼續撒謊吧？」

註：「納瓦隆要塞」爲電影《The Guns of Navarone》（一九六一）的日本譯名，中譯名爲《六壯士》，爲李・湯姆遜（J. Lee Thompson）執導的冒險戰爭片。

「不可能。她們的感性跟我們不一樣。」

她留下一句「告辭」，高跟鞋蹬出輕快的聲響，步出店門。

返回事務所的途中，手機收到秋吉先生傳來的簡訊。那是可以瀏覽精華學院官網、學生會、家長會、校友會交流網站及通錄訊的帳號密碼。今早在我的事務所見面時，他說要回去找找，我請他找到了再通知我。這就像是進入寶山的許可證。

這天，我對著電腦坐到傍晚，查看相關人士的照片等資料，寫下筆記。夏季長日將盡的時候，我掌握了一些調查的線索。

其中之一，就是體驗營的九名學生，都曾是火野老師擔任班導的學生。

火野老師在現在的國三生一年級的時候是D班導師，二年級的時候是C班導師。因此，一直待在D班的秋吉翔太，是第二次遇到火野老師帶班。包括秋吉翔太在內，有八名學生都是這種情況。他們一年級的時候火野老師在D班，二年級的時候火野老師在C班。

只有一名學生例外，就是三好淳也。他就讀的班級是一年D班、二年C班、三年D班，全是火野老師帶的班級。

藤野律師有沒有發現這一點？

3

火野岳志的住家位在西東京市的北部。從最近的電車站，還要再轉搭十分鐘的公車。這個街區成屋林立，宛如住宅展示場。

這天是星期日上午，住宅前方有不少居民在活動。有人在洗車，有人在整理盆栽，有親子在玩投接球，也有些家庭在充氣游泳池裝水，供幼童玩水，洋溢著歡鬧聲。

火野家是雙層樓房，玄關旁邊有車庫。現在那個空間沒停放車子，有個穿T恤和短褲的男孩，把老舊生鏽的自行車放倒在地上，正在進行保養。男孩旁邊擺著打開來的工具箱，裡面裝著各式工具、油壺、噴罐等等。

比起一般保養，或許更應該說是維修，把手和踏板都拆了下來，男孩準備把鍊子也拆下。他看上去約十二、三歲，但動作純熟老練，彷彿人生的大半時間都耗在自行車維修上。

玄關大門敞開，走出一名穿白T恤搭民族風圖案長裙的女子。她踩著輕盈的腳步走下玄關前面的階梯，對車庫裡的小維修師傅出聲詢問：

「怎麼樣？有辦法嗎？」

男孩輕輕捲起拆下的鍊子，應一聲：「嗯。」

「我在做冰淇淋，等一下可以當飯後點心。」

「不要加太多巧克力片。」

「好。」

女子笑著點點頭，注意到我站在屋前。我輕輕行了個禮。今天我也沒打領帶，但穿了夏季西裝。

門旁的門牌標示著：

「火野岳志　瑛子　育司」。

「請問您是哪位……？」

有張溫和圓臉的火野太太看著我遞過去的名片，彷彿看到一碰就會咬人的小動物。

「大概半個月前，外子就回去位於小石川的老家了。那邊比較方便。」

屋內是一種舒適的雜亂。

我已有吃閉門羹的心理準備，火野太太爽快地請我進客廳，我十分意外。此外，還有一件出乎意料的事。

不知道是不是校方苦心防範的成果，體驗營事件既沒有被媒體挖出來，也沒有在網路上引發議論。當事人都守口如瓶，秋吉先生認爲，國中部其他學生也一樣閉口不談。

——私校的話，學生會擔心如果自己的學校鬧出醜聞，會影響往後的升學或就職，所以不會隨便在網路上亂說。

結果火野家免於遭受「社會大眾」這種看不見的大軍攻擊。但夫妻之間、家庭內的焦慮和憂心，恐怕會是另一個問題。

然而，端出麥茶招待我的火野太太，卻看不出勞心憂慮的模樣。裙頭看起來有些鬆垮，或許是消瘦了一些，但眼神明亮，唇邊的皺紋也不醒目。

「您說的『方便』，是指跟校方周旋起來比較方便嗎？」

「這也是一個原因，但首先還是得找工作。」火野太太有些尷尬地微笑。「感覺好像很困難，不過外子相當拚命，說沒有工作太丟人了。」

「他不打算回去精華學院嗎？」

「既然動手打了理事，應該沒辦法了吧。外子只是想讓體驗營的眞相水落石出而已。」

我點點頭，火野太太露出探詢的眼神問：「杉村先生不是菅野律師事務所的人嗎？」

「菅野律師？」

「城南聯合法律事務所的律師。」

「是您丈夫委託和校方談判的法律事務所嗎？」

「是的。雖然我沒有去拜訪過……」

「我見過那位姓藤野的女律師。」

「啊，藤野律師。」火野太太笑了開來，「我見過她一次。那位女律師輔佐菅野律師。」

所以，藤野律師才會說「**我們**」，並前往領取值班表嗎？

「原來是這樣。不過，我和城南聯合法律事務所沒有關係。委託我的是不同人。」

「那……是那些學生嗎？」

「不，我的委託人並非體驗營的當事人，他只是想要得知那件事的眞相。」

這種程度的謊言，我已不會感到心虛。開業第一年，謊言總是卡在舌尖出不來，第二年，我覺得說出口的謊言臭味刺鼻，如今已麻木無感。

火野太太垮下肩膀，「那麼，一定是班上其他同學。最後變成那樣……總覺得對他們非常抱歉。」

「您丈夫想必也放不下他的學生們。」

火野太太的回答慢了一拍：「這……是的，外子當然也很放不下。」

這時，玄關大門打開，傳來打招呼聲：「火野太太，午安！」「媽，是金田伯伯！」

「請自便。」

我說，於是太太去應門。歡快的交談聲傳來。「金田伯伯」似乎是個上了年紀的男性，不曉得是不是重聽，嗓門很大。

我悄悄移動，走到一旁的牆邊，看著掛在上面的幾張照片。有些是5×7吋照片，有些是多張快照裱框在一起，有些略爲陳舊，有些相當新穎。

其中一張應該是火野岳志大學時代的照片，是足球員的場上紀念照，他似乎擔任守門員。還有他在精華學院正門拍的照片。菜鳥教師被老鳥前輩們夾在中間，有點緊張地笑著。

很多都是火野老師和學生的照片。全班合照、畢業旅行和文化祭的快照。他好像擔任許多社團的顧問老師。籃球隊、軟式棒球隊、袋棍球隊，還有穿著整齊畫一制服的銅管樂隊的合照。照片上每個人都笑容滿面。學生高舉冠軍旗、獎盃和獎狀的照片特別醒目。

有沒有家庭照？有一張在公園玩沙區的三歲小男孩照片，應該是育司吧。也有在某海水浴場，穿泳衣的育司和火野太太牽著手的照片。

全家三人只有一張合照。火野岳志站在玄關門口，育司站在階梯下面一階，岳志雙手搭在兒子肩上。火野瑛子則是坐在育司腳邊，雙手擺在膝上，對著鏡頭含蓄地微笑。育司看起來比現在小了一號，可能是買下這棟房子時拍攝的紀念照。

「不好意思，打擾了。小育，那就拜託你嘍。」

金田伯伯離去，玄關大門關上。火野太太抱著一個大西瓜回來。

「抱歉，鄰居來串門子。」火野太太眼中滿是笑意。「育司幫忙修理腳踏車，對方特地送禮過來。」

「我剛才看了一下，實在很佩服。育司的手很巧呢。」

「他就喜歡那種精細的作業。」

「我的手很笨拙，實在羨慕。育司幾歲了？」

「他就讀小學六年級。」

「真懂事。」

「金田伯伯的腳踏車，超過三十年沒騎了。車站前的二手店家跟他說買新的比較便宜，他很生氣，所以育司說要幫忙修修看。」

無論在任何狀況、面對任何人，只要聽到孩子被稱讚，做母親的總是會開心地滔滔不絕。

「他是個好孩子。」我站了起來。「突然登門打擾，失禮了。方便請教一下您丈夫石川老家的住址和電話嗎？我問完就會離開。」

「您要去找外子嗎？」

「是的。我的委託人擔心老師，想知道他過得好不好、現在怎麼了、有沒有遇到什麼困難。」

太太的表情出現了一點變化：

「原來是這樣。謝謝。」

是剛才照片上看到的那種含蓄的笑容。

「學生們都滿喜歡外子的，就算發生那種事，還是有學生擔心他，眞令人感動。」

我走出門外，只見育司拿著小刷子，仔細清理自行車的鏈條齒輪。

「打擾了。」

我開口打招呼，男孩停下手，輕輕點頭。我走到車庫，探頭看他工作。太太也站在玄關階梯上看著這裡。

「那輛自行車有什麼問題？」

「騎著騎著，踏板就會卡卡的，一下子就落鏈了。」

「那太危險了。」

「聽說煞車也很吵，就像怪獸在尖叫。」

「怪獸啊……」

在近處一看，這位小技師使用的不是工具箱，而是替代品。那是個約A4尺寸的樹脂箱子，罩著塑膠蓋。雖然有英文字樣和賽車圖案，但因爲磨擦脫落，看不清楚是什麼。

「育司，可以問你一個問題嗎？」

太太有些吃驚的樣子。

育司瞇眼看著我，「什麼？」

「叔叔和叔叔的小孩都喜歡巧克力碎片冰淇淋，可是你不喜歡嗎？」

育司害羞地笑，「加了巧克力碎片，吃起來口感粗粗的。」

「原來是這樣。」

我向母子倆道別，離開火野家。雖然時間短暫，但收穫頗多。

火野太太和育司即使少了身爲丈夫和父親的火野岳志，也過得悠遊自在。要斷定「反而過得更舒服」或許還太早，但母子倆那種愜意安適的笑容，佐證了牆上的照片大力訴說的事實。

在家人團聚、招待訪客的客廳牆上，只有一張全家福照片。

沒有夫妻倆單獨的照片，沒有家庭旅遊的照片，沒有聖誕節或過年的照片。

也沒有育司最近的照片。有那麼多呈現火野老師與精華學院的學生們相處時光的照片，卻沒有反映育司成長的照片。

此外，沒有火野瑛子的獨照，也沒有她和家人以外的人——朋友、同事等要好的外人的合照。

火野家存在著相當大的問題。

校醫小川醫師在東京都內的住家開設內科診所。我打電話過去，是本人接的。他沒有特別懷疑我的樣子，答應見面。

小川醫師留著大平頭，氣色紅潤，看起來活力充沛。皮膚黝黑，可能是打高爾夫球曬的，身上的POLO衫也是高爾夫球衣。

「這裡最安靜。」

他這麼說，把我帶到診所那邊的候診室。

「醫生並不是每天都待在精華學院啊。」

「要是學校有那麼多醫生的工作，那還得了？」他露出苦笑。「平常有保健老師就夠了。只有辦活動或畢業旅行的時候我會陪同。不過，我會參加全校會議，或是被找去參加懇親會等集會。」

「那種時候，診所這邊……」

「我兒子會幫忙。」

原來如此，候診室的牆上掛著兩張醫師執照。

「你是第五個。」

我開口之前，小川醫師便和善地說道。

「意思是……？」

「國中部的家長都擔心精華學院沒問題嗎？跑來詢問我的意見。他們很不安，沒辦法完全相信校方的說詞吧。」

針對體驗營事件和後來開除火野老師的事，精華學院的官方說法是「活動時發生的學生健康事故，以及相關的處分」，國中部的部長和教務主任也受到理事會的譴責，遭到減薪三個月的處分。

「健康事故」這種說法我第一次聽到，不清楚詳情的國中部家長應該也是。這個詞彙確實讓人感到疑雲重重。

「嗯，其實就像醫生說的。」

「你的孩子是幾年級？」

我沒糾正醫生的誤會，順著話說：

「一年級。準備考試很辛苦，好不容易考進這所私校，我希望可以消除疑慮。」

「我懂、我懂。」醫生大方地點點頭。「我當了校醫二十年——不，二十一年了吧。很久了，比一些老師都還資深。」

「而且醫生是體驗營事件的當事人之一。」

隨和的醫生露出困擾的表情，應道：

「請不要這麼說。那天晚上出事的時候，我並沒有在現場。那是火野老師捅出來的婁子。」

看來，小川醫師對於體驗營事件本身並沒有任何懷疑。

「當天體驗營開始前，醫生為學生們做了檢查，對吧？」

「只是簡單的問診。」
「在那個階段，所有人都沒問題嗎？」
「對，每個人都很健康。」
「有沒有人表現得特別緊張？畢竟體驗營是其他學校沒有的活動。」
「是啊，公立學校無法辦這種活動吧。」
「我的小孩現在就很害怕了，活動期間是不是非常難熬？」
小川醫師立刻睜圓了眼睛，「又不是在盛夏或寒冬，強迫學生待在沒有空調的環境，過去也沒有人受傷或生病。」
「可是就連我這個家長，要是叫我睡在地板上、在學校過夜，老實說，我也會遲疑。」
「小時候，我曾因颱風來襲，在附近的寺院過夜。那是真正的天災，相當可怕，但學校辦的這個活動，只是模擬體驗而已。」
「對學生來說，反而會覺得驚險刺激，令人期待嗎？」
「唔，要看學生自己的心態吧。不管怎樣，體驗營不會再辦了，不必擔心。」
醫生的表情像是在說，這樣問題就徹底解決了。
「醫生覺得火野老師是怎樣的人？」
醫生有些語塞，「火野老師辭職了。」
「他本來就性格急躁嗎？出事以後，他在職員會議上與人發生衝突，還打了國中部的齋木部長吧？聽說他會被開除，最直接的原因是他動手打了人。」
好相處的醫生頓時一臉苦澀，「你連這個都知道嗎？既然如此，不必再來問我了吧？」
我露出討好的笑容，「可是在這種情況下，聽到的消息往往不正確。」
醫生摸了摸人中，噘起嘴說：「發生暴力事件是事實，不過他從以前就有很多問題……」

「這樣啊？很多問題……？」

明明沒有別人在場，醫生卻微微傾身向前，壓低音量：

「火野老師和齋木先生本來就是死對頭。他們互相厭惡。然後，發生了那件事，終於引爆了。」

「是怎樣的不和？」

「齋木先生常說火野老師太自大。總之，他們就是不對盤。」

根據教職員基本資料，火野岳志是在十年前，二〇〇一年四月被精華學院錄取為國中部教師。齋木國中部長則是在二〇〇八年四月，從學校法人精華學院的事務局長調任為國中部長。

換句話說，齋木是行政方面的管理人員，並非教育人員，卻成了國中的「校長」。這也是私立學校才會發生的現象吧。我決定試著套話：

「站在火野老師的角度，根本沒教過書的人，居然要來帶國中部，他一定很不是滋味吧？」

「沒錯、沒錯，就是這樣。」

醫生一下子就承認了。

「火野老師是個血性漢子嘛。他說自己信奉熱血教育，是那種會把全副身心奉獻給學生的人，所以學生都很愛戴他。家長裡面，也有狂熱支持他的人。」

正因如此，就算會引來反感也很合理。不管那反感是來自上司、家長或自己帶的學生。

「聽說他身為社團活動顧問，也交出了傲人的成績。」

「他真的非常熱心。他本身因為年輕的時候阿基里斯腱斷裂什麼的，沒辦法從事劇烈運動，不過還是可以指導別人。」

「這樣啊，那火野老師是文武雙全嘍？他還帶領銅管樂隊在比賽拿過冠軍不是嗎？」

醫生滑稽地笑了：「你怎麼比我老派？可以去問問你家孩子，那不是銅管樂隊，是行進樂隊啦。」

「什麼？」

「拿著樂器，一邊演奏一邊遊行或跳舞表演，跟運動社團沒兩樣。」

原來如此。

「不過，行進樂隊得獎是三、四年前的事了。這陣子他都在埋怨，光是指導課業就分身乏術。」

過去三年，火野老師是D班、C班、D班的導師。在精華學院，這意味著連續指導課業後段班的學生們。

「出事的也是三年D班。」

「開會的時候，經常討論到那一班的課後輔導問題。」

「火野老師是有什麼想法，才會把重心轉移到那邊嗎？也就是……呃，照顧功課上比較有困難的學生。」

「唔……」小川醫師交抱雙臂，「我跟他也不是那麼熟……」

不過到目前爲止，醫生對火野老師的說法都算是善意的。

「只是……是啊，火野老師再婚，太太帶了個孩子，他的感受應該很複雜吧。我記得他在酒局上稍微提過這類事情。」

「原來如此。」我這麼應道，表情應該沒有變化。實際上，我也並非打從心底感到吃驚。

不過，這種戲碼還是快點收場比較好。

「我明白了。抱歉，星期日突然來打擾。」

「可以了嗎？」

「是的，足夠了。啊，醫生……」我擺好脫下的拖鞋，佯裝順帶一問：「有沒有聽過火野老師體罰的事？」

「什麼？」小川醫師瞪圓了雙眼，接著表情和語氣都變得嚴厲起來：「怎麼可能有什麼體罰？你眞的是學生家長嗎？」

「這樣啊，眞是抱歉。」

我匆匆離去，回到最近的車站前面，打電話給秋吉先生：

「不好意思，你知道火野老師再婚，而且再婚對象有小孩的事嗎？」

秋吉先生比剛才的我更吃驚，「我不清楚，請稍等，我問一下妻子。」

沒多久，秋吉先生又接起電話，像幹練的生意人般確認道：「你說火野老師的太太已有孩子，表示太太也是再婚，對嗎？」

「大部分都是這樣，但也可能是單親。」

「啊，對耶。不……總之，我妻子知道火野老師離過一次婚。她說大家都知道。」

那麼，很有可能是火野岳志在某些情況下自己告訴學生的。畢竟他是個對學生無私奉獻的熱血教師，想必會說：雖然我的婚姻失敗過一次，但一次的失敗，並不會讓我放棄人生，瞧瞧，我現在就過得很幸福。

「杉村先生，這和那件事有什麼關係嗎？」

「還不清楚。但有愈多這類資訊，愈有助於分析。」

「那麼，我還有別的資訊。妻子說火野老師和現在的太太，是大學恩師介紹認識的。她是在去年春天的懇親會上，聽火野老師親口說的，應該不會錯。」

我道了謝，掛了電話。接著輪到筆電登場了。

用秋吉先生的帳密登入的資料庫裡，教職員名單似乎每年都會更新，但精華學院校友會那邊的「年鑑」，從二十年前開始登錄的教職員及學生名單和通訊錄，都保持原狀。我逐一瀏覽，發現耐人尋味的事實。

三年前的年鑑，火野老師的住址在文京區小石川，就是火野太太告訴我的「老家」那邊的住址。再往前回溯四年，地址是杉並區榮西町的大樓三〇四號室。

也就是這麼回事：十年前，剛任職於精華學院的時候，火野岳志住在杉並區榮西町的大樓，應該是和前妻共組家庭。接著，他暫時搬回老家。不清楚是因爲和前妻離婚了，還是前妻和他一起搬回老家與公婆同住，之後才離婚。

不管怎樣，一直到三年前，火野老師都住在小石川的老家，後來搬到現在居住的西東京市。幾乎可以確定是和瑛子再婚，爲了連同育司在內，一家三口一起生活，而買了房子。

兩、三年前的話，育司是八歲或九歲。這年齡也符合掛在火野家客廳的唯一一張全家福照片。約莫是爲了紀念買房而拍的照片上，育司的體型比現在小了一號。

夫妻離異時，其中一方留在原本的家繼續生活的情況並不罕見。理由很多，像是喜歡現在居住的家、經濟問題、不願讓學齡的孩子轉學等等。

火野岳志的前妻，跟他與前妻之間的孩子（如果有的話），仍住在杉並區榮西町的大樓的可能性並不高，但不賭一把就太可惜了。

以結果來說，我賭輸了。我按下那棟大樓三〇四號室的對講機門鈴，雖然是星期日傍晚，回應的卻是彷彿剛從睡夢中被挖起來的年輕男聲。

不過，他說了很有意思的事：「大概是上週吧，也有人來找之前住在這裡的叫火野還是水野的人。」

男子說對方自稱律師。

「對方留了名片給我，要我想到什麼就聯絡。」

「那張名片您還留著嗎？」

「請等一下……」

對講機就這樣沉默了，兩、三分鐘後，穿著鬆垮休閒服的年輕人趿著海灘拖鞋下來大樓的大廳。

「你是剛才按門鈴的先生？」

「是的。」

「就是這張名片。我是不曉得有什麼事啦，可是感覺很麻煩，送你吧。」

就是會有這種事。遇到機會時，就應該賭一把。

城南共同法律事務所律師，藤野涼子。

「喂，我是藤野。」

背景是熱鬧的生活環境噪音，摻雜著人聲。

「律師好，我是杉村，在精華學院前面被您逮個正著的私家偵探，還記得我嗎？」

電話另一頭是一陣沉默。好像嚇到對方了。

「——有何貴幹？」

「太好了，妳還記得我。」

「今天是星期日啊，杉村先生。律師也是要休息的。私家偵探不休息嗎？」

「畢竟是小事務所嘛。律師，我覺得最好不要亂發印有手機號碼的名片。」

「我的手機分成公用和私用，毋須擔心。」

既然如此，那時候給我一張名片也行吧？

「你是怎麼弄到我的名片的？有什麼事？」

原本想再調侃一、兩句，但手機另一端忽然傳來幼童癢呵呵的笑聲，於是我打消了念頭。

「抱歉，打擾您和家人相處了。」

藤野律師哼了一聲，「我換個地方。」

背景的噪音消失了。

「所以，你打來做什麼？」

「律師爲什麼在找火野岳志先生的前妻？我不是在請教您的目的。因爲既然是律師，直接問他不就知道了？」

「杉村先生有什麼必要找火野先生的前妻？」

「火野老師看起來和現在的家人處得不好，所以我想知道他上一段婚姻是什麼情況、離婚的原因是什麼。」

「火野先生的私生活，和體驗營事件無關吧？」

「我不這麼認爲。老師也是人，和活生生的學生相處，有時身爲教育人士的面孔底下，會顯露出原本的人格。這會引起學生的共鳴，或是引來反感，所以我想知道他平日生活的樣貌。」

藤野律師沉默不語，我繼續說：

「雖說平日就有不和，但居然會在會議上氣昏頭，動手毆打上司，這種管不住拳頭的人，只要同樣氣昏了頭，或許會家暴毆妻，也有可能揍小孩。如果是老師，搞不好會毆打學生。」

「如果你是在懷疑火野先生體罰學生，那就完全搞錯了。」

「畢竟現在的老師都受到嚴密的監視嘛。但會動粗的人，並不是喜歡血腥。他們只要讓對方屈服、支配對方就夠了。物理上的暴力，只是用來達到這個目的的手段之一。」

「眞像心理學家會說的話。」

「若有必要，我什麼話都能說。」

從掛出私家偵探的招牌開始，我就下定決心了。

「如果火野岳志在家裡是這種人，在教室裡恐怕也是這樣的老師。所以，或許他招來三年D班的學生怨恨，利用這次的事來陷害他。律師不這麼認爲嗎？」

這次不是哼氣，而是傳來嘆息：

「我瞞著火野先生尋找他的前妻，只是考慮到直接問他，他會反問我理由，把事情搞得更麻煩而已。」

「嗯，我想也是。」

「就像杉村先生說的，我也懷疑火野先生平日的言行，或擔任導師帶領班級的風格過於強勢。不是身爲教師的能力，而是氣質或個性的問題——我猜想這可能是此次事件的根源。但這種事不能去問火野老師本人或支持他的人。」

爲了證明自訴遭到陷害的人的清白，必須找出遭到陷害的理由。這必然需要深入挖掘被害人難以承受的事實。

「律師，要不要和我聯手？」

「什麼？」

「我打算明天去找D班的學生。」

「我應該給過忠告了，很難。」

「以律師的身分應該很難，但我不是火野老師那邊的人。況且，我想見的不是體驗營事件的當事人，而是根本沒有參加體驗營的D班其餘六名學生。」

「爲什麼？」

「要捏造並串通那樣的情節，不可能當場想到並做到。那九名學生應該預謀許久。在準備的過程中，剔除了不會協助的認眞型的學生、可能會害怕而跑去告狀的膽小鬼。所以，沒有參加體驗營的六名學生才是關鍵。」

藤野律師這次的沉默，讓我感覺到沉思般的重量。

「我會去向學生打聽，請您繼續調查火野老師的相關事證，然後我們交換得到的情報，如何？」

說到這裡，喘了一口氣時，我懷疑自己聽錯了。雖然細微，但電話另一頭確實傳來「可惡！」的罵聲。

「好吧，我答應這場交易。」

藤野律師的呼吸變得有些急促。

「爲了節省多餘的工夫，我先把手上的情報告訴你。我聯絡上火野老師的前妻了。前妻是他的大學學妹。他們的婚姻維持了約四年，離婚的理由，前妻說是所謂的『個性不合』。」

律師表示，夫妻之間不曾發生家暴情事。

「前妻說火野先生從來沒有對她動過手，但兩人之間爭吵不斷。因爲火野先生會干涉她的工作和人際關係，對她指手畫腳。不過，這完全是她單方面的說法。」

支配曾是學妹的妻子，讓她服從自己的**指導**，這就是血性漢子不遺餘力的熱血教育嗎？

「是大學學妹啊？原來如此。」我應道。「聽說火野先生現在的妻子瑛子，也是透過大學恩師介紹認識的。」

火野岳志很重視學長姊、學弟妹之類的人際關係、上下階級。雖然遇到讓他不爽的校長，就會以下犯上，動手打人。

「你從哪裡聽來的？」

「打聽出這種事，就是我的工作啊。那麼律師，明天開始請多指教。」

我在這時所說的「明天」並沒有到來。因爲隔天的凌晨五點多，我被秋吉先生的來電吵醒了。

「翔太不見了！」

秋吉先生的聲音顫抖著。

「他半夜離家出走了。這次連字條都沒有。」

4

電話另一頭，藤野律師的聲音相當冷靜：

「秋吉同學的父母現在怎麼樣了？」

「他們四處打電話詢問他可能會去的地方。」

——他才剛自殺未遂，又離家出走！或許他跑去不會失敗的地方再次尋短了！

「報警了嗎？」

「還沒。」

秋吉先生想要立刻報警，但我制止說應該先問翔太的朋友。

「那我們快走吧。」

藤野律師表示，要去三好淳也家。

「因爲這次的事，他是領袖。」

在心理上被逼到走投無路的秋吉翔太若要投靠誰，應該只有三好淳也了，但我提出疑問：

「可是，他們會在家嗎？感覺應該會去父母管不到的地方。」

「三好同學的話，就算在家，父母也管不到。」

三好淳也家只有他和父親兩個人。

「他父親很忙，幾乎都只是回家睡覺。每學年四月的家庭訪問時，家裡也只有女傭。」

——那種環境，想救也救不了。

據說，火野岳志曾這麼笑道。

「火野先生說，副導師新井老師因爲擔心，去拜訪過好幾次，但每次都只見到女傭。幸好那名女傭人很不錯。可是，女傭每週只會固定去幾天，三好同學實際上是一個人生活。」

換句話說，要藏匿秋吉翔太，收留他一晚，一點都不困難。

三好淳也家在品川區的北品川。我和藤野律師約在品川車站碰面，搭上計程車。

「那幾個孩子爲體驗營事件預做準備，或者說**共謀**的時候……」

藤野律師故意誇大地說，臉頰微微變形了。

「去三好同學家應該也很方便。」

確實，那是要**共謀**陷害導師的作戰會議，總不能在放學後的教室裡討論。

計程車前往前方的超高層大樓。

「是那棟大樓嗎？」我問。

「對。」

「感覺沒辦法輕易進去。」

「按門鈴叫他讓我們進去吧。」

約莫是我的表情太可笑了，藤野律師笑道：

「放心。依新井老師和其他認識三好淳也的老師的說法，他不是不懂事的孩子。以國中**小屁孩**來說，反倒十分懂事。」

——恐怕是母親在他小時候就過世了，他被迫提早長大的關係。

這是新井老師對三好淳也的評語。

「原來三年D班的領袖，是個飽嘗憂傷的青少年嗎？」

「杉村先生。」

藤野律師鄭重其事地叫喚我，又露出苦澀的表情：

「前些日子跟你交談的時候，我對體驗營事件的九名學生，說法不是很正面。」

「妳是指……？」

「我說他們意志薄弱、裝酷耍帥，還有什麼首謀、小弟。」

這麼一提，確實如此。

「我那樣說，絕對不是瞧不起他們。我只是很氣他們。」

「站在律師的立場，這是當然的。」

「不，我不是以火野先生的律師的身分感到生氣。若要說的話，我是站在那些孩子的立場感到生氣。」

應該是這樣——藤野律師低喃，彷彿在向自己確認。這話讓我感到有些困惑。

「火野太太說，藤野律師妳是這件案子的助理，承辦的是菅野律師，是這樣嗎？」

意外的是，藤野律師笑了出來：

「菅野律師是我們所長，確實是我的老闆，所以我們事務所的案子，全部都是他的案子。可是，這件案子的承辦人是我。」

「那為什麼——」

「最初碰面時，我說由我來負責，被火野先生打了回票。他說女律師不行。」

「他當面這麼說？」

我瞠目結舌，藤野律師苦笑著點頭：

「他不是說不要經驗不足的菜鳥律師，甚至不是說不想要女律師，而是當著我的面，說**女的**律師不行。」

光是這樣，就能清楚看出火野岳志的部分心理。

「可是我幹勁十足，老闆也直接把案子交給我了。」

「真是明理的上司。」

「我很幸運。」

計程車抵達超高層大樓的腳邊。我們小跑步進入正面玄關，藤野律師走向對講機面板，毫不猶豫地按下門號。3、1、1、5。

沒有回應。再按一次門鈴。

「難道還沒起床嗎？」

對講機傳來「喂」的應話聲。

「三好淳也同學嗎？」藤野律師禮貌地開口。「不好意思，一大早來打擾。我姓藤野，是律師，請問秋吉翔太同學在嗎？秋吉同學的父母很擔心，到處在找他。」
對講機沉默著。我出聲插話：
「早安，我叫杉村。你是三好同學對嗎？秋吉同學有沒有提過我的事？」
秋吉先生應該不可能傻傻地告訴兒子「我雇用偵探調查這件事」，但他們是住在同一屋簷下的家人，就算翔太察覺了也不奇怪。所以他才會驚慌到連夜偷偷溜出家裡，向三好淳也求助，不是嗎？
「我希望可以見一下翔太同學，和他談談。他有沒有來呢？」
隔了兩拍呼吸，內側的自動玻璃門解鎖了。
「看吧，他讓我們進去了。」藤野律師說道。

客廳非常大。
訂製的展示櫃、整面的書架牆。約有一張榻榻米那麼大的液晶電視、音響組合。皮革沙發、腳凳和躺椅。地上散落著雜誌、幾支保特瓶、遊戲機搖捍和遊戲包裝盒。
可從三十一樓的高度俯視街景的整片玻璃帷幕，遮陽簾拉下了一半。空調過強，幾乎讓人覺得寒冷。沒有酒精或香菸的臭味。中島型廚房的吧檯上，兩個披薩盒、一個炸雞紙盒的食物，吃得滿桌都是。
「這是你們昨天的晚餐？」藤野律師指著披薩盒問。「吃披薩的時候，最好順便點個沙拉。」
三個男生睡眼惺忪，呆呆地站著，沒有任何反應。
沒錯，屋內不光是三好淳也和秋吉翔太而已，還有第三人。我看過照片，認出那是下山洋平。
「你們三個都在這裡打地鋪嗎？」
秋吉翔太穿著夏威夷衫風格的襯衫配牛仔褲，但襯衫皺巴巴的。三好淳也穿坦克背心和休閒褲，下山洋平穿T恤配休閒褲。是睡衣兼居家服的打扮。
「我們在打電動……」

下山洋平開口，像在說這是常有的事，根本沒什麼。

「這樣啊。你們玩了什麼？」

藤野律師撿起遊戲包裝盒，「『火星之神』，這是動作遊戲嗎？」

「是科幻恐怖遊戲。」三好淳也回答。「這不重要吧？」

頭髮睡到亂翹，臉也沒洗，一副邋遢樣，但若是打理一番，肯定是個大帥哥。就算他和同年代的男性偶像一起上電視，我應該也看不出他是素人。

「翔太只是來玩，我們沒做壞事。」

「看來是呢，可是他沒跟父母報備吧？」

「我去打電話。」

秋吉翔太小聲說著，低頭僵硬地走出客廳。我和藤野律師都沒制止他。

「我也只是來玩的。我常來這裡。我有跟家裡的人說，而且待在淳也這裡，他們不會有意見。」

下山洋平口氣急躁，眼神飄移。以年輕人的說法，就是有點「剉屎」的狀態吧。

藤野律師笑咪咪地說：「你們現在放暑假嘛。」

「對啊，就是啊。」

下山洋平傻笑著，斜眼偷瞄三好淳也的臉色。原來如此，確實是小弟。

我問三好淳也：「用手機講不清楚，所以你把翔太叫過來嗎？還是他來投奔你？」

「杉村先生，」藤野律師面色不改地笑著說：「請不要問多餘的問題。」

「抱歉，詢問是我的工作。不好意思，我是偵探。」

三好淳也臉色不變，下山洋平發出怪笑：

「眞假啦？好俗喔。」

他說的沒錯。偵探這一行，在現代社會是低俗的職業。至少作爲職稱，俗不可耐。

「杉村先生，你妨礙我工作了。」

我又挨了藤野律師的罵，乖乖退下。我踩過厚實的地毯，在屋內四處張望。

書架是滿的。塞得密不通風的商業書籍和經濟雜誌舊刊，應該是父親的藏書。漫畫想必是三好淳也的，人氣作品都找得到。

除了書本以外，電影光碟也占了相當大的面積，但更多的是遊戲軟體。包裝有的嶄新，有的略顯陳舊。形狀和尺寸也都五花八門，雜亂排放。

其中一盒的封面，我最近才剛看過。

「電話響了幾次，但我一個人的時候都開答錄機，所以沒接。」

三好淳也如此回答藤野律師。

「這樣啊。可是有時候會發生緊急情況，最好聽一下留言。」

「以後我會這麼做。」

我不學乖地又插話：「秋吉同學的父母差點就要報警了。你們突然跑出家裡，不知道去了哪裡，對父母來說就是這麼嚴重的事。」

三好淳也望向我，狀似慌張地眨著眼，不想被看出眼中的情緒。

「我知道了，對不起。」

「昨天秋吉同學是幾點過來的？」

「大概十點……」

「你父親呢？」

「出差，星期五才會回來。」

「女傭呢？」

「今天下午會來。」

「下山同學——」

這次三好淳也打斷藤野律師，問我：「翔太的爸媽把這件事告訴火野老師了嗎？」

我點點頭，「他們似乎打電話到所有想得到的地方，火野老師應該也知道了吧。」

「翔太又不可能去熱血老師那裡。」下山洋平搞笑地說。

「要是火野老師知道，會有什麼問題嗎？」

藤野律師一問，三好淳也頓時語塞，還帶有青少年纖細的喉結上下滾動：

「沒有啊……」

雖然他冷漠地否定，但表情述說著不同的感情。

下山洋平大聲插話：「我是快十一點的時候來的喔，律師小姐～」

我背對他們，繼續檢查書架和展示櫃。對於藤野律師的問題，三好淳也簡短回答，下山洋平則是一直在搞笑。

大螢幕電視機旁邊，擺著一幅銀框黑白照。照片上的女子約三十五歲，眼睛和三好淳也頗像。那應該是他的母親吧。照片旁邊，花瓶裡插著一支純白色的玫瑰花。花已盛開，落下一枚花瓣。換上新鮮的花，或許是今天會過來的女傭的工作。

聽到腳步聲，我回頭一看，秋吉翔太表情僵硬地站在客廳門口。

「我打電話回家，爸媽叫我馬上回去。」

「那我們走吧。」

藤野律師乾脆地打住話。這一瞬間，一直站著與她交談的三好淳也踉蹌了一下，彷彿整個人鬆懈下來。盤坐在地的下山洋平，竊笑的臉上也浮現鬆了口氣的神色。

「律師小姐，請幫翔太說好話，以免他挨罵。啊，不行嗎？畢竟律師小姐是火野老師那邊的人嘛。」

下山洋平是那種容易得意忘形的滑頭小子。他噘著嘴又繼續說，像在揶揄藤野律師：

「律師收那麼多錢，就是要幫人做事嘛。那拜託偵探叔叔好了，翔太交給你嘍！」
「不巧的是，我微薄的收費沒包括那麼多服務。」
「哽，有夠遜。」
藤野律師催促秋吉翔太到走廊。
「翔太。」三好淳也出聲。
秋吉翔太回頭，表情好似在溺斃前，看到泳圈拋了過來。
「別再想些有的沒的了。不可以吞什麼藥。」
「就是啊、就是啊。」下山洋平附和。「我才是最大的受害者，我都沒怎樣了，你別那麼容易留下心理創傷好嗎？」
「嗯……」
「沒錯，你才是最大的被害者呢，下山同學。」
我誇張地按住胸口，出聲插話。
「你內心一定深受重創吧。就算只是假設，但每個人都指著你，說你該死嘛。難怪你會哭著叫媽媽來接你，一溜煙逃回家。」
這個沉不住氣的單純男孩馬上爆炸：
「我才沒有逃回家，我也沒有哭！你少在那邊亂講啊，大叔。」
「咦，是嗎？你眞的不是逃回家嗎？」
下山洋平氣得滿臉通紅。
「杉村先生，夠了。」藤野律師厲聲打斷。「我們走吧。」
我順從她的指示。臨走之際，我看了看三好淳也，他宛如戴著面具，毫無表情。
我們嚴肅地踏上歸途。在計程車裡，翔太不發一語。藤野律師不知道在想什麼，沒有提問，也沒有訓話，保持沉默。
看到自家屋頂時，翔太氣若游絲地出聲：「律師……」
「什麼事？」
「妳要跟我爸媽說話嗎？」
藤野律師柔聲回答：「平安送你回家後，我就要告辭了。」
翔太的神情很僵硬，「可是……」
「要談的話，應該是你先跟你爸媽談吧？杉村先生也這麼想，對吧？」
「同意。」
把他交給父母後，我和藤野律師徒步前往車站。
「律師，妳說校方防守嚴密，但妳是不是都問得差不多了？」
「納瓦隆要塞裡也有人想知道眞相啊。」
「對對對，妳說的那個納瓦隆。」
從第一次談話的時候，我就十分在意。
「《納瓦隆要塞》是我父母年輕時候的電影，律師怎會用這麼老的作品來比喻？」
藤野律師愉快地笑道：「我媽喜歡老電影。我在那些孩子的年紀時，我媽常逮著我一起看電影。是二十年前的事了，那時候還是出租錄影帶的年代。」
「二十年前？」
如果那時候她是國三，現在應該是三十四、五歲。
「我還以爲律師更年輕。」
「謝謝，但奉承我也沒好處喔。」
高跟鞋敲出清脆的聲響。

「不是說好要合作嗎？秋吉翔太意志動搖的大消息，我立刻通知律師了，算妳欠我一次。」

「只是動搖而已，看那樣子，他還不會自白。」

瞬間，藤野律師轉爲苛刻的口吻。

「回去之前領袖警告了他一下，他應該會繼續守口如瓶吧。」

——別再胡思亂想了。

「那麼，算我欠妳也行。請告訴我，三好淳也和火野老師是不是曾相處融洽？」

藤野律師猛然停步，轉頭看我。「沒頭沒腦地說什麼啊？」

「就是字面上的意思。這部分的事，新井老師會不會比較清楚？」

「我也不知道。」

「國中三年，三好淳也一直都在火野老師的班上。律師注意到這一點了嗎？」

「當然。」藤野律師一副理所當然的表情。「國三生又不是一下子就變成三年級，自然會經歷一年級和二年級。不光是三好同學，那九名同學過去的校園生活，我做了很多調查。」

「可是，最關鍵的是領袖三好淳也吧？過去他是不是火野老師的得意門生？」

先不論學業成績，三好淳也不像是火野岳志會厭惡的魯鈍學生。

「那應該是他從一年D班努力爬上二年C班的時候——但過了那段時期，他和火野老師的關係惡化，心生怨懟，是不是？這可能就是此次事件的根源。」

比起一開始就處不來、勢如水火，曾相知相惜再反目成仇，由於感情的振幅更大，想要傷害對方的負面能量應該也更強。

「如果沒有那種強烈的感情催化，學生應該做不出陷害老師，讓老師蒙上不白之冤的事吧。」

藤野律師以指頭輕觸下巴，想了一下。片刻後，她搖搖頭：

「很可惜，沒有這種跡象。我完全沒聽說過這樣的事。」

「這樣啊……」

「三好同學和火野老師的關係，應該不可能好轉。而且杉村先生，D班和C班之間並沒有多大的差距。D班的孩子若是升上B班，那確實是很努力，但只是在D班和C班之間來去，根本是五十步笑百步。至少在火野老師的價値觀中是如此。」

我無法拋棄這個假設，繼續道：「可是，律師看到三好同學剛才的表情了吧？他問秋吉同學離家的事，是不是也通知火野老師了，妳反問這有什麼問題嗎？他雖然含糊帶過，但表情……」

──沒有啊。

三好淳也低聲這麼說時，看起來十分心痛。

「那不是『同伴態度動搖的事被火野老師知道就糟了』的表情。不是『慘了』的表情。」

「那又怎樣？」

「三好淳也的內心，是不是對火野老師有著好感，或者說同情？」

所以，他反射性地想到，不，感到──如果又給老師添麻煩，就太過意不去了，這種感情直接寫在臉上了。

「那時候的對話，我確實也有些在意。可是啊……」藤野律師皺起眉頭，「會不會是你想太多？學院的保健老師告訴我，三好同學個性纖細，他的學業成績低迷不振，應該也是這個原因。」

他一直振作不起來──藤野律師說。

「喪母造成的缺憾太大了。」

遺照。一支白玫瑰。

「是生病去世嗎？」

藤野律師點點頭：「聽說是癌症。在三好同學七歲時過世，所以是七、八年前的事了。」

七歲孩童看著母親和絕症纏鬥，最後爲母親送終，和父親一起被留下。父親工作忙碌，孩子得不到必要的關愛，懷抱著心中的空缺，進入青春期——

「但他還是努力準備考試，考進私立學校，基本上是個認眞的好孩子。過去也從未鬧出任何問題。」

「保健老師是從三好同學本人那裡，聽說他母親的事嗎？」

「國一的時候，教務主任從火野老師那裡接到報告，說家庭訪問發現他們家裡只有女傭，所以轉介給保健老師。」

這個學生可能需要接受營養指導。

「然後，保健老師不時關心三好同學的狀況，漸漸地，他一點一滴主動說出母親的事。當然，他顯得相當難受。」

「律師，」我說：「這一點都不難攻陷啊。」

藤野律師滿不在乎地說：「託你的福。」

接著，我出門拜訪沒有參加體驗營的其他六名D班學生。

有些家庭一時聯絡不上，有些家庭雖然聯絡上，但拒絕受訪。最後，這天只見到三名同學。一名男生，兩名女生。

理所當然地，每個家庭都有母親陪同。一名女生的父親在家工作，雙親都在場。

然後，起初每個家庭都戒備十足，但說著說著，比起學生，父母更是滔滔不絕。

——那個老師眞的太誇張了。

對導師火野岳志的評價不太好。

——我們家的孩子明明是考進去的，卻被說成無可救藥的爛學生。

——家訪的時候，還威脅說什麼待在D班沒有未來，從今以後要是不拚命努力，就上不了像樣的大學，把我女兒嚇壞了。

——他打心底認定母親沒用，只會寵壞小孩。聽到我在外面兼差工作，他居然說要是小孩將來也找不到正職就慘了，叫我這個當母親的往後要嚴格監督小孩的課業，什麼話嘛！

這三名學生沒參加體驗營，是因爲——

——我們覺得那不是學校該辦的活動。

——我家小孩容易感冒。

——這年頭讓國中生男女一起過夜，根本是在叫他們出事嘛！

理由各有不同（也摻雜了一些錯誤的認知），但根本之處的感情都是一樣的。換句話說，即使只有一晚上，他們也不想讓孩子待在由火野老師負責、盛氣凌人地指揮的地方。

有一些不滿，是在火野老師被開除之後，他們才總算能說出口的吧。感覺有部分是受到事件影響，馬後炮式地加以誇大。但孩子安安分分地坐在愈來愈激動的父母旁邊，完全不訂正父母的說詞，也沒有要替火野老師辯解的樣子。

——學生們都滿喜歡外子的。

——家長裡面，也有狂熱支持他的人。

他指導的社團贏得的輝煌成績。照片中的學生們驕傲的笑容。

那些讚揚，與這些批判。兩者並未相互抵消，同時並存。如果是一個只把心力花在優秀學生身上的教育人士，這應該不是什麼不可思議的現象。若是在一般公司，這樣的偏心明目張膽過了頭，甚至會讓當事人淪爲笑柄。

在名叫福岡綠的女學生家裡，母親暫時離席的空檔，本人悄悄告訴我：

「點名的時候，火野老師每次都叫錯我的名字。他會說：『胖妹——啊，不對，福岡同學（註）』。」

福岡同學的體型豐腴。

「他每次都笑說不是故意的。有一次我在班會上抗議，希望老師不要再這樣，結果……」

——這是自己人表達親密的玩笑話，連這都不懂，所以妳才沒朋友。

「太過分了。」我說。

其他男生說，一年級當中，尤其是D班，放學後有時會被逼著留校補課。當時教室後方的黑板還畫上圖表，公布這些被留下來的學生姓名及留校次數。

如果需要，留校補課是必要的學習指導。但公開名單供人取笑，完全就是一種惡意。

「連寄給我們的賀年卡都寫著：『今年的目標是不要留校補課！』……」

學生說，大過年的就讓人難過。

「就算是要鼓勵學生努力，也不是這種寫法吧？」陪同的母親生氣地說道。

「我可以看看那張賀年卡嗎？」

賀年卡的圖案是一張全家福照片。火野岳志抬頭挺胸站在那棟房子的玄關門前，腳下的階梯處，坐著太瑛子和育司。三人都面露笑容，但我更介意三人的位置。站在後方保護妻兒的男人。或者，是君臨妻兒之上，支配著兩人的男人。

「聽說火野老師寄給每一個學生這種賀年卡。」學生的母親厭惡地說。「我覺得實在很荒唐，老師的家人跟學生有什麼關係？」

火野岳志的字跡潦草，像是隨手寫成。與慶祝新年的賀年卡格格不入的恫嚇言詞，在小小的明信片中**嘶吼**著。

因此，在我的眼中，印刷在卡片上的火野瑛子和育司的笑容，比起含蓄，更像是困窘。

在返回事務所的電車裡，爲了確認自己的記憶，我用手機上網搜尋了遊戲軟體。但我對這方面毫無概念，怎麼查都查不到。

反正得轉車，我在秋葉原站下車，前往電玩專賣店。櫃檯的年輕店員十分熱心。

「您在找的是不是這款遊戲？」

螢幕上顯示的賽車插圖，確實就是我在找的遊戲。

「這是賽車遊戲的熱門作品，不光是可以競速，賣點是能夠自由改造車子。」

「這不是給小孩子玩的遊戲吧？」

「沒有喔，這不是寫實類的遊戲，所以也很受小孩子歡迎。」

「呃，這是什麼意思？」

「解任務蒐集零件，就可以開車飛上天，或是在水中跑。只要得到耐熱輪胎，甚至可以突破大氣層，開上地心繞行軌道。從軌道上俯視的藍色地球影像，以當時的電腦CG技術來說，眞的非常精美。」

遊戲是在七年前的五月發售，至今仍相當受歡迎，二手價格不低。

「有沒有封面圖案一樣，但尺寸比較大的包裝？大概A4這麼大，厚度也有十五公分左右，樹脂盒子。」

「是初回限定版嗎？請等一下。」店員又開始搜尋，「啊，是這個，搖桿同捆版。」

我彷彿聽到外星話，「搖桿——什麼？」

店員笑道：「除了遊戲片以外，還附上遊戲專用的操縱控制器，所以包裝盒很大。」

「那麼，取出內容物之後，盒子可以拿去做別的用途吧。」

「電玩迷不會這麼做的。」

三好淳也喜歡電玩遊戲，但從遊戲盒隨便擺放的情況來看，他應該不是重度愛好者。他可能會把印有人氣遊戲漂亮插圖的空盒送給別人——比方說，他當成弟弟的小男孩。

據說這款遊戲非常暢銷，即使淳也和育司這兩個相差三歲的少年剛好都有，也不奇怪。雖然不奇怪，但

註：「胖妹」（ふくよか，fukuyoka，有豐滿之意）和「福岡」（ふくおか，fukuoka）僅有一音之差。

我還是忍不住揣測——

火野岳志和三好淳也，是不是有過關係良好的時期？

5

聽說火野岳志正在努力謀職，應該會很早起。搞不好只有早上才聯絡得到他。上午八點，我打電話到他位在小石川的老家。

鈴聲響了很久。我正想先掛斷時，有人接起電話。

「喂？」

雖然很乾啞，不過是女人的聲音。

「早安。抱歉，一大早打擾，敝姓杉村，請問火野岳志先生在家嗎？」

「不在。」女聲劈頭就說。「岳志不在。」

是有些上了年紀的婦人聲音。沒聽說火野岳志在老家和誰一起住，但我猜應該是他的母親。

「他出門了嗎？」

「對，出門了。他不在。」

對方的聲音很急，口氣很嗆。

「不好意思，請問您是火野岳志先生的母親嗎？」

「岳志出去了，他不在。」

對方彷彿沒聽見我的問題。

「我想跟他見個面，請問他今天幾點會回家？」

「我不知道。他不在，我不知道。」

不只是性急而已，感覺像在逃避什麼。

「這樣啊，那我再——」

電話驀地掛斷了。

我看著話筒思考了一下，接著打到火野岳志的住家。電話一響就被接起。

「喂，火野家。是媽媽嗎？」

是育司的聲音。

「早安，育司。我是前天過去拜訪的杉村叔叔。」

育司發出像是「啊」的聲音。

「不好意思，一大早打過去。育司，你爸爸或媽媽在家嗎？」

一小段沉默之後，育司小聲地說：「不在……」

「兩個人都出去了嗎？」

「爸爸住在奶奶家。媽媽昨天也去那邊了。」

這回換我沉默了一下，「然後媽媽還沒有回來？」

「對……」

「一整晚就你一個人看家？」

「對。」

「媽媽有聯絡你嗎？」

育司的聲音更微弱了：「沒有。」

危險的迷霧從我內心深處滾滾湧了出來。「育司，媽媽昨天去找爸爸，是有什麼事嗎？」

「昨天早上有人打電話來……」雖然看不到臉，但育司似乎拚命壓抑著不安，聲音不穩。「說爸爸的學生離家出走了，媽媽很擔心。」
秋吉夫妻果然也聯絡了火野岳志。但他們不知道他回老家住，打了通訊錄上的住家電話，而火野瑛子接到了這通電話。
「這樣啊。不過那名學生沒事，中午過後就回家了。」
「對，好像有接到聯絡。」
可是——育司有些欲言又止。
「媽媽哭了一下。」
我內心深處的霧霾變濃了。「媽媽哭了？」
「對，然後……」聽起來育司也快哭了。「她說要去找爸爸，然後就沒有回來了。」
我很快地思考，說：「育司，你可以繼續看家嗎？我馬上過去。」
「好……」
「不用擔心。或許爸爸媽媽正在回家的路上。如果他們回家了，你可以立刻通知我嗎？我把手機號碼告訴你，你記一下。」
育司抄寫下來，在我要求之前就複誦一次。
「早上家裡有東西吃嗎？」
「有。」
「太好了。你很害怕吧？再忍耐一下，我立刻過去。」
我把老房子的窗戶全部關好，用手機聯絡藤野律師。
「杉村先生，」她不太高興，「我可不是你的御用律師。」
「抱歉，情況緊急。」
我簡短說明理由。

「我不知道出了什麼事，或許什麼事都沒發生。可是律師，一個母親把小學六年級的孩子丟在家裡，整晚沒回家，連通電話都沒打，這不是很奇怪嗎？」

藤野律師頓時沉默。

「律師，妳也有孩子吧？從爲人母親的觀點來看，不太對勁吧？」

「**以為人父母的觀點來看**，非常不對勁。」她斬釘截鐵地說，「育司說昨天得知秋吉翔太離家出走，他媽媽哭了？」

「對，接著就去找他爸爸了。」

電話彼端傳來一聲輕嘆，「你要我怎麼做？」

「請律師去火野老師在小石川的老家看看。那邊狀況也有些奇怪，感覺他母親不想接我的電話。」

「火野先生的母親本來就不是很友善。」

「但有那麼嗆嗎？先不管她的態度，恐怕發生了更嚴重的事。她似乎十分害怕。」

沒錯，應該要這樣描述才對。火野岳志的母親害怕我一早突然打到家裡的電話。家裡是不是發生了某些讓她不得不害怕的事？

「我知道了。」藤野律師應道。「火野家那邊，比起杉村先生，我去應該更容易溝通。」

「麻煩律師了。」

我跑過車站驗票閘門，前往計程車乘車處。星期日來的時候，明明有好幾輛計程車等著載客，今天一輛都沒有。

公車班次間隔很久，一時半刻不會有車，乾脆直接跑過去比較快。我跑出圓環，進入車站前狹小的商店街時，反方向有張看過的面孔逐漸靠近。

那人悠哉地踩著兒童自行車。是金田先生。

「不好意思，金田先生！」

我跑過去打招呼。老人似乎記得我。

「咦，你是……」

火野老師家的客人嗎？他問。

「這麼巧，你也住在這附近？」

我不太會引起別人的戒心。可能是現在仍一副上班族模樣的關係吧。身爲私家偵探，這樣的外貌是「俗」上加「俗」，但有時候挺方便的。

「對。自行車還沒修好嗎？」

「是啊，這是跟我孫子借的。」

「昨天您見過育司嗎？」

「早上我跟他打招呼，他說快修好了。」

「有沒有看到火野先生的太太？」

「沒有，我只是路過打聲招呼而已。」

「這樣啊。金田先生，您跟火野家很熟吧？」

之前提著西瓜過去時，他就像親戚伯伯一樣毫無隔閡。他應該經常像那樣拜訪火野家吧。

「畢竟小育是個好孩子嘛。」

「火野先生是國中老師吧？家裡有許多跟學生一起的合照。」

「對啊，聽說是什麼名校的老師。不過，我跟火野先生不熟。他工作似乎很忙，自治會也只有太太參加。」

「這樣啊。學生會去火野老師家玩嗎？金田先生知道嗎？」

「這個嘛……」

對方露出狐疑的眼神，我客氣地笑道：「其實我也是老師。看到火野老師和學生打成一片的樣子，實在羡慕，想知道他有什麼訣竅。」

「哎，這麼積極。」金田先生跟著笑了。「認真的老師，不能只想跟學生當朋友，一起玩鬧。火野先生也沒有跟學生打成一片啊。會去他們家的，只有小育的朋友。」

「哦，這樣啊。」

「公私還是要分明一點，老師和學生又不是朋友。老師比學生還要大嘛。」

金田先生說到這裡，忽然想起什麼似地冒出一句：「咦？可是……」他張大了皺巴巴的嘴。「有一次我看到一個男生，就像前天的你那樣坐在沙發上，應該是客人，在跟太太說話。」

果然沒錯。

「那是什麼時候的事？是怎樣的男生？」

「怎樣……比小育大一點。」金田先生歪著頭尋思。「這麼說來，當時小育好像也在一起。」

他說是去年這個時期的事。

「還是更早一點？可能是暑假前。」

「您記得那個男生長什麼樣子嗎？我手上有照片，您認得出來嗎？」

我取出手機。手機裡存著體驗營事件的九名學生的照片。但金田先生嫌麻煩似地擺手推開：

「照片那麼小，沒眼鏡我看不清楚啦。」

「這樣啊，抱歉。」

「我去送社區傳閱板的時候，看到有個男生在那裡而已啦。我不好意思打擾，問候一聲就要走，沒想到……」

——我是老師的學生。

「那孩子站起來向我行禮，十分有禮貌。」

「謝謝您。」

其實我很想借用金田先生的自行車，但我繼續邁開雙腿往前跑。

火野岳志和瑛子依然沒有聯絡。育司孤伶伶地坐在廚房的高腳椅上。

我向他借了毛巾擦汗，這時收到了簡訊。是藤野律師傳來的。

「確實不太對勁。對方不肯讓我進門。」

育司說他吃了麵包。流理台瀝水架上倒扣著杯盤。

「我來這裡的路上遇到金田先生了。」

「他的車還要再一下才會修好。」

「金田先生騎著他孫子的腳踏車。」

育司總算露出微笑，「那是小友的車。是《光之美少女》的腳踏車耶。」

「是女生看的作品嗎？」

「對，那部卡通超紅的，杉村叔叔不知道嗎？」

身爲十歲女孩的父親，其實我應該要知道吧。

「其實我也不太熟悉。如果看卡通，爸爸就會罵我。」育司說。

我看向育司的側臉。眼角有些下垂，下巴線條渾圓，很像母親。

「現在的爸爸，是媽媽再婚以後，才變成你爸爸的，對吧？」

育司點點頭，「眞的爸爸在我還是嬰兒的時候就死掉了。」

「那麼，你一直是跟媽媽兩個人生活呢。」

「有一小段時間是跟爺爺奶奶住在一起。」

「媽媽是什麼時候再婚的？」

「我三年級的時候。所以，第二學期我得轉學去別的學校。」
「你很捨不得吧？」
育司又點點頭，「這個家好大，我有自己的房間，可是我比較喜歡以前住的公寓。」
這話聽起來就像在說「跟媽媽兩個人一起住的時候比較好」。
「育司，你的工具箱——修理自行車的時候，用來裝重要工具的那個盒子。」
「嗯。」
「那本來是裝遊戲光碟的盒子吧？那叫什麼？是可以任意改造車子的遊戲嗎？」
育司開心地笑逐顏開，「杉村叔叔喜歡那款遊戲嗎？」
「玩過一點。不過我有飛到太空，看到藍色的地球喔。」
我大膽吹噓，育司附和：
「眞好，我只做出水中車型而已。那款遊戲我是跟朋友借的，他說想拿到耐熱輪胎，得先拿到三個A級獎牌，根本太難了嘛。」
我的手機又收到簡訊：
「我要破門了。」
還沒來得及想像藤野律師用高跟鞋踹門的樣子，我便發現育司露出害怕的神情。
「這是別的事，別擔心。」
拜託，千萬要沒事。
「那麼，那款遊戲的盒子，也是朋友給你的嗎？」
「對，不過是很久以前的事了。」
「不是去年嗎？那個朋友不是你爸爸班上的學生嗎？」
「咦？」

難不成是金田先生搞錯了嗎？

「那款遊戲很舊了。」育司說。「是住在以前的公寓的時候玩的。」

才七年前的遊戲就算是「很舊」，並不是因為育司是個重度玩家。對小學六年級的孩子而言，七年前已是「舊」到不行的過去了。所以，他懷念似地瞇起眼睛，接著說：

「淳也說是爸爸買給他的生日禮物。那個時候才剛出而已，不過他玩過很多次，覺得膩了，所以送給我。」

突然冒出一個名字。從前後脈絡來看，應該是那個朋友的名字。淳也。

「原來如此。」我擺出笑容點點頭。

「可是，媽媽說不能收那麼貴的東西，還叫淳也不可以隨便送東西給別人。我是很想要啦。最後淳也就把外盒送給我。他說上面有我喜歡的角色的圖案，而且只有盒子，老師應該不會生氣。」

「這樣啊，你說的淳也，是三好淳也嗎？」

育司的眼珠轉了一下，「呃，他姓……」

「他比你大三歲左右，對吧？」

「對。」

七年前的五月發售的遊戲。當時三好淳也七歲或八歲，育司四歲或五歲。母親是在育司讀小學三年級，也就是他八歲或九歲的時候再婚，表示那是在更久以前，母子倆住在公寓時發生的事。

我仰望客廳牆上的許多照片。展示火野岳志教職員生涯光榮歷史的紀錄。上面沒什麼妻兒的影子。

其中最令我介意的是，找不到任何瑛子認識火野岳志之前的個人生活照。沒有裝飾在這裡，遭到排除、封殺。

這種情況彷彿在說：在認識我、受我**指導**以前，妳的人生毫無價值。

據說，火野岳志是透過大學恩師的介紹認識瑛子的。那麼，瑛子很有可能也是那位老師的學生。

我對自己感到傻眼。爲什麼沒有更早發現？

藤野律師說過，國三生並不是一下子就變成國三生的，經歷過一年級、二年級的成長。同樣的道理，國中生不可能一開始就是國中生，還有之前的小學生時期。

——我是老師的學生。

「育司，」我接著問：「你媽媽再婚以前，是做什麼的？」

「她是小學老師。」育司回答。「淳也是我媽班上的學生。」

我緩緩點頭。「你媽媽再婚以後，就辭掉了工作嗎？」

「媽媽說不想辭職，可是我們搬家了。」

育司的聲音沉了下去。不全是出於恐懼或顧忌，我聽出其中滋長的怒意。

「因爲爸爸很可怕。」

恫嚇、支配他人的男子。對待妻兒也和對待學生一樣。

手機響起。這次是電話。「喂，我是杉村。」

「我剛剛安置好了火野瑛子女士。」

藤野律師的聲音有些激動。

「她被打得很慘，遍體鱗傷，整張臉都腫了，幾乎認不出來。下巴恐怕骨折了，沒辦法說話。」

「那她……」

「意識清醒。應該沒有生命危險，可是站不太起來。火野家的人完全沒有幫她治療，就讓她躺在屋內深處的和室。或者說，是把她藏在那裡。如果我們沒有找到她，他們到底打算怎麼處置她？」

幸好趕上了。

「警察正在向火野先生的母親詢問狀況。那個母親激動大罵，說都是媳婦自找的，誰教她要惹兒子生氣，警察想必覺得很棘手。我們老闆也在場。」

「菅野律師也去了嗎？」

「我請他出馬。光靠我一個人，沒辦法破門——啊，你可別當真。」

媳婦自找的——是嗎？

「火野岳志下落不明。聽說他開自己的車出去了，只要以傷害罪發布通緝，可能會被車牌辨識系統攔下。」

育司跳下廚房高腳凳，靠到我旁邊。我露出微笑，無聲地說：沒事，不是壞消息，你媽媽安全了。

屋外傳來車子停下的聲音。育司穿過沙發旁，去到窗邊，偷看外面，說：「是爸爸。」

我反射性地躲到扶手椅後方。「育司，替我保密一下。」

喀嚓。

玄關大門打開。我從椅子後面偷看。

火野岳志。

身形魁梧。個子不高，但軀體厚實，看起來十分壯碩。長相並不粗獷，算是端正的英俊男子。他穿著短袖白襯衫和膝蓋鬆垮變形的牛仔褲，額頭浮出汗水。

「我回來了。」

育司杵在窗邊，整個人僵掉了。火野岳志急躁地脫掉鞋子，走進廚房。

「你在那裡做什麼？」

「沒有……」接著，育司果敢地反問：「爸爸做了什麼？」

火野岳志去廚房洗手，喝了一杯水，瞪著育司：「你那是什麼表情？」

「媽媽不是跟你在一起嗎？」

火野岳志的太陽穴抽動了一下，「我很忙，又得出門了。」

「媽媽說去找你了。」

我以爲火野岳志會對育司破口大罵，但他厚實的肩膀忽然上下起伏，態度丕變，轉爲討好的語氣：

「這個可憐蟲，你媽不會回來了。她離家出走了。」

育司嚇了一跳。我猛地站起，上前抓住他的手臂。「育司，躲到我的後面。」

「你是誰！」

火野岳志怒目圓睜，驚嚇到彷彿連呼吸都忘記了。他臉色大變。

「你闖進別人家裡做什麼？」

汗濕的額頭顯得油亮。他是開車來的，怎會熱成這樣？

是冷汗。急出來的汗。他把妻子打到下巴骨折，連站都站不起來。不能送她去醫院。萬一事情傳開，他就毀了。這種醜事，絕對不能發生在老子的身上——

所以，**就當成你媽離家出走不回來了**。

「剛才收到菅野律師的通知，他們已安置好瑛子女士。」我說。「她沒有離家出走，你應該最清楚。爲什麼對育司撒謊？」

還有，你原本打算怎麼處置妻子？

火野岳志的嘴巴開闔了一、兩次，像隻缺氧的金魚。那張臉逐漸變得蒼白。

「我、我沒有撒謊……」

育司緊揪著我的外套。我撫著他的肩膀說：

「你媽媽受傷送醫了。不過沒事的，她會好起來。」

育司躲到我的身後，全身猛地哆嗦了一下。他直瞪著雙手抓著流理台，彷彿隨時都會嘔吐出來的火野岳志。

「火野先生。」

我一出聲，他渾身一顫，倒抽了一口氣。

「這是不折不扣的傷害案件，而且你還試圖隱瞞。」

他的眼珠一轉，下一秒，他轉身奔出廚房，衝過短廊，從玄關跑出去。

「火野先生！」

我把育司留在原地，追了上去。白襯衫的龐大背影連滾帶爬地拚命竄逃，消失在前方轉角處。

響起一道令人牙根發軟的緊急煞車聲，隔了一拍呼吸，傳來撞擊聲。

我停下腳步，接著又跑向聲源處。

窄小的十字路口，一輛前保險桿嚴重凹陷的箱形車斜停在路中央。火野岳志跌坐在另一邊，抱著右腳連連哀號。

眞是天助我也。

有人碰了碰我的背。是育司。

「死掉了嗎？」

「沒有。」

我打了一一九叫救護車。附近住戶聚集圍觀。接著，我打一一〇報警。

先叫救護車，不是爲了火野岳志，而是爲了育司。小小的自行車技師正無聲哭泣。

「體驗營那件事，瑛子老師完全不知情。是我們——是我自作主張。」

文京區公所附近的急診醫院一隅，加護病房專用的等候室出奇空曠。

火野瑛子正在動手術，還不能見訪客。但藤野律師一通知，三好淳也就趕來了。他堅持要在這裡等，直到能與瑛子老師見面。

等候室的椅子上，只坐著我們三人。夕陽射入窗戶，照亮淳也的臉頰，也倒映在他的眼眸中。

「火野老師把我們D班和C班的學生當笨蛋。他毫不掩飾，赤裸裸地歧視我們。」

——你們都是吊車尾的敗類。

「聽社團的畢業學長姊說，他從以前就很沒口德，還理直氣壯地偏袒自己喜歡的學生，可是沒誇張到這種地步。」

藤野律師輕輕點頭，「我想也是。據說火野老師是在和齋木國中部長交惡之後，才變成那樣的。」

火野老師只在乎A班和B班的學生，搶著擔任本來就十分活躍的社團顧問，社團得到好成績，就當成自己的功勞四處炫耀。齋木國中部長非常看不順眼火野老師。

「所以，這幾年都故意讓他擔任C班和D班的導師。火野老師覺得很不是滋味，把氣出在你們身上。」

——你們班需要的不是老師，是馴獸師。

「我們的成績確實不好，」

淳也說道。他彷彿卸下肩上的重擔，眼中流露一種虛脫的平靜。

「但我們努力考進精華，也是有自尊的。我們自知在學校裡成績不如人，所以火野老師的話雖然過分，或許是對的。可是我們的感受十分複雜，聽到火野老師那些話，眞的非常受傷。」

「一定很難受吧。」我說。

淳也忽然扭動了一下身子，恍若從打盹中醒來，望向我：

「老師討厭我們，不管再怎麼努力，我們都不可能跟他好好相處。除非我們變成**不是我們**，否則這是不可能的事。對火野老師來說，我們這些學生最好消失算了。」

於是，學生們做出決定：我們不要這個老師了。

這根本是負的方程式。教師與學生、教導者與受教者、引導者與被引導者、壓制者與被壓制者，這些組合都錯了，所以不管放進什麼數字，得出的解答都是負的。

「捏造出那種事，趕走火野老師，是你的主意嗎？」藤野律師問。

「對。我們討論過，只要讓老師鬧出醜聞就行了，不過細節是我一個人想的。」

不太可能，淳也應該是打算獨自扛下責任吧。

「其他的八個人，你把他們團結得很好。」

「還好啦……」

「沒參加體驗營的六個人，也在你的計算內嗎？」

「我大概猜到哪些人不會參加。學期初就有人說絕對不會參加，即使他們當天出現，要把他們趕回去也不難。那幾個同學都很乖。」

「秋吉翔太也算是滿乖的類型，所以他愈來愈害怕，心裡十分不安。」

三好淳也睏倦地眨了眨眼，看向我說：「他並不是後悔。只是火野老師雇了律師，打死不退，翔太嚇到了。」

藤野律師長長地嘆了一口氣。

「在你母親去世，過得特別艱辛的那段時期，瑛子老師相當照顧你。」

聽到我的話，他點點頭：

「她是我小學二年級的導師。」

眞的對我超好的——淳也說。

那句「超好的」，是我這種即將步入四十歲的男人無論如何都學不來的、輕快卻又誠摯的口吻。

「起初是假日的時候，老師邀我去她的公寓坐一下。得知我都一個人在家以後，老師說放學後可以待在她家。我們住得不遠，坐公車不必換車就能到了。」

淳也說，他和育司就像兄弟一樣。

「瑛子老師也是因爲育司的父親過世，沒辦法丟下遭遇喪母之痛的你吧。」

「我以前想過，育司從來沒看過父親，所以還好。」

這話像是不小心吐露眞情。

「你們一直相處融洽，但瑛子老師再婚，辭掉教職後，便沒再見面了嗎？」

「不是的，三年級的後半學期我轉學了。爸爸把我送去千葉的親戚那裡，接受他們照顧。」

淳也說親戚待他不錯，考進精華學院國中部以後，有段時間仍從那裡通學。

「可是路程太遠，上下學實在累壞了，所以我又回來爸爸這裡。反正我一個人也能過得很好。」

在年幼的自己悲傷難過、寂寞不安的時候，瑛子老師扮演了他迫切需要的母親角色。他是什麼時候發現瑛子老師再婚，而且對象是自己在精華學院的導師？

「是國中一年級過新年，看到賀年卡的時候。」

「我想也只有這個可能了。」

我嚇到心臟都快從嘴裡蹦出來——淳也這麼說，第一次冷冷地笑：

「那個時候我就非常討厭火野老師，心情十分複雜。可是，我又覺得只要瑛子老師和育司過得幸福就好了。」

然而升上二年級以後，他仍處在火野老師的暴政之下，聽著身邊各種反抗與不滿的聲音，不禁心生迷惘。

「我忍不住懷疑，那麼溫柔的瑛子老師，跟這種愛作威作福的大男人結婚，眞的會幸福嗎？」

他也擔心育司。

「因爲是單親家庭，育司遭到同學霸凌，不喜歡上學，功課也跟不太上。」

他實在難以想像，只偏心成績優秀的學生的大男人火野岳志，會疼愛育司。不，根本不可能。

「去年你拜訪位於西東京的火野家，就是爲了確認這件事吧。」

淳也一臉驚訝，「你怎麼知道？」

「有鄰居記得你，說你向他打招呼。」

——我是老師的學生。

「他稱讚你很有禮貌。」

淳也拜託瑛子老師和育司，不要把他的事告訴火野岳志。

「我跟瑛子老師說，等我的成績進步更多，火野老師會稱讚我以後，妳再告訴他『其實淳也是我以前的學生』，讓他嚇一跳。」

這只是表面上的說詞。此時淳也已開始計畫，要把火野岳志從精華學院，以及瑛子和育司母子的人生中驅逐出去。

「因爲瑛子老師看起來一點都不幸福。」

她處處受到壓制，快窒息了。

「我知道以前的老師是什麼樣子，馬上就看出來了。育司也是——他的手非常靈巧。」

「啊，這我知道。」

「可是，火野老師絕對不會稱讚這種事。」

淳也的目光暗淡，彷彿漂著一層油的水窪。

「聽說育司每次修理壞掉的東西，火野老師就會嘲笑他、罵他。」

——你打算一輩子修理別人弄壞的東西嗎？

——長成那種大人就沒救了，只能永遠在社會底層打滾。

——果然母親就是會寵壞小孩，我來重新鍛鍊你。

「是育司告訴你的嗎？」

淳也點點頭，用力閉上眼睛，拳頭也握得死緊。

「我彷彿能看到那個畫面。」

因爲我們天天都在教室裡聽到一樣的話。

「不過，執行體驗營的計畫以前，我不曾和瑛子老師討論。老師完全不知情，是我爲了老師和育司，專斷獨行。」

然而事發之後，火野瑛子想必察覺了蛛絲馬跡。體驗營事件的**被害學生**之一是淳也，而身爲**加害教師**的丈夫嚷嚷著「我是冤枉的」。把這兩件事連結在一起思考，對她來說，箇中構圖是昭然若揭吧。

所以秋吉翔太自殺未遂，甚至離家出走的時候，火野瑛子「哭了一會」，下定決心，前往位於小石川的丈夫老家，打算向丈夫說出一切。她希望狀況不要繼續惡化，想要說服丈夫停止和校方抗爭。三好淳也他們確實撒了謊，但你也想想他們爲什麼會做出這種事——

可惜，瑛子的訴說，火野岳志聽不進去。瑛子喚醒的，只有他的憤怒和暴力。

——原來妳跟他們是一夥的！

「你還年輕。」我說。「你不懂夫妻之間的情感交流和誤會，倒也難怪。可是，瑛子老師是因爲火野老師有讓她欣賞的地方、對他有好感，才會和他結婚。」

淳也的臉頰尷尬地鬆垮下來，彷彿我說了什麼不合時宜的玩笑話。

「那都是過去的事了……」

他們現在根本處得不好。

「處不處得好，外人是不會明白的。只有夫妻倆自己才知道。」

淳也嗤之以鼻。是失笑。

「所以，就算你們的計畫成功，把火野老師從精華學院趕出去，瑛子老師和火野老師也不一定會離婚。你沒有想過這種情況嗎？」

「只要計畫順利，瑛子老師就可以跟那傢伙離婚。」

這樣就容易開口提離婚了。

「瑛子老師不用在乎旁人的眼光，繼續忍耐。因爲每個人都知道，那傢伙其實是個大爛人。」

藤野律師盯著光亮的油氈地板，緩緩搖頭。

我應道：「那只是你的想法。夫妻之間的問題，外人是不會懂的。」

「我懂。瑛子老師一定會離婚。馬上就會離婚。」

只屬於主謀的祕密，不是藏在體驗營的結果裡，是藏在為了得到這個結果而策畫的動機裡。那是只屬於他一個人的目的。只屬於他一個人的願望。就藏在內心深處。

「瑛子老師一定很後悔跟那種人結婚。」

我知道，我知道，我都知道。

為了瑛子老師，為了瑛子老師，全是為了瑛子老師。

聽在我的耳裡，這並非把老師當成母親的少年孺慕之情。更像是為了挽回離開自己、移情別戀的舊情人，不肯放棄的男人聲嘶力竭的吶喊。

但他還是個男孩。所以聽起來才更為悲痛、驚心動魄。

「我說啊，三好同學。」

藤野律師挺直背脊說道。

「我對你——對你們很生氣。」

藤野律師也這麼對我說過。

「我知道火野老師有問題。明白地說，愈是調查，我愈清楚他是個問題教師，你們實在倒楣。」

可是，即便如此——

「如果要告發問題教師，把他趕走，為什麼不光明正大地對抗？為什麼要捏造莫須有的事件？」

沒有回應。一滴汗水滑落三好淳也的臉頰。

「因為這樣比較快、比較輕鬆？」

藤野律師真的是站在國三生的立場，在對他們生氣。

「即使目的正確，若手段不正當，一切都會被打成不公不義。想懲罰壞人，就可以捏造那個壞人根本沒做過的壞事嗎？」

回答我！

「為什麼不腳踏實地蒐集證據，證明那個壞蛋**真正**做過的壞事，正面對決？為什麼要依賴謊言？」

藤野律師握拳狠狠捶了一下自己的大腿，咬牙切齒地喊道：

「這真的讓我很懊惱！」

迴響在空蕩蕩的等候室的聲音，聽起來就像國三少女的吶喊。

夕陽完全西沉的時候，手術結束，三好淳也見到戴著氧氣罩沉睡的火野瑛子，便和趕到醫院的父親一起回去了。

「律師，辛苦了。」

「杉村先生也是。」

我們從醫院後門一同步向夏季潮濕的暗夜。

「真的不是律師穿著高跟鞋踹門進去的嗎？」

「我們老闆是個彪形大漢，輪不到我出場。」

她如此笑道，接著正經地說：

「多虧杉村先生夠機警，才能救出瑛子女士。一想到要是再晚半天才發現，不知道她會怎麼樣，我不禁毛骨悚然。」

火野岳志應該會把妻子**處理**掉吧。

「如果律師認同我的功勞，請回答我一個問題。剛才妳為什麼會那樣真心動怒？」

律師眨了眨眼，「教訓小孩的時候，當然要全力以赴啊。」

「站在相同的立場生氣，不叫**教訓**。」

我的堅持似乎獲得了勝利。藤野律師流露出前所未有的溫柔語氣：

「我只是——稍微想起了往事。」

「往事？」

「二十年前，差不多也是在這個季節。當時正值暑假。」

「是國三的回憶嗎？」

「對。爲了查明某個事件的眞相，我召集願意協助的三年級同學，在校園裡舉行模擬法庭。我扮演的是檢察官的角色。」

眞的嗎？我被勾起了興趣。

「是怎樣的事件？官司打贏了嗎？」

藤野律師舉起雙臂，擺出萬歲的動作。

「輸了。一敗塗地。被告請到了優秀的律師。」

「這樣啊，妳一定很不甘心，才會記得那麼清楚。」

「討厭，我可沒那麼爭強好勝。」

那種眼神不叫好勝，還能叫什麼？

「更何況，如今在我們家，是我比較強。」

「咦？」

聽到我錯愕的回應，藤野律師笑得天眞無邪：「當時的律師，是我現在的丈夫。」

「嗄？」

「跟在市井打滾的我不同，他是清高的象牙塔居民。學者眞的和世俗脫節得愈來愈嚴重，眞傷腦筋。」

「啊哈……」

「要是少了我，我們家就維持不下去了。啊，可是他對兩邊的父母都很孝順，是個好女婿，也會照顧孩子，所以算是扯平嗎？」

她開心地甩著公事包，踩著高跟鞋轉了半圈。

「那妳早點回家吧。」

「好。杉村先生也別在路上摸魚喔。」

沒有人在等我回去，不過現在我不想說出來。

取而代之的是，我這麼說：「藤野律師，祝妳幸福。」

「這不是偵探該對律師說的話。杉村先生，你眞是個怪人。」

「是啊。律師給了我寶貴的教訓，我獲益良多。這是我的一點謝意，請大方接受吧。」

沒錯，這是寶貴的教訓：不能小看國三生。

「或許將來還有機會合作。」

藤野律師說完，輕輕揮手。

「到時請多多指教嘍。」

接著，她踩出輕快的鞋音，消失在夏夜彼端。

解說

現在的主人翁：國中生法庭與教具室的燒杯

張亦絢

（本文涉及關鍵情節，未讀正文者請慎入）

精神分析師梅寧哲（Menninger）曾指出構成自殺需有三個元素：殺人的欲望、被殺的欲望與想死的欲望。如果不加細察，往往會只注意到「想死」，忽略另外兩者。我們熟悉的「suicide」，一開始並沒被收進英美的字典中，最早是用與「謀殺」有關的表達，比如「謀殺自己」或「自我殺戮」（註）。

由於神原和彥粉碎「自殺聖者」的陳述相當震撼，三宅樹理的「靈魂謊言」出人意表，我們很可能會沒給予陪審團最後的討論，足夠的注意——蒲田教子認爲讓審判停留在「和彥殺卓也的罪惡感」不恰當，因而促成判決加上「這是命案：是柏木卓也殺了柏木卓也」——這個就「認識自殺」而言，更爲完備的表意。不過，既然沒人目擊卓也的墜地，發生意外的可能性，也不能說沒有——推理影集曾演過，打消死念的人，會因從緊張中鬆懈而失足，變成已不想自殺卻死亡的案例。——當然，這稍微吹毛求疵。

國中生的資本及其重分配：法庭是怎麼打造的？

藤野涼子得出了就算警方與學校不能依靠，也不想與媒體合作的結論，決心要把話語權交付同儕。這個「我們自己來」，構成了《所羅門的僞證》非比尋常的「國中生自治」場面。相信少女男可以有自己的覺悟、組織與對抗，有眉村卓《超人學生》的前例。在著手計畫初始，涼子就被老師打巴掌。——宮部對於教

註：艾爾．艾佛瑞茲，《野蠻的上帝：自殺的人文研究》，心靈工坊，二〇〇五。

育界的暴力，沒打算輕放。未成年人打算自主，看似「反教育」，其實仍緊扣著教育的精神——《所羅門的僞證》除了探討「教育爲何」，還針對了青春期的的課題：外型、課業，以及認識「大人這種生物」。

對抗與戒心不該是唯一，少女男必須學習觀察可以信賴的大人。前校長幫他們租冷氣訂便當，都顯示了嚴守社會派的寫實立場。早年美國白人想要支援黑人民權時，就被要求恪守打雜的角色——這兩者雖不完全相同，但尊重不同群體的主導權，伸出援手但不插手的道理是一樣的。

令人苦惱的大人特質很多——但最造成孩子們「負擔」的，不是社經地位，而是大人本身的「逆成長人格」——樹理虛張聲勢的畫家父親，勝木惠子容易上當的「做酒店」老媽，更怵目驚心的是上演弒親的野田健一：說要和兒子商量，其實不顧兒子意見就要被騙走房產仍執迷不悟的父親——從父親會說「欽佩兒子」的表面來看，父親不算壞吧？事實上，健一與小說核心的卓也有著類似的悲劇：父母把子女當偶像崇拜，自己逃到粉絲的角色裡。要知道，粉絲固然熱情，與做父母的心力相比，可差多了。現實的偶像偶爾才見粉絲，然一旦粉絲是父母，試想當事人會多倦怠。

每個國中生的資本不同。涼子「資本雄厚」，她有「具父母意識」的父母——聰慧的孩子也需要父母，涼子的母親就引導涼子遠離完美主義。但從資本延伸出來的問題還有，究竟是盡可能資本滾資本地累積，還是運用既有資本，「投資」在「資本重分配」？

「畢製」本就存在，涼子只是把提案放入既有框架中。這種轉化能力，正是「主流學生要做非主流之事」的特質。她最早想召喚的都是擔任幹部的主流學生，但前者在安全累積資本的邏輯下，讓她碰壁，使她自嘲自己從模範生變成「股價一落千丈」。這時北尾老師推「不良少女」惠子加入，成爲轉機。惠子自稱「腦袋空空」，同學用成語打趣時，只有她跟不上。不過，她因爲是顯性的「問題學生」，引起老師關注，使得她能與大人討論。最後將「調查」變化爲法庭，都有賴她的質疑力與走動——不可否認地，高學業適應力者擁有語文力與自信，然而，進行事務時，低學業適應力學生的其他能力，包括人際敏感度與生活經驗的靈活，重要性就會浮現——不用功的麻里子引進「法警」，源自父母工廠的運動會——每個組成法庭學生的出場，都值得深思。

言詞的威力與說謊的意義：顛覆、過度與有關真誠的問題

和彥作爲霸凌者大出俊次非謀殺者的辯護律師，卻質詢大出的霸凌，顛覆了法庭，令大出形同霸凌罪行被呈堂。和彥憑藉的只是公開言說。言詞有那麼大的威力嗎？日本有作者寫出曾有老師這樣錯誤走形式地問「我們班沒霸凌吧？沒有就好。」（註一）專家也寫過，當聽說「某某被性侵」，往往不知殘酷，然具體描述，就會使人驚駭。詞語並不夠，如果使用者暗示不重視或缺乏具體描述，詞語就是虛的。和彥使詞語不空洞的運用，才會震撼所有人。爲什麼和彥與樹理兩人隔空聲援？不要忘了，和彥在二出場（註二）就「說謊」，他佯稱是「英明」，一個更具光環學校的學生。如果他沒有很快更正，他也會「變成樹理」。謊言是「過度與錯誤的武裝」，想要獲得的「利益」，包括人身安全與安全感。作爲家暴受害者與「殺人犯之子」的和彥，去讀附中，本就爲保護隱私避免霸凌，他對武裝的認識，不會只從非受害者的經驗出發。

和彥一度對卓也的情感勒索，百依百順。同學抱以「該把卓也更拉入團體」的「後悔」——然而，如果卓也的厭世難癒，合群眞是解方嗎？小說排除了情感疾患的假設。那麼，他固執的操縱與冷酷的好奇，只能被看作純惡嗎？和彥將「被卓也耍」連到情人的無理取鬧，他的劃界隱含了對同性親密的恐懼。從處世之道出發，卓也給和彥遺書時，和彥就該轉交給成人，以避免超過負荷。卓也並沒那麼「孤狼」，兩個非典型的老師曾是他的英雄與知己，而就算經過了智性遊戲的僞裝，他對和彥的態度更似「黏人」。在被教育者問到兒童對友情的執著時，多爾多（Dolto）沒有建議「友情不渝」，她說的是，要學習分離。老師說卓也「過

註一：池谷裕二（作者），吉竹伸介（繪者），《有沒有讓腦袋變聰明的藥？》，漫遊者，二〇二一。

註二：在電話亭爲一出場，二出場是他初次碰到野田健一時。

分眞誠」，他也譴責和彥不眞誠——眞相是，和彥早「不想要他」，是義務而非欲望地，做著朋友——和彥掉頭時即眞誠，卓也難道不是高估了自己對眞誠的承受度？這也就是眞誠的矛盾危險。

無論卓也智力多高，多想死——人不可能勉強他人愛自己。勉強只會得到勉強的愛，其中還暗藏了侮辱。我最注意的，是在教具室遇霸凌組時，對方記得他在追趕中還「把燒杯什麼的掃下來」。

面對尋死：進入肉體、競爭與哲學方法

和彥說那不像卓也，且卓也「很介意」。我直接進入我的理論——我認爲，卓也在教具室裡發現了「爽」。那是身體享樂性的殺出。打破與推翻，對幼兒來說，是充滿樂趣的力量。被當病童撫養的卓也變頑童，「變壞」其實是「變好」。專業的成人如果得知，會是幫助卓也的契機。但這個契機卻因嫁禍霸凌組而喪失了。我們可以合理懷疑，卓也因此產生罪惡感或更深沉的恐懼。棄校是他誤認身上帶有威脅學校的荒謬性，此與他所鄙視的霸凌荒謬性疊印。委靡和與世隔絕都是無意識的自懲。尋死，是對肉體既漠視又看重（畢竟人是透過身體死）的悖論。卓也讓和彥到處跑，彷彿和彥是虛擬化身——值得注意，是卓也持續的肉體逃逸。

卓也想擠進「和彥的身世」中，如執法般「指定罪惡感」給和彥，小說指向卓也歧視殺人犯子女的假設。但也可能，卓也的侵入性，是因爲卓也與和彥的亡父產生了競爭（註一）。而卓也將「深刻嚴肅」與「否定人世」混同，比較像有缺陷的哲學思考（註二）。他所需要的協助不是樂觀，而是哲學方法。數理與藝術的早熟者，相關社群一得知，就會採取保護手段，開通指導的管道——說得直白點，應把卓也送給吉本隆明折磨（註三），而不是任他折磨小同伴。

結語：前提假設不是不可動搖的

不了解「所羅門」所指的讀者，可用「所羅門審判」或「灰闌記」搜尋。在原故事裡，做僞證是爲保全嬰兒性命，所羅門認爲只有親生母親才做得到。這個表達有「穿透語言表面得到眞相」的意思。另方面，親生才有愛，則爲不同作家質疑、改寫。所羅門所據以判斷的前提假設，被認爲並非不可動搖。就推理來說，一方面否決了霸凌、告發與自殺成等式連結的模組，另方面，又達成對三者「反簡化」的敘事——這個奇特的拆分與確立，使《所羅門的僞證》成就空前絕後的青春史詩。杜斯妥也夫斯基與卡夫卡都寫過法庭，文學裡的審判與只基於法律的審判，並不完全一致。比較它們的異同，在國民法庭上路的今天，格外有意思。

註一：既殺人父也殺人母的是和彥生父，抽象來說，具有經驗極致與恐怖的性質。這是卓也或多數人想像中的極限物。但對和彥來說，極限物還具有歷史性，這是爲什麼他不單以「恐怖極限」認識的原因。和彥重複對生父母的接納（愛），效力於卓也，宛如面對無法與之競爭的「理想／被愛／死亡兒童」（儘管此例中的人物是父親）。卓也在此三角關係中，要麼貶損死亡的競爭對手，要麼爲自己加添死亡特質，兩者他都採用了。

註二：人思考死亡而認爲，死亡或死於非命具有對意義一事的尖銳侮辱性，並非不普遍。契訶夫也曾表達過類似的惱恨。在卓也的例子中，他似乎把應該針對事情本質的憤懣，變得針對個別的人。這種錯誤深具啓發性。

註三：在所羅門的僞證Ⅲ《法庭》中，楠山老師說，卓也寫出過像吉本隆明（日本思想家）的文章。

本文作者簡介

張亦絢

台北木柵人。巴黎第三大學電影暨視聽研究所碩士。著有長篇小說《愛的不久時：南特／巴黎回憶錄》、《永別書：在我不在的時代》（以上入圍台北國際書展大獎），短篇小說集《性意思史》（二〇一九年Openbook年度好書）；推理評論《晚間娛樂》等。專欄「我討厭過的大人們」獲金鼎獎最佳專欄寫作。曾任二〇一九年台北藝術大學駐校作家。《ＦＡ電影欣賞》專欄「想不到的台灣電影」作者。《永別書：在我不在的時代》經選爲二〇〇〇年後台灣最具代表性的小說之一，獲頒「二十一世紀上昇星座」榮譽。近作爲《感情百物》。

宮部美幸

作品集／47

Miyabe Miyuki

所羅門的僞證Ⅲ：法庭

國家圖書館出版品預行編目資料

所羅門的僞證Ⅲ：法庭／宮部美幸著；王華懋譯. -- 二版.-- 臺北市：獨步文化，城邦文化事業股份有限公司出版：英屬蓋曼群島商家庭傳媒股份有限公司城邦分公司發行, 2023.08
面；　公分. --（宮部美幸作品集：47）
譯自：ソロモンの偽証Ⅲ：法廷
ISBN 9786267226629（平裝）
9786267226674（EPUB）
861.57　　111018472

原著書名／ソロモンの偽証Ⅲ：法廷・原出版社：新潮社・作者／宮部美幸・翻譯／王華懋・責任編輯／張麗嫺（初版）、陳盈竹（二版）・特約編輯／陳亭妤・行銷業務部／徐慧芬、李振東・編輯總監／劉麗眞・榮譽社長／詹宏志・發行人／凃玉雲・出版／獨步文化 城邦文化事業股份有限公司　台北市中山區104民生東路二段141號5樓　電話／(02) 2500-7696　傳眞／(02) 2500-1966; 2500-1967・發行／英屬蓋曼群島商家庭傳媒股份有限公司城邦分公司　台北市中山區民生東路二段141號11樓・讀者服務專線／(02)2500-7718; 2500-7719・服務時間／週一至週五：09：30-12：00、13：30-17：00・24小時傳眞服務／(02)2500-1990; 2500-1991・讀者服務信箱 e-mail／service@readingclub.com.tw・劃撥帳號／19863813 書虫股份有限公司・香港發行所／城邦（香港）出版集團有限公司 香港灣仔駱克道193號東超商業中心1樓／(852) 25086231 傳眞／(852) 25789337 E-mail／hkcite@biznetvigator.com 馬新發行所／城邦（馬新）出版集團 Cite (M) Sdn. Bhd. 41, Jalan Radin Anum, Bandar Baru Sri Petaling,57000 Kuala Lumpur, Malaysia. 電話／(603) 90578822 傳眞／(603) 90576622・封面設計／Bianco Tsai・排版／游淑萍・印刷／中原造像股份有限公司・2014年6月初版、2023年8月二版・定價／699元
Printed in Taiwan ISBN 9786267226629（平裝）ISBN 9786267226674（EPUB）

獨步文化 APEX PRESS

廣 告 回 函
北區郵政管理登記證
台北廣字第000791號
郵資已付，免貼郵票

104台北市民生東路二段 141 號 2 樓

英屬蓋曼群島商家庭傳媒股份有限公司

城邦分公司

請沿虛線對摺，謝謝！

獨步文化 APEX PRESS

書號: 1UA047X　　**書名**: 所羅門的僞證III：法庭　　**編碼**:

請於此處用膠水黏貼

獨步文化 APEX PRESS

讀者回函卡

謝謝您購買我們出版的書籍！

請費心填寫此回函卡，我們將不定期寄上城邦集團最新的出版訊息。

姓名：________________ 性別：□男 □女

生日：西元________年________月________日

地址：________________

聯絡電話：________________ 傳真：________________

E-mail：________________

學歷：□1. 小學 □2. 國中 □3. 高中 □4. 大專 □5. 研究所以上

職業：□1. 學生 □2. 軍公教 □3. 服務 □4. 金融 □5. 製造 □6. 資訊
□7. 傳播 □8. 自由業 □9. 農漁牧 □10. 家管 □11. 退休
□12. 其他________________

您從何種方式得知本書消息？

□1. 書店 □2. 網路 □3. 報紙 □4. 雜誌 □5. 廣播 □6. 電視
□7. 親友推薦 □8. 其他________________

您通常以何種方式購書？

□1. 書店 □2. 網路 □3. 傳真訂購 □4. 郵局劃撥 □5. 其他

您喜歡閱讀哪些類別的書籍？

□1. 財經商業 □2. 自然科學 □3. 歷史 □4. 法律 □5. 文學
□6. 休閒旅遊 □7. 小說 □8. 人物傳記 □9. 生活、勵志 □10. 其他

對我們的建議：________________

____

____

為提供訂購、行銷、客戶管理或其他合於營業登記項目或章程所定業務需要之目的，家庭傳媒集團（即英屬蓋曼群島商家庭傳媒股份有限公司城邦分公司、城邦文化事業股份有限公司、書虫股份有限公司、墨刻出版股份有限公司、城邦原創股份有限公司），於本集團之營運期間及地區內，將以 mail、傳真、電話、簡訊、郵寄或其他公告方式利用您提供之資料（資料類別：C001、C002、C003、C011 等）。利用對象除本集團外，亦可能包括相關服務的協力機構。如您有依個資法第三條或其他需服務之處，得洽詢本公司服務信箱 cite_apexpress@cite.com.tw 請求協助。相關資料不提供亦不影響您的權益。

□我已詳讀權利義務之相關條款，並同意遵守。

請於此處用膠水黏貼

宮部みゆき